中华学术·有道

中国古代文学批评方法研究

张伯伟——著

中华书局

图书在版编目(CIP)数据

中国古代文学批评方法研究/张伯伟著. —北京:中华书局,
2023.6(2024.4重印)
（中华学术·有道）
ISBN 978-7-101-15556-3

Ⅰ.中… Ⅱ.张… Ⅲ.中国文学-古典文学-文学批评史-
研究 Ⅳ.I206.09

中国版本图书馆 CIP 数据核字(2022)第 005951 号

书　　名	中国古代文学批评方法研究
著　　者	张伯伟
丛 书 名	中华学术·有道
责任编辑	李碧玉
责任印制	管　斌
出版发行	中华书局
	（北京市丰台区太平桥西里 38 号　100073）
	http://www.zhbc.com.cn
	E-mail:zhbc@zhbc.com.cn
印　　刷	北京盛通印刷股份有限公司
版　　次	2023 年 6 月第 1 版
	2024 年 4 月第 2 次印刷
规　　格	开本/920×1250 毫米　1/32
	印张 24½　插页 2　字数 613 千字
印　　数	3001-5000 册
国际书号	ISBN 978-7-101-15556-3
定　　价	128.00 元

目 次

内 篇

外　篇

新版前言

　　本书初版于 2002 年,时隔二十个春秋,将由中华书局印行新版。在通常状况下,这是可以让作者或多或少满足其虚荣心的一件事,假如从学术史的角度来看,是否可以认为,虽然已经过去了二十年,但本书所针对的问题并没有得到彻底解决,而本书构拟的解决方案也还尚未过时呢? 这不禁使我此刻的态度由轻烟般的欣悦变得如大山般的庄严起来。

　　本书最为核心的问题意识,是想探讨在现代的亦即西方的学术进入中国之前,中国人是如何进行文学批评的。毫无疑问,如果以孟子提出"说诗"方法为起点,中国文学批评的历史已有约两千三百年,留下的批评文献堪称汗牛充栋。于是接下来就要追问,这些批评文献的价值如何。当百年前的中国学人面对西方自十九世纪以来的文学批评著作反观自身的时候,他们对传统文学批评的价值作了离奇的低估。杨鸿烈在 1924 年说:"中国千多年前就有诗学原理,不过成系统有价值的非常之少,只有一些很零碎散漫可供我们做诗学原理研究的材料。"①将中国文学批评文献的价值仅归于并限于"材料",杨鸿烈的看法堪作代表,这在以后逐渐成为某种不言而喻的"常识",一直到我开始构想此书的七十年代末还似乎是某种"最终判决"。我

---

① 杨鸿烈《中国诗学大纲》第一章"通论",页 7,台北商务印书馆"人人文库"本,1976 年二版。

确信,即使在今天,这种看法在中国学术界(更不必说在世界汉学界)也没有绝迹。然而这不是古人的愚钝,更不是他们的错讹,而是今人的盲目和误解①。

文学批评基于文学经验。中国传统的从事文学批评的人,几乎无一不是基于经验的,绝大多数的人本身就是作者,有的还是非常优秀的作者,这甚至成为一个批评家的"门槛"。曹植有过这样一番话,在中国文学批评传统中受到普遍认同:"盖有南威之容,乃可以论其淑媛;有龙泉之利,乃可以议其断割。刘季绪才不能逮于作者,而好诋诃文章,掎摭利病……可无息乎?"②这一观念的生命力之强大,直到二十世纪也依然能够听到其回声③。这其实也不是中国文学批评

① 友人蒋寅《在中国发现批评史——清代诗学研究与中国文学理论、批评传统的再认识》(载《文艺研究》2017 年第 10 期),根据大量清代诗学文献所呈现的面貌,对蔓延于学术界的有关中国文学批评的三种"偏见"(即感悟印象式批评、不成系统、缺乏较为严格的概念)作了有力的辩驳。尤其是指出学术界的中西文学、文论的比较"十分缺乏年代概念",可谓一语中的。惟此文字里行间依然留存"挑战—回应"模式的痕迹,仿佛西方有的中国也有,而且在时间上或更早,所以最后得出下述结论:"我不认为古代文学理论和批评史研究能直接推动今天的理论创新,但相信完整地认识古代文学理论和批评的传统,可以为古代文学研究提供一个本土视角及相应的诠释方式。"

② 曹植《与杨德祖书》,李善注《文选》卷四十二,页 585,京都中文出版社,1972年据浔阳万氏重刻本影印。

③ 先师程千帆先生在 1942 年写的《论今日大学中文系教学之蔽》中指出:"今但以不能之知而言词章,故于紧要处全无理会。虽大放厥词,亦复何益……往闻日本人盐谷(温)以治我国文学为时流所称,及阅所著书,诧其荒陋无识。后友人殷石臞东游返,出示盐谷所为台湾纪行诗,差免舛律而已。乃知其不知,正以其不能也。"原载《国文月刊》第十六期,收入张伯伟编《程千帆古诗讲录》"代序",页 3,人民文学出版社,2020 年版。案:先师晚年对其看法有所修正,他把"能"(创作经验)的范围扩大到各种艺术才能,不再限于古典诗词创作。见其《答人问治诗》,陶芸编《治学小言》,页 123—124,齐鲁书社,1986 年版。

史上特有的观念，不必去关注悠久的西方文学批评史，就以二十世纪初的法国文学批评来说，居斯塔夫·朗松（Gustave Lanson）在1905年倾注其热情探讨了圣伯夫（Charles-Augustin Sainte-Beuve）"是怎样成为批评界的大师和批评家的导师的"，其中关键的一点就是"他自己有文学创作的经验"，所以"能够进入到作家的实验室中观看他们头脑的劳作"，并类比为"这是一个谈论绘画和音乐的文学家跟曾经画过油画或者创作过交响乐的艺术评论家之间的差别"①。1922年阿尔贝·蒂博代（Albert Thibaudet）作了六次关于文学批评的演讲，八年后结集成书。他把当时法国批评界区分为"自发的批评""职业的批评"和"大师的批评"三大类型，而所谓"大师"指的就是获得公认的大作家，他们能做到将批评与创造合流②。可见，基于文学经验基础上的文学批评，无论中西，都是受到高度礼赞的，只不过这种观念和实践在中国文学批评史上更加悠久、更加突出也更加单一而已③。

相对基于某种思想体系形成的美学观念指导下的文学批评，基于文学经验的批评往往形成了自身的理论形态，姑且可以称为"经验型的方法"。这样的表述含有两方面的意思：一是我们不能因为它是"经验型"的，所以就想当然地忽略甚至无视其中的理论内涵；二是为了探讨其中的方法，我们不能摆脱或者疏远作为其基石的"经验"。这意味着我们在探讨该问题时，不能仅仅注意到批评家"如何说"，更要注意其"如何做"。"如何说"充其量代表了批评家意欲"如何做"，

---

① 朗松《圣伯夫》，载《朗松文论选》，徐继曾译，页541，百花文艺出版社，2009年版。

② 参见蒂博代《六说文学批评》（*physiologie de la critique*，若直译则是《批评生理学》），赵坚译，页110—145，生活·读书·新知三联书店，2002年版。

③ 中国文学批评史上也有相反的论调，比如苏轼说"吾虽不善书，晓书莫如我"（《和子由论书》），但他真正要说的是后句，前句只是一种衬托，谁若当真以为东坡"不善书"，那对于文字的解读也就过于天真纯洁了。

但绝不等同于他是"如何做"的。"经验型的方法"要从批评实践中归纳、并在批评实践中验证。这里面有一点较为特别的困难，那就是立足于个人文学经验基础上展开的文学批评，即使面对同一个作家、同一部作品，人们得出的结论很可能不大一致甚至大不一致，难免有无从着手之畏。然而从方法层面看，却可能存在着共同的至少是非常近似的"家族面孔"（family resemblance）①。我可以把"方法"分解为方向性的（perspective）和法则性的（methodology），所谓"家族面孔"，更多地是呈现在"方向性"层面。至于"法则性"在中国文学批评传统中，大量存在于创作论，也就是肇始于唐人诗格，大兴于元明清时代的"诗法类"著作。但将创作论转化为批评论，前人仅仅完成了"开其端"的工作，"踵事增华"则是需要现代学者努力的一个方向②。本书内篇三章"以意逆志论""推源溯流论"和"意象批评论"，就是通过对古人以文学经验为基础的批评实践的考察，并加以归类总结的。

既然是以经验为基础，传统文学批评中呈现的方法当然就不限于上述三种。我特别重视这三种方法，首先是因为它们拥有大量的文献支撑，在中国文学批评史上得到广泛而悠久的实践，并且在领域上兼跨艺术（音乐、绘画、书法），在空间上覆盖东亚（朝鲜半岛、日本、越南），的确堪当中国文学批评传统方法的代表。其次也是更重要的，这三种方法对于今天的文学批评仍具有重要的作用，从积极的

---

① 直译当作"家族相似性"。维特根斯坦曾经解释过这一概念，这里借用的是以赛亚·伯林（Isaiah Berlin）的看法："我的意思就是，在各个方面，A 像 B，B 像 C，以此类推，进而构成了一种连续的统一体，一个序列，它们属于家族 X，而不是家族 Y。"《致贝阿塔·波兰诺夫斯卡—塞古尔斯卡》，亨利·哈代（Henry Hardy）编《扭曲的人性之材》（*The Crooked Timber of Humanity*），岳秀坤译，页 390，译林出版社，2021 年版。
② 参见张伯伟《"意法论"：中国文学研究再出发的起点》，载《中国社会科学》2021 年第 5 期。

方面看，它们可以运用到当下的批评实践（尽管需要并可以改善），从针砭的角度看，它们可以弥补现今文学研究之不足，从更广泛的意义上看，它们可以与西方文学批评传统进行比较和对话。所以第三，本书具有建构色彩。这就是我在本书"导言"中所说的："以这三种方法为支柱，就形成了中国古代文学批评方法的独特的结构。"①马克思曾经指出："在形式上，叙述方法必须与研究方法不同……材料的生命一旦观念地反映出来，呈现在我们面前的就好像是一个先验的结构了。"②我不敢用这番话来自饰，姑且将上述三种方法的"结构"当作某种程度上的"建构"。"建构"的目的，是为了更好地呈现其特征。我们没有必要像个极端的还原论者一般，对纯粹圆满怀有一往情深的执着，如果材料本身提供了某种结构的可能，并且因此能够在相当程度上接近其原貌，那又何妨"建构"呢？同时，这样的"建构"也潜在地表达了一种期待，那就是中外之间的比较，最好在体系与体系之间展开，而不是自满于"寻章摘句老雕虫"（借用李贺《南园十三首》之六句）。从这些意义上说，本书是为了今日文学批评的发展和实践而作的。

百年前的学人反思中国文学的批评原理时评论说，"成系统有价值的非常之少"，可见其价值观取决于"成系统"，而"不成系统"也是人们诟病传统文学批评的口实之一。这是对于理论形态的误解。误解的人不仅有批评者，也包含一些维护者。从北宋欧阳修以降，诗话体（类似的还有词话、文话、赋话、曲话、小说话等）成为文学批评中最流行的著述体裁，其写作态度的基本特征就是"以资闲谈"③，是文学

---

① 参见本书"导言"，第 8 页。
② 马克思《资本论第二版跋》，《马克思恩格斯全集》第 23 卷，页 23—24，人民出版社，1972 年版。
③ 欧阳修《六一诗话》，何文焕辑《历代诗话》上册，页 264，中华书局，1981 年版。

圈中同侪友好作意见交流的凭藉,内容绝不单一,许颙有一个基本概括:"诗话者,辨句法,备古今,纪盛德,录异事,正讹误也。"①其中"辨句法"是对作品本身的辨析,"备古今"着眼于作品与作品之间的关系,即文学的源流本末和历史变迁,"正讹误"则涉及文学考据,包括作者生平、作品真伪、写作年代等。这三方面即便在现代人的心目中,也都属于严肃的文学研究或文学文献研究,有时还蕴含了深刻的文学原理。只是其多以片言小语的形式出之,著述态度轻松,近似炉边谈话。尽管在数以千计的诗话类作品中,也有极少数著述态度郑重者,尤其是在乾嘉学风的影响下,清代诗话或通于史学,如赵翼《瓯北诗话》中的《陆放翁年谱》,缪焕章《云樵外史诗话》中取《行状》《墓志》《年谱》以论查慎行诗;或通于笺注之学,如翁方纲《石洲诗话》中分别笺说元好问《论诗三十首》和王士禛《戏仿元遗山论诗绝句三十五首》等,"考据"成为清代诗话体的时代特色之一②。但总体来说,"不成系统"还是其基本特征③。所以讨论此问题,不必勉强找出若干略有系统之著来与西方文学批评著作相抗衡,而是需要对自身评价标准的反省。我的认识是,理论形态既非单一的,也非固化的,理论的价值如何,与其是否以"成体系"的方式呈现无关。如果说,以"不成系统"批评现代学人尚且难以成立的话④,对于"前现代"学术作这样的批评,并因此判定其价值归零就更是颠顶无理了。钱

① 许颙《彦周诗话》,《历代诗话》上册,页378。
② 参见本书外篇第五章第三节第五小节。
③ 明清诗法类著作较成系统,但多属老生常谈,呈现出一种僵化的状态。
④ 比如余英时就批评钱锺书的学问没有系统,"他基本上就不是讲求系统性的人"(傅杰《余英时谈钱锺书》,收入余英时《情怀中国·余英时自选集》,页158,香港天地图书有限公司,2010年版)。这个批评也许有一些表面上的依据,但实际上很难成立。参见张伯伟《"去耕种自己的园地"——关于回归文学本位和批评传统的思考》中的相关论述,原载《文艺研究》2020年第1期,收入本书附录二。

锺书说:"往往整个理论系统剩下来的有价值东西只是一些片段思想。脱离了系统而遗留的片段思想和萌发而未构成系统的片段思想,两者同样是零碎的。眼里只有长篇大论,瞧不起片言只语,甚至陶醉于数量,重视废话一吨,轻视微言一克,那是浅薄庸俗的看法——假使不是懒惰粗浮的借口。"①理论的重要性不在于体系之有无,理论的表现形态也不限于煌煌巨制,德国的尼采、英国的维特根斯坦,他们的许多哲学表述,就是由格言和警句构成的语录体。美国批评家苏珊·桑塔格(Susan Sontag)在她的《关于"坎普"的札记》中说:"要把握这种独特的难以捉摸的感受力,札记的形式似乎比论文的形式(它要求一种线性的、连贯的论述)更恰当一些。"②并且在她看来,"感受力"是作为一个批评家最为重要的素质。法国批评家孔帕尼翁(Antoine Compagnon)说:"我认为文学理论是一种分析和诘难的态度,是一个学会怀疑(批判)的过程,是一种对(广义上的)所有批评实践的预设进行质疑、发问的'元批评'视角,一个永恒的反省:'我知道什么?'"③所以,理论的生命就在于不断地提出为何以及如何研究文学,而不是以四平八稳的论述僵化为高头讲章,尽管后者看起来仿佛是"成系统"的。

"系统"往往同时意味着"模式"和"套路"。虽然现代学术研究往往离不开系统的或"论文的形式",但不能误以为这是唯一的表现形式,尤其是在面对其他表现形式的时候,更不能以此为绝对标准作出妍蚩判断。我说中国传统文学批评的"家族面孔",主要表现为"方向性的"而非"法则性的",就算我们今天倡导要将"法则性的"内容由创作论转化为批评论,也无意将它们"固化"为若干不变的模式,因为在文学研究

---

① 《读〈拉奥孔〉》,《七缀集》,页 29—30,上海古籍出版社,1985 年版。

② 苏珊·桑塔格《反对阐释》(*Against Interpretation and Other Essays*),程巍译,页 377,上海译文出版社,2021 年版。

③ 安托万·孔帕尼翁《理论的幽灵:文学与常识》(*Le démon de la théorie*),吴泓缈、汪捷宇译,页 17,南京大学出版社,2017 年版。

中为了不同目的而组合不同法则,其方程式是开放的、无穷尽的。只有这样,理论之树才能和生命之树一样的"常青"。

从十九世纪末到二十世纪初,中国学人还没来得及对传统的文学研究方法进行反思,西洋学术就裹挟着各种理论和方法进入东亚、进入中国,中国学术在不长的时间里完成了从传统向现代的转换。人文学研究中最受青睐的是德国的以"语文学"(philology)为基础的实证主义历史研究方法。藉此眼光反观中国传统学术,最受重视的就是清代考据学。而实证主义的风气也渐渐从史学蔓延到文学研究,傅斯年在1927到1928年间于中山大学讲授"中国古代文学史",其主张便是将文学史等同于史学,强调用考据即语文学的方法从事文学史研究,这代表了也引导了此后的中文系之学风趋向考据①。1942年,先师程千帆指出当时文学教育和研究之"蔽",就是"持研究之方法以事教学"和"持考据之方法以治词章",而所谓"研究之方法"也就是考据②。文学研究从此进入了"职业化",成为一个专业学科。蒂博代所描述的"职业的批评",也就是"教授的批评",在二十世纪的中国现代学术体系中逐渐成为唯一的类型,至少也是占据主流的类型。新中国成立后,学风丕变,用钱锺书在《古典文学研究在现代中国》中的概括,"马克思主义的运用"导致了最可注意的两点深刻的变革,一是"对实证主义的造反",改变了解放前的中国"文学研究和考据几乎成为同义名词"的局面;二是"中国古典文学研究者认真研究理论",又改变了解放前的"这种'可怜的、缺乏思想的'状态"③。但不管是以"考据"治文学还是以"理论"治文学,都有一个

① 参见《傅斯年讲中国古代文学史》,页7—56,当代世界出版社,2014年版。
② 《论今日大学中文系教学之蔽》,《程千帆古诗讲录》"代序",页1。
③ 《钱锺书集·人生边上的边上》,页179—181,生活·读书·新知三联书店,2002年版。

共同的倾向，那就是程度不一的对于文学自身的远离甚至背弃。考据注重的，"无非作者之生平，作品之真伪，字句之校笺，时代之背景诸点"①，充其量再加上些版本校勘、辑佚钩沉、本事索隐等；理论注重的，从教条主义式的生搬硬套到迷恋理论本身的精美自足，最终沦为普遍的"没有文学"的文学理论②。偶涉作品分析，也不过是临时充当了证明某种理论正确的实例。百年以来的文学研究，几乎就是一场考据和理论之间的拉锯战，无论怎样的此起彼伏或此消彼长，总是把文学本身晾在一边。本来，无论是考据还是理论，对于文学研究都能有所裨益，应该成为文学研究者左右逢源的工具，结果却是"喧宾夺主，婢学夫人"③，且洋洋自得，不觉羞涩④。那些延续着传统的以文学经验为基础的文学批评，似乎多半沉浸在自我陶醉式的作品鉴赏之中，其最经典的论文如梁启超《中国韵文里头所表现的情感》，或者如闻一多《宫体诗的自赎》等唐诗杂论，都是"试图以诗化的散

① 程千帆《论今日大学中文系教学之蔽》，《程千帆古诗讲录》"代序"，页 3。
② 百年间的文学理论研究，基本上是跟着外来潮流而"风光流转"，所以远离文学作品的理论倾向，也是二十世纪后期欧美理论界的常态。如 1995 年查尔斯·伯恩海姆（Charles Bernheimer）指出："校园里一些最令人兴奋的课程根本不关注文学……最热烈的争论总是关于理论而不是文学。"见其编《多元文化时代的比较文学》（*Comparative Literature in the Age of Multiculturalism*）导言，王柏华、查明建等译，页 2，北京大学出版社，2015 年版。十年后苏源熙（Haun Saussy）依然指出："最近几十年来，不长期细致阅读具体文学作品而从事文学研究，也似乎成为了可行之事，而且经常如此。"见其编《全球化时代的比较文学》（*Comparative Literature in the Age of Globalization*）第一章《新鲜噩梦缝制的精致僵尸——关于文化基因、蜂房和自私的基因》，任一鸣、陈琛等译，页 17，北京大学出版社，2015 年版。
③ 钱锺书在上世纪八十年代致女儿钱瑗信中形容将考据替代文学研究的用语，转引自吴学昭《听杨绛谈往事》，页 319，生活·读书·新知三联书店，2017 年版。
④ 此反用萧衍《古今书人优劣评》中语："羊欣书如婢作夫人，不堪位置，而举止羞涩，终不似真。"（《历代书法论文选》上册，页 81，上海书画出版社，1979 年版）

文重现诗歌之美的评论"①,可以看做是传统"印象式批评"的现代版和扩大版。1973 年,海登·怀特(Hayden White)在其革命性的著作《元史学》中,对已经职业化了的历史研究发出了如此深重的慨叹:"很少有史学思想家愿意深入他们自己关于历史的成见之中,也不愿深入从其研究中得出的那种知识之中。这些以历史为职业的史学家整日里忙于写作历史,也没有时间去仔细考察一下其行为的理论基础。"②我在上世纪七十年代末,对已经职业化了的文学研究竟然会冒出一种"生年不满百,常怀千岁忧"的感觉,并开始思考中国古代文学批评方法能否成为今日文学研究的理论基础,经过二十多年的努力,才完成了这样一部仍多有缺陷的著作。面对今日的研究现状,坚持以文学经验为基础,努力寻求对考据和理论这两种视角的融合,通过阅读体验,理解某一作品的意义,并将这种体验作富有感染力的概念化的表述,中国古代文学批评方法的成就和不足是可以提供借鉴、帮助和理论资源的。我想,这也许是本书在二十年后新版的意义所在吧。

学术史上有些著作的命运是有很大起伏的。文化史研究的宗师之一雅各布·布克哈特(Jacob Burckhardt),其《意大利文艺复兴时期的文化》是一部经典之作,但据贡布里希(E. H. Gombrich)的说法,此书"起初销售不畅,但约三十年后,这本书不仅在史学家中,而且也

---

① 这是埃德蒙·威尔逊(Edmund Wilson)对"印象式批评"的描述,见《T. S. 艾略特》,载其著《阿克瑟尔的城堡:1870 年至 1930 年的想象文学研究》(*Axel's Castle: A Study of the Imaginative Literature of* 1870-1930),黄念欣译,页 87,江苏教育出版社,2006 年版。

② 海登·怀特《元史学:十九世纪欧洲的历史想象》(*Metahistory: The Historical Imagination in Nineteenth-Century Europe*),陈新译,页 161,译林出版社,2009 年版。

在普通读者中变得非常出名和流行"①;海登·怀特的《元史学》是一部对新文化史影响深远的著作,据他自述:"刚出版的十五年里,几乎没什么人读。"②但在二十年后,波兰史学家埃娃·多曼斯卡(Ewa Domanska)对十位欧美史学大家的访谈中,他是"最被广泛提及的人物(提到他的地方有232次之多)"③。这表明有些著作是需要在众人对其阐述的问题有所关心之后才引发兴趣的。我期待本书能够借此新版的契机,引起更多读者,特别是年轻读者的兴趣,因为我痛切地感到,中国文学的研究太需要有理论和方法意识的自觉了,而学术的未来属于年轻一代。

二○二一年九月二十六至二十七日

---

① 《文艺复兴:时期还是运动》,收入贡布里希(E. H. Gombrich)著,李本正、范景中编选《文艺复兴:西方艺术的伟大时代》(*The Renaissance: A Great Age of Western Art*),页9,中国美术学院出版社,2000年版。案:事实也正是如此,该书于1860年初版时,仅印了750本,却用了九年时间才售完。

② 凯斯·詹京斯(Keith Jenkins)与海登·怀特对谈中语,收入陈建守主编《史家的诞生:探访西方史学殿堂的十扇窗》,页64,台北时英出版社,2008年版。

③ 阿兰·梅吉尔(Allan Megill)《导言》,埃娃·多曼斯卡编《邂逅:后现代主义之后的历史哲学》(*Encounters: Philosophy of History after Postmodernism*),彭刚译,页6,北京大学出版社,2007年版。

导　言

一

　　国人从事中国古代文学批评史的研究，如果以 1927 年陈锺凡《中国文学批评史》的出版为起点的话，至今已有约八十年的历史。有两个最基本、同时也是最重要的问题始终未能得到解决，这就是：一、中国古代文学批评的民族特色何在？二、中国古代文学批评有无体系？本书试图通过中国古代文学批评方法的内在结构和外在形式的探讨，对以上两个问题从一个侧面作初步的回答。

　　我所理解的古代文学批评方法，就研究对象而言，属于文学思想史的范围。这样的研究对象，就决定了其研究方法必须是综合的。所谓"综合"，指的是以下三个方面的结合，即文史哲结合、文学与艺术结合、中外结合。这三个结合还需要有一个前提，即文献基础。因此，完整的表述应该是以文献学为基础的综合研究。兹略说如下：

　　1. 文史哲结合。

　　文学思想的产生，与具体的文学创作实际是密不可分的。尤其是中国古代的文学思想，往往建构在作家或批评家丰富的审美经验的基础之上，是由对具体作品的创作、鉴赏之中抽象、提升而来。在古代文学批评著作中，理论的超然性往往被现实的针对性所替代或淹没。纠正创作中的不良倾向,总结作品中的艺术经验,以及指导初学者进行创作,是古代文学批评所担负的主要任务。因此,研究古代的文学思想,如果单纯地从概念到概念,而忽略了产生这些理论的生动丰富的作品背景,就很难找到正确理解古人文学思想的钥匙。

从另一个方面看,面对同样的文学现象,由于站在不同的思想基础或哲学背景上,批评家往往会各自特别强调、突出他所认为重要的某一方面的意义,而有意无意地排除、忽略其他方面的意义。如汉人强调作品的"美刺"作用,魏晋人强调诗歌的"缘情"性质,宋人又好"以禅喻诗"。而在同一时代中,批评家受到不同思想的影响,也会形成各自不同的文学观。因此,研究文学思想史,如果对影响某一时代的哲学或宗教背景置之不顾的话,就很难把握住一种文学思想的内核。

研究古代的文学思想,还需要在动态中,即在历史发展中加以认识。但在起源、发展和趋势三者之间,特别应该重视对形成原因的探讨。一个民族文学思想的特质,往往是在其初始阶段决定的,并因此而确立了其发展演变的不同趋向。只有将以上三者结合在一起研究,才能显示出中国文学思想既波澜起伏又一以贯之的线索。此之谓文史哲结合。

2. 文学与艺术结合。

研究文学思想要与艺术思想相结合,这不仅是因为有的文学家同时也是艺术家(如王维兼擅诗歌、音乐和绘画),也不仅因为有的文学批评家兼有艺术批评著作(如方薰既有《山静居诗话》,又有《山静居画论》),而是因为自魏晋以来,文章艺术往往"靡不毕综"(《晋书·戴逵传》)地集中于文人一身,并且发生"触类兼善"(《宋书·张永传》)的效果。在文学思想与艺术思想——包括音乐、书法和绘画之间,一方面是发展的不平衡,一方面又互为影响,许多概念、范畴及术语常彼此转换。这是中国古代文学思想的一大特色。兹举例如下：

其一，书法与文学。旧题王羲之《笔势论·健壮章》云："踠脚剜斡，上捺下撚，终始转折，悉令和韵，勿使蜂腰鹤膝。"①《南史·陆厥传》："约等文皆用宫商，将平上去入四声，以此制韵，有平头、上尾、蜂腰、鹤膝。"这是从书论到文论。又锺嵘《诗品》颜延之条引汤惠休语云："谢诗如芙蓉出水，颜如错彩镂金。"旧题梁武帝《书评》云："李镇东书如芙蓉出水，文彩镂金。"这是从论文到论书。

其二，绘画与文学。在古代文艺批评中，"形似"的概念首先用在绘画批评中，东晋以前的画论，以"形似"为高，至顾恺之始进而将"传神"作为绘画的最高标准，"形似"转成第二义。然而在文学批评中，"形似"在六朝还是褒扬语，如沈约《宋书·谢灵运传论》所说的"相如巧为形似之言"，锺嵘《诗品》评张协"巧构形似之言"等。这就是两者的不平衡。至宋代而产生统摄二者的审美理想，这以苏轼为代表，并一直影响到后来。如元人汤垕《画论》指出："东坡先生有诗云：'论画以形似，见与儿童邻。作诗必此诗，定知非诗人。'余平生不惟得看画法于此诗，至于作诗之法，亦由此悟。"②此外，词论家所经常使用的点染、钩勒、疏密、浓淡等术语，也都是由画论中转来。

其三，音乐与文学。音乐与文学的关系最为古老，文学理论中最重要的命题和术语，如"诗言志""六义"等，都来自于音乐。袁枚《随园诗话》卷三指出："千古善言诗者，莫如虞舜教夔典乐。曰'诗言志'，言诗之必本乎性情也；曰'歌永言'，言歌之不离乎本旨也；曰'声依永'，言声韵之贵悠长也；曰'律和声'，言音之贵均调也。知是

---

① 《佩文斋书画谱》卷五。孙过庭《书谱》卷上第三篇云："代传羲之与子敬《笔势论》十章，文鄙理疏，意乖言拙。详其旨趣，殊非右军。"案：此篇虽是伪作，当为唐以前人杜撰。这里姑且置于沈约等人之前。
② 于安澜编《画论丛刊》上卷，页61，中华书局香港分局，1977年8月版。

四者,于诗之道尽之矣。"朱自清也曾将"诗言志"说成是中国历代诗论"开山的纲领"①,而这恰恰是出于音乐理论的②。

古代文学思想的这一特点,决定了研究者的视野必须开阔,不仅需要纵贯,而且需要旁通。此之谓文学与艺术结合。

3. 中外结合。

研究问题,应该注意研究对象的特点,而特点在比较中较易发现,因而也较易把握。研究中国古代文学思想,以东西方其他国家或文化圈中的文学思想为参照,作用即在于此。

和西方文学思想相比,古人在表述其思想的方式上,并不像西方学者那样有意识地以系统的文章结构来表达其思想结构,往往是直抒结论而略去过程,或是因人而异地当机发论。所以在形式上,绝大多数的诗论、画论、书论、乐论,所采取的是随笔体或语录体。由于这个原因,人们多以零散片断、不成系统来评价古代文论。其实,形式的零散并不就意味着思想的零散。孔子的言论散见于《论语》一书中,但孔子的"道"却是"一以贯之"的③;《庄子·天下篇》一方面将其"道"赋予"一"的性格,同时又说它"无乎不在";《大方广佛华严经》卷十六"十住品"云:"一即是多多即一,文随于义义随文。"④玄觉《永嘉证道歌》云:"一月普现一切水,一切水月一月摄。"⑤寓统一于杂多,于杂多中见统一,是儒、道、释、禅在表述上的一个重要特点,

---

① 朱自清《诗言志辨序》,《朱自清古典文学论文集》,页190,上海古籍出版社,1981年7月版。

② 参见张伯伟《略论魏晋南北朝时期音乐与文学的相互关系》,《中国诗学研究》,页215—234,辽海出版社,2000年1月版。

③ 《论语·里仁》:"子曰:'参乎,吾道一以贯之。'"又《卫灵公》载孔子语:"予一以贯之。"

④ 《大藏经》第十册,页87。

⑤ 《大藏经》第四十八册,页396。

也是今人研究古人思想的着力点①。因此,对于后代以随笔体为之的理论著作,又岂能仅仅以形式的零散而忽略其义蕴的逻辑展开? 这是就一家思想而言。将不同时代、不同派别的批评家置于文学思想史的整体中考察,人们可以发现,虽然时空条件有异,其批评的着眼点和方式却有其固定的几种模式。仿佛有一个巨大的磁场,左右着他们的思维惯性。这一"磁场",就是某种特有的文化精神。将古人的思想放在整个文化背景下考察其形成及演进,我们就能够发现,在貌似零散片断的形式掩盖下,是有一个独具特色的内在体系的,而且这一体系也是在不断发展、完善的。谁也不能否认中国文化有其独特的体系,文学思想作为其支柱之一又岂能外之? 由于文化背景的差异,中西文学思想具有两种不同的性格,遵循的是两种不同的发展方向。用比较的方法研究中西文学思想,只能根据材料本身作有条理的分析阐释,而不是先根据西方文学思想中某一派、某一说的框架,来范围、限制中国文学思想的材料,或者以中国古代文学思想来比附西方。中西文学思想的相同处,正可证明"人心之所同然";其相异处,更是各自的特色所在,值得互相理解或汲取。

中外结合的另一个含义,是汉文化圈中的文学,尤其是汉文学及文学思想的比较研究。中国文学是汉文学的主流,但仅仅从主流入手仍然是不够的。研究域外汉文学,可以从一个侧面(而且是一个重要的侧面)了解各国汉文学之间的关系以及自身的特色,并进而从整体上把握汉文学乃至汉文化的特色,探究其凝聚力和包容性之所在,以促进人类文化的交流与融合。这才是中外结合的最终价值所在。

---

① 黄宗羲对此颇有体会,其《明儒学案·发凡》云:"大凡学有宗旨,是其人之得力处,亦是学者之入门处。……故讲学而无宗旨,即有嘉言,是无头绪之乱丝也。学者而不能得其人之宗旨,即读其书,亦犹张骞初至大夏,不能得月氏要领也。"这里所谓的"宗旨",就是某家思想的核心。

而古典研究的现代意义,通过这样的讨论方式,也就能自然显现。

以上三个方面的结合,涉及到不同时代、不同领域、不同国家和不同文字。从每一方面来看,皆有其自身的基本文献。以文献学为基础,就要求努力从第一手材料出发,秉承顾炎武所说的"采铜于山"①的精神,以逻辑为导引,以历史为验证,而最终必以文献为依据。这也就是本书所试图采用的研究方法。由于学识的限制,我的工作未能充分显示出这一方法的优越性,但我坚信,以文献学为基础的综合研究方法,体现了古代文学思想研究的正确方向。

二

根据我的理解,文学批评方法的研究,是文学思想史研究的中心课题之一。方法虽然看似一种研究的工具或手段,但并非万能的魔棒。二十世纪的中国学术界,有过两次"方法热":五四以后,时贤好谈科学方法;八十年代中期,对于研究方法也有热烈讨论。两次"方法热"都暗含着一种倾向,即以为学术研究的出路在于更新方法,一旦有了新方法,便能够点铁成金。其思想上的根源,乃在于求"新"的目的远过于求"真"的目的。其结果便是重视横向的移植或摹仿,轻视纵向的传承或转换;崇尚西方此起彼伏的思潮,无视自身博大丰富的传统。即使有些关于传统文学批评方法的论著,也往往将题旨限制在技术或手段的层面。正是出于以上的考虑,我把文学批评方法的研究,作为文学思想史研究的一个中心课题加以考察,并希望通过对这一问题的考察,能够从一个侧面把握中国文学思想史的某些关键问题,而不是企图拟造几把打开中国文

① 顾炎武《与人书十》,《顾亭林诗文集》,页93,中华书局,1983年5月版。

学之门的万能钥匙。

任何一种批评方法的形成和演变,其因素都不是单一的。所谓研究方法,是与研究对象紧密结合在一起的。文学批评方法,必然受到文学作品本身的制约;文学创作的发展,也会影响批评方法的演变。苏联美学家鲍列夫指出:"批评的方法是批评的对象(文学艺术过程及其规律、艺术作品及其特点)的'类似物'。"①同样,一定的批评方法,也往往会对创作产生反作用。其次,批评方法作为解剖、把握艺术世界的工具,其着重以什么方式、从何种途径去揭示作品的哪一层次、哪一方面的意义和价值,往往是由批评家的思想背景所决定的。思想背景不同,其处理文学作品时的逻辑起点就不同,在研究中所要达到的目的也不同。第三,对其他领域批评方法的借鉴,也是文学批评方法形成的一条途径。以中国古代文学批评方法而言,有些就是从人物品评或书法、绘画批评中吸收而来。而一种方法形成之后,就有其自身的生命。不仅凝聚着某种精神,而且还有相应的表达形式。因此,研究批评方法,就必须兼顾到上述诸方面,它也就必然成为文学思想史研究的一个中心课题。

本书研究中国古代文学批评方法,但在使用的材料上,则以诗歌批评为主。这不仅因为在中国古代文学批评中,诗歌批评最为丰富发达,各种批评方法大多滥觞于诗歌批评,而且还因为中国古代文学理论是以抒情诗为出发点,并且以此为基础构成了自身的体系及特色②。所以,从精神实质上说,古代诗歌批评方法即可代表古代文学

---

① 鲍列夫《美学》,乔修业、常谢枫译,页521,中国文联出版公司,1986年2月版。
② 美国学者厄尔·迈纳(Earl Miner)在《比较诗学:比较文学理论和方法论上的几个课题》一文中指出:"对'文学'的概念下定义究竟是以抒情诗为出发点,还是以戏剧为出发点(如在西方),这似乎是构成各种文学批评体系的差异的根本原因。"鲁效阳译,载《中国比较文学》创刊号,页257,浙江文艺出版社,1984年10月版。

批评方法。

三

本书分内外两篇,内篇探讨古代文学批评方法的内在精神,外篇探讨古代文学批评方法的外在形式。内在精神通过外在形式体现出来,内外结合,以显示中国古代文学批评方法的体系,同时,对中国古代文学思想的内核,也从一个特定的视角作了整体性呈现。

本书从大量文学艺术的实际批评中,归纳出三种最能体现传统文学批评精神的方法,即受儒家思想影响的"以意逆志"法,受学术传统影响的"推源溯流"法,以及受庄禅思想影响的"意象批评"法。以这三种方法为支柱,就形成了中国古代文学批评方法的独特的结构。这三种方法,是从三个不同侧面对文学作品所进行的各个层次的研究:"以意逆志"法偏重于将作品置于与作者及社会的关系中探讨;"推源溯流"法则偏重于作品与作品之关系的探讨;而"意象批评"法则纯然就作品本身立论,以考察其独特的风格。"以意逆志"法偏重于文学的外部研究,后两种方法偏重于内部研究,其中"推源溯流"法着重于描写手段和表现手段等细节上的分析,而"意象批评"法又着重于整体上的把握。这三种方法,从思想背景上考察,皆有其不同的哲学或宗教依据,但在中国文学批评的整体结构中,却能够相成互补。即使在同一个批评家手中,也能够兼容并采,综合运用①。这一点,与西方文学批评史上的情形全然不同,体现出中国文化重视和合的特色。

在外篇中,本书选择了六种最具民族特色的批评形式,即选本、摘句、诗格、论诗诗、诗话和评点加以探讨。这六种形式,是西方文学

---

① 参见张伯伟《锺嵘〈诗品〉的批评方法论》,载《中国社会科学》1986 年第 3 期。

批评中所鲜见,而在汉文化圈文学批评中(包括朝鲜半岛、日本、越南)又最普遍地为人使用的。为了充分展示这些形式中所蕴含的"意味",本书对于每一种形式的渊源和背景花了较多的篇幅来研究。而形式与形式之间的既彼此独立又互相渗透的现象,也显示了这六种形式本身具有一定的有机性和整体性。六种形式的共同点是能够体现上述三种批评方法的内在精神,但某些特殊的形式有时也包含了某些特殊的内容。所以,在论述这些形式的产生、发展的同时,本书对其特殊的内容也作了相应的探索。

总之,本书的基本目的,就是通过对古代文学批评方法的整体把握与研究,一方面将其隐而未彰的体系重显出来,另一方面也将这一体系不断完善、丰富的历史呈现出来,并在重显与呈现的过程中,揭示中国古代文学理论的民族特色和现代意义。"虽不能至,然心向往之!"

内 篇

第一章　以意逆志论

第一节　从儒家人性论看孟子"以意逆志"的提出

一、孟子的人性论及其特色

"以意逆志"说提出的哲学基础,是以孟子为代表的儒家人性论。人,按照《说文解字》的讲法,乃"天地之性最贵者也"。这无疑是从儒家而来。《孝经·圣治章》引孔子曰:"天地之性,人为贵。"《礼记·礼运篇》也说:"故人者,其天地之德,阴阳之交,鬼神之会,五行之秀气也。"人性何以最为可贵?郑玄说:"贵其异于万物者也。"(《孝经·圣治章》注)这个最具有人性的光辉而又与万物相异的一点,在孔子看来,就是根植于人生命内部的"仁"[1]。仁的实现,是通过"忠恕"而达到的。曾子以孔子的一贯之道为"忠恕而已矣"(《论语·里仁》),就是抓住了其思想的核心。朱熹注曰:"尽己之谓忠,推己之谓恕。"[2]

---

[1] 《论语·述而》记孔子曰:"仁远乎哉?我欲仁,斯仁至矣。"又《颜渊》:"为仁由己,而由人乎哉?"这些说法都可以表明,儒家认为"仁"是人的内在属性。

[2] 《论语集注》卷二,《四书章句集注》,页72,中华书局,1983年10月版。

其《中庸章句》又曰："尽己之心为忠，推己及人为恕。"①朱熹的解释使得孔子隐而未彰的思想显发凸现出来，而在先秦孔门后学中，首先将孔子的人性论作进一步发挥，从而落实到"心"与"推"二字上的是孟子。也正是在这两个方面的拓展，使孟子的人性论及其特色得以形成，并且奠定了他在儒家人性论发展中的地位。

我们不妨作一个简单的统计，"仁"字在《论语》中出现了一百零七次，在《孟子》中出现了一百五十三次；"心"字在《论语》中出现了六次，在《孟子》中出现了一百二十二次。从这个数字对比中不难发现，孟子对"心"的重要性是何等重视与强调。

其实，"仁"字的古文作"忎"（《说文解字》人部），千心相通乃可以称仁。但这一点，直到孟子才明白指出。孟子说："人之所以异于禽兽者几希，庶民去之，君子存之。舜明于庶物，察于人伦，由仁义行，非行仁义也。"（《孟子·离娄下》）在孟子看来，人与动物相同者众多，而相异者"几希"，不过，正是这个"几希"之处才使人之所以成为人。照孟子的观点，这就是"仁义"。这个"仁义"是根植于人内在生命中的（"由仁义行"），而不是可由外铄的异己的他物（"非行仁义也"）。所以，孟子又说："仁也者，人也。"（《尽心下》）把"仁"作为人的本质加以规定和确认。但是，这还不是孟子的发明，因为《中庸》也曾引用孔子的话说："仁者人也。"孟子的孤明先发之处在于他进一步说："仁，人心也。"（《告子上》）又说："仁义礼智根于心。"（《尽心上》）这样一来，就把《论语》中子贡所"不可得而闻"的"性与天道"（《论语·公冶长》），以及《中庸》里讲的"天命之谓性"完全落实到人的"心"上，这也就是把道德的根源、行为的主宰落实到人的"心"

---

① 《四书章句集注》，页23。

上,使人们认清人的本质不在于宗教,不在于玄学,而在于人的自身①。

综合孟子的言论,这位哲人对于人性,也就是"心"的种种分析似可从逻辑上分为四层:

1. 人皆有心。在孟子看来,"心"不仅是一个生理上的存在,更是一种道德精神的主体。这种道德精神是人人皆有,而且是本来就存在于人的生命之中的。《孟子·告子上》指出:

> 恻隐之心,人皆有之;羞恶之心,人皆有之;恭敬之心,人皆有之;是非之心,人皆有之。恻隐之心,仁也;羞恶之心,义也;恭敬之心,礼也;是非之心,智也。仁、义、礼、智,非由外铄我也,我固有之也。弗思耳矣。

由此而加以发展、建立起来的人性论,就是一种性善论②。孟子反复强调这一点,说"人皆有不忍人之心"(《公孙丑上》),又说:"心之所同然者何也? 谓理也、义也。圣人先得我心之所同然耳。故理义之悦我心,犹刍豢之悦我口。"(《告子上》)正因为人人皆有此心,圣人也不过是"先得我心之所同然",故"人皆可以为尧舜"(《告子下》)。但是,在现实生活中,除了善,还有恶;除了君子,还有小人。这又是从何而来的呢? 于是,就更推进到第二层次的分析。

2. 失却本心。恶从何来? 就孟子的观点来说,是由于"失其本心"(《告子上》)。"本心"就是仁、义、礼、智之心。君子和小人的差

---

① 参见徐复观《中国人性论史·先秦篇》,页 161—198,台湾商务印书馆,1984年4月版。

② 程颐《入关语录》(或云:明道先生语)指出:"孟子言性善,皆由内出。"(《河南程氏遗书》卷十五)《二程集》,页 149,中华书局,1981 年 7 月版。

别,贤与不肖的差别,全在于是否能保得此心。孟子一再地说:

> 大人者,不失其赤子之心者也。(《离娄下》)

"赤子之心"也就是人的"本心"。

> 君子所以异于人者,以其存心也。君子以仁存心,以礼存心。仁者爱人,有礼者敬人。(《离娄下》)
>
> 非独贤者有是心也,人皆有之。贤者能勿丧耳。(《告子上》)

"本心"就是"不学而能"的"良能"和"不学而知"的"良知"。一般的人,往往为欲望(利)所驱使,从而"放其良心"(《告子上》),使其"本心"遭到蔽障与吞没。孟子自认为能做到"四十不动心"(《公孙丑上》),也正因为他保持了其"本心"。所以,孟子所说的"心",也就一定是善的。宋儒发挥孟子的义理,认为心"兼善恶"(《朱子语类》卷五)而言,似与孟子原意不合。既然有的人失却了"本心",在孟子就称作"放心"。于是,就进入了第三层次的分析。

3.求其放心。孟子说:"仁,人心也;义,人路也。舍其路而弗由,放其心而不知求,哀哉!"(《告子上》)那么,如何才能求得"放心"呢?孟子指出两点:其一,从学问中。他说:"学问之道无他,求其放心而已矣。"(《告子上》)其二,从行为上。他说:"舜之居深山之中,与木石居,与鹿豕游,其所以异于深山之野人者几希。及其闻一善言,见一善行,若决江河,沛然莫之能御也。"(《尽心上》)荀子言"性恶",但在强调"学"的方面,与孟子一致。这实际上是得自孔门之传。孔子说:"三人行,必有我师焉。择其善者而从之,其不善者而改之。"(《论语·述而》)子夏说:"事父母能竭其力,事君能致其身,与朋友交,言而有信。虽曰未学,吾必谓之学矣。"(《学而》)这是指行为上的"学";而孔子说:"不学《诗》,无以言。……不学礼,无以立。"(《季氏》)又说:"小子何莫学夫《诗》?"(《阳货》)则是指书本上的"学"。"学"的目的,在于立志、求道。所以子夏说:"博学而笃志,切问而近思,仁在其中矣。"(《子张》)又说:"君子学以致其道。"(同上)孟子思想与此是一脉相承的。求其放心,限于一己,这是不够的,更应该扩而充之。所以,还有最后一个层次,即——

4. 推扩此心。《论语》中无"推"字,但是在求知方面,孔子也强调由已知推导出未知。所以,他一再地说"温故而知新,可以为师矣"(《为政》),"告诸往而知来者"(《学而》),以及"回也闻一而知十,赐也闻一以知二"(《公冶长》)。孟子始明确提出"推"的概念,与此相关的,还有"扩""充"等概念。孟子说:

> 无恻隐之心,非人也;无羞恶之心,非人也;无辞让之心,非人也;无是非之心,非人也。恻隐之心,仁之端也;羞恶之心,义之端也;辞让之心,礼之端也;是非之心,智之端也。……凡有四端于我者,知皆扩而充之矣。若火之始然,泉之始达。苟能充之,足以保四海;苟不充之,不足以事父母。(《孟子·公孙丑上》)

在《梁惠王上》有一段与此大意类似的话:

> 《诗》云:"刑于寡妻,至于兄弟,以御于家邦。"言举斯心加诸彼而已。故推恩足以保四海,不推恩无以保妻子。古之人所以大过人者无他焉,善推其所为而已矣。

又说:

> 推恶恶之心,思与乡人立。(《公孙丑上》)

又说：

> 人能充无欲害人之心，而仁不可胜用也；人能充无穿逾之
> 心，而义不可胜用也。（《尽心下》）

这种推扩的作用，如果运用于政治，便是"德治"与"仁政"；如果运用
于修身，便是"知人"与"尚友"。而作为其基础的，就是人人皆有此
"心"，所以能够冲破时空的限制而彼此相通。这一点，似可与庄子学
派作一比较。在认知方法上，庄子所采取的是直观静察，而不是逻辑
推理。《庄子·秋水篇》所记载的著名的濠上观鱼的对话就是一例。
庄子曰："鲦鱼出游从容，是鱼之乐也。"这是一种审美判断，出之于直
观。惠子曰："子非鱼，安知鱼之乐？"则是以一种逻辑推理加以是非
判断。徐复观分析道，庄子的判断"是美的观照中的直观、洞察"，鱼
之乐"是在濠上的美地观照中，当下呈现的；这里安设不下理智、思辩
的活动。所以也不能作因果性的追问"①。这也就是庄子所说的"知
其不可得也而强之，又一惑也，故莫若释之而不推"（《天地》）。因
此，在《庄子》就拈出了一个"止"字诀，并反复加以说明：

> 故知止其所不知，至矣。（《齐物论》）
> 知止乎其所不能知，至矣。（《庚桑楚》）
> 故德总乎道之所一，而言休乎知之所不知。（《徐无鬼》）

无论是人心、知识，庄学认为于其不知或不能知者均不可以"推"，而

---

① 徐复观《中国艺术精神》，页99—100，学生书局增订五版，1976年9月。

只能够"止",与孟子所讲恰恰相反。这是一项十分重要的分野①。

孟子对"心"的强调和落实,宋儒早已发现,并在此基础上发展出"心学"。陆九渊说自己的思想是"因读《孟子》而自得之"(《语录下》,《陆九渊集》卷三十五),所以,他认为虽然历史变迁,王朝兴衰,但人类千古之心却是相同相通、永不磨灭的。"墟墓兴哀宗庙钦,斯人千古不磨心。"(《鹅湖和教授兄韵》,《陆九渊集》卷二十五)他又说:

> 孟子云:"尽其心者知其性,知其性则知天矣。"心只是一个心,某之心,吾友之心,上而千百载圣贤之心,下而千百载复有一圣贤,其心亦只如此。心之体甚大,若能尽我之心,便与天同。(《语录下》)

对孟子的人性论作了进一步的阐释与发挥。朱熹也曾指出:

> "学问之道无它,求其放心而已。"又曰:"有是四端于我者,知皆扩而充之。"孟子说得最好。人之一心,在外者又要收入来,在内者又要推出去。《孟子》一部书皆是此意。
>
> 问:"《论语》一书未尝说一心字。至孟子,只管拈人心字说来说去:曰推是心,曰求放心,曰尽心,曰赤子之心,曰存心。莫是孔门学者自知理会个心,故不待圣人苦口;到孟子时,世变既远,人才渐渐不如古,故孟子极力与言,要他从个本原处理会否?"曰:"孔门虽不曾说心,然答弟子问仁处,非理会心而何?仁即心也,但当时不说个心字耳。"(《语孟纲领》,《朱子语类》卷十九)

---

① 关于庄学的"止"在文学批评中的意义,详见本书内篇第三章《意象批评论》第二节的讨论。

由此可见,孟子以"心"字发展孔子的"仁"字,从而形成其人性论的特色,不仅是一项不可否认的事实,而且这一事实,也是古今所共认的。

二、儒家人性论在修身治学方面的伸衍

从儒家人性论所含蕴的意义来讲,一旦在修身、治学方面伸衍展开,就必然会导致"以意逆志"与"知人论世"之说的产生。由修身而导致的"知人论世",和由治学而导致的"以意逆志",如果推到极致,二者实际上是会通为一的。因为治学的目的还是在于修身,即孔门所强调的"为己之学"①。所以,这两段话虽然是在不同的场合下说出,但在孟子的思想结构中,彼此实密切相关,其内在精神与理路是贯通一致的②。

先就修身方面来说。《中庸》引述了孔子的一段话,虽然不能肯定为孔子所说,但作为儒家人性论在修身方面的原则是颇具代表性的:

> 故君子不可以不修身;思修身,不可以不事亲;思事亲,不可以不知人;思知人,不可以不知天。

可见,在这一逻辑结构中,由"修身"必然会导引出"知人"。孔子的

① 《论语·宪问》:"子曰:'古之学者为己,今之学者为人。'""为己之学"即为了提高自己的道德修养而学。《朱子语类》卷八《总论为学之方》中对"为己之学"和"为人之学"的区分有极精辟的阐说,可参看。
② 朱自清《诗言志辨》认为,孟子的"知人论世"并不是说诗的方法,而是修身的方法。……后世误将'知人论世'与'颂诗读书'牵合,将'以意逆志'看作'以诗合意',于是乎穿凿附会,以诗证史。"这种意见,今天看来并不完全正确。

人性论以"仁"为基础和特色,他认为,"仁"的精神,必定是个人与他人息息相关的精神。所以说:"夫仁者,己欲立而立人,己欲达而达人。"(《论语·雍也》)但是,要做到"立人""达人",首先必须"知人"。所以他再说:"不患人之不己知,患不知人也。"(《学而》)但"知人"的前提是"知言",所以他又说:"不知言,无以知人也。"(《尧曰》)作为儒家人性论在实际运用中的重要环节是"知人";就"知人"的动机和目的而言,是为了达到"仁",而就"知人"的最初步骤来讲,则是"知言",由"知言"可以进而"知心",由"知心"再上透一关,便达到"知人"。但儒家讲的"知人",不仅仅局限于当代并世之人,他们是把古人、今人包括在一起而言的。而要了解古人,则主要通过阅读古代流传下来的典籍以达到。《尸子》引孔子语曰:"诵诗读书,与古人居;读诗诵书,与古人谋。"(《意林》卷一引)这两句话,在《金楼子·自序篇》中引作"曾生所谓'诵诗读书与古人居,读书诵诗与古人期'"。究竟是孔子还是曾子说了这两句话,当然不易确考,但可以肯定是孔门遗说①。居即居处,谋即谋面,期即期会,所谓"与古人居""与古人谋"或"与古人期",用现在的话来说,也就是与古人精神相照、心灵相通。人心虽历千载百年而仍然能相通,自然是由于"此心"是"人皆有之"的缘故。从修身的目的出发,儒家重视知人,重视交友,在这样的环境中养成自己的仁德之心。曾子说:"君子以文会友,以友辅仁。"(《论语·颜渊》)孟子说:"友也者,友其德也。"(《孟子·万章下》)不仅如此,孟子还对这一问题作了较为全面的论述。《万章下》云:

　　一乡之善士,斯友一乡之善士;一国之善士,斯友一国之善

---

① 在先秦古籍中,这类情形颇为常见。如《论语·为政》记孔子曰:"生,事之以礼;死,葬之以礼。"《孟子·滕文公下》则引作"曾子曰"。关于古书中的这一现象,余嘉锡《古书通例·辨附益》有所考论,可参看。

士;天下之善士,斯友天下之善士。以友天下之善士为未足,又尚论古之人。颂其诗,读其书,不知其人可乎?是以论其世也,是尚友也。

当"尚友"的范围扩大到古人时,便发生了"颂诗""读书"的问题了①。要知古人,只有"颂诗""读书",但要真正理解"诗""书",还必须"知人"。这里也有个循环,是互以对方的存在为前提的。从孟子的人性论来看,他的最高目标是要推扩此心,如上文所说,当这种推扩作用于修身时,就必然会导致"知人"和"尚友"。

其次,再就治学方面来说。《论语·学而》中孔子的第一句话是:"学而时习之,不亦说乎?"朱熹的注解正是从人性论上加以发挥的。他说:"学之为言效也。人性皆善,而觉有先后。后觉者必效先觉之所为,乃可以明善而复其初也。"(《论语集注》卷一)学的方法是"效",而学的目的是"明善而复其初"。所谓"复其初",即孔子所说"性相近"的"性"②,或者是孟子讲的"本心"。由这样的学习方法和学习目的也就决定了与之相适应的学习内容。从《论语》中可知,孔门的教材主要是《诗》、《书》、礼、乐。在《论语》中,孔子引《书》以教门人弟子的有两处,引《诗》有十九处,由《诗》而兼及礼者有六处,而提到音乐的就更多了。《诗》、礼、乐的关系,在孔子看来是"兴于《诗》,立于礼,成于乐"(《论语·泰伯》)。所以,《史记·孔子世家》上说"孔子以《诗》、《书》、礼、乐教"。但是,作为一个伟大

---

① 王应麟《困学纪闻》卷八云:"《尸子》引孔子曰:'诵诗读书,与古人居。'《金楼子》曰:'曾生谓诵诗读书与古人居,读书诵诗与古人期。'孟子'颂其诗,读其书,不知其人可乎',斯言亦有所本。"这里也指出了孟子与孔子的联系。

② 《论语·阳货》。朱熹《论语集注》卷九指出:"此所谓性,兼气质而言者也。气质之性,固有美恶之不同矣。然以其初而言,则皆不甚相远也。"可证明"复其初"即指"复其性"。

的文化传播者与发扬者，孔子在学的内容、方法及目的上，一方面继承了西周官学的传统，另一方面，又在其人性论的过滤之下，显示出新的色彩。

《礼记·学记》记载："古之教者，家有塾，党有庠，术有序，国有学。"①其教学内容根据《王制》记载："乐正崇四术，立四教，顺先王《诗》、《书》、礼、乐以造士。春秋教以礼、乐，冬夏教以《诗》《书》。"我们看《左传》记载的当时贵族阶层在宴享或揖让之际赋诗言志，其运用程度之熟练与巧妙，正表明了他们的训练有素。所以，孔子"以《诗》、《书》、礼、乐教"，正是继承了周代的王官之学。而《诗》与乐对于个人的修身来说，一个是开端（"兴于《诗》"），一个是完成（"成于乐"），孔子尤其重视。因此，儒家人性论在"学"的方面的展开，也就尤其突出地贯彻、渗透于《诗》与乐的教育和学习上。如果要用一个字加以表达的话，那就是对"志"的强调与追寻。在这一点上，孔子主要是实践上的身体力行，而孟子则主要是理论上的概括总结。《史记·孔子世家》有这样一段记载：

> 孔子学鼓琴师襄子，十日不进。师襄子曰："可以益矣。"孔子曰："丘已习其曲矣，未得其数也。"有间，曰："已习其数，可以益矣。"孔子曰："丘未得其志也。"有间，曰："已习其志，可以益矣。"孔子曰："丘未得其为人也。"有间，有所穆然深思焉，有所怡然高望而远志焉。曰："丘得其为人。黯然而黑，几然而长，眼如望羊，如王四国，非文王其谁能为此也！"师襄子辟席再拜，曰："师盖云《文王操》也。"

---

① 西周有国学和乡学之分。毛奇龄《学校问》指出："至于乡以下，则有四学：一曰乡校……一曰州序……一曰党庠……一曰家塾。"而《学记》所说的"国有学"即指国学。

这段记载,还见于《韩诗外传》卷五及《淮南子·主术篇》,《孔子家语·辨乐解》亦用之。《韩诗外传》较《史记》多出下列一段文字:

> 故孔子持文王之声,知文王之为人。师襄子曰:"敢问何以知其文王之操也?"孔子曰:"然。夫仁者好韦,和者好粉,智者好弹,有殷勤之意者好丽。丘是以知文王之操也。"传曰:闻其末而达其本者,圣也。

"曲"和"数",指的是曲调的旋律和演奏的技巧;"志"即心志,指的是音乐中体现出的精神活动;"为人"是指此一精神活动的人格主体。孔子能由"持文王之声知文王之为人",是因为他确信音乐是人的精神品格(即"仁""和""智"等)的自然流露,而对于音乐的理解,就贵在将自己的精神沉浸于音乐世界中,与音乐中的"志"融合为一,并由此而达到人格上的效仿(即"学")与升华(即"复其初")的境界。这一过程,就是"闻其末而达其本"的过程。而由"得其志"到"得其为人"的转换与递进,也就是由治学到修身、并且会通为一的转换与递进。

到了孟子,他在孔门人性论之精神血脉的灌注下,更明确地提出了"心"与"推",从而形成其人性论的主要特色。朱熹评价孟子回答万章"舜往于田,号泣于旻天,何为其号泣也"的一段话说:

> 孟子推舜之心如此,以解上文之意。极天下之欲,不足以解忧;而惟顺于父母,可以解忧。孟子真知舜之心哉!(《孟子集注》卷九)

这是孟子以"推心"的方法论古人。《孟子·梁惠王上》载齐宣王对

孟子说:

> 《诗》云:"他人有心,予忖度之。"夫子之谓也。夫我乃行
> 之,反而求之,不得吾心。夫子言之,于我心有戚戚焉。

这是孟子以"推心"的方法论时人。而作为此"推心"之基础的,是
"舜,人也,我亦人也"及"何以异于人哉?尧舜与人同耳"(《离娄
下》)的性善论。后世出现贤与不肖的差别,在孟子看来,"非天之降
才尔殊也,其所以陷溺其心者然也"(《告子上》)。"陷溺其心"就是
"放心",而"学问之道"正是为了"求其放心"。所以,孟子提出治学
(以说《诗》为例)的方法,在于求其志,也就是求"仁义"①。《孟子·
万章上》指出:

> 故说《诗》者,不以文害辞,不以辞害志。以意逆志,是为得之。

赵岐注曰:"人情不远,以己之意逆诗人之志,是为得其实矣。"这是抓
住其人性论的基础的,"人情不远"就是"心"的"人皆有之"。

　　孟子对"意"的性质未作限定,但是从孟子的思想结构来看,这个
"意"应该是善的。孟子的人性论以为,人心历千载而能相通,乃奠基
于人性的本质是善,这同时也体现了孟子对读者道德上的基本要求。
在先秦乃至两汉,"意"与"志"并没有严格的区别。所以《说文》云:
"志,意也。"又云:"意,志也。"②到宋代才限定地说"志公而意私"

---

① 《孟子·尽心上》:"王子垫问曰:'士何事?'孟子曰:'尚志。'曰:'何谓尚
　　志?'曰:'仁义而已矣。'"可见,所谓"志",在孟子看来,其实质也就是仁义。
② 《尚书·尧典》:"诗言志。"《史记·五帝本纪》引作"诗言意";又《韩诗外传》
　　卷五孔子学鼓琴师襄子一节,"丘已得其数矣,未得其意也",《史记·孔子世
　　家》作"未得其志也"。可见"意""志"不分。

（张载《正蒙·中正篇》），而宋儒将"志""意"、"公""私"对举显然是有褒贬的，未必是孟子的本意。

由"以意逆志"再上推一层，就是"知人论世"。换句话说，治学的极致是修身。把这两方面绾合起来，我认为《大学》中的一段话最有代表性：

> 古之欲明明德于天下者，先治其国；欲治其国者，先齐其家；欲齐其家者，先修其身；欲修其身者，先正其心；欲正其心者，先诚其意；欲诚其意者，先致其知；致知在格物。

格物致知，是知识的追求；诚意正心，是修身的功夫。前者是后者的基础，后者是前者的升华。

如果我们再进一步追索下去，则可以发现，孔门对"志"的强调，也是春秋时代"赋诗言志"现象衍变的结果。

"诗言志"是一个古老的概念。春秋时，在外交场合经常以《诗》作为外交辞令。从《左传》中可见，当时人颇重视《诗》与"志"的关系。例如，襄公二十七年中文子有一句总结性的话——"《诗》以言志"，可见这在当时已是一个较为普遍的观念。正因为这样，从赋《诗》中才可以观"志"、知"志"。《左传》襄公二十七年记赵孟语："七子从君，以宠武也。请皆赋，以卒君贶，武亦以观七子之志。"又昭公十六年记宣子语："二三君子请皆赋，起亦以知郑志。"可见，赋《诗》时彼此所注意的不是诗之"辞"，而是诗之"志"。在这里，是赋者之志还是诗人之志，是全篇之志还是断章之志不是讨论的重点，需要强调指出的，是赋《诗》中对于"志"的重视。看来赋者更感兴趣的是彼此的"心意"，并在了解对方"心意"的前提下来安排、设计自己的活动。而这一点，恰恰为孔子所注意到。孔子曾经说："我非生而知之者，好古，敏以求之者也。"（《论语·述而》）所以孔子所开辟的精神领域,不是来自宗教信仰,也不是来自科学实验,更不是来自玄学思辨,他只是沉浸于历史往事之中,以其内心的敏感反省、体察、择善而固执之①。孔子的人性论是如此,孔子对"志"的重视也是如此。不过,要看到孔子对中国文化的贡献,还必须兼顾到他对历史经验的转换。以对"志"的重视为例,春秋时的"赋诗言志",就其作用而言,可以"别贤不肖而观盛衰焉"(《汉书·艺文志》语)。所以,其"志"可能是"贤",也可能是"不肖";能反映"盛",也能反映"衰"②。于是,到了孔子,便将"志"的意义在其人性论的过滤中加以转换,从而限定在"仁义"的范围中。同样是《诗》,孔子就说:"《诗》三百,一言以蔽之曰:思无邪。"(《论语·为政》)"思无邪"的精神,就是仁义的精神。因此,"以意逆志"只有在儒家人性论的渗透之下,在孟子"求放心"与"推此心"的思想结构中,才可能顺理成章地产生;这是儒家人性论在修身治学方面伸衍的必然结果。庄子主"止",在庄子学派中不可能有"以意逆志"的萌芽。而且从"以意逆志"法在后世发展的历史事实来看,当道家思想占上风的时候,必然是"以意逆志"法最为沉寂的时候;而儒家思想的复苏与更新,也必然会促进"以意逆志"法的发展。这,可以说是一则规律性的现象。

三、"以意逆志"法在传统文学中的意义

自从孟子提出"以意逆志"为说《诗》的方法之后,在中国文学批评史上产生了巨大的影响,"以意逆志"法遂成为一种运用范围最广、

---

① 钱穆《论春秋时代人之道德精神》对孔子思想与春秋时代的关系多有举例,可参看。见《中国学术思想史论丛》一,《钱宾四先生全集》第十八册,联经出版事业公司,1998 年 5 月版。

② 例如,《左传》襄公二十七年:"伯有赋《鹑之贲贲》。赵孟曰:'床笫之言不逾阈,况在野乎?非使人之所得闻也。'……文子告叔向曰:'伯有将为戮矣。诗以言志,志诬其上而公怨之,以为宾荣,其能久乎?'"此即非善"志"。

运用时间最久的文学批评方法,从而对中国文学的发展也起了极大的作用。概括起来,主要显示在以下几个方面:

其一,"以意逆志"法产生的基础是"心"与"心"的相同,而在运用中所要达到的目的是"心"与"心"的相通。所以,古代文人大多抱有这样的信念,即并世虽不为人知,而后世则必有人知。李攀龙《比玉集序》云:"夫诗,言志也。士有不得其志而言之者,俟知己于后世也。"(《沧溟先生全集》卷十五)因此,他们非常重视人类大生命的完成,坚信古人活在自己心中,自己也能活在后人心中。司马迁《报任少卿书》中说:"古者富贵而名摩灭,不可胜记。唯倜傥非常之人称焉。"(《文选》卷四十一)这种人,就是"立言"的人。他们的身世可能是寂寞的,他们的心情可能是郁结的,但他们之所以能够隐忍委屈而潜心述作,正因为他们坚信自己的苦心可以上接于古人,下通于来者,也就是"述往事,思来者。……藏诸名山,传之其人"(同上)。叔孙豹以"立言"为"虽久不废,此之谓不朽"(《左传》襄公二十四年),曹丕以文章为"不朽之盛事"(《典论论文》,《文选》卷五十二),此所谓"不朽",即指其"文心"的不朽。这种观念,是古代文人的普遍观念。王羲之《兰亭集序》云:

> 每览昔人兴感之由,若合一契,未尝不临文嗟悼,不能喻之于怀。……后之视今,亦犹今之视昔。……虽世殊事异,所以兴怀,其致一也。后之览者,亦将有感于斯文。(《全晋文》卷二十六)

王羲之敏锐地感到生命的短暂,但他之所以"列叙时人,录其所述"(同上),正因为他相信个人的生命能够在人类的大生命中延伸。陶渊明《咏荆轲》诗云:"其人虽已殁,千载有馀情。"(陶澍《靖节先生集》卷四)这是陶渊明与荆轲之心的相通。杜甫《咏怀古迹》诗云:

"摇落深知宋玉悲,风流儒雅亦吾师。"(仇兆鳌《杜诗详注》卷十七)
这是杜甫与宋玉之心的相通。而当陈子昂登上幽州台放歌之际,却
不得不为"前不见古人,后不见来者"(《登幽州台歌》,《全唐诗》卷八
十三)而怆然涕下。这恰恰是诗人在特定环境下生命中之孤独感和
寂寞感的真实写照。这也正从反面说明了中国文人对心灵的千古相
通是何等重视!中国文化能一脉相承地绵延数千年,这不能不是一
个重要的原因。

其二,"以意逆志"的"志",在孟子是有严格规定的,就是"仁
义"。所以,这个"志"一定是善的。众所周知,《尚书·尧典》已有
"诗言志"说,《左传》襄公二十七年也讲到"诗以言志",但这里的
"志"并无严格的规定,它只是说明了早期中国人所认识到的诗,是诗
人心灵的外现或其生命意蕴的流露,而不是对自然的摹仿或理念的
复制。到了孟子,他提出"以意逆志"法,中国文学思想中也就从而提
出了对诗人之"志",也就是诗人之"心"的要求,总括起来就是两个
字:曰真,曰正。而由真到正,其会通合一的途径有两条:一是诗人之
心的内敛净化,使其心"真"到纯粹之境。这时,诗人所言所咏的
"志"就是"赤子之心",就是"童心"①。而"赤子之心"与"童心",必
然是一颗"无邪"的心,"真"就是"正"。袁枚《随园诗话》卷三云:
"诗人者,不失其赤子之心者也。"王国维《人间词话》中说:"词人者,
不失其赤子之心者也。"他又说:"主观之诗人,不必多阅世。阅世愈
浅,则性情愈真。"正应该在这个意义上来理解;另一是诗人之心的外
扩涵容,使其"个人心"成为"人类心"的代表。这时,诗人所言所咏
的"志"就不只是一己之穷通,而是大众的哀乐。这样的作品,就不仅

---

① 李贽《童心说》指出:"夫童心者,真心也。……若失却童心,便失却真心;失
却真心,便失却真人。人而非真,全不复有初矣。……天下之至文,未有不出
于童心焉者也。"(《焚书》卷三)

是有个性的,而且是有社会性的。"个性"与"社会性"的结合,就是"真"与"正"的融通。孔颖达《毛诗正义》卷一对《毛诗序》"是以一国之事,系一人之本"等句疏解道:

> 一人者,作诗之人,其作诗者道己一人之心耳。要所言一人心,乃是一国之心。诗人览一国之意以为己心,故一国之事系此一人使言之也。……言天下之事,亦谓一人言之。诗人总天下之心、四方风俗以为己意,而咏歌王政。

正是这个思想的极好说明。"正"而不"真",必非真"正";"真"而不"正",必非真"真"。惟有"真"与"正"相融合的作品,才是人人心中所有,人人笔下所无的伟大作品。这个思想,就是中国传统文学思想中最根本的思想之一。

其三,"以意逆志"法要求于读者的,是以追求诗人之"志"为指归。所以,中国文学批评史上十分强调读者对作品的穷观返照,以获得作者的"苦心"之所在。姜夔《白石道人诗说》指出:"《三百篇》美、刺、箴、怨皆无迹,当以心会心。"元好问《与张仲杰郎中论文》诗中也写道:

> 文章出苦心,谁以苦心为? 正有苦心人,举世几人知? ……文须字字作,亦要字字读。咀嚼有馀味,百过良未足。(《遗山诗集》卷二)

正因为如此,古代的笺注之学就不限于群经子史,在文学作品的笺注方面也同样予以极高的重视。如果说,产生于解释《圣经》的西方诠释学(Hermeneutics),和产生于解释《诗经》的"以意逆志"法,都是由解释经典而来,是有着惊人相似的话,那么,西方诠释学是到了十八世纪以后才逐渐广泛地运用于一般世俗著作的解释,而中国则从汉代开始就不局限于儒家经典,即六艺的注释,出现了好几家有关《楚辞》的传注、章句;到唐代,则由于对《文选》的注释而形成"文选学"①。这或许也反映了西方文化重视宗教的神学和中国文化重视道德的人学之差异的一个侧面。另外,由于"知人论世"的影响,从而产生了年谱之学。现存最早的年谱,不是帝王的,不是圣人的,而是文学家杜甫与韩愈的。文章类属文学,谱牒类属史学,文学家年谱的出现,是文学与史学的沟通。《史记》是后代文章家作文的楷模,杜甫的诗又被称作"诗史"②;以史证诗,以诗证史,成为中国古代学术的一大传统。文学表现人心,历史注重人事,文史合一,在中国古代文化传统中,也是有其必然性的。

这三个方面,就是"以意逆志"法在传统文学中产生的意义。实际上,从以上的分析中不难看出,这些意义并不局限于文学,实可旁通于艺术,更能上推至文化。

第二节 汉儒以美刺说诗的新检讨

总观"以意逆志"法的发展,自汉迄清,大致可以分作四个阶段:两汉;魏晋至唐;宋代至明;清代。每一阶段的学术思想和文学背景的差异,导致了各个阶段的不同特色,这些特色也就成为"以意逆志"法在发展史上的标志。

---

① 刘肃《大唐新语》卷九云:"江淮间为'《文选》学'者,起自江都曹宪。……其后,句容许淹、江夏李善、公孙罗相继以《文选》教授。"
② 孟棨《本事诗·高逸》:"杜逢禄山之难,流离陇、蜀,毕陈于诗,推见至隐,殆无遗事,故当时号为'诗史'。"

从中国历史上来看,汉代是秦朝的延续,也是有史以来的一大钜变,在社会组织与文化形态上,它奠定了此后两千馀年中国社会与文化规模的基础。所以,作为历史上诸朝代之一的"汉",遂成为中华民族的一个象征。就"以意逆志"法而言,虽然孟子"叙《诗》《书》,述仲尼之意"(《史记·孟子荀卿列传》),最初提出了此一说诗方法,但是,这一方法在中国文学史及文学批评史上产生了如此深远的影响,则不能不归功于汉儒将这一方法广泛地付诸实践。而汉儒在实践中所形成的意义及导致的弊病,对"以意逆志"法的发展也产生了莫大的影响。

一、汉儒说诗的特色及其背景

《诗》在汉代于"五经"中虽最早被尊为"经"并立有博士①,但"诗三百"地位真正的提高,是在汉武帝"罢黜百家,独尊儒术"并置五经博士以后。汉代的鲁、韩、毛三家诗,从史籍上看,有说皆出于荀子②。西汉时,经今文学流行于世,而就今文"三家诗"而言,乃以《齐

---

① 王应麟《困学纪闻》卷八指出:"后汉翟酺曰:'文帝始置一经博士。'考之汉史,文帝时,申公、韩婴皆以《诗》为博士,'五经'列于学官者,惟《诗》而已。景帝以辕固生为博士。"

② 汪中《述学》补遗《荀卿子通论》记汉初《诗》学源流甚详,文长不录,表列如下:

  鲁诗:荀子→浮丘伯(包丘子)→申公;

  韩诗:引荀子以说《诗》者四十有四,荀子之别子也;

  毛诗:子夏→曾申→李克→孟仲子→根牟子→荀子→大毛公

案:汪氏所论,除《鲁诗》出自荀子为有据外,其馀均不尽然。即以《韩诗》而言,《外传》虽引荀子者四十有四,但不尽与荀子同。如卷四引其《非十二子》,即去掉子思、孟子,成为十子。相反,《外传》不取荀子的"性恶"说,而是接受了孟子的"性善"论,卷四引孟子曰:"仁,人心也;义,人路也。……故学问之道无他焉,求其放心而已。"即为一例。

诗》最为显赫①，也以《齐诗》最能代表西汉经今文学的特色。儒学以齐、鲁为宗，汉代师儒也以齐、鲁为盛。《齐诗》之学固然出于孟子，汉儒之学亦可谓多出于孟子②。而从汉儒说诗方法来看，其受孟子的影响更是显然。并且，在汉代的政治、社会及文化空气的熏染下，"以意逆志"法又有新的发展，形成新的特色。

　　《汉书·艺文志》云："汉兴，鲁申公为《诗》训故，而齐辕固、燕韩生皆为之传。"辕固的《传》未见著录，《艺文志》仅录申公《鲁故》二十五卷，韩婴《韩故》三十六卷，《韩内传》四卷及《韩外传》六卷。颜师古注云："故者，通其指义也。它皆类此。"据此说，则"故""说""传""记"的意思大体上是一致的，均在"通其指义"。但实际上在当时恐怕是有差别的。"故"即训故，是据经文字句作解释；"传"则不同，《汉书·儒林传》云："（韩）婴推诗人之意，而作《内外传》数万言。"可见"传"的重心在"推诗人之意"。班固接着说："其语颇与《齐》《鲁》间殊，然归一也。"这里的"《齐》《鲁》"，当指辕固的《齐诗传》和申公的《鲁诗传》③。所谓"归一"者，"谓'三家诗'言大旨不相悖耳"（王先谦《诗三家义集疏·序例》）。而《毛诗》篇篇有序，亦即叙引作者之意。

　　要继续追问的是，这种"归一"的"大旨"又是什么呢？从现存文

---

① 据《汉书·儒林传》记载，辕固弟子"以《诗》显贵"，又谓"《齐诗》有翼（奉）、匡（衡）、师（丹）、伏（理）之学。满昌授九江张邯、琅邪皮容，皆至大官，徒众尤盛"。又据《汉书·艺文志》统计，《鲁诗》三种凡五十三卷，《齐诗》五种凡一百二十二卷，《韩诗》四种凡八十七卷（《韩外传》六卷，《隋书·经籍志》后皆录为十卷），亦以《齐诗》为夥。
② 参见庞俊《齐诗为孟子遗学证》，载《四川大学季刊》第 1 期文学院专刊，1935年；蒙文通《汉儒之学源于孟子考》，载《论学》第 3 期，1937 年 3 月。
③ 申公《鲁诗传》虽未见著录，但据《汉书·楚元王传》载："申公始为《诗传》，号《鲁诗》。"可知亦曾作有《诗传》。

献来看,尽管齐、鲁、韩、毛四家《诗》在文字、训诂上间有出入,但他们所"推"的作者之"意"、所"逆"的诗人之"志"却是有着同一指向的,即"美刺""讽谏"。正如清人程廷祚所概括的:"汉儒言诗,不过美刺二端。"(《诗论十三·再论刺诗》,《青溪集》卷二)其实,不止于诗,汉代的一切文学批评,在涉及作者旨意时,几乎无一不具有美刺、讽谏之意。以王逸的《楚辞章句》为例,《离骚经序》谓《离骚》"犹依道径,以风谏君也";《九歌序》曰"上陈事神之敬,下见己之冤结,托之以风谏";《九辩序》谓《九歌》《九章》"讽谏怀王,明己所言与天地合度,可履而行也";《招魂序》曰"外陈四方之恶,内崇楚国之美,以讽谏怀王,冀其觉悟而还之也";《大招序》曰"因以风谏,达己之志也";《惜誓序》曰"盖刺怀王有始而无终也"。由此可见,"美刺"(尤其是"刺")、"讽谏"是汉儒使用"以意逆志"法所得出的共同结论。这是汉儒说诗的第一点特色。

如前所述,在孟子的思想结构中,"以意逆志"与"知人论世"是两个紧密联系的命题,但是在表述时,这两段话却是在不同的篇章中分别道出。将隐含于孟子思想结构中的这两个方面在实践中有机地组合起来,使"知人论世"成为"以意逆志"法中不可分割的部分,是汉儒对这一方法的发展,也是汉儒说诗的第二点特色。这一特色,首先突出表现在司马迁的《史记》中。读其书,逆其志,并欲进而知其人,论其世,这是司马迁读古人书(不限于读文学作品)的方法之一,也是他修史的方法之一。例如:

余读孔氏书,想见其为人。(《孔子世家》)
吾读管氏《牧民》《山高》《乘马》《轻重》《九府》,及《晏子春秋》,详哉其言之也。既见其著书,欲观其行事,故次其传。(《管晏列传》)
余尝读商君开塞耕战书,与其人行事相类。(《商君列传》)

余读孟子书,至梁惠王问"何以利吾国",未尝不废书而叹也。(《孟子荀卿列传》)

(虞卿)不得意,乃著书。上采《春秋》,下观近世,曰《节义》《称号》《揣摩》《政谋》,凡八篇。以刺讥国家得失,世传之曰《虞氏春秋》。……然虞卿非穷愁,亦不能著书以自见于后世云。(《平原君虞卿列传》)

余读《离骚》《天问》《招魂》《哀郢》,悲其志。适长沙,观屈原所自沉渊,未尝不垂涕,想见其为人。(《屈原贾生列传》)

人类的著作,是人类思想的结晶,而思想是在历史中形成,在时代里成长的。只有深入于古人的时代中,与古人一起经受时代课题的考验,才能衡量出古人在人格上的高低,才能把握住其用心的幽微曲折,才能对其思想在历史中正面及负面的意义加以判断。如司马迁对屈原的论述,首先将他的作品放在历史环境中加以考察,指出"屈平之作《离骚》,盖自怨生也",并从而对其志洁行廉的高尚伟大的人格作了充分肯定:"推此志也,虽与日月争光可也。"(《史记·屈原贾生列传》)他对司马相如的分析,也是能在其"虚辞滥说"的表面现象中,看到"其要归引之节俭"的真正动机与用心,从而作出"此与《诗》之风谏何异"(《史记·司马相如列传》)的结论。司马迁的《史记》,之所以能够成为中国史学史和中国文学史上的高峰,与他对"以意逆志"法的理解和使用,并在使用中加以发展是分不开的。

汉儒对"以意逆志"法的发展,至东汉后期的郑玄而作一总结。王国维在《玉谿生年谱会笺序》中指出:

及北海郑君(玄)出,乃专用孟子之法以治《诗》。其于《诗》

也,有《谱》有《笺》。《谱》也者,所以论古人之世也;《笺》也者,所以逆诗人之志也。(《观堂集林》卷二十三)

《诗》的写作手法主要有三种,即赋、比、兴,《诗》的主旨就是通过这三种手法表现出来。郑玄的解释具有典型的汉儒特征:

> 赋之言铺,直铺陈今之政教善恶。
> 比,见今之失,不敢斥言,取比类以言之。
> 兴,见今之美,嫌于媚谀,取善事以喻劝之。(《周礼·春官宗伯·乐师》注)

赋、比、兴三词虽然出现于先秦遗籍中,但是在实践上将它们具体化、定型化,使之在作品中各有所归,在创作时各有所用,则是到汉代才出现的。因此,郑玄对《周礼》中赋、比、兴的解释,在某种程度上是根据汉儒的批评实践加以总结,从而逆推上去的。郑玄在《六艺论》中曾指出:

> 诗者,弦歌讽喻之声也。自书契之兴,朴略尚质,面称不为谄,目谏不为谤。君臣之接如朋友然,在于恳诚而已。斯道稍衰,奸伪以生,上下相犯。及其制礼,尊君卑臣。君道刚严,臣道柔顺。于是箴谏者希,情志不通,故作诗者以诵其美而讥其过。(孔颖达《诗谱序正义》引)

很显然,"君臣之接如朋友然"指的是理想中的三代以上的情形,"尊君卑臣"则是现实中的秦汉以来的情形。这正从又一个侧面表明郑玄对赋比兴的解释与时代的关系①。郑玄的另一著作《诗谱》虽早有残佚，但是经过后人的整理②，可以大致睹其规模。他将三百篇按写作时代次序，盛世之诗"谓之诗之正经"，衰世之诗"谓之变风、变雅"（《诗谱序》），将诗与时代紧密结合起来，这对后世的影响是极大的。

对汉代文学批评中的上述现象究竟作何评价，无疑是个十分复杂的问题。为了对此一问题有较为准确的把握，我们有必要对其产生背景稍作考察。

汉代是一个经学空气甚浓的时代。总的说来，尽管有一些"曲学以阿世"如公孙弘之辈，以及将"五经"当作获取利禄之手段的人，但那些继承了儒家大统，措心于孔孟之"道"的实现的人，却体现并代表了真正的儒家风范，因而影响甚大。汉代的政治不同于先秦的最大之处，在于它是大一统的一人专制社会③。贾山《至言》中写道：

> 雷霆之所击，无不摧折者；万钧之所压，无不糜灭者。今人主之威，非特雷霆也；势重，非特万钧也。（《全汉文》卷十四）

在"道"与"势"的对峙中，士人要做到不"枉道而从彼"（《孟子·滕文公下》），一方面在主观上要有"以直谏主，不避死亡之诛"（《至言》）的勇气与胆略，另一方面，客观上也要在舆论界使人们（包括统

---

① 需要说明的是，郑玄的解释并不完全合于《诗经》的创作实际，如焦循《毛诗补疏》就指出："《雄雉》刺卫宣公，《芄兰》刺惠公，毛《传》皆云'兴'也，则比兴不得以美刺分。《正义》言'美刺俱有比兴'是也。"见《清人诗说四种》，页242，华中师范大学出版社，1986年7月版。

② 对郑玄《诗谱》的整理始于宋代欧阳修，今人裴普贤《郑玄诗谱图表的综合整理》较为详备，可参看。见糜文开、裴普贤《诗经欣赏与研究》（三），三民书局，1979年6月版。

③ 徐复观《两汉思想史》卷一对此一问题有透辟的分析，可参看。学生书局，1985年3月版。

治者在内)承认、接受"道"高于、尊于"势"。在这一问题上,先秦儒家(尤其是孟子)有过许多精辟的论述。而在汉代首先提出这点,从而在理论上奠定经学高于政治的基础的是汉初的陆贾。《新语·道基》指出:

> 后圣(即孔子)乃定"五经",明"六义",承天统地,穷事察微,原情立本,以绪人伦。……《鹿鸣》以仁求其群,《关雎》以义鸣其雄,《春秋》以仁义贬绝,《诗》以仁义存亡,《乾》《坤》以仁和合,《八卦》以义相承,《书》以仁叙九族,君臣以义制忠,《礼》以仁尽节,乐以礼升降。仁者道之纪,义者圣之学。学之者明,失之者昏,背之者亡。

这里指出了政治对经学的依赖,而所谓经学的核心内容就是"仁义"。汉武帝立"五经"博士以后,经学的地位进一步提高,这固然是利禄之途所在,并产生了不良后果①,但这也开辟了由通经以进入政治圈中的道路。而以后的皇室子弟,从小皆以"五经"为教材,这也使道统高于政统的理念在一定程度、一定范围内得到了实现。因此,统治者的"受言""纳谏",由经学的修养而得到低度的保障;而忠臣义士在"天下无道"的形势下不惜"以身殉道"(《孟子·尽心下》),也由经学的修养而获得精神上的鼓励。

这也就决定了汉儒治经的方法是借古讽今。换言之,他们是完全站在现实的立场上去把握经学、理解经学,并运用经学的。这种方法,也可以说是肇自陆贾。《新语·术事》云:"善言古者合之于今,能述远者考之于近。"这一传统,在汉儒看来,也是导源于孔子的。董

---

① 《汉书·韦贤传》引邹鲁谚云:"遗子黄金满籯,不如一经。"以谋求功利的动机读经,必然使经的精神荡然无存。

仲舒认为,孔子作《春秋》的用意,是"以为天下仪表,贬天子,退诸侯,讨大夫,以达王事而已矣。……别嫌疑,明是非,定犹豫,善善恶恶,贤贤贱不肖"(《史记·太史公自序》),等等,所侧重的正是强烈的现实感以及对人类命运的责任心。在他们的眼中,经学的意义在很大程度上就是对统治者的讽谏,具有浓厚的政治色彩。所以汉儒中就有以《诗》为"谏书"者①。

《诗》为"五经"之一,汉初有孔子删《诗》之说,又认为其删削的标准就是"取可施于礼义"(《史记·孔子世家》)。而《诗》与《春秋》,从孟子就说"《诗》亡然后《春秋》作"(《孟子·离娄下》),二者在精神上有着密切的联系②。所以,汉儒说《诗》,也就本着这样一种经学的眼光,站在现实的立场上强调其"美刺""讽谏",以达到借古讽今的目的。董仲舒《春秋繁露·精华篇》载:

所闻《诗》无达诂,《易》无达占,《春秋》无达辞。

这几句话在汉代颇为流行。凌曙注曰:"《诗·汎历枢》:'《诗》无达诂,《易》无达言,《春秋》无达辞。'《说苑·奉使篇》引《传》曰作'《诗》无通诂,《易》无通吉(当作"占"),《春秋》无通义'。"王应麟《困学纪闻》卷三指出:"董子曰'《诗》无达诂',孟子之'不以文害辞,不以辞害志'也。"这仅仅注意到其相同的一面,而前者强调说诗

①《汉书·儒林传》记王式语:"臣以《诗》三百五篇朝夕授王,至于忠臣孝子之篇,未尝不为王反复诵之也;至于危亡失道之君,未尝不流涕为王深陈之也;臣以三百五篇谏,是以亡谏书。"

② 廖平《今文诗古义疏证凡例》一"笔削取义"中认为,《孟子》"王者之迹熄而诗亡"句当为"王者之迹熄而《诗》作,《诗》作然后《春秋》作"。所以,《诗》"既经素王笔削,篇章字句,机杼全出圣心,亦如《春秋》,比事属辞,皆关义例"(《六译馆丛书·诗经类》)。其说可参。

的主观性,则明显是对后者的发展。同样,赵岐在《孟子注》中对"以意逆志"的解释是:

> 人情不远,以己之意,逆诗人之志,是为得其实矣。

前面指出,赵岐拈出"人情不远",是抓住了孟子人性论的基础。但是,明确提出"以己之意,逆诗人之志",则是赵岐对"以意逆志"法的发展。这与"《诗》无达诂"说的背景是一样的,这种理论与汉儒的说诗实践也是完全一致的。班固曾就立于学官的齐、鲁、韩三家对《诗》的训传作过这样的总评价:"或取《春秋》,采杂说,咸非其本义。"(《汉书·艺文志》)这是因为汉儒说《诗》的基本用心,原就不在追寻诗人的本义,只不过是借题发挥而已。而他们借题发挥的着眼点则完全放在"美刺"(尤其是"刺")、"讽谏"上。汉儒念念不忘这一点,随时加以发挥。《周礼·春官宗伯》记瞽矇的职责,有"讽诵诗"一条,郑众即注云:"讽诵诗,主诵诗,以刺君过。"这种意念,与汉代大一统一人专制的政治背景关系密切。《淮南子·修务篇》云:"为道者必托之于神农、黄帝,而后能入说。乱世暗主,高远其所从来,因而贵之。"作者在这里虽然对托古立说持否定态度,但也从一个方面透露了其中消息。

《诗》固然是"五经"之一,但在汉人的心目中,《离骚》(即《楚辞》的代表)也兼有《国风》"好色而不淫"与《小雅》"怨诽而不乱"(《史记·屈原贾生列传》)的特点,乃"依托'五经'以立义"(王逸《楚辞章句叙》);赋又为"古诗之流"(班固《两都赋序》,《文选》卷一)。所以,在汉儒的眼光中,这些作品同具有"美刺""讽谏"的色彩也就是理所当然的了。

二、历史意义与历史局限

汉儒在"以意逆志"的实践中,将"志"的内容局限在"美刺""讽谏"中,从历史上来看,有其意义,也有其局限。毫无疑问,汉儒的文学批评实际上是一种政治批评。从现代人的眼光来看,这无疑抹煞了文学的特性,持这一标准去看待文学也无疑是迂腐乃至僵化的。但是,从历史上来看,当汉儒以"美刺""讽谏"说诗的时候,面对的是其威势至高无上的君主权贵,他们的借古讽今,往往是要以其个人的荣辱乃至生命的存亡为代价①,这决不同于书生的信口开合或哗众取宠。经学的意义,在他们是由文字直贯入精神血脉,成为支持其生命的源泉和力量。就他们所说的具体诗篇而言,他们所"逆"的诗人之"志"可能有偏差甚至完全相反,但是从他们的动机和表现看,却恰恰代表了传统士人的良知与勇气。这里,可略举对《关雎》的解释为例。

汉代流行的《诗》,主要是齐、鲁、韩三家,《毛诗》只在民间流传,未能列入学官。对《关雎》的解释,《毛诗》认为作于文王之时,其义乃是赞美"后妃之德"。但郑玄作笺以前,汉代流行的"三家诗"义却不是"美",而是"刺"。兹据王应麟《诗考》②,将三家义列之如下:

> 《韩诗》:"今时大人内倾于色,贤人见其萌,故咏《关雎》,说淑女、正容仪以刺时。"

---

① 《汉书·眭弘传》载,弘上书云:"先师董仲舒有言,虽有继体守文之君,不害圣人之受命。汉家尧后,有传国之运。汉帝宜谁差天下,求索贤人,禅以帝位。而退自封百里,如殷、周二王后,以承顺天命。"霍光即以其"妄设祅言惑众,大逆不道"而诛之。眭弘所据正为《春秋》公羊家说。
② 王先谦《诗三家义集疏》虽卷帙丰于《诗考》,但其对"三家诗"内容的划分多有不合理处,兹不采其说。

《鲁诗》:"佩玉晏鸣,《关雎》叹之。"(李奇曰:"后夫人鸡鸣佩玉去君所,周康王后不然,故诗人叹而伤之。")

《齐诗》:"孔子论《诗》,以《关雎》为始。言太上者民之父母,后夫人之行不侔乎天地,则无以奉神灵之统,而理万物之宜。故《诗》曰:'窈窕淑女,君子好仇。'言能致其贞淑,不贰其操。情欲之感,无介乎容仪。宴私之意,不形于动静。夫然后可以配至尊而为宗庙主。此纲纪之首,王教之端也。"

由此可见,"三家诗"均认为《关雎》乃康王时所作,其意为刺"今时大人内倾于色","后夫人之行不侔乎天地",这可以说是"三家诗"的通义,也是汉代流行的观点①。然而,捜诸史乘,其中明显是有矛盾的。《史记·十二诸侯年表》云:"周道缺,诗人本之衽席,《关雎》作。"又《儒林传》云:"夫周室衰而《关雎》作。"这是承"三家义"而来,诗意主"刺"。但是司马迁在《周本纪》中又载:"成、康之际,天下安宁,刑错四十馀年不用。"正是太平盛世。这个矛盾,我认为只能用汉儒的托古讽今(这比借古讽今更进一层)来解释。汉代自诸吕篡政以来,外戚问题相当严重。好色宠内,往往导致外戚之祸。这从陆贾就已意识到,并加以警戒。《新语·慎微》指出:"夫建大功于天下者,必先修于闺门之内。""三家诗"以《关雎》主"刺",其意亦在于此。上引《齐诗》之说,正见于匡衡所上《戒妃匹劝经学威仪之则疏》中,其目的正在于藉《诗》的大义以匡谏成帝"采有德,戒声色"(《汉书·匡衡传》),而成帝恰恰是以宠飞燕、耽酒色为当时及后世所诟病的。可见,他们完全是站在现实的立场,针对现实的情况而说《诗》的。讽刺汉皇而托之于康王,这与唐人诗中讽刺唐皇,而每每以汉皇代之,虽一为批评,一为创作,其思维路径是颇为类似的。所以,汉儒的说

---

① 王应麟《诗考》有《诗异字异义》节,于《关雎》下集有当时七家之说,大义相似。

《诗》，往往不是其本义，又往往显得很拘执，乃至牵强附会①。其局限在这里，其意义也在这里。

汉儒使用"以意逆志"法强调"美刺""讽谏"，对创作本身也带来很大影响。这就是诗赋当有为而作，以发挥美刺、讽谏的作用。西汉的大赋，多具有讽谏的传统。赋序中的"作赋以讽""上赋以劝"等字样，即为明证。虽然这些序均为"史辞"②，但却真实地反映了这些赋的作意。东汉的赋作者，更是有意识地继承前人的讽谏传统。《后汉书·班固传》谓固"感前世相如、寿王、东方之徒，造构文辞，终以讽劝，乃上《两都赋》"；《张衡传》谓"衡乃拟班固《两都》，作《二京赋》，因以讽谏"；而杜笃《论都赋序》自云"窃见司马相如、扬子云作辞赋以讽主上，臣诚慕之，伏作书一篇，名曰《论都》"（《后汉书·杜笃传》）。后人看到这种现象，遂有将赋与"五经"并提者，如孙绰云："《三都》《二京》，'五经'鼓吹。"（《世说新语·文学》）《毛诗序》释"风"曰："上以风化下，下以风刺上。主文而谲谏。言之者无罪，闻之者足以戒。"而诗赋中的讽喻传统，遂成为我国文学的一大特色。相反，一味歌功颂德的篇什，则每每被认为是无聊的，甚至是可耻的，而为中国诗教传统所不容。

这里也就牵涉到一个评价标准问题。由于受汉儒说诗的影响，对文学作品的评价，首先便以是否含有讽谏之意为标准，来衡量作品的优劣。《史记·屈原贾生列传》指出：

> 屈原既死之后，楚有宋玉、唐勒、景差之徒者，皆好辞而以赋

---

① 王先谦《诗三家义集疏》于《关雎》下云："《毛传》匿刺扬美，盖以为陈圣贤之化，则不当有讽谏之词。得粗而遗其精，斯巨失矣。"案：王氏扬今文，抑古文。若就《关雎》一诗的本义而言，其说实未必。

② 王芑孙《读赋卮言·序例》云："西汉赋亦未尝有序……其题作序者，皆后人加之，故即录史传以著其所由作，非序也。自序之作，始于东京。"其说可参。

见称。然皆祖屈原之从容辞令,终莫敢直谏。

这便是以后者的"莫敢直谏"来反衬屈原作品的价值和功能。扬雄《法言·吾子》中关于"诗人之赋"与"辞人之赋"的划分,也是以"讽谏"为标准衡量的。这种情形,后来在中国文学史上也曾多次出现。

这一标准固然有其不可抹煞的价值,但是汉人在使用上最大的弊病,乃在于将它唯一化、绝对化。由于是从经学的眼光看文学,遂限制了汉儒的视野,使他们的论述不免狭隘、偏执,其历史意义也由于其历史局限而湮没于历史尘埃之中。

在汉人的创作中,还有一点也大堪注意。汉儒以"美刺""讽谏"为原则去看待作品,但是在表现手法上,又必须是"主文而谲谏",做到曲终奏雅。这就是《诗经》中的比兴传统,也就是《楚辞》中的"香草美人"的传统。所以,汉人一方面在批评时强调比兴寄托之意,另一方面在创作中也继承了此一传统,有意识地摹仿这种手法。如张衡《四愁诗》,其序云:

> 时天下渐弊,郁郁不得志,为《四愁诗》,依①屈原,以美人为君子,以珍宝为仁义,以水深雪雾为小人,思以道术相报,贻于时君,而惧谗邪不得以通。②

这种创作与批评的互为作用,遂使作者藉男女之词,寓身世之感;说者指闺阁之言,作美刺之笺,从而形成中国古代文学与传统文学批评的一大特

---

① 此字今本无,兹据胡克家《文选考异》卷五补。
② 《文选》卷二十九。案:王观国《学林》卷七以此序非张衡自作,"《四愁诗序》乃史辞也,辞有不同者,盖撰《后汉书》者非一家,后之编集衡诗文者增损之耳"。

色。"以意逆志"法之长流不衰,这种内在的必然性是断断不可忽视的。

第三节　得意忘言与义疏之学
——魏晋至唐代的古典解释

魏晋以来,中国的古典解释出现了一些新面貌,虽然在经书解释史上,有的学者还是将这一时期总归为汉唐阶段①。这种划分从历史的长时段来看,自然有其成立的理由,但对于长时段中各个短时段的变化,学者理应予以必要的注意。概括地说,这些新面貌可以归结为两点,即"得意忘言"与"义疏之学"。前者是精神上的,后者是体式上的。经典解释的这些新特征,对于文学解释来说,也起到了不容忽视的先导和影响作用。

一、魏晋以来古典解释新貌的形成

汉武帝置"五经"博士、设弟子员以后,博士为了教授弟子的需要,往往详细阐释经典之文,引申传记之义,从而逐步兴起一种章句之学。辗转相传,乃至"一经说至百馀万言"(《汉书·儒林传赞》),从而流于饾饤、繁琐。因此,从西汉末年开始,就出现了对这种学风的批判。《汉书·艺文志》指出:

> 后世经传既已乖离,博学者又不思多闻阙疑之义,而务碎义

---

① 如加贺荣治的《中国古典解释史·魏晋篇》将中国古典经书解释史分作三期:第一期自汉武帝立五经博士官到唐初五经正义的撰定;第二期从中唐经宋、元到明初四书五经大全的编纂,这一期持续到晚明中叶,明末开始转变;第三期从明末到辛亥革命。第一期为汉唐训诂学,以五经为中心;第二期为宋明性理学,以四书为中心;第三期为清朝考证学。劲草书房,1964年版。

逃难,便辞巧说,破坏形体。说五字之文,至于二、三万言。后进弥以驰逐,故幼童而守一艺,白首而后能言。安其所习,毁所不见,终以自蔽。此学者之大患也。

这种意见,在汉哀帝时,刘歆《移书让太常博士》中已经指出①。到了东汉,从朝廷到经师,就有人提出删减章句并加以实践②。虽然这种改变是局部性的,但却显示出对于繁琐解释之学的脱离与背弃的倾向。与此相应,就是对于"通儒"之学的崇尚。例如:

> 扬雄——"少而好学,不为章句,训诂通而已,博览无所不见。"(《汉书·扬雄传》)
> 桓谭——"博学多通,遍习五经,皆诂训大义,不为章句。能文章,尤好古学。……憙非毁俗儒,由是多见排抵。"(《后汉书·桓谭传》)
> 班固——"及长,遂博贯载籍,九流百家之言,无不穷究。所学无常师,不为章句,举大义而已。"(《后汉书·班固传》)
> 卢植——"少与郑玄俱事马融,能通古今学,好研精而不守章句。"(《后汉书·卢植传》)
> 韩融——"少能辩理,而不为章句学。"(《后汉书·韩融传》)

---

① 《汉书·刘歆传》载:"往者缀学之士不思废绝之阙,苟因陋就寡,分文析字,烦言碎辞,学者罢老且不能究其一艺。"
② 《后汉书·章帝纪》载:"(光武帝)中元元年诏书,'五经'章句烦多,议欲减省。"又《桓荣传》载:"初,荣受朱普学章句四十万言,浮辞繁长,多过其实。及荣入授显宗,减为二十三万言。(桓)郁复删省定成十二万言。由是有《桓君大小太常章句》。"均为其例。

"通儒"的特色是不守章句、博古通今、举其大义,是与"俗儒"相对的。例如王充"好博览而不守章句。……博通众流百家之言。……以为俗儒守文,多失其真"(《后汉书·王充传》);荀淑"少有高行,博学而不好章句,多为俗儒所非"(《后汉书·荀淑传》)。应劭《风俗通义》也指出了"通儒"与"俗儒"的区别①。博古通今在当时其实更重在"好古学",即对于古文经传的重视,以此来否定章句之学。在强调博览古今的同时,通儒之学在古典解释上更强调对经传的"通理究明"②,所批评的还是"守文"的俗儒。如上文举到的卢植"好研精而不守章句",韩融"少能辩理,而不为章句学",郑玄则"义据通深"(《后汉书·郑玄传》)。魏晋的经典解释所出现的新貌,实际上与东汉以来的通儒之学有着明显的继承关系。强调贯通古今,就必然重视博览;强调通理究明,则必然导致简约。由于东汉末年的郑玄在博古通今方面已作出集大成的贡献,此下的发展,也就自然走上偏于通理究明的方向。

　　魏晋以来的经典解释③,表现出由名物训诂到辨名析理的转变,由繁琐到简明的转变。刘勰《文心雕龙》将解释经典的传注看成"论"的一种,其要旨应是"弥纶群言,而研精一理"(《论说》)。他又指出:"毛公之训《诗》,安国之传《书》,郑君之释《礼》,王弼之解《易》,要约明畅,可为式矣。"这种倾向自魏晋以下成为一时风气。

---

① "儒者,区也,言其区别古今,居则玩圣哲之词,动则行典籍之道,稽先王之制,立当时之事,纲纪国体,原本要化,此通儒也。若能纳而不能出,能言而不能行,讲诵而已,无能往来,此俗儒也。"王利器《风俗通义校注》,页619,中华书局,1981年1月版。

② 参见加贺荣治《中国古典解释史·魏晋篇》第一章第三节。

③ "经典"一词,一般指的是儒家典籍,但在魏晋以来直至唐初,经典实可包括老庄之书。如陆德明《经典释文》即包括《周易》《古文尚书》《毛诗》《三礼》《春秋》《孝经》《论语》《老子》《庄子》《尔雅》等,就是明显的一例。这里所说的"经典",亦作如是观,故举例不限于儒家。

如王弼在《老子指略》中指出：

　　夫不能辩名,则不可与言理;不能定名,则不可与论实也。①

郭象《庄子注》云：

　　夫庄子之大意,在乎逍遥游放,无为而自得,故极小大之致以明性分之适。达观之士,宜要其会归而遗其所寄,不足事事曲与生说。自不害其弘旨,皆可略之耳。②

又指出：

　　膏粱之子,均之戏豫,或倦于典言,而能辩名析理,以宣其气,以系其思,流于后世,使性不邪淫,不犹贤于博奕者乎?③

杜预《春秋序》指出：

　　若夫制作之文,所以章往考来,情见乎辞,言高则旨远,辞约则义微,此理之常,非隐之也。

范宁《春秋穀梁传序》指出：

　　凡传以通经为主,经以必当为理。夫至当无二,而三传殊

---

① 楼宇烈《王弼集校注》,页199,中华书局,1980年8月版。
② 郭庆藩《庄子集释》卷一上,页3,中华书局,1961年7月版。
③ 同上书,页1114。

说，庸得不弃其所滞，择善而从乎？既不俱当，则固容俱失。若
至言幽绝，择善靡从，庸得不并舍以求宗，据理以通经乎？虽我
之所是，理未全当，安可以得当之难，而自绝于希通哉？

这种方法，如果用当时的表述，就是"得意忘言"的解释方法。作为开
一代玄学之风的王弼，他就"言""象""意"三者的关系提出了一段著
名的论述：

> 夫象者，出意者也。言者，明象者也。尽意莫若象，尽象莫
> 若言。……然则忘象者，乃得意者也；忘言者，乃得象者也。得
> 意在忘象，得象在忘言。①

在这里，王弼提出了著名的"得意忘言"说，从而形成了魏晋乃至整个
南朝的新学风、新方法。汤用彤在《魏晋玄学和文学理论》一文中
指出：

> 盖真正的学问不在讲宇宙之构成与现象，而在讲宇宙之本
> 体，讲形上学。此"得意忘言"便成为魏晋时代之新方法，时人用
> 之解经典，用之证玄理，用之调和孔老，用之为生活准则，故亦用
> 之于文学艺术也。②

总之，作为一种新的解释方法，它渗透到经、史、子、集四部著作的注
释中，正所谓"宛转关生，无所不入"（《世说新语·文学》）。
　　如果翻阅《隋书·经籍志》经部的著录，可以发现这样一个大致

---

① 《周易略例·明象》，《王弼集校注》，页 609。
② 汤用彤《理学·佛学·玄学》，页 319—320，北京大学出版社，1991 年 2 月版。

的趋向,即对于各经书的传注至东晋可告一段落,此后的经典解释便是以音、序以及义疏的名称而出现。因此,义疏之学的兴起可以说是魏晋以下经典解释的又一特色。然而义疏体的形成却并非来自儒家内部,而是受到佛经义疏的影响。

有关佛经义疏体的形成及其对儒家之讲经撰疏的影响,学者已作出卓有成效的研究①,兹撮其旨要如下:

义疏之体,或为印度所原有。中国僧人撰作义疏而见于史传者,实以东晋法崇为最早②。但如果从广义的佛教经典解释来看,而不拘泥于"疏"在文字上的解释或其原始意义的话,那么佛教注疏可分两类,即"(一)则随文释义,谓之曰注,此即普通之所谓章句。……(二)则明经大义,不必逐句释文"③。前者文字较繁,而后者文字从简。从时代来看,晋、宋时的佛经义疏较为简略,而齐、梁以下的义疏则有卷帙浩繁的趋向。汤用彤指出:

> 盖当时玄学盛行,主言简意约,故所作书类卷帙不多。及其后译品日多,口义愈繁。于是事数则分门别类,详其同异,而义旨则广选群家,作为集解。于是注疏则纯为经师之学,由此而启隋唐章疏之广博。④

---

① 代表性的论著有:汤用彤《汉魏两晋南北朝佛教史》第十五章,中华书局,1983年3月版。戴君仁《经疏的衍成》,收入《梅园论学续集》,《戴静山先生全集》本,页93—117,戴静山先生遗著编辑委员会,1980年9月版。牟润孙《论儒释两家之讲经与义疏》,收入《注史斋丛稿》,页239—302,中华书局,1987年3月版。张恒寿《六朝儒经注疏中之佛学影响》,载《中国社会与思想文化》,页389—410,人民出版社,1989年8月版。
② 此牟润孙说,汤用彤认为始于道安。
③ 汤用彤《汉魏两晋南北朝佛教史》,页396。
④ 汤用彤《汉魏两晋南北朝佛教史》,页397。

这种简约和广博的差别也可以从功用方面得到说明，佛经义疏或用于讲说，或用于阅读，前者之重心在言语，而后者之重心在文章。"讲述则辞句繁复，以求详尽。撰著则文字简约，以免芜杂。"[1]这方面的史料，在《出三藏记集》《高僧传》和《续高僧传》中都有不少记录[2]。还有一点需要指出的是，这种差别与地域似亦有关。孔颖达《周易正义序》云："江南义疏十有馀家，皆辞尚虚玄，义多浮诞。"玄虚则必然简约，此南方之学的特色，依此类推，北方之学质实繁复则不难想见[3]。

儒家的经典解释受到佛教影响，也就出现了注疏体。牟润孙指出："南朝首讲儒家经典而撰为义疏者，似非儒生，而为慧远和尚。"[4]《高僧传》卷六《慧远传》载：

> 远内通佛理，外善群书，夫预学徒，莫不依拟。时远讲《丧服经》，雷次宗、宗炳等并执卷承旨。次宗后别著《义疏》，首称"雷氏"，宗炳因寄书嘲之曰："昔与足下共于释和上间，面受此义，今便题卷首称雷氏乎？"其化兼道俗，斯类非一。

陆德明《经典释文叙录·注解传述人》指出："宋征士雁门周续之（字道祖，及雷次宗俱事庐山惠远法师）、豫章雷次宗、齐沛国刘瓛并为《诗序义》。"可知除《礼》学以外，慧远还深于《诗》学。又慧观撰有

---

① 牟润孙《注史斋丛稿》，页257。
② 例如，《续高僧传》卷九《道庄传》云："讲《法华》，直叙纲致，不存文句。"卷十《净愿传》："愿执卷披文，泠然洞尽，乃造疏十卷，文极该赡。"也有删繁就简者，如卷十三《道岳传》："以三藏本疏，文句繁多，学人研究，难用详览。遂以真谛为本，馀则错综成篇。……减于本疏三分之二，并使周统文旨，字去意留。"
③ 汤用彤《汉魏两晋南北朝佛教史》指出："佛经注疏，今未能以南北详相比较。（相传魏刘谦之作《华严疏》六百卷，此乃南方所绝无。）"（页397）
④ 牟润孙《注史斋丛稿》，页281。

《老子义疏》,见于《隋书·经籍志》,而慧观"晚适庐山,又谘禀慧远"(《高僧传》卷七)。由此可见,仅从对外学经典义疏体的贡献来看,慧远也的确可以称得上"化兼道俗,斯类非一"。此后,儒家和道家经典的注疏之作越来越多,注疏体成为一时风尚。

在儒家的经典注疏中,另有一体同样受到佛教的影响。《日本国见在书目录》有皇侃撰《礼记子本义疏》百卷,《通宪入道藏书目录》(又称《信西藏书目录》)有《礼记子本疏》两卷,所谓"子本",就是当时僧徒研究佛教经典的方法之一,即以一本为母,其馀译本为子,合数译为一本,陈寅恪称之为"合本子注"①。《出三藏记集》卷八录支敏度《合维摩诘经序》云:

> 此三贤者(指支恭明、法护、叔兰),并博综稽古,研机极玄,殊方异音,兼通开解。先后译传,别为三经,同本、人殊、出异。或辞句出入,先后不同,或有无离合,多少各异,或方言训古,字乖趣同,或其文胡越,其趣亦乖,或文义混杂,在疑似之间,若此之比,其途非一。若其偏执一经,则失兼通之功。广披其三,则文烦难究。余是以合两令相附,以明所出为本,以兰②所出为子,分章断句,使事类相从。令寻之者瞻上视下,读彼案此,足以释乖迂之劳,易则易知矣。若能参考校异,极数通变,则万流同归,百虑一致,庶可以辟大通于未寤,阖同异于均致。

由于魏晋以来译本繁多,每有异同参差,或为辞句,或为章节,或有方

---

① 见陈寅恪《支愍度学说考》(《金明馆丛稿初编》)、《读洛阳伽蓝记书后》(《金明馆丛稿二编》)。上海古籍出版社,1980 年 8 月版。此说后为学术界普遍接受,汤用彤《汉魏两晋南北朝佛教史》亦用之,自注云:"通常呼曰会译,此依陈寅恪先生。"见页 151。
② 汤用彤《汉魏两晋南北朝佛教史》疑"兰"字上脱"护"字。

言之异,或有文义之别,若执守一本,则有失兼通;遍考三部,又"文烦难究"。于是创为合本之法,既能"瞻上视下,读彼案此",又能"参考校异,极数通变"。这种方法首创于支谦,"愍度盖深知合本之益……其制合本当系取法于谦也"①。"合本子注"的方式在当时影响很大,不仅儒家之经典注疏用之,而且影响及史学,如杨衒之《洛阳伽蓝记》、裴松之《三国志注》、刘孝标《世说新语注》、郦道元《水经注》等②。文学解释似亦不能例外。

注疏体颇重视对于经典大义的发挥,《高僧传》中记载著有义疏的僧人,多在"义解篇",由此影响到当时的儒家义疏,也十分重视"大义"。以见于《隋书·经籍志》而言,略举如下,如《易》类:

《周易义》一卷,宋陈令范歆撰。
《周易大义》二十一卷,梁武帝撰。
《周易大义》一卷。
《周易大义》二卷,陆德明撰。

《书》类:

《尚书大义》二十卷,梁武帝撰。
《尚书义》三卷,巢猗撰。
《尚书义》三卷,刘先生撰。

《诗》类:

《毛诗集解叙义》一卷,顾欢等撰。

---

① 汤用彤《汉魏两晋南北朝佛教史》,页151。
② 参见陈寅恪《读洛阳伽蓝记书后》。

《毛诗序义》二卷，宋通直郎雷次宗撰。

《毛诗大义》十一卷，梁武帝撰。

《毛诗大义》十三卷。

《礼》类：

《礼记大义》十卷，梁武帝撰。

《礼记文外大义》二卷，秘书学士褚晖撰。

《礼大义》十卷。

《制旨革牲大义》三卷，梁武帝撰。

《三礼义宗》三十卷，崔灵恩撰。

《三礼大义》十三卷。

《三礼大义》四卷。

《三礼杂大义》三卷。

《春秋》类：

《春秋左氏传立义》十卷，崔灵恩撰。

《春秋左氏经传义略》二十五卷，陈国子博士沈文阿撰。

《王元规续沈文阿春秋左氏传义略》十卷。

《春秋义略》三十卷，陈右军将军张冲撰。

《春秋左氏义略》八卷。

《春秋穀梁传义》十卷，徐邈撰。

《徐邈答春秋穀梁义》三卷。

《孝经》类：

《孝经敬爱义》一卷，梁吏部尚书萧子显撰。

《孝经义》一卷。

《古文孝经述义》五卷,刘炫撰。

《孝经义》一卷,梁扬州文学从事太史叔明撰。

《论语》类:

《论语别义》十卷,范廙撰。

《论语述义》十卷,刘炫撰。

五经总论:

《五经大义》三卷,戴逵撰。

《五经大义》十卷,后周县伯中大夫樊文深撰。

《经典大义》十二卷,沈文阿撰。

《五经通义》八卷。

《五经要义》五卷。

总之,魏晋以来的经典解释,其特色主要体现在得意忘言和义疏之学,贯通两者的便是对于"大义"的追寻。儒家的经典注疏是如此,玄学也注重"大义",故在《南史》中对玄学或称义学,或称名理。需要略加辨析的是,东汉的"大义"是与章句相对,魏晋的"大义"则多与幽旨相对。魏晋以下解释学的特色在于求"大义",相对于微言则求其大旨,相对于章句则求其博通。前者是得意忘言,后者是义疏之学、合本子注,总之为"通达"。颜延之《庭诰》指出:"观书贵要,观要贵博,博而知要,万流可一。"[1]便是绾合二者而言。这样的经典解释

---

[1] 严可均《全上古三代秦汉三国六朝文·全宋文》卷三十六,页 2637,中华书局,1958 年 12 月版。

也就影响到魏晋以来的文学解释。

二、从经典解释看文学解释

"以意逆志"所涉及的问题是理解与阐释,和两汉相比,魏晋以下的文学解释也出现了完全不同的新面貌,这与当时经典解释的影响是分不开的。

根据《隋书·经籍志》的记载,魏晋以下的文学解释所涉及到的有《楚辞》以及赋、诗、连珠等文体,其中大多数已经亡佚,少数注释保存在敦煌遗书、《文选》李善注以及一些类书的征引中。

汉人说经,尤其是今文经学家,喜好追求微言大义。故汉人说诗论文,也往往是执象指意,即所谓"善鸟香草,以配忠贞;恶禽臭物,以比谗佞;灵修美人,以媲于君;宓妃佚女,以譬贤臣;虬龙鸾凤,以托君子;飘风云霓,以为小人"(王逸《离骚经序》)。而玄学的"得意忘言"说则认为,"言""象"仅是"意"之代表,而非"意"之本身,二者间并没有必然的联系,故不能以"言""象"等同于"意"。因为"义苟在健,何必马乎?类苟在顺,何必牛乎?爻苟合顺,何必《坤》乃为牛?义苟应健,何必《乾》乃为马"(王弼《周易略例·明象》)。受其影响,六朝人说诗论文,较少拘于言辞而执象指意,推测诗人之志。这只要将郭璞的《楚辞注》和王逸的《楚辞章句》略加对比即可清楚看出①。然而"言""象"虽不是"意"本身,但"尽意莫若象,尽象莫若言"。得鱼忘

---

① 据《隋书·经籍志》四著录,魏晋以来《楚辞》音训计有十种,今所残存者有二:一为释道骞《楚辞音》,敦煌所出唐写本残卷,存《离骚》残八十四行。这是关于《楚辞》音读的,参见姜亮夫《敦煌写本隋释智骞楚辞音跋》,收入其《楚辞学论文集》,上海古籍出版社,1984年12月版。另一为郭璞注《楚辞》,胡小石先生有《楚辞郭注义征》,收入《胡小石论文集》,上海古籍出版社,1982年6月版;饶宗颐有《晋郭璞楚辞遗说摭佚》,见《楚辞书录》外编,选堂丛书之一,香港1956年1月版。

筌，抵岸舍筏，但在未得鱼、未抵岸之前，则"筌"也忘不得，"筏"也舍不得。阮裕（光禄）有言："非但能言人不可得，正索解人亦不可得。"（《世说新语·文学》）所以"言""象"又不可尽废。六朝人解诗释文，大抵"依文立解"（黄侃《阮步兵咏怀诗笺序》），不在现实层面上寻求其微言大义。如应璩的《百一诗》，其内容上的主要特征是"讥切时事"①，李充《翰林论》曰："应休琏五言诗百数十篇，以风规治道，盖有诗人之旨焉。"（李善《文选注》卷二十一引）《文心雕龙·明诗》亦曰："若乃应璩《百一》，独立不惧，辞谲义贞，亦魏之遗直也。"但其子应贞为《百一诗》作注，却丝毫没有"美刺""讽谏"的痕迹，只是诠典故，释名词②。又如阮籍的《咏怀诗》，颜延年《五君咏·阮步兵》谓其诗"寓辞类托讽"（《文选》卷二十一），但颜延年、沈约对阮籍诗的解释，却以阮诗"虽志在刺讥，而文多隐避，百代之下，难以情测。故粗明大意，略其幽旨也"（李善《文选注》卷二十三《咏怀诗注》引）。锺嵘《诗品》也说阮诗"厥旨渊放，归趣难求，颜延年注解，怯言其志"。这里的"志"和"意"显然是有区别的，"意"即指文意，文意可以由字而句、由句而章加以贯通，可以通过注典故、释名词而加以把握，

---

① 张方贤《楚国先贤传》语，李善《文选注》卷二十一《百一诗注》引。关于应璩的诗，可参见吉川幸次郎《应璩的百一诗について》，收入《吉川幸次郎全集》第七卷，页142—175，筑摩书房，1968年5月版；张伯伟《应璩诗论略》，收入《锺嵘诗品研究》杂篇，页376—390，南京大学出版社，1999年6月版。

② 《太平御览》卷四九〇"人事部"一三一"痴"条下引应璩《新诗》（即《百一诗》）曰："汉末桓帝时，郎有马子侯。自谓识音律，请客鸣笙竽。为作《陌上桑》，反言《凤将雏》。左右伪称善，亦复自摇头。"小注："马子侯为人颇痴，自谓晓音律。黄门乐人更往嗤诮，子侯不知。名《陌上桑》，反言《凤将雏》，辄摇头欣喜，多赐左右钱帛，无复惭也。"此即注典故。又卷三四"时序部"一九"寒"条引《新诗》曰："岚山寒折骨，面目尽生疮。"小注："岚山，羌中山名。"又卷八三四"资产部"十四"罾"条引《新诗》曰："洛水禁罾罟，鱼鳖不为殖。"小注："罾、罟，网名。"此即注名词。以上小注当为应贞《百一诗注》遗说，可参。

所以是"粗明大意";"志"乃其文意背后的"幽旨""归趣",在阮诗也就是"刺讥",这是当时人所不欲言、不必言的。再如陆机的《演连珠》,据傅玄《叙连珠》称:"其文体辞丽而言约,不指说事情,必假喻以达其旨,而览者微悟,合于古诗讽兴之义。"(李善《文选注》卷五十五引)张铣也指出:"连珠者,假托众物陈义,以通讽喻之道。"(《文选五臣注》卷五十五)但刘孝标注却没有任何现实层面的隐喻。这与汉人的解经论文恰可形成鲜明的对比。

义疏之学与合本子注也是魏晋以来经典解释的特色之一,它同样影响到文学解释。最能体现这一点的,是隋唐之际形成的"《文选》学"。《隋书·儒林传·萧该传》载:

> (该)性笃学,《诗》《书》《春秋》《礼记》并通大义,尤精《汉书》。……该后撰《汉书》及《文选》"音义",咸为当时所贵。

《旧唐书·儒学传·曹宪传》载:

> 宪又精诸家文字之书。自汉代杜林、卫宏之后,古文泯绝,由宪此学复兴。……时人称其该博。……所撰《文选音义》,甚为当时所重。初,江、淮间为"《文选》学"者,本之于宪。又有许淹、李善、公孙罗,复相继以《文选》教授,由是其学大兴于代。

同上《许淹传》载:

> (淹)博物洽闻,尤精诂训,撰《文选音》十卷。

公孙罗也撰有《文选音义》十卷。从这些史料的记载上,可以看到这些作者的学问特色是"通大义""该博""博物洽闻",以此推之,他们的注释特色也应该是崇尚博通的。可惜这些注多已散佚,保存在李善《文选注》中的遗文也多只有"音"而没有"义"。以现存文献来看,李善的《文选注》是最具代表性的,他除了吸收前人有关《文选》的注释成果外①,还保存了不少魏晋以来的旧注,如《两都赋》薛综注,《蜀都赋》《吴都赋》刘逵注,《魏都赋》张载注,《射雉赋》徐爰注,《鲁灵光殿赋》张载注,《咏怀诗》颜延之、沈约注,《演连珠》刘峻注等。这些注中体现的特色,除了上文已经指出的一点之外,就是和义疏之学与合本子注有关的另一点特色。

李善"人号'书簏'"(《新唐书·文艺传·李邕传》),据日本学者的考订统计,其《文选注》引书达一千八百九十一种②,可见其繁富。关于李善注的特色,古往今来中外学者的研究成果并不少见③,但其注释和六朝以来义疏之学与合本子注之传统的关系,则尚未见抉发。

李善注的引书繁夥,人所尽知。其引书可分两类:一是为注典而引,一是为旁征而引,特别是后一种,是李善注的最大特色之一。他曾这样自述其注释条例:

> 班固《两都赋序》曰:"或曰:赋者,古诗之流也。"李善注:
> "《毛诗序》曰:诗有六义焉,二曰赋。故赋为古诗之流也。诸引

---

① 阮元《扬州隋文选楼记》指出:"公孙罗等皆有《选》注,至李善集其成。然则曹、魏(模)、公孙之注,半存李善注中矣。"《揅经室集》二集卷二,页388,中华书局,1993年5月版。

② 参见小尾郊一、富永一登、衣川贤次《文选李善注引书考证》,研文出版,1992年2月版。

③ 俞绍初、许逸民主编《中外学者文选学论集》中曾收录讨论李善《文选注》的文章多篇,可参看。中华书局,1998年8月版。最新研究成果为富永一登《文選李善注の研究》,研文出版,1999年2月版。

文证,皆举先以明后,以示作者必有所祖述也。他皆类此。"
(《文选》卷一)

　　同上:"臣窃见海内清平,朝廷无事。"李善注:"蔡邕《独
断》:或曰,朝廷亦皆依违尊者都。连举朝廷以言之。诸释义或
引后以明前,示臣之任不敢专。他皆类此。"(同上)

　　何晏《景福殿赋》:"温房承其东序,凉室处其西偏。"李善
注:"温房、凉室,二殿名。卞兰《许昌宫赋》曰:则有望舒凉室,
羲和温房。然卞、何同时,今引之者,转以相明也。他皆类此。"
(《文选》卷十一)

　　嵇康《琴赋》:"若次其曲引所宜,则《广陵》《止息》《东武》
《太山》。"李善注:"《广陵》等曲,今并犹存,未详所起。应璩《与
刘孔才书》曰:听《广陵》之清散。傅玄《琴赋》曰:马融谭思于
《止息》。魏武帝乐府有《东武吟》,曹植有《太山梁甫吟》,左思
《齐都赋注》曰:《东武》《太山》皆齐之土风谣歌讴吟之曲名也。
然引应及傅者,明古有此曲,转以相证耳,非嵇康之言出于此也。
他皆类此。"(《文选》卷十八)

"举先以明后""引后以明前"是纵向的比较,"转以相明""转以相
证"是横向的参照。这种以本文为主,详引他文以资比较和参照的方
式,同样能够"瞻上视下,读彼案此","参考校异,极数通变",极似魏
晋以来颇为流行的合本子注的方式。裴松之《三国志注》"引诸家之
论以辨是非""参诸书之说以核讹异"①是这种方式,刘孝标《世说新
语注》、郦道元《水经注》也是这种方式,史部和子部注释有此一体,
集部注释似亦未能例外。正如刘逵在《注左思蜀都吴都赋序》中所
说:"非夫研核者不能练其旨,非夫博物者不能统其异。"(《晋书·左

---

① 《四库全书总目》卷四十五《三国志》提要语,页403,中华书局,1965年6月版。

思传》)这种类似合本子注的方式,是要以博学通大义为基础的。

在文学解释中,最能体现义疏体与合本子注特色的,是佚名唐人所著之《文选集注》①。此书汇聚了李善《文选注》、《文选钞》、《文选音决》、五臣《文选注》、陆善经《文选注》等书,从注释的文体看,就是合本子注的方式。如《招隐》诗下云:

> 李善曰:《韩子》曰:闲静安居谓之隐。《钞》曰:招者召呼为名,隐者藏匿之号。隐有三种:一者求于道术,绝弃喧嚣,以居山林;二者无被征召,废于业行,真隐人;三者也求名誉,诈在山林,望大官职,召即出仕,非隐人也,徼名而已。②

对于"招隐"一题的解释十分详赡,类似于义疏中的解题。又如《挽歌诗》下云:

> 李善曰:谯周《法训》曰:挽歌者,高帝召田横,至尸乡自毙,从者不敢哭,而不胜哀,故作此哥以寄哀音焉。《音决》:挽音晚,又音万。李周翰曰:田横自敛从者,为悲歌以寄其情。其后广之为《薤露》《蒿里》,歌以送丧也。至李延年分为二等:《薤露》送王公贵人,《蒿里》送士大夫、庶人。使挽枢者歌之,因呼为挽歌矣。陆善经曰:《左传》云:公孙夏命其徒歌《虞殡》。注曰:葬歌曲也。则古已有其事,非起田横也。③

---

① 关于此书的编纂者及编纂年代,学术界存在不同看法。兹从周师勋初先生说,"为唐代中期之后某一唐代《文选》专家所编"。见《唐钞文选集注汇存·前言》,页 3,上海古籍出版社,2000 年 7 月版。
② 《唐钞文选集注汇存》一,页 220。
③ 同上书,页 419—420。

此综合诸家之说,兼有对前注的增广与辨正。的确收到了合众本为一本的效果。

从解释的角度评价李善《文选注》,前人有"释事而忘意"(《新唐书·文艺传·李邕传》)、"唯只引事,不说意义"①之评。对于这些批评,自唐代以来就不断有人为之辩解②,今人更就李善注在字义、词义、句义、喻义和音注方面的情况详细考论,以证明李善注是具有释义性的③。从释义方面来看,最值得注意的是李善自明的以下一则条例:

> 《两都赋序》:"以兴灭继绝,润色鸿业。"李善注:"言能发起遗文以光赞大业也。《论语》:子曰:兴灭国,继绝世。然文虽出彼而意微殊,不可以文害意。他皆类此。"(《文选》卷一)

因此,笼统地批评李善注"释事而忘意"显然是不合实际的。但同时需要指出,李善的"释义"更多的是"依文立解",只是就字、词、句的本身解释其意义,而很少对其背后所蕴含的"志"作进一步推究④。因此,这种义疏体与合本子注的方式,就其体现出的注释者的精神而言,仍然是"得意忘言"。李善的文章流传至今者仅有一篇,即《上文

---

① 唐玄宗语,见吕延祚《进五臣集注文选表》附"上遣将军高力士宣口敕"。

② 最有代表性的是《四库全书总目》卷一八六《文选注》提要的说法:"考李匡乂《资暇录》曰:李氏《文选》有初注成者,有覆注、有三注、四注者,当时旋被传写。其绝笔之本皆释音训义,注解甚多。是善之定本本事义兼释,不由于(李)邕。匡乂唐人,时代相近,其言当必有征。知《新唐书》喜采小说,未详考也。"

③ 总结性的意见可参见富永一登《文選李善注の研究》,页 227—238。

④ 李善注亦间有探索其微意者,但并不过分作穿凿之解,而五臣注则不免于牵强附会。参见王运熙、杨明《隋唐五代文学批评史》第一编第三章第六节"李善和《文选注》",页 156—169,上海古籍出版社,1994 年 10 月版。

选注表》，其中便多用《周易》《老子》和《庄子》"三玄"中的典故①，如果再结合其祖先李充、李颙、李轨等人多有对"三玄"的注释之作②，那么，他具有"得意忘言"的注释精神也就不令人感到奇怪了。此外，《文选》中也收录了与佛教有关的作品，如孙绰《游天台山赋》、沈约《钟山诗应西阳王教》、王巾《头陀寺碑文》、任昉《齐竟陵文宣王行状》等，从李善的注释来看，他引用到的佛教经论注疏数量不少③。他对于义疏体必不陌生，受到影响也在情理之中。

对此一现象作更深一层的考索，它实际上是与玄学密切相关的。这大致可以从两方面来看：

其一，在论述"以意逆志"法的起源时，我提出其产生的哲学基础是儒家人性论，是由"推此心"和"求放心"的思想结构中延伸而来。但是在魏晋乃至南朝，这一时代在知识界占主导的思想是玄学，玄学的哲学依据主要是道家，"学者以《庄》《老》为宗而黜六经"④，正是对这一时代主潮特征的概括。道家对"道"的体认，是不可言说、不可名状的，即"可道非常道""可名非常名"（《老子》第一章），它是"玄之又玄，众妙之门"（同上）。因此，必须以一种直观思维方能切入其中。这一思维过程，在道家就叫做"意致"。《庄子·秋水》中云："可以言论者，物之粗也；可以意致者，物之精也。"它不是用"推"，而是用"止"。魏晋名士所叹服、欣赏的正是这种思维方式。例如，支道林

---

① 参见高步瀛《文选李注义疏》中对李善《上文选注表》的注释，页33—48，中华书局，1985年11月版。
② 据《晋书·李充传》载，李充有《周易旨》六篇、《释庄论》上下二篇，据《隋书·经籍志》的著录，李颙有《周易卦象数旨》六卷，李轨有《周易音》一卷、《庄子音》一卷。
③ 参见平野显照《唐代文学と佛教の研究》第二章第五节"李善の佛教"，页209—228，朋友书店，1978年5月版。
④ 干宝《晋纪总论》，严可均辑《全晋文》卷一百二十七。

"善标宗会,而章句或有所遗,时为守文者所陋",谢安赞之曰:"此乃九方堙之相马也,略其玄黄,而取其骏逸。"(《高僧传》卷四《支道林传》)《列子·说符篇》记载九方皋之相马,乃"得其精而忘其粗,在其内而忘其外;见其所见,不见其所不见;视其所视,而遗其所不视"。这正是一种直觉法,是当下的领悟,而非逻辑的推理。范晔自谓"往往有微解,言乃不能自尽,为性不寻注书。……至于所通解处,皆自得之于胸怀耳"(《狱中与诸甥侄书》)。同样,陶渊明"好读书,不求甚解,每有会意,辄欣然忘食"(《五柳先生传》),他在凝望"山气日夕佳,飞鸟相与还"的刹那间,悟到"此中有真意",但这种"真意"也只能停留在领悟之中,若要加以条理分辨,则"欲辨已忘言"(《饮酒》之五)。归根结柢,这还是一种"得意忘言"的思维方式。所以,对于诗人之志也就只能在直观中把握,在"忘言"中获得,一旦形诸语言文字,便已非诗人之志了。这就导致了六朝批评家对诗人之志的"怯言"乃至"不言"。

其二,汉人说诗,专究作品中的"美刺"与"讽谏",换言之,他们认为作品的微言大义是在作品之外的,这种言在此而意在彼的手法(仅就这一点而言),在西方文学批评传统中称之为"讽喻"(allegory)。从这个意义上来讲,中国文学批评是具有一个讽喻传统的。曾有人从西方文学批评的观点对中国古代文学及文学批评中的"讽喻"问题作过研究①,从而认为中国文学中的讽喻传统与西方是有区别的,或者说,按照西方传统的讽喻标准,是很难在中国文学传统中找到其对应物的。我这里所要强调的,不是中国文学传统中有无类似

---

① 参见 Andrew H. Plaks(浦安迪),"Allegory in His-yu Chi and Hung-lou Meng",载 *Chinese Narrative:Critical and Theoretical Essays*, pp. 163—202. Princeton University Press, 1977; Pauline R. Yu(余宝琳),"Allegory, Allegories, and the Classic of Poetry",载 *Harvard Journal of Asiatic Studies*,43:2(1983),pp. 377—412。

于西方文学的讽喻的问题,而是强调这两种讽喻传统的区别问题(如果可以援用"讽喻"一词的话)。概言之,西方文学传统中的讽喻概念,是以二元论(dualism)为基础,它所指向的是某种哲学或神学的思想体系。由于讽喻文学起源于初期的诠释学(hermeneutics)与基督教神学,所以它的言在此而意在彼的"彼",乃存在于"形而上"的超乎现实的层面。但是在中国固有的文化传统中,却没有"来世"或"彼岸"的概念,所以中国文学中的讽喻传统,其所指向的总是在历史或现实的层面,是真实存在过或存在着的人或事。从汉人对《诗经》《楚辞》的说解来看,其"美刺""讽谏"的对象都是确有所指的。然而,如前所述,玄学所讨论的是属于"形而上"的问题,它对现实是超越的。因此,在玄学思想占统治的魏晋时期,"美刺""讽谏"的概念既不会在"形而下"的现实中生根,因为这不符合玄学的性格,又不会在"形而上"的层面上伸展,因为它不同于西方的传统。所以,尽管应璩的诗"讥切时事",尽管阮籍的诗"志在刺讥",但是解说者却不将其所"讥"的"事"与所"刺"的"人"一一指名坐实。总之,思想上玄学时代的开始,就是批评上讽喻传统的中断。它从魏晋开始,贯穿整个南朝,并延续到唐代。

　　"得意忘言"说产生于魏晋"言意之辨"的讨论中,当时流行的是"言不尽意"①。既然是"言不尽意",则执于"言"就不能"得意",故而引出了"得意忘言"说。然而另一方面,"言不尽意"论却使批评家考虑到如何在文学创作中,利用语言表达思想的局限性以达到语言表达思想的丰富性。汤用彤指出:"自陆机之'课虚无以责有,叩寂寞以求音',至刘勰之'文外曲致''情在词外',此实为魏晋南北朝文学

---

① 欧阳建《言尽意论》云:"世之论者,以为言不尽意,由来尚矣。至乎通才达识,咸以为然。若夫蒋公之论眸子,锺、傅之言才性,莫不引此以为谈证。"(《全晋文》卷一百九)可见"言不尽意"在当时是很流行的观点。

理论所讨论之核心问题也,而刘彦和《隐秀》为此问题作一总结。"①
《文心雕龙·隐秀》云:"是以文之英蕤,有秀有隐。隐也者,文外之
重旨者也;秀也者,篇中之独拔者也。隐以复意为工,秀以卓绝为
巧。"张戒《岁寒堂诗话》卷上引刘勰语云:"情在词外曰隐,状溢目前
曰秀。"当是《隐秀篇》中之佚文,对隐、秀二字的含义释之甚明。刘
勰以后,锺嵘《诗品序》中所谓"文已尽而意有馀,兴也",也还是这一
理论原则的继续。这一原则经过唐人大量的艺术实践,到了宋代几
乎成为当时文学艺术家共同追求的审美理想,因而从另一个重要方
面影响了"以意逆志"法的发展,其源盖出于此。

第四节　宋代的儒学复兴与"以意逆志"法的发展

一、宋代理学与文学批评

宋代理学与文学批评的关系错综复杂,全面探讨此一问题非本
文所能胜任。这里,仅就理学对"以意逆志"法的影响,略窥其与文学
批评之关系的一个侧面。

先秦以降,就占主导的文化思想而言,大约可以作如下划分:两
汉为经学时期,魏晋至唐初为玄学时期,唐五代为佛学(主要是禅学)
时期,宋元明为理学时期。如前所述,各个时期占主导的文化思想不
同,必然给"以意逆志"法的发展限定不同的方向。

"以意逆志"法在宋代得到了很大发展,影响其发展的原因是多
方面的,但是究其最主要的原因,首先必须提到宋代的儒学复兴,也
就是理学的出现。

---

① 《魏晋玄学和文学理论》,载《理学·佛学·玄学》,页330。

理学在当时称作道学,又可称性道之学或性理之学,还可称心性义理之学,现代人又多称之为"新儒学",它是与先秦儒学相对而言的。理学的兴起,一般认为应该推溯至中唐的韩愈,这主要是指"道统"观而言。"道统"观始于韩愈,成于宋儒。韩愈《原道》指出:

　　　　尧以是传之舜,舜以是传之禹,禹以是传之汤,汤以是传之文、武、周公,文、武、周公传之孔子,孔子传之孟轲。轲之死,不得其传焉。①

后来孙复、石介又于孟子之后,在这个道统中加入了董仲舒、扬雄、王通、韩愈②。宋代理学家重视道统,也就是要上继孟子,延续道统,从而复兴儒学,即心性义理之学③。

　　理学对"以意逆志"法产生的影响,概略地说,大致有以下数点:

　　其一,宋代理学是一种心性义理之学,其学说的中心问题是"性与天道"。所以李泽厚指出:"不是宇宙观、认识论而是人性论才是宋明理学的体系核心。"④宋代理学家秉承并继续发挥了孟子的性善论,这也就同时恢复并重建了"以意逆志"法的哲学基础,使这一方法摆脱了玄学、佛学的束缚,获得了一个大发展的契机。张载《经学理

————————————

① 马通伯《韩昌黎文集校注》卷一,页18,上海古籍出版社,1986年12月版。
② 见孙复《答张洞书》,《孙明复小集》;石介《怪说中》,《徂徕石先生文集》卷五。
③ 理学家所讲的"儒学",迥异汉代经学,乃指心性义理之学。《宋元学案》卷十一《濂溪学案上》黄百家案语曰:"孔、孟而后,汉儒止有传经之学,性道微言之绝久矣。元公(周敦颐)崛起,二程(颢、颐)嗣之,又复横渠(张载)诸大儒辈出,圣学大昌。故安定(胡瑗)、徂徕(石介)卓乎有儒者之矩范,然仅可谓有开之必先。若论阐发心性义理之精微,端数元公之破暗也。"其说可参。
④ 《宋明理学片论》,载《中国古代思想史论》,页225,人民出版社,1985年3月版。

窟·诗书》指出：

> 古之能知《诗》者，惟孟子为"以意逆志"也。①

对孟子的这一说诗方法重新加以肯定。而肯定人性皆善，就必定肯定人心皆通。邵雍《论诗吟》曰：

> 何故谓之诗？诗者言其志。既用言成章，遂道心中事。（《伊川击壤集》卷十一）

言"志"实即言"心"。又其《读古诗》曰：

> 闲读古人诗，因看古人意。古今时虽殊，其意固无异。（同上卷十四）

古今人"意"之同，正因为千古人心相通。《谈诗吟》为此而作一总结云：

> 诗者人之志，非诗志莫传。人和心尽见，天与意相连。（同上卷十八）

以上"志""心""意"的含义基本一致，但宋代理学家更有一总结性的概念，从而显示了宋儒人性论的特色，并给"以意逆志"法以新的影响。

宋儒的人性论，尤其强调一个"理"字，这是发扬光大了孟子的学

---

① 《张载集》，页256，中华书局，1978年8月版。

说而来。《论语》中无"理"字，《孟子》中出现了七次，其中与人性论有关的仅二次，均见于《告子上》①。如果说，孟子人性论的最终着落点（同时也是最初起始点）是"人心"的话，那么，理学家人性论的最终着落点则是"理"。例如，张载《经学理窟·诗书》指出：

> 天无心，心都在人之心。一人私见固不足尽，至于众人之心同一则却是义理，总之则却是天。②

程颢、程颐《河南程氏粹言》卷二《人物篇》指出：

> 人之所以为人者，以有天理也。天理之不存，则与禽兽何异矣？③

程颐云：

> 穷理、尽性、至命，只是一事。才穷理便知性，才尽性便至命。④

又云：

> 在天为命，在义为理，在人为性，主于身为心，其实一也。⑤

---

① 《孟子·告子上》："心之所同然者何也？谓理也，义也。圣人先得我心之所同然耳。故理义之悦我心，犹刍豢之悦我口。"
② 《张载集》，页256。
③ 《二程集》，页1272。
④ 《河南程氏遗书》卷十八，《二程集》，页193。
⑤ 同上书，页204。

这是宋代理学家的通论,所以到了朱熹,这位宋代理学家的集大成者这样高度评价程颐:

> 伊川"性即理也",自孔、孟后,无人见得到此,亦是从古无人敢如此道。(《朱子语类》卷五十九)
> 伊川"性即理也"四字,攧扑不破。(同上)

站在人性论的立场上讲,宋代理学家所讲的"理"指的是"天理",其内容也就是忠恕、仁义①。所以,归根结柢,这与孟子的思想仍是血脉贯通的。

其二,由于宋代理学家强调"理",遂影响及于各个方面(其含义当然不限于"天理")。就其对"以意逆志"法的影响而言,六朝人好说的"言不尽意""得意忘言",到了宋代就有所改变。欧阳修《系辞说》云:

> "书不尽言,言不尽意",然自古圣贤之意,万古得以推而求之者,岂非言之传欤?圣人之意所以存者,得非书乎?然则书不尽言之烦而尽其要,言不尽意之委曲而尽其理。谓"书不尽言,言不尽意"者,非深明之论也。(《试笔》,《文忠集》卷一百三十)

欧阳修之时,理学尚未形成,但一代学风之肇始,乃一代人心所共趋,欧阳修之论堪为先导。其中值得注意的有两点:一是提出对"圣贤之

---

① 谢良佐《语录》云:"仁者,天之理,非杜撰也。"又云:"所谓天理者,自然底道理,无毫发杜撰。今人乍见孺子将入于井,皆有怵惕恻隐之心。方乍见时,其心怵惕,即所谓天理也。"(《宋元学案》卷二十四《上蔡学案》)案:理学中固然有派别、有差异,这里是就其同者而观之,因为这毕竟是更为主要的。

意"的"推而求之",二是提出"言"所尽之"意"在于"尽其理"。以后程颐在回答"圣人之经旨,如何能穷得"之问时说:"以理义去推索可也。"①可谓弥纶上述两点而言之。

于是,宋人的论文品艺,遂往往追究其中所含之"理"。且以绘画批评为例,如刘道醇《圣朝名画评序》指出:

> 且观之(案:此指画)之法,先观其气象,后定其去就,次根其意,终求其理。此乃定画之钤键也。②

韩拙《山水纯全集·论观画别识》云:

> 丘陵天地之间,虽事之多,有条则不紊;物之众,有绪则不杂。盖各有理之所寓耳。观画之理,非融心神,善缣素,精通博览者,不能达是理也。③

在上面两段话中,求画中之"理"实即求画者之"志","根其意"而"求其理",亦即"以意逆志"的另一种说法。第二段话中指出欲求画"理",要"融心神,善缣素",杜甫《奉先刘少府新画山水障歌》中曾说:"对此融心神,知君重毫素。"但杜甫"融心神"后注意到的是画者的"重毫素",故进而赞之曰:"岂但祁岳与郑虔,笔迹远过杨契丹。"(仇兆鳌《杜诗详注》卷四)重心落实在"用笔"上(这也是绘画"六法"之一),而韩拙则落实到画中之"理",从中亦可略窥唐、宋文艺思想的分野所在。画中是否有"理"合"理",是判断艺术品高低优劣的

---

① 《河南程氏遗书》卷十八,《二程集》,页205。
② 俞剑华《中国画论类编》,页408,中华书局香港分局,1973年4月版。
③ 于安澜《画论丛刊》上卷,页45。

重要标准，即"定画之钤键"。《山水纯全集·论观画别识》还以作品是否合于"理"来判定画的"上格之体"与"卑格之体"。苏轼《净因院画记》亦云："世之工人，或能曲尽其形，而至于其理，非高人逸才不能辨。……必有明于理而深观之者，然后知余言之不妄。"(《经进东坡文集事略》卷五十四)钱穆《理学与艺术》指出："求形与求理之高下，其背后又通于画家人品之衡评，则作画必先贵其人品之意亦见矣。"[1]这就涉及到理学对"以意逆志"法影响的第三点。

其三，宋代理学家极其重视士人的道德修养问题，这与汉儒的侧重点是有所区别的。本来，修身、齐家、治国、平天下是儒家入世的基本程序，但是在后代的发展中，由于社会政治方面的原因，人们的强调点遂往往各有所偏。概略地说，汉儒重在治国、平天下，宋儒重在修身、齐家；汉儒重在"外王"，宋儒重在"内圣"；汉儒重在政治，宋儒重在道德；汉儒重在客观世界的美刺，宋儒重在主观世界的修养。这种历史差异，当然不纯粹是观念上的，还应该探求其社会原因[2]。但宋人所提出的一系列文学上的新主张，则是出这种差异所导致的。

宋人对"文"的要求，一言以蔽之曰："文以载道。"周敦颐《通书·文辞》云："文所以载道也。"(《周濂溪集》卷五)"文以载道"观

---

① 《中国学术思想史论丛》六，页296，《钱宾四先生全集》第二十三册，联经出版事业公司，1998年5月版。

② 汉代经世致用、政教合一的观念颇为普遍，宋继唐后，唐代的文学地位远高于经学地位，唐人科举重进士、轻明经即为显著一例，故沿至宋代，遂颇有政教分离的趋向。北宋理学四大家在仕途上均不显达，也不可能在政治上有大建树，故所重者惟讲学而已。张载《答范巽之书》云："朝廷以道学、政术为二事，此正自古之可忧者。……能使吾君爱天下之人如赤子，则治德必日新，人之进者必良士，帝王之道不必改途而成，学与政不殊心而得矣。"(《张载集》页349)黄庭坚《濂溪诗序》称赞周敦颐曰："人品甚高，胸中洒落，如光风霁月。……短于取名而惠于求志……陋于希世而尚友千古。"(《山谷别集》上卷)均可见理学家在当世政治地位之一斑。

念的提出,标志着道德与文艺合流观念的加强。"载道"之"文"必出于"载道"之"人",必有一颗"载道"之"心"。于是,宋人对作者人品、心术以及道德修养的重视,强调作品的寄托意义,也因而提高到一个新的高度。范雍《忠愍公诗序》指出:

> 因兴发咏,必根于理。(《忠愍公诗集》卷首)

黄裳《言意文集序》云:

> 道本于心,以性为体,以情为用。志者存于心而行者也,意者思于心而作者也,言者发于心而应者也。著述之士,虽累千百万言,反本而求之,则贯乎一而已。……彼我之心一也,有道则通乎一。(《演山集》卷十九)

李纲《书陈莹中书简集卷》云:

> 信笔辄千馀言,理致条畅,文不加点,信乎道学渊源自其胸襟流出。(《梁溪先生集》卷一百六十三)

"道"与"理"是人心中所固有者,惟有"载道"之文,"根于理"之诗,才可能彼我"贯乎一"。文学如此,艺术亦然。先看书法,苏轼《跋钱君倚书〈遗教经〉》云:

> 人貌有好丑,而君子、小人之态不可掩也;言有辩讷,而君子、小人之气不可欺也;书有工拙,而君子、小人之心不可

乱也。①

黄庭坚《书缯卷后》云：

> 学书要须胸中有道义，又广之以圣哲之学，书乃可贵。若其灵府无程，政使笔墨不减元常（锺繇）、逸少（王羲之），只是俗人耳。（《豫章黄先生文集》卷二十九）

姜夔《续书谱·风神》亦云：

> 风神者，一须人品高。

再看绘画。自谢赫以"气韵"为"六法"之首以后，唐人奉为金科玉律，至宋代乃复以"人品"凌于其上。郭若虚《图画见闻志·论气韵非师》云：

> 窃观自古奇迹，多是轩冕才贤、岩穴上士，依仁游艺，探赜钩深，高雅之情，一寄于画。人品既已高矣，气韵不得不高；气韵既已高矣，生动不得不至，所谓神之又神而能精焉。②

至元代黄公望也强调：

> 作画只是个"理"字最紧要。③

---

① 《苏轼文集》卷六十九，页2186，中华书局，1986年3月版。
② 俞剑华《中国画论类编》，页59。
③ 《写山水诀》，陶宗仪《南村辍耕录》卷八，页97，中华书局，1959年2月版。

以上种种,归结为一句话,皆导源于道德与艺术合流的观念。在这一观念的影响下,"以意逆志"也就贵在从作品中寻求其"道"、其"理"、其"志",一句话,追寻作品的道德意义。而人品与文品合一、人品重于文品的观念,也由此而得到进一步的巩固和发扬。"以意逆志"的"志",如果是道德低下、品格猥琐的,那又有什么价值去"逆"呢?"逆"出来的结果对社会、人生又有什么积极意义呢?所以,对宋人提出的"文以载道"的观念,是不应该作轻易否定的。

二、"言近旨远"的美学理想

宋代以后"以意逆志"法的发展所受到的影响,除了来自理学以外,另一方面,自魏晋以来文学思想的演变也是一项重要因素。

在宋代,对艺术表现上最高境界的追求是"意在言外""言近旨远",或一言以蔽之曰"韵"。范温《潜溪诗眼》首先论述了"韵"字,并予以定义,可以作为代表。兹节录如下:

> 王偶定观好论书画,常诵山谷之言曰:"书画以韵为主。"予谓之曰:"夫书画文章,盖一理也。……有馀意之谓韵。……自三代秦汉,非声不言韵;舍声言韵,自晋人始;唐人言韵者,亦不多见,惟论书画者颇及之。至近代先达,始推尊之以为极致。凡事既尽其美,必有其韵;韵苟不胜,亦亡其美。……必也备众善而自韬晦,行于简易闲澹之中,而有深远无穷之味。观于世俗,若出寻常;至于识者遇之,则暗然心服,油然神会。测之而益深,究之而益来,其是(案:即指'韵')之谓矣。"①

---

① 郭绍虞《宋诗话辑佚》上册,页372—373,中华书局,1980年9月版。案:此原见于《永乐大典》卷八〇七,钱锺书《管锥编》第四册,页1362—1363首次辑录,中华书局,1986年6月版。

从这段话中可知,宋人论书、论画、论诗文皆重"韵"。而且,这种追求更有广泛的社会基础,当时俗语称人之美、物之佳者,均以"韵"名之①。而"韵"的含义即为"有馀意""有深远无穷之味"。由此可见,"言近旨远"是宋人最为普遍的审美理想。

这一审美理想,若从历史上来看,则在刘勰《文心雕龙》的《隐秀篇》和钟嵘《诗品》对"兴"的不同一般的解释中,已经能够找到其萌芽②。这一萌芽通过唐人大量的艺术实践而渐渐发展壮大,所以,到了宋代,"言近旨远"的审美理想遂成为一种普遍的意识,这可以从大量的诗话、笔记及书画论中得到佐证。而这一审美理想也给"以意逆志"法带来影响。梅圣俞论诗,强调"必能状难写之情,如在目前;含不尽之意,见于言外,然后为至矣"(欧阳修《六一诗话》引)。这种诗是"作者得于心,览者会以意,殆难指陈以言也"(同上)。把握这类诗心,需要"览者会以意",也就是需要"以意逆志"。司马光《续诗话》云:

> 《诗》云:"牂羊坟首,三星在罶。"言不可久。古人为诗,贵于意在言外,使人思而得之,故言之者无罪,闻之者足以戒也。近世诗人,惟杜子美最得诗人之体,如"国破山河在,城春草木深。感时花溅泪,恨别鸟惊心"。山河在,明无馀物矣;草木深,明无人矣;花鸟,平时可娱之物,见之而泣,闻之而悲,则时可

---

① 周煇《清波杂志》卷六载:"宣和间,衣着曰'韵缬',果实曰'韵梅',词曲曰'韵令'。"又王黼奉敕撰《明节和仁贵妃墓志》云:"妃齿莹洁,尝珥绛,有标致,俗目之为'韵'。"(章渊《槁简赘笔》)钱锺书《管锥编》第五册引用上述文献时指出:"北宋末俗语称人之姿色,物之格制,每曰'韵',以示其美好。此与范温以'韵'品目诗文书画,时近意合,消息相通。"页104,中华书局,1986年6月版。

② 参见张伯伟《钟嵘诗品研究》第六章《"兴"义发微》。

知矣。

司马光正是根据"意在言外"的审美理想,去钩考杜甫诗中的"言外之意"的。又以旧题梅尧臣的《续金针诗格·诗有内外意》为例:

> 内意欲尽其理,外意欲尽其象,内外含蓄,方入诗格。诗曰:"旌旗日暖龙蛇动,宫殿风微燕雀高。""旌旗"喻号令也;"日暖"喻明时也;"龙蛇"喻君臣也。言号令当明时,君所出,臣奉行也。"宫殿"喻朝廷也;"风微"喻政教也;"燕雀"喻小人也。言朝廷政教才出,而小人向化,各得其所也。"旌旗""风日""龙蛇""燕雀",外意也;号令、君臣、朝廷、政教,内意也。此之谓含蓄不露。①

此说虽颇为穿凿,但他所根据的"内外意"原则,由外及内,由近及远,由象及理,由言及旨,对杜甫的这两句诗作了如此解释,这与宋人"言近旨远"的审美理想还是相通的。

总之,由于宋人普遍意识到文学艺术的"意在言外"的特征,追求"言近旨远"的审美理想,于是就作者而言,往往"托物喻意",以达到含蓄委婉;就读者而言,则探索"言外之意",以求得其理。又由于"文以载道"观念的加强,于是读者所探求、辨析的"言外之意"和"味外之旨",便大多偏重于伦理道德之一端,从而形成了由宋至明"以意逆志"法的新特征。

---

① 张伯伟《全唐五代诗格校考》,页 497—498,陕西人民教育出版社,1996 年 7 月版。案:旧题梅尧臣《续金针诗格》是在旧题白居易《金针诗格》的基础上补充而成,其书之出于假托乃无疑。假托的年代,当在北宋末期以前。

三、物象类型与以史证诗

落实到具体的批评实践上，宋人对"以意逆志"法的发展，主要体现在以下两个方面：

1. 物象类型。晚唐五代是诗格大量出现的时代，"物象"是其论述的中心问题之一。我把虚中《流类手鉴》"物象流类"、旧题贾岛《二南密旨》的"总例物象"等，称之为"物象类型"，它指的是由诗中一定的物象所构成的具有某种暗示作用的意义类型，其主要特色是通过"物象"来表达"寄托"。例如，《二南密旨·论总例物象》云：

> 山影、山色、山光，此喻君子之德也。乱峰、乱云、寒云、翳云、碧云，此喻佞臣得志也。黄云、黄雾，此喻兵革也。白云、孤云、孤烟，此喻贤人也。洞云、谷云，此喻贤人在野也。云影、云色、云气，此喻贤人才艺也。①

又如虚中《流类手鉴·物象流类》云：

> 巡狩，明帝王行也。日午、春日，比圣明也。残阳、落日，比乱国也。昼，比明时也。夜，比暗时也。②

这本来是为作诗者所示的讽咏时政的方法，但是到了宋代，"物象类型"便转而为说诗者"逆志"的方法了，即由诗中的"兴象"去探讨其"兴寄"。其源始于王逸《离骚经序》的"香草美人"之说，而发扬光大于宋代。例如，胡仔《苕溪渔隐丛话》前集卷十三引《三山老人语

---

① 《全唐五代诗格校考》，页355。
② 同上书，页396。

录》，又后集卷三十四引梅圣俞《续金针诗格》、张天觉《律诗格》①、洪觉范《天厨禁脔》等，就是根据"物象类型"来"以意逆志"的。以上诸书，魏庆之《诗人玉屑》卷九"托兴""托物"条并征引之，可见这在南宋末期仍然受到重视。发展到后来，也有人以"物象类型"说画，如邓椿《画继》卷九《杂说·论远》：

> （李营丘）所作寒林多在岩穴中，裁剒俱露，以兴君子在野也。自馀窠植，尽生于平地，亦以兴小人在位。

夏文彦《图绘宝鉴》卷五载：

> （郑思肖）工画墨兰，尝自画一卷，长丈馀，高可五寸许，天真烂漫，超出物表。题云："纯是君子，绝无小人。"②

再如元代四大画家之一的黄公望，他在《写山水诀》中也指出：

> 松树不见根，喻君子在野。杂树喻小人峥嵘之意。③

---

① 此书一说非其所作。如方回《张天觉律诗格考》指出："《无尽居士集》七十卷，《律诗格》上下在第六十八、六十九卷，本江西僧明鉴所编。……此所谓《律诗格》者，决非无尽所作。……其于诗虽不深，其论诗亦不当如是之陋也。何谓陋？其论六义比兴有曰：'兴者，乘兴而作，故谓之兴。'予故曰此决非无尽所作也。……殆后人不识文字者误增入耳。"（《桐江集》卷七，宛委别藏本）
② 《郑所南先生文集》附《郑所南先生小传》载："精墨兰，自更祚后，为兰不画土根，无所凭藉。或问其故，则云：'地为番人夺去，汝犹不知耶？'"郑氏以"物象类型"论画，与其"以画为寄"有关。
③ 陶宗仪《南村辍耕录》卷八引。案：董其昌《画旨》卷上曰："仇（英）与赵（孟頫）虽格不同，皆习者之流，非以画为寄、以画为乐者也。寄、乐于画，自黄公望始开此门庭耳。"（《画论丛刊》上卷，页79。）可知黄公望以"物象类型"论画，亦与其"以画为寄"有关。

这种评论一直影响到清人论画①。在文学方面，旧题锺惺的《砾评词府灵蛇》，更将五代、宋初诗格中的"物象类型"详加评点，在旁边加上无数"△"符号，以示"眼目"所在②。如果说，我们承认在中国古代文学中存在着"象征物象"的话，那么，就不能一笔抹煞"物象类型"的可取之处。因为"象征物象"的形成是历史累积而成，具有相对的稳定性和沿袭性，虽然有些富于创造性的诗人可以对"象征物象"的内涵加以扩充和发展，但也只是在原有的意义上予以强化、深化或转化。因此，由"象征物象"归纳出的"物象类型"，在一定程度、一定范围内也是有其意义的。宋人在运用"物象类型"以说诗时主要犯了两点错误，一是将"象征物象"与"自然物象"混为一谈③，以为物物皆有所托喻。二是在解说的过程中充满了拘执的自由。我们不妨以宋人对杜甫《江村》诗中"老妻画纸为棋局，稚子敲针作钓钩"一联的解说为例，即可看出以上两点错误的表现。惠洪《天厨禁脔》卷中云：

> 妻比臣，夫比君。棋局，直道也。针合直而敲曲之，言老臣以直道成帝业，而幼君坏其法。稚子，比幼君也。

陈郁《藏一话腴》乙集卷上不同意惠洪之说，云：

> 此盖言士君子宜以直道事君，而当时小人反以直为曲故也。

---

① 如盛大士《溪山卧游录》卷二云："作诗须有寄托，作画亦然。旅雁孤飞，喻独客之飘零无定也。闲鸥戏水，喻隐者之徜徉肆志也。松树不见根，喻君子之在野。杂树峥嵘，喻小人之昵比也。江岸积雨，而征帆不归，刺时人之驰逐名利也。春雪甫霁，而林花乍开，美贤人之乘时奋兴也。"（《画论丛刊》上卷，页410。）
② 《砾评词府灵蛇》凡例云："眼目用△。"台湾广文书局，1973年9月版。
③ 这两种物象的区别，也许可以用章学诚《文史通义·易教下》中的"天地自然之象"和"人心营构之象"来表示。

觉范(即惠洪)今以妻比臣,稚子比君,如此,则臣为母,君为子,可乎?何不察物理人伦至此耶?

此与惠洪之说貌离神合。还有人认为:

> 老妻以比杨妃,稚子以比禄山。盖禄山为妃养子。棋局,天下之喻也。妃欲以天下私禄山,故禄山得以邪曲包藏祸心。(《分门集注杜工部诗》卷七师古注引)

事实上,在这联诗中,所出现的物象皆为自然物象,而说者以为都有所喻指,而作了上述穿凿附会的解释,其随意性是极为明显的①。但同时,这些解释又是拘执的,因为他们几乎是按照一些诗格中的"物象类型"来解说的。如《二南密旨·论总例物象》云:"夫妇,君臣也。"②此即惠洪"妻比臣,夫比君"之说所本;又如王玄《诗中旨格》解释裴说、齐己的两首《棋》诗云:"此比贤人筹策也。"③此即惠洪"棋局,直道也。……言老臣以直道成帝业"之说所本。以"物象类型"说诗一旦发展到上述地步,就必然会在理论上和实践上都陷入困境。所以,它必然会引起一些人的反对。黄庭坚在《大雅堂记》中针对这种现象指出:

> 彼喜穿凿者,弃其大旨,取其发兴,于所遇林泉人物、草木鱼虫,以为物物皆有所托,如世间商度隐语者,则子美之诗委地矣。

---

① 关于此诗主旨的讨论,参见张伯伟《杜甫〈江村〉诗心说》,收入《中国诗学研究》,页123—131。
② 《全唐五代诗格校考》,页355。
③ 《全唐五代诗格校考》,页439。案:此段文字,在《词府灵蛇》中题作《物象例附》。

（《豫章黄先生文集》卷十七）

这段话影响颇大，曾被很多人引用①。而以"物象类型"说诗的极端化，随着时间的推移，其弊病也为更多的人所认识。明代以后，这种专以"物象类型"来"逆"诗人之志的现象就愈来愈少了。

2. 以史证诗。虽然汉儒在说《诗》的过程中，也曾注意到历史与作品的关系，但是在实践中把"知人论世"作为"以意逆志"法的一个重要环节，并在"以史证诗"方面有所新创的，则是宋人。这个新创，突出地体现在以下两方面：

其一，纪事之体兴。计有功《唐诗纪事》可为代表。据计氏自序，他撰此书有帮助读者"读其诗，知其人"的目的，而对此阐发得最清楚的，则莫过于明人王思任《唐诗纪事序》中的一段话：

> 善作诗者，必起于知诗；善知诗者，必起于知人。峄山夫子曰："诵其诗，读其书，不知其人可乎？"故其读《小弁》《云汉》等诗，俱因人以知其事，而意志逆之言外。（《王季重十种·杂序》）

读者若不了解诗人的时代，不了解创作时的情境，往往不得其意，不明其感。因为不知其"事"，也就无从"逆"其"志"。纪事体著作的出

---

① 如《苕溪渔隐丛话》前集卷六、后集卷三十四曾两次引录。后人也常以黄庭坚这段话为依据，批评穿凿附会。如方回《跋胡直内诗》云："诗意不专讥讽，洪觉范《天厨禁脔》误人处极多，或以是释杜诗，山谷不以为然，宜戒之。"（《桐江集》卷四）陈献章《批答张廷实诗笺》云："首章似胡文定解《春秋》，以义理穿凿。……七章，其失与首章同。黄涪翁《大雅堂记》似为此笺发者，正诗家大体所关处，不可不理会。"（《陈献章集》卷一，页74，中华书局，1987年7月版）均可参。

现,在一定程度、一定范围内解决了这个问题。诗歌之有"纪事",最早可追溯至《尚书》中有关《赓歌》之词和《五子之歌》的记录,《毛诗序》《韩诗外传》等书中也往往登载与诗歌相关的本事。晚唐五代的笔记中,有关诗歌的记录越来越多,孟棨的《本事诗》也正是承此风气而来。从晚唐到宋初,如处常子《续本事诗》、罗隐《续本事诗》和聂奉先《续广本事诗》等,都可视为孟棨书的续作,但规模皆有限。所以"纪事"体还应该归于计有功所创。尽管计氏书也还存在一些问题①,但毕竟为说诗者提供了"知人论世"的便利,对后世也产生了极大的影响②。

其二,年谱之作起。归曾祁《归玄恭年谱跋》指出:"年谱之作,权舆于宋。唐人集有年谱者,皆宋人为之。"这是符合实际的。现在可见的最早的年谱,就是北宋吕大防为杜甫、韩愈所作的年谱③。吕氏在《年谱后记》中指出:

> 予苦韩文、杜诗之多误,既雠正之,又各为年谱,以次第其出处之岁月,而略见其为文之时,则其歌时伤世,幽忧切叹之意,粲然可观。又得考其辞力,少而锐,壮而肆,老而严,非妙于文章,不足以至此。(《分门集注杜工部诗》附)

---

① 如其书中所录诸诗很多没有本事,保存资料虽多,却往往不注出处,即为其弊。
② 计有功以后,纪事成为诗学著作之一体,清厉鹗有《宋诗纪事》,陆心源有《宋诗纪事补遗》,陈衍有《辽诗纪事》《金诗纪事》《元诗纪事》,陈田有《明诗纪事》,邓之诚有《清诗纪事初编》,一直延续到当代钱仲联主编《清诗纪事》,可见其影响之深远。
③ 有人将年谱上溯到孔子,如旧题程复心《孔子论语年谱序》云:"尝考得《论语》中十五志学一章,乃孔子自序一生年谱。"但这充其量可说是年谱的滥觞,不得以年谱视之。

这很能说明年谱产生的目的和作用。"见其为文之时"乃是为了观其"歌时伤世,幽忧切叹之意"。而且,从年谱中也能考见诗人在历史中的心路历程、生命境界及创作风格的变化发展。宋人甚至认为"有文集而无年谱,不几于缺典乎"(赵善《陈振孙〈白文公年谱〉跋》语)。宋人所编年谱,今可考者约一百四十馀种,而以文学家为谱主的就有七十多种,其中杜甫十一种,苏轼十种,韩愈九种,白居易八种,欧阳修六种,陶渊明、黄庭坚各四种①。宋人所编文学家年谱,多为其作品系年,此与"知人论世"的观念非常密切。章学诚《韩柳二先生年谱书后》云:"文人之有年谱,前此所无。宋人为之,颇觉有补于知人论世之学,不仅区区考一人文集已也。"(《章氏遗书》卷八)孙德谦《古书读法略例》卷六也赞誉年谱"最得知人论世之义",诚为知言。

但是,纪事与年谱只是作为"以意逆志"法中的一个环节给说诗者"逆志"提供了条件,将两者结合并进而把握诗人之志,则需要在说诗实践中才能得以完成。从当时的具体情况来看,宋代说诗者往往不能辩证地理解诗与史的关系,他们在寻求诗人的"言外之意"时,虽有纪事与年谱可供"知人论世"之助,却往往是从主观意念出发,将史料作为比附诗意的依据,这在杜诗的笺释上尤为明显。《四库全书总目》卷一百四十九《杜诗擕》提要指出:

> 自宋人倡"诗史"之说,而笺杜者遂以刘昫、宋祁二书据为稿本,一字一句,务使与纪传相符。

这是对宋以来诸家注杜的总评。再以陈禹锡《杜诗补注》为例,据刘克庄《再跋陈禹锡〈杜诗补注〉》所述,此书前后十馀年"改之而未已","自题其书曰《史注诗史》……必欲史与诗无一事不合。至于年

---

① 参见吴洪泽编《宋人年谱集目 宋编宋人年谱选刊》,巴蜀书社,1995 年 9 月版。

月日时,亦下算子,使之归吾说而后已"(《后村先生大全集》卷一百零六)。态度不可谓不诚,功夫不可谓不深,但由于观念上的问题,将诗等同于史,必然难免主观比附、胶柱鼓瑟。

如何摆脱比附,关键在于是从观念出发,还是从作品实际出发。以注杜而言,宋人强调杜甫的"忠君爱国""一饭不忘君"①,于是在笺释时,便将史料拿来穿凿比附,有时便无视作品的实际。朱熹针对从观念出发的弊病,在释"以意逆志"时,注"逆"为"迎"(《孟子章句》卷九),并大加发挥:

> "以意逆志",此句最好。"逆"是前去追迎之意,盖是将自家意思去前面等候诗人之志来。又曰:谓如等人来相似。今日等不来,明日又等,须是等得来,方自然相合。不似而今人,便将意去捉志也。(《朱子语类》卷五十八)

朱熹的说诗方法,一言以蔽之,即"讽咏"以求其"指意"②。这对清人影响极大。所以,到了清代,虽然这种牵合史传来穿凿比附诗意的现

---

① 宋人对杜甫"忠君爱国""一饭不忘君"的称颂极多,仅举一例。曾噩《九家集注杜诗序》云:"况其遭时多难,瘦妻饥子,短褐不全,流离困苦,崎岖埋厄,一饭一啜,犹不忘君,忠肝义胆,发为词章,嫉恶愤世,比兴深远。读者未能猝解,是故不可无注也。"

② 朱熹说:"读诗正在于吟咏讽诵,观其委曲折旋之意。"(《朱子语类》卷八十)关于《诗经》,他说:"《关雎》一诗,文理深奥,如《乾》《坤》卦一般,只可熟读详味,不可说。"(同上卷八十一)又说:"上蔡(谢良佐)言学《诗》要先识'六义',而讽咏以得之。此学诗之要。若迂回穿凿,则便不济事矣。"(《与林熙之》,《朱文公别集》卷四)关于《楚辞》,他批评王逸、洪兴祖"未尝沈潜反复,嗟叹咏歌,以寻其文词指意之所出"(《楚辞集注序》)。关于杜诗,他也指出:"况杜诗佳处,有在用事造语之外者,唯其虚心讽咏,乃能见之。"(《跋章国华所集注杜诗》,《朱文公全集》卷八十四)均可参证。

象并未绝迹,但总的趋势是走向式微了。

"以意逆志"法的发展,经过了对诗人之"志"的"言"(两汉)到"不言"(六朝)再到"言"(宋明)的历程,那么,在文学的实际批评中,对诗人之志的推逆是可能,还是不可能? 如果是可能的,又将如何推逆? 理论上总结和探讨的使命,历史地提交到清人的面前。

第五节　集成期的清代

无论是学术上还是文学上,清代都是一个集大成的时期。与之相一致的,清代也是"以意逆志"法的总结期。与前代相较而言,清代的主要特色表现在人们对这一方法的理论探讨的群体的关注。从讨论的形式看,则有诗话、词话、笔记及经典诠释、文集序跋、笺注凡例等;从讨论的内容看,则或引申前修馀绪,或自创一家新论。

清人关于"以意逆志"法的理论总结,主要集中在以下两个问题上:其一,能否"以意逆志"? 其二,如何"以意逆志"? 从"以意逆志"法的发展来看,清人在理论上集中于这两个问题的讨论是很自然的。

能否"以意逆志"? 回答无非是两种:肯定或否定。持肯定论者的理由往往较为简单,甚至摆出毋需多言的架式。如何文焕《历代诗话考索》指出:

> 解诗不可泥,观孔子所称"可与言《诗》"及孟子所引可见矣,而断无不可解之理。谢茂秦(榛)创为"可解、不可解、不必解"之说①,贻误无穷。②

---

① 此说见谢榛《四溟诗话》卷一。
② 《历代诗话》,页823,中华书局,1981年4月版。

口气是断然而不容置疑的。至于持否定之见者,他们的出发点往往不是某种哲学或理论(如玄学或佛学),而是从说诗实践中提出的。如朱克敬《暝庵杂识》卷二指出:

> 余尝作《无题》诗示一契友,使测所指,竟茫然。夫以同时之人,至契之友,尚不能知其意之所在,而谓千载之下,悬拟臆断,能得古人之心,不亦诬乎?①

的确,对于处在不同时空的作者和读者而言,"以意逆志"的困难是显然的。从清人的论述来看,其困难主要由以下四个方面构成:

1. 文心难明。这里所讲的"文心难明",首先是诗人在创作之际,对自己所以写作的"文心难明",从而导致了读者对作者的"文心难明"。钱谦益《书瞿有仲诗卷》指出:

> 所谓有诗者,惟其志意偪塞,才力愤盈,如风之怒乎土囊,如水之壅于息壤,傍礴结轖,不能自喻,然后发作而为诗。(《有学集》卷四十七)②

---

① 谢章铤《赌棋山庄词话》续编卷一亦指出:"夫以同时之人,踪迹未密,尚难揣其用意之所在,而况在千载百年以上乎?"可与朱氏之说互参。
② 钱氏对这一观点在其他文章中也曾反复论及,如《冯定远诗序》云:"古之为诗者,必有独至之性,旁出之情,偏诣之学,轮囷偪塞,偃蹇排奡,人不能解,而己不能喻者,然后其人始能为诗,而为之必工。"(《初学集》卷三十二)又《虞山诗约序》云:"古之为诗者,必有深情蓄积于内,奇遇薄射于外,轮囷结轖,朦胧萌析……于是乎不能不发之为诗,而其诗亦不得不工。"(同上)又《题杜苍略自评诗文》云:"若其灵心濬发,神者告之,忽然而睡,涣然而兴,苍略固不能自知也,而余顾能知之也耶?"(《有学集》卷四十九)这种观点的形成,与钱氏自身的境遇恐不无关系。

朱彝尊《天愚山人诗集序》亦云：

> 诗以言志,诵其诗,可以知其志矣。顾有幽忧隐痛,不能自
> 明,漫托之风云月露、美人芳草,以遣其无聊,则既非志之所存,
> 而工拙亦在文字之外。(《曝书亭集》卷三十六)

站在文学理论史的立场上看,对诗人自身的"文心难明"的观点并不
是清人首先提出的。如五代时徐铉便说:"人之所以灵者,情也;情之
所以通者,言也。其或情之深、思之远,郁积乎中,不可以言尽者,则
发为诗。"(《徐文公集》卷十八)但清人把"文心难明"(即"不能自
喻""不能自明")当作成其为诗的必要条件提出,并且将它与诗人之
志联系起来,这是前所未有的。诗人敏锐的心灵面对人生的无可奈
何、万不得已之情境,常常会陷于"不能自喻"或"不能自明",由此而
写出的诗,也就往往婉转其辞、委曲其意,使人不易遽解。举例来说,
李商隐的诗夙以难懂见称,究其所以难懂的原因,则除了其寄意之深
远、构思之密致、措辞之婉约、氛围之迷朦之外,更有一点值得注意的
是,他托之于诗的许多情志,原本是自己在人生途中所遇到的百思不
得其解的问题所酿成。这就是"文心难明"。其中一个标志,就是他
的诗中多次出现"无端"二字①。他的《锦瑟》诗,从宋代刘攽到清人
王士禛,均以其意之难晓而叹无解人②,这恰恰是李商隐对自己生命
历程的茫然无解在诗中的表现。薛雪《一瓢诗话》以此诗"全在起句
'无端'二字,通体妙处,俱从此出","对锦瑟而兴悲,叹无端而感

---

① 参见张伯伟、曹虹《李义山诗的心态》"从'无端'二字看义山诗的心态"节,
  《中国诗学研究》,页149—150。
② 如刘攽《中山诗话》云:"李商隐有《锦瑟》诗,人莫晓其意。"王士禛《戏仿元
  遗山论诗绝句》中亦有"一篇《锦瑟》解人难"之句。

切"。可谓抓住了此诗众说纷纭的症结所在。所以,作者的"文心难明",往往会给读者带来理解上的困难。

2. 本事不清。古人言诗的产生,有"情动于中而形于言"(《毛诗序》)之说,然而诗人之情动,有时乃激于某一具体事宜,读者若对之不甚了了,就会在理解上产生歧异或困难。如果有意加以摒弃,则更容易导致臆测①。所以冯煦《蒿庵论词》指出:"词有本事,待注乃明。"本事体和纪事体著作之出现,就与此有关。但有些诗的本事,又是非作者不能明了,读者很难把握。所以,有人提出用"自注"的方式来解决。焦循《答黄春谷论诗书》言之甚详:

> 古人本事亲从兄之乐,而至于手舞足蹈。不幸遭值变故,牢愁哀怨,不可告人,均发于声音而为诗。故其哀乐之致,不必尽露于辞,而常溢于言外。譬之于琴,指已离弦而音犹在耳,是非寄托遥深,何以有此?是故孟子论说诗之法,在"以意逆志",而不以辞。辞,外也;意志,内也。……因思韩非子之作《说储》也,自为经而自为传。谢灵运作《山居赋》,颜之推作《观我生赋》,皆自为之注,良有以也。夫山川都邑之地,草木鸟兽之名,古今得失之迹,情之所托,物即随之。且夫触事言怀,不嫌琐末;辞指幽远,比兴无端。故掇、襭之训通,而和平之象见;哆、侈之义释,斯悔怨之情通。与其俟诸后人,十不得五,莫若自为笺注,贡厥端倪。(《雕菰集》卷十四)

---

① 谢章铤《赌棋山庄词话》续编卷一曾指出:"即如东坡之'乳燕飞',稼轩之《祝英台近》,皆有本事,见于宋人之记载。今竟一概抹杀之,而谓我能'以意逆志',是为刺时,是为叹世,是何异读《诗》者尽去《小序》,独创新说,而自谓能得古人之心。恐古人可起,未必任受也。"其说可参。

诗赋中的"自注"之例起源甚早。李详在《窳记》(后易名为《媿生丛录》,见卷六)中指出:

> 前人赋颂有自注之例,谢灵运《山居赋》、颜之推《观我生赋》,世人所习知也。张衡《思玄赋》自注,见挚虞《文章流别》①;左思《三都赋》,亦思自注,见《世说新语·文学篇》注;王逸《九思》亦自注也,四库馆臣疑为其子延寿之徒为之②,盖未知此例自张衡已启之。③

唐宋以来,诗中自注也往往可见,然其多为僻典、难字而下,至清人诗中自注,亦多有注时事者④。这能够给读者带来便利,正如钱锺书所说:"本事非本人莫明,如颜之推《观我生赋》自注专释身世,不及其他,谨严堪式。读庾信《哀江南赋》时,正憾其乏此类自注。"⑤适当的自注的确必要,但自注过多,则又若对读者理解力估计过低,也难免

---

① 案:语见李善《文选注》卷十五引。
② 此语有误。洪兴祖《楚辞补注》以为"逸不应自为注解,恐其子延寿之徒为之尔",《四库提要》辨之,以为"未可遽疑为延寿作也"。
③ 原载《国粹学报》第五年第七册第五十一期。后收入《李审言文集》。案:此处所举谢灵运以前诗赋中自注之例,前人亦有疑之者。张衡《思玄赋》自注,李善《文选注》就表示怀疑;左思自注《三都赋》之说,严可均斥为"无足为凭"(《全晋文》卷一百四十六);至于王逸自注《九思》,则洪兴祖以外,俞樾亦尝疑之(见《俞楼杂纂》卷二十四)。然多为疑词,殊少实证。本文姑取李详之说。
④ 邓之诚《清诗纪事初编》卷三谓,钱曾笺《初学集》《有学集》,"注中时事,为谦益自注"。又黄遵宪《日本杂事诗》二卷,重在纪事,自注甚详。至于其他诗作,则尚有自注不详者。故陈衍《石遗室诗话》卷七云:"公度诗多纪时事,惜自注不详,阅者未能尽悉。"均可参。
⑤《管锥编》第四册,页 1287,中华书局,1986 年 6 月版。

为识者所讥①。

3. 兴会适然。诗人创作固然是"感物吟志",但诗人之感未必立刻发而为诗,王褒《四子讲德论》曰:"诗人感而后思,思而后积,积而后满,满而后作。"(《文选》卷五十一)因此,它往往积蓄于诗人心中而反复酝酿,一旦被某种外在事物引发,触动了其最隐蔽的心弦,便一发而为诗。正如厉志《白华山人诗说》卷二所谓"胸中本有诗,偶然感触,遂一涌而出"。这时,诗中所蕴含的"志"大多比较复杂,它与触发其感的外在事物也就不是简单的对应关系。这样的诗,其主旨也就往往不易确指。朱鹤龄《辑注杜工部诗集序》指出:

> 且子亦知诗有可解、有不可解乎?指事陈情,意含风喻,此可解也;托物假象,兴会适然,此不可解也。不可解而强解之,日星动成比拟,草木亦涉瑕疵,譬之图冈象而刻空虚也。(《愚庵小集》卷七)

这种"托物假象,兴会适然"的诗之所以难解,是因为其中所蕴含的诗人之志呈现为一种综合的、多层次的形态。例如李商隐的著名五绝《乐游原》("向晚意不适")诗,解释甚多,有说"忧唐之衰"(冯浩《玉谿生诗集笺注》卷三引《诗话类编》),有说"迟暮之感"(同上引杨守

---

① 方南堂《辍锻录》曾指出:"诗中不宜有细注脚。一题既立,流连往复,无非题中情事,何必更注?若云时事之有关系者,不便直书题中,亦不应明注诗下。且时事之有关系者,目前人所共知,异代史传可考,又何必注?若寻常情事,无关重轻,而于题有合者,非注不明;既云于题有合,自应一目了然,又何须注?若云于题无甚关合,注解正所以补题,此即牵强凑泊之谓也,乌足云诗?"(郭绍虞《清诗话续编》,页1942,上海古籍出版社,1983年12月版)其说可参。

智语），有说"为武宗忧"（程梦星《李义山诗集笺注》卷上）。诸说或难免穿凿，或仅得其一。此诗虽为诗人暮游乐游原而作，但其所感则蓄积已久，所以纪昀评为"百感茫茫，一时交集"（沈厚塽《李义山诗集辑评》卷上），管世铭也评此诗"消息甚大，为绝句中所未有"（《读雪山房唐诗钞凡例》），其内涵是颇为丰富的。有的学者认为此诗的主旨是"忧唐之衰"，理由是惟此说能与乐游原的特定景物联系起来，而所谓"特定景物"，指的是"汉陵"和"昭陵"①。这就误将"指事陈情，意含风喻"与"托物假象，兴会适然"的两类诗混淆了。实际上，同样是登乐游原而兴感，只要将晚唐另一位诗人杜牧的作品与李商隐的略加比较，就能看出这两类诗的区别②。而且，即便就与乐游原的特定景物联系起来，"忧唐之衰"说也未必能概括此诗的旨意③。所以张采田指出："谓'忧唐之衰'者，只一义耳。"④仅此一例，便可略

---

① 见张安祖《说"夕阳无限好，只是近黄昏"》，载《光明日报》1983 年 12 月 20 日 "文学遗产"第 617 期。

② 杜牧《登乐游原》诗云："长空澹澹孤鸟没，万古销沉向此中。看取汉家何事业，五陵无树起秋风。"诗人面对"西风残照，汉家陵阙"，抒发了一种历史的兴亡盛衰之感。他借汉比唐，可说是典型的"忧唐之衰"。诗人另一首《将赴吴兴登乐游原一绝》中更有"乐游原上望昭陵"之句，其意尤显。叶梦得《石林诗话》卷中谓此诗"盖不满于当时，故末有'望昭陵'之句"。这里，诗人见"汉陵""昭陵"而兴感，正属于"指事陈情，意含风喻"一类。李商隐《乐游原》诗云："向晚意不适，驱车登古原。夕阳无限好，只是近黄昏。"全诗只似见夕阳而偶感，实则内涵深广，正属于"托物假象，兴会适然"一类。

③ 乐游原在长安城东南，是唐代的登临胜地。文人墨客常于登临玩赏之际，饮酒作诗。冯浩《玉谿生诗集笺注》卷三引《长安志》云："乐游原居京城之最高，四望宽敞，京城之内，俯视指掌。每正月晦日、三月三日、九月九日，士女咸就此登赏袚禊。"总括起来，唐人到乐游原至少可以有三种目的：一是登赏，如李商隐五律《乐游原》诗，所谓"拂砚轻冰散，开樽绿酎浓"即是；二是怀古，即如上注所引杜牧的两首诗；三是袚禊，此见于《长安志》记载。可见，在乐游原未必只能发思古之幽情，而不许作他想。

④ 《玉谿生年谱会笺》卷四，页 208，上海古籍出版社，1983 年 9 月版。

见解说"兴会适然"的诗之困难所在了。

4. 见仁见智。如果说，面对生活实境，诗人总是根据自己的感受去描写的话，那么，面对作品世界，读者也总是根据自己的感受去理解的。清代批评家在这里也觉察到理解的困难性。薛雪《一瓢诗话》指出：

> 杜少陵诗，止可读，不可解。何也？公诗如溟渤，无流不纳；如日月，无幽不烛；如大圆镜，无物不现。如何可解？小而言之，如《阴符》《道德》，兵家读之为兵，道家读之为道，治天下国家者读之为政，无往不可。所以解之者不下数百馀家，总无全璧。

这种对文学作品"眼力不齐，嗜好各别"（同上）的情况，在戏曲、小说的阅读中也在在有之①。

针对以上的四个难题，清人也提出了解决难题的方法，涉及到如何"以意逆志"。归纳起来，有以下几点：

1. 逆志须论世。正因为读者和作者处于不同的时空中，因此，要达到对作品的理解，就必须努力克服这种历史距离。清代批评家很强调"知人论世"，很重视诗人年谱的作用。冯浩《玉谿生诗集笺注·发凡》指出："年谱乃笺释之根干，非是无可提挈也。"关于这一点，他们不仅在诗话以及诗集笺注的序例中，甚至在经书注解中也阐

---

① 田雯《古欢堂集·杂著》卷四云："读古人书，如观女色，妍媸好恶，亦系于人耳。"金圣叹评《西厢记》云："文者见之谓之文，淫者见之谓之淫耳。"（《读第六才子书〈西厢记〉法之二》）鲁迅也曾指出，《红楼梦》"单是命意，就因读者的眼光而有种种：经学家看见《易》，道学家看见淫，才子看见缠绵，革命家看见排满，流言家看见宫闱秘事……"（《〈绛洞花主〉小引》）均可参。

发这一理论主张,重申"知人论世"之于"以意逆志"的重要性①。反映在实践上,一是刊行或笺注前人诗文集时多附入年谱;二是出现自撰年谱;三是自己编集(或由门人代编)时亦多按年代排列作品,以便后人"逆志""知人"之用。清代批评家还认为,诗人自己身在个中而"不能自明"的,后人通过"知人论世"却反而能够理解。前面引到朱彝尊《天愚山人诗集序》中的一段话,提及由于作者的"文心不明"而给读者"逆志"带来困难,但他最后的结论是"洵乎诵其诗尤必论其世也"。既然"知人论世"的目的是为了缩短读者与作者间的历史距离,与之相联系的,就要求说诗者在诠释过程中尽量排除自我,以期达到作者原意的重现。吴淇《六朝选诗定论缘起·以意逆志节》指出:

> 诗有内有外,显于外者曰文曰辞,蕴于内者曰意曰志。……汉、宋诸儒以一"志"字属古人,而"意"为自己之意。夫我非古人,而以己意说之,其贤于蒙之见者几何矣。不知"志"者古人之心事,以意为舆,载志而行,或有方,或无方,意之所到,即志之所在。故以古人之意求古人之志,乃就诗论诗,犹之以人治人也。(《六朝选诗定论》卷一)

吴氏提出的"以古人之意求古人之志"的主张,与西方诠释学中的

---

① 诗集笺注中的例证已见上文,诗话中如黄子云《野鸿诗的》云:"当于吟咏时,先揣知作者当日所处境遇,然后以我之心,求无象于窅冥惝悦之间,或得或丧,若存若亡,始也茫焉无所遇,终焉玄珠垂曜,灼然毕现我目中矣。"经书注解则如焦循,其《孟子正义》卷十八引顾镇《虞东学诗·以意逆志说》云:"夫不论其世,欲知其人,不得也;不知其人,欲逆其志,亦不得也。孟子若预忧后世将秕糠一切,而自以其察言也,特著其说以防之,故必论世知人,而后'逆志'之说可用之。"均可参。

某一派理论颇有相似之处,这在理论批评上可以代表某种价值取向,然而从实际批评的角度看,完全以古人之意求古人之志是不可能的,尽管批评者可能在理论上有此自觉或意识。以吴淇为例,张庚在《古诗十九首解自序》中曾批评道:"睢阳吴氏说选诗大有发明,然穿凿附会,在在有之。"如何解决这一问题,清人又提出了另一个理论主张。

2.论世忌牵强。这是对第一点的补充和发展。理论上认识到"知人论世"的重要性,但在实际批评中又难免穿凿附会,这样的情况,自宋代以来就并不罕见。上面所举吴淇即为一例。再如冯浩《玉谿生诗集笺注·发凡》指出:"说诗最忌穿凿,然独不曰'以意逆志'乎? 今以'知人论世'之法求之,言外隐衷,大堪领悟,似凿而非凿也。"但在具体的解释过程中,仍然难免穿凿。如李商隐《即目》("小鼎煎茶面曲池")诗①,纪昀以为"语不可解"(《李义山诗集辑评》卷中),冯浩强解之而后云:"穿凿之讥,吾所不辞耳。"(《玉谿生诗集笺注》卷二)究其原因,除了说诗者主观方面的某些因素以外,与作者及作品本身也有关系。从作品方面看,诗不等同于史,而且诗的表现贵在"言近旨远",吴乔曾对比过诗与文在传情达意方面的区别:

> 意喻之米,饭与酒所同出。文喻之炊而为饭,诗喻之酿而为酒。文之措词必副乎意,犹饭之不变米形,啜之则饱也。诗之措词不必副乎意,犹酒之变尽米形,饮之则醉也。(《围炉诗话》卷一)

所以,不可"以文害辞,以辞害志"。就作者方面看,强调"文以载

---

① 此诗冯浩笺注本题作《即日》,并云:"一作'目',误。"张采田《李义山诗辨正》题作《即目》,并云:"首句记即目所见也。"此处从张说。

道",这只是在根源处而言,并非将所有的"文"皆涂上"道"的色彩,那只能造成文学道路的狭隘以及文学生命的枯竭。因此,文学批评就不能将作者之"志"局限在伦理道德的范围之内。这恰如袁枚《再答李少鹤书》中所指出的那样:

> 诗人有终身之志,有一日之志,有诗外之志,有事外之志,有偶然兴到、流连光景、即事成诗之志。"志"字不可看杀也。(《小仓山房尺牍》卷十)

正是立足于此,清人提出了论世忌牵强的主张。吴雷发《说诗菅蒯》指出:

> 诗贵寓意之说,人多不得其解。其为庸钝人无论已,即名士论古人诗,往往考其为何年之作,居何地而作,遂搜索其年、其地之事,穿凿附会,谓某句指某人,某句指某事。是束缚古人,苟非为其人、其事而作,便不得成一句矣。且在是年只许说是年话,居此地只许说此地话,亦幸而为古人,世远事湮,但能以意度之耳。若今人所处之时与地,昭然在目,必欲执其诗而一一皆合,其尚可逃耶? 难乎免矣。

费锡璜《汉诗总说》也指出:

> 世之说汉诗者,好取其诗,牵合本传,曲勘隐微。虽古人托辞写怀,固当"以意逆志",然执词指事,多流穿凿。又好举一诗,以为此为君臣而作,此为朋友而作,此被谗而作,此去位而作,亦多拟度,失本诗面目。余说汉诗,先去此二病。

这种牵强论世以"逆"诗人之志的现象,虽然由来已久,但在清代并未绝迹,如张惠言《词选》之说词,陈沆《诗比兴笺》之说诗,堪为代表。因此,清代批评家对牵强论世以比附诗意的抨击在当时还是有其现实针对性的。

3. 今意逆古志。在"以意逆志"中,一方面有见仁见智的困难,另一方面又有易蹈穿凿的陷阱。因此,当一些人力图摆脱这些困难,以期达到作者原意的重建时,另一些人则在承认这些困难的前提下,进而把创造作品的意义或不断提出新的诠释看作是批评家的职责。如果后者仍然需要打着"以今人之意逆古人之志"的旗号的话,那么,这里的"逆"实际上就是发明、创造的同义词。袁枚《程绵庄诗说序》指出:

> 作诗者以诗传,说诗者以说传,传者,传其说之是,而不必其尽合于作者也。如谓说诗之心,即作诗之心,则建安、大历有年谱可稽,有姓氏可考,后之人犹不能以字句之迹,追作者之心,矧《三百篇》哉?不仅是也,人有兴会标举,景物呈触,偶然成诗,及时移地改,虽复冥心追溯,求其前所以为诗之故而不得,况以数千年之后,依傍传疏,左支右吾,而遽谓吾说已定,后之人不可复有所发明,是大惑已。(《小仓山房文集》卷二十八)

而常州词派更是这一主张的积极倡导者和实践者。谭献有句名言:"作者之用心未必然,而读者之用心何必不然。"(《复堂词录序》,《复堂类稿》文一)这一理论源头,当然可以追溯至《周易》,《系辞上》云:"仁者见之谓之仁,知者见之谓之知。"汉人普遍认为的"诗无达诂"也不妨视为清人的理论先导。但如此积极地肯定读者的主观性,则是前所未有的。这一观点,与当代西方诠释学中的某些论述颇为接近,而接受美学强调读者的重要性,与清人的这派观点也有可通之处。

4. 读诗贵涵咏。这一方法大力提倡于朱熹,至清代而发扬光大。为了摆脱穿凿比附,朱熹提倡以"讽味"而求作品的"指意"。所以,清人在"如何以意逆志"的问题面前,也强调了"涵咏"的重要性。沈德潜《说诗晬语》卷上云:

> 诗以声为用者也,其微妙在抑扬抗坠之间。读者静气按节,密咏恬吟,觉前人声中难写、响外别传之妙,一齐俱出。朱子云:"讽咏以昌之,涵濡以体之。"真得读诗趣味。

清人的"涵咏"说,多受朱熹影响,此亦一证。"涵咏"的方法说到底,就是要人们重视对作品文本的体会。这不仅是后人学诗的方法①,而且也是说诗的方法②。曾门四弟子之一的张裕钊在《答吴挚甫书》中即绾合这两方面而言之:

> 夫作者之亡也久矣,而吾欲求至乎其域,则务通乎其微。以其无意为之而莫不至也,故必讽诵之深且久,使吾之与古人诇合于无间,然后能深契自然之妙,而究极其能事。若夫专以沉思力索为事者,固时亦可以得其意,然与夫心凝形释、冥合于言议之表者,则或有间矣。故姚氏(鼐)暨诸家"因声求气"之说为不可易也。吾所求于古人者,由气而通其意以及其辞与法,而喻乎其

---

① 梁章钜《退庵随笔·学诗》一云:"窃谓今之学诗者,只须将《毛诗》句句字字尽得其解,再将白文涵泳数过,于诗诣而不能精进者,吾不信也。"
② 方玉润《诗经原始》卷一说《芣苢》云:"试平心静气,涵泳此诗,恍听田家妇女,三三五五,于平原绣野、风和日丽中群歌互答,馀音袅袅,若远若近,若断若续。不知其情之何以移,而神之何以旷。则此诗可不必细绎而自得其妙焉。"

深。(《张廉卿先生文集》卷四）

由于对作品的反覆涵咏体会，因声求气，由气通意，使读者之心与作者之心"吻合于无间"，不仅能够避免某些脱离文本的附会之说，而且还往往能够比那些"专以沉思力索"者更准确地把握作品的"文心"。清人论诗著作中，颇多"声调谱"之类书，虽然主要是从学诗处着眼，但与读诗贵涵咏的主张当亦有其内在联系。

从第二节到此，我们阐述了"以意逆志"法发展的各个阶段，并拈出其主要特征。如果说，"以意逆志"法的产生，一开始就是因为人们认识到诗的旨意并不在其语言本身——用后人的话来说，就是"意在言外""言近旨远"，那么，在其发展过程中，两汉是以经学的"意在言外"为特征，六朝乃以玄学的"得意忘言"为特征，而宋明就以美学的"言近旨远"为特征，至清代则以集成融合为特征。需要说明的是，前代的种种特征在后代并不是被完全舍弃，它往往是作为一个元素加入到新特征的合成体中。所以，从现象上看，后者对前者往往是一个否定，而在其实质上，这又是一个包含了肯定成分的否定。

文学有古今之别，作品有文白之分，但文学批评却是离不开诠释的。作为一种分析手段，"以意逆志"法并不因为其产生土壤的更换而失去其存在价值。事实上，这一方法至今仍运用于我们的文学批评中。但是，当人们在运用这一方法的实际过程中，或自觉不自觉地重蹈古人的覆辙，或苦于缺乏其他途径去迫近作者的心灵的时候，我们不正应该强烈地意识到，对这一方法的历史演变作一回顾，并就其背后所蕴含、凝聚的精神、意义加以抉发，然后再予以进一步的拓展是多么的必要吗？

第六节 "以意逆志"法的现代意义

一、挑战:传统的与现代的

文学批评的含义有两个重点:一是解释,二是评价。韦勒克(R. Wellek)认为,批评的含义重点是对文学作品的"评价"①。赫什(E. D. Hirsch)则认为批评是一种"判断"行为,是与"解释"相对的,但同时又认为,解释往往会逐渐演变成评价②。所以刘若愚在其《中国的文学理论》一书的导言部分,将"实际批评"细分为"解释"与"评价"二目③。然而说到"解释",马上就使人联想到"理解"。所以,不妨可以说,"理解"是一切实际文学批评活动的前提。毫无疑问,"以意逆志"法所要解决的核心问题正是"理解"。虽然在中国传统文化中,由于儒家思想的主导地位,使得这一批评方法的哲学基础——人性论显得持久而坚实,然而方法一旦进入到实际批评之中后,便会立即受到其对象及使用者的限制。只要对古代文学稍有常识的人,就不会对以下的声音感到陌生:

> 刘勰《文心雕龙·知音》:"知音其难哉! 音实难知,知实难逢。逢其知音,千载其一乎?"
>
> 杜甫《偶题》:"文章千古事,得失寸心知。"

---

① "Term and Concept of Literary Criticism", *Concepts of Criticism*, p. 35. Yale University Press, 1963.

② *Validity in Interpretation*, pp. 139—144. Yale University Press, 1967.

③ James J. Y. Liu, *Chinese Theories of Literature*, p. 1. The University of Chicago Press, 1975.

曹雪芹《红楼梦》第一回:"满纸荒唐言,一把辛酸泪。都云作者痴,谁解其中味?"

从诗人、作家的浩叹到批评家的感慨,其中既有得到理解或能够理解的希望,又有不被理解或难以理解的失望。这样,在实际批评中,"以意逆志"法究竟是否可能,岂非存在莫大疑问? 而如果我们的目光不仅仅局限于古代文学批评,并同时对西方现代文论也加以关注的话,我们就将发现,"以意逆志"法在实际批评中可行与否,受到了来自传统和现代、理论和实践诸方面的挑战。初步归纳,这些歧见大致有以下四点:

1."言不尽意"

"言不尽意"是一个古老而又新鲜的命题。所谓"古老",乃指其在中国历史上具有悠久的传统;所谓"新鲜",乃指在西方现代文论中又响起了它的回音。如伽达默尔(H. G. Gadamer)说:"语言表现无论如何都不够准确,需要再推敲,而且必然地总不能充分表情达意。"①所以,从有限的语言中去探索作者的原意也就是不可能的了。从理论上来讲,"言"和"意"的联系是必然的,所谓"形存影附,不得相与为二矣"(欧阳建《言尽意论》,《全晋文》卷一零九)。但是在实际运用的自然语言中,却往往遇到"言不尽意"的问题。这里有两种情况:其一,现代心理学及语言学的研究表明,语言不是表达思想的唯一方式,只是在许多可能方式中的一种特定方式②。而且,在语言的实际运用中,往往是那些幽微曲折之处难以表达。故刘禹锡诗云:"常恨言语浅,不如人意深。"(《视刀环歌》,《刘禹锡集》卷二十六)

---

① 转引自张隆溪《诗无达诂》,载《文艺研究》1983 年第 4 期。
② 参见《论"语言与思维"问题》,苏联谢列勃连尼科夫著,朱立人译,载《语言学动态》1979 年第 3 期。

其二，遣词造句时在技术上存在的困难。陆机《文赋》云："恒患意不称物，文不逮意。"（《文选》卷十七）《文心雕龙·神思》亦云："思表纤旨，文外曲致，言所不追，笔固知止。"所以苏轼在《答王庠书》中，将"辞达"看成是写作上的极高境界，所谓"辞至于达，足矣，不可以有加矣"（《经进东坡文集事略》卷四十六）。然而有趣的是，从创作实际来看，诗人正是在慨叹"言"难以"尽意"时，却以文学的形式去"言"其"意"了。以宋代词人为例，晏几道《清平乐》词云："书得凤笺无限事，犹恨春心难寄。"周邦彦《塞垣春》词云："念多才，浑衰减，一怀幽恨难写。"蔡伸《苏武慢》词云："书盈锦轴，恨满金徽，难写寸心幽怨。"这正如徐铉《萧庶子诗序》所指出的那样：

> 人之所以灵者，情也；情之所以通者，言也。其或情之深，思之远，郁积乎中，不可以言尽者，则发为诗。（《徐文公集》卷十八）

诗，正是在诗人感到自己所欲以表达者"不可以言尽"的情况下产生，正是在难以表现时找到了最好的表现。这一富于戏剧意味的现象，我们也可以在六朝的文学批评中见到，即一方面是对"言不尽意"的普遍认识，一方面是对"文外重旨"的热烈讨论。而"意在言外"也就成为中国古代诗歌所追求的最高美学标准了。《白石道人诗说》有言："句中有馀味，篇中有馀意，善之善者也。"相反，对于"意尽于言"的作品，批评家则多予以否定①。言有馀意，则含蓄不尽；意尽于言，则一览无馀。这就是艺术辩证法所给予人们的启示。批评家正是通

---

① 例如，张戒《岁寒堂诗话》卷上云："元、白、张籍诗，皆自陶、阮中出，专以道得人心中事为工，本不应格卑。但其词伤于太烦，其意伤于太尽，遂成冗长卑陋耳。"即可为证。

过"状溢目前"之"言"去逆"情在词外"之"志"。"作者之情怀虽未尽宣,而读者之心思已足领会"①。正如优秀的诗人能够以简驭繁,优秀的批评家也能够以一见多。

2."意图迷误"(the intentional fallacy)

这是英、美"新批评"派(The New Criticism)的一个著名论点。维姆萨特(W. K. Wimsatt)与比尔兹利(M. C. Beardsley)合撰的《意图迷误》一文认为,"意图迷误"是"将诗与其产生过程相混淆……其始是从写诗的心理原因中推导批评标准,最终则是传记式批评或相对主义"②。而追溯其源,这一观点可以上溯到十九世纪意大利批评家德·桑克梯斯(Francesco De Sanctis)③。"新批评"派的学者崇尚作品的本体批评,尽管韦勒克(R. Wellek)声称他们对作品本体的崇尚并不意味着排斥历史背景④,但归根结柢,他们认为在文学研究中探讨作者的心态及作品产生的背景即犯了"意图迷误",因而是毫无意义的。"新批评"派创始人艾略特(T. S. Eliot)在其《传统与个人的才能》("Tradition and the Individual Talent")中曾指出:"忠实的批评与敏感的鉴赏,注意的是诗而不是诗人。"⑤因为一首诗的优劣,在艾

---

① 刘永济《文心雕龙校释》,页 54,正中书局,1948 年 10 月版。

② M. H. Abrams, *A Glossary of Literary Terms*, PP. 79—80. Holt, Rinehart and Winston, 1981.

③ 德·桑克梯斯《论但丁》指出:"在《神曲》里,正象在一切艺术品里,作者意图中的世界和作品实现出来的世界,或者说作者的愿望和作者的实践,是有区分的。……一个真正的艺术家写起诗来,矛盾就会爆发,所出现的不是他的意图的世界而是艺术的世界。……只有这个实现出来的世界是有活气和生命的,在它的光辉里,诗人所珍爱的意图的世界象烟雾一样消散。"见伍蠡甫主编《西方文论选》下卷,页 464—465,上海译文出版社,1979 年 11 月版。

④ 参见 R. Wellek,"Literary Theory, Criticism, and History", *Concepts of Criticism*, p. 7. Yale University Press, 1963.

⑤ T. S. Eliot, *20th Century Literary Criticism*, p. 73. Edited by David Lodge, Longman, 1972.

略特看来,与诗人的经验及个性是没有什么关系的。"对于诗人本身具有重要意义的印象和经验,在其诗中或许并不占有地位,而那些在诗中成为重要的,在诗人本身即个性中或许只占有无足轻重的位置而已"①。与此种批评理论相联系,艾略特提出了他的创作理论,即"诗不是放纵感情,而是逃避感情;不是表现个性,而是逃避个性"②。因此,批评家所要从事的,当然不是探索作者的"意图",而只是文本(text)的谐音、韵律、文体、意象、句法、隐喻、象征、神话等等的研究。这种观念是对十九世纪"社会—历史学派"的"传记式批评"的反动。"传记式批评"为寻究作者的意图而将作者的生平和写作背景作为文学研究的主要目的,流弊所及,往往将艺术作品本身搁置一边。所以,从这个意义上讲,"新批评派"强调作品的文本分析有着重要的价值。但是文学作为一定时期的历史活动在艺术家头脑中反映的产物,它与反映的对象及反映的主体之间是有着密切关系的。特别是十九世纪浪漫派文学,强调"感情"在创作活动中的重要性③,而在中国古代诗歌中,又有着"言志""抒情"的悠久传统,所以,作者的主观意图对于作品的理解是非常重要的。所谓作品的意义与作者意图不一致,即现代文学理论上所讲的"形象大于思想",这在文学创作中并不罕见。但这除了表明艺术形象有其自身相对的独立性以外,并不能由此得出作者的思想、意识以及所处的历史环境与作品无关的结论。文学的独立价值应该是、而且事实上也只能是意味着它在反映生活、认识生活方面有着与哲学、历史以及其他人文科学所不同、因而也是所不能替代的特性。如果我们对作品的产生背景以及作者的

---

① *20th Century Literary Criticism*, p. 75.

② 同上书,p. 76.

③ 例如,渥兹渥斯在《〈抒情歌谣集〉序言》这一浪漫主义的重要文献中有一句名言:"一切好诗都是强烈感情的自然流露。"即可为代表。见刘若端编《十九世纪英国诗人论诗》,页6,人民文学出版社,1984年7月版。

心理状态缺乏深切的认识和体会，甚至拒绝加以认识和体会的话，那么，在对作品进行阐释的时候，就往往会导致随心所欲、自说自话，其对作品所评定的价值也就会因为缺乏坚实的历史基础而失去意义。

3. "见仁见智"

《周易·系辞上》云："仁者见之谓之仁，知者见之谓之知。"在文学作品的阅读中，"见仁见智"是一个普遍的现象。但是，如果把阅读过程中"见仁见智"夸大、强调到不适当的位置，就必然会导致批评标准上的相对主义和对作者诗心的不可知论。前者如常州词派理论家强调主观美感经验，提倡读者自由创造诗的价值或意义，所谓"作者之用心未必然，而读者之用心何必不然"（谭献《复堂词录序》，《复堂类集》文一）；后者则强调读者对作品理解的差异性，从而否定理解的可能性，如薛雪《一瓢诗话》所谓"杜少陵诗，止可读，不可解。……兵家读之为兵，道家读之为道，治天下国家者读之为政，无往不可"。将作品的意义视为无穷的宇宙，而解说者所看到的仅是其一部分，亦即他所理解、把握到的一部分，这种观点很类似于现代语言哲学中的某些论述。如迈克尔·达米特（Michael Dummett）在《意义与理解》一文中指出："意义是理解的对象（或内容）。……一个表达式的意义就是某人理解该表达式时所知道的东西。"[1]而结构主义语言学家和文学批评家更认为，解释者的工作不是去恢复作者的原意，而是在作品的多种意义中提取其中一种解释[2]。这样，"见仁见智"似乎获得了一种积极的意义，它来源于作品含蕴的丰富性，而其本身又说明了作品的意义是一个不断流动、不断生成的过程。但是否就应该由

---

[1] 涂纪亮主编《语言哲学名著选辑》，页28，生活·读书·新知三联书店，1988年3月版。

[2] 参见安纳·杰弗森、戴维·罗比等著《西方现代文学理论概述与比较》一书第四章"结构主义与后结构主义"中的论述。陈昭全等译，湖南文艺出版社，1986年5月版。

此而否定"以意逆志"的必要与可能呢？在这个问题上，人们往往将"作者原意"与"作品意义"混为一谈。被称为"诠释学的康德"的施莱尔马赫（F. D. E. Schleiermacher）将"作品意义"等同于"作者原意"，他认为艺术作品扎根于创作时的周围环境中，"如果艺术作品从这种周围环境中脱离出来并转入到欣赏中，那么，它就失去了意义"。因此，诠释学的工作就是"努力去复制作者的本来创作之时"①。所以，离开了"作者原意"，也就没有"作品意义"。相反，伽达默尔批判了施莱尔马赫的理论，肯定了读者对"作品意义"的理解与"作者原意"间的歧异。由于这种歧异是无限的，因而"作品意义"也是无限的，再往前一步，也就否定了"作者原意"的存在。针对这种现象，赫什（E. D. Hirsch）提出了区分"意义"（Meaning）和"意味"（Significance）的主张。前者指作者的本意，后者指解释者对作者本意的领会。对作者本意的领会可以千差万别，但作者的本意却只有一个②。用不同方式重建作者原意，"每个人在趣味方面的缺陷由别人的不同趣味加以补充，许多成见在互相冲突之下获得平衡，这种连续而相互的补充逐渐使最后的意见更接近事实"③。所以，即使是解释者的"见仁见智"，它所导致的也不是对作者诗心的必然的否定，而是必然的认识。

4."诠释循环"（der hermeneutische zirkel）

这是西方诠释学中的一大问题。所谓"诠释循环"，据狄尔泰（Wilhelm Dilthey）《诠释学的形成》所说，就是"一部作品的整体要通过个别的词和词的组合来理解，可是个别词的充分理解又假定已经

---

① 伽达默尔《真理与方法》，王才勇译，页 244—245，辽宁人民出版社，1987 年 8 月版。

② E. D. Hirsch, *Validity in Interpretation*, p. 8.

③ 丹纳《艺术哲学》，傅雷译，页 344，人民文学出版社，1963 年 1 月版。

先有了整体的理解为前提"①。回到本课题的研究上,也就是说,要能够"以意逆志",首先需要如孟子所同时指出的"不以文害辞,不以辞害志";而要做到这一点,又需要以"得志"为前提,即如宋人饶节所谓"向来可与言诗者,得志方能不害辞"(《答惇上人七首》之五,《倚松诗集》卷二)。这样,整体与局部互相依赖,而各以对方的理解为自身理解的前提。这的确是"以意逆志"法在理论上和实践上遇到的一大难题。然而,诚如弗雷格(Gottlob Frege)的一句名言:"一个语词只有在语句的语境中才具有意义。"②一首诗中的词或词组虽然具有多义性,但毕竟是存在于一个特定的上下文中,所以,作品的特定形象是有其一定的客观意义的,而一个词或词组的张力(tention)在上下文中也是有限的。当人们进入阅读过程时,作品的情意结构总是将读者的反应限制在一个特定的范围之中,起着阴驱潜率的作用。局部与整体的理解虽然是个彼此依赖的过程,但诠释正是随着在局部与整体之间的不断往返,从而对两者均达到了理解。古人强调"读书百遍而意自见"(《三国志·王肃传》裴注引董遇语),正是强调这一不断往返的过程。而唐译《大方广佛华严经》卷十六《十住品》中"一即是多多即一,文随于义义随文"③,以及玄觉《永嘉证道歌》中所谓"一月普现一切水,一切水月一月摄"④,正典型地说明了一与多、整体与局部的关系。所以,狄尔泰提出的"诠释循环"是诠释过程中的一个难题,但并非绝题。传统诠释学发展到海德格尔(M. Heidegger),

① 转引自张隆溪《二十世纪西方文论述评》,页177,生活·读书·新知三联书店,1986年7月版。
② 这句名言是弗雷格在《算术基础》中提出的,彼得·哈克(Peter M. S. Hacker)在《语义整体论:弗雷格与维特根斯坦》一文中对这句话作了详尽的阐述,见《语言哲学名著选辑》页35—66。
③ 《大藏经》第十册,页87。
④ 《大藏经》第四十八册,页396。

便发生了一个很大的转变,即由方法论诠释学转变为本体论诠释学。这样,"诠释循环"也就获得了本体论的意义。海德格尔认为,理解是奠基于先行具有(Vorhabe)、先行见到(Vorsicht)和先行掌握(Vorgriff)之中的。他在《存在与时间》中指出:"解释从来不是对先行给定的东西所作的无前提的把握。准确的经典注疏可以拿来当作解释的一种特殊的具体化,它固然喜欢援引'有典可稽'的东西,然而最先的'有典可稽'的东西,原不过是解释者的不言自明、无可争议的先入之见。"①正因为如此,所以"对领会有所助益的任何解释无不已经对有待解释的东西有所领会"②。这样,"诠释循环"便由诠释的对象变成诠释本身,由客观变成主观。要把握事物的"原始的认识",就必须摆脱"先入之见";然而所有的认识又无不具有先入之见。海德格尔将它称作"恶性循环"(Circulus Vitiosus)。但是,他却提出了一种积极的处理方式,"决定性的事情不是从循环中脱身,而是依照正确的方式进入这个循环③。这一点后来为伽达默尔所继承,在其影响下,形成了"接受美学"与"读者反应理论"。这样一来,问题就转入上文提及的"见仁见智"了。

以上我们对与"以意逆志"法有分歧的四种论点作了辨析,如果说,文学的从产生到接受的过程是由作者、作品和读者三方面组成的话,那么,其传递中的障碍,在持"言不尽意"和"意图迷误"说者看来,是出现于作者→作品的过程中,前者认为"言小于意",而后者则认为"言大于意";在持"见仁见智"说者看来,其障碍乃出现于读者→作品的过程中;而在持"诠释循环"说者看来,这一障碍又是作品本

① 海德格尔《存在与时间》,陈嘉映、王庆节译,页184,生活·读书·新知三联书店,1987年12月版。
② 同上书,页186。
③ 同上书,页187。

身或解释者本身所具有的。文学批评离不开解释，而解释也必然离不开对作者诗心的探索。"以意逆志"法依然有其不可或缺的重要性，其现代意义是不容忽略的。

二、"以意逆志"法与西方诠释学的若干比较

西方诠释学起源于对《圣经》的解释，至十九世纪范围逐步扩大，并涉及到普遍性的理解与解释的问题。"解释"与"理解"遂成为一种哲学上的范畴。一般认为，是施莱尔马赫开始系统地创立了诠释学的原则。诠释学在二十世纪后期，成为西方哲学、文学及史学研究中讨论得极为热烈的话题之一，至今仍处在不断发展之中。这里将诠释学的起源和发展划作三个阶段，与中国传统的"以意逆志"法稍作比较，藉以看清"以意逆志"法的发展走向。

1. 诠释学的起源与"以意逆志"法的比较

"诠释学"来源于古希腊文 Hermeneuein，与古希腊神话传说中的"赫尔墨斯"（Hermes）有关。赫尔墨斯是众神的使者，正是靠了他，凡人才可能理解神的旨意，同时又更感到神的高深莫测。因此，诠释学的概念最初是被限制在宗教的范围之中①，可以说西方诠释学是起源于宗教的。由于在奠基于古希腊文明的西方传统文化中，人和神是分别处在不同层次的世界中，凡人不仅很难理解神的旨意，而且人对神的态度，必须是皈依与膜拜，沟通神人之间的信息的，只能依靠神的使者——赫尔墨斯。但即使有了他，人神之间便能

---

① 1898 年出版的《大英百科全书》中"解释学"的条目写道："解释学是探讨有关《圣经》教义的解释的神学科学分支；它被不同地描述为（1）《圣经》思想的发现与交流理论；（2）在理解和解说《圣经》作者的思想方面使之清晰化的科学；（3）《圣经》译者注释方法的研究；以及（4）消除读者与《圣经》作者之间分歧的科学。"转引自李思进《文学解释学介绍》，载《美学》第 7 期，页 146，上海文艺出版社，1987 年 11 月版。

相印无间了吗？希腊、罗马人并不这样看。如苏格拉底指出："赫尔墨斯，这个发明了语言与演讲的神，可以被称作解释者或信使，也可以被称作贼、骗子或阴谋家。"①总之，人和神之间的堑沟是难以逾越的。

这种情形，在古代中国也不能说完全没有。古代的乐、舞、诗本是结为一体的，它们也曾依附于宗教，在中国也就是依附于"巫"。《说文》云："巫，祝也。女能事无形，以舞降神者也。象人两袖舞形。"就是对这种情形的说明。殷人尚鬼，这种艺术与巫术混杂纠结的情形，也一直从远古延续到殷商时期。沟通人神关系的就是乐和礼。《周易·豫》"象辞"曰："雷出地奋，先王以作乐崇德，殷荐之上帝，以配祖考。"王国维《释礼》也指出："礼（禮）"字在卜辞中的原形"象二玉在器之形，古者行礼以玉，故《说文》曰：'豊，行礼之器。'……推之而奉神人之酒醴亦谓之醴，又推之而奉神人之事通谓之礼。"（《观堂集林》卷六）但是，这种情形衍至周初，由于人文精神对宗教精神的渗透和改变②，到了春秋时代，"乐"与"礼"的精神便从纯粹的宗教性奉献中挣扎浮现出来，变得彻底的人间化了。所以，人神对立的情形，在中国为时既短，便没有形成一个传统。中国文化所强调的是人与人、人与天、人与物的相通。因此，在儒家人性论思想中孕育出来的"以意逆志"法，其基本认定便是人与万事万物皆可以相通。

"以意逆志"法和西方诠释学，就其起源来看，一个是人文的，一个是宗教的；一个是人学的，一个是神学的；一个认为理解与其对象是相通的，因而是可解的；一个认为理解与其对象是隔绝的，因而是

---

① David C. Hoy, *The Critical Circle*, p. 1. University of California Press, 1978.
② 参见徐复观《中国人性论史·先秦篇》第二章"周初宗教中人文精神的跃动"。

难解的。由这一根本差异发展下来，"以意逆志"法使用的范围，从汉代开始，就不仅包括儒家经典，也包括其他一切古代文献。而在十八世纪以前，诠释学是限定在对《圣经》解释的范围之中的。其次，诠释的对象无论是古人的"志"，还是神的"旨"，它们都是隐藏在语言背后的东西。古人讲的"比兴"，西方人说的"寓言"（allegory），尽管在具体说明上有种种差异，但无非如乔治·桑塔耶那（George Santayana）在《美感》一书中指出的那样：

> 在一切表现中，我们可以区别出两项：第一项是实际呈现出的事物，一个字，一个形象，或一件富于表现力的东西；第二项是所暗示的事物，更深远的思想、感情，或被唤起的形象、被表现的东西。①

但是，持"以意逆志"法去观照第二项"所暗示的事物"时，它必定是历史上发生过的人或事，以及这些人、事中所包含的思想、寓意；而以西方诠释学去观照"所暗示的事物"，则往往是某种神秘的意义。但丁在《致斯加拉大亲王书》中提出了文学创作的"寓言"说，这种寓言所指的是神的光辉与启示，而不是人间的或历史的意义。但丁说："这些神秘的意义虽有不同的名称，可以总称为寓言，因为它们都不同于字面的或历史的意义。"朱光潜在引用了以上这段话后指出，这并不是但丁的独创，"而是中世纪长期以来普遍流行的概念"②。中西文学批评的这一基本差异，正是由两种文化的不同性格所导致的，具体地说，就是由孕育于儒家人性论的"以意逆志"法，和发源于宗教的诠释学的不同走向所决定的。

---

① 缪灵珠译，页132，中国社会科学出版社，1982年12月版。
② 朱光潜《西方美学史》上卷，页138—139，人民文学出版社，1979年6月版。

2. 传统诠释学与"以意逆志"法的比较

人们通常将诠释学的发展划分为两个阶段,十九世纪以德国哲学家施莱尔马赫与狄尔泰为代表的诠释学理论,被称作传统诠释学。在施莱尔马赫手中,诠释学完全从宗教的束缚中摆脱出来,彻底地人文化了。这里讲的"人文化",包括两个含义:一是诠释的对象由《圣经》转移到人世间一般的人文科学中的文献;二是在诠释者与诠释对象之间,由宗教的人神对峙转移到世间的人心相通。诠释者与诠释对象虽然处在不同的时空之中,但照施莱尔马赫看来,"解释学的工作就是要去复得艺术家精神中的'出发点'"①。那么,如何克服这时空距离呢?传统诠释学家认为,这个跨越时空堑沟的桥梁就是共同的人性。霍伊(D. C. Hoy)指出:"对狄尔泰来说,文本是其作者之思想与意图的'表现',解释者必须置身于作者的视域之内,这样就能复制作者的创造活动。无论时间差距有多大,共同的人性、共同的心理结构或普遍意识,便是联系作者与读者的基本纽带,这是直觉能力的基础,从而能与他人心心相通。"②这种经过人文精神洗礼后的诠释学,便与中国古代以人性论为基础的"以意逆志"法颇为相似了。如前所述,"以意逆志"法产生的基础,便是确认人心可以相通,"以意逆志"的过程,就是将自己的精神沉浸在作品之中,与作品中所包含的作者之"志"融合为一,并进而达到人格上的仿效与升华的境界。这一过程,用《韩诗外传》卷五上的话来说,就是"闻其末而达其本"的过程。而要进入作品、能够与古人之"志"融合为一,又贵在"知人论世",即尽可能地置身于古人所处的历史环境之中。传统诠释学家也把解释看成是一个心理重建的过程,所以强调"解释者必须置身于作者的视域之内",而在对一部作品的理解中,一方面,作品把作者的

---

① 伽达默尔《真理与方法》,王才勇译,页245。
② D. C. Hoy, *The Critical Circle*, p. 11.

自我传递给读者，另一方面，读者也从作品中发现自我。因而，传统诠释学的建立是"通过对与历史过程的连续性相关的人类本质深度的了解而达成的"①。归结到一点，这也是奠基于人性论的思想基础之上的。所以，这种诠释学可以被称为"人文主义的研究"。照理，从西方文化史上看，自文艺复兴以来，神学在人道主义的冲击下，已逐步丧失其绝对地位，人的精神不断解放，从而形成了人文主义。即使在僧侣学校中，除了"神学科"以外，也添设了"人文学科"，但是诠释学并没有很快地从宗教束缚中摆脱出来，而是直到十九世纪的德国，在施莱尔马赫等人的手中才彻底人文化了。其中一个重要的、不容忽视的原因是受到了当时浪漫派文化思潮的影响。当时的音乐、文学、绘画、宗教，无一不充满了浪漫精神，这种浪漫精神又从文艺渗透到社会、宗教、政治。保罗·亨利·朗格（Paul Henry Lang）的《十九世纪西方音乐文化史》一书对浪漫主义有详尽的分析，他写道：

> 浪漫主义者是靠主观的东西而存在的，但他把主观的东西从个人的扩大到社会的，从而产生出主观的普遍主义。心灵与物质、精神与自然融化成爱，成为无限的爱。他们想象了一个神仙世界，在那里异教和基督教，过去和现在，天堂和人间，人和禽兽一切都言归于好了。②

在浪漫主义者的眼中，甚至连宗教也人文化了。如前所述，由于"以意逆志"法的提出，中国文学也就从而提出了对诗人之"志"的要求，

① 李思进《文学解释学介绍》，《美学》第 7 期，页 148。
② 《十九世纪西方音乐文化史》，张洪岛译，页 4—5，人民音乐出版社，1982 年 9月版。

其中最重要的一点,即个人与社会、个性与社会性的融通。这一点在西方,正是在浪漫主义者手中完成的。因此,施莱尔马赫等人所代表的传统诠释学,之所以是完全以人文主义为基础,强调人性的普遍性,并从而彻底摆脱了宗教神学的束缚,这与十九世纪德国浪漫主义的精神背景是有相当联系的。所以朗格曾意味深长地说,"走了这最后决定性一步的是史莱耶马赫(案:即施莱尔马赫)"①。总之,初期诠释学与"以意逆志"法颇多相似,如果追寻其内在原因的话,那就是它们具有相似的哲学基础——人性论。尽管中西人性论在具体细节上还有许多差异,但他们有一点却是共同的,那就是确认即使有时空的限制,但人心是永远相通的。这一观念,直到二十世纪,依然为一部分人所奉守,尽管也作了相应的改造。

3. 本体论诠释学与"以意逆志"法的比较

本体论诠释学是以海德格尔和伽达默尔为代表的。法国哲学家瑞柯(P. Ricoeor)在《哲学的主流》中指出:

> 当代解释学理论越来越远离狄尔泰所喜好的观点。……他从来没有明确地把理解问题与语言问题联系起来。由此,解释学便不能不从简单的心理学问题当中转而去更多地注意理解自身的本体论问题。这个转变体现在海德格尔的《存在与时间》当

---

① 《十九世纪西方音乐文化史》,页 11。案:这种强调人性的普遍性,与十九世纪德国浪漫主义的精神背景有关。勃兰兑斯《十九世纪文学主流》第二分册《德国的浪漫派》中指出,弗里德里希·施莱格尔的《卢琴德》是早期德国浪漫派的主要著作之一,"它的主导思想就是宣扬人生的统一与和谐"(页 64)。这部著作在当时引起了一场风波,而"在弗里德里希的朋友中间,没有哪一个象施莱尔马赫那样强烈地为《卢琴德》所感动"(页 78)。而且,施莱尔马赫在许多书信中高度评价了《卢琴德》,从中反应出他"作为一个理想主义者追求新的伦理的基础"(页 97),这一基础的核心就是人性的圆满。刘半九译,人民文学出版社,1981 年 7 月版。

中。理解不再是一个心理学的概念了，它从移情与异化概念当中分离出来，而在作为存在的组成之一的本体论意义上被说明。①

本体论诠释学与"以意逆志"法有着很大的差异，最主要的是两点：一是语言学与心理学的差别。本体论诠释学偏重在语言学，而"以意逆志"法则偏重在心理学。伽达默尔的名著《真理与方法》共分三部，其三即着重说明语言在理解活动中的重要性。在伽达默尔看来，理解是一种对话方式，是一种有着交流的语言事件。文化的存在方式是"语言"，而要理解它们，就必须与之对话。霍伊这样指出：

> 伽达默尔通过回避为过去与现在、文本与解释者之间的鸿沟去寻找'桥梁'的必要，从而使他的诠释学理论与以往的诠释学区分开来。……他转向了语言，而背弃了传统的主客心理学。②

孟子提出"不以文害辞，不以辞害志。以意逆志，是为得之"（《孟子·万章上》），他重视的是"志"，而不是"辞"；是"心"，而不是"言"。这种差异是明显的。与此相关的第二点差别，是本体论与方法论的区别。无论是传统诠释学还是"以意逆志"法，他们所着重的是如何克服时空隔离的障碍，从而达到与古人的心心相通。所以，他们重在实践。从哲学上看，这是属于方法论和认识论的范围。但本体论诠释学则将"理解"的命题导向本体，它既不是方法，也不付诸实践。伽达默尔在其《真理与方法》的第二版序言中阐述其书的总体意

---

① 转引自李思进《文学解释学介绍》，《美学》第 7 期，页 149。
② D. C. Hoy, *The Critical Circle*, p. 64.

图和主张时指出：

> 我的意图并不在于某种古老的解释学所从事的那种有关理解的"技法"，也不想炮制某种关于技法规范的体系来描述甚至主导精神科学的方法程序，我的意图也不是为了把我的发现付诸实践而去探讨精神科学的理论基础。①

因此，本体论诠释学不仅与传统诠释学大相径庭，与"以意逆志"法也很少可通之处。不过，伽达默尔本人虽然不重在实践，他的理论却奠定了文学、史学等其他领域中诠释学的基础。霍伊的《批评的循环》一书，其副标题就是"文学、历史、哲学诠释学"，而文学诠释学是不离具体作品的。特雷·伊格尔顿在《文学理论导论》中指出，诠释学"提出批评的主要作用是理解古典作品"②。纵观中西"以意逆志"法和诠释学的发展，"理解古典作品"，这或许是二者历千载而不变的共同之处吧。

三、结语："以意逆志"法的未来

"以意逆志"法虽然是从读者角度提出的，但正如前面所讲，这一方法提出后，中国文学中遂对作者之"志"，也就是作者之"心"提出了相应的要求。这一要求，归纳起来是两个字，即"真"与"正"。如果用一个更为人熟知的词来概括的话，即宋人讲的"文以载道"（周敦颐《通书·文辞》）。在中国古代文学思想中，虽然并不偏废艺术的审美与技巧，但更重要、更持久的却是道德与艺术合一的观念。这

---

① 《真理与方法》，王才勇译，页34。

② Terry Eagleton, *Literary Theory*: *An Introduction*, p. 74. Basil Blackwell Publisher Limited , 1983.

在今天也许被不少人认为是应该抛弃的旧观念,然而据我看来,这一观念在今天仍然有其不可低估的意义。的确,就西方现代文学理论发展的趋向看,近数十年来,始终把文学之作为文学所应有的独特性当作研究的主要对象,如俄国形式主义(Russian Formalism)、英美新批评派(New Criticism)以及现象学美学(Phenomenological Aesthetics)等,都是从这一角度来探讨文学的构成与技巧的。这种研究无疑是必要的,但有一个前提需要弄清,对于文学创作技巧的探讨是作为与"文以载道"观念的互补,还是作为其否定? 我以为,应该是前者而非后者。抽象的教条与说教自然无助于文学,而且与文学的本质是绝缘的。但宋人所讲的"道",是顺承孔、孟至韩愈而发展的,若就其最基本意义上着眼,则用现代的话来说,实际指的是作者对人生、社会所应有的责任心和使命感。纵观中外文学艺术的发展,凡是伟大的文学家、艺术家,往往具有伟大人格与伟大心灵的。在他们艺术创作的根源处,激发其创作冲动的也往往是对人类命运难以抑制的关切、同情与责任,他们的艺术追求与道德追求往往是最紧密联系在一起的。这是最神奇、最饱满、最持久的创作原动力。总之,强调"文以载道",必然要强调作者的人格修养,也就是对作者之"志"、之"心"的培养。张载有这样四句名言:"为天地立志(一作'立心'),为生民立道(一作'立命'),为去圣(一作'往圣')继绝学,为万世开太平。"(《张子语录》卷中)这既是封建时代士人的理想,也是对士人的要求。一般士人的品质能否与这一要求相符是另外一个问题,但若就这一要求本身而言,如果推扩到文学,就必然会导致"文以载道"说,并且必然地会对作者的人格修养发生连带的要求。由于这个"志"或"心"是为天地而立,这个"道"或"命"是为生民而立,所以,作者凭藉其人格上的修养,以某种思想、道德来转化、提升其生命的境界,就能在根源处发现并把握人性的本质,就能在个体的生命中生发出群体的感动。这时,思想与道德由于沉潜于作者的生命之中,并且内化为作者之心,也就是其良能良知,而不是由"外铄"的异己的他物,所以,"文以载道"实际上便是"文以载心"。而这个"心",由于在个体生命的感动中涵摄、包孕了群体生命的感动,所以必然反映了人性的本质方面的内容,因而也必定是具有普遍性的。

　　这种认识,由于根基于人性的深处,因此,并不为时代、地域所限。美国当代符号学美学家苏珊·朗格(Susanne K. Langer)在英国美学家克莱夫·贝尔(Clive Bell)将艺术称作"有意味的形式"的著名定义的基础上,进一步将艺术称为"生命的意味"①,将艺术形式称为"生命的形式"②。所以,她认为"艺术家所表现的决不是他自己的真实情感,而是他认识到的人类的情感"③。在这里,朗格将艺术符号视为人类普遍情感的物质载体,但她将个人情感与人类情感相对立,则远不如儒家在"推己及人"的仁学基础上提出的"一己之心"与"天下之心"的关系来得圆融合理。值得注意的是,朗格在提出了这一系列主张以后,认为艺术的根本作用和最终目的是"情感教育"④,"它是训练人们情感的场所,是人们抵御外部和内心混乱的城堡"⑤。她又说:"与其说艺术影响了生命的存在,倒不如说它影响了生命的质量。"⑥朗格所以有这样的看法,与她受到德国哲学家卡西尔(Ernst Cassirer)的影响,从人是"符号的动物"⑦这一人性论观点中引申出来是分不开的。中西文学理论中的这些相似点,也正反映了"人心之所

① 苏珊·朗格《艺术问题》,滕守尧、朱疆源译,页56,中国社会科学出版社,1983年6月版。
② 同上书,页49。
③ 同上书,页25。
④ 苏珊·朗格《情感与形式》,刘大基、傅志强、周发祥译,页466,中国社会科学出版社,1986年8月版。
⑤ 同上书,页476。
⑥ 同上书,页467。
⑦ 恩斯特·卡西尔《人论》,甘阳译,页34,上海译文出版社,1985年12月版。

同然"。

当然,"以意逆志"更主要的是一种批评方法,因此,重要的还是对古代文献的理解问题,而"理解"在人类文化发展史上是占有极其重要的位置的。尤尔在《解释》一书中曾指出:"如果文学作品以完全不同的方式被理解的话,我们的文化传统就会成为或变得与其本来面目大不相同。文学作品的解释在形成文化传统方面就是如此的重要。"①所以,尽管"以意逆志"只是文学批评的方法,但是如果深究下去,实际上是与文化传统有关。而"以意逆志"法的发展趋向不同,也就必然会影响到今日乃至将来的文化面貌。在前面的比较研究中,我强调了比较的目的在于看清"以意逆志"法的发展走向,这一工作大致看来,应该坚持如下两项原则:

其一,人文主义的原则。"以意逆志"法导源于儒家人性论,儒家人性论同西方人性论相比,其最大的特点是,它不是在思辨玄想中考虑人的问题,而是始终以现实的、活生生的人作为其关注的对象。人的观念,在中国古代文化传统中,是具体的而非抽象的,是实践的而非思辨的。因此,"以意逆志"法在中国文化中,是很难如同西方的诠释学那样,转入到哲学本体论的范畴中去的。"以意逆志"法的发展,也应坚持这一人文主义的原则。其在今天的作用与意义,不仅是由于从作品中沟通与古人在精神上的联系,从而使自己的精神更为充实丰富,更具有历史意识,而且还在于它能使人们的心灵在潜移默化中得到抚慰和温暖,使人们在竞争激烈的现代社会中,通过"以意逆志"的方式去阅读作品,从自己的生命中自然地引发出与他人互相关联的感觉,从而在现实生活中更多地追求人与人之间的情感交流。在我们走向现代化国家之路的今天,如何尽量避免西方社会在进入现代化过程中的弊病,则在文学批评方法上,强调"以意逆志"法的人

---

① P. D. Juhl, *Interpretation*, p. 3. Princeton University Press, 1980.

文主义原则,是有其现实意义的。

其二,熔铸中西的原则。从实践性的角度来看,"以意逆志"法仍然有其进一步拓展的馀地。拓展的原则,就是贯通古今、熔铸中西。近几十年来,随着心理学、语言学以及文化人类学等学科的发展,西方学术界对"人"——这一斯芬克斯(Sphinx)之谜的了解越来越深入,由人的形体进入人的意识,由人的意识进入人的潜意识,由个人的潜意识进入到集体潜意识,由人的现在进入人的原型。这些研究成果,都可以用来丰富我们的研究手段,并藉以在作品分析时有更多的途径去迫近作者的心灵,使"以意逆志"法同时辉耀出古典与现代的双重光芒,这是一项势在必行而又相当艰巨的任务。在这种融合中,"以意逆志"法必然能够抛弃其固有的弊病,注入新鲜的生机,从而成为一种更加行之有效的批评方法。

第二章　推源溯流论

第一节　"推源溯流"法释名

　　章学诚《文史通义》卷五《诗话》在比较《文心雕龙》和《诗品》时曾指出:"《诗品》之于论诗,视《文心雕龙》之于论文,皆专门名家勒为成书之初祖也。《文心》体大而虑周,《诗品》思深而意远。盖《文心》笼罩群言,而《诗品》深从六艺溯流别也。"章氏指出锺嵘《诗品》的特色是"溯流别",易言之,即运用了"推源溯流"的批评方法。纵观中外文学艺术的发展,每个艺术家都是存在于一定的文学艺术传统之中,并以自己的独特贡献成为这个传统中的一部分,没有一个人可以拒斥其前人的影响,而任何一个杰出的艺术家,也必然会对其同时代人或后人产生影响。文学艺术史的发展,从某种意义上说,就是作家、艺术家彼此关联、血脉相续的历史发展。罗宾·乔治·柯林伍德(Robin George Collingwood)将艺术史上的这种现象称为"艺术家之间的合作",并指出:"如果我们不怀偏见地翻阅一下艺术史,我们就会看到艺术家之间的合作向来是一条规律。"①那么,批评家在考察一个时代的作家、作品时,将他们放在历史发展的前后联系,亦即文

---

① 《艺术原理》,王至元、陈华中译,页 326,中国社会科学出版社,1985 年 11 月版。

学传统中予以衡量、评价，就是这里所说的"推源溯流"法。

锺嵘《诗品》以"溯流别"著称，其书评论了自汉以来的一百二十多家作品，并对其中三十六家一一寻其体源，最后归为《国风》《楚辞》两大系统(出于《小雅》者仅阮籍一家)，形成了一个有秩序的系列。但这种方法是否为锺嵘所特有？在后代是否得到继承发扬？从历来的讨论看，不少人是将它视为一种孤立的现象，章学诚堪为代表。他指出："论诗论文而知溯流别，则可以探源经籍，而进窥天地之纯，古人之大体矣。此意非后世诗话家流所能喻也。"(《文史通义》卷五《诗话》)章学诚批评后世诗话家"沿流忘源"(同上)，而他自己在这里却不免"寻源忘流"①。实际上，自锺嵘以降，"推源溯流"法已经成为广为人用的批评方法之一，这在古人大量的诗话、序跋及书信中俯拾皆是。以下依时代为序，略举数例。皎然《诗式》卷三《论卢藏用〈陈子昂集序〉》云：

> 子昂《感寓》三十首，出自阮公《咏怀》，《咏怀》之作，难以为俦。

严羽《沧浪诗话·诗评》云：

> 少陵诗，宪章汉魏，而取材于六朝。至其自得之妙，则前辈所谓集大成者也。

元好问《论诗三十首》之二十云：

> 谢客风容映古今，发源谁似柳州深。朱弦一拂遗音在，却是

---

① 章学诚对于"诗话家流"的批评在当时有所特指，即袁枚的《随园诗话》。但即使就《随园诗话》而言，其中也不乏运用"推源溯流"法的实例。

当年寂寞心。(《遗山诗集》卷十一)

李治《敬斋古今黈》卷六云：

> 欧阳永叔作诗，少小时颇类李白，中年全学退之，至于暮年，则甚似乐天矣。李白、韩愈、白居易之诗，其词句格律各有体，而欧公诗乃具之。

宋濂《答章秀才论诗书》云：

> 《三百篇》勿论矣，姑以汉言之：苏子卿、李少卿非作者之首乎？观二子之所著，纤曲凄婉，实宗《国风》与楚人之辞。二子既没，继者绝少。下逮建安、黄初，曹子建父子起而振之，刘公干、王仲宣力从而辅翼之。正始之间，嵇、阮又叠作，诗道于是乎大盛，然皆师少卿而驰骋于风雅者也。自时厥后，正音衰微。至太康复中兴，陆士衡兄弟则效子建，潘安仁、张茂先、张景阳则学仲宣，左太冲、张季鹰则法公干，独陶元亮天分之高，其先虽出于太冲、景阳，究其所自得，直超建安而上之。高情远韵，殆犹大羹充鉶，不假盐醯，而至味自存者也。元嘉以还，三谢、颜、鲍为之首。三谢亦本子建而杂参于郭景纯，延之则祖士衡，明远则效景阳，而气骨渊然，骎骎有西汉风。馀或伤于刻镂而乏雄浑之气，较之太康，则有间矣。……(《宋文宪公全集》卷三十七)

刘熙载《艺概》卷二《诗概》云：

> 太白诗以《庄》《骚》为大源，而于嗣宗之渊放，景纯之俊上，

明远之驱迈,玄晖之奇秀,亦各有所取,无遗美焉。①

从以上列举的材料中,略可考见自唐迄清的批评家使用这一方法的大致情况。在这些例子中,作者虽未明言其所用方法为何,但就其实际运用加以考察,就是"推源溯流"法。至于明白点出前人运用这一方法或自己明言使用这一方法的,则可以下列二例为代表。赵翼《瓯北诗话》卷二指出:

> 李、杜诗垂名千古,至今无人不知。然当其时则未也,惟少陵则及身预知之。其赠王维不过曰"中允声名久",赠高适不过曰"美名人不及"而已,独至李白,则云"千秋万岁名,寂寞身后事"。其自负亦云:"丈夫垂名动万年,记忆细故非高贤。"似已预识二人之必传千秋万岁者。赠郑虔虽亦有"名垂万古知何用"之句,然犹是泛论也。此外更无有许以不朽者。盖其探源溯流,自《风》《骚》以及汉魏六朝诸才人,无不悉其才力而默相比较,自觉己与白之才,实属前无古人,后无来者。是以一语吐露,而不以为嫌。所谓"文章千古事,得失寸心知"也。

杜甫《戏为六绝句》中有"别裁伪体亲风雅,转益多师是汝师"之句,则在其心目中,自寓有源流正变的看法,而赵翼乃为之明白点出。《四库全书总目》卷一百九十六《东坡词》提要指出:

> 词自晚唐五代以来,以清切婉丽为宗。至柳永而一变,如诗家之有白居易。至轼而又一变,如诗家之有韩愈,遂开南宋辛弃

---

① 此处对各家风格特点的概括,多袭用《诗品》语。如《诗品》评阮籍"厥旨渊放";评郭璞"用俊上之才";评鲍照"驱迈疾于颜延";评谢朓"奇章秀句"。

疾一派。寻源溯流,不能不谓之别格。然谓之不工则不可。

在这段文字中,《四库提要》作者明确表示他是用"寻源溯流"的方法,以考察苏轼词的历史地位的。

需要指出的是,"推源溯流"法的运用并不只限于文学,它还旁及其他艺术领域。如明代李开先的《中麓画品》,其第五篇完全是用"推源溯流"法评论明代画家的,即"述各家所从来之原"(《序》),兹节录数则如下:

> 云湖(陶成),其原出于赵千里、僧巨然。豪荡过之,巨细皆妙。
>
> 古狂(杜堇),其原出于李唐、刘松年。人物更奇,树石远不逮也。
>
> 叶绅,其原出于梁楷、马远、夏珪。精理坚实,最为近古。
>
> 吕纪,其原出于毛益、罗智川。过于益,不及智川。

《四库全书总目》卷一百十四《中麓画品》提要谓此书"大致仿谢赫、姚最之例,品明一代之画,分为五品,每品之中,优劣兼陈"。余绍宋《书画书录解题》卷四《中麓画品》解题云:"是编品第出于伯华(李开先字)自创,与向来品画不同。"论述皆欠精当。事实上,《中麓画品》的体例受锺嵘《诗品》影响颇大,而其"述各家所从来之原",更是传统的"推源溯流"法在绘画批评上的运用。

总之,"推源溯流"法注重在历史发展中考察文学家、艺术家的创作,在与前人的比较中确定各自的地位,在中国古代文学批评史上,这种方法得到了持久而广泛的运用,是中国古代文学批评的传统方法之一。

第二节　中国古代学术传统的形成

——论"推源溯流"法的思想基础

"推源溯流"法的思想基础,最早由章学诚指出。他说《诗品》"云某人之诗,其源出于某家之类,最为有本之学,其法出于刘向父子"(《文史通义》卷五《诗话》)。他又说:"论诗论文而知溯流别,则可以探源经籍,而进窥天地之纯,古人之大体矣。"(同上)套用了《庄子·天下篇》中的话①。这里所指出的,实际上是中国古代的学术传统。惜其语焉未详,且不尽正确。兹更为探讨如下。

一、从《汉书·艺文志》谈起

中国古代学术,最重学术源流。这是中国古代学术传统的特色之一,也是中国古代文化传统的特色之一。其在文献上较早而又较为显著的表现,当推《汉书·艺文志》。《汉志》是对刘歆《七略》"删其要"(《汉书·艺文志序》语)而来,而《七略》又是刘歆删取其父刘向的《别录》而来②。所以,《汉志》所体现的,可以说是刘向、刘歆以及班固三人的学术思想。其中最重要同时又最为人注意的,是关于学术源流的叙述。《诸子略》云:

> 儒家者流,盖出于司徒之官。……

---

① 《庄子·天下篇》云:"悲夫!百家往而不反,必不合矣。后世之学者,不幸不见天地之纯,古人之大体,道术将为天下裂。"

② 姚振宗《汉书艺文志条理·叙录》:"盖《别录》首一篇亦有《辑略》,故名《七略别录》。《隋志》:《七略别录》二十卷,刘向撰。刘歆删取其要,每略各为一卷。故《隋志》又云:《七略》七卷,刘歆撰。"

道家者流，盖出于史官。……

阴阳家者流，盖出于羲和之官。……

法家者流，盖出于理官。……

名家者流，盖出于礼官。……

墨家者流，盖出于清庙之守①。……

纵横家者流，盖出于行人之官。……

杂家者流，盖出于议官。……

农家者流，盖出于农稷之官。……

小说家者流，盖出于稗官。……

章学诚《校雠通义》卷一《原道》认为以上文字乃刘歆《辑略》之文，姚振宗《汉书艺文志条理·叙录》又据荀悦《汉纪》及《史记》司马贞《索隐》所引刘向《别录》语（"名家者流，盖出于礼官"），指出："班氏取《辑略》之文次之于此，而《七略》取《别录》之文著于《辑略》者也。"可见三者是一脉相承的。

重视源流，是中国古代学术传统的特色。但这一特色究竟是如何形成的，长期以来，却始终为一种似是而非的观点所牢笼。这种观点，首先是章学诚提出的。《校雠通义》卷二《补校汉艺文志》指出：

> 《汉志》最重学术源流，似有得于太史《叙传》及庄周《天下篇》、荀卿《非十子》之意（韩婴《诗传》引荀卿《非十子》，并无讥子思、孟子之文）。此叙述著录所以有关于明道之要，而非后世仅计部目者之所及也。

"太史《叙传》"，指的是《史记·太史公自序》中所引司马谈《论六家要

---

① 案：杨树达《汉书窥管》、余嘉锡《四库提要辩证》均认为"守"为"官"字之误。

旨》,《非十子》乃根据《韩诗外传》的征引,这不足以作为文献上的依据,应仍以作《非十二子》为是。"明道之要"指的是其"辨章学术,考镜源流"的作用①。所以王重民《校雠通义通解》释此段文字"是说司马谈《论六家要旨》、《庄子·天下篇》和《荀子·非十二子》都是论古代学术源流的,对于刘向等建成系统目录起了很大作用"②,颇得实斋真意。不过,章学诚的说法毕竟语气还不决断,故用一"似"字,后人更是变本加厉。如陈鼓应先生《庄子今注今译》一书,在《天下篇》解题中开宗明义:"《天下篇》,为最早的一篇中国学术史。"③这一问题,涉及到中国古代学术传统重视源流之特色形成的真相,不得不辨。

首先需要指出,从《庄子·天下篇》到司马谈《论六家要旨》,其中评骘诸家学说,与先秦其他诸子著作中对当时各家的零星评骘一样,所重皆在指出诸家长短,并无学术史的意识与眼光,充其量也只能说略具学术概论的意味。以下分别论述:

1.《庄子·天下篇》。《天下篇》是第一篇较为集中地评判诸子各家的文献。文章对当时的诸家学说,除推崇道家外(对儒家的态度似较模糊),均一一有所轩轾。作者开门见山指出:

> 天下之治方术者多矣,皆以其有为不可加矣。古之所谓道术者,果恶乎在?曰:"无乎不在。""神何由降?明何由出?""圣有所生,王有所成,皆原于一。"

这一段文字是理解《天下篇》的关键。首先要指出,这里的"皆原于

---

① 章学诚《校雠通义叙》云:"盖自刘向父子部次条别,将以辨章学术,考镜源流,非深明于道术精微、群言得失之故者,不足与此。"(《章学诚遗书》卷十)
② 《校雠通义通解》,页47,上海古籍出版社,1987年9月版。
③ 陈鼓应《庄子今注今译》,页905,中华书局,1983年4月版。

一"是一种哲学眼光,而非史学眼光。"一"即是"道",而"道"的性格是形而上的。这种思想当然也是从老子而来,所谓"道生一,一生二,二生三,三生万物"(《老子》四十二章),"万物"皆出于"道",即出于"一"。《天下篇》将道家的学说、理想称为"道术",并赋予"一"、也就是"道"的性格,其目的乃在于将"道术"牢笼"方术"。"道术"分裂开来则"无乎不在",和合起来又凝而为"一"。很清楚,以哲学的眼光看"道术"的分合,只能是指逻辑上的展开,而不是时间上的推移。这种思想,在中国古代学术史上决非没有意义,如王弼的方法论就对之有所汲取,但就它与学术史的关系而言,二者却分属于不同的两个层次、两种性格。

其次,为了说明"道术"的"无乎不在",作者写道:

> 其运无乎不在。其明而在数度者,旧法世传之史,尚多有之;其在于《诗》《书》《礼》《乐》者,邹鲁之士、缙绅先生,多能明之①;其数散于天下而设于中国者,百家之学时或称而道之。

很明显,这一段的中心论点是"道术"的"无乎不在",以下三层论证乃是具体阐述此一论点的。在《天下篇》产生以前,古代文化的承当者不出史官、儒家及其他诸子百家,因此,作者为了论证"道术"的"无乎不在",遂举此三类人为说,是很自然的。由于这三类人恰好也代表了中国古代学术产生、发展的三个阶段,所以往往使人们误解《天下篇》的作者在这里就是谈古代学术的变化发展,这就将文章的论点与论据混为一谈了。

其三,从诸子百家兴起的目的及作用看,它们"皆起于王道既微,

---

① 此下原有"《诗》以道志"等六句,据马叙伦《庄子义证》等之说,乃注文衍入,故删。

诸侯力政,时君世主,好恶殊方"(《汉书·艺文志·诸子略》)的时代,因而"各著书言治乱之事,以干世主"(《史记·孟子荀卿列传》)。而在《天下篇》的作者看来,他们都是"以其有为不可加","得一察焉以自好"。所以,在对诸家的评论中,每言"古之道术有在于是者",某某、某某"闻其风而悦之",其意就不在于说明诸子学说的渊源,而在于说明他们所把握到的仅是某种"方术",并且"各为其所欲焉以自为方",因此是"寡能备于天地之美,称神明之容"的"一曲之士"。这种人人各执一端的情形,终于使作者发出这样的悲叹:"悲夫!百家往而不反,必不合矣(即不合于'一'、不合于'道')!后世之学者,不幸不见天地之纯,古人之大体,道术将为天下裂。"这就是《天下篇》一文的大意所在。因此,将《天下篇》看作是讲"学术源流"甚至是"学术史",是大有商榷馀地的。

这里更牵涉到一个问题,史载老聃为柱下史、征藏史,《汉志》上也说:"道家者流,盖出于史官。"这一说法是否可靠姑且不论①,但在中国古代学术史上,"史"的观念与意识的形成、发展及壮大,道家对之似并无多少贡献。道家对待"史"的态度,并不在于历史发展上的继往开来,而是着重汲取历史的经验,以作为治世之借鉴。《汉志》接着指出:"历记成败存亡祸福古今之道,然后知秉要执本,清虚以自守,卑弱以自持,此君人②南面之术也。""人君南面之术"才是道家论"治"的根本所在。所以,他们的对待历史文化以及对待当时诸子百家的态度与评价,都是环绕着这一轴心而旋转的。因此,即使道家真是出于史官,也不会必然导致他们对历史源流的重视。

---

① 近人胡适撰《诸子不出于王官论》,力破《汉志》此说,文载《古史辨》第四册上编。案:必言某家出于某官,显然不合古代实际。但战国前学在官府,无私家著作,则旧说亦有所依据。
② 案:王念孙《读书杂志》卷五以为"君人"当作"人君"。

2.《荀子·非十二子》。这篇文献也是从"治乱"的政治立场出发,对诸子百家予以评述的。文章在第一段中指出:

> 假今之世,饰邪说、文奸言,以枭乱天下,矞宇嵬琐,使天下混然不知是非治乱之所存者有人矣。

接下去就是对"十二子"的一一评述。如它嚣、魏牟"不足以合文通治";陈仲、史䲡"不足以合大众、明大分";墨翟、宋钘"不足以容辨异、县君臣";慎到、田骈"不可以经国定分";惠施、邓析"不可以为治纲纪";子思、孟轲"略法先王而不知其统",等等。很明显,这篇文献也重在评骘诸家学说,根本不重在学术源流的探讨或描述,因而对之极少涉及。

3. 司马谈《论六家要旨》。此文献虽属汉代,但在精神上仍是先秦馀风,其所着重讨论的,仍然是"治"的问题。文章云:

> 《易大传》:"天下一致而百虑,同归而殊途。"夫阴阳、儒、墨、名、法、道德,此务为治者也。直所从言之异路,有省不省耳。

这里提到的《周易·系辞》语,可以引导出源流的意味,但司马谈在这里的引用,则不是从源流上着眼,而是从诸家学说的产生原因及归宿所至上着眼。就其产生而言,则皆"务为治";就其归宿而言,则道家"采儒、墨之善,撮名、法之要。与时迁移,应物变化。立俗施事,无所不宜"。这可以与《汉书·艺文志》稍作比较。《汉志·诸子略》也征引了《系辞》中的这两句话,但却是从学术史的渊源流变的眼光来采用的:

> 《易》曰:"天下同归而殊途,一致而百虑。"今异家者各推所

长,穷知究虑,以明其指,虽有蔽短,合其要归,亦《六经》之支与
流裔。

颜师古注云:"裔,衣末也。其于《六经》,如水之下流,衣之末裔。"所
以,即使是引用同样的文献,着眼点不同,其意味也是大不相同的。
司马谈《论六家要旨》的大意,正如邵懿辰《书太史公自序后》所指出
的:"篇首称六家皆务为治者,末言欲以治天下何由,明此篇论治,非
论学也。"(《半岩庐遗文》卷上)可谓一语中的。这一评论同样可移
之以评《庄子·天下篇》和《荀子·非十二子》。

　　综上所述,以上三篇文献的共同特点是:其一,作者都是从现实
政治的立场出发评论学术的,所以究其实质,乃"论治,非论学也";其
二,以上面这样一种眼光来看学术,他们的着眼点只能是各家学说的
是非长短,而不可能是其学术源流。尽管他们也不否认学术有继承
发展的事实,但他们所讨论的却不是这个问题本身。类似的文献,还
可以举出《尸子·广泽篇》、《韩非子·显学篇》、《吕氏春秋·不二
篇》及《淮南子·要略篇》,其持论或有异同详略,而均非讨论学术源
流则一。因此,《汉志》重视学术源流,是很难从这些文献中有所继
承的。

　　那么,《汉志》的重视学术源流,这一传统究竟是从何而来的呢?
《隋书·经籍志》二曾这样指出:

　　　　古者史官既司典籍,盖有目录,以为纲纪,体制湮灭,不可复
　　知。孔子删书,别为之序,各陈作者所由。韩、毛二《诗》,亦皆相
　　类。汉时刘向《别录》、刘歆《七略》,剖析条流,各有其部。推寻
　　事迹,疑则古之制也。

这段文字,在具体论述上或仍不免比附之嫌,但它指出刘向、歆父子

的"剖析条流"是"则古之制",并将此"古"上推至史官和孔子,却道破了中国古代学术传统在形成过程中的关键。

二、孔子在古代学术传统形成与确立中的位置

西周时,学在官府,所谓"治教无二,官师合一"(《文史通义》卷二《原道中》)。而就学术文化的兴起与积累而言,尤与史官关系密切。王国维《释史》一文,从字形上推其字义,又从卜辞、金文及其他先秦典籍中考论殷商以前史官的职能与地位,而有如下结论:"史之职,专以藏书、读书、作书为事。……殷商以前……大小官名及职事之名,多由史出。"(《观堂集林》卷六)将重要的语言与事情,记载在简册之上①,并由阅读简册得来的知识与经验,而能通人神之事(掌"祭"事),而能由过去预测将来(主"筮"事),这必须是有较高文化水准的人才堪当此任,而古代史官正是知识与文化的代表。在世界各国的文化发展史上,文化的形成阶段总与宗教密不可分,文化的发展过程,也就是与宗教的由混杂到分离的过程。中国由于史官的特殊职责与地位,所以在殷周之际,文化从宗教精神中挣脱出来,从而逐步地染上人文气息,这一转变就是由史官完成的②。

西周在中国古代历史发展上,已是一个人文精神颇浓的时代。而人文精神的培养,则集中在贵族的教育上,其主要内容是礼、乐、《诗》《书》。对文献的收集、编纂、整理、藏弄,本是古代史官的职责,所以,礼、乐、《诗》《书》都应该是通过周室史官之手而成为贵族

---

① 古代史官载籍不出记言、记事两端。《汉书·艺文志·六艺略》云:"左史记言,右史记事。"《礼记·玉藻》作"动则左史书之,言则右史书之"。古籍所载左、右史之职或不尽相同,但不外记言、记事则一。

② 参见徐复观《原史》,载《两汉思想史》卷三,页217—304,学生书局,1984年2月版。

子弟的教材的。《左传》僖公二十七年载郤縠语云:"说礼、乐而敦《诗》《书》。《诗》《书》,义之府也;礼、乐,德之则也。德、义,利之本也。"可见,到了春秋时期,已将此四种文献连称,而从《左传》《国语》等书中也可以看出,当时贵族阶层对这四种典籍是极其熟悉的。孔子说"不学《诗》,无以言","不学礼,无以立"(《论语·季氏》),可以看作是对春秋时代《诗》、礼作用的反映。

春秋战国之际,天下大乱,官学失坠①,学在官府一变而学在民间。因此,学术的领地遂由贵族而转到民间,由史官而转到诸子,由官学而转到私学。中国古代学术传统的形成与确立,可以大致推断于此时。由于古代学术与史的关系密切,遂影响到古代学术的普遍性格。虽然诸子百家的学说各异,但其学术性格,即著书立说多采取"托古"的方式则一②。更由孔子的出现,遂使这一性格愈加突出、明显,并造成深远的影响,从而使中国古代学术重视传统、重视源流、重视师承的特色得以确立。而这一点,同时也即是中国古代文化传统的特色之一③。

在中国古代文化史上,孔子的地位是无与伦比的。若就孔子对

---

① 《左传》昭公十七年载:"郯子来朝……仲尼闻之,见于郯子而学之。既而告人曰:'吾闻之,天子失官,学在四夷,犹信。'"又昭公十八年载:"往者见周原伯鲁焉,与之语,不说学。归以语闵子马,闵子马曰:'周其乱乎!……夫学,殖也,不学将落。原氏其亡乎!'"可见一斑。

② 康有为《孔子改制考》卷四列诸子"托古"言论颇多,可参看。中华书局,1958年9月版。

③ 德国哲学家雅斯柏斯(Karl Jaspers)曾提出"轴心时代"(Axial Age)之说,指的是四大古代文明由原始时代进入高级文化的阶段。这时的文化是"轴心文化",世界上各个特殊的文化传统均奠基于"轴心时代",并由此演化而来,成为人类文化的主要精神传统。参见杜维明《儒学第三期发展的前景问题》(载《文化:中国与世界》第二辑,生活·读书·新知三联书店,1987年10月版)及《从世界思潮的几个侧面看儒学研究的新动向》(载《九州学刊》1986年第1卷第1期)中的有关讨论。

古代学术史的贡献与影响而言,大致有下列数端:

1.孔子的学术性格。《中庸》第三十章云:"仲尼祖述尧、舜,宪章文、武。"这一说法提示了孔子学术的基本趋向。孔子自己曾一再说过:"述而不作,信而好古,窃比我于老彭。"(《论语·述而》)又说:"我非生而知之者,好古,敏以求之者也。"(同上)不难看出,孔子的学术性格,是"述而不作",是"好古"。从《论语》中可以发现,孔子的许多观念、思想,与春秋时代贤士大夫们的观念、思想密切相关。由此可知,孔子的学术,不是来自宗教的启示(所谓"生而知之"),也决非完全来自玄学的思辨(所谓的"思")①,他只是沉浸于历史往事之中,以其内心的敏感,从人类善的、美的行为中,形成其道德律和价值观,并择善而固执之。一句话,孔子的学术来源于古代文化的优良传统。但是,这只是一个方面,更重要、更值得注意的另一面,则是孔子在"敏以求之"中对传统的抉择,以及在"述而不作"中对传统的转换。孔子对其学术性格的这一方面,也曾作过若干提示。他说:"赐也,始可与言《诗》矣,告诸往而知来者。"(《论语·学而》)"温故而知新,可以为师矣。"(《为政》)"举一隅不以三隅反,则不复也。"(《述而》)而孔子通过对历史的考察,也发现了历史发展(包括学术文化发展)中因革损益的大法则。他说:"殷因于夏礼,所损益可知也;周因于殷礼,所损益可知也。其或继周者,虽百世可知也。"(《为政》)因革损益法则的发现,对于社会的发展有着莫大的意义。"周虽旧邦,其命惟新。"(《大雅·文王》)在平稳中求其嬗变,并根据现实的发展对传统加以损益,这既是孔子对历史法则的发现,同时又寄

---

① 孔子主张学思并进,尤其重视学。他说:"学而不思则罔,思而不学则殆。"(《论语·为政》)又说:"吾尝终日不食、终夜不寝以思,无益,不如学也。"(《卫灵公》)

予了孔子理想的历史观①。而孔子的学术思想,就其与前代的关系而言,他也是本着因革损益的精神而形成的。近几十年来,社会学家在讨论古代文明发展史上的重要转折时,曾有"哲学的突破"(philosophic breakthrough)之说。人们通过对四大文明古国在公元前一千年之内以各自不同的方式经历的"哲学的突破"的异同比较,发现中国的"突破"表现得"最不激烈",或曰"最为保守"。总之,他们都断定中国的"突破"在古代世界中是属于最为温和的②。毫无疑问,这种温和的性格正是由孔子所代表的儒家文化所集中体现的。

2.孔子的"教"。孔子是我国历史上第一个伟大的教育家,为古代文化的普及、发扬、提高作出了卓越的贡献。在他之前,教育仅局限于贵族子弟,到了孔子开始私人讲学,主张"有教无类"(《论语·卫灵公》),将文化学术从贵族的垄断中解放出来,普及到一般庶民③。孔子对"教""诲"弟子极其重视,将它作为自己的崇高职责。《论语·述而》集中了这方面的言论:

> 子曰:"德之不修,学之不讲,闻义不能徙,闻善不能改,是吾忧也。"
>
> 子曰:"自行束脩以上,吾未尝无诲焉。"

---

① 孔子的这一思想今天也仍然有其意义。林毓生《中国意识的危机》增订版前言引用怀海德(A. N. Whitehead)的话说:"生命有要求原创的冲动,但社会与文化必须稳定到能够使追求原创的冒险得到滋养;如此,这种冒险才能开花结果而不至于变成没有导向的混乱。"(页3)可参。穆善培译,贵州人民出版社,1988年1月版。

② 关于中国古代文化史上"哲学的突破"问题,余英时在《古代知识阶层的兴起与发展》及《道统与政统之间》中有较多的讨论,均收于余著《士与中国文化》一书中,可参看。上海人民出版社,1987年12月版。

③ 孔门弟子中,有贵族、商人,也有平民甚至"贱人"。李启谦《孔门弟子研究》一书列有"弟子家庭情况表",可参看。齐鲁书社,1987年8月版。

子以四教：文、行、忠、信。

子曰："若圣与仁，则吾岂敢。抑为之不厌，诲人不倦，则可
谓云尔已矣。"

正因为孔子重视对门人的教诲，并以其渊博的知识和伟大的人格赢
得弟子们的崇敬，这就奠定了中国古代尊师重教的传统。《吕氏春
秋》专列有《尊师篇》，所谓"君子之学也，说义必称师以论道"，"义之
大者，莫大于利人，利人莫大于教"。又《劝学》（一作《观师》）篇亦
云："古之圣王未有不尊师者也，尊师则不论其贵贱贫富矣。"又有
"事师之犹事父"之说。《吕氏春秋》的思想比较驳杂，但以上两篇当
是出于儒家。而《吕氏春秋》对汉代学术影响甚大，所以下逮汉代，尊
师的观念更加普遍，于是而有注重"师法"的现象出现①。这从《史
记》《汉书》及《后汉书》的《儒林传》中可以清楚地看到。尤其需要指
出的是，刘向撰《别录》，也涉及到学术上师承的源流关系。姚振宗
《汉书艺文志条理·叙录》指出：

班氏既取《七略》以为《艺文志》，又取《别录》以为《儒林
传》。考《汉纪》又言刘向典校经传、考集异同（"《易》始自鲁商
瞿子木受于孔子，以授鲁桥庇子庸"）云云，与《儒林传》之文悉
合。知《儒林传》亦本刘氏父子之《辑略》，而接纪其后事，终于
孝平。

班固撰《儒林传》，叙述汉代经学传授的渊源流变，不必是完全取自于
刘向《别录》，也可能是对汉代学术发展中此一现象的实录。不过，刘

---

① "师法"问题甚为复杂，这一现象在汉代（尤其是在西汉）是普遍存在的，但汉
人对"师法"的维护、固守的程度，则远不如清人所强调的那么绝对。

向《别录》亦曾注意及学术上的传承,却从另一个方面透露了他们注重学术源流的起因①。这也说明了《汉志》的注重学术源流,不是有得于"太史《叙传》及庄周《天下篇》、荀卿《非十子》",而是有得于发源于史官、奠基于孔子的学术传统。

3. 孔子的"学"。"好学"是孔子的重要特征之一。他这样评价自己:"吾十有五而志于学,三十而立,四十而不惑。"(《论语·为政》)又说:"十室之邑,必有忠信如丘者焉,不如丘之好学也。"(《公冶长》)又说:"默而识之,学而不厌,诲人不倦,何有于我哉?"(《述而》)又说:"其为人也,发愤忘食,乐以忘忧,不知老之将至。"(同上)又说:"学如不及,犹恐失之。"(《泰伯》)而他人也是这样评价孔子的。如达巷党人曰:"大哉孔子! 博学而无所成名。"(《子罕》)又如卫公孙朝问子贡:"仲尼焉学?"子贡回答说:"文、武之道,未坠于地,在人。贤者识其大者,不贤者识其小者,莫不有文、武之道焉。夫子焉不学? 而亦何常师之有?"(《子张》)"好学"贯穿于孔子的知识活动与道德活动之中,他曾提出过著名的"六言六蔽",其中特别强调了"学"的作用:

> 好仁不好学,其蔽也愚;好知不好学,其蔽也荡;好信不好学,其蔽也贼;好直不好学,其蔽也绞;好勇不好学,其蔽也乱;好刚不好学,其蔽也狂。(《阳货》)

惟有"好学",才能去此"六蔽"。而这一点,后来也就成为儒家的传

---

① 章太炎《訄书·征七略》指出:"《御览》引刘氏书,或云'刘向别传',或云'七略别传'。今观诸子叙录,皆撮举爵里事状,其体与老韩、孟荀、儒林诸传相类。盖淮南王安为《离骚传》,太史公尝直举其文,以传屈原,在古有征。而輓近为学案者,往往效之,兼得传称,有以也。"章氏盖以为刘向、歆父子的《别录》《七略》之体例,上同于史传,下衍为学案。可参。

统,为孟子、荀子等人所继承发扬。孔门学的内容是《诗》、《书》、礼、乐,而学的方法就是"效"。《论语·学而》第一句话就是"学而时习之,不亦说乎?"朱熹注云:"学之为言效也。"(《论语集注》卷一)这与孔子的学术性格也是紧密相连的。道家对学问的态度似正相反,如《老子》云:

> 为学日益,为道日损。(四十八章)

又《庄子》载:

> 南伯子葵曰:"道可得学耶?"曰:"恶,恶可。"(《大宗师》)
> 阳子居见老聃曰:"有人于此,向疾强梁,物彻疏明,学道不倦,如是者可比明王乎?"老聃曰:"是于圣人也,胥易技系,劳形怵心者也。"(《应帝王》)
> 桓公读书于堂上,轮扁斫轮于堂下,释椎凿而上。问桓公曰:"敢问公之所读者何言邪?"公曰:"圣人之言也。"曰:"圣人在乎?"公曰:"已死矣。"曰:"然则君之所读者,古人之糟魄已夫。"(《天道》)

与儒家对学问的重视相反,道家认为读书、学问乃是对把握"道"的一种妨碍。所以,就对古代学术的发展而言,儒家的影响远大于道家。

由于孔子奠定了"述而不作",也就是寓作于述、寓开来于继往的文化发展的基本性格,遂使中国学术思想史上形成了悠久的注疏传统。这一传统的基本特色,就是思想家通过对经典的注释表达自己的思想,建立自己的体系,使得他们的思想成果,总是含蕴着"旧学"与"新知"两方面。而这种注疏形式的本身也就要求思想家具有广泛的"学"的基础,亦即"效"的基础。由"学"而"创",从而臻于"旧学商量加邃密，新知培养转深沉"（朱熹《鹅湖寺和陆子寿》，《朱文公文集》卷四）之境。这与西方学术思想的发展，在形式上是大相径庭的。这正是孔子对中国古代学术传统的影响所致，而这种学术传统及其性格，也就为中国古代文学批评史上源远流长的"推源溯流"法奠定了深厚的思想基础。

中国古代学术的重视传统、强调"通变"的特色，实际上也是中国古代文化精神的一个方面。这种精神贯注到学术，就形成了学术上的重视师承的传统；这种精神作用于文学，便形成了文学史上的摹拟传统；这种精神影响及文学批评，就形成了批评史上的"推源溯流"法。锺嵘《诗品序》指出：

> 昔九品论人，《七略》裁士，校以宾实，诚多未值。至若诗之为技，较尔可知。以类推之，殆均博奕。

班固《汉书·艺文志》本于刘歆《七略》，《七略》又本于刘向《别录》，他们以诸子出于王官，尤重学术源流。所以章学诚说《诗品》"云某人之诗，其源出于某家之类，最为有本之学，其法出于刘向父子"（《文史通义》卷五《诗话篇》）。章氏又云："论诗论文而知溯流别，则可以探源经籍，而进窥天地之纯，古人之大体矣。"（同上）这里直接套用《庄子·天下篇》中的话来评论，这是因为章氏认为中国古代学术源流的形成本于《庄子·天下篇》。我们已经论证了中国学术传统中重视源流的特色是由孔子奠定的。这一学术传统，经过班固《汉书·艺文志》及《儒林传》，从而影响了锺嵘"推源溯流"法的产生。前人已有隐约指出者，如李维桢《汪永叔诗序》云：

> 汉班孟坚（固）传儒林，鲁申公、齐辕固、燕韩婴皆治《诗》，于是《诗》有齐、鲁、韩之学。《鲁诗》再传有韦（贤）、张（长安）、

唐(长宾)、褚(少孙)、许(晏)之学,《齐诗》再传有翼(奉)、匡(衡)、师(丹)、伏(理)之学,《韩诗》再传有王(吉)、食(子公)、长孙(顺)之学,专门名家,出入不悖。所闻非丘言也。自汉以后,不说诗而为诗,然未始无师承者。梁锺记室《诗品》,其出有源;宋严沧浪《诗话》,其习有体。授受渐摩,日异而月不同。(《大泌山房集》卷二十四)

又如张钧衡《诗品跋》云:

> 齐、梁之间,去古未远,老师宿儒,互相传授,未必仲伟(锺嵘)之独创耳。(《择是居丛书》本)

都隐含有将"推源溯流"法与古代学术传统相联系之意。《诗品》使用"推源溯流"法,除了用"出于"某家之外,还有用"宪章""祖袭"等字眼表示的,如卷中评郭璞"宪章潘岳",又评沈约"宪章鲍明远";评应璩"祖袭魏文",又卷下评"檀、谢七君,并祖袭颜延"。《中庸》第三十章云:"仲尼祖述尧、舜,宪章文、武。"《汉书·艺文志·诸子略》亦云,儒家"祖述尧、舜,宪章文、武,宗师仲尼"。从用字的方面看,也从一个侧面说明了"推源溯流"与古代学术传统的关系。

三、中西传统观对比

这里还可以进而略说中西传统观的异同。"传统"一词,在我国古籍中最初似出现于《后汉书·东夷传》:"国皆称王,世世传统。"这里的"传统",指的是统治者权位、帝业的继承,与《尚书·微子之命》中"统承先王",《孟子·梁惠王下》中"君子创业垂统"的意思类似。自韩愈建立了思想、学术上的"道统"说,后人遂以"传统"指思想上、学术上的传授与继承。如胡应麟《少室山房笔丛》卷二十七"九流绪论上"云:"儒主传统翼教。"在英文中,"tradition"(传统)一词出于拉丁文的"traditio","traditio"又是从"tradere"而来,其意为"引渡",原指某一物从一个人转移到另一个人的意思。综贯东西方对"传统"一词的理解,可知它本指某一集团、某一民族或某一地域的人世代相传而持久存在或一再出现的生活方式或思想观念。从这个意义上讲,"传统"与"现代"两者本应是一脉相承,不可分割的。"后之视今,亦犹今之视昔。"但是,由于中西文化背景的差异,"传统"在客观上如何是一回事,在价值系统中如何则是另外一回事。

如上所述,"推源溯流"法的产生,从思想背景上看,乃奠基于由史官发轫、孔子开创的古代学术传统;从创作背景上看,则又与摹拟传统有关(详见下节所述)。这两个背景,在精神上融会贯通之处在于,它们强调由继往而开来,由摹拟而创新,由"通"而"变"。正因为"推源溯流"法充满了这种精神,所以,即使后世某些强调"师心"的人,当他们将注意力由文学的创作转入文学的批评时,就会自觉不自觉地运用"推源溯流"法,并且肯定文学发展与文学传统之间的密切关系①。因此,在中国古代文学批评史上,将一位诗人与其前辈相较,并指出两者的渊源关系时,往往是对他的褒扬而非贬责②。总

① 例如,袁枚是清代诗论中"性灵说"的倡导者,他赞赏作诗文"宁可如野马,不可如疲驴"(《随园诗话补遗》卷九),但当他关注诗歌的历史发展时,却这样指出:"古人门户虽各自标新,亦各有所祖述。如《玉台新咏》、温、李、西昆,得力于《风》者也;李、杜排奡,得力于《雅》者也;韩、孟奇崛,得力于《颂》者也;李贺、卢仝之险怪,得力于《离骚》《天问》《大招》者也;元、白七古长篇,得力于初唐四子;而四子又得之于庾子山及《孔雀东南飞》诸乐府者也。"即为一例。

② 例如,杜甫《与李十二白同寻范十隐居》诗云:"李侯有佳句,往往似阴铿。"又《春日忆李白》诗云:"白也诗无敌,飘然思不群。清新庾开府,俊逸鲍参军。"宋人或不解其诗意,遂以为杜甫在讥刺李白,甚至认为是文人相轻。参见《苕溪渔隐丛话》前集卷五引《雪浪斋日记》、前集卷六引《遯斋闲览》。

之,中国人以"通古今之变"为目标,姑名之曰"重时间轻空间"的传统观。

在西方文学批评中,对"传统"的看法却别有一种眼光。从总的倾向上说,西方人注重的是创新、变化,尽管在实际上不存在毫无继承的新创,但是在价值观上,他们是以与传统相异为追求目标的。正如艾略特(T. S. Eliot)在《传统与个人的才能》一文中指出:

> 在英文著述中我们很少说起传统。……我们无从讲到"这种传统"或"一种传统",至多是用形容词来说某人的诗是"传统的"或"太传统的"。传统一词很少出现,除非是用在贬斥的语句中。……你几乎无法让英国人对这个词听起来觉得顺耳,如果没有轻松地提及考古学的话。①

当代美国学者哈罗德·布鲁姆(Harold Bloom)在《误读地图》(*A Map of Misreading*)一书中,通过对十八世纪以来英美诗歌史上传统与影响的研究,得出这样的结论:

> 诗人总是倾向于把自己看作星辰,因为他们最深切的渴望是成为一种影响,而不是被影响,但即使是在最强有力的诗人身上,尽管他们的渴望已经满足,那种因为自己曾被影响过的焦虑依然持续。②

而从影响的角度去研究作品,也就往往受到埋怨或指责。如史蒂文

---

① *20th Century Literary Criticism*, p. 71.
② Harold Bloom, *A Map of Misreading*, pp. 12 – 13. Oxford University Press, 1975.

斯在给理查德·埃伯哈特的信中说：

> 我非常同情你对我这方面的任何影响之否认。提起这类事总会使我感到刺耳。因为，就我本人而言，我从来没有感到曾经受到过任何人的影响……可是，总是有那么一些批评家，闲了没事干就千方百计地把读到的作品进行解剖分析，一定要找到其中对他人作品的呼应、摹仿和受他人影响的地方。似乎世界上就找不到一个独立存在的人，似乎每一个人都是别的许多人的化合物。①

因此，传统在客观上的存在及其所发挥的巨大影响是一回事，"但是，作为行为和信仰的规范模式，传统则被认为是无用的累赘"②。"在文学创作领域中存在着一个反传统的传统。"③这种"反传统的传统"只能是西方文化的产物，它把受传统影响视为一种不可避免的恐惧、焦虑和痛楚，因此，创新和传统也就被理解为某种对立的关系。而艾略特尽管强调传统，却给传统赋予了"共时性"的意义。布鲁姆说："批评家们在内心深处是悄悄地偏爱着连续性的。但是，一辈子只跟连续性生活在一起的人是不可能成为诗人的。"④他又说："对于诗人来说，与其说不连续性是建立在时间的点上，不如说是建立在空间的时刻上。"⑤所以，我们可以姑名之曰"重空间轻时间"的传统观。

---

① 史蒂文斯语，引自哈罗德·布鲁姆《影响的焦虑》，徐文博译，页 5，生活·读书·新知三联书店，1989 年 6 月版。
② 希尔斯(E. Shils)《论传统》，傅铿、吕乐译，页 4，上海人民出版社，1991 年 3 月版。
③ 同上书，页 215。
④ 《影响的焦虑》，页 80。
⑤ 同上书，页 89。

从上文的简略对比中，我们可以大致看出中西传统观的差异，以及这种差异在文学批评中的反映。不难想到，"推源溯流"法在中国文学批评中的出现，并且形成了一个经久不衰的批评方法，这决不是偶然的。

第三节　古代文学史上的摹拟之风
——论"推源溯流"法的文学背景

"推源溯流"法的成立，除了在思想上受到古代学术传统的影响之外，文学创作本身也提供了某种不可忽视的背景，这就是古代文学史上的摹拟之风。

在中国古代文学发展史上，"摹拟"是一个极其普遍而突出的现象。就创作而言，"摹拟"是文学家常用的手法之一；就批评而言，"摹拟"也是理论上争辩的一个焦点。这就使得古代文学史上形成了一个摹拟传统。文学如此，推之于艺术，如书法、绘画等，也不例外。在西方文学理论中，固然有着源远流长的"摹仿说"，但自柏拉图、亚里士多德开始，就规定了其摹仿的对象是理念或自然，而中国人的摹仿则是在人文界中，是对古人的认同。古罗马的贺拉斯虽曾强调过追随希腊人的典范，以摹仿作为文学的表现手段①，但就文学思想而言，强调对古人的学习始终没有在西方文论中占主导地位。而且在创作上，他们更为着意的是自己的创新（尽管事实上并不能完全摆脱

---

① 贺拉斯《诗艺》指出："这种新创造的字必须渊源于希腊，汲取的时候又必须有节制，才能为人所接受。"（页 139）又说："你与其别出心裁写些人所不知、人所不曾用过的题材，不如把特洛亚的诗篇改编成戏剧。"（页 144）均为其例。杨周翰译，人民文学出版社，1962 年 12 月版。

前人的影响)。美国学者厄尔·迈纳(Earl Miner)曾经指出:"西方表现主义注重独创性,刻意求新。亚洲的文学观则是提倡师承前人,墨守传统,以古为法。"①这里所说的"亚洲的文学观",实际指的就是中国以及受中国影响的周边国家的传统文学观。正因为如此,反映在文学批评上,西方的"渊源学"(Crénologie)方法是到十九世纪中叶比较文学"法国学派"成熟之后才出现,而中国古代的"推源溯流"法则在公元六世纪已运用得相当普遍而完备。究其原因,不得不涉及中国古代文学史上的摹拟之风。

摹拟之风的形成有着深刻的历史和社会原因。首先,中国传统文化的发展特色之一是"通变"而非"新变"。所谓"通变",就是要从"通"中求"变",而又由"变"归"通"。《周易·系辞上》云:"参伍以变,错综其数通其变,遂成天地之文。"又云:"一阖一辟谓之变,往来不穷谓之通。"《系辞下》云:"《易》穷则变,变则通,通则久。"②如上节所述,变而有通,创新而不失其旧,这种文化发展观是由孔子奠定的,并由此而形成中国文化传统的一项特色。这种特色反映在学术上,便是重视源流,重视师承,在继承中发展;反映在文学上,就是重视摹拟,重视师古,并进而由摹拟而创新,由师古而自成一格。正如《周易·系辞上》指出:"拟之而后言,议之而后动,拟议以成其变化。"韩康伯注曰:"拟议以动,则尽变化之道。""变化"必由"拟议"而来。

这样的文化传统影响到文学,就形成文学上的"通变"观。陆机《文赋》云:"收百世之阙文,采千载之遗韵。谢朝华于已披,启夕秀

---

① 厄尔·迈纳《比较诗学:比较文学理论和方法论上的几个课题》,载《中国比较文学》创刊号,页256。
② 阮元《校勘记》云:"《释文》一本作'《易》穷则变,通则久'。"据此,"变则通"三字疑后世所加。

于未振。"(《文选》卷十七）黄侃《文心雕龙札记》评曰："此言通变也。"《文心雕龙》专列《通变篇》，指出"变则堪久，通则不乏"，主张"望今制奇，参古定法"。这种观念也表现在其他篇目中，如《议对篇》的"采故实于前代，观通变于当今"；《物色篇》的"古来辞人，异代接武，莫不参伍以相变，因革以为功"。皎然《诗式》卷五有"复古通变体"条，自注云："所谓通于变也。"谓"作者须知复变之道。反古曰复，不滞曰变。若惟复不变，则陷于相似之格"。绘画也是如此，谢赫《古画品录》标举"六法"，"传移模写"即为其中之一，而古人认为摹写的目的也是为了"先矩度森严，而后超神尽变，有法之极归于无法"①。这一观念，在古代文艺思想史上是占有主导地位的。尽管也有如萧子显《南齐书·文学传论》中所说的"若无新变，不可代雄"的说法，但始终未能取得公认。中国古代文化发源于史，而史官文化的影响，也正是古代文学史上摹拟之风形成的第一项原因。

考察摹拟现象的形成，在文学本身也有其产生的必然性。摹拟作为一种较为普遍的风气，实形成于汉代，其文学样式主要是赋②。将摹拟之风形成期的种种现象作一分析，对中国古代文学史上的摹拟传统即可有一大致了解。文学摹拟的动机，不外三类：因感动而摹拟，因学习而摹拟，因好胜而摹拟。

在汉代，因感动而摹拟的作品出现得最早。《楚辞》一书，就是明显的表征。王逸《楚辞章句·九辩序》称：

---

① 王檗等《学画浅说》，《中国画论类编》，页174。
② 骆鸿凯《文选学》"读选导言九"曾就《文选》所录汉赋中递相祖袭的现象，分别以"题之相祖""体之相祖""句之相祖""意之相祖"四类举例说明。又胡小石先生曾制《两汉模仿文学一览表》，周师勋初在《王充与两汉文风》中就其内容重加增订，列《两汉摹拟作品一览表》，载《文史探微》，页6—8，上海古籍出版社，1987年12月版。均可参看。

宋玉者，屈原弟子也，闵惜其师忠而放逐，故作《九辩》以述其志。至于汉兴，刘向、王褒之徒，咸悲其文，依而作词，故号为《楚词》。

又《七谏序》云：

东方朔追悯屈原，故作此辞，以述其志。

又《九怀序》云：

（王）褒读屈原之文，嘉其温雅，藻采敷衍……追而愍之，故作《九怀》，以裨其词。

这些《楚辞》系列的作品，都是作者在受到前人作品的感动以后，进而仿效其词，结构成篇。这种情况，在后来的作品中也依然存在。如陆云《九愍序》云：

昔屈原放逐，而《离骚》之辞兴。自今及古，文雅之士，莫不以其情而玩其辞，而表意焉。遂厕作者之末而述《九愍》。

陶渊明《感士不遇赋序》云：

昔董仲舒作《士不遇赋》，司马子长又为之。余尝以三馀之日，讲习之暇，读其文，慨然惆怅。……夫导达意气，其唯文乎？抚卷踌躇，遂感而赋之。

《世说新语·文学篇》记王济（武子）语云："文生于情，情生于文。"孙楚写悼亡之作，是"文生于情"，王济"览之凄然"，是"情生于文"。若进一步"感而赋之"，则是因感动而摹拟。夏侯湛作《周诗》以示潘岳，"潘因此遂作《家风诗》"（《世说新语·文学》）。王昌龄《诗格》云："凡作诗之人，皆自抄古今诗语精妙之处，名为随身卷子，以防苦思。作文兴若不来，即须看随身卷子，以发兴也。"①即含有类似的情况，尽管"发兴"以后未必摹拟。

因学习而摹拟的情况，在汉代与当时学术上注重师法、家法的现象实可互相表里。当时的赋家强调广泛学习前人的作品，扬雄"能读千赋，则善为之矣"（桓谭《新论》引，见《艺文类聚》卷五十六）的说法，正是这方面的代表。《汉书·扬雄传》说他的乡先辈司马相如"作赋甚弘丽"，所以他"每作赋，常拟之以为式"。这就是要通过摹拟以获得写作的轨范②。汉人在文学上的摹拟，其主要体裁是赋。这与赋在汉代是一种新兴的体裁有关。一种新体裁的出现，往往会引起人们的兴趣，以致竞相摹拟，揣摩旧章，得其作法。文人五言诗起于西汉，成熟于东汉后期，至建安而形成"五言腾踊"的高峰。所以从魏晋以下，直到整个南朝，文学上摹拟的体裁，其重点便由赋转移到诗。《文选》于五言诗部分特立"杂拟"类③，选录了六十三首摹拟之作，正反映了当时诗坛上摹拟风气的一个侧面。与汉赋的摹拟比较起来，六朝诗歌的摹拟现象更为突出而明显，它在标题上就用"拟""代""学""效""法"等字表现出来，据逯钦立《先秦汉魏晋南北朝诗》统计，六朝的摹拟之作约有三百首之多，足见风气之盛。

---

① 《全唐五代诗格校考》，页 141。
② 参见王瑶《拟古与作伪》，载《中古文学史论集》，页 69—84，上海古籍出版社，1982 年 10 月版。
③ 汪师韩《诗学纂闻·杂拟杂诗之别》云："杂拟者，凡拟古、效古诸诗是也。拟古类取往古名篇，规摩其意调。"

学术上师法、家法的影响,在书法的学习上似乎更为突出。汉代书法,不脱实用目的。《汉书·贡禹传》引当时俗语云:"何以礼义为,史书而仕宦。"这里的"史书"即指隶书,当时以擅史书为入仕之捷径。魏晋以下,门第中人重视"世擅雕龙""文才相继",《颜氏家训·杂艺篇》引江南谚云:"尺牍书疏,千里面目。"故亦重视书法。据羊欣《采古来能书人名》①记载,崔瑗"善草书……瑗子寔,官至尚书,亦能草书";钟繇书有三体,其子钟会"绝能学父书";卫瓘"善草书及古文……瓘子瓘,字伯玉……采张芝法,以瓘法参之,更为草藁。……瓘子恒亦善书,博识古文";杨肇"善草隶……肇孙经亦善草隶";杜畿子杜恕、孙杜预,"三世善草稿";而琅琊王氏更为冠冕,一门之内,书家辈出,其盛况可与汉代累世传经之风相媲美。

从另一个角度来看,体裁变迁不大也是形成摹拟之风的一项原因。以诗歌而论,古近体诗发展到唐代几乎各体皆备,文学的过早成熟也导致过早的模式化。唐诗的高峰成为后代诗人心目中的偶像,无数人在它面前顶礼膜拜,不敢越雷池一步。新兴的体裁固然会引起人们的竞相摹仿,固有的体裁,一旦到达其顶峰,也会引起后人的亦步亦趋。文学史上一种新体裁的出现,往往最先来自民间。其后经过文人的雅化而逐步进入正统文学的领地,又有大作家、大诗人的出现而形成典范。后人想要对前人有所超越,既然体裁已经确定,就必然要遵循其典范,通过摹拟的手段以掌握其技能技巧。宋词、唐诗、晋字、汉文,莫不如此。所以在明代,人们还能听到"文必秦汉,诗必盛唐"的主张②。当然,由于理论趋向和个人性分的不同,人们选

---

① 此篇严可均误收在齐王僧虔名下,见《全齐文》卷八。案此文小序云:"昨奉敕须古来能书人名,臣所知局狭,不辨广悉,辄条疏上呈羊欣所撰录一卷。"故知其所上者实为羊欣所撰。

② 《明史·李梦阳传》谓其"倡言文必秦汉,诗必盛唐"。

择的摹拟对象可能有异。以清代词家而言,如浙西派推崇"双白词"(姜夔《白石道人歌曲》和张炎《山中白云词》),而常州派则主张"问途碧山(王沂孙),历梦窗(吴文英)、稼轩(辛弃疾),以还清真(周邦彦)之浑化"(周济《宋四家词选目录序论》)。但他们在相隔数代,学词仍以宋人为指归这一点上,依然是一致的。这种情形的出现,与体裁变迁不大是有关的。

但文学上的摹拟,并不能等同于一味步趋古人,摹拟往往是为了达到自成一家的手段。因此,尽管汉人的赋作多摹拟,但那些摹拟大家,如扬雄、班固、张衡等人,都能在旧形式中熔铸新意,这使得他们仍然能在赋史上占一席之地。当然,由于史官文化传统的强大影响,在具体的文学创作现象中,守先人之成法,信而好古、新创不足的情况也往往出现,其负面影响也是不应忽视的。

叶梦得《石林诗话》卷下指出:

> 魏晋间人诗,大抵专工一体,如侍宴、从军之类,故后来相与祖习者,亦但因其所长取之耳。谢灵运《拟邺中七子》与江淹《杂拟》是也。梁锺嵘作《诗品》,皆云某人诗出于某人,亦以此。

这段话点明了"推源溯流"法与当时文学创作的关系。魏晋间诗人以一体见长的颇多,反映在创作上,就是"诗有一人之集止一题者"(汪师韩《诗学纂闻·诗集》),如应璩《百一》、阮籍《咏怀》、左思《咏史》、郭璞《游仙》之类。叶梦得指出后人的摹拟,是"因其所长取之耳",正好说明了摹拟的目的是要"因其所长"进而"得"其所长。一种新的体裁兴起后,包括其题材的使用在内,都会引起人们的兴趣。为了把握其技巧、法则,就离不开摹拟。从文学创作本身来看,摹拟现象实有其必然性①。所以,即使像李白这样的文学天才,也同样要经过"前后三拟《文选》"(《酉阳杂俎》前集卷十二《语资》)的过程。

摹拟是学习创作的一种手段,但古人的摹拟还含有另一层意味,即与文学前辈一较高低。就"拟"字的本义而言,原来就是"比"的意思。《汉书·何武王嘉师丹传赞》:"董贤之爱,疑于亲戚。"颜师古注:"疑读曰拟。拟,比也。"这在扬雄已经有较为典型的表现。《汉书·扬雄传赞》指出:

> 其意欲求文章成名于后世,以为经莫大于《易》,故作《太玄》;传莫大于《论语》,作《法言》;史篇莫善于《仓颉》,作《训纂》;箴莫善于《虞箴》,作《州箴》;赋莫深于《离骚》,反而广之;辞莫丽于相如,作四赋。皆斟酌其本,相与放依而驰骋云。

扬雄是好胜心很强的人,他选择了历史上第一流的各类作品,逐一摹拟之,就是想要通过"放依"而"驰骋",进而"求文章成名于世"。这种情况,在唐以后的文人创作中表现得更为突出。以杜甫为例,他一方面强调"转益多师"(《戏为六绝句》),"读书破万卷"(《奉赠韦左丞丈二十二韵》),另一方面又说自己"语不惊人死不休"(《江上值水如海势聊短述》)。可知,前者是后者的基础,后者是前者的目的。因此,杜甫的摹拟旧作,往往能汲取古人,而又胜过古人。杨万里《诚斋诗话》指出:

> 句有偶似古人者,亦有述之者。杜子美《武侯庙》诗云:"映阶碧草自春色,隔叶黄鹂空好音。"此何逊《行孙氏陵》云"山莺

---

① 先师程千帆先生《文论十笺》卷下《模拟篇》案语对此问题有精彩论述,可参看。

空树响,垅月自秋晖"也。杜云:"薄云岩际宿,孤月浪中翻。"此庾信"白云岩际出,清月波中上"也①。"出""上"二字胜矣。阴铿云:"莺随入户树,花逐下山风。"杜云:"月明垂叶露,云逐渡溪风。"又云:"水流行地日,江入度山云。"此一联胜。庾信云:"永韬三尺剑,长卷一戎衣。"杜云:"风尘三尺剑,社稷一戎衣。"亦胜庾矣。

这种摹拟就不在于学习古人的写作规范,而是与古人一较高低。后来,黄庭坚撝拾禅宗"灵丹一粒,点铁成金"的话头,以作为学习创作的手法之一,就是从杜诗中得到的启迪②。将古人成句比作"铁",而将由自己陶冶、点化后的句子比作"金",这种对比亦含有与古人较量的意思在内。对于富于才力的作家来说,这也是他们摹拟古人的动机之一。古代文学中摹拟风气的形成,这也是重要的原因之一。

另外,中国的疆域很早就大致固定,自然风光从古到今变化不大,这也影响到摹拟之风的形成。《文心雕龙·通变》云:"夫夸张声貌,则汉初已极。自兹厥后,循环相因。虽轩翥出辙,而终入笼内。"指出的就是这层意思。后世岑参从军西域,自然风光有异,笔下亦别开生面。近代文人出国留洋,诗风亦为之一变。如康有为自评其诗"新世瑰奇异境生,更搜欧亚造新声""意境几于无李杜,目中何处着

① 案:仇兆鳌《杜诗详注》卷十七《宿江边阁》"薄云岩际宿,孤月浪中翻"注云:"'薄云岩际出,初月波中上',何仲言诗,尚在实处摹景。此用前人成句,只换转一二字间,便觉点睛欲飞。"华文实校点《历代诗话续编》本《诚斋诗话》亦指出:"按此二句亦见今本《何逊集·入西塞示南府同僚》,作庾信者误。"

② 黄庭坚《答洪驹父书》中云:"自作语最难,老杜作诗,退之作文,无一字无来处。盖后人读书少,故谓韩、杜自作此语耳。古之能为文章者,真能陶冶万物,虽取古人之陈言,入于翰墨,如灵丹一粒,点铁成金也。"(《豫章黄先生文集》卷十九)案:此语出于禅宗。《祖堂集》卷十三"招庆和尚"下载:"问:'环丹一粒,点铁成金。妙理一言,点凡成圣。请师点。'师云:'不点。'"

元明"(《与菽园论诗兼寄任公孺博曼宣》),丘逢甲在《人境庐诗草跋》中称赞黄遵宪"茫茫诗海,手辟新洲,此诗世界之哥伦布也",梁启超在《饮冰室诗话》中说"近世诗人能熔铸新理想以入旧风格者,当推黄公度"。这尽管有时代因素,但从个人的生活而言,跨出国门,接触新事物,运用新名词,从而在诗坛上写作新题材,开拓新疆域,最后形成"新派诗",掀起"诗界革命"。而在长期近乎封闭的农业社会中,这样的情况是不多见的。

总之,摹拟作风在中国古代文学史上有着深厚的传统,在这一传统的形成中,史官文化传统的影响最为根本。而在创作实践中,因阅读而受到感动,并进而摹拟其作,在创作心理上是一普遍现象;而掌握写作法则,达到"以故为新""点铁成金"的目的,摹拟也是一项有效的手段;再加上体裁过早成熟并定型,虽然为后人提供了丰富的文学遗产,但也同时留下了一座座难以逾越的高峰。后人除了在题材上有所开拓以外,很难再用旧形式创造出新的高峰①,这又从另一个侧面加重了后人的崇古心理。同时,古人所处的生活环境较为固定也是一项不可忽视的原因。中国文学的进一步发展,惟有打破旧形式,创造出适合于表现新时代人的新思想、新感受的新形式②。

学术传统与创作实践的影响,是普遍而深远的。学术上的重视师承源流,创作上的重视摹仿师古,在中国古代学术史和文学史上都已形成传统,并且为"推源溯流"法的产生在思想上和文学上奠定了基础。

---

① 上文提到晚清的"诗界革命",但"当时所谓新诗者,颇喜挦扯新名词以自表异"(梁启超《饮冰室诗话》)。尽管从文学史的发展来看,他们是现代文学革命的前驱,但就他们本身的创作实践来看,仍然是不成功的。

② 胡适在1917年1月的《新青年》上,发表了《文学改良刍议》一文,提出应从"八事"入手,其中之一即"不摹仿古人"。

第四节 "推源溯流"法的成立

前人考察"推源溯流"法,往往将它视为锺嵘《诗品》所独有的批评方法,这固然不合于历史事实。但是另一方面,锺嵘《诗品》中"推源溯流"法的运用,又的确是较早且较为成熟的,它是"推源溯流"法成立的标志。因此,考察"推源溯流"法的成立,不能不将目光集中到锺嵘《诗品》的时代。

一种批评方法的产生,决不会是偶然的,它往往凝聚着一个民族、一个时代的思维习惯、文学特色的某些侧面,而方法在使用中的成效,也与使用者的个人素质有着内在联系。"推源溯流"法产生于六朝时代,并且在《诗品》的运用中达到高峰,深究其原因,实有其时代背景。概括地说,时代给予"推源溯流"法的影响,突出地表现在以下三个方面。

一、摹拟仿效的文学风气

魏晋以后,诗坛上的摹拟可细分为两方面:一是"文体"[1],二是技巧。这两者同时又是相关的,"文体"的表现离不开技巧,而一定模式的技巧又是形成某一"文体"的重要因素。

就"文体"的摹拟而言,最明显的标志,就是诗人往往在其作品的

---

[1] "文体"不是"文类",用现代的术语说,接近于风格一词。徐复观《文心雕龙的文体论》指出:"自曹丕以迄六朝,一谈到'文体',所指的都是文学中的艺术的形相性;它和文章中由题材不同而来的种类,完全是两回事。"载《中国文学论集》,页8,台湾学生书局,1982年9月版。又王运熙《中国古代文论中的"体"》一文对此问题亦有所辨析,载《中国古代文论管窥》,齐鲁书社,1987年3月版。

标题上写明学某某"体"。例如：

　　鲍照:《学刘公干体》
　　　　　《学陶彭泽体》
　　王素:《学阮步兵体》
　　萧衍:《清暑殿效柏梁体》
　　何逊:《聊作百一体》
　　纪少瑜:《拟吴均体应教》
　　萧纲:《戏作谢惠连体》

而江淹《杂体诗序》亦云:"今作三十首诗,敩其文体。"(《文选》卷三十一)另外,在史书上也可以发现类似的材料。如《南史·齐高帝诸子下》载,萧晔"与诸王共作短句诗,学谢灵运体"。又《儒林传·伏挺传》载,挺"为五言诗,善效谢康乐体"。又《文学传·吴均传》载:"均文体清拔,有古气,好事者或敩之,谓为'吴均体'。"这种仿效既然着眼于"体",其创作也就会接近乃至契合其"体",甚至可以达到"乱真"的地步。例如,当时诗坛上的摹拟大师江淹,"拟渊明似渊明,拟康乐似康乐,拟左思似左思,拟郭璞似郭璞"(严羽《沧浪诗话·诗评》)。惟其拟作酷似原作,往往使人莫辨其异。《南史·吉士瞻传》载:

　　(瞻)少有志气,不事生业。时征士吴苞见其姿容,劝以经学。因诵鲍照诗云:"竖儒守一经,未足识行藏。"拂衣不顾。

所谓"鲍照诗"云云,实际上出自江淹《杂体诗·鲍参军戎行》,即为明显一例。又如《遯斋闲览》云:

　　《文选》有文通《拟古诗》三十首,如《拟休上人闺情》诗云:

"日暮碧云合,佳人殊未来。"今人遂用为休上人诗故事。又《拟陶渊明归田园》诗云:"种禾在东皋,苗生满阡陌。"今此诗亦收在《陶渊明集》中,皆误也。(《苕溪渔隐丛话》前集卷四引)

甚至苏轼和陶诗亦未能辨别,连同江淹的拟作一并和之。可见拟作风格之酷肖原作,已很难厘清。

另一类摹拟,乃是就技巧而言,这类摹拟分析起来要更为细致些,即所谓"字仿句效,如临帖然"(于光华《文选集评》卷七引孙鑛语)。这里即以《文选》中的诗为范围,分四个方面举例说明之:

其一,结构。

陆机《吴趋行》:"楚妃且勿叹,齐娥且莫讴。四坐并清听,听我歌《吴趋》。《吴趋》自有始,请从阊门起。……"(《文选》卷二十八)

谢灵运《会吟行》:"六引缓清唱,三调伫繁音。列筵皆静寂,咸共聆《会吟》。《会吟》自有初,请从文命敷。……"(同上)

方回《文选颜鲍谢诗评》卷三评《会吟行》云:"《文选》不注《会吟行》之义,详考乃是效陆机《吴趋行》。"

其二,句式。

曹植《送应氏诗》:"步登北芒坂,遥望洛阳山。"(《文选》卷二十)

刘桢《赠徐干》:"步出北寺门,遥望西苑园。"(同上,卷二十三)

阮籍《咏怀》:"步出上东门,北望首阳岑。"(同上)

谢灵运《晚出西射堂》:"步出西城门,遥望城西岑。"(同上,卷二十二)

刘、阮、谢诸诗起句句式,俱从曹出。

其三,意象。

> 曹植《公宴诗》:"秋兰被长坂,朱华冒绿池。"(同上,卷二十)
> 刘桢《公宴诗》:"芙蓉散其华,菡萏溢金塘。"(同上)
> 谢灵运《游南亭》:"泽兰渐披径,芙蓉始发池。"(同上,卷二十二)

此数联意象类似。

其四,炼字。

> 曹植《公宴诗》:"秋兰被长坂,朱华冒绿池。"(同上,卷二十)
> 陆机《拟青青陵上柏》:"飞阁缨虹带,层台冒云冠。"(同上,卷三十)
> 潘岳《河阳县作》:"川气冒山岭,惊湍激岩阿。"(同上,卷二十六)
> 颜延之《拜陵庙作》:"松风遵路急,山烟冒垅生。"(同上,卷二十三)
> 谢灵运《从斤竹涧越岭溪行》:"蘋萍泛沈深,菰蒲冒清浅。"(同上,卷二十二)

范晞文《对床夜语》卷一云:"子建诗'朱华冒绿池',古人虽不于字面上著工,然'冒'字殆妙。"以下列举陆机等人之句加以比较,最后得出"皆祖子建"的结论。此外,六朝诗中的相同句更是不胜枚举①。

既然当时诗坛普遍就某一"体"而摹拟之,反映在文学批评上,就

---

① 金埴《不下带编》卷四、宋长白《柳亭诗话》卷二十九辑录此类诗例甚多,可参看。

是"推源溯流"法的出现。江淹《杂体诗序》云："今作三十首诗,敩其文体。虽不足品藻渊流,庶亦无乖商榷云尔。"(《文选》卷三十一)已透露了其间消息。而锺嵘《诗品》的"推源溯流",更重在"其体源出于"某某①。《诗品序》指出,当时诗坛上"师鲍照,终不及'日中市朝满',学谢朓,劣得'黄鸟度青枝'。徒自弃于高听,无涉于文流矣"。因此,其运用"推源溯流"法,就有正本清源的意义。

二、追本穷源的历史眼光

中国古代历史意识的起源很早,但史部的独立和史学的自觉却要到魏晋以后。班固《汉书·艺文志》著录了当时中秘府收藏的史书,归于"六艺略"的"春秋家"中,这一方面可能由于当时史书的数量有限,另一方面也反映了史部未能独立的现象。晋荀勖在魏秘书郎郑默《魏中经》的基础上,作《中经新簿》,"总以四部别之"②,其中丙部"有史记、旧事、皇览簿、杂事"(《隋书·经籍志》语)。史部至此而独立。至李充而又有变化,以"五经为甲部,史记为乙部,诸子为丙部,诗赋为丁部"③,到《隋书·经籍志》而确立了古代以经、史、子、集四部分类、次序的法则,"史"的位置仅次于"经"。晋元帝太(大)兴二年(公元319),石勒称赵王,使任播、崔濬为"史学祭酒"(《晋书·石勒载记下》),至宋文帝元嘉十五年(公元438)立儒学、玄学、史学、文学于学馆,"史学"独立于"四学"之中(见《宋书·雷次宗传》)。所以,六朝是史学真正自觉、独立发展的阶段。据阮孝绪《七录》的统计,其著录的史书共有一万四千八百八十八卷,于七类书中列于第一,占其著录书籍总数的三分之一。而如果以《隋志》与《汉志》比较

① 《诗品》卷上首条评古诗云:"其体源出于《国风》。"其馀各条评语皆省"体"字。
② 阮孝绪《七录序》,见《广弘明集》卷三。
③ 臧荣绪《晋书》,李善注《文选》卷四十六《王文宪集序》引。

起来,史书的部数、卷数更是多出了几十倍。

史学的独立发展,势必会加强当时人的历史意识。这在文学批评中也有所反映。首先是在文章目录类书中包含了文人传略,据刘孝标《世说新语》注引及《隋书·经籍志》著录,如丘渊之《文章录》、顾恺之《晋文章纪》、荀勖《杂撰文章家集叙》、挚虞《文章志》、傅亮《续文章志》、宋明帝《晋江左文章志》、沈约《宋世文章志》等。其次是就文学体裁而区分类别,并一一溯其流别,出现了如挚虞的《文章流别集》、谢混的《文章流别本》、孔宁的《续文章流别》等书,从其书名上便已显示了这一点。这些著作,可以说是文学史的雏形。所以刘师培曾指出:

> 文学史者,所以考历代文学之变迁也。古代之书,莫备于晋之挚虞。虞之所作,一曰《文章志》,一曰《文章流别》。志者,以人为纲者也;流别者,以文体为纲者也。(《搜集文章志材料方法》)

在文学批评中,对文学历史发展的重视,正是随着史学的独立而来的。尤其值得我们注意的是,当时的许多著作,在探讨文学变迁的时候,往往具有一种追本穷源的历史眼光。这就是"推源溯流"法产生的背景之一。最为突出的是两个史学家的著作,即沈约《宋书·谢灵运传论》和萧子显《南齐书·文学传论》。沈约指出:

> 自汉至魏,四百馀年,辞人才子,文体三变:相如巧为形似之言,二班①长于情理之说,子建、仲宣以气质为体,并标能擅美,

---

① 原作"班固",此据《文选》卷五十改。李善注:"二班,叔皮、孟坚也。"案:家学亦为一源流,故作"二班"为胜。

独映当时。是以一世之士，各相慕习。原其飙流所始，莫不同祖《风》《骚》。徒以赏好异情，故意制相诡。

萧子显则就南齐一代的文学现象指出：

> 今之文章，作者虽众，总而为论，略有三体：一则启心闲绎，托辞华旷。……此体之源，出灵运而成也。次则缉事比类，非对不发……此则傅咸《五经》，应璩指事。虽不全似，可以类从。次则发唱惊挺，操调险急……斯鲍照之遗烈也。

从以上两段材料中可见，当时人在论述文学现象时，每每从源流角度立论，而且着眼点也在于"文体"的演变。文学批评上"推源溯流"法的产生，与这种时代潮流是同步的。

三、"举本统末"的思想方法

孔子奠定了中国古代学术传统的基础，由此发展下来，汉代学术重视师承、重视效仿的现象遂极为普遍。《汉志》的重视学术源流是一种史学眼光，而将源流本末的关系上升到哲学层面，并在本体论意义上建构起一种方法论，则是由王弼完成的。体现本体论意义的方法论，自然不限于学术，也不为学术所限，但却给学术研究提供了新的视角，规定了新的方向。这就是王弼所创的"举本统末"的方法论。

"本""末"这一对名词的使用始于孔门，衍及儒家、道家。《论语·子张》中"抑末也，本之则无"为其始，《孟子·告子下》亦云："不揣其本而齐其末。"此后《荀子》《易传》《庄子》中也颇多使用，但直至王弼用以注释经典，乃独称胜义。《晋书·王衍传》载，何晏、王弼立论，"以为天地万物皆以无为本"。"以无为本"即王弼的本体论。他说："万物皆由道而生。"（《老子》三十四章注）又说："道者，无之称也,无不通也,无不由也。"(《论语释疑》)但是,王弼的本体论"主体用一如,用者依真体而起,故体外无用;体者非于用后别为一物,故亦可言用外无体"①。由于主张"体用一如","用外无体",故可以执"体"以观"用",亦可以缘"用"以得"体"。王弼"举本统末"的方法论即由此而来。"本""末"一语,王弼有时也称作"寡""众"、"无""有"、"一""多"、"母""子"等,究其实在义,均指"体用"。例如:

> 毂所以能统三十辐者,无也。以其无能受物之故,故能以寡统众也。(《老子》十一章注)
> 转多转远其根,转少转得其本。多则远其真,故曰"惑"也。少则得其本,故曰"得"也。……一,少之极也。(同上,二十二章注)
> 母,本也;子,末也。得本以知末,不舍本以逐末也。(同上,五十二章注)

"本末""体用"既不可分,那么,为了求得事物的本体,王弼就提出了"举本统末"的方法论。他在解释孔子"予欲无言"时指出:

> 予欲无言,盖欲明本。举本统末,而示物于极者也。(《论语释疑》)

这又可称为"以寡统众"(《老子》十一章注)、"崇本举末"(同上,三十八章注)或"执一统众"(《论语释疑》)。总之,这是王弼反复强调的方法论。

---

① 汤用彤《王弼大衍义略释》,《汤用彤学术论文集》,页249,中华书局,1983年5月版。

在中国古代思想史上，"本末""一多"的问题并不是从王弼开始提出。《论语·卫灵公》记载孔子对子贡的话，他并不认为自己只是"多学而识之者"，而认为是"予一以贯之"。他还对曾参说："参乎，吾道一以贯之。"(《论语·里仁》)但这里的"一"与"多"只是从思想的构造而言，"一"指其思想的宗旨①，"多"则为此宗旨的各种表现。这是思想的构造，而不是思想的本体。在形而上的意义上讨论"本末""一多"的是《周易》(包括《经》《传》)和《老子》。《周易》六十四卦，可以"类万物之情"(《系辞下》)，但究其实，也是由《乾》《坤》两卦演化而来。《周易·系辞上》云："易有太极，是生两仪。两仪生四象，四象生八卦。八卦定吉凶，吉凶生大业。"《老子》四十二章亦云："道生一，一生二，二生三，三生万物。"但这还不能与王弼相提并论。其差别在于，《周易》《老子》所讲的是宇宙的生成，仍然不是宇宙的本体。因此从哲学上来看，前者是宇宙论，后者是本体论；前者讨论的是宇宙的现象和过程，后者讨论的才是宇宙的本质和究竟。二者虽然有密切的关系，但是在范畴上应该加以辨别②。不如此区分，就看不清王弼与前代思想家的联系和差别，也不易看清王弼"举本统末"方法论的开创意义。从王弼对孔子"一以贯之"及老子"道生一，

---

① 黄宗羲对此颇有体会，其《明儒学案发凡》云："大凡学有宗旨，是其人之得力处，亦是学者之入门处。天下之义理无穷，苟非定以一二字，如何约之使其在我。故讲学而无宗旨，即有嘉言，是无头绪之乱丝也。学者而不能得其人之宗旨，即读其书，亦犹张骞初至大夏，不能得月氏要领也。"页17。中华书局，1985年10月版。

② 参见成中英《中国哲学范畴问题初探》，载《中国哲学范畴集》，人民出版社，1985年8月版。又汤用彤《王弼大衍义略释》在比较了汉人与王弼说《老》《易》的异同后指出："《老子》云有生于无，语亦为汉儒所常用。但玄理之所谓生，乃体用关系，而非谓此物生彼(如母生子等)，此则生其所生。""其扫尽宇宙构成之旧说，而纯用体用一如之新论者，固不得不首称王弼也。"《汤用彤学术论文集》，页249、252。

一生二,二生三,三生万物"的解释中,我们可以明显看出他对原文意义所作的本体论转换①。

王弼以"举本统末"的方法解释《周易》,影响了一代学风,成为汉魏之际学术巨变的关键人物。史称王弼"好论儒、道"(《魏志·锺会传》),在他一生所注释的三部书(《论语》《老子》《周易》)中,他对《周易》用力最勤,影响也最大。《周易》为儒家经典,王弼一方面吸取了道家思想为之作注,另一方面,他又以《周易》作为统摄儒、道,融合孔、老的思想材料。

王弼注《易》的一个新特点,"则在以《传》证《经》"②。但对于《易大传》,王弼最重视又是《彖》。其《周易略例》中首列《明彖》,他从"举本统末"的方法论出发,提出了"统之有宗,会之有元"的思想:

> 夫《彖》者何也?统论一卦之体,明其所由之主者也。夫众不能治众,治众者,至寡者也。夫动不能制动,制天下之动者,贞夫一者也。……统之有宗,会之有元。故繁而不乱,众而不惑。……故自统而寻之,物虽众,则知可以执一御也;由本以观之,义虽博,则知可以一名举也。……繁而不忧乱,变而不忧惑,约以存博,简以济众,其唯《彖》乎!

前面说过,中国古代思想家往往以注疏的方式来表达自己的思想,王弼也不例外。他的注《老》《易》,释《论语》,所要表达的主要是

---

① 《论语释疑》释孔子"吾道一以贯之"云:"贯,犹统也。夫事有归,理有会。故得其归,事虽殷大,可以一名举;总其会,理虽博,可以至约穷也。"又注《老子》四十二章"道生一"数语云:"万物万形,其归一也。何由致一,由于无也。……故万物之生,吾知其主。虽有万形,冲气一焉。"均将现象界的描述转为形而上的追究,将宇宙论转为本体论。
② 汤用彤《王弼之周易论语新义》,《汤用彤学术论文集》,页267。

他自己的思想,而不在于代古人立言。尽管《周易》本来就有"易简"之理,《系辞上》就有"易简而天下之理得矣"的说法,但将这种思想加以挖掘、阐扬,从而在理论上提出"统之有宗,会之有元"的命题,则不能不说是王弼在学术思想史上的重大贡献。所以,在以上这段引文中,王弼强调的"统之有宗,会之有元",并不能看作是《彖》辞所要表达的意义,而应该看作是王弼"举本统末"的方法论的意义。

汉魏之际,天下大乱,纲常失纪。王弼所遇到的时代课题,是如何在"繁"中不"乱",在"变"中不"惑",这就需要重新建立一个新的社会秩序和文化秩序。所以,王弼提出了"统之有宗,会之有元"的思想,强调"宗""元""统""本"。他注《老子》四十八章"不足以取天下"一语云:"失统本也。"又说:"物有其宗,事有其主。"(四十九章注)又注五十九章"治人事天莫若啬"云:"啬,农夫。农人之治田,务去其殊类,归于齐一也。"所以,他反对"杂"而提倡"系":"见其不系,则谓之杂。""杂以行物,秽乱必兴。"(《老子指略》)其《周易略例·明象》亦云:"品制万变,宗主存焉。""宗主"即"统本",这和《老子》十四章注所谓"无形无名者,万物之宗也。虽今古不同,时移俗易,故莫不由乎此以成其治者也"的意思是一致的。这就是王弼"举本统末"方法论的政治意义和社会意义。

就学术而言,"举本统末"的意义在于为建立新的文化秩序而对以前的学术重新评价、调整、组合,以融合孔、老作为人们新的生活准则。王弼提出"统之有宗,会之有元",是因为当时的学术界要将孔子、老子统合起来,而王弼又要将统合后的其"宗"、其"元"归结到《周易》。这既是对学术传统的重新认识,又是对学术传统的重新改造。王弼抽出《周易·系辞下》引孔子"天下同归而殊途,一致而百虑"一语,容纳于其"举本统末"的方法论中,用以解释《老子》和《论语》,在这句话原有的源流本末的意思上更赋予了方法论的意义。这种思想方法影响了何晏注释《论语》，如《卫灵公》中"予一以贯之"语，何氏注云：

> 善有元，事有会，天下殊途而同归，百虑而一致，知其元则众善举矣。（《论语集解》卷十五）

又影响了韩康伯注《易》，《系辞下》"天下同归而殊途，一致而百虑"下注云：

> 夫少则得，多则惑。途虽殊，其归则同；虑虽百，其致不二。苟识其要，不在博求，一以贯之，不虑而尽矣。

甚至还影响了僧人的著述。如支遁《大小品对比要钞序》云：

> 夫物之资生，靡不有宗；事之所由，莫不有本。宗之与本，万理之源矣。本丧则理绝，根朽则枝倾，此自然之数也。①

又慧远《与隐士刘遗民等书》亦云：

> 苟会之有宗，则百家同致。②

需要进一步指出的是，强调"宗""本""统"，也就自然会引发出"源"和"流"的问题。所以支遁在上文中又讲到"览其源流，明其理统"，"寻流穷源，各有归趣"，"寻源以求实，趣定于理宗"，"推寻源流，关虚考实"等等。所以，"举本统末"的思想还在哲学上为文学批评中

---

① 《出三藏记集》卷八，《大藏经》第五十五册，页 56。
② 《广弘明集》卷二十七，《大藏经》第五十二册，页 304。

的"推源溯流"法奠定了方法论的基础。

如上所述,王弼提出"举本统末"的方法论,意欲调和孔、老,为汉末以来纲纪失坠、天下大乱的社会重新建立一个文化秩序。而钟嵘则是面对当时诗坛上的"庸音杂体,人各为容"以及在批评上"淄渑并泛,朱紫相夺,喧议竞起,准的无依"(《诗品序》)的"淆乱"局面,意欲建立起一个新的理论秩序。所以,他吸收了"举本统末"的方法论,并运用到其"推源溯流"法中。在他看来,诗歌史的发展,《诗经》和《楚辞》是"本",而以下的发展则是"末"。他评论了自汉以来的一百二十多家作品,将其统摄于《诗经》(主要是《国风》)和《楚辞》两大系列中(其中入流者三十六家,不入流者属于更低的层次),形成了一个有秩序的系列。用王弼的话来说,就是"品制万变,宗主存焉"。后人使用"推源溯流"法多未能构成系统,这与他们没有受到"举本统末"的方法论的影响是很有关系的。

这里也就牵涉到钟嵘的个人素质和学识的问题。《梁书》及《南史》本传上均记载,钟嵘"齐永明中为国子生,明《周易》"。据考证,钟嵘的《易》学兼包郑玄和王弼,而从其家学上来看,他对王弼的《易》学当有更深的理解和更多的吸收①。因此,他受到"举本统末"的方法论的影响,这绝不是偶然的。章学诚说《诗品》的"溯流别"是"出于刘向父子",这只是问题的一个方面,究其实,钟嵘使用"推源溯流"法,不仅仅只是用艺术史的眼光(后人的"推源溯流"多此类),更重要的是用艺术哲学的眼光;因此,这既是史学的(其法出于刘向父子),更是哲学的(其法出于王弼)。钟嵘运用"推源溯流"法,是要以他的艺术哲学重新审视艺术史,从而建立一个新的理论秩序②。

---

① 参见张伯伟《钟嵘诗品研究》第三章"思想基础"之一"钟嵘与《周易》"。
② 黄兆杰(Sui-kit Wong)将《诗品》译作"The Poets Systematically Graded",见 *Early Chinese Literary Criticism*, p. 89, Joint Publishing Co. Hong Kong, 1983. 强调了其品第的系统性,是颇有眼光的。其他的译名,有作"A Grading of Poetry",也有作"Classes of Poetry",更多的则是音译。

《诗品》中所运用的批评方法,并不仅限于"推源溯流"法一种①,但后人多以这种方法为《诗品》的特色,甚至认为是只有《诗品》才具备的特色,原因或许也在于此。

第五节 "推源溯流"法的类型

锺嵘《诗品》的"推源溯流"法注重于"体",用现代的话来说,就是注重风格的传承与联系。所以钱谦益《与遵王书》指出:"古人论诗,研究体源。锺记室谓李陵出于《楚辞》,陈王出于《国风》,刘桢出于《古诗》,王粲出于李陵,莫不应若宫商,辨如苍素。"(《有学集》卷三十九)刘熙载《艺概》卷二《诗概》也指出:"锺嵘谓越石诗出于王粲,以格言耳。"不过,锺嵘在具体从事"推源溯流"时,却又是从风格形成的主客观因素上去分析的。锺嵘就"文体"而"推源溯流",其着眼处或为主题,或为题材,或为语言,或为个人经历,等等,而归根结柢是要恢复文学的《风》《骚》"正体"。这看似复古,实际上却是要创新,即建立一个新的理论秩序,所以,这是以复古为革新②。后人使用"推源溯流"法,则分别在许多方面加以使用,从而形成了"推源溯流"法的各种类型,其实也不妨视作从锺嵘《诗品》生发而出。归纳起来,其类型略有下列四种:

1. 论字句。文学作品的最小单位是字句,古人在"推源溯流"时

---

① 参见张伯伟《锺嵘诗品研究》第五章"批评方法"。

② 美国学者白牧之(E. B. Brooks)《诗品解析》("A Geometry of the Shi Pin",原载 *Wen-lin*: *Studies in the Chinese Humanities*, pp. 121—150. Editied by Chow Tse-tsung, Wisconsin, 1968)认为锺嵘的文学观是"复古的"(reactionary),不免流于表面。译文收入张伯伟《锺嵘诗品研究》,页 400—428。

亦很注重于此。这从李善《文选注》开其端,而影响到后来的笺注体例。古人注诗,其意不完全在于帮助读者理解原作,亦有注其所自出,以见后人如何学习前人,供读者创作之借鉴。尤其是在江西诗派形成并兴盛以后,强调作诗为文"无一字无来处""陶冶万物""点铁成金"(黄庭坚《答洪驹父书》,《豫章黄先生文集》卷十九),在字句方面运用"推源溯流"法就更多。一方面寻其出处,另一方面也以资比较。这里以《文选》李善注为例:

> 曹植《公宴诗》:"飘飖放志意。"(注引《古诗》曰:"荡涤放情志。")
>
> 王粲《公宴诗》:"今日不极欢,含情欲待谁。"(注引《古乐府歌》曰:"今日尚不乐,当复待何时。")
>
> 刘桢《公宴诗》:"永日行游戏,欢乐犹未央。"(注引《古诗》曰:"游戏宛与洛。"又引苏武诗曰:"欢乐殊未央。")

宋人高似孙据李善此意而作《选诗句图》,其《自序》云:"宋袭晋,齐沿宋,凡兹诸人,互相宪述,神而明之,人莫知之。惟李善知之,予亦知之。乃为图诂,略表所以宪述者。"(《诗学指南》卷六)《四库全书总目》卷一百九十一《文选句图》提要云:"其句下附录之句,盖即锺嵘《诗品》源出某某之意。"指出了其与"推源溯流"法的联系。罗根泽则认为"其目的在列相近的句子,以资参阅"①。实际上,这两方面的意思兼而有之。既可引前而明后,又可援后以参前。这在李善已是如此,其自述注释条例云:"皆举先以明后,以示作者必有所祖述也。"(《文选》卷一《两都赋序》注)又云:"诸释义或引后以明前。"(同上)高似孙亦只是沿用其例。

---

① 罗根泽《中国文学批评史》第二分册,页231,上海古籍出版社,1984年3月版。

从字句角度"推源溯流",其意义还不限于此,敏锐的批评家往往可以从中发掘出诗歌演变的轨迹。如明胡应麟《诗薮》内编卷二曰:

> 魏文"朝与佳人期,日夕殊未来",康乐"圆景早已满,佳人犹未适",文通"日暮碧云合,佳人殊未来",愈衍愈工,然魏、宋、梁体自别。

从三个不同时期诗人的大体相近的描写中,考察了魏、宋、梁诗之"体"的差别。曹丕的句子接近古体,谢灵运的诗已显露出刻意描写的痕迹,至江淹则不仅描写更精细,而且还注意到音律上的安排。这样从字句上的"推源溯流",就可以看出诗歌艺术技巧在发展中的"愈衍愈工"。

2. 论风格。这是直接继承《诗品》而来。值得注意的是,唐以后批评家在考察一个诗人与前代诗人风格之间的关系时,一是注意到他们受到的影响有多方面,往往不限于一家;二是注意到诗人在不同时期所接受的不同影响,而不是一成不变。如张戒《岁寒堂诗话》卷上指出:"欧阳公诗学退之,又学李太白。王介甫诗,山谷以为学三谢。苏子瞻学刘梦得,学白乐天、太白,晚而学渊明。鲁直自言学子美。"诗人在不同时期选择不同的效仿对象,并进而接受其影响,这里不仅有一个由生活变迁导致艺术情趣改变的问题,而且同时也是由于相似的境遇而引起的心理上的共鸣。如苏轼"晚而学渊明",写下大量的和陶诗,黄庭坚在《跋子瞻和陶诗》中说:

> 子瞻谪岭南,时宰欲杀之。饱吃惠州饭,细和渊明诗。彭泽千载人,子瞻百世士。出处虽不同,风味乃相似。(《豫章黄先生文集》卷七)

苏、陶二人虽有"出处"之异，但其诗"风味"相似的原因与其境遇颇有关系。这里，"推源溯流"与"知人论世"得到了某种程度的结合。

3. 论诗派。《诗品》中已有"诗派"的观念。何良俊《四友斋丛说》卷二十四指出：

> 诗家相沿，各有流派。盖潘、陆规模于子建，左思步骤于刘桢，而靖节质直，出于应璩之《百一》，盖显然明著者也。则锺参军《诗品》，亦自具眼。

后人沿袭并发展了锺嵘的观念，尤其是从他对曹植的评论"故孔氏之门如用诗，则公干升堂，思王入室，景阳、潘、陆自可坐于廊庑之间矣"数语中演化出"主客图"。韩菼《五大家文稿序》指出：

> 梁锺嵘品诗，谓"吟咏性情，多非补假，皆由直寻"。然必曰某诗之源出于某，唐之主客图亦其遗意。盖主者专家之谓，客则如归其家云尔。（《有怀堂文稿》卷五）

晚唐张为曾作《诗人主客图》，以作品风格为准，将中晚唐诗歌分为六个派别。以一人为主，其下有入室、升堂、及门之殊，并在每人名下录有诗句为证。胡应麟说张为《主客图》"与锺嵘谓源出某某者同一谬悠"（《诗薮》杂编卷二），虽对二者加以否定，但也暗示了两者之间的关系。实际上，这两者间的关系主要是在"诗派"上。陈振孙《直斋书录解题》卷二十二《唐诗主客图》解题云："近世诗派之说殆出于此。"而溯"诗派"之源，实当始于锺嵘《诗品》。正如纪昀指出："锺嵘《诗品》阴分三等，各溯根源，是为诗派之滥觞。"（《田侯松岩诗序》，《纪晓岚文集》卷九）至清人李怀民撰《重订中晚唐诗主客图》，以张籍为"清真雅正"，贾岛为"清奇僻苦"，其诗派之划分遥

承方回、杨慎,但着眼点亦循锺嵘之遗意。其《重订中晚唐诗主客图说》云:

> 喜得张为《主客图》,本锺氏"孔门用诗"之意而推广之,虽
> 所用不当,而取义良佳。谨依其制,尊水部、长江为主,而入室、
> 升堂、及门以次及焉,庶学者一脉相寻。

即为明证。

4.论变革。在古代文学史上,常常有以复古为革新的现象,对于某种文风、诗风的批判,往往是借助于恢复传统的旗帜。以诗歌而言,后人强调的"复古",就是要恢复《诗》《骚》"正体",汉魏"风骨"。其着眼点就是"别裁伪体",正本清源。钱谦益《徐元叹诗序》指出:"先河后海,穷源溯流,而后伪体始穷,别裁之能事始毕。"(《初学集》卷三十二)所以,以恢复传统的主张为旗帜,提倡变革文风,既是"推源溯流"的根本目的,也是"推源溯流"法的又一表现形态。例如,唐代扭转诗风、文风中宫体馀习的代表人物陈子昂,他在《与东方左史虬修竹篇序》中指出:

> 文章道弊五百年矣,汉魏风骨,晋宋莫传,然而文献有可征
> 者。仆尝暇时观齐、梁间诗,彩丽竞繁,而兴寄都绝,每以永叹。思
> 古人常恐逶迤颓靡,风雅不作,以耿耿也。(《陈伯玉文集》卷一)

面对齐、梁以来的颓靡文风,陈子昂"思古人""以永叹",从而提出要恢复到《诗经》"风雅"与"汉魏风骨"的源流上。也正因为如此,后人对陈子昂在唐代文学发展中的作用予以高度评价。如韩愈《荐士》云:"国朝盛文章,子昂始高蹈。"(钱仲联《韩昌黎诗系年集释》卷五)同样,唐代的古文运动也是以复古为革新的。苏轼《韩文公庙碑》

指出：

> 自东汉已来，道丧文弊，异端并起。……独韩文公起布衣，
> 谈笑而麾之，天下靡然从公，复归于正，盖三百年于此矣。文起
> 八代之衰，道济天下之溺。(《经进东坡文集事略》卷五十五)

从文学史的发展来看，既可以说强调复古，是为了改革文风，也可以
说对文风的改革("文起八代之衰")，恰恰是对传统的回归("复归于
正")。这是"推源溯流"法的又一表现形态。是否可以这样认为，为
改革文风而"推源溯流"，其着眼点最为广大，既不是个别作品的字
句，也不是某个诗人的风格，又不是一群作家的流派，而是整个时代
的文学思潮。

如上所述，从唐以后"推源溯流"法的运用来看，大致可以概括为
这四种类型。不难看出，它们都可以含括于钟嵘《诗品》的"推源溯
流"法中，是从《诗品》中引申而来。借用萧统的话说，后人不过是
"踵其事而增华，变其本而加厉"(《文选序》)而已。

第六节 "推源溯流"法的解剖

一、"推源溯流"法的构成

"推源溯流"法是中国古代文学批评的传统方法之一。郭绍虞
《中国文学批评史》在概述南朝文学批评时，将这种方法称为"历史
的批评"①。如前多述，这一方法的使用并不限于南朝，甚至也并不

---

① 郭绍虞《中国文学批评史》，页61，上海古籍出版社，1979年12月版。

限于文学。它着重将文学现象放在历史流变中加以考察,既观察一个时代、一个诗人对其以前时代文学的继承,又特别注重后代诗人对文学传统的创造性改变,进而形成其自己的风格。《文心雕龙·通变》曾这样指出:

> 夫设文之体有常,变文之数无方。何以明其然耶?凡诗赋书记,名理相因,此有常之体也;文辞气力,通变则久,此无方之数也。名理有常,体必资于故实;通变无方,数必酌于新声。故能骋无穷之路,饮不竭之源。

刘勰这段话颇为辩证地指出了创造与继承的关系。"推源溯流",也就是要从"资于故实"的"有常之体"中,析出其"酌于新声"的"无方之数",探其"源"而浚其"流"。在《文心雕龙》中,刘勰也用"推源溯流"法论述了一个时代的文学思潮,以及某一作家的创作风貌①。而在这一方法的运用上,以钟嵘《诗品》显得最为系统而典型。

《诗品》评论了自汉以来一百二十多家作品,并对其中三十六家一一推溯其体源。从钟嵘的具体运用来看,其完整的评语应由三部分构成,即渊源论——推溯诗人的渊源所自;文本论——考察诗人及其作品的特色;比较论——在纵横关系中确定某一诗人的地位。这三个部分就构成了"推源溯流"法。当然,批评家在具体运用时并不一定三者皆备,但就典型的"推源溯流"法而言,这三个部分是不可或缺的。以钟嵘对上品诗人的评论为例,就有许多典型的"推源溯流"

---

① 刘勰《文心雕龙·通变》通论历代文风演变时指出:"暨楚之骚文,矩式周人;汉之赋颂,影写楚世;魏之篇制,顾慕汉风;晋之辞章,瞻望魏采。"而以此方法评论具体作家,则如《才略篇》云:"延寿继志,瑰颖独标,其善图物写貌,岂枚乘之遗术欤?"又如《论说篇》云:"至如李康《运命》,同《论衡》而过之;陆机《辨亡》,效《过秦》而不及。"均为其例。

法的运用,略举如下:

例一,评曹植:

其源出于《国风》。——渊源论

骨气奇高,词采华茂,情兼雅怨,体被文质。粲溢今古,卓尔不群。——文本论

故孔氏之门如用诗,则公干升堂,思王入室,景阳、潘、陆,自可坐于廊庑之间矣。——比较论

例二,评刘桢:

其源出于《古诗》。——渊源论

仗气爱奇,动多振绝。贞骨凌霜,高风跨俗。但气过其文,雕润恨少。——文本论

然自陈思已下,桢称独步。——比较论

例三,评王粲:

其源出于李陵。——渊源论

发愀怆之词,文秀而质羸。——文本论

在曹、刘间别构一体,方陈思不足,比魏文有馀。——比较论

例四,评陆机:

其源出于陈思。——渊源论

才高辞赡,举体华美。……尚规矩,不贵绮错①,有伤直致之奇。——文本论

气少于公干,文劣于仲宣。……然其咀嚼英华,厌饫膏泽,文章之渊泉也。——比较论

例五,评张协:

其源出于王粲。——渊源论

文体华净,少病累,又巧构形似之言。——文本论

雄于潘岳,靡于太冲,风流调达,实旷代之高手。——比较论

例六,评左思:

其源出于公干。——渊源论

文典以怨,颇为精切,得讽喻之致。——文本论

虽野于陆机,而深于潘岳。——比较论

在"推源溯流"法的三个部分中,"渊源论"着重从纵的方面考察诗人在历史上所受到的传承;"文本论"着重于诗人在传承中的抉择与转换,从而形成的自己的特色;"比较论"则着重从横的方面比较同时代诗人的异同高低,并确立其文学地位。钟嵘根据诗人的创作风格而溯其流别,将三十六家作品推源于《诗经》和《楚辞》。如果说,诸家

---

① 车柱环《钟嵘诗品校证》认为,此句当作"贵绮错","不"字为浅人妄加。其说似可从,参见张伯伟《评车柱环教授〈钟嵘诗品校证〉——兼谈古代文论校勘中的几个问题》,《钟嵘诗品研究》页391—399。

作品是各有所"异",那么,根源于"风骚"就是其所"同","渊源论"是沿着"异中求同"的思维逻辑,将汉代以下的各家作品上溯于"风骚"(出于《小雅》者仅阮籍一家)。这便同时引发出两个问题,即同出于一脉的诗人,他们之间是否无差异? 又是否无高低? 所以,"比较论"又从"同中求异"的思维逻辑出发,比较了同一流派诗人间的异同高低。就异同而言,如评陆机"气少于公干",评张协"雄于潘岳",评左思"野于陆机";就高低而言,如评刘桢"自陈思已下,桢称独步",评王粲"方陈思不足,比魏文有馀",评陆机"文劣于仲宣",等等。渊源论和比较论既有助于区分同一流派诗人的同中之异,又有助于认识同一流派诗人的主次地位,从而在诗歌演变的纵横关系中确定其位置。这就是以"推源溯流"法论诗人。若以这一方法论流派,则"渊源论"将诸家作品上溯于《诗经》和《楚辞》,已经使两大诗派昭然在目,但两派的异同究竟怎样,只有通过对不同流派的代表诗人的比较才能看清。所以,比较论在注重同一流派诗人之异同高低的同时,也非常注重不同派别诗人之间的比较。《诗品》上品十二家评语中有八则是三个部分俱全的,其中有七则评语涉及到不同的两派诗人间的比较。将这七条评语联系起来看,人们所得到的就不只是个别诗人之间的异同,更是两个诗派的异同。总之,"推源溯流"法就是根据这些步骤,对诗人进行评论,从而把握其源流、异同并衡量其优劣。

二、"推源溯流"法举例

独特的风格是一个诗人在创作上成熟的标志。在文学理论中,"风格"的范畴牵涉到许多方面,其中有些问题至今仍悬而未决,这里暂不涉及。就"推源溯流"法而言,我所要强调的是艺术风格的以下两点特征:其一,风格是描写手段和表现手段的总和,是描写手段和表现手段的体系,它是作为一种显示艺术内容统一性的完整的形式而出现的。其二,作家的风格是"风格潮流"的个别表现。"风格潮流"既包含纵向的历史风格,又包含横向的时代风格。正如苏联文学理论家 A. 索科洛夫在《风格理论》中所指出的:"严格地说,艺术家的风格和思潮的风格不是两种不同的风格,而是'统一的'风格的不同形式、不同横剖面。个人的风格乃是共同风格之个人的变体。"①上节讨论"推源溯流"法的类型,曾区分为"字句、风格、诗派、变革"四类,但作为"推源溯流"法核心的,应该是"风格",它是统摄其他三类的。"字句"是风格在描写和表现方面的基本因素;"诗派"是由个人风格扩展到共同风格;"变革"则是要以一种更好的风格去反对或替代另一种不够好的风格,即"别裁伪体",正本清源。锺嵘《诗品》的"推源溯流",最终也是落实在"体"。"体"的含义,从广义上讲即指风格,从狭义上讲,则又可以指形成风格的诸种要素,即描写手段和表现手段。《诗品》中的"推源溯流",一是要在整体风格中把握个体风格,二是要从描写手段和表现手段上考察前后诗人在风格形成上的联系。

为了对"推源溯流"法有更真切的了解,这里以锺嵘对谢灵运的评语为例加以阐说。我们可以将这一则评语的结构解析如下:

其源出于陈思。杂有景阳之体,故尚巧似。——渊源论

(杂有景阳之体,故尚巧似,)而逸荡过之,颇以繁芜为累。——比较论

嵘谓若人兴多才高,寓目辄书,内无乏思,外无遗物,其繁富宜哉。然名章迥句,处处间起。丽典新声,络绎奔会。譬犹青松之拔灌木,白玉之映尘沙,未足贬其高洁也。——文本论

---

① 转引自苏联米·赫拉普钦科《作家的创作个性和文学的发展》,上海人民出版社编译室译,页 195,上海人民出版社,1977 年 8 月版。案:有关"风格"的诸家不同论述,此书第三章《风格问题》引述颇详,可参看。

今试就锺氏品评之言,从"推源溯流"法的角度详释其所涵蕴如次:

1. "渊源论"阐说。如上所述,在风格上的"推源溯流",其具体着眼点在表现形式上。谢灵运诗在表现形式(即描写手段和表达手段)上与前人的渊源,锺嵘指出其来自于曹植和张协。根据现有的文献分析①,谢灵运诗与曹植的渊源关系略有五端:

其一,蝉联章法。陈祚明《采菽堂古诗选》卷十七评谢灵运《酬从弟惠连》云:"其源出于陈思《赠白马王》一篇……章法承接,一丝不纷。"以蝉联章法入于一章之中,《诗经·国风》已屡见不鲜②,曹、谢诗此格,若推至极致,实从《诗》出。曹诗如:

> ……吾行将远游。远游欲何之。……(《杂诗》其五)
> ……弹冠俟知己,知己谁不然……(《赠徐干》)

另如《责躬诗》《弃妇诗》《怨歌行》《鰕䱇篇》等作,均有此格。谢诗如:

> ……山水含清晖。清晖能娱人……(《石壁精舍还湖中作》)

---

① 《曹植集》,《隋书·经籍志》四著录为三十卷,《四库全书》著录为十卷,乃据宋嘉定翻刻本,可知曹集在宋代已有散佚。《谢灵运集》,《隋书·经籍志》著录为十九卷,宋代已佚。至明人张溥辑《汉魏六朝百三家集》,《谢康乐集》仅两卷。锺嵘据以立论的材料远比今天丰富,这里只是就现有的资料作一大致推论。

② 《国风》中的蝉联法既有以次章首句接上章之尾者,亦有将此法入于一章之中者。兹举数例:"凯风自南,吹彼棘心。棘心夭夭,母氏劬劳。"(《邶风·凯风》)又如:"心之忧矣,其谁知之。其谁知之,盖亦勿思。"(《魏风·园有桃》)梁章钜《退庵随笔》卷二十谓将此法入于一章者始于蔡邕《饮马长城窟》(案:是篇《文选》卷二七、《乐府诗集》卷三八均作"古辞"。李善曰:"言古诗,不知作者姓名。"《玉台新咏》卷一题作蔡邕),似不确。

……由来事不同。不同非一事,养疴亦园中。园中(一作
"中园")屏氛杂……(《田南树园激流植援》)

另如《会吟行》《述祖德》《七里濑》《过始宁墅》等诗,亦有此格。锺
嵘以谢灵运出于曹植,曹植出于《国风》,此其一证。

其二,交错句与隔句对。交错句与隔句对均指一、三对举,二、四
呼应,区别仅在于是否对偶①。曹诗中的交错句如:

……有子月经天,无子若流星。天月相终始,流星没无
精。……(《弃妇诗》)

谢诗如:

……倏铄夕星流,昱奕朝露团。粲粲乌有停,泫泫岂暂
安。……(《长歌行》)
……山行穷登顿,水涉尽洄沿。岩峭岭稠叠,洲萦渚连
绵。……(《过始宁墅》)

曹诗隔句对如:

……昔我初迁,朱华未希;今我旋止,素雪云飞。……(《朔
风诗》)
……鰕䱇游潢潦,不知江海流;燕雀戏藩柴,安识鸿鹄
游。……(《鰕䱇篇》)

_____

① 上官仪《笔札华梁·属对》指出:"隔句对者,第一句与第三句对,第二句与第
四句对。如此之类,名为隔句对。"《全唐五代诗格校考》,页35。

谢诗如：

> ……朝搴苑中兰，畏彼霜下歇；暝还云际宿，弄此石上月。……（《石门岩上宿》）

宋长白《柳亭诗话》卷十指出："隔句对始于曹子建《鰕䱇篇》，即《小雅》'昔我往矣，杨柳依依'之章法也。"谢诗此类句法当受曹诗影响。

其三，工于炼字。范晞文《对床夜语》卷一指出：

> 子建诗"朱华冒绿池"，古人虽不于字面上著工，然"冒"字殆妙。陆士衡云："飞阁缨虹带，层台冒云冠。"……谢灵运云"蘋藻①泛沉深，菰蒲冒清浅"，皆祖子建。

再如曹植《赠丁仪》中的"凝霜依玉除"，与谢灵运《燕歌行》中的"悲风入闺霜依庭"句，"依"字甚工。这是就谢诗直用曹诗的"字眼"而言。至于谢诗中的炼字，其例更多。如《登上戍石鼓山》中"白芷竞新苕，绿蘋齐初叶"，《白石岩下径行田》中"千顷带远堤，万里泻长汀"，《于南山往北山经湖中瞻眺》中"海鸥戏春岸，天鸡弄和风"等，精工往往更甚于曹植。

其四，善于发端。胡应麟《诗薮》外编卷二指出：

> 千古发端之妙，无出少卿三起语。……次则子建"高台多悲风""明月照高楼"，咳唾天仙，复绝凡俗。康乐"百川赴巨海，众星环北辰"，虽稍远本色，然是后来壮语之祖，不妨并拈出也。

---

① 案：《文选》卷二十二作"蘋萍"，与下句"菰蒲"皆为叠韵，"藻"字或误。

这说明曹、谢诗均善于发端。黄节也指出：

> 康乐之起调，亦有极与子建相类似者。如子建云："步登北芒坂，遥望洛阳山。"（《送应氏》）康乐则云："步出西城门，遥望城西岑。"（《晚出西射堂》）而《拟魏太子》"百川赴巨海，众星环北辰"二语，其气势之雄阔，尤为得之于子建。①

古今虽殊，见解略同。

其五，境界相类。胡应麟《诗薮》内编卷二指出："'明月照高楼，流光正徘徊'，谢灵运'清晖能娱人，游子澹忘归'祖之。"这是就两诗境界相类而言的。再如曹植《公宴诗》中"秋兰被长坂，朱华冒绿池"一联，谢诗《游南亭》中"泽兰渐被径，芙蓉始发池"正相仿佛。又如谢诗《登池上楼》中"潜虬媚幽姿，飞鸿响远音。薄霄愧云浮，栖川怍渊沉"之句，方东树《昭昧詹言》卷五评曰："谢诗多取陶意，如此起二语，即'望云惭高鸟，临水愧游鱼'也。"实际上，谢诗三、四句意与渊明这两句诗较为接近，至于造境设景，则略同于曹植，其《情诗》云："游鱼潜绿水，翔鸟薄天飞。眇眇客行士，遥役不得归。"李善注曰："言不如鱼鸟也。"（《文选》卷二十九）谢诗当有取于此。

次就谢灵运与张协诗的关系而言，其渊源主要体现在"尚巧似"这一方面。锺嵘评张协"巧构形似之言"，评谢诗"尚巧似"，此即二者之同。细加分析，可得两点：

其一，形似语。《诗品序》把"景阳苦雨"列为"五言之警策"之一，观其《杂诗》，最长于写雨。如"飞雨洒朝兰，轻露栖丛菊"（其二），"腾云似涌烟，密雨如散丝"（其三），"翳翳结繁云，森森散雨足"

---

① 萧涤非《读诗三札记》，《乐府诗词论薮》，页 363，齐鲁书社，1985 年 5 月版。此萧氏根据黄氏授课记录。

（其四）。而第十首"苦雨"之章竟通篇写雨。较之建安诗人，其写景状物，更为细致。如曹植《喜雨》诗云："时雨中夜降，长雷周我廷。"阮瑀《苦雨》诗云："登台望江沔，阳侯沛洋洋。"乃至张载《霖雨》诗，也不过写其"霖雨馀旬朔，蒙昧日夜坠"。虽同是写雨，均属泛泛之笔，而非形似之言①。《文心雕龙·明诗》云："情必极貌以写物，辞必穷力而追新，此近世之所竞也。"刘勰所谓的"近世"，即指宋、齐时代。谢灵运为山水诗大家，其诗中写景之句，均为实相，而非虚设。黄节评其《过瞿溪山饭僧》"清霄飏浮烟，空林响法鼓"句云："山景甚多而独写浮烟者，盖目前真景，非假景也。"又评《石壁精舍还湖中作》"披拂趋南径，愉悦偃东扉"句云："'南''东'非随意装点，乃当时实地。"②而张协即其先导，所以黄子云《野鸿诗的》就说张协"写景渐启康乐"。

其二，以偶句写景。上面所引张协《杂诗》，其写景状物皆以对偶出之。而"苦雨"之章，几乎纯是对偶。现再举《杂诗》数例：

> 金风扇素节，丹霞启阴期。腾云似涌烟，密雨如散丝。寒花发黄采，秋草含绿滋。（其三）
> 云根临八极，雨足洒四溟。霖沥过二旬，散漫亚九龄。（其十）

谢灵运也善于以偶句写景，如《游赤石进帆海》的"扬帆采石华，挂席拾海月。溟涨无端倪，虚舟有超越"；《从斤竹涧越岭溪行》的"岩下云方合，花上露犹泫。逶迤傍隈隩，迢递陟陉岘。过涧既厉急，登栈

---

① 《艺文类聚》卷二"天部"下"雨"类辑录曹植以下写雨诸作多篇，以张协入选之作最多。略作比较，则其"巧构形似之言"的特色极为明显。
② 此黄节课堂讲授语，据游国恩在北京大学听课时所作笔记。游氏以此本赠先师程千帆先生，先师复以此本赐笔者。

亦陵缅。……蘋萍泛沉深,菰蒲冒清浅。企石挹飞泉,攀林摘叶卷"。而《登池上楼》诗,几乎通篇皆对。《文心雕龙·丽辞》云"造化赋形,支体必双",故化而为文,"辞动有配"。以对偶句状写自然山水,实有其必然性。

2."比较论"阐说。"尚巧似"是就同于张协的诗而言,谢灵运还有与其不同者,锺嵘便运用比较论指出:"逸荡过之,颇以繁芜为累。""逸荡"字出《列子·杨朱篇》"此天民之逸荡者也",与"佚荡""佚宕""佚惕""佚媂"等词可通用。钱大昕《十驾斋养新录》卷十九"佚荡"条云:

> (《汉书》)《扬雄传》:"为人简易佚荡。"张晏曰:"佚音铁,荡音谠。"晋灼曰:"佚荡,缓也。"宋祁校本云:"萧该《音义》:'荡',亦作'傷'。韦'佚'为'替','傷''荡'为'党'。晋《音》'铁党'。"《司马迁传》:"偶儻非常之人。"与晋《音》亦相近。《说文》:"跌,踢也。"亦佚荡之异文。

梁简文帝《玄虚公子赋》有"追寂圃而逍遥,任文林而佚宕"之句,"逍遥"与"佚宕"互文。《方言》六:"佚惕,缓也。"《广雅·释诂》:"佚媂,缓也。""逸荡"既有舒缓之义,故亦可引申为疏放而与峻整、绵密相对。"逸荡"而无节制,则必然会导致"繁芜"。张协诗"文体华净",故"少病累";谢诗"逸荡",故"颇以繁芜为累"。

3."文本论"阐说。这段文字较长,大致可析为三层。其一,自"若人"至"宜哉"是对谢诗特色形成之基础的推断,即推断其"繁富"的原因。"繁富"作为一个文学批评的概念,始于建安①。《诗品》中

---

① 曹丕《与吴质书》云:"孔璋(陈琳)章表殊健,微为繁富。"其始虽稍含贬义,但后人沿用,则未必如此。《诗品》所用二例,均为褒义。

两处用到这一概念，另处见于卷下"长虞父子，繁富可嘉"。古直《诗品笺》云："《晋书》曰：傅玄文集百馀卷，行于世。《隋志》：傅咸集十七卷，梁三十卷。可谓繁富矣。"此以著述之多释"繁富"。古氏的解释对傅玄父子而论或是，但谢诗之"繁富"则与其"兴多才高，寓目辄书，内无乏思，外无遗物"大有关系。《诗品》以谢出于曹植，《三国志·陈思王植传》云："陈思文才富艳。"《诗品序》云："元嘉中，有谢灵运，才高词盛，富艳难踪。"《南齐书·文学传论》说出于傅咸者"博物可嘉"，与《诗品》评傅氏"繁富可嘉"颇类。所以，"繁富""富艳""博物"在这里是三名一义。"繁富"一词，除可形容著述、词采，亦可修饰才思。《世说新语·文学》刘孝标注引《语林》："渊源（殷浩）思致渊富。"王筠《昭明太子哀册文》："学穷优洽，辞归繁富。"体例及评语多仿《诗品》之例的《中兴间气集》①，其卷上评韩翃诗亦有"兴致繁富"语。《诗品》评曹植"词采华茂"，此即评谢灵运"词盛""外无遗物"之义；鱼豢《魏略》云"植之华采，思若有神"（《三国志·任城陈萧王传》裴松之注引），此即锺嵘评谢的"才高""内无乏思"之义。所以，谢诗之繁富是结合了才思和文采二者而言的。惟其"内无乏思"，所以笔下能够"大必笼天海，细不遗草树"（白居易《读谢灵运诗》，《白居易集》卷七）。

其二，自"名章"至"奔会"，这是文本论的核心，也是对谢诗"繁富"的进一步说明。汪师韩《诗学纂闻》曾痛诋谢诗"累句"，然而也不得不肯定其"'池塘、园柳'之篇，'白云、绿篠'之作，'乱流、孤屿'

---

① 《四库全书总目》卷一八六《中兴间气集》提要谓该书"如《河岳英灵集》例"，又《河岳英灵集》提要谓其"仿锺嵘《诗品》之体"。案此说甚是。《中兴间气集》与《诗品》评论用语颇多类似，略举二例如下：《中兴间气集》卷上评皇甫冉"长辔未骋，芳兰早凋"，《诗品》卷中评谢惠连"恨其玉兰凤凋，故长辔未骋"。《中兴间气集》卷下评崔峒"斯亦披沙拣金，往往见宝"，《诗品》卷上引谢混语云"陆（机）文如披沙简金，往往见宝"。

之句,‘云合、露泫’之词"。此即所谓的"名章迥句"。"丽典新声"则就谢诗的声、色而言。从梁代文坛一般人的观点看来,"典"往往会导致"野","丽"则易流于"淫"①。如萧统《答湘东王求文集及〈诗苑英华〉书》云:"夫文典则累野,丽亦伤浮。能丽而不浮,典而不野,文质彬彬,有君子之致。"(《全梁文》卷二十)裴子野《雕虫论》亦云:"学者以博依为急务,谓章句为专鲁,淫文破典,斐尔为功。"(《全梁文》卷五十三)刘孝绰《昭明太子集序》云:"能使典而不野,远而不放,丽而不淫,约而不俭。独擅众美,斯文在斯。"(《全梁文》卷六十)锺嵘评左思"文典",故"野于陆机"。所以,"丽典"是艺术上较完美的境界②。谢诗好用"三玄"(《周易》《老子》《庄子》)之理,然而正因为他"兴会标举"(《宋书·谢灵运传论》语)、"富艳难踪",故往往能以清词丽句包蕴名理玄言,而无"理过其辞,淡乎寡味"之失。如其"逝将候秋水,息景偃旧崖"(《游南亭》)及"溟涨无端倪,虚舟有超越"(《游赤石进帆海》)皆化用《庄子》;"潜虬媚幽姿,飞鸿响远音"(《登池上楼》)及"幽人常坦步,高尚邈难匹"(《登永嘉绿嶂山》)皆化用《周易》等等,均堪称"丽典"。至于"新声",则不仅表现在谢诗的音韵铿锵,而且也反映在其诗的描摹音响。如《游岭门山》的"威摧三山峭,濑沷两江驶";《登石门最高顶》的"活活夕流驶,噭噭夜猿啼",等等。锺嵘从以上两方面对谢诗的"繁富"作进一步说明,便使人们对谢诗的特色有更切实的把握。

其三,自"譬犹"至"高洁也",是对谢诗的评鉴,是文本论的尾声。"青松之拔灌木"比其高,"白玉之映尘沙"状其洁。这无疑是

---

① 此一观念,实奠基于孔门。《论语·雍也》:"子曰:质胜文则野,文胜质则史。文质彬彬,然后君子。"梁代乃广泛地将这一观念导入文学批评。

② "丽典"或"典丽"是艺术上较完美的境界,亦为锺嵘所追求。《梁书》及《南史》本传上均记载锺嵘撰《瑞室颂》"辞甚典丽"。

说,即使谢诗有如"灌木""尘沙"的"繁芜"之"累",但是他那如同"青松""白玉"的"名章迥句""丽典新声"也仍然是有其"高洁"之品的。

总之,"推源溯流"法通过"渊源论""比较论"和"文本论"三个步骤,将诗人放在特定的时空背景下予以考察,就便于人们把握其独特面貌和历史地位。上以钟嵘对谢灵运的评语为例,阐述"推源溯流"法的具体运用,着重在表现形式上考察前后诗人的异同。若从一个更广阔的范围来看,则曹植、谢灵运均为《国风》一系,他们各自的风格也分别是《国风》一系"统一的"风格的不同表现。而谢灵运与曹植的差异,更来自于他对另一系"风格潮流"的学习和吸收①。"推源溯流"法的运用,使人们看到文学的演变是立体的,而非平面的;是流动的,而非静止的。这一方法的意义是不可低估的。

第七节　"推源溯流"法的评价

对"推源溯流"法的评价,从来就存在着两种截然相反的意见,或肯定,或否定。每种意见中又可析为两类,一是就某家而言,一是就整体而言。兹略举如下:

肯定者如钱谦益《与遵王书》:"古人论诗,研究体源。钟记室谓李陵出于《楚辞》,陈王出于《国风》,刘桢出于《古诗》,王粲出于李陵,莫不应若宫商,辨如苍素。"(《有学集》卷三十九)此就某家而言。又如孙德谦《六朝丽指》云:"吾最爱读钟氏《诗品》,以其于每一家诗能究其渊源所自。"此就整体而言。

否定者如王士禛《渔洋诗话》卷下评钟嵘《诗品》"以陶潜出于应

---

① 按照《诗品》的说法,张协诗出于王粲,王粲出于李陵,李陵出于《楚辞》。

璩，郭璞出于潘岳，鲍照出于二张，尤陋矣，又不足深辩也"。此就某家而言。又如宋大樽《茗香诗论》云："同林异条，异苔同岑。君子以同而异，且迫而视之，有湍际不可得见，指挥不可胜原者。必曰某源出于某，此《诗品》之皮相也。"此就整体而言。

但无论其意见为是为非，前人之纷纷议论，似皆局限于钟嵘《诗品》，未能将"推源溯流"作为传统的批评方法之一加以评价，这种狭隘的视野必然影响到其结论的价值。今天评价"推源溯流"法，当力去此弊。

一、从"师古"与"师心"之争看"推源溯流"法

中国古代文学史上有一个悠久的摹拟传统，这不仅体现在创作实践上，同时也是文学理论上争辩的焦点之一。关于文学史上的摹拟之风，本章第三节已有所讨论，在这一节中，我们将着重讨论中国文学批评史上有关摹拟问题的争辩，并藉以看清"推源溯流"法的辩证性。

文学创作离不开摹拟，首先是由于文学创作有其基本法则，只有通过摹拟掌握了这些法则，才有可能进入创作之门，并最终升堂入室。但从另一角度上立论，文学创作如果仅仅囿于前人的陈规，挣脱不了"成法"的束缚，也就不可能形成自己的独特风貌，从而最终自成一格。从这一对矛盾中发展出来的，就是文学批评史上"师古"与"师心"之争。

"师古"与"师心"的问题，就其产生来看，并不是作为一对范畴同时出现的。摹拟作为一种较为普遍的文学风气，开始于汉代，"师古"的问题也是在汉代提出。桓谭《新论》载扬雄的话："能读千赋，则善为之矣。"（《艺文类聚》卷五十六引）《西京杂记》卷二也有类似的记载："或问扬雄为赋，雄曰：'读千首赋，乃能为之。'"扬雄讲的"读千首赋"，实际所指就是广泛地学习、揣摩前人作品，并从中把握

创作的程式和技巧。在《文心雕龙·通变》中，就将这种手段概括为"参古定法"。此即所谓"师古"。

据现有文献的考察，"师心"的提法开始于南齐永明年间的张融。其《门律自序》云：

> 吾文章之体，多为世人所惊。汝可师耳以心，不可使耳为心师也。夫文岂有常体，但以有体为常，政当使常有其体。（《南齐书·张融传》）

张融强调"师耳以心"，也就是以心为主，"心"为"耳"师，可引申为"师心"。"耳"指的是耳目之见，是外在的；"心"指的是心灵主体，是内在的。反言之，以"耳为心师"，就是以外在的湮灭内在的，就创作而言，就是以摹拟取代创新，其结果必然是"因循寄人篱下"（《南齐书·张融传》）；而"师耳以心"则是以内在的支配外在的，即以创造主体对过去既定的"体"和"辞"予以去取损益。这一论题的提出当然有其时代和个人的双重背景。自刘宋以来，文坛上渐渐兴起一股趋新求变的思潮。《文心雕龙·明诗》指出：

> 俪采百字之偶，争价一字之奇。情必极貌以写物，辞必穷力而追新。此近世之所竞也。

萧子显《南齐书·文学传论》也指出：

> 习玩为理，事久则渎，在乎文章，弥患凡旧。若无新变，不能代雄。

这种风气至萧齐时代而愈盛。沈约称道谢朓五言诗为"二百年来无此诗也"(《南齐书·谢朓传》),未尝不含有对其诗新变的赞叹。陆厥也是"五言诗体甚新变"(《南齐书·陆厥传》)。这种"新变",决非单纯依赖"师古"而能够获得,张融也正是以其"无师无友,不文不句",才使得其文章"属辞多出,比事不羁,不阡不陌,非途非路",以致"变而屡奇"(《南齐书·张融传》)。这不仅表现在他的文学创作上,在书法上也有同样特点。《南史·张融传》载:

> 融善草书,常自美其能。帝曰:"卿书殊有骨力,但恨无二王法。"答曰:"非恨臣无二王法,亦恨二王无臣法。"

这种在书法上极意创新的精神与他在文学创作上"求新""屡变"的作风是一致的。在绘画方面,谢赫《古画品录》第三品评张则云:"意思横逸,动笔新奇。师心独见,鄙于综采。变巧不竭,若环之无端。"由此可见,"师心"的提出虽然不是直接针对"师古"而言,但实际上已经蕴含了这种意味。

上文举到的"师心"多为褒义,但它也有贬义的用例。颜之推《颜氏家训·文章》就告诫子孙,写文章"慎勿师心自任,取笑旁人也"。

同是"师古",其中也蕴含着如何"师古"的问题。唐代刘知几《史通》专列《模拟篇》,指出"模拟之体,厥途有二:一曰貌同而心异,二曰貌异而心同"。前者是拟其形迹,后者是遗貌取神。所以说:"貌异而心同者,模拟之上也;貌同而心异者,模拟之下也。"浦起龙《史通通释》解释道:"教人学古神似,毋貌似,以为归宿。"后来韩愈在《答刘正夫书》中说:

> 或问:为文宜何师?必谨对曰:宜师古圣贤人。曰:古圣贤人所为书具存,辞皆不同,宜何师?必谨对曰:师其意,不师其

辞。又问曰:文宜易宜难? 必谨对曰:无难易,惟其是耳。如是而已。(《韩昌黎文集校注》卷三)

唐人的这些议论,对于后代颇有启示意义。

中国古代文学就诗歌而言,发展到北宋,可谓登峰造极。正如叶燮《原诗·内篇下》指出:

> 譬诸地之生木然,《三百篇》则其根,苏、李诗则其萌芽由蘖,建安诗则生长至于拱把,六朝诗则有枝叶,唐诗则枝叶垂荫,宋诗则能开花,而木之能事方毕。自宋以后之诗,不过花开而谢,花谢而复开。

在写作的体制、规则均已成熟,而反映的对象又没有多少改变的情况下,后人如何超越前人,就成为创作实践上的一大困惑。苏轼指出:

> 诗至于杜子美,文至于韩退之,书至于颜鲁公,画至于吴道子,而古今之变,天下之能事毕矣。(《书吴道子画后》,《经进东坡文集事略》卷六十)

这些成为典范性的艺术家和艺术品,在宋代就被赋予了"法"的权威和地位。宋代的文学批评,实以"法"为中心。杜甫诗有"美名人不及,佳句法如何"(《寄高三十五书记》),这里,"句法"还不是一个词,但已经将"佳句"赋予了"法"的意味,所以到宋代,"句法"成为诗论的中心。而作为典范诗人,就有其代表性的典范句法。反映在理论上,就往往形成"师古"与"师心"之争。北宋以后,这种争论较为集中、激烈的是在金代和明代。

金代文坛上的"师古"与"师心"之争，以赵秉文和李纯甫为双方的代表。刘祁《归潜志》卷八有这样的记载：

> 李屏山（纯甫）教后学为文，欲自成一家。每曰："当别转一路，勿随人脚跟。"故多喜奇怪，然其文亦不出庄、左、柳、苏，诗不出卢仝、李贺，晚甚爱杨万里诗，曰："活泼刺底，人难及也。"赵闲闲（秉文）教后进为诗文，则曰："文章不可执一体，有时奇古，有时平澹，何拘？"李尝与余论赵文曰："才甚高，气象甚雄，然不免有失支堕节处。盖学东坡而不成者。"赵亦语余曰："之纯（李纯甫）文字止一体，诗只一句去也。"又赵诗多犯古人语，一篇或有数句，此亦文章病。屏山尝序其《闲闲集》云："公诗往往有李太白、白乐天语，某辄能识之。"又云："公谓男子不食人唾后，当与之纯、天英（李经）作真文字。"亦阴讥云。

这段记载很生动地说明了赵、李二人的分歧。赵重摹仿，李重独创；赵强调"师古"，其《与李天英书》中有云："不愿足下受之天而不受之人。"（《滏水文集》卷十九）"受之人"即指"受之古人"，也就是"师古"。李强调"师心"，其《为蝉解嘲》诗所谓"字字皆以心为师"（《中州集》卷四）。这种对古人究竟是"学"还是"不学"的争论，发展到王若虚，就变成对"怎样学"的探讨了①。这一过程，与明代文坛上争论的情形亦颇相似。

明人较多地认识到文学创作皆有其一定不变之"法"。以文而言，明代文坛上有着尊"秦汉"和尊"唐宋"之别。《明史·李攀龙传》上记载他强调"文自西京，诗自天宝而下，俱无足观"，又强调"文必秦汉，诗必盛唐"。唐顺之等人主张文尊唐宋，以为这样便于后人之

---

① 参见张伯伟《金代诗风与王若虚诗论》，《中国诗学研究》，页274—289。

取法。其《董中峰侍郎文集序》云：

> 汉以前之文，未尝无法，而未尝有法。法寓于无法之中，故其为法也密而不可窥。唐与近代之文，不能无法，而能毫厘不失乎法。以有法为法，故其为法也严而不可犯。密则疑于无所谓法，严则疑于有法而可窥，然而文之必有法，出乎自然而不可易者，则不容异也。且夫不能有法，而何以议于无法？有人焉，见夫汉以前之文，疑于无法而以为果无法也，于是率然而出之，决裂以为体，饾饤以为词，尽去自古以来开阖首尾经纬错综之法，而别为一种臃肿佶涩浮荡之文。……呜呼！今之言秦与汉者纷纷是矣，知其果秦乎、汉乎否也？（《荆川先生文集》卷十）

以"文必秦汉"，本来是一种"师古"的主张，但当时有些人实际上并不知何为秦、何为汉，只是捃拾某名公之话头，所以，这种"师古"的主张所导致的却往往是"师心"的结果。至李维桢便将"师古"与"师心"之争作一概括。其《张观察集序》云：

> 自有文字以来，成法具在，而师心者失之，若驱市人而使战，若舍规矩准绳而为轮舆。师古者泥之，与无法同，若阔眉加半额白，叠光明锦为负版袴。（《大泌山房集》卷十）

又《太函集序》云：

> 文章之道有才有法。无法何文？无才何法？法者前人作之，后人述焉，犹射之彀率，工之规矩准绳也。知巧则存乎才矣。拙工拙射，按法而无救于拙，非法之过，才不足也。……才者作于法之前，法必可述；述于法之后，法若始作；游于法之中，法不

病我;轶于法之外,我不病法。拟议以成其变化,若有法,若无法,而后无遗憾。(同上,卷十一)

李维桢以后,公安派、竟陵派又强调"师心",而至清初叶燮作一总结,他对这一问题的处理正是从文学发展的源流关系上加以把握的。其《原诗·内篇上》指出:

> 诗有源必有流,有本必达末。又有因流而溯源,循末以返本。其学无穷,其理日出,乃知诗之为道,未有一日不相续相禅而或息者也。但就一时而论,有盛必有衰;综千古而论,则盛而必至于衰,又必自衰而复盛。非在前者之必居于盛,后者之必居于衰也。……由称诗之人,才短力弱,识又暧焉而不知所衷。既不能知诗之源流、本末、正变、盛衰互为循环,并不能辨古今作者之心思、才力、深浅、高下、长短,孰为沿为革,孰为创为因,孰为流弊而衰,孰为救衰而盛,一一剖析而缕分之,兼综而条贯之。徒自诩矜张,为郛廓隔膜之谈,以欺人而自欺也。

叶燮所批评的两种倾向,一是前后七子的一味"师古",一是公安、竟陵的一味"师心"。在他看来,这些主张都是因为昧于诗歌发展的源流本末,昧于古今作者的沿革因创所提出的泥于一端的偏见。"师古"与"师心"问题的提出,核心问题是要解决如何在创作上超越前人。但这一问题的前提是,后人究竟能否超越前人。叶燮从这一最基本的问题入手分析,就文学发展的源流正变的关系提出了一个辩证的观点。他指出:

> 夫惟前者启之,而后者承之而益之;前者创之,而后者因之而广大之。使前者未有是言,则后者亦能如前者之初有是言;前

者已有是言,则后者乃能因前者之言而另为他言。总之,后人无前人,何以有其端绪? 前人无后人,何以竟其引伸乎?(《原诗·内篇下》)

强调"师古",是"执其源而遗其流";强调"师心",则又是"得其流而弃其源"。叶燮认为把握这一问题的关键,乃在洞悉文学发展的源流。"吾愿学诗者,必从先型以察其源流,识其升降。"(同上)创作离不开摹拟,是因为其中蕴含了基本法则,叶燮认为,"法"有"死法",有"活法"。一成不变者是"死法",匠心求变者是"活法"。"死法则执途之人能言之,若曰活法,法既活而不可执矣,又焉得泥于法?"(《原诗·内篇上》)既然后代文学能够超越前代,那么,如何才能超越呢? 叶燮拈出了四个字,即"才、识、胆、力",其中尤以"识"为首要。他指出:

> 大约才、识、胆、力,四者交相为济。苟一有所歉,则不可登作者之坛。四者无缓急,而要在先之以识。使无识,则三者俱无所托。无识而有胆,则为妄,为卤莽,为无知,其言背理叛道,蔑如也。无识而有才,虽议论纵横,思致挥霍,而是非淆乱,黑白颠倒,才反为累矣。无识而有力,则坚僻妄诞之辞,足以误人而惑世,为害甚烈。……惟有识,则能知所从,知所奋,知所决,而后才与胆、力,皆确然有以自信,举世非之,举世誉之,而不为其所摇,安有随人之是非以为是非者哉? 其胸中之愉快自足,宁独在诗文一道已也?(《原诗·内篇下》)

所谓"识",即见解,在林林总总的文学派别、形形色色的文学主张面前,如何取舍,如何损益,都取决于"识"。有了正确的"识",才、胆、力才能真正发挥作用,也就能使文学得到健康发展。叶燮的这些话,是从创作实际出发,在理论上所作的概括,而"推源溯流"法则是从具体的批评实践中体现出"源流正变"的辩证思想,两者在精神上是相通的。

不过,叶燮对于"识"的培养却语焉未详,从他的论述中,似乎"识"与"学"并无多少关系①。事实上,有价值的"识"的获得,只能来自立足于现实(无论是文学现实还是社会现实)基础上的学思并进。"不薄今人爱古人","别裁伪体亲风雅"(杜甫《戏为六绝句》),这是杜甫的"识",也就是他对于以往文学传统的选择与认同。"识"的获得,与他的"转益多师是汝师"(同上)密切相关,也就是与他的"学"密切相关②。杜甫从旧传统中酿出自己的新精神,又将此新精神汇入传统之中,影响了以后的无数诗人。

从以上对"师古"与"师心"之争的简单描述中,我们可以大致归纳出两点结论:

其一,从创作上讲,一味"师古"只能增添作品的数量,而无法提高作品的质量,但一味"师心"却又是一种虚幻的追求。张融虽然"文体屡变",但正如他自己所说:"吾之文章,体亦何异?何尝颠温凉而错寒暑,综哀乐而横歌哭哉?"(《门律自序》)他仍然坚持文章"以有体为常,政当使常有其体"(同上)。这个"体",其含义也包括作文的法则,以及反映客观事物和主观感受所应遵循的人类社会生

① 如《原诗·内篇下》云:"夫胸中无识之人,即终日勤于学,而亦无益。俗谚谓为'两脚书橱',记诵日多,多益为累。"

② 郭知达《九家集注杜诗》卷二十二引赵次公云:"'汝师'者,自谓之辞。"元稹《唐检校工部员外郎杜君墓系铭》评价杜甫:"上薄《风》《骚》,下该沈、宋,古傍苏、李,气夺曹、刘,掩颜、谢之孤高,杂徐、庾之流丽。尽得古今之体势,而兼人人之所独专矣。"(《元氏长庆集》卷五十六)《东皋杂录》亦载:"有问荆公:'老杜诗何故妙绝古今?'公曰:'老杜固尝言之:读书破万卷,下笔如有神。'"(《苕溪渔隐丛话》后集卷五引)均可参。

活的法则。再看李纯甫，他强调"字字皆以心为师"，但"其文亦不出庄、左、柳、苏，诗不出卢仝、李贺"（《归潜志》卷八），依然是自有其所本，只不过偏于奇险怪异一路而已。这种情况，也正如李维桢《玄览集序》中所指出的："好奇之士（案：此即指'师心'之人），欲尽去文章旧法，谓自我作祖，然终不能出古人范轨，只以形其孤陋寂槁耳。"（《大泌山房集》卷十二）

其二，在"师古"与"师心"之争发生后，必有一种总结性的意见出现，从而形成折衷、辩证的思想，如金代的王若虚、明代的李维桢等人的观点。中国传统学术，自孔子奠定了寓开来于继往的发展模式之后，影响甚大，所以在文学思想中，由摹拟而创新（即"拟议以成其变化"）的途径，便为多数批评家所认同，并为多数文学家所实践。因而，一味摹拟或一味求新，在中国文学思想的发展中，可以出现于一时，却不能形成一种传统。"师古"与"师心"，或是出于对文学发展的一种设想（如金代），或是出于对某种创作风气的针砭（如明代），其根本目的仍然是要达到"以故为新，以俗为雅"[1]。即使李梦阳力倡"拟古"，他仍然反复强调诗的根本在于"性情"[2]。"推源溯流"法在中国古代文学批评中如此广泛地为人乐于使用，与这一点是分不开的。

实际上，无论是从文学发展的历史还是从文学创作的现实看，也

---

[1] 此语原出梅尧臣，见欧阳修《六一诗话》引。黄庭坚以之为江西诗派的理论主张之一，而赵秉文《与李天英书》及李纯甫《西岩集序》等文俱用之，可见其接受范围之广。

[2] 李梦阳《梅月先生诗序》云："情者动乎遇者也。……遇者物也，动者情也。……故天下无不根之萌，君子无不根之情，忧乐潜之中而后感触应之外，故遇者因乎情，诗者形乎遇。"（《空同先生集》卷五十一）又《鸣春集序》云："夫天地不能逆寒暑以成岁，万物不能逃消息以就情。故圣以时动，物以情征。窍遇则声，情遇则吟。吟以和宣，宣以乱畅，畅而永之而诗生焉。故诗者，吟之章而情之自鸣者也。"（同上）均为其例。

无论是在中国还是在外国,任何文学作品的产生都无法完全摆脱某种文学传统的影响,无论这种影响在作者是自觉的还是不自觉的。"推源溯流"法之具有恒久的生命力,关键一点就在于它符合于文学作品的创作实际。任何一部作品,任何一个作家,即使我们称之为最富有独创性的作家,也难以摆脱特定的文学传统的影响。俄罗斯诗人 В. Я. 勃留索夫在其《杂拌儿——关于艺术、文学、评论,以及关于我自己的意见和想法》中指出:

> 谁也没有力量(至少到目前为止还没有力量)摆脱过去的影响,自己前辈的影响。不能否认普希金是一个有高度独创性的作家,然而普希金有许多诗,几乎完全是抄袭杰尔查文的,有许多形象、比喻、词句是重复其他诗人,俄国诗人和法国诗人,已经说过的话![1]

艾略特(T. S. Eliot)在其《传统与个人的才能》一文中也指出:

> 我们称赞一个诗人的时候,往往最关注其作品中的最独特之处。我们自以为从中发现了什么是其最个人的,什么是其特质。我们很满意地谈论这个诗人与其前辈的差异,尤其是与其前一辈诗人的差异。我们竭力挑出可以独立存在的地方来欣赏玩味。然而,如果我们撇开这些偏见去研究一个诗人,我们将常常发现,在其作品中,不仅是最好的部分,甚至是最个人的部分,也是其前辈诗人获致不朽之名最为得力之处。我并非指易受影响的青年时期的作品,而是指完全成熟时期的作品。[2]

---

[1] 张草纫译,载《外国文艺》1985 年第 2 期。
[2] 20th Century Literary Criticism, p.71.

即使是在美国这样一种极其强调个性发展的文化中,作家的创作也还是离不开对其前辈的学习和摹仿。1984 年《纽约时报书评周刊》的编者举行了一次座谈,有十六位作家谈了自己"在文学艺徒生涯中所崇敬的先辈作家和他们的创作之源"①。由摹拟而创新,是在文学发展乃至文化发展中不以人意志为转移的一条客观规律。而且,这条规律也是为古今许多文学批评家所认识到的。

　　正因为如此,研究作品审美价值,研究文学的发展历史,就不仅要考察其作者,也必须同时考察整个的艺术家族,从而看出一部文学作品在其文学传统中接受了什么,同时又增添了什么,由此而确定其在文学史上的地位。这正是"推源溯流"法的精神贯注之所在。它既注意了"源",也就是其"师古"的一面,又注重了其"流",即其"创新"的一面。这一点,艾略特在《传统与个人的才能》中也曾经指出过。他说:

　　　　任何诗人,任何艺术的艺术家,都不能单独具备完整的意义。他的特别之处、他的鉴赏就是对他和以往的诗人及艺术家之关系的鉴赏。你不能将他孤立起来加以评价,你必须将他放在与过去的诗人及艺术家之间来对照和比较。我的意思是,这不仅是历史的,而且也是审美的批评原则。②

需要指出的是,其一,艾略特在这里提出的历史的和审美的"批评原则",在中国古代文学批评的"推源溯流"法中是早已运用了。其二,艾略特所讲的"传统",与"推源溯流"法中的"源",意义并不完全相

---

① 仲子《作家的成长》,载《读书》1984 年第 11 期。
② 20*th Century Literary Criticism*, p. 72．

同,即前者指的是"共时性"的①,而后者则是历时性的。在艾略特,"传统"更多的是一种"意识",而在"推源溯流"法中,"源"是一种历史上的客观存在,无论人们是否意识到这种存在。所以,"推源溯流"法更倾向于历史主义。恩格斯在《评亚历山大·荣克"德国现代文学讲义"》中指出:"任何一个人在文学上的价值都不是由他自己决定的,而只是同整体的比较当中决定的。"②总之,评论一个诗人的成就,判断一部作品的价值,离开了与整体的比较,就不能得出有意义的结论。即使对于今天的文学史研究来说,"推源溯流"法也同样具有不可轻视的作用。

二、"推源溯流"法与比较文学中国学派的建立

"推源溯流"法将诗人放在文学发展的历史长河中,比较前后诗人的异同高低。易言之,这种方法注重对不同作家作品彼此之间的关系的研究,从某种意义上说,也就是一种"影响研究"(influence study)。在西方文学批评中,"影响研究"是到十九世纪比较文学兴起以后才开始引人注目的。二十世纪五十年代比较文学"美国学派"

---

① 艾略特在《传统与个人的才能》一文中,讲到获得"传统"必须有一种"历史意识","这种历史意识含有一种认识,即过去不仅包含过去性,而且包含现在性。历史意识不但使人在写作时意识到他自己的时代,而且还意识到从荷马以来的全部欧洲文学,其中包括其本国的全部文学,有一个共时的存在,并且组成一个共时的序列。"(20th Century Literary Criticism, pp. 71—72)所以,韦勒克(R. Wellek)在其《文学史上的演变概念》("Evolution in Literary History")一文中指出,艾略特的这种"文学的无时间性的观念(艾略特奇怪透顶地称之为'历史意识')"导致了"新批评"派对文学研究中编年工作的忽略。见 Concepts of Criticism, pp. 46—47.
② 《马克思恩格斯全集》第一卷,页 523—524,人民出版社,1956 年 12 月版。

兴起之前，比较文学"法国学派"所特别注重的就是"影响研究"①。七十年代中，李达三（John J. Deeney）等人提出了建立比较文学"中国学派"的问题②，二十多年来，虽然比较文学研究工作者在这方面进行了不懈的努力，但究竟能否乃至如何建立比较文学"中国学派"，仍然处于探索之中。我以为，将中国传统文学批评中的"推源溯流"法，与比较文学的"法国学派"和"美国学派"稍作比较，对此项工作的推进无疑是有所裨益的。

比较文学产生于十九世纪的法国，就其产生而言，它是伴随着世界主义文学意识的觉醒而来，代表比较文学"法国学派"的基亚对比较文学下的定义是"国际文学的关系史"③，它指的是研究者"站在语言的或民族的边缘，注视着两种或多种文学之间在题材、思想、书籍或感情方面的彼此渗透"④。所以，早期的以"法国学派"为代表的比较文学，其研究对象是两个或两个以上国家文学的关系，研究方法就是比较其异同，并探讨作品的流传及影响。到二十世纪五十年代初，美国学者对此提出质疑，认为"法国学派"的比较文学研究范围过于狭窄，于是提出了"平行研究"（parallel study）的策略，即研究不必限于文学事实上的联系，注重存在于各国文学间的类同现象的研究，并且进一步强调文学与其他知识领域的比较。这就是人们称作的比较

---

① 比较文学"法国学派"和"美国学派"的区别，是以理论主张划分，而不是以国籍、地域划分。马·法·基亚在《比较文学》第六版"前言"中指出："人们对比较文学的这种看法不是一份护照，从这个观点来看，许多美国人是'法国化'的，许多法国人却是'美国化'的。"颜保译，页2，北京大学出版社，1983年8月版。

② 李达三的论述见其著《比较文学研究之新方向》的"结语"。台湾联经出版事业公司，1984年2月版。略早于李达三，有古添洪、陈慧桦在《比较文学的垦拓在台湾·序》中提到"比较文学中的中国派"，但没有提出建设性的意见。

③ 马·法·基亚《比较文学》，页4。

④ 同上注。

文学的"美国学派"。亨利·雷马克(Henry H. Remak)代表"美国学派"给比较文学下的定义是:"比较文学是一国文学与另一国或多国文学的比较,是文学与人类其他表现领域的比较。"①其方法虽然是"平行研究",但其研究对象仍然是指跨国度的文学的研究。在苏联,比较文学又出现了与"法国学派"和"美国学派"不同的特点,其中之一就是"并不坚持比较文学研究的对象必须分属两个或两个以上的国家。……它强调的只是方法论。……凡是用比较的方法研究类型学的相似性,研究民族文学的相互联系和相互影响的,就都可以纳入苏联学者所说的'比较文艺学'的研究范畴"②。值得注意的是,这种意见在八十年代以来的研究者中不时出现,1983 年 8 月,北京举行了首届中美双边比较文学讨论会,美方代表团团长厄尔·迈纳(Earl Miner)在其《比较诗学:比较文学理论和方法论上的几个课题》一文中指出:

> 　　那种认为比较研究只能限定在两种文学(或两国语言)以上的范围内的看法只是一种约定俗成的偏见,不是合乎逻辑的科学推论。例如,我们没有理由把中世纪英国文学对维多利亚时代英国文学的影响排斥在比较研究之外;又例如,中国文学历史悠久,崇尚古风,也完全可以在本身范围内找到许多比较研究的理想课题。③

按照这种意见,中国文学批评史上的"推源溯流"法正可以看作一种

① 亨利·雷马克《比较文学的定义和功用》,张隆溪编《比较文学译文集》,页 1,北京大学出版社,1982 年 6 月版。
② 谢天振《苏联比较文学:历史、现状和特点》,载《中国比较文学》第三辑,页 303,浙江文艺出版社,1986 年 2 月版。
③ 载《中国比较文学》创刊号,页 268—269,浙江文艺出版社,1984 年 10 月版。

比较研究。也正是在这一前提下,我将"推源溯流"法与比较文学"法国学派"及"美国学派"加以比较,并希望通过此一比较,找到比较文学"中国学派"建立的理论和方法的基石。

1. "推源溯流"法与"法国学派"的比较

"法国学派"注重的是影响研究,他们研究的重心是追溯文学现象的渊源和影响。所以,其中便分化出这样两个主要领域:一是研究文学作品的主题、人物、风格、情节等的来源,此之谓"渊源学"(Crénologie);二是研究影响者与被影响者之间的传播媒介,此之谓"媒介学"(Mésologie)。这两者都是梵·第根(Paul Van Tieghem)在其《比较文学论》中提出的。由于受到当时实证主义的影响,"法国学派"注重考证,注重历史,他们的比较文学研究与文学史研究是紧密结合在一起的。日本学者野上丰一郎在其《比较文学论要》中,对梵·第根提出的"渊源学"和"媒介学"作了这样的阐述:

> 人类的任何精神产物决不是孤立存在的。一幅画,一件雕刻,一首诗,一部小说,所有这一切不管其作家是否意识到这一点,无不属于某一个系·统·。这里存在着先驱者与后继者的关系。①
>
> 为了弄清这个影响的途径……把给予影响的称为放送者,接受影响的是接受者,那做媒介工作的就叫传递者。比较文学的研究由于必须从影响的结果出发,研究者应该居于接受者的侧位。这样就可以探讨某作家从哪里获得了这样的思想,取得了这样的体裁,怎样受到这种倾向的影响的。象这样,就成为研究的出发点了。即对源泉的搜索、对原典的探究。所谓源泉学(Crénologie)要做的事情,包括探讨文学影响的渊源、作品的题

———————————

① 刘介民编《比较文学译文选》,页23,湖南人民出版社,1984年12月版。

材、思想倾向,还有一些事件。①

如前所述,"推源溯流"法是由"渊源论""文本论"和"比较论"三部分构成,"法国学派"强调的"影响研究",与"推源溯流"法的"渊源论"比较接近。首先,两者都注重文学渊源的追溯,注重对作品中题材、技巧及风格等来源的考索;其次,两者皆注重文学史,都具有一种史学眼光。这两点是"法国学派"所倡导的"影响研究"的重心所在,也是"推源溯流"法中"渊源论"的特色所在。但是,如果将"推源溯流"法与"影响研究"作一全面比较的话,则二者也有所区别:其一,由于比较文学在初创时期,其研究对象限定在两个国家以上的文学的比较,所以,在涉及其渊源时,除了作家旅行或直接阅读别国语言的文学作品而受到影响外,大多数则是间接的。这样,"影响研究"的"媒介学"就必然着重对传播者的研究,其中最主要的是翻译研究。而中国古代的"推源溯流"法,由于只是针对汉语文学作品的研究,所以,就不涉及在影响者与被影响者之间的"媒介"问题,或者说,这是另一种意义上的"媒介",即考察某一诗人的生活境遇,从而揭示其易于受到某一诗人影响的必然性。如锺嵘《诗品》将《楚辞》、李陵、班婕妤归于同一源流,并指出他们的生活境遇,其共同之处便是"怨"②。这实际上是吸收了"以意逆志"法中的"知人论世"的成分。其二,"推源溯流"法是由三部分构成,"溯源"仅是其中之一,在此基础上,还要进行文本研究和比较研究,以确立诗人的地位,并考察其作品的价值。所以,"评价"是其中不可或缺的有机组成部分。而"影响研究"却往往只限于考察某些事实联系,却很少乃至根本不进

---

① 《比较文学译文选》,页80。
② 《诗品》评李陵云:"文多凄怆,怨者之流。"又评班婕妤云:"《团扇》短章,词旨清捷,怨深文绮,得匹妇之致。"

行文学价值上的评论。正如亨利·雷马克指出的："法国人较为注重可以依靠事实根据加以解决的问题（甚至常常要依据具体的文献），他们基本上把文学批评排斥在比较文学领域之外。"[1]这也正是其为"美国学派"所诟病之处，韦勒克（René Wellek）在《比较文学的危机》一文中严肃地指出了"法国学派"的弊病：

> 他们相信因果关系的解释，相信只要把一部作品的动机、主题、人物、环境、情节等等追溯到另一部时间更早的作品，就可以说明问题。他们积累了大量相同、类似、有时是完全一致的材料，但是很少过问这些彼此相关的材料除了可能说明某个作家知道和阅读过另一个作家的作品以外，还应当说明些什么。然而艺术品绝不仅仅是来源和影响的总和：它们是一个个整体，从别处获得的原材料在整体中不再是外来的死东西，而已同化于一个新结构之中。[2]

这样，"美国学派"便继"法国学派"而起，以其自己所独有的特色与欧洲大陆的比较文学者各树一帜，平分秋色了。

2."推源溯流"法与"美国学派"的比较

"美国学派"成熟于二十世纪五十年代，由于"美国学派"的兴起与"新批评派"（The New Criticism）之间有着密切的关系[3]，所以，他们是以文学的文本（text）研究作为比较文学的中心课题的。相对而

---

① 《比较文学的定义和功用》，《比较文学译文集》，页 1。

② 《比较文学译文集》，页 24。

③ 如韦勒克既是卓越的"新批评派"文学理论家，又是著名的比较文学研究者，其《今日之比较文学》（见干永昌等编《比较文学研究译文集》，页 159—174，上海译文出版社，1985 年 7 月版）一文也特别提到自己受了"新批评派"的影响。

言,他们不注重渊源,不注重考证,而强调"对比研究",即强调不同作品的相似性,而不必顾及两者是否具有明显的渊源关系。一句话,他们要将文学批评引入比较文学的领域,不能停留并满足于现象的描述,而必须对之作出价值判断。韦勒克指出:

> 真正的文学学术研究关注的不是死板的事实,而是价值和质量。……即便说拉辛影响了伏尔泰,或赫尔德影响了歌德,为了使这些话有意义,也需要了解拉辛和伏尔泰、赫尔德和歌德各自的特点,因此也需要了解他们各自所处的传统,需要不停地考虑、比较、分析和区别,而这种种活动都基本上是批评活动。……在文学学术研究中,理论、批评和历史相互协作,共同完成中心任务,即描述、解释和评价一件或一组艺术品。①

另一位美国学者肖(J. T. Shaw)也指出:

> 有意义的影响必须以内在的形式在文学作品中表现出来,它可以表现在文体、意象、人物形象、主题或独特的手法风格上,也可以表现在具体作品所反映出的内容、思想、意念或总的世界观上。……可是,最基本的证明又必须在作品本身。②

在这里,我们不难看到"新批评派"的重视文本和强调细读(close reading)的影子。比较文学的兴起,一开始便受到当时学术界各种比

---

① 《比较文学的危机》,《比较文学译文集》,页 29—30。
② 《文学借鉴与比较文学研究》,《比较文学译文集》,页 39。

较科学的启发和影响①,所以,梵·第根在其《比较文学论》中明确指出:"总之,'比较'这两个字应该摆脱全部美学的涵义,而取得一个科学的涵义。"②这也就形成了"法国学派"重事实轻批评的特色。而"美国学派"则针对此提出将比较文学纳入文学研究的范畴,因此,他们更重视对作品的价值判断。在中国古代的"推源溯流"法中,对作品文本的分析和对前后作品的衡量,并且在此基础上作出高下品第,即价值判断,是由"文本论"和"比较论"承担的。如本章第六节分析所示,"文本论"和"比较论",就其呈现出的理论形态而言,可能只是寥寥数语,但若深入分析其结论的获得,就可以发现,它是经过了批评者长期或大量缜密细腻的感性体验与理性分析。从这个意义上说,"推源溯流"法的"文本论"和"比较论"很类似于"美国学派"的研究方法,两者都重视对文本的分析,都体现了细读的精神,最后也都落实到评价。但他们之间也存在极其重要的差别,即"推源溯流"法的"文本论"和"比较论"是在"渊源论"的基础上进行的,而比较文学"美国学派"虽然强调价值判断,提倡的却是一种"平行研究",在被比较的两者之间,尽管有异同,却不必有联系。所以,法国学者艾金伯勒(René Étiemble)在其《比较文学的目的,方法,规划》中将"法国学派"和"美国学派"作了这样的对比:

　　一种倾向(案:此指"法国学派")坚持认为,由于这门学科实质上是与历史研究同时产生的(甚至到了这样一种程度:似乎

---

① 如巴登斯贝格(Fernand Baldensperger)在《比较文学:名称与实质》一文中指出:"生物学方面的'比较'科学,在十九世纪前三分之一时期内形成了专门的学科,文学史自然会效法它的方法。"载干永昌等编选《比较文学研究译文集》,页37。
② 同上书,页57。

孟德斯鸠和伏尔泰因为对历史发生兴趣,同时也就规定了比较文学的某些原则),它一定是,而且也只能是文学史的分支;这里的"文学史"是就其依据、注重事实(èvénementiel)的意义上来理解的,这是他们今天的说法,如果照我的说法,是就其堆积遗闻轶事的意义上来理解的。另一种倾向(案:此指"美国学派")认为,即使两种文学并不存在历史的联系,对这两种文学根据各自用途发展起来的那些文学类型进行比较仍然是有理由的。借用哈佛大学的讲授中国文学的哈埃妥厄教授(James Hightower)的话说,"甚至完全排除了直接影响的可能性",比较文学不仅仍旧是可能的,而且事实上特别能激发思想。①

这种重视比较文学的价值判断,轻视被比较双方的事实联系的"平行研究",正是"美国学派"的特色。这既是"美国学派"与"法国学派"的相异之点,也正是其与"推源溯流"法的相异之点。这种比较研究,不仅为早期"法国学派"所鄙弃②,也为晚近美国比较文学研究者自身反省所知觉。厄尔·迈纳在其《比较诗学:比较文学理论和方法论上的几个课题》一文中,就比较文学的"可比性"原则的问题指出:

> 如果对象之间差异过大,比较研究也不可能进行,因为这样就不可能得到合乎逻辑(或符合实际)的研究成果;另一方面,对象之间的差异过大,比较研究中就很容易出现归类概念上的

① 《比较文学研究译文集》,页95—96。
② 巴登斯贝格在《比较文学:名称与实质》一文中指出:"仅仅对两个不同的对象同时看上一眼就作比较,仅仅靠记忆和印象的拼凑,靠一些主观臆想把可能游移不定的东西扯在一起来找类似点,这样的比较决不可能产生论证的明晰性。"《比较文学研究译文集》,页33。

误差。①

作者接着提出了"可比性"原则中"同源关系"的命题。他说：

> 动物学认为，虽然蝙蝠和老鼠在外形上、功能上都不一样，但蝙蝠的翼与老鼠的前足却是同源的。数学上，也有一种体系庞大的同调（或相互同调）理论。然而，比较文学学者却还没有对同源的概念问题下过功夫，至少还没有在理论上作过明确的阐述。②

将"同源关系"作为比较研究的前提，这一命题的提出，一方面是"美国学派"对"法国学派"的某种程度、某个方面的肯定，另一方面，如果在"同源关系"的基础上纳入"美国学派"的比较文学研究，那么，在方法论原则上，它就和中国古代的"推源溯流"法不谋而合了。

3."推源溯流"法与"中国学派"的建立

其实，关于比较文学可比性原则中的"同源关系"问题，在二十世纪三十年代初期，陈寅恪已经注意。他在《与刘叔雅先生论国文试题书》中谈到比较语言学时，特别强调比较须在同一语系中进行：

> 因同系之语言，必先假定其同出一源，以演绎递变隔离分化之关系，乃各自成为大同而小异之言语。故分析之，综合之，于纵贯之方面，剖别其源流；于横通之方面，比较其差异。③

----

① 《中国比较文学》创刊号，页 270。
② 同上注。
③ 《金明馆丛稿二编》，页 223，上海古籍出版社，1980 年 10 月版。

接着,陈氏便谈到比较文学的"同源关系"问题:

> 即以今日中国文学系之中外文学比较一类之课程言,亦只能就白乐天等在中国及日本之文学上,或佛教故事在印度及中国文学上之影响及演变等问题,互相比较研究,方符合比较研究之真谛。盖此种比较研究方法,必须具有历史演变及系统异同之观念。否则古今中外,人天龙鬼,无一不可取以相与比较。荷马可比屈原,孔子可比歌德,穿凿附会,怪诞百出,莫可追诘,更无所谓研究之可言矣。①

陈寅恪毕竟是中国文化精神中孕育出的学者,无论其自觉与否,这一论点的提出,从中国古代学术传统的演变及文学批评史上"推源溯流"法的长期发展来看,绝非偶然。七十年代后,随着西方比较文学研究者逐步挣脱欧洲中心论或西方中心论的思想图圄,将目光转移到东方文学以来②,不少学者提出了建立比较文学"中国学派"的倡议。但"中国学派"能否建立,如何建立,则并未在理论上得到适当的说明,当然也就无法在实践中具体显现。原因之一,即在于人们对中国古代文学批评方法尚缺乏系统而深入的研究③。从上面的比较中

① 《金明馆丛稿二编》,页 223—224。
② 例如,勃洛克(Haskell M. Block)在《比较文学的新动向》一文中赞同艾金伯勒的观点:"让我们促使听我们课的学生们转向汉语和日语。""我们应该鼓励我们的学生在欧洲语言与文学范围之外去开拓新的天地,我们应该尽我们的可能提倡在不为人知的国别文学领域作专门研究。"《比较文学研究译文集》,页 198—199。
③ 例如,古添洪、陈慧桦先生在《比较文学的垦拓在台湾·序》中说:"我国文学,丰富含蓄,但对于研究文学的方法,却缺乏系统性,缺乏既能深探本源又能平实可辨的理论。……我们不妨大胆宣言说,这援用西方文学理论与方法并加以考验、调整以用之于中国文学的研究,是比较文学中的中国派。"即为一例。

不难看出,中国古代文学批评中这一具有民族特色的"推源溯流"法,在方法论原则上,兼有"法国学派"和"美国学派"之长。因此,以"推源溯流"法为基础建立比较文学"中国学派",不仅是可行的,而且是必然的①。

讲到"学派",最重要的特征应该是具有鲜明的独特性,包括独特的理论和独特的方法②。但某一学派独特的理论和方法之形成,除了与既有的学派相异,即从不同的角度提出并以不同的方式解决问题以外,这又必然受到某种特定的思想背景及文化传统的影响。以比较文学研究来看,如"法国学派"之受到当时哲学及自然科学上实证主义的影响,"美国学派"之受到文学理论上"新批评派"的影响,都是彰彰在人耳目的。那么,"中国学派"的建立,将立足点稳固在自己民族的文学批评传统之上,这同样是显然而必要的。而"推源溯流"法恰恰提供了这方面的经验:一方面,这种方法建构在发源于史官、奠基于孔子的学术传统之上;另一方面,这种方法在中国文学批评史上得到了广泛而长久的使用。并且,从"推源溯流"法与"法国学派"和"美国学派"的比较中,它还显示了其不可低估的优越性。那么,建立比较文学"中国学派",从中国传统文学批评中汲取有益的经验,并使之成为"中国学派"的独特的理论和方法的核心,应该是值得遵循的一条康庄大道。

---

① 李达三曾设想"中国学派"是"法国学派"与"美国学派"的"折衷"。他说:"中国学派对于比较文学在西方发展的历史具有充分的了解,因此它不独承认上述两种学派所拥有的优点,并且加以吸收与利用。但在另一方面,它要设法避免两派既有的偏失。以东方特有的折衷精神,中国学派循着中庸之道前进。"(《比较文学研究之新方向》,页 266)案:"推源溯流"法不仅兼有法、美两派之长,而又无二者之失,同时在中国文学批评史上已拥有一千多年的发展史,所以,这是建立比较文学"中国学派"最为理想的理论与方法的基石。
② 参见谷方《学派与中国文化》,载《中国社会科学》1988 第 4 期。

诚然,传统的"推源溯流"法所处理的对象主要是一国的文学,而比较文学更多是就两国或两国以上文学的研究。但这里只存在着处理对象的广狭大小的差别,并不存在方法论上的原则差别。苏联列·斯托洛维奇曾指出:"任何科学的特征不仅在于自己的研究的对象,而且在于它研究自己对象的方法。"①我相信,若是以"推源溯流"法作为比较文学"中国学派"的理论与方法的核心,并根据研究对象的需要作进一步发展,则"中国学派"必定能够独树一帜,而与"法国学派""美国学派"鼎足而三。这不仅能够在世界范围内丰富、完善比较文学的学科建设,而且站在古代文学批评研究的立场上看,这也是传统的"推源溯流"法在今日文学研究中的现代意义之一。

4. 域外汉文学:比较文学研究的新课题

以"推源溯流"法作为比较文学"中国学派"的理论和方法的核心,其所处理的对象主要是两国或两国以上的文学,在这里,我愿意提出域外汉文学作为比较文学研究的新课题,它们和中国文学是既有同源关系,又属于不同的国家和民族②。

在中国历史上,汉文化曾给周边地区和国家以很大影响,形成了汉文化圈,除中国以外,主要还包括当时的朝鲜、越南、日本、琉球等地。以汉字为主要书写工具,在中国的周边国家和地区甚至延续到二十世纪初。因此,在这些国家和地区就保留下大量的汉籍文献。略举如下:

朝鲜半岛汉籍数量惊人,仅以首尔大学奎章阁所藏韩国本为例,据 1981 年出版的《奎章阁图书韩国本综合目录》,就达三万三千多

---

① 《美学怎样研究自己的对象》,载《美学文艺学方法论》,页 158,文化艺术出版社,1985 年 10 月版。
② 参见张伯伟《域外汉诗学研究的历史、现状及展望》,载《中国诗学》第三辑,南京大学出版社,1995 年 5 月版。

种。其中仅少数的书为"国文"部分,绝大多数是汉籍①。韩国汉籍中,文集占有相当大的比重。这是比较文学研究的丰富资源。即使就文学批评的资料而言,也是相当丰富的②。

越南的汉籍,根据由法国远东学院和越南汉喃研究院于1993年合编出版的《越南汉喃遗产目录》(*Catalogue des Livres en Hannom*)著录,共有五千三十八种(其中包括少数喃文作品)。其中集部类达一千六百五十五种。如果再参考流传在其他国家的文献,如法国、日本(已出版《东洋文库藏越南本书目》)、中国等,其数量当更多。

日本的汉籍也极为丰富,根据日本岩波书店出版的《国书总目录》及《古典籍总合目录》的著录,即使排除了其中的日文本,汉籍数量仍然是惊人的。从文集来看,如《群书类从》和《续群书类从》的文笔部,《五山文学全集》《五山文学新集》《日本汉诗》等,其数量也相当可观。

域外汉文学的文献,主要就集中在上述国家③。

随着域外汉文学文献整理工作的展开,例如目录、提要、资料汇编,文献的校点、注释等,一个新的学科分支——域外汉文学研究即将诞生。这一新的学科分支直接涉及到以下三个方面的研究:

一是汉文学研究。中国文学是汉文学的主流,我们从主流去认识中国文学当然非常重要也非常必要,但是如果我们能够既考虑到主流,又考虑到主流与支流以及支流与支流的关系,我们对以汉文学

---

① 参见张伯伟《韩国汉籍的渊薮——谈奎章阁的沿革及所藏韩国本》,载《书品》1998年第4期。
② 参见张伯伟《韩国历代诗学文献综述》,《中国诗学研究》,页64—89。
③ 琉球现属日本,其汉籍文献所存不多,参见高津孝、荣野川敦编《琉球列岛における宗教关系资料に关する综合调查·漢籍目録篇》,日本平成四·五年度文部省科学研究费补助金总合研究(A)研究成果报告书,1994年3月印行。

为基础的中国文学的研究,就可望达到一个新的高度,一个完整意义上的汉文学史研究就可以真正展开。

二是东方文学研究。汉文学在域外文学史上都曾经享有殊荣,一切正规的场合、一切正大的文体,都必须用汉语表达。在当时人看来,用汉字写成的文学可以称作文学,而用谚文所写的是"俚语"(沈守庆《遣闲杂录》)、"俗讴"(许筠《惺叟诗话》,《惺所覆瓿稿》卷二十五)、"方言"(洪万宗《旬五志》),用假名或喃文所写的是"女文字"①等。但即使是用自己民族的语言写成的作品,其中也受到汉文学的深远影响,如朝鲜的时调和小说、日本的和歌和物语、越南的演歌和小说等,都留下许多汉文学影响的痕迹。研究东方文学,也必然不能脱离汉文学的研究。

三是比较文学研究。域外汉文学,它与中国古代文学是既有着同源关系,又属于不同国家的文学,其丰富的资料可以提供大量生动、具体的文学交流史实,可以从不同角度提出崭新的比较文学课题,因而也可以在此基础上提炼出新的比较文学理论。从"推源溯流"法而言,它也提供了一个绝好的实践对象。

---

① 参见西乡信纲等著《日本文学の古典》第四章《女の文学》,岩波书店,1971 年 7 月版。

第三章　意象批评论

第一节　"意象批评"法释名

在中国古代文学批评中,有一种颇为流行的方法,我称之为"意象批评"法。这种方法,遍涉古代的诗歌、散文、戏曲以及书法、绘画批评,就其运用时间之长、涉及范围之广而言,堪称中国古代文学批评的传统方法之一。为了使读者对这种方法有一感性认识,我将首先举出若干例证。诗歌评论,如锺嵘《诗品》卷上谢灵运条:

> 然名章迥句,处处间起;丽典新声,络绎奔会。譬犹青松之拔灌木,白玉之映尘沙,未足贬其高洁也。

又卷中范云、丘迟条:

> 范诗清便宛转,如流风回雪。丘诗点缀映媚,似落花依草。

散文批评,如刘肃《大唐新语》卷八载张说语:

> 李峤、崔融、薛稷、宋之问,皆如良金美玉,无施不可。富嘉

谟之文,如孤峰绝岸,壁立万仞,丛云郁兴,震雷俱发,诚可畏乎!若施于廊庙,则为骇矣。阎朝隐之文,则如丽色靓妆,衣之绮绣,燕歌赵舞,观者忘忧。然类之《风》《雅》,则为俳矣。……韩休之文,有如太羹玄酒,虽雅有典则,而薄于滋味。许景先之文,有如丰肌腻体,虽秾华可爱,而乏风骨。张九龄之文,有如轻缣素练,虽济时适用,而窘于边幅。王翰之文,有如琼林玉斝,虽烂然可珍,而多有玷缺。若能箴其所阙,济其所长,亦一时之秀也。

词评,如张德瀛《词征》卷六:

张皋文词如邓尉探梅,冷香满袖。孙平叔词如落叶哀蝉,增人愁绪。冯晏海词如鹿爪摐弦,别成清响。顾简塘词如金丹九转,未化婴儿。刘赞轩词如金丝间出,杂以洪钟。李申耆词如承恩虢国,淡扫蛾眉。……

散曲批评,如朱权《太和正音谱·古今群英乐府格势》:

贯酸斋之词如天马脱羁。邓玉宾之词如幽谷芳兰。滕玉霄之词如碧汉闲云。鲜于去矜之词如奎璧腾辉。商政叔之词如朝霞散彩。范子安之词如竹里鸣泉。徐甜斋之词如桂林秋月。杨澹斋之词如碧海珊瑚。李致远之词如玉匣昆吾。郑庭玉之词如佩玉鸣銮。刘庭信之词如摩云老鹘。吴西逸之词如空谷流泉。秦竹村之词如孤云野鹤。……

书法批评,如李嗣真《书后品》:

然伯英章草,似春虹饮涧,落霞浮浦;又似沃雾沾濡,繁霜摇落。元常正隶，如郊庙既陈，俎豆斯在；又比寒涧阔豁，秋山嵯峨。右军正体，如阴阳四时，寒暑调畅，岩廊宏敞，簪裾肃穆。其声鸣也，则铿锵金石。其芬郁也，则氤氲兰麝。其难征也，则缥缈而似仙。其可觌也，则昭彰而在目。可谓书之圣也。若草、行杂体，如清风出袖，明月入怀。瑾瑜烂而五色，黼绣摛其七采。故使离朱丧睛，子期失听。可谓草之圣也。其飞白也，犹夫雾縠卷舒，烟云焰灼，长剑耿介而倚天，劲矢超忽而无地。可谓飞白之仙也。又如松岩点黛，蓊郁而起朝云；飞泉漱玉，洒散而成暮雨。既离方以遁圆，亦非丝而异帛。趣长笔短，差难缕陈。……

绘画批评，如李开先《中麓画品》一：

　　戴文进之画，如玉斗，精理佳妙，复为巨器。吴小仙如楚人之战钜鹿，猛气横发，加乎一时。陶云湖如富春先生，云白山青，悠然野逸。杜古狂如罗浮早梅，巫山朝云，仙姿靓洁，不比凡品。庄麟如山色早秋，微雨初歇，娱逸人之心，来词客之兴。倪云林如几上石蒲，其物虽微，以玉盘盛之可也。吕纪如五色琉璃，或者则以为和氏之璧，不知何以取之过也。夏仲昭如野寺之僧，面壁而作，欲冀得仙。……

以上这种批评方法，就是"意象批评"法。

　　关于中国古代文学批评中的这种方法，前人已经指出，但称谓不同。或为"比喻的品题"①，或为"象征的批评"②，或为"意象

---

① 罗根泽《中国文学批评史》第二分册，页238。
② 郭绍虞《中国文学批评史》，页152。

喻示"①,或为"形象性概念"②,或为"形象批评"③。而这里拟称之为"意象批评"。

"意象"的概念,就其来源而言,当追溯至《周易》和老、庄④。《周易》把握世界的方式就是"象",《系辞下》云:"是故《易》者,象也。象也者,像也。""象"一方面是外在世界的客观形象,同时又是人们对客观形象的摹写比况(即"像")。《系辞上》云:"夫象,圣人有以见天下之赜,而拟诸其形容,象其物宜,是故谓之象。"这种摹写比况要能够反映事物的本质,就是"物宜",对"物宜"的理解便是圣人之意。但圣人虽有其意,却仍然需要用"象"来传达之,所以又说"圣人立象以尽意"(同上),这就是"意象"。至王弼而就"意""象"关系作一阐发,其《周易略例·明象》指出:

> 夫象者,出意者也;言者,明象者也。尽意莫若象,尽象莫若言。言生于象,故可寻言以观象;象生于意,故可寻象以观意。意以象尽,象以言著。⑤

并在此基础上提出了"得意忘言"说。"得意忘言"是以《庄子》学说为其思想基础的。《老子》二十一章云:"惚兮恍兮,其中有象。"《韩非

---

① 叶嘉莹《锺嵘诗品评诗之理论标准及其实践》,《中国古典诗歌评论集》,页18,中华书局香港分局,1977年9月版。原文作"意象化的喻示"或"意象式的喻示"。
② 罗宗强《我国古代诗歌风格论中的一个问题》,载《文学评论丛刊》第五辑,页191,中国社会科学出版社,1980年3月版。
③ 廖栋梁《六朝诗评中的形象批评》,载《文学评论》第八集,页19—100,黎明文化事业公司,1984年2月版。
④ 关于这个问题,本章第二节有详细考论,此处略作提示。
⑤ 楼宇烈《王弼集校释》,页609,中华书局,1980年8月版。

子·解老》释之曰:"人希见生象也,而得死象之骨,案其图以想其生也,故诸人之所以意想者皆谓之象也。"据此,则"意象"在中国古代指的是意想中之形象,是"意"与"象"透过想象力和理解力的结合。

"意象"也是我国古代文学批评中常用的术语之一。刘勰《文心雕龙·神思》中有"独照之匠,窥意象而运斤"之句,从典故上来看,乃出于《庄子》的《天道》和《徐无鬼篇》;从思想上来看,则受到王弼《周易略例》的影响。这也可证"意象"一词的渊源所自。旧题王昌龄《诗格》云:"久用精思,未契意象。"①张怀瓘《文字论》云:"创意物象,近于自然。……探彼意象,入此规模。"《二十四诗品·缜密》云:"意象欲生,造化已奇。"至明代而使用者更多。如王廷相《与郭价夫学士论诗书》云:"夫诗贵意象透莹,不喜事实粘著。……示以意象,使人思而咀之,感而契之,邈哉深矣,此诗之大致也。"(《王氏家藏集》卷二十八)何景明《与李空同论诗书》云:"夫意象应曰合,意象乖曰离,是故乾坤之卦,体天地之撰,意象尽矣。"(《大复集》卷三十二)屠隆《汪识环先生集叙》云:"唐宋以来,诸公好镂古文意象,而各师心自出。"(《栖真馆集》卷十)李维桢《逍遥园集序》云:"情事配合,意象适均,博不猥杂,新不险僻,则公之所为诗也。"(《大泌山房集》卷十一)以上"意象"一词,与"形象"一词相比,显然更偏重主观意念,即所谓"人心营构之象","意之所至,无不可也"(章学诚《文史通义》内篇一《易教》下)。而"形象"之"象"则偏重客观形状,这从大量的文献中可以得到佐证②。古人运用批评术语并不很严格,如"意象""物象""形象""境象"

① 《全唐五代诗格校考》,页150。
② 《尚书·说命上》有"乃审厥象,俾以形旁求于天下"数语,伪孔传云:"审所梦之人,刻其形象,以四方旁求之于民间。"王充《论衡·乱龙篇》云:"夫图画,非母之实身也,因见形象,涕泣辄下,思亲气感,不待实然也。"佛教传入中国后,"形象"又可指佛像,《高僧传》卷八《义解论》云:"是以圣人资灵妙以应物,体冥寂以通神,借微言以津道,托形象以传真。"均为其例。

等概念,有区别也有联系,在使用中往往混淆,但这并不妨碍我们对其基本意作一把握。正如英文中的"image",中译为"意象",尽管其含义非常复杂,以至于心理学家和美学家对意象的分类达到数不胜数的地步①,但同样不妨碍人们取其基本意而运用于文学批评。我们似乎不必因"意象"一词的含义丰富而拒绝使用。"意象批评"法,就是指以具体的意象,表达抽象的理念,以揭示作者的风格所在。其思维方式上的特点是直观,其外在表现上的特点则是意象。

作为"意象批评"法的"意象",它具有以下特征:首先,就其形成而言,它是由批评家面对作品,透过自己的理解力和想象力而构造的一个或一组意象。一般说来,这些意象并非作品所固有,它往往取材于自然界或人文界,因而这种批评也可称为"创造的批评"。即使有的意象取自作品本身,但一旦成为此批评家思维中的"意象",就不再等同于彼作品中的"意象"了。如王国维《人间词话》云:

> "画屏金鹧鸪",飞卿语也,其词品似之。"弦上黄莺语",端己语也,其词品亦似之。正中词品,若欲于其词句中求之,则"和泪试严妆",殆近之欤?

王国维所举的三句词分别出于温庭筠《更漏子》("柳丝长,春雨细"),韦庄《菩萨蛮》("红楼别夜堪惆怅")及冯延巳《菩萨蛮》("娇鬟堆枕钗横凤"),原句都是用来状写女子的各种情感及姿态,而王国维却用以代表温、韦、冯三家"词品"的不同:"画屏"上所绘的"金鹧鸪",可谓精美,但却缺乏深厚的内容和感人的生命力,如温词之"精艳绝人",徒有词藻之华美;"弦上黄莺语"较之"画屏金鹧鸪"当然更

---

① 参见雷·韦勒克、奥·沃伦《文学理论》第十五章"意象,隐喻,象征,神话"。刘象愚等译,页200—235,生活·读书·新知三联书店,1984年11月版。

为动人,但这个"黄莺语"仍只是"弦上"发出,与枝头树上的"黄莺语"不可同日而语,虽清丽宛转,毕竟缺乏生命的感动,以此状写韦词风格;至于"和泪试严妆"则不仅有生命,而且有情感,有深度,王国维用以形容冯词之"深美闳约"。由此可见,"意象批评"的"意象",即使取自原作品,在字面上无异,但其内涵已经转变,因而仍然是创造性的。其次,就其性质而言,"意象批评"是用具体可感的"意象"表示了抽象的概念。理论与形象之间并没有不可逾越的鸿沟。正如古代诗人能以说理来构造意象,古代批评家也可以用意象来表现理论。如果说,维特根斯坦《哲学研究》中"不要想,而要看"(Don't think, but look!)是西方现代哲学的名言,那么,魏晋以来出现的"目想"一词却恰恰代表了中国人的一种思维方式。"目"之所见的形象与"想"之所循的逻辑可以达到高度的统一。曹操《祭桥玄文》云:"幽灵潜翳,心存目想。"(《文选》卷十六《寡妇赋》李善注引)曹植《任城王诔》云:"目想宫城,心存平素。"(同上)潘岳《寡妇赋》则袭用为"窈冥兮潜翳,心存兮目想"(同上)。陆云《为顾彦先赠妇》云:"目想清慧姿,耳存淑媚音。"(《陆云集》卷四)曹摅《答赵景猷》云:"心忆目想,形游神还。"(逯钦立辑《晋诗》卷八)值得注意的是,这一词汇后来也渐渐进入文学艺术的批评之中。如萧统《文选序》云:"历观文囿,泛览辞林,未尝不心游目想,移晷忘倦。"姚最《续画品》评谢赫云:"目想毫发,皆无遗失。"张怀瓘《书断序》卷上云:"心存目想,欲罢不能。"均为其例。"意象批评"法的思维特征,是由"目"而"想",它是一个"具体→抽象→具体"的过程。批评家从大量具体作品出发,形成了某种抽象的概念,然后再回到作品,用一具体的意象予以说明。这后一种具体,乃是由抽象上升而来。因此,它包含着理性的判断。例如,上引《大唐新语》中张说的一段"意象批评",他就是为了回答徐坚"诸公昔年皆擅一时之美,敢问孰为先后"以及"今之后进,文词孰贤"的问题。又如袁昂的《古今书评》,宋人曾结合这些书家的作品来分析其评语。如卫恒,"论者以谓'如插花美人,舞笑鉴台',是其便娟有馀,而刚健非所长也"(《宣和书谱》卷十三);又如薄绍之,"袁昂评其字势,则谓'如舞女低腰,仙人远啸',以是言之,则必以婉丽清闲为主矣"(同上卷十六);又如阮研,"袁昂评研书'如贵胄失品次,丛萃不能复排突英贤',则研之书亦不可谓无利钝也"(同上卷十七)。可见,这种批评是感性和理性的结合。

其次,"意象批评"法还具有审美经验完整性的特点。意象批评的思维过程决定了这一方法可以避免抽象与支离的缺陷。对文学作品作纯理论的分析固然是必要的,但同时又是不完全的。因为将生动丰富的艺术作品抽象出来,加以归纳和概括,往往会失之简单片面(抽象本身就意味着筛选或遗漏),更深刻的东西往往会被抽象的逻辑所掩蔽。这样的弊病在我们现代的文学批评中是屡见不鲜的。有感于此,我曾在一篇文章的序言中提出这样的问题:"理论讲究条理,艺术追求统一,难道艺术的浑然一体的境界在理论的条分缕析下破碎不堪竟是一种必然吗?"①而"意象批评"法恰恰是用完整的审美经验提示了艺术作品的总体风格。

这就是"意象批评"法的主要内涵及特征。

第二节 "意象批评"法的思想基础

一、"目击道存"——《庄子》对"道"的把握方式

在论述"以意逆志"法的产生时,我曾就由孟子的人性论所衍发出的在认知过程中的作用,与庄学作了一个简单的对比。其初步结论是:

---

① 张伯伟、曹虹《李义山诗的心态》,《中国诗学研究》,页132。

孟子主"推",庄子主"止"。但我并未就"止"的内涵作进一步说明,因为"止"在"以意逆志"法的形成过程中没有多少作用。但若就"意象批评"法的产生而言,庄学的"止"却有其不可忽视的意义。

　　讨论这个问题,必须从《庄子》对"道"的把握方式谈起。显然,在《庄子》中,其最高的概念是"道"。《大宗师》中有这样一段话:

　　　　夫道,有情有信,无为无形;可传而不可受,可得而不可见。

这当然是从老子发展而来。《老子》二十一章云:"道之为物,惟恍惟惚。惚兮恍兮,其中有象;恍兮惚兮,其中有物。窈兮冥兮,其中有精;其精甚真,其中有信。"①由此可见,老、庄都是将"道"作为某种真实的存在,这和西方哲学中没有生命的"理念"(idea)是不同的②。

　　"道"的意义,可以作为形而上的宇宙论向上推演,也可以落实为人性论而在现实人生中加以体认,后者在《庄子》中就称作"体道"。《知北游》云:"夫体道者,天下之君子所系焉。"又《刻意》云:"能体纯素,谓之真人。""纯素"正是"道"的性格的呈现,故"体纯素"亦即"体道"。那么,如何才能对"道"有所体认,并进而有所把握呢? 和儒家对其"道"的把握不同,庄学认为,首先,"道"不可学。《大宗师》载:

　　　　南伯子葵曰:"道可得学邪?"曰:"恶,恶可。"

---

① 钱穆认为,《庄子·大宗师》中的"有情有信"即本于《老子》中的"其中有精""其中有信"。见《庄子纂笺》,页60,《钱宾四先生全集》第六册,联经出版事业公司,1998年5月版。
② 在英译中,可以清楚地看出此中分别。如《老子》中"其中有精"句中的"精"字,陈荣捷、林语堂等均译注为"life-force"(生命力),见陈鼓应《老子注译及评介》,页150,中华书局,1984年5月版。

又《应帝王》载：

> 阳子居见老聃，曰："有人于此，向疾强梁，物彻疏明，学道不
> 倦。如是者，可比明王乎?"老聃曰："是于圣人也，胥易技系，劳
> 形怵心者也。"

这种意见来自老子。《老子》四十八章云：

> 为学日益，为道日损。

老、庄于此实一脉相承。
　　其次，"道"不可言。《齐物论》云：

> 夫大道不称……道昭而不道。

《知北游》云：

> 道不可言，言而非也。

这也是从老子而来。《老子》一章云："道可道，非常道。"同样认为
"道"是不可言说的。
　　第三，"道"不可感。这里的"感"指的是耳目等生理器官对外界
事物的直接感知。《知北游》云：

> 道不可闻，闻而非也；道不可见，见而非也。

《老子》中也表现了同样的思想。其十二章云：

> 五色令人目盲，五音令人耳聋，五味令人口爽。

均指出感官经验对"道"的把握，不仅无助，反而是一种妨碍。诚然，《庄子》之所说的"道"有其神秘性和不可知的色彩，但是，如果就此而简单地将庄子视为不可知论者，则似乎并不恰当。《大宗师》中明确指出，"道"是"可传而不可受，可得而不可见"的，这就肯定了"道"的可体认与可把握性。释德清解此二句云："以心印心，故可传可得；妙契忘言，故无受无见。"①我觉得，与其将这种解释视作援禅入道，不如将它视作道禅相通。所以，《庄子》对"道"的体认、把握的方式就是"以心印心""妙契忘言"。这用现代的话来说，也就是"直观"。而在《庄子》，则是用"神遇"（《养生主》）、"心斋"（《人间世》）、"坐忘"、"见独"（《大宗师》）等词以名之。

《养生主》载庖丁语云："臣之所好者道也，进乎技矣。……方今之时，臣以神遇而不以目视，官知止而神欲行。"庖丁所好的是解牛之"道"，而不只是"技"（"进乎技矣"），但解牛之"道"的获得，是"以神遇"而不是"以目视"（指官能的感知作用）。"神遇"是超越同时又包含了感官之知，也是排除了逻辑推理与概念分析之后的直观洞察。这时，感官所起的作用，不是用来视听外物（在这个意义上，"神遇"与"目视"是相对的），而是"止"于其视听本身（这时，"神"与"官"是统一的）。

如果说，在《养生主》中，"止"与"神遇"的关系还是通过我们的分析而获得理解的话，那么，在《人间世》中，庄子自己已明确地陈述了这层意思：

> 回曰："敢问心斋？"仲尼曰："若一志，无听之以耳而听之以

---

① 陈鼓应《庄子今注今译》引，页181。

心,无听之以心而听之以气。耳止于听①,心止于符。气也者,虚而待物者也。唯道集虚。虚者,心斋也。"……"瞻彼阕者,虚室生白,吉祥止止。夫且不止,是之谓坐驰。夫徇耳目内通而外于心知,鬼神将来舍,而况人乎?"

在这段文字中,庄子将达到"心斋"的历程描述得颇为明晰。所谓"一志",指的是去除杂念,以达到如陆机《文赋》所谓"罄澄心以凝思"的境界。但要达到"一志",必须排除生理感官上的知觉作用。故曰:"无听之以耳而听之以心,无听之以心而听之以气"。成玄英《疏》云:"耳根虚寂,不凝宫商。""无听之以耳"就是指"耳"不对"宫商"之美恶高下加以辨别判断。但"听之以心"的"心",仍然是一种生理作用,故成《疏》云:"心有知觉,犹起攀缘。"这对"体道"仍然是一种妨碍与障蔽。由此,庄子便进而指出"听之以气"。所谓"气也者,虚而待物者也",这里的"气"便已不是纯粹的生理状态,而是某种精神状态的比况了②。这种"虚"的精神状态仍然是"心"的某种状态,即所谓"虚者,心斋也"。但这与前面"听之以心"的"心",则一为精神的,一为生理的,其间实有区别。由生理之"心"转为精神之"心",这一升华或转折的关键,则在于"止",即"耳止于听,心止于符"。"止于听""止于符"是指耳、心等生理器官"止"于"听""符"(合)本身,而不对所"听"、所"符"之物加以辨别判断,也就是"徇耳目内通而外于心知"。这时,通过"心斋"后的"心",是澄澈透亮、宁静空明的"心",庄子形容为"虚室生白"。这实际上指的是一种精神状态,但它不是虚构的,而是客观存在的。由于达致这一精神状态的

---

① 案:原作"听止于耳",今据俞樾说改。
② 徐复观指出,这个气"实际只是心的某种状态的比拟之词,与老子所说的纯生理之气不同"(《中国人性论史·先秦篇》,页382)。

关键在于"止"，所以庄子又再三言之："虚室生白，吉祥止止。夫且不止，是之谓坐驰。"由此可见，"止"在庄子"体道"过程中，实具有重要意义。

《庄子》中用来表示直观的概念还有"见独"和"坐忘"。所谓"坐忘"，也就是"堕肢体，黜聪明，离形去知，同于大通"（《大宗师》）。对此，徐复观曾这样分析道：

> 庄子的"堕肢体""离形"，实指的是摆脱由生理而来的欲望。"黜聪明""去知"，实指的是摆脱普通所谓的知识活动。……在坐忘的意境中，以"忘知"最为枢要。忘知，是忘掉分解性的，概念性的知识活动；剩下的便是虚而待物的，亦即是徇耳目内通的纯知觉活动。[1]

一句话，就是直观。关于"见独"，《庄子》中也有详细的描绘。《大宗师》记女偊的话云：

> 吾犹守而告之，三日而后能外天下……七日而后能外物……九日而后能外生；已外生矣，而后能朝彻；朝彻，而后能见独；见独，而后能无古今；无古今，而后能入于不死不生。

所谓"朝彻"，乃是指忘怀一切之后的一种清明澄彻的心境，只有这样，才可能达到对"道"的直接体认，然后才能突破时间的束缚（"无古今"）并进入永恒的精神境界之中（"不死不生"）而与"道"为一。

由此可见，《庄子》把握"道"的方式就是直观，用《庄子》中的话

---

① 徐复观《中国艺术精神》，页72—73。

来说明这种直观体道的方式,就是"目击而道存矣,亦不可以容声矣"
(《田子方》)。这种"击",是如电光石火般的碰击,其中是安排不下
语言活动的。

由"止"达到的"神遇"或"心斋""见独""坐忘",亦即直观,在
《庄子》中便拈出"水"和"镜"来比喻这种直观所发生的作用及呈现
的状态。例如:

> 人莫鉴于流水,而鉴于止水。唯止,能止众止。(《德充符》)
>
> 至人之用心若镜,不将不迎,应而不藏,故能胜物而不伤。
> (《应帝王》)
>
> 圣人之静也,非曰静也善,故静也;万物无足以铙心者,故静
> 也。水静则明烛须眉,平中准,大匠取法焉。水静犹明,而况精
> 神!圣人之心静乎!天地之鉴也,万物之镜也。(《天道》)

以心譬镜,始于《老子》,后来也为禅宗和尚所运用①。其本质是虚,
是静,是明,其特征是"止"。这里既没有利欲充斥其内,也安排不下
知性的活动。这种精神境界,是"不将不迎",实际上也就是"亦将亦
迎"。《大宗师》论"见独"后的状态是:

> 其为物,无不将也,无不迎也,无不毁也,无不成也。其名为

---

① 《老子》十章"涤除玄览",帛书乙本"览"作"鉴"。高亨《老子正诂》云:"玄鉴
者,内心之光明,为形而上之镜,能照察事物,故谓之玄鉴。……《庄子·天
道篇》:'圣人之心,静乎天地之鉴也,万物之镜也。'亦以心譬镜。"禅宗如神
秀偈云:"身是菩提树,心如明镜台。"(《坛经·自序品》)又《大珠禅师语录》
卷上《顿悟入道要门论》云:"喻如明鉴,中虽无象,能见一切象。何以故?为
明鉴无心故。学人若心无所染,妄心不生,我所心灭,自然清净,以清净故,能
生此见。"亦以心比镜(鉴)。

> 撄宁，撄宁也者，撄而后成者也。

"撄宁"后的"成"的状态，也就是如水、如镜的状态。

《庄子》以直观为"体道"的方式已如上述，那么，这种"直观"究竟有些什么特征呢？大致看来，有以下几点：

其一，直观是不可言说的。此即所谓"目击而道存矣，亦不可以容声矣"（《田子方》）。又《天道篇》载轮扁之语曰：

> 斫轮，徐则甘而不固，疾则苦而不入。不徐不疾，得之于手而应于心，口不能言，有数存焉于其间。臣不能以喻臣之子，臣之子亦不能受之于臣，是以行年七十而老斫轮。

轮扁的"不徐不疾，得之于手而应于心"，是他由"技"进于"道"的体现，但这种由直观所体认的"道"却是"口不能言"的。尽管"有数存焉于其间"，但得之者不能授于其子，未得者亦不能受于其父。正因为如此，"体道"者就离不开由"技"进"道"的躬行实践的过程。庖丁解牛得"道"，但这个"道"还是由"技"而来。他人若要得"道"，同样少不了这种体验的功夫。在这方面，儒、道亦有相通之处①。无所体验，徒逞口说，则与"道"无缘；既有体验，复加言说，则转为多馀。禅宗语录中，亦多有此类思想②。所以，重体验而不重言说，可以看成是中国古代哲人直观的共同特色。

---

① 如明儒许孚远即曾云："学不贵谈说，而贵躬行；不尚知解，而尚体验。"《明儒学案》卷四十一，页97—98，中华书局，1985年10月版。
② 《镇州临济慧照禅师语录》云："佛法无用功处，只是平常无事，屙屎送尿，着衣吃饭，困来即卧。愚人笑我，智乃知焉。古人云：向外作功夫，总是痴顽汉。"又《云门匡真禅师广录》卷上云："俗子尚犹道：'朝闻道，夕死可矣。'况我沙门，合履践何事，大须努力。"

其二,直观是整体把握的。《齐物论》云:

> 古之人,其知有所至矣。恶乎至? 有以为未始有物者,至矣,尽矣,不可以加矣。其次,以为有物矣,而未始有封也。其次,以为有封焉,而未始有是非也。是非之彰也,道之所以亏也。道之所以亏,爱之所以成。

这里,庄子把对"道"的追求划分为四个等次,"以为未始有物",这是"道"的终极处。"道"之"未始有物",从另一个方面讲,则又是"道"之"无所不在"①。惟其"未有物",故能不限于一物。"其次,以为有物矣。"虽然是"有物",但是还没有对这个"物"作此疆彼界的区分。"其次,以为有封焉。"有了分界("封"),就已经不是一个整体了。"是非之彰也,道之所以亏也。"将"有封"的"道"再加以"是非",以其所"爱"之部分视为"道"的全体,这在实际后果上,就造成了"道"的"亏欠"。《天下篇》中讲到"道术"是"无乎不在"的,但后之学者,却往往以其所"爱"(《天下篇》中称为"所欲")而"得一察焉以自好",必然使"道"无法"合"于"一"。以直观把握的"道",是"未始有物"的整体,不是"有封""有是非"的部分;是"一",不是"多"。前者靠直观而得,后者由分析所致。

其三,直观是物我为一的。《达生》载梓庆语曰:

> 臣将为鐻,未尝敢以耗气也,必齐(斋)以静心。齐三日,而不敢怀庆赏爵禄;齐五日,不敢怀非誉巧拙;齐七日,辄然忘吾有四枝形体也。当是时也,无公朝,其巧专而外滑消;然后入山林,

---

① 《庄子·知北游》载:"所谓道,恶乎在? 庄子曰:无所不在。"又《天下》云:"古之所谓道术者果恶乎在? 曰:无乎不在。"

观天性;形躯至矣,然后成见鐻,然后加手焉;不然,则已。则以天合天,器之所以疑神者,其由①是与!

"以天合天",是为鐻者的天性与鐻的天性冥合无间,凝为一体。在这种情形下,"然后成见鐻",把握住为鐻之"道",从而造成"鐻成,见者惊犹鬼神"的效果。需要进一步指出的是,这种"以天合天"之境界的达到,是以"忘"为基础的。梓庆的忘欲("不敢怀庆赏爵禄","不敢怀非誉巧拙"),忘我("忘吾有四枝形体")、忘世("无公朝""外滑消"),是其"观天性""以天合天"的前提。这里的"忘",实际上就是要消除物我之间的区分与对立,消除由欲望所带来的对"道"的把握的种种干扰。《庄子》曾反复申明这一点,如《齐物论》中的"吾丧我";《大宗师》中的由"忘礼乐""忘仁义"而"坐忘";《达生》中的"忘足""忘要""忘是非",等等,只有通过"忘"才能进入对象之中,并与之合而为一。《庄子》中将这种境界称之为"物化"。《齐物论》载:

> 昔者庄周梦为胡蝶,栩栩然胡蝶也,自喻适志与! 不知周也。俄然觉,则蘧蘧然周也。不知周之梦为胡蝶与,胡蝶之梦为周与? 周与胡蝶,则必有分矣。此之谓物化。

"周与胡蝶"原是有所区分的,但由有所区分而至于"不知周之梦为胡蝶与,胡蝶之梦为周与",这种转变的契机便是物我为一,即"物化"。这种物我为一的境界也正是可以达到"体道"的境界。

总之,《庄子》的直观法,乃以"不可言说""整体把握"及"物我为一"为主要特征。它以"忘我"为基础,以"物化"为途径,以"得一"为

---

① 案:"由"字原缺,陈景元据江南古藏本补。兹从之。

目的。

尽管直观是《庄子》"体道"的方式，但这种方式所发生的影响却不限于对思想史的理解与研究。如前所述，庄子心目中的"道"，并不只是某种抽象的观念，而且是有生命的真实的存在（"有情有信"）。《庄子》在表述其思想内蕴时，常自觉不自觉地流露出某种崇高的艺术精神和艺术意境，因此，这种直观的思维方式及其所包蕴的内涵，不仅给文艺创作浚发了不竭的"心源"①，而且给文艺批评以很大影响。落实到批评方法上，就是给"意象批评"法的思维方式奠定了基础，并进而构成了"意象批评"法的思想内核。

二、"立象尽意"——从《易传》到王弼

如果说，"意象批评"法的思想内核来自《庄子》对"道"的把握方式，那么，作为这一思想内核的外在表现，则是来自《周易》中通用的表达模式——"立象尽意"。与"以意逆志"法和"推源溯流"法相比较，"意象批评"法在语言表现上有一个很显著的特征，即"意象"。以"象"作为把握事物的方式，在中国古代的著作中，以《周易》为最早且最突出。

《易》本卜筮之书②。古时主管卜筮之事者，需要有较高文化水准的人来承当，其中以史官的可能性为最大③。卜筮者不仅需要有较高的文化修养，而且还要具备相当丰富的政治、社会及人生的经验。因此，将卜筮之辞记录并加以整理而成的《周易》一书，就包含了

---

① 张彦远《历代名画记》卷十引张璪语曰："外师造化，中得心源。""心源"一词虽出自佛书，但张璪却是在庄学的意义上来理解并使用的。《全唐文》卷六九〇收符载《江陵陆侍御宅宴集观张员外画松石图》，所描述的境界也正是庄子艺术精神的境界。
② 《汉书·艺文志·六艺略》："及秦燔书，而《易》为筮卜之事，传者不绝。"
③ 参见徐复观《原史》，载《两汉思想史》卷三，页217—304。

丰富的政治、社会及人生的经验。所以孔子说:"加我数年,五十以学《易》,可以无大过矣。"(《论语·述而》)《易传》"十翼"虽非孔子所作,但与孔门必有十分密切的联系。《易传》的产生,丰富和发展了《易经》中蕴而未宣的哲学内涵,如"刚柔""阴阳"等观念,并进而使《周易》成为"六经"之一。《周易》的性质,也就由卜筮之书转为哲学著作了①。

"象"作为把握事物的方法,在《周易》全然是卜筮之书的时候已开始。《左传》僖公十五年记韩简语曰:"龟,象也;筮,数也。物生而后有象,象而后有滋,滋而后有数。"但是,将卜筮时重视"象"的方法在理论上加以总结,则是在《易传》中才凸现出来的。《周易》作为卜筮之书,其基本构造是爻,由爻成卦,又由八卦重为六十四卦,从而形成了完整的体系。《易传》强调了"象"在这一构造中的功能:

其一,爻的产生。《系辞下》:"爻也者,效此者也。"所谓"效此者也",孔颖达云:"圣人画爻以仿效万物之象。"②

其二,卦的产生。《系辞下》云:"古者包牺氏之王天下也,仰则观象于天,俯则观法于地,观鸟兽之文与地之宜,近取诸身,远取诸物,于是始作八卦,以通神明之德,以类万物之情。"又云:"八卦成列,象在其中矣。"

其三,重卦的产生。《系辞下》:"八卦成列,象在其中矣。因而重之,爻在其中矣。"孔颖达引《易纬》云:"初有三画,虽有万物之象,于万物变通之理,犹有未尽。故更重之而有六画,备万物之形象,穷天下之能事,故六画成卦也。"③

---

① 这只是从性质上着眼,而不是从功能上着眼。《周易》所具有的卜筮的功能,在民间一直延续到现在。
② 《周易正义》卷一,《十三经注疏》本,页 13,中华书局,1980 年 10 月版。
③ 同上注。

《易》的基本构造是爻与卦,既然这两者都与"象"有关,那么《易》自然也与"象"分不开了。所以,《系辞下》又云:"是故《易》者,象也。象也者,像也。"这里的"象"指事物的形象;"像"则是指对这一形象的摹写比况。《系辞上》云:"夫象,圣人有以见天下之赜,而拟诸其形容,象其物宜,是故谓之象。"对事物"形容"的摹写并不只是停留在其表面,更主要的是能够反映出事物的本质。这种本质在事物自身叫做"物宜",而对"物宜"的把握、理解则是圣人之"意"。但圣人虽有其"意",却又无法用概念性、分析性的语言加以说明,而只能以"象"来表达。《系辞上》云:

> 子曰:"书不尽言,言不尽意。然则圣人之意,其不可见乎?"
> 子曰:"圣人立象以尽意,设卦以尽情伪,系辞焉以尽其言。"

"立象尽意"说就是在这里提出的。作为一种思维方式,它大致具有如下的一些内涵:

其一,"象"来源于对天地万物的直观。这就是《系辞下》所说的"观象于天""观法于地""观鸟兽之文与地之宜",以及《系辞上》所说的"圣人有以见天下之赜","见乃谓之象,形乃谓之器"。这种直观的思维方式,与《庄子》的直观法有一共同点,即都是对"道"的把握方式。《系辞下》云:"《易》之为书也,广大悉备。有天道焉,有人道焉,有地道焉。"圣人设象为八卦,是用来"以通神明之德,以类万物之情"(同上)的。所以,《易传》也十分强调一个"观"字①。

---

① 例如,《观》卦"彖辞"云:"大观在上,顺而巽,中正以观天下。……观天之神道,而四时不忒。"《剥》卦"彖辞"云:"顺而止之,观象也。"《贲》卦"彖辞"云:"刚柔交错,天文也;文明以止,人文也。观乎天文,以察时变;观乎人文,以化成天下。"《恒》卦"彖辞"云:"观其所恒,而天地万物之情可见矣。"

但是，"象"虽然是由直观而来，但这个"象"却不是对天地万物之"象"的简单摹拟。所以，一方面是"拟诸其形容"（《系辞上》），另一方面又是"拟议以成其变化"（同上）。这种"变化"，主要反映在"象"的符号化，即以"—"（阳爻）和"--"（阴爻）两种符号的不同排列构成不同卦象①。它体现了这样一种思维过程，即将纷繁复杂的现象抽象为两种符号，这是从具体到抽象，亦即从个别到一般；再由这两种符号落实到具体事物，这是从抽象到具体，从一般到个别。例如，以"—"为阳爻，代表万物之刚；以"--"为阴爻，代表万物之柔。故《易》以六阳爻形成《乾》卦，分别代表天、圜、君、父、玉、金、寒、冰、大赤、良马、老马、瘠马、驳马、木果等；以六阴爻形成《坤》卦，分别代表地、母、布、釜、吝啬、均、子母牛、大舆、文、众、柄等（见《周易·说卦》），便反映了这样的一种思维方式。

《周易》是儒家经典，《庄子》是道家典籍，但在思维方式中，它们都重视"直观"。所以中村元在《东洋人的思维方法》第四卷第六编的"结论"部分，特别提到东洋人把握事物的方式是"直觉的"而非"推理的"，是"综合的"而非"分析的"②。这里讲到的"东洋人"，实际上是以中国人为主的。这的确是抓住了中国古代哲人思维方法的特点。中村元又指出："中国人表现概念的方法是具象的。……不将抽象概念作为抽象概念以表示。"并认为这种"具象的、直观的表现法"是"中国民族一般的通性"③。这就涉及到"立象尽意"的又一个

---

① 《易》之"阴""阳"两爻绝不是表示生殖器崇拜的符号。据考古资料表明，表示卦的符号原初有一、五、六、七、八、九等，逐渐演为由"一""六"代表，从而成为"—""--"两种符号。参见张政烺《易辨——近几年根据考古材料探讨〈周易〉问题的综述》，载《周易纵横录》，页177—196，湖北人民出版社，1986年11月版。

② 中村元《東洋人の思惟方法》第四卷，页116—117，春秋社，1962年10月版。

③ 中村元《東洋人の思惟方法》第二卷，页16—19，春秋社，1961年12月版。

特点了。

其二，"立象尽意"是以具体的"象"显示抽象的"意"，是"观"与"思"的结合。由于"言"不能尽"意"，但圣人之"意"又不能不"尽"，这样，遂产生了"立象尽意"的命题①。如前所述，"意"在天地万物自身为"物宜"，对"物宜"的把握和理解便是圣人之"意"。立"象"是为了尽"意"，说到底，也是为了显示"物宜"。所以，后儒解释《周易》，亦有将"意"易作"义"，以与"物宜"之"宜"相通者②。如孔颖达《疏》云："卦六爻，各因象明义，随义而发。"③又引先儒云："或有实象，或有假象。实象者，若地上有水，《比》也；地中生木，《升》也，皆非虚，故言实也。假象者，若天在山中，风自火出，如此之类，实无此象，假而为义，故谓之假也。虽有实象、假象，皆以义示人，总谓之象也。"④这里所说的"实象""假象"，若以章学诚的话来说明，则前者为"天地自然之象"，后者为"人心营构之象"（《文史通义》卷一《易教下》）。而无论其"象"为"实"为"假"，目的均在于藉"象"以尽"意"。"言"虽不能尽"意"，但离开了"言"，"象"的意义也难以确立，所以，后面接着说，"系辞焉以尽其言"。这在"十翼"中，也就是《象》辞。

正因为《周易》强调"象"，又"立象以尽意"，所以，汉儒为了求得卦意，往往泥于卦象，把"象"与"意"等同起来。更加之以"互体""旁通"之法，象外生象，反而使《易》的大意迷失了。顾炎武《日知录》卷

① "尽意"之法除"立象"外，还有以"叹卦"方式为之者。孔颖达《豫》卦"彖"辞《疏》云："凡言不尽意者，不可烦文其说，且叹之以示情，使后生思其馀蕴，得意而忘言也。"但仅有十二处。这与"意象批评"法关系较浅，此处不作详论。
② "义"与"宜"通。《易·旅》："其义焚也。"《释文》引马融注："义，宜也。"《礼记·礼器》："宜次之。"孔《疏》云："宜，义也。"
③ 《十三经注疏》，页13。
④ 同上书，页14。

一"卦爻外无别象"条云：

> 荀爽，虞翻之徒，穿凿附会，象外生象，以"同声相应"为
> 《震》《巽》，"同气相求"为《艮》《兑》，"水流湿，火就燥"为《坎》
> 《离》，"云从龙"则曰《乾》为龙，"风从虎"则曰《坤》为虎。"十
> 翼"之中，无语不求其象，而《易》之大指荒矣。……王弼之注，
> 虽涉于玄虚，已一扫《易》学之榛芜，而开之大路矣。

从《易传》的"立象尽意"，中经汉儒象数之学的繁琐附会，再到王弼
的尽扫象数之学，"立象尽意"的含义也为之一新。所以，顾炎武虽然
对王弼的玄学不以为然，但还是充分肯定了他在《易》学上的贡献。
尽管顾炎武主要是从王弼不用"互体"着眼，但他不用互体的依据正
是其《易》"象"理论①。

最能体现王弼《易》学思想特征的是其《周易略例》，其中对于
"意"和"象"的关系的阐发，集中在《明象》一篇：

> 夫象者，出意者也；言者，明象者也。尽意莫若象，尽象莫若
> 言。言生于象，故可寻言以观象；象生于意，故可寻象以观意。
> 意以象尽，象以言著。故言者所以明象，得象而忘言；象者所以
> 存意，得意而忘象。……然则忘象者，乃得意者也；忘言者，乃得
> 象者也。得意在忘象，得象在忘言。……是故触类可为其象，合
> 义可为其征。义苟在健，何必马乎？类苟在顺，何必牛乎？爻苟

① 王弼对互体的批评，略见其《周易略例·明象》，如云："或者定马于乾，案文
责卦，有马无乾，则伪说滋漫，难可纪矣。互体不足，遂及卦变；变又不足，推
致五行，一失其原，巧喻弥甚。纵复或值，而义无所取。盖存象忘意之由
也。"（《王弼集校释》，页609）

合顺,何必《坤》乃为牛？ 义苟应健,何必《乾》乃为马？……忘象以求其意,义斯见矣。①

在这里,王弼提出了他解释《周易》的新方法,即"得意忘象,得象忘言"。在"意"和"象"之间,重要的是"意","象"不过是"意"的象征和显现。"意"与"象"的关系,犹鱼兔之于筌蹄,其中并无一定的、必然的联系。故"象生于意而存象焉,则所存者乃非其象也;言生于象而存言焉,则所存者乃非其言也"(同上)。舍"象"求"意",固然无"意"可寻;执"象"求"意",亦恐不免"存象忘意"。所以王弼认为,一方面要由"象"求"意",因为"尽意莫若象";另一方面还要"忘象得意",因为"象者,意之筌也"。"象"对于"意"而言,用《淮南子·说山篇》上的话来说,是"所以喻道,而非道也"②。正因为这样,对于"意"来说,可以"此象"来"尽",亦可以"彼象"来"尽"。而对于"得意"者来说,则当透过"象"以寻其"意",惟有这样,"象"才能成为求"意"者的津梁,而不是障碍。如何达到这一点,王弼提出了一个"忘"字诀。"象"只是形迹,真实的东西是"象"后之"道"。惟有通过"忘"的途径,才能进入"象"中(而不是置身"象"外)并且与"意"合一(也就是与"道"合一)。这里不难看出《庄子》思想对王弼的影响。王弼的这一思想,虽然只是体现在对《周易》的理解中,但这种思想方法的影响却是广泛的。故汤用彤指出:"时人用之解经典,用之证玄理,用之调和孔老,用之为生活准则,故亦用之于文学艺术也。"③如果在这里要强调一句的话,那就是这种思想方法还影响到文学批评,尤其对"意象批评"法影响更大。

---

① 《王弼集校释》,页609。
② 高诱《训》:"似道而非道也。"
③ 《魏晋玄学和文学理论》,载《理学·佛学·玄学》,页319—320。

从《易传》到王弼,在"意"与"象"的关系上,实际是从作者与读者(广义的)角度分别立论的。从作者而言,因为"言不尽意",所以要"立象尽意";从读者而言,因为"象为意筌",所以要"忘象得意"。而对"意象批评"法的使用者来说,他们既是"读者",又是"作者"。所以,"忘象得意"与"立象尽意",对他们都有影响,从而构成了一种更其完整的综合。

三、禅宗思维方式的解剖——兼论庄、禅异同

"意象批评"法乃以具体意象表现抽象概念,这种思维方式,从思想上加以考察,乃是受庄学和《易传》的影响所致。禅宗在形成和发展过程中,吸收了庄学思想,并在"意象批评"法的发展中为之带来若干新特点。因此,这里将对禅宗思维方式略作解剖。

众所周知,"言"和"意"的关系,在先秦思想中早已提出。如《庄子》和《易传》。而至魏晋,"言意之辨"乃成为玄学的中心论题之一,《世说新语·文学》谓之为"宛转关生,无所不入",其中又以王弼"得意忘言"说影响最大。禅宗以"不立文字""见性成佛"为特征,这种特征的形成,从历史演变的角度来看,正是在六朝时期由玄学(主要是庄学)与佛学交融会通的结果。六朝僧人,尤其是晋、宋僧人,为了阐扬佛法,往往藉《庄》《老》之书与内典比并参照,即所谓"格义"之学①,这也就同时播下了道佛交融的种子。而在这种交融的过程中,以"得意忘言"说影响最大。如支遁对"得意忘言"说不仅口陈标榜②,而且身体力行。《高僧传》卷四《支遁传》载:

① 《高僧传》卷四《竺法雅传》:"雅乃与康法朗等,以经中'事数',拟配外书,为生解之例,谓之格义。"有关"格义"的问题,陈寅恪《支愍度学说考》有详论,载《金明馆丛稿初编》,页141—167,上海古籍出版社,1980年8月版。可参看。

② 如支遁《五月长斋诗》云:"寓言岂所托,意得筌自丧。"又如《咏怀诗》云:"踟蹰观象物,未始见牛全。毛鳞有所贵,所贵在忘筌。"(逯钦立辑《晋诗》卷二十)

每至讲肆，善标宗会，而章句或有所遗，时为守文者所陋。谢安闻而善之曰："此乃九方堙之相马也，略其玄黄而取其骏逸。"①

九方堙相马，虽忽视色物、牝牡，但却"得其精而忘其粗，在其内而忘其外；见其所见，不见其所不见；视其所视，而遗其所不视"（《列子·说符》），故谢安取以比况支遁之"得意忘言"；又如竺道生以"象外之谈"而倡"顿悟"之义，被人誉为"孤明先发"②。所以，衍至梁代，在达摩进入中国以前，佛学在思想上已奠定了禅宗产生的基础，并出现了"不立文字""见性成佛"说的理论先导。所以，禅宗只能是庄学与佛学交织、交融的结果；并且，禅宗出现以后，也就必然成为中国思想传统中的一个重要部分。

初期禅宗（从达摩至道信）的历史实况如何，由于文献原因，难以得到清楚的了解。现有的记载则大多出自禅宗兴盛以后，其可信性如何是值得怀疑的。总之，禅宗发展至五祖弘忍，大开"东山法门"，一变而以《金刚经》授徒（在此之前均用《楞伽经》）；至六祖惠能，以不立文字，直指人心，见性成佛为宗旨，标志了禅宗的成立。

如前所述，庄学对禅学的影响，当然可以从许多方面去探索，这里，我想以"言"和"意"的关系为中心，从一个侧面对之加以考察。

庄子的"道"是不可闻、不可见、不可言的，但同时这个"道"又是无所不在的。《庄子·知北游》载："东郭子问于庄子曰：'所谓道，恶乎在？'庄子曰：'无所不在。'"为了说明"道"的"无所不在"，庄子接

---

① 《大藏经》第五十册，页348。
② 《高僧传》卷七《竺道生传》："生既潜思日久，彻悟言外，乃喟然叹言：'夫象以尽意，得意则象忘；言以诠理，入理则言息。自经典东流，译人重阻，多守滞文，鲜见圆义。若忘筌取鱼，始可与言道矣。'……乃立善不受报、顿悟成佛。"可见其说与庄学的关系。

连举出"在蝼蚁""在稊稗""在瓦甓",乃至"在屎溺"。同样,禅宗认为佛法是不能形诸语言文字,是说不得的。惠能云:"诸佛妙理,非关文字。"①良价禅师云:"徒观纸与墨,不是山中人。"②而神赞禅师更云:"钻他故纸,驴年去!"(《五灯会元》卷四)所以,禅宗和尚把佛经或比作"鬼神簿,拭疮疣纸"(德山宣鉴禅师语,同上卷七),或拟为"拭不净故纸"(兴化绍铣禅师语,同上卷十六)。同时,佛法又无处不在。所以临济禅师云:"尔欲得如法,但莫生疑。展则弥纶法界,收则丝发不立。"③要把握佛法,即在认识"自性",所谓"自性迷即是众生,自性觉即是佛"④。由于"自性变化甚多"⑤,不可执一以求,所以,这和庄子所说的"道"的"无所不在"是相通的。

这样,佛法一方面是"变化甚多",无所不在,另一方面又是"说似一物则不中"⑥,因此,禅师接引人,就不是靠"学",而是靠"悟"。以"学"的方法接引学人,是儒家所强调的,其突出的表现便是章句之学的发达。而以"悟"的方法来接引学人,则必然轻视章句之学。怀海禅师云:"不必求觅知解语义句。知解属贪,贪变成病。"⑦《筠州洞山悟本禅师语录》载:"师会一官人。官人曰:'三祖《信心铭》弟子拟注。'师曰:'才有是非,纷然失心,作么生注?'"⑧临济禅师的比喻更为惊人:"有一般不识好恶,向教中取意度商量,成于句义,如把屎块子

---

① 《坛经·机缘品》,《大藏经》第四十八册,页355。
② 《筠州洞山悟本禅师语录》,《大藏经》第四十七册,页516。
③ 《镇州临济慧照禅师语录》,《大藏经》第四十七册,页503。案:此语亦有所本,见牛头法融禅师《绝观论》。《宗镜录》卷九十七引作"舒则弥游法界,卷则定迹难寻"。
④ 《坛经·疑问品》,《大藏经》第四十八册,页352。
⑤ 《坛经·忏悔品》,《大藏经》第四十八册,页354。
⑥ 此南岳怀让禅师语,见《祖堂集》卷三。《临济录》引用之,乃成为禅家之通说。
⑦ 《景德传灯录》卷六,《大藏经》第五十一册,页250。
⑧ 《大藏经》第四十七册,页509。

向口里含了吐过与别人。"①这总能使人联想起《向秀别传》中的一段记载:"秀将注《庄子》,先以告(嵇)康、(吕)安,康、安咸曰:'此书讵复须注?徒弃人作乐事耳!'"②从中也可以看出庄、禅思想在这方面的相通之处。禅宗强调"识自本心",而语言文字在他们看来,只是"迹",而不是"心"。"是以发菩提者,得意而忘言,悟理而遗教,亦犹得鱼忘筌,得兔忘蹄也"(《大珠禅师语录》卷下)。庄、禅相通之处是显然的。

但是,能不能因为禅宗使用《庄子》中的语言,以及彼此在对某些问题处理上的相通,就将庄、禅混为一谈呢? 回答是否定的。昔万松老人有云:

> 今人见天童(宏智禅师)用《庄子》,便将老、庄雷同至道。殊不知古人借路经过,暂时光景耳。忽有个出来道:庄子岂不知首山行履处? 但向道"月落三更穿市过",是外篇是内篇?③

就"言"和"意"的处理关系来看,禅与庄的区别至少有以下两点:

其一,以意象来喻佛性。虽然《庄子》一书"寓言十九"(《寓言》),《周易》也是"立象尽意",但这些"象"和"言"还都是可以把握的。而禅宗认为佛性"一切物类比况不得"④,"名不得,状不得"⑤。所以必须抛却一切语言、文字、思辨。然而学人机有深浅,根有利钝,

---

① 《大藏经》第四十七册,页529。
② 《世说新语·文学篇》刘孝标注引,据余嘉锡《世说新语笺疏》,"此书讵复须注"景宋本及沈宝砚本俱无"此"字。余氏案曰:"书不须注,亦与禅宗意思相类。其实即庄生忘筌之旨,不当有'此'字。盖康、安之意,凡书皆不须注,不仅《庄子》也。"页206—207,上海古籍出版社,1993年12月版。
③ 《从容庵录》卷五,《大藏经》第四十八册,页275。
④ 《抚州曹山元证禅师语录》,《大藏经》第四十七册,页535。
⑤ 《云门匡真禅师广录》卷一,《大藏经》第四十八册,页1。

正如临济禅师云:"如诸方学人来,山僧此间作三种根器断。"①这样,有时又不得不采取"绕路说禅"。"绕路说禅"的方法不限于一种,其中主要的方式之一就是以诗的语言,也就是意象语喻之。从《景德传灯录》上来看,最早以意象语答问的是唐代大历年间的天柱崇慧禅师。他以"万古长空,一朝风月"句而闻名。例如:

> 问:"如何是天柱家风?"师曰:"时有白云来闭户,更无风月四山流。"问:"亡僧迁化向甚么处去也?"师曰:"灊岳峰高长积翠,舒江明月色光晖。"……问:"如何是道?"师曰:"白云覆青嶂,蜂鸟步庭华。"……问:"宗门中请师举唱。"师曰:"石牛长吼真空外,木马嘶时月隐山。"问:"如何是和尚利人处?"师曰:"一雨普滋,千山秀色。"问:"如何是天柱山中人?"师曰:"独步千峰顶,优游九曲泉。"问:"如何是西来意?"师曰:"白猿抱子来青嶂,蜂蝶衔华绿蕊间。"②

禅宗最根本处是要人认识自己的"自性",但"自性"是不可言说的,所以,禅师遂藉可以感觉的意象,以喻示那不可言说的"自性"。与庄子对"道"的把握相似,对"自性"的认识也是依靠"直观""顿悟",用圜悟禅师的话来说,"举一明三,目机铢两,是衲僧家寻常茶饭"③。所谓"目机铢两",即一见便知轻重之意,亦即谓直观洞察。但要对悟得的"自性"加以说明,却只能藉意象以比喻。这个"意象",贵活、贵灵、贵空、贵透。总之,藉空灵的意象以喻示不可思议、不可言说的"自性",是禅宗示法的一大特点。如此,则示法者似说而实未尝说,

---

① 《镇州临济慧照禅师语录》,《大藏经》第四十七册,页501。
② 《景德传灯录》卷四,《大藏经》第五十一册,页229—230。
③ 《碧岩录》卷一,《大藏经》第四十八册,页140。

闻法者似未闻而实有所闻。

其二，"二道相因"的思维方式。《坛经·付嘱品》载惠能语曰：

> 说一切法，莫离自性。忽有人问汝法，出语尽双，皆取对法，来去相因。

又云：

> 若有人问汝义，问有将无对，问无将有对，问凡以圣对，问圣以凡对。二道相因，生中道义。①

这种思想的源头，从文献上看，或可溯至《大智度论》的《释集散品第九下》，其中反复云："离是二边行中道，是为般若波罗蜜。"②但到了禅宗，这种思想才成为他们的宗旨，同时也是他们最基本的思维方式。禅宗接引人，常常是不住一边，也就是不沾滞于一端。临济禅师说："山僧无一法与人，只是治病解缚。"③曹洞宗将自身宗旨归纳为"不堕凡圣"④。《碧岩录》第三十一则说："大凡作家宗师，要与人解粘去缚，抽钉拔楔，不可只守一边。左拨右转，右拨左转。"⑤所以，他们总是先立一义，随后又破此义。横说竖说，正说反说，拳打脚踢，拈槌竖拂，总之是要学人识得"自性"。所以慧海云：

> 若见性人，道是亦得，道不是亦得。随用而说，不滞是非。

---

① 《大藏经》第四十八册，页360。
② 《大藏经》第二十五册，页370。
③ 《镇州临济慧照禅师语录》，《大藏经》第四十七册，页500。
④ 《筠州洞山悟本禅师语录·纲要颂》，同上注，页516。
⑤ 《大藏经》第四十八册，页170—171。

> 若不见性人,说翠竹著翠竹,说黄花著黄花,说法身滞法身,说般
> 若不识般若,所以皆成诤论。(《大珠禅师语录》卷下)

"自性"是体,显体者为用;体是不变的,而用则变化万端。禅师为了
显示佛法自性,往往立象设喻,但又恐学人泥于此象此喻,遂再从相
反方向加以破除。这种思想方式,要求从多方面去把握"自性",而不
拘执于一端,最后做到"超凡越圣"。

"二道相因"的思维方式,以后便逐渐演变为禅宗"三关"。这是
从"三句"转换而来。万松老人评唱《从容庵录》卷五云:

> 三句之作,始于百丈大智,宗于金刚般若。丈云:夫教语
> 皆三句相连,初、中、后善。初直须教渠发善心,中破善心,后
> 始名好善。则菩萨即非菩萨,是名菩萨。法非法,非非法,总
> 恁么也。①

百丈大智即怀海禅师,《景德传灯录》卷六载其语曰:

> 透过三句外,自然与佛无差。②

《五灯会元》卷三亦载其语曰:

> 但离一切声色,亦不住于离,亦不住于知解。……只如今但
> 离一切有无诸法,亦离于离。

---

① 《大藏经》第四十八册,页275。
② 《大藏经》第五十一册,页250。

慧海亦云：

> 心无形相，非离言语，非不离言语。（《大珠禅师语录》卷下）

其含义均合于"三句"思维。而云门偃禅师更提出要"一镞破三关"①。圜悟禅师曰："云门一句中三句俱备，盖是他家宗旨如此。"②其实，这一宗旨是贯彻于"五家七宗"之中，临济宗也不例外。如《镇州临济慧照禅师语录》云："一句语须具三玄门，一玄门须具三要。"③风穴禅师云："凡语不滞凡情，即堕圣解，学者大病。"④而曹洞宗的"五位君臣旨诀"，所强调的既不是"正中偏"，也不是"偏中正"，而是"兼带"，即"冥应众缘，不堕诸有，非染非净，非正非偏"⑤。禅宗的这种"二道相因"的思维方式，便使它的"不立文字"与庄学的"不立文字"区别了开来。

这里顺便辨别一下儒家的"中庸"与禅宗"生中道义"之间的区别。在多数情况下，儒家的"中庸"是一个肯定的、实在的、可把握的东西。如"质胜文则野，文胜质则史。文质彬彬，然后君子"（《论语·雍也》）。又如《关雎》乐而不淫，哀而不伤"（《八佾》）。所以，这个"中庸"往往是对立面双方的调和、折衷，从而得到的一种最佳状态。因此，它是可追求、可把握的，属于"有"的范畴。而禅宗的"中道义"，则往往是一个否定的、虚幻的、不可把握的东西，属于"无"的范畴。如果说，儒家"中庸"思维方式的核心是"A 然而 B"（如《论语·述而》："子温而厉"），"A 而不 A'"（如《尚书·尧典》："刚而无

---

① 《云门匡真禅师广录》卷中，《大藏经》第四十七册，页 563。
② 《碧岩录》卷一，《大藏经》第四十八册，页 146。
③ 《大藏经》第四十八册，页 497。
④ 《人天眼目》卷一，《大藏经》第四十八册，页 300。
⑤ 《抚州曹山元证禅师语录》，《大藏经》第四十七册，页 527。

虐,简而无傲")的话①,那么,禅宗"二道相因"的思维方式则是"A 而非 A"。传为达摩所作的《小室六门·悟性论》②中云:

> 无所不乘,亦无所乘。终日乘,未尝乘,此为佛乘。
> 若觉最上乘者,心不住此,亦不住彼,故能离于此、彼岸也。
> 夫真见者,无所不见,亦无所见。③

所以,这个"中道义"的结果,最终乃是"空"。推至最后,甚至连这个"中"也否定掉了。《悟性论》云:"如来不在此岸,亦不在彼岸,不在中流。"④其归根结柢仍是"本来无一物"。这就与儒、道两家有所区别。此一区别甚为精微,亦甚为重要。明人屠隆《贝叶斋稿序》云:

> 然诗道大都与禅家之言通矣。夫禅者……兀然枯坐,阒然冥心,空而不空,不空而空;住而不住,不住而住;无见而无所不见,而卒归之乎无见,而又不以无见名;无解而无所解,而卒归之乎无解,而又不以无解名。一旦言下照了,乃彻真境。夫诗道亦类是矣。语云:用志不分,乃凝于神。夫天下之物,何者非神所到? 天下之事,何者非神所办哉? 方其凝神此道,万境俱失,及其忽而解悟,万境俱冥,则诗道成矣。(《白榆集》卷一)

---

① 参见庞朴《中庸》《三分》等文,载其著《儒家辩证法研究》,中华书局,1984 年 6 月版。庞氏共归纳出中庸的四种模式,我觉得"非 A 非 B"和"亦 A 亦 B"两种模式不是主要的。

② 这一文献为后人伪托无疑,其代表了多少达摩的思想,尚待细考。不过,从内容上看,这还是反映了禅宗的基本精神。

③ 《大藏经》第四十八册,页 370—371。

④ 同上书,页 372。

他对禅家的描述是正确的,而对诗道的描述,实际则是庄学的境界("用志不分,乃凝于神"即出自《庄子·达生篇》)。诗是文学之一,文学便离不开形象,如果像禅宗一样"彻真境",即"本来无一物"之境,诗道又何以成呢? 因此,禅宗对中国传统文学以及文学批评的影响,只能是在达到其极致的功夫与历程中才能发生作用;而讲禅宗对传统文学艺术的影响,也只有在这个意义上立论才是合乎实际的。

四、从人物品评到意象批评

中国古代文学批评中的术语、概念和方法,往往有取自文学以外者,或来自思想著作,或来自宗教典籍,或来自人物品评,或来自艺术(音乐、书法、绘画)评论。在前面的文字中,对于思想著作、宗教典籍和艺术评论给予文学批评的影响,已或多或少有所论述,但对于人物品评和文学批评的关系则尚未涉及。事实上,在中国文学批评史上,人物品评和文学批评的关系非常密切。就"意象批评"法而言,这种关系显得尤为突出。魏晋以下的人物品评,和过去相比,有两点非常不同:一是注重人的容貌气质,二是往往以具体的意象来加以形容。尽管这两点在魏晋以下的人物品评中蔚为风气,但如果从历史上来考察,这些也都是从先秦以来顺理成章发展而致。

中国人的流品观念起源甚早,最典型的表达乃在《汉书·古今人表》,其中将上代历史人物分作上中下三等,每等之中复分三等,从上上等的"圣人"到下下等的"愚人",共有九等,即所谓的"九品论人"。这种观念,当得之于孔门之传①。一个人流品的确立,并不在于其出

---

① 如《论语》中云:"若圣与仁,则吾岂敢。"(《述而》)"生而知之者,上也;学而知之者,次也;困而学之,又其次也;困而不学,民斯为下矣。"(《季氏》)"唯上智与下愚不移。"(《阳货》)

身、财富或地位,而在于其德性,即取决于其内在的价值。汉代的取士用人,采用的方法主要是察举和征辟,其标准还是重在道德礼义方面①。至于评论的方法,则从先秦开始,就已经有用意象语为之的先例。如《诗经》中的《卫风·淇奥》:"有匪君子,如金如锡,如圭如璧。"《秦风·小戎》:"言念君子,温其如玉。"《小雅·白驹》:"生刍一束,其人如玉。"孔子说:"岁寒然后知松柏之后凋也。"(《论语·子罕》)虽然未必是针对某一人而言,但评论的还是君子的品德。有若曾这样赞美孔子:"麒麟之于走兽,凤凰之于飞鸟,泰山之于丘垤,河海之于行潦,类也。圣人之于民,亦类也。出于其类,拔乎其萃,自生民以来,未有盛于孔子也。"(《孟子·公孙丑上》引)以上品评所使用的意象就有动物、植物、矿物和山水。

虽然孔子说"以貌取人,失之子羽"(《史记·留侯世家》),但以形貌的观察为基础,进而推论其心志的方法,则在先秦已屡见不鲜。《左传》上说:"蠭目而豺声,忍人也。"(文公元年)又有"是子也,熊虎之状而豺狼之声"(宣公四年)之说。《大戴礼记·文王官人篇》中提出"观人"的"六征"法(这项内容也见于《逸周书·官人解》中),就包括了"视声"②和"观色"。这些都是从形貌的观察进而推论其人性的善恶。尽管荀子在其书中专列《非相篇》,对"以貌取人"的方法予以批评,"形相虽恶而心术善,无害为君子也;形相虽善而心术恶,无害为小人也。……长短小大,美恶形相,岂论也哉"。但这种方法在汉代仍然盛行,如王莽,"为人侈口蹙顄,露眼赤精,大声而嘶",时人评为"鸱目虎吻豺狼之声者也,故能食人,亦当为人所食"

---

① 《后汉书》卷六十一论曰:"汉初诏举贤良、方正,州郡察孝廉、秀才,斯亦贡士之方也。中兴以后,复增敦朴、有道、贤能、直言、独行、高节、质直、清白、敦厚之属。"
② 此据《逸周书》,《大戴礼记》作"视中"。

（《汉书·王莽传》）。东汉后期，品评人物之风更为兴盛，此与当时的社会政治背景有关①。而在对人的形貌的评论中，也开始从整体上以意象语形容其胸襟、德性、气度、风韵②。《世说新语·德行篇》载：

> 客有问陈季方："足下家君太丘，有何功德而荷天下重名？"季方曰："吾家君譬如桂树生泰山之阿，上有万仞之高，下有不测之深；上为甘露所沾，下为渊泉所润。当斯之时，桂树焉知泰山之高，渊泉之深，不知有功德与无也。"

余嘉锡案曰："魏、晋诸名士不独善谈名理，即造次之间，发言吐词，莫不风流蕴藉，文采斐然，盖自后汉已然矣。"③魏晋以来的人物品评，正是沿着这种风气发展的结果。

汉魏之际刘邵的《人物志》是一部有关品评人物的理论著作，该书总结了过去的人物品评理论，在当时和后代有很大的影响。《四库全书总目》卷一百一十七《人物志》提要指出：

> 其书主于论辨人才，以外见之符，验内藏之器，分别流品，研析疑似。

---

① 范晔《后汉书·许劭传》载："劭与靖俱有高名，好共覈论乡党人物，每月辄更其品题，故汝南俗有'月旦评'焉。"又《党锢传》指出："逮桓、灵之间，主荒政缪，国命委于阉寺，士子羞与为伍，故匹夫抗愤，处士横议，遂乃激扬名声，互相题拂，品覈公卿，裁量执政，婞直之风，于斯行矣。"

② 这是就当时品评人物的新特点而言，传统的品评方式并未因此而消失。如《世说新语·识鉴篇》载潘滔评王敦云："君蜂目已露，但豺声未振耳。必能食人，亦当为人所食。"即本《左传》《汉书》评语而为之。

③《世说新语笺疏》，页10。

《人物志》卷上《九征篇》指出：

> 凡有血气者，莫不含元一以为质，禀阴阳以立性，体五行而著形。苟有形质，犹可即而求之。
>
> 故其刚柔明畅，贞固之征，著于形容，见乎声色，发乎情味，各如其象。

人的"内藏之器"，是由阴阳五行之质的多少而决定的，它反映于人体的骨、筋、气、肌、血，并形成不同的性格。因此，这时的骨、筋、气等就不是一个简单的生理名词，而是其生命的姿态。对其"外见之符"的"即而求之"，就能够深识作为"个体的人"。唐君毅曾就魏晋以下这种品鉴的用语分析道：

> 个别之人性与其本身之价值，就其为个别言，乃不可加以定义界说者，亦不能只视为一品类或一种类中之一份子，而至多只可自各方面加以描写、形容、嗟叹、赞美者。此即魏晋人言个别之人性者，恒趋于用文学之语言，以言某一特定个人之风度与性情，而罕用表抽象之概念之语言之故也。①

这里就已涉及到魏晋人物品评的特点了。

魏晋以来的人物品评有其新特点，虽然以形貌取人，但重心不是其德性，而是其气质风韵。使用的语言，便是富于意象性的文学语言。《人物志·材理篇》云："善喻者以一言明数事。"则其书不仅奠定此下人物品评之思想基础，抑且对品评之方法亦有所提示了。《世说新语·赏誉篇》载：

> 世目李元礼："谡谡如劲松下风。"（刘孝标注引《李氏家

---

① 《中国哲学原论·原性篇》，页 142—143，新亚书院研究所，1974 年 7 月版。

传》："颍川李府君，颓颓如玉山。汝南陈仲举，轩轩如千里马。南阳朱公叔，飔飔如行松柏之下。")

公孙杜目邴原："所谓云中白鹤，非燕雀之网所能罗也。"

裴令公目夏侯太初："肃肃如入廊庙中，不修敬而人自敬。"一曰："如入宗庙，琅琅但见礼乐器。见锺士季，如观武库，但睹矛戟。见傅兰硕，江廞①靡所不有。见山巨源，如登山临下，幽然深远。"

王戎目山巨源："如璞玉浑金，人皆钦其宝，莫知名其器。"

庾子嵩目和峤："森森如千丈松，虽磊砢有节目，施之大厦，有栋梁之用。"

王戎云："太尉神姿高彻，如瑶林琼树，自然是风尘外物。"

严仲弼九皋之鸣鹤，空谷之白驹；顾彦先八音之琴瑟，五色之龙章；张威伯岁寒之茂松，幽夜之逸光；陆士衡、士龙鸿鹄之裴回，悬鼓之待槌。

又《容止篇》载：

时人目夏侯太初朗朗如日月之入怀，李安国颓唐如玉山之将崩。

嵇康身长七尺八寸，风姿特秀。见者叹曰："萧萧肃肃，爽朗清举。"或云："肃肃如松下风，高而徐引。"山公曰："嵇叔夜之为人也，岩岩若孤松之独立；其醉也，傀俄若玉山之将崩。"

裴令公目王安丰眼烂烂如岩下电。

---

① "江廞"景宋本作"汪廞"，《晋书·裴楷传》作"汪翔"，即汪洋之意，以形容其广大。参见余嘉锡《世说新语笺疏》，页422。

这种以具体的意象来品藻(当时人往往用"目"表示)人物的气概、风度的方式,也渐渐地扩大到评论人物的学问、语言乃至于创作的风格和特色。如《世说新语·文学篇》载:

> 褚季野语孙安国云:"北人学问,渊综广博。"孙答曰:"南人学问,清通简要。"支道林闻之曰:"圣贤固所忘言。自中人以还,北人看书如显处视月,南人学问如牖中窥日。"

这是评论学问特色的。刘孝标注云:"学广则难周,难周则识闇,故如显处视月;学寡则易核,易核则智明,故如牖中窥日也。"又《赏誉篇》载:

> 王太尉云:"郭子玄语议,如悬河写水,注而不竭。"

这是评论语言风格的。《语林》作孙绰语:"其辞清雅,奕奕有馀,吐章陈文,如悬河泻水,注而不竭。"(《北堂书钞》卷九十八引)不仅形容其语言,而且形容其文章。又《赏誉篇》载:

> 胡毋彦国吐佳言如屑,后进领袖。

刘孝标注云:"言谈之流,靡靡如解木出屑也。"又《文学篇》载:

> 孙兴公道曹辅佐才如白地明光锦,裁为负版绔。非无文采,酷无裁制。

这是评论创作特色的。可见,从人物品评到意象批评,是自有其脉络可寻的。

"意象批评"法在当时的书法、绘画和文学批评中都有运用。如果将其评语和人物品评作一对比,则往往能够从语言上发现由人物品评到意象批评的转换。例如,《世说新语·赏誉篇》载:

> 王公目太尉:"岩岩清峙,壁立千仞。"

刘孝标注引顾恺之《夷甫画赞》:

> 夷甫天形瑰特,识者以为岩岩秀峙,壁立千仞。

一则评人,一则评画。以下再试将曹植《洛神赋》的描写与魏晋的人物品藻以及意象批评作一对比,例一:

> 《洛神赋》:"其形也,翩若惊鸿,婉若游龙。"
> 《世说新语·容止》:"时人目王右军:飘如游云,矫若惊龙。"
> 《晋书·王羲之传》:"(羲之)尤善隶书,为古今之冠,论者称其笔势,以为飘若浮云,矫若惊龙。"[①]

例二:

> 《洛神赋》:"仿佛兮若轻云之蔽月,飘飘兮若流风之回雪。"

①《四库全书总目》卷四十五《晋书》提要云:"其所褒贬,略实行而奖浮华;其所采择,忽正典而取小说。……其所载者,大抵宏奖风流,以资谈柄。取刘义庆《世说新语》与刘孝标所注,一一互勘,几乎全部收入。是直稗官之体,安得目曰史传乎。"正因为其资料来源有些特殊性,对我们了解当时的清谈之习反而有所帮助。

《诗品》卷中评范云："范诗清便宛转,如流风回雪。"

例三:

《洛神赋》："远而望之,皎若太阳升朝霞;迫而察之,灼若芙蕖出渌波。"

成公绥《隶书体》："仰而望之,郁若宵雾朝升,游烟连云;俯而察之,凛若清风厉水,漪澜成文。"

《诗品》卷中引汤惠休语:"谢诗如芙蓉出水,颜如错彩镂金。"

从上面的比较中,我们惊奇地看到:清瘦有神的王羲之[①]竟成了惊鸿照影的凌波仙子;而诗人的艺术风格也成了亭亭玉立的绝代佳人。这似乎有些不可思议,但实际上,这正说明了从人物品评到意象批评的转变。以艳美的词藻比况男子,在先秦两汉已颇为多见。《初学记》卷十九《美丈夫》中摘引《左传》《登徒子赋》及《汉书》等,不乏其例。钱锺书《管锥编·左传正义·桓公元年》中也举了不少这样的例子,并指出:"古之男女均得被目为'美艳'也。……后世以此类语题品男子,便有狎亵之意。"[②]但在魏晋,以形容美女的言词来"题目"男子,却丝毫不见"狎亵之意"。以《世说新语·容止篇》为例:

王夷甫容貌整丽,妙于谈玄,恒捉白玉柄麈尾,与手都无

---

① 《世说新语·赏誉篇》刘孝标注引《晋安帝纪》云:"羲之风骨清举也。"又《轻诋篇》载:"旧目韩康伯:将肘无风骨。"刘孝标注引《语林》:"范启云:'韩康伯似肉鸭。'"可知无风骨乃肥胖,有风骨则清瘦。

② 《管锥编》第一册,页173,中华书局,1986年6月版。

分别。

潘安仁、夏侯湛并有美容,喜同行,时人谓之"联璧"。

裴令公有俊容仪……时人以为"玉人"。见者曰:"见裴叔则如玉山上行,光映照人。"

王右军见杜弘治,叹曰:"面如凝脂,眼如点漆,此神仙中人。"

有人叹王恭形茂者云:"濯濯如春月柳。"

以"玉"形容人,在先秦已有前例,但重心在于德性①。魏晋时以"玉"形容人,则全在于面貌之皎白温润。王瑶在《文人与药》一文中曾经指出:"在魏晋,其风直至南朝,一个名士是要他长得象个美貌的女子才会被人称赞的。"②因此,用形容美女的言词来喻示艺术风格,也正表明了从人物品评到意象批评的演变。

以上所述,乃有形迹可寻觅,更有一种属神理思路者,兹愿试为抉发。在上面引述到的材料中,"目"是一个出现频率很高的字眼。同时,相关记载中也常常出现这样的描述:"见而异焉""一见改观""一见奇之"等③。这种"默识"的鉴赏方式,是魏晋以下人所特有的。需要追问的是,这种识鉴方式的思想来源是什么?这种方式在实际运用中的本质是什么?这一点,其实在当时人的言谈中已经有所提示,如《世说新语·赏誉篇》载:

太傅东海王镇许昌……敕世子毗曰:"夫学之所益者浅,体

---

① 《荀子·法行篇》记孔子语云:"夫玉者,君子比德焉。"

② 王瑶《中古文学史论集》,页13。

③ 《世说新语·识鉴篇》载:"是时(车)胤十馀岁,(王)胡之每出,尝于篱中见而异焉。"又《容止篇》载:"庾风姿神貌,陶一见便改观。"又《言语篇》刘孝标注引《高坐别传》:"丞相王公一见奇之,以为吾之徒也。"

之所安者深。闲习礼度,不如式瞻仪形;讽味遗言,不如亲承
音旨。"

"学"是从书本上了解,"体"是与对象发生直接的生命共感。因此,
这个"体",就蕴含了庄子"体道"的方式,因而可以说,这种方式在神
理思路上,受到了庄子的影响,"一见奇之"也就可以说是"目击道
存"。所以这种鉴赏,"是直接就个体的生命人格,整全地、如其为人
地而品鉴之"①。它特别强调的是"目",一方面是"目见",一方面是
"题目",所谓"闲习礼度,不如式瞻仪形"。其品鉴是整体的,而不是
局部的;是内在的,而不是外在的;是得其神韵,而非拘于形迹。这与
九方皋之相马,王弼之解《易》,支道林之说《庄》,陶渊明之读书,方
法是一致的,即"得意忘言"。"意象批评"法的特征,也是在整体上
把握对象,这与魏晋以下品评人物的神理思路是一致的。

但我们似乎不能就此认为,魏晋以下的人物品鉴全是受道家思
想影响。《庄子》所讲的"体道",强调"用心若镜",然后能"朝彻",
能"见独"。但达到这一境界的途径皆为无情的。庄子在讲"心斋"
时说:"无听之以耳,而听之以心;无听之以心,而听之以气。……气
也者,虚而待物者也。唯道集虚。虚者,心斋也。"(《庄子·人间
世》)成玄英注曰:"心有知觉,犹起攀缘;气无情虑,虚柔任物。故去
彼知觉,取此虚柔,遣之又遣,渐阶玄妙。"《庄子·德充符》中也曾讨
论过"有情"和"无情"的问题:

> 惠子谓庄子曰:"人故无情乎?"庄子曰:"然。"惠子曰:"人
> 而无情,何以谓之人?"庄子曰:"道与之貌,天与之形,恶得不谓
> 之人?"惠子曰:"既谓之人,恶得无情?"庄子曰:"是非吾所谓情

---

① 牟宗三《才性与玄理》,页44,学生书局,1985年4月版。

也。吾所谓无情者,言人之不以好恶内伤其身,常因自然而不益生也。"

庄子并非就人生的本然状态以言"情",因为那种情在庄子看来,对人生、对"体道"皆为妨碍。所以,他所谓的"无情之人"实际上是一种达到了超越境界的人。儒家则认为,"情"为人人所有。《荀子·正名》曰:"性之好恶喜怒哀乐谓之情。"《礼记·礼运篇》云:"何谓人情?喜怒哀惧爱恶欲七者,弗学而能。"魏晋人讨论圣人是否有情,最终以王弼的见解取胜,并产生很大影响①:

> 何晏以为圣人无喜怒哀乐,其论甚精,锺会等述之。弼与不同,以为圣人茂于人者神明也,同于人者五情也。神明茂,故能体冲和以通无;五情同,故不能无哀乐以应物。然则圣人之情,应物而无累于物者也。今以其无累,便谓不复应物,失之多矣。(《三国志·锺会传》裴松之注引《何劭传》)

王弼的意见是一种统合儒道的主张。"应物而无累于物"则承认人皆有情,同时又要以"神明"来超越此情。所以,魏晋人在面对自然、面对人生、面对艺术的时候,往往一方面情不自禁,一方面又欲藉以消遣其情。王戎②说:

> 圣人忘情,最下不及情。情之所钟,正在我辈。(《世说新语·伤逝》)

---

① 参见林丽真《魏晋人论"情"的几种面向》,载《中国文学的多层面探讨国际学术会议论文集》,页629—650,台湾大学,1996年7月版。
② "戎"或当作"衍",参见余嘉锡《世说新语笺疏》,页638。

又《言语篇》载：

> 卫洗马初欲渡江，形神惨顿，语左右云："见此芒芒，不觉百端交集。苟未免有情，亦复谁能遣此。"
>
> 桓公北征经金城，见前为琅邪时种柳，皆已十围，慨然曰："木犹如此，人何以堪。"攀枝执条，泫然流泪。
>
> 谢太傅语王右军曰："中年伤于哀乐，与亲友别，辄作数日恶。"王曰："年在桑榆，自然至此，正赖丝竹陶写。恒恐儿辈觉，损欣乐之趣。"

又《任诞篇》载：

> 桓子野每闻清歌，辄唤"奈何！"谢公闻之曰："子野可谓一往有深情。"

因此，在品评人物的时候，他们也是抱有同样态度。魏晋的人物品评是一种审美的批评，品鉴者往往带有自身的感情色彩。如刘尹曰："清风朗月，辄思玄度。"（《世说新语·言语》）王恭与王忱原来有"疑隙"，但当他看到"清露晨流，新桐初引"时，乃感叹曰："王大故自濯濯。"（《世说新语·赏誉》）正是在这样的感叹之中，他也将自己郁塞的情感消解了。因此，这样的人物品评，从其思想来源说，应该是儒道的结合，尽管是以道家思想为主。

人物品评与文学批评的密切关系，究其原因，实出于人品与文品合一之观念的影响。在中国古代的文艺批评中，几乎总是把文品和人品紧紧结合在一起的。"诗言志"首先要求诗人是一个彬彬君子，同时又要求诗歌能够经世致用。从刘勰《文心雕龙·体性》的所谓"触类以推，表里必符"，到王国维《文学小言》的所谓"无高尚伟大之人格,而有高尚伟大文章者,殆未之有也"①,都属于这个"人文合一"的传统。在这中间,尽管有人曾表示过怀疑,如元好问的所谓"心画心声总失真,文章宁复见为人"(《论诗三十首》);也曾有人表示过反对,如梁简文帝的所谓"立身之道,与文章异;立身先须谨慎,文章且须放荡"②。但这并无碍于"人文合一"的传统。既然文品与人品合一,那么从品评人物到品评文艺创作也就是很自然的了。

第三节 "意象批评"法的发展及其特征

"意象批评"法从产生到发展,大致可以分为三个阶段,即萌芽期、成熟期、发展期。不同的时期有其各自的代表,并因而形成其自身的特色。兹分述如下。

一、萌芽期

萌芽期指的是从东汉后期至魏晋之际,这一时期的"意象批评"主要运用于书法批评。

古人相信文字的产生如同八卦的形成,其特点乃是"依类象形"。许慎《说文解字叙》云:

> 古者庖牺氏之王天下也,仰则观象于天,俯则观法于地,视鸟兽之文与地之宜,近取诸身,远取诸物,于是始作易八卦,以垂宪象。……仓颉之初作书,盖依类象形,故谓之文。其后形声相

---

① 《中国近代文论选》,页768,人民文学出版社,1959年10月版。
② 《诫当阳公书》,见《艺文类聚》卷二十三。

益,即谓之字。文者物象之本,字者言孳乳而寖多也。①

言八卦的产生,全取《周易·系辞下》的文字。段玉裁在"依类象形,故谓之文"下注云:"依类象形,谓指事、象形二者也。指事亦所以象形也。"可见,在古人看来,中国文字的最大特征就是"象形"②。由于汉人进入仕途有"善史书"的要求③,于是在将字写规范的同时,也就推进了将字写美观,进而形成一种艺术。书法艺术成熟于东汉后期,篆、隶、草书均流行于世,并开始脱离实用而趋向于审美。《汉书·陈遵传》载:"(遵)性善书,与人尺牍,主皆藏去以为荣。"已透露了由实用转向审美的消息。《后汉书》中此类记载更多,从帝王皇后到民间百姓,往往酷好书法。《皇后纪》谓和帝阴皇后"少聪慧,善书艺",明确将书法视为"艺术"。《宗室四王传》称刘睦"善史书,当世以为楷则",《张超传》谓其"善于草书,妙绝时人,世共传之",都足以说明书法艺术为人喜好的程度。书法是文字的艺术化,由于汉字的主要特征是象形,在此基础上形成的书法艺术,也是以线条和造型为美学要素。所以,对书法艺术的批评也就往往采用"意象批评"法。

　　现存最早的"意象批评"法的例证,见于西晋卫恒的《四体书势》。所谓"四体",指的是古文、篆书、隶书、草书。其中"古文势"和每篇的序文出于卫恒,"篆势"出于蔡邕,"草书势"出于崔瑗,"隶势"或出于锺繇,大致可以代表从东汉到魏晋时期的"意象批评"法。

---

① 段玉裁注《说文解字》第十五卷上,经韵楼藏版。
② 虽然在现有的汉字中,以形声字占绝大部分,但在文字之初,如甲骨文中,象形字的比例就远高于形声字。"象形"也是最基本的造字方法,所以古人视之为文字的最基本的特征。
③ 篆、隶、草原先均起于实用,因赴其急而渐变篆为隶,变隶为草。《汉书·贡禹传》载:"何以礼义为? 史书而仕宦。""史书"即隶书,擅书乃入仕之捷径。

《四体书势·古文》指出：

> 古书亦有数种，其一卷《论楚事》者最为工妙。恒窃悦之，故
> 竭愚思，以赞其美。愧不足厕前贤之作，冀以存古人之象焉。古
> 无别名，谓之字势云。（《晋书·卫恒传》）

这里说的《论楚事》，指的是西晋太康二年（281）汲冢书《周书》中的
一篇。不过卫恒是从书法的角度予以评论，其目的是"冀以存古人之
象"。《尚书·益稷篇》原有"予欲观古人之象，日月星辰，山龙华虫，
作会宗彝，藻火粉米，黼黻絺绣，以五采彰施于五色作服"语，指的是
以自然和动植物意象作为服饰的图案，但从许慎《说文解字叙》引用
后，"观古人之象"便含有了文字的意味①。卫恒语即承此而来，正因
为"冀以存古人之象"，所以其方式必然采用"象"。又因为这是一种
新的批评方式，"古无别名"，所以命名为"字势"。以"势"名篇，当然
不始于卫恒，如《四体书势》中所保存的就有崔瑗的《草书势》和蔡邕
的《篆势》，相传蔡邕还另有《九势》。但从卫恒开始，这个名称才得
到真正的确立②。"势"的含义较复杂，但其基本义是"力"，而且这种
力是自然形成的。《周易·坤》"象辞"曰："地势坤，君子以厚德载
物。"虞翻注："势，力也。"（李鼎祚《周易集解》引）又《淮南子·修务
篇》云："各有其自然之势。"高诱训："势，力也。"书法中点画的连结
组合，便能形成富有动感和生命力的"势"，所以形体和运笔都与
"势"有关。不仅不同的书体（篆、隶、楷、草）会有不同的"势"，不同
的书家也会有不同的"势"。所以有"形势""体势"的连称，用以揭示
书体的不同特征以及书家的不同风格。不过，在卫恒的时代，"意象

---

① 《说文解字叙》云："《书》曰：予欲观古人之象。言必遵修旧文而不穿凿。"
② 如崔瑗、蔡邕之作，在《初学记》卷二十一便引作《草书体》《篆书体》。

批评"还处在对某种书体类型风格的描述,尚未进入到对书家个人风格的评论。《古文势》云:

> 观其错笔缀墨,用心精专,势和体均,发止无间。或守正循检,矩折规旋。或方圆靡则,因事制权。其曲如弓,其直如弦。矫然特出,若龙腾于川;森尔下颓,若雨坠于天。或引笔奋力,若鸿雁高飞,邈邈翩翩;或纵肆阿那,若流苏悬羽,靡靡绵绵。是故远而望之,若翔风厉水,清波漪涟;就而察之,有若自然。信黄唐之遗迹,为六艺之范先。籀篆盖其子孙,隶草乃其曾玄。睹物象以致思,非言辞之可宣。

从"观其错笔"开始,主要是形容其运笔的特征,当中有"引笔奋力",也还是就笔法而言。但"远而望之""就而察之"等句,则是形容其书体风格。这样的批评模式,似为汉魏以来的通则。如《草书势》从"观其法象,俯仰有仪"开始,乃论其运笔;"是故远而望之,崔焉若沮岑崩崖;就而察之,一画不可移",则论其风格。《篆势》除论运笔外,也有"远而望之,象鸿鹄群游,骆驿迁延;迫而视之,端际不可得见,指扬不可胜原"以论风格者。《隶势》亦同,所谓"远而望之,若飞龙在天;近而察之,心乱目眩,奇姿谲诡,不可胜原"(均见《四体书势》)。不难发现这一共同特色。

《篆势》中有这样两句话:"思字体之俯仰,举大略而论姤。"颇有代表性。这说明此时的"意象批评"主要还是就某一"字体"而言,尚未就某一书家而言。而"举大略"则表明这种批评很重视对整体风格的把握。《隶势》云:"聊俯仰而详观,举大较而论姤。"《草书势》云:"略举大较,仿佛若斯。"都是一种整体把握,其方式是"远而望之"。

这种审美方式,在魏晋人物品评中也有所表现①,其根源皆在《庄子》对"道"的把握方式,即"目击道存"。而"立象尽意",又有得于从《易传》到王弼思想的影响。卫恒说:"睹物象以致思,非言辞之可宣。"恰恰表明了这一点。上一句与魏晋以来的新词汇"目想"正可印证,下一句则透露了"立象尽意"的原因——言不尽意。《篆势》云:"研桑不能数其诘屈,离娄不能睹其隙间。"研、桑指计然和桑公羊,《史记·货殖列传》裴骃《集解》曾引古谚云:"研桑心算。"虽然工于计算,但却无法"数其诘屈"。离娄能于百步之外视秋毫之末,明察如此,也未能"睹其隙间"。在《隶势》中有两句类似的话:"研桑所不能计,宰赐所不能言。"宰、赐即宰予和子贡,他们是以"言语"著称的孔门高弟②,但对此却"不能言"。《草书势》也说"机微要眇,临时从宜"。这种论调,在后世的书论中亦屡见不鲜。以唐人为例,如虞世南《书旨述》云:

> 书法玄微,其难品绘。③

孙过庭《书谱》卷下第四篇云:

> 夫心之所达,不易尽于名言。言之所通,尚难形于纸墨。粗

---

① 例如,《世说新语·赏誉》载:"桓大司马病,谢公往省病,从东门入。桓公遥望,叹曰:'吾门中久不见如此人。'"又《容止》载:"王长史为中书郎,往敬和许。尔时积雪,长史从门外下车,步入尚书,着公服。敬和遥望,叹曰:'此不复似世中人!'"又《企羡》载:"孟昶未达时,家在京口。尝见王恭乘高舆,被鹤氅裘。于时微雪,昶于篱间窥之,叹曰:'此真神仙中人!'""于篱间窥之"必定是有距离的"遥望",亦即整体的把握。
② 《论语·先进》云:"言语:宰我、子贡。"《史记·仲尼弟子列传》云:"宰予,字子我,利口辩辞。"又云:"子贡利口巧辞,孔子常黜其辩。"
③ 《中国书论大系》第二卷,页43,二玄社,1977年12月版。

可仿佛其状,纲纪其辞。冀酌希夷,取会佳境。……虽其目击道存,尚或心迷义舛。①

张怀瓘《书议》云:

理不可尽之于词,妙不可穷之于笔。非夫通玄达微,何可至于此乎?②

又其《文字论》云:

深识书者,惟观神彩,不见字形。……自非冥心玄照,闭目深视,则识不尽矣。可以心契,非可言宣。③

颜真卿《张长史十二意笔法记》云:

夫书道之妙,焕乎其有旨焉。字外之奇,言所不能尽。④

这些都表明了"意象批评"法与"言不尽意""得意忘言"之关系。所以,萌芽期的"意象批评"法,虽然有不完善处,但其基本特征已经具备。而这种特征的形成,与上一节的分析也是相吻合的。后世"意象批评"法的基础,在这里已经奠定。

---

① 《中国书论大系》第二卷,页 117、120。
② 同上书第二卷,页 192。
③ 同上书第二卷,页 222。
④ 同上书第二卷,页 249。

二、成熟期

"意象批评"法的成熟期是从东晋至唐五代,一方面是出现了典型的"意象批评"法。另一方面,这种批评方法也从书法延伸到文学。如袁昂《古今书评》用以评书,钟嵘《诗品》用以评诗,皇甫湜《谕业》用以评文等。

成熟期的"意象批评"法有如下特点:首先,它是对作者个人风格的整体把握,而不只是对某种类型风格的描绘。风格的体现是多侧面的,研究艺术作品的风格,固然可以就其某一侧面入手,但更可贵的是把握其风格的整体性特征。例如钟嵘评范云诗"清便宛转,如流风回雪"。就范云现存的诗来考察,这一评论准确地揭示了范诗的整体风格。我们试结合范云的诗剖析如下:若就范诗之句法而言,多交错句。例如:"折桂衡山北,摘兰沅水东。兰摘心焉寄,桂折意谁通。"(《别诗》)"成功退不处,为名自此收。收名弃车马,单步返蜗牛。"(《建除诗》)其结句尤喜以彼我、今昔对写。如:"迨君当歌日,及我倾樽时。"(《当对酒》)"尔拂后车尘,我事东皋粟。"(《饯谢文学离夜》)"待尔金闺北,予艺青门东。"(《答何秀才》)"扪萝正忆我,折桂方思君。"(《送沈记室夜别》)"海中昔自重,江上今如斯。"(《登三山》)就用字而言,多有迭现。例如:"秋蓬飘秋甸,寒藻泛寒池。风条振风响,霜叶断霜枝。"(《赠俊公道人》)"江干远树浮,天末孤烟起。江天自和合,烟树还相似。"(《之零陵郡次新亭》)"昔去雪如花,今来花似雪。"(《别诗》)在视觉和听觉上给人以错综撩乱之感。就结构而言,更是往复回环,婉转开阖,前呼后应,如《当对酒》《送沈记室夜别》等作。单独就以上任何一种特征而言,也许并不是范云所特有,但就诸种因素综合起来的整体特征而言,这种风格是独具的。钟嵘正是抓住了这一整体特征,并用"意象批评"法表达出来。沈德潜评范云《赠张徐州谡》诗"疑是徐方牧,既是复疑非"句云:"既是疑非,跌宕有神。"(《古诗源》卷十三)宋长白《柳亭诗话》卷二评范云《别诗》为"回环见意",都可以作为锺嵘评语的印证。苏联文学理论家米·赫拉普钦科指出:"更要复杂得多的,是断定为一些艺术作品的总和所固有的独特性的原则和类型。如果不做到这一点,那么,任何关于作为风格主要特征来看的独特性的议论,都会失去真正的认识意义。"①而"意象批评"法恰恰便于在总体上把握艺术作品的风格。

其次,它是"品"与"评"的结合。不仅揭示了批评对象的风格是什么,而且还显示其优劣高低。如袁昂《古今书评》②,乃奉梁武帝之命而作,一本题作《古今书人优劣评》;又如锺嵘评谢灵运诗如"青松之拔灌木,白玉之映尘沙",而结论是"未足贬其高洁也";张说的评论则更是为了回答徐坚"孰为先后""文词孰贤"等问题而作(见刘肃《大唐新语》卷八、《旧唐书·杨炯传》引)。因此,这样的"意象批评"是典型的,因而也是成熟的。

从文学批评的情况看,"意象批评"法的运用也是逐步成熟的。现存最早的例证出于曹植的《前录序》:

> 故君子之作也,俨乎若高山,勃乎若浮云,质素也如秋蓬,摛藻也如春葩。泛乎洋洋,光乎皓皓,与雅颂争流可也。(《艺文类聚》卷五十五)

和当时的书法批评一样,它也是对于一种理想风格的描绘。李充《翰

---

① 《作家的创作个性和文学的发展》,上海人民出版社编译室译,页118,上海人民出版社,1977年8月版。重点号原有。
② 黄伯思《东观馀论》卷上《法帖刊误》曾这样评论袁昂的《古今书评》:"其评张芝书云:'如汉武爱道,凭虚欲仙',则欲仙而已;至况薄绍之书,乃云'如仙人啸树',则真仙也,为比拟失伦。"袁昂虽然显优劣,但并不是在"欲仙"和"真仙"之间。黄氏的批评不确。

林论》云：

> 潘安仁之为文也，犹翔禽之羽毛，衣被之绡縠，犹浅于
> 陆机①。

这段话，锺嵘《诗品》潘岳条也曾加以引用，并说"《翰林》笃论，故叹陆为深"。这里，就已将品与评相结合了。《世说新语·文学篇》引用孙绰语云：

> 潘文烂若披锦，无处不善；陆文若排沙简金，往往见宝。

这段话，《诗品》潘岳条同样有所引用，但作谢混语，文字亦稍有出入。程炎震云："锺嵘《诗品》以此为谢混语，盖益寿（谢混字）述兴公（孙绰字）耳。"②《南史·颜延之传》载：

> 延之尝问鲍照己与灵运优劣。照曰："谢五言如初发芙蓉，
> 自然可爱；君诗如铺锦列绣，亦雕缋满眼。"

《诗品》颜延之条引作汤惠休语："谢诗如芙蓉出水，颜如错彩镂金。"并说"颜终身病之"，对这段评语耿耿于怀。从以上的迹象可以推知，这种批评方法在文学领域的运用已经较为普遍，而锺嵘《诗品》对前人"意象批评"的辗转引用，也说明这种继承和发展的关系。

　　进而论之，"意象批评"法的"意象"转用，不仅是在单一领域中的前后延续，而且在不同艺术门类中也有所交叉。例如，王僧虔《论

---

① 《初学记》卷二十一引文无末句，兹据锺嵘《诗品》潘岳条补。
② 引自余嘉锡《世说新语笺疏》，页262。

书》载王献之评王珉书：

> 子敬云："弟书如骑骡，骎骎恒欲度骅骝前。"（《南齐书·王
> 僧虔传》）

《诗品》评王僧达诗沿用之：

> 征虏卓卓，殆欲度骅骝前。

葛洪《抱朴子》评陆机文：

> 陆君之文，犹玄圃之积玉，无非夜光也。（《太平御览》卷五
> 百九十九）

庾肩吾《书品》用之：

> 今以九例，该此众贤，犹如玄圃积玉，炎洲聚桂。

《诗品》评张翰、潘尼诗：

> 虽不具美，而文采高丽，并得虬龙片甲，凤凰一毛。

张怀瓘《书议》用之：

> 议者真正藁草之间，或麟凤一毛，龟龙片甲。

《诗品》引汤惠休语：

> 谢诗如芙蓉出水。

李嗣真《书后品》评王羲之书用之云：

> 同夫披云睹日，芙蓉出水。

《诗品》引谢混语：

> 潘诗烂若舒锦，无处不佳。

《书后品》评李斯用之：

> 秦相刻铭，烂若舒锦。

魏晋以下的社会是一个门第社会，但门第的维持不仅依靠"爵位相继"，也还需要人才辈出。人才的标志在当时无非是善于言谈、文章和书法。如王筠与诸儿论家世集云：

> 史传称安平崔氏及汝南应氏，并累世有文才，所以范蔚宗云崔氏"世擅雕龙"。然不过父子两三世耳。非有七叶之中，名德重光，爵位相继，人人有集，如吾门世者也。沈少傅约语人云："吾少好百家之言，身为四代之史，自开辟以来，未有爵位蝉联，文才相继，如王氏之盛者也。"汝等仰观堂构，思各努力。（《梁书·王筠传》）

颜之推《颜氏家训·杂艺篇》引江南谚云："尺牍书疏，千里面目也。"

这句话的意思在后来的书论中常被引以说明书法的重要性①。从南朝的书论如《采古来能书人名》《书品》等看，"能书人"多为高门子弟，即为一例。

文学和书法，在古人看来关系密切，二者都来源于文字。张怀瓘《文字论》指出：

> 文字者，总而为言。若分而为义，则文者祖父，字者子孙。察其物形，得其文理，故谓之曰文；母子相生，孳乳寖多，因名之为字。题于竹帛，则目之曰书。文也者其道焕焉。日月星辰，天之文也；五岳四渎，地之文也；城阙朝仪，人之文也。字之与书，理亦归一。因文为用，相须而成。②

他写作此"论"，原是应苏晋、王翰之请，为他们写作《书赋》而提示书学梗概。而写作《书赋》的目的，一则为"与《书断》作后序"，一则为与陆机《文赋》相媲美③，实贯穿文学和书法二者。其《书断序》又云：

> 昔庖牺氏画卦以立象，轩辕氏造字以设教，至于尧舜之世，则焕乎有文章。其后盛于商、周，备夫秦、汉，固夫所由远矣。文章之为用，必假乎书；书之为征，期合乎道。故能发挥文者，莫近乎书。④

---

① 如唐代徐浩《论书》云："何学书为？必以一时风流，千里面目，斯亦愈于博奕，亚于文章矣。"张怀瓘《书议》云："或四海尺牍，千里相闻，迹乃含情，言惟叙事。披封不觉欣然独笑，虽则不面，其若面焉。妙用玄通，邻于神化。"
② 《中国书论大系》第二卷，页219。
③ 苏晋、王翰之赋未能写成，而张怀瓘自己却写成《书赋》。万希庄评之曰："文与书，被公与陆机已把断也，世应无敢为赋者。"（《文字论》）
④ 《中国书论大系》，第三卷，页10。二玄社，1978年9月版。

所以，文学和书法批评的交叉交融，实有其必然性。这似乎是此期"意象批评"法的一个特色，而研究这一时期的文学批评，似乎也应该注重其与艺术批评(包括书法、绘画、音乐)之间的不平衡发展及相互关系①。

这一时期"意象批评"中采用的意象主要有两大类：即人物意象和自然意象，颇有时代特征。人物意象集中体现在袁昂《古今书评》中，兹略说其前十则如下：

> 王右军书如谢家子弟，纵复不端正者，爽爽有一种风气。

王、谢皆为六朝世家大族，《世说新语·言语》载："谢太傅(安)问诸子侄：'子弟亦何预人事，而正欲使其佳?'诸人莫有言者，车骑(谢玄)答曰：'譬如芝兰玉树，欲使其生于阶庭耳。'"又载："谢太傅寒雪日内集，与儿女讲论文义。俄而雪骤，公欣然曰：'白雪纷纷何所似?'兄子胡儿曰：'撒盐空中差可拟。'兄女曰：'未若柳絮因风起。'公大笑乐。"可知谢家子弟多有文才风韵。以此拟王羲之书，极言其风调、气象之高迈。《世说新语·雅量》载王羲之坦腹东床，岂非"纵复不端正者，爽爽有一种风气"？传统文艺批评中，不仅认为"文如其人"，也认为"书如其人"。扬雄说："言，心声也；书，心画也。声画形，君子小人见矣。"(《法言·问神》)论书、论人，常可合而为一②。

---

① 参见张伯伟《略论魏晋南北朝时期音乐与文学的相互关系》，《中国诗学研究》，页 215—234。

② 这种评论在后世书论中也不鲜见。如张怀瓘《书议》云："嵇叔夜身长七尺六寸，美音声，伟容色。虽土木形体，而龙章凤姿，天质自然。加以孝友温恭，吾慕其为人。常有其草写《绝交书》一纸，非常宝惜。……近于李造处见全书，了然知公平生志气，若与面焉。"又如欧阳修《集古录跋尾·唐颜鲁公书残碑》云："余谓颜公书，如忠臣烈士，道德君子。其端严尊重，人初见而畏之，然愈久而愈可爱也。"(《文忠集》卷一百四十)

但此评乃形容其书的格调韵致,而旧题梁武帝《书评》云"龙跳天门,虎卧凤阙",则论其风格,《宣和书谱》卷十五认为"善于拟伦也"①。

> 王子敬书如河、洛间少年,虽有充悦,而举体沓拖,殊不可耐。

河、洛指黄河、洛水流域,《史记·货殖列传》记赵、郑之地风俗云:"游闲公子,饰冠剑,连车骑,亦为富贵容也。……博戏驰逐,斗鸡走狗,作色相矜,必争胜者,重失负也。"以此形容王献之书,其连翩之笔势虽能给人以充盈之悦,但不免拖沓,一如河、洛少年之"饰冠剑,连车骑"。惟此评颇有贬义,黄伯思《东观馀论》卷上《法帖刊误》题河南王氏所藏子敬帖云:"君家大令书,盈纸笔势翩翩,趣多媚,虽云沓拖如少年,岂至拘挛同饿隶。"即对袁昂所评下一转语。《世说新语·品藻》载:"谢公(安)问王子敬:'君书何如君家尊?'答曰:'固当不同。'公曰:'外人论殊不尔。'王曰:'外人那得知?'"这段对话,在宋明帝《文章志》、虞龢《论书表》中也有记载,而《论书表》"固当不同"作"故当胜"。河、洛少年有"作色相矜,必争胜者,重失负"的特色,取以相比,似亦暗含此意。

> 羊欣书如大家婢为夫人,虽处其位,而举止羞涩,终不似真。

《宣和书谱》卷十六云:"论者谓欣学献之,如颜回与夫子有步趋之近。虽号入室,终不能度越献之规矩,使洒落奔放,自成一家。故又有婢作夫人之诮,以其举止羞涩,终不似真。岂谓是耶?"张怀瓘《书断》卷中"妙品"评羊欣云:"时人云:买王得羊,不失所望。今大令书

---

① 此八字评原为袁昂评萧思话书语。

中风神怯者,往往是羊也。"羊欣书虽酷肖王献之,但毕竟有"风神怯者",即如"大家婢为夫人"。

> 徐淮南书如南冈士大夫,徒好尚风范,终不免寒乞。

"南冈"一作"南江",泛指楚国。春秋时,楚人向中原诸国学习礼仪,虽得其轨范,但时露原始朴野之气。以状徐希秀的书风,"正则谨从有度,草则拘检靡伸"(窦臮《述书赋》卷上)。

> 阮研书如贵冑失品次,丛悴不能复排突英贤。

《宣和书谱》卷十七评阮研云:"善书,师王羲之书,作行书尤卓绝,若飞泉交注,奔竞不息。……至作隶书则法锺繇,而风神所不及。袁昂评研书'如贵冑失品次,丛萃不能复排突英贤',则研之书,亦不可谓无利钝也。"此评综合张怀瓘《书断》和《古今书评》,"贵冑失品次",则不免混同寒门,丛集杂乱,自然不复能突破前贤。庾肩吾《书品》评阮研"虽复师王祖锺,终成别构一体"。"师王祖锺",可谓"贵冑";"别构一体",如"失品次"。

> 王仪同书如晋安帝,非不处尊位,而都无神明。

此评未可解,似非论其书风格。或指宋孝武帝忌才,欲独擅书名,王僧虔每作书皆用掘笔,故有"非不处尊位,而都无神明"之评?《书断》卷中评王僧虔云:"述小王,尤尚古,宜有丰厚淳朴,稍乏妍华。若溪涧含冰,冈峦被雪。虽甚清肃,而寡于风味。"则言其书风格。

> 施肩吾书如新亭伧父,一往见似扬州人,共语便音态出。

当时的扬州,主要指包括建康在内的京畿地区。"伧父"一为南人对北人的蔑称,亦可泛指鄙贱之人①。故此喻也可以有两种解释:新亭地属扬州,北人居此地久,外貌服饰与当地人无异。但侨居江左,北音难改,故曰"共语便音态出"。又《颜氏家训·音辞篇》云:"易服而与之谈,南方士庶,数言可辨;隔垣而听其语,北方朝野,终日难分。"中原世族侨居江左后,影响及南朝士大夫,江左世族亦以北音为主,而当地庶人则仍操吴语。"士人皆北语阶级,而庶人皆吴语阶级。"②所以不与之谈,"一往见似扬州人"③,但"共语便音态出",可辨其为庶人,亦即"伧父"。惟此评语所评何人,诸本颇有异同。施肩吾为唐人,时代不一;《太平御览》卷七百四十八作"施吴兴",不知何人。而《佩文斋书画谱》作"庾肩吾",但庾氏与袁昂同时代,写作《古今书评》时尚在世④,按照古人撰书"不录存者"的惯例,袁昂似不可能评论其书。

> 陶隐居书如吴兴小儿,形容虽未成长,而骨体甚骏快。

陶弘景亦与袁昂同时,此条当后人补作。《书断》卷下评陶书"师祖锺、王,采其气骨。……真书劲利,欧(阳询)、虞(世南)往往不如"。《宣和书谱》卷八云:"袁昂谓其书'如吴兴小儿,形虽未成长,而骨体

---

① 余嘉锡《世说新语笺疏》云:"余谓伧字盖有四义……故凡目鄙野不文之人皆曰伧,本无地域之分。……伧之为名,本无定地。但于其所鄙薄,则以此加之。故南北朝时,北人亦目南人为伧楚。"页360—361。

② 陈寅恪《东晋南朝之吴语》,《金明馆丛稿二编》,页269。

③ "扬州人"作为京畿地区的人,似乎高人一等。旧题梁武帝《书评》中甚至有"如扬州王、谢子弟"之喻,见《淳化阁帖》第五卷,二玄社,1987年6月版。

④ 庾肩吾生于齐永明五年(487),卒于梁天正元年(551),而《古今书评》作于梁普通四年(523)。即使此处所评为庾肩吾,亦当为后人补作。

甚骏快’。李嗣真亦云‘如丽景霜空，鹰隼初击’。俱以骏快称。今观其书，信乎其非虚言也。”

> 殷钧书如高丽使人，抗浪甚有意气，滋韵终乏精味。

殷钧亦同时人，《古今书评》在其生前写成，此条当后人补作。“高丽”为高句丽之简称，此处或泛指三国（高句丽、百济、新罗）。梁代与朝鲜半岛的三国颇有往来，但在崇尚风度、气韵的南朝人看来，“高丽使人”粗犷有馀，其韵致不足以仔细品味。梁庾元威《论书》云：“所学正书，宜以殷钧、范怀约为主，方正循纪，修短合度。”以此推想，则殷钧书似非尚气而韵不足者。

> 袁崧书如深山道士，见人便欲退缩。

此或形容袁书拘谨。文献不足，未敢妄测。

　　人物意象的风行，与魏晋以来的人物品评有关，也与当时的门第社会有关。在讨论“意象批评”法的形成时，我曾经指出它与品评人物的关系，在对袁昂《古今书评》的分析中，可以加深对这一点的认识。

　　魏晋以来“意象批评”法使用“意象”的第二个特点是自然。这在文学批评中使用得较为普遍。在上文中，我们已经举过一些例证，兹不拟重复。需要作进一步说明的，是这一特色如何形成的问题。

　　对自然的新发现，是魏晋以下很值得重视的思想动态。欧洲人对于自然美的发现,主要是通过旅行,从而成为"自然美的亲身感受者"①。中国山水文学的产生,当然也离不开旅行,所以《文选》收入的山水诗多归入"行旅"类。但中国人对于自然美的发现,主要却不是来自旅行,而是缘于某种思想的启示。《文心雕龙·物色篇》谓刘宋以来的文学是"窥情风景之上,钻貌草木之中"。这一"窥"一"钻",便将诗人对自然之美的有意识追寻的态度揭示了出来②。在上一节中,我们讨论了庄子对于"道"的把握。庄子对于文明社会给人心带来的桎梏深感悲哀,所以,便只有寄情于"广莫之野"(《庄子·逍遥游》)。他以自己化作蝴蝶来揭示"物化"之境(《齐物论》),与惠子"游于濠梁之上"而感知"鱼之乐"(《秋水》),都表明他是通过与自然的融合来体验其"道"、实践其"道"的。随着魏晋玄学的兴起,自然山水本身也成为"道"的化身,并启发了人们以审美的眼光去看待自然。宗炳《画山水叙》云:"夫圣人以神法道,而贤者通;山水以形媚道,而仁者乐。"所谓"以形媚道",就是指山水以其形质之美使"道"显得更为妩媚,从而使山水能成为贤者"澄怀味像"的对象。孙绰《庾亮碑》写道:"方寸湛然,固以玄对山水。"(《世说新语·容止》刘孝标注引)又评卫承云:"此子神情都不关山水,而能作文?"(《世说新语·赏誉》)而在魏晋以下的人物品评中,也常见将人拟自然化或将自然拟人化,这种比拟并不着眼于道德,而是注重于审美。"意象批评"中多自然意象,实与此有关。

钟嵘在评论五言诗的写作时说:"五言居文词之要,是众作之有滋味者也。……岂不以指事造形、穷情写物,最为详切者耶?"(《诗

---

① 雅各布·布克哈特《意大利文艺复兴时期的文化》,何新译,页 328,商务印书馆,1979 年 7 月版。
② 关于中国思想对自然的看法及其影响,参见张伯伟《禅与诗学》创作篇《山水诗与佛教》第二节,页 156—165,浙江人民出版社,1992 年 9 月版。

品序》)在讲到文字的起源时,许慎说是"依类象形"(《说文解字叙》),段玉裁注云:"谓指事、象形二者也,指事亦所以象形也。"诗歌不同于文字,不仅要"象形",而且要"造形"。前者是"天地自然之象",后者是"人心营构之象"(《文史通义·易教下》)。此外,诗歌之状写外物("写物")也必须以"情"为之("穷情")。章学诚在区分了两种"象"之后指出:

> 心之营构,则情之变易为之也。情之变易,感于人世之接构,而乘于阴阳倚伏为之也。是则人心营构之象,亦出天地自然之象也。(《文史通义·易教下》)

锺嵘《诗品》是对于汉魏以来五言诗创作的理论总结,"意象批评"法是一种"创造的批评",其心理过程与创作颇为类似。因此,其所采用的意象,也就含有"天地自然之象"和"人心营构之象"。同时,这种"意象"还包含了批评者情感的投入。"意象批评"法与当时的创作风气,尤其是晋、宋以来"尚巧似"(《诗品》评谢灵运语)的山水文学的创作也是有关的。

三、发展期

"意象批评"法的发展期指宋代以后。所谓"发展",有两层含义:一是批评对象的进一步扩大,除了评论诗文如张舜民《芸叟评诗》(《苕溪渔隐丛话》后集卷三十三引)、敖陶孙《臞翁诗评》(《诗人玉屑》卷二引)之外,如朱权用以评曲,李开先用以评画,张德瀛用以评词,康有为用以评碑,甚至有如吕复用以评医者①。而且,随着这种

---

① 戴良《九灵山房集》卷二十七《沧州翁传》载吕复《医评》,将扁鹊以下名医一一用数语比拟之,这虽然与文学批评无关,亦可见这种方法的渗透面之广。

方法的进一步流行，它也影响到朝鲜和日本的诗歌批评①。另外一点是出现了博喻式的"意象批评"。其中又可分为"庄学的博喻"和"禅学的博喻"二种，前者是同一类型的意象比喻，后者是不同乃至对立类型的意象比喻。这实际上也反映了批评家对作品风格多样化的认识。

这一时期"意象批评"法中最值得注意的是受到了禅宗的影响。这主要体现在以下两方面：

其一，"意象"的变化。如上所述，在宋代以前，作为批评的"意象"往往有两大类：一是人物意象，一是自然意象。这一方面是受到魏晋以来品评人物的影响，另一方面则反映了当时人对自然的爱好，是创作上"巧构形似之言"（《诗品》评张协语）、"文贵形似"（《文心雕龙·物色》）在文学批评上的体现。而宋代以下的"意象批评"，其"意象"却出现了另外两类：一类是禅语。胡仔《苕溪渔隐丛话》后集卷三十三引《复斋漫录》载张芸叟（舜民）评诗云：

> 王介甫之诗，如空中之音，相中之色，人皆闻见，难可着摸。②

---

① 如朝鲜洪万宗《小华诗评》卷上评郑学士"意境入神，如洛妃凌波，步步绝尘"。又评金老峰"造语俊健，如李广上马，推堕胡儿"。其自序云："昔敖陶孙评汉魏以下诸诗，王世贞评皇明百家诗，皆善恶直书，与夺互见，凛然有华衮铁钺之荣辱。呜呼！诗评之难尚矣，评其所难评，而使夫后学知所取舍，则非具别样眼孔能之乎？余自髫龀有志于评，尝见二公所评，欣然慕之。"乃效法宋代敖陶孙和明代王世贞。又如日本菊池桐孙《五山堂诗话》卷五云："譬之佳人，淇园诗如千金小姐，自然品高，恨有些呆气；栲亭诗如曲中名姬，虽娇利可爱，不免妆腔作态。"森槐南《元诗学》评吾丘衍云："胸次既高，神韵自别，往往于町畦之外，逸致横生，所谓如王谢子弟，虽复不端正，亦奕奕有一种风气。"（原文为日语）后者直接使用了《古今书评》的用语。
② 案：《复斋漫录》即吴曾《能改斋漫录》，今本无此条，当为佚文。又赵与时《宾退录》卷二亦录张舜民此评，但次序与《复斋漫录》所引不同。

同上又引蔡絛《诗评》：

> 黄太史（庭坚）诗，妙脱蹊径，言谋鬼神，唯胸中无一点尘，故能吐出世间语。所恨务高，一似参曹洞下禅，尚堕在玄妙窟里。

《诗人玉屑》卷二引敖陶孙《臞翁诗评》云：

> 吕居仁如散圣安禅，自能奇逸。

而李开先《中麓画品》则尤喜以僧人为喻：

> 夏仲昭如野寺之僧，面壁而坐，欲冀得仙。
> 蒋子成如天竺之僧，一身服饰皆是珍贵之物，但有腥膻之气。
> 沈石田如山林之僧，枯淡之外，别无所有。
> 王世昌如释子衲衣，颇有绮数寸，然实拙工耳。（《美术丛书》本）

这类"意象"是以前所没有的。二是自然，不过此时的自然意象较之六朝时期，则由于受到禅宗的影响，更显得剔透空灵。如朱权《太和正音谱·古今群英乐府格势》评云：

> 滕元霄之词如碧汉闲云。
> 范子安之词如竹里鸣泉。
> 徐甜斋之词如桂林秋月。
> 吴西逸之词如空谷流泉。
> 胡紫山之词如秋潭孤月。

李直夫之词如梅边月影。

王庭秀之词如月印寒潭。

吴仁卿之词如山间明月。

赵公辅之词如空山清啸。

李好古之词如孤松挂月。

上一节已述,在"言"和"意"的关系上,与庄学相比,禅宗往往以具象显示抽象,而这个"具象"亦即"意象",贵活、贵灵、贵空、贵透。因此,禅师特别喜欢诸如"白云""明月""寒潭""花影"等意象。在"意象批评"法中,这一类的自然意象也是宋代以后才逐渐增多,这与禅宗的影响不能说是没有关系的。

其二,"博喻"的批评。"博喻"一名,最早似出于宋代陈骙的《文则》。该书丙部云:

> 《易》之有象,以尽其意;《诗》之有比,以达其情。文之作也,可无喻乎? 博采经传,约而论之,取喻之法,大概有十。

其中第六目即"博喻",所谓"取以为喻,不一而足"。今人研究"意象",有将之划分为"单纯意象"(simple imagery)和"复合意象"(compound imagery)者①。如果我们套用这种分类,而将"单纯意象"定义为以一个意象喻示,"复合意象"为以数个意象喻示的话,那么,"博喻"式的批评所运用的便是复合意象。前期的"意象批评",一般说来只是用一个"如"或"似"什么来表示,而随着这种方法的演变发展,就出现了以"如"什么,"又如"什么来表示的结构方式。其中又

---

① 见刘若愚(James J. Y. Liu)《中国诗学》(*The Art of Chinese Poetry*),杜国清译,页152,幼狮文化事业公司,1979年6月版。

可以细分为两种：一种复合意象在性质、意义等方面是属于同类的，我将它称作"庄学的博喻"。在唐人的书论中，这类"博喻"其实已经出现。如传为唐人所著的《书评》云：

> 卫夫人书如插花舞女，低昂美容；又如美女登台，仙娥弄影，红莲映水，碧沼浮霞。
> 欧阳询书若草里蛇惊，云间电发；又如金刚瞋目，力士挥拳。（《佩文斋书画谱》卷十）

宋代以后，此类博喻更多。如元人吴澄《欧阳齐汲诗序》云："欧阳生歌行如夔峡春涛，浙江秋潮，其势如屋，如山，如迅雷、飓风，不可御，何可近也？"（《吴文正公集》卷九）又如其《行素翁诗序》云："予观湖南行素翁之诗，如鸷鸟之迅击，如骏马之疾驰，如丸之流而下峻阪，如潮之退而赴归墟，略无留碍阻遏者。"（同上卷十五）这种"意象批评"给人的印象，似乎有读苏轼《百步洪》中写水波冲泻的感觉："有如兔走鹰隼落，骏马下注千丈坡，断弦离柱箭脱手，飞电过隙珠翻荷。"（王文诰《苏文忠公诗编注集成》卷十七）这种博喻的方式实出于《庄子》。如《逍遥游》描写鹏"背若泰山，翼若垂天之云"；《齐物论》形容"山陵之畏佳，大木百围之窍穴"为"似鼻，似口，似耳，似枅，似圈，似臼，似洼者，似污者；激者，謞者，叱者，吸者，叫者，譹者，宎者，咬者"；《庚桑楚》描写至人"身若槁木之枝，而心若死灰"；《盗跖》篇中描写跖"心如涌泉，意如飘风""目如明星""声如乳虎""唇如激丹，齿如齐贝"；《天下篇》描写慎到之道为"若飘风之还，若羽之旋，若磨石之隧"，又描写关尹之道为"其动若水，其静若镜，其应若响，芴乎若亡，寂乎若清"，等等。所采用的都是此类"博喻"，故称之为"庄学的博喻"。

另一种"博喻"，其复合意象在性质、意义等方面属于不同类型乃至对立类型的，我称之为"禅学的博喻"。这主要是受到禅宗"二道相因"思维方式的影响所致。关于这一类博喻,我想先从苏轼说起。在苏轼的文艺思想中,非常有特色的一点是,他经常将一对看似矛盾的概念结合在一起,以说明某种审美观念。《书黄子思诗集后》云:"韦应物、柳宗元发纤秾于简古,寄至味于淡泊。"①这里,"纤秾"之于"简古","至味"之于"淡泊",均为相对立的概念,而苏轼偏在简朴古雅中发现了纤丽浓郁,在恬静淡泊中体会到极至的诗味。又如谓陶诗"质而实绮,癯而实腴"②,"质朴"之于"绮丽","清癯"之于"丰腴",亦为对立的概念,而苏轼将二者结合为一。又如书论,其《次韵子由论书》云:"吾虽不善书,晓书莫如我。……端庄杂流丽,刚健含婀娜。"(《苏文忠公诗编注集成》卷五)"端庄"之于"流丽","刚健"之于"婀娜",似悖实辅,相反相成。又如画论,其《书吴道子画后》评吴画云:"出新意于法度之中,寄妙理于豪放之外。"③"新意"与"法度","妙理"与"豪放",也属于不同类型或对立类型的概念。又《王维吴道子画》诗云:"摩诘本诗老,佩芷袭芳荪,今观此壁画,亦若其诗清且敦。"(《苏文忠公诗编注集成》卷三)"清"与"敦"亦相对立。可见这是苏轼极富特色的美学思想之一④。这种思维方式,也就是不住一边、不滞一端的意思,显然受到禅宗"二道相因"思维方式的影响。而"意象批评"法也同样有受其影响者,即在同一对象的批评中,

---

① 《苏轼文集》,页 2124。

② 苏辙《子瞻和陶渊明诗集引》,《苏辙集》,页 1110,中华书局,1990 年 8 月版。

③ 《苏轼文集》,页 2210—2211。

④ 苏轼这种审美方式是其一大特点,故论风景,则"水光潋滟晴方好,山色空蒙雨亦奇";论美人,则"淡妆浓抹总相宜"(《饮湖上初晴后雨》,《苏文忠公诗编注集成》卷九)。所以,他也不同意杜甫《李潮八分小篆歌》中"书贵瘦硬方通神"这种偏于一端的说法,而认为"短长肥瘦各有态,玉环飞燕谁敢憎?"(《孙莘老求墨妙亭诗》,同上卷八)此论本于先师程千帆先生课堂讲授而略加发挥。

出现了不同类型的意象。例如,揭傒斯《范先生诗序》云:

> 范德机诗如秋空行云,晴雷卷雨,纵横变化,出入无朕;又如空山道者,辟谷学仙,疲骨崚嶒,神气自若;又如豪鹰掠野,独鹤叫群,四顾无人,一碧万里。(《揭文安公全集》卷八)

本来,虞集曾有这样的批评:"杨仲弘诗如百战健儿,范德机诗如唐临晋帖。"(同上)揭傒斯不以为然,遂有上述评论。这里,"秋空行云,晴雷卷雨""辟谷学仙,疲骨崚嶒"和"豪鹰掠野,独鹤叫群"三组意象给人的感受显然是不同的。又如黎公颖《一山文集序》云:

> 其词义,如河流滂沛,不待疏决而无壅窒;如庖丁解牛,不待鼓刀,自得肯綮之妙。其作为文章,法度森严,无冗长之语。温润者又如玉产于蓝田,粹然不见其瑕疵;莹洁者又如珠孕于合浦,粲然不睹其淫媚也;春容典重者又如金钟大镛之在东序,动中律吕,皦然不闻其乱杂之声也。(《一山文集》卷首)

这里,温润、莹洁、从容典重也显然是指不同类型的风格。这种博喻式的"意象批评",主旨就在于看到诗人风格在整体中的多样,在统一中的变化。因此,与前期相比,这时的"意象批评"有分体裁、分阶段者。如刘诜《张子静诗词》云:

> 张子静乐府,柔情妩态,芳趣婉词,纤徐而为妍,凄婉而馀怨,如听昭君马上琵琶,蔡琰塞外十八拍,不自知其能使人断肠也;五言古体,贮幽寄淡而不失散朗,崇朴反古而自是敷腴,如入宗庙而抚罍洗;七言长篇,浩荡不羁,悲壮自悼,如公孙大娘之舞剑器也,虽时有未适中,亦可谓有奇气。(《桂隐文集》

卷二）

乃分别就其乐府、五古和七古而指陈其不同风格,其中如"崇朴反古而自是敷腴"语,更是将对立概念统于一体。此为分体裁者。又如洪亮吉《北江诗话》卷一评孙星衍诗云:

> 孙兵备星衍少日诗,如飞天仙人,足不履地。

梁绍壬《两般秋雨庵随笔》卷八指出:"洪稚存太史作诗评,共一百馀人,每人系以八字,中惟孙渊如先生独加'少日'二字。……岂以晚年癖耽金石,有伤风雅耶?"此为分时间者。在这样的思维方式支配下,他们对于前人仅以一种意象来概括成就较高、风格变化较大的诗人便有所不满。如敖陶孙《臞翁诗评》评曹植云:"曹子建如三河少年,风流自赏。"(《诗人玉屑》卷二引)吴乔《围炉诗话》卷二引冯班语云:"敖陶孙器之评诗,如村农看市,都不知物价贵贱。论子建云:'如三河少年,风流自赏。'只此一语,知其未曾读书也。"众所周知,曹植随着生活遭遇的前后不同,其诗风亦有所变化,前期豪迈华丽,后期沉郁悲凉。敖陶孙之评只能代表其前期创作风格,所以遭到"未曾读书"之讥。由此可见,"二道相因"的思维方式影响及于"意象批评"法者,使得批评家注意从多方面去把握诗人的风格,注意诗人的各种体裁、各个时期诗风在统一中的变化,这应该说是一种有益的启示。

明确禅宗"二道相因"的思维方式对"意象批评"法的影响,不仅有利于揭示这一批评方法的发展阶段及其特色,而且也有助于提供解决某些文献考据问题的线索。兹举一例如下:

王士禛《池北偶谈》卷十七《李镇东书》条云:"昔人评谢康乐诗如初日芙蓉,颜延之诗如镂金错采。梁武帝取其语以入《书评》云:李镇东书如芙蓉之出水,文彩之镂金。"关于旧题梁武帝的《书评》(或作《评书》《古今书人优劣评》），唐以前书俱未引及，至宋代才出现，见《淳化秘阁法帖》卷五隋僧智果书"评书五则"。所以前人已有疑之者，黄伯思《东观馀论》卷上《法帖刊误》"弟五杂帖"云："《梁武帝书评》乃命袁昂作者……此云梁武帝《评书》，误矣。"①但这种"误"不仅是作者问题，而且还有内容问题。赵与时《宾退录》卷二在指出其作者有误后又录其文。清人王澍《淳化秘阁法帖考证》曾将题名袁昂与梁武帝的两种《书评》作对照，其中萧本有而袁本无者共八则，评李镇东书即为其一。又有评程旷平者，亦萧本有而袁本无者，评语云："程旷平书如鸿鹄高飞，弄翅颉颃。又如轻云忽散，乍见白日。"与李镇东书条评语同属复合意象。在中国美学史上，"初日芙蓉"与"错采镂金"是两种不同类型的美，将这两种美合于一人，一正一反，颇符合"二道相因"的思维逻辑。袁昂《书评》文后写明此乃奉敕所作，并注明时在普通四年（523）二月五日，其为真本无疑。题为萧衍（梁武帝）的《古今书人优劣评》，则显然是后人在袁本的基础上增删损益而成。黄伯思还认为："写此者字法局束，天然太少，疑非智果书。果号得右军骨，借誉浮其实，亦不至尔。"（《东观馀论》卷上《法帖刊误》）就连此帖本身也值得怀疑了。即使此帖不假，其中的文字也与后来流传本不同。如评李镇东书"如芙蓉之出水，文彩如镂金"，则下句似评其文。又评程旷平书"如鸿鹄弄翅，颉颃布置，初云之见白日"，与通行本的意味也不同。因此，现在流传本附益的年代，从其内容来加以考察，则以宋代的可能性为大。从"二道相因"的思维方式给"意象批评"法影响的角度，或许也是可以提供某些解决考据问题的新途径的。

---

① 《东观馀论》，页54—55，中华书局影印本，1988年8月版。

第四节 "意象批评"法的评价

一、"意象批评"法的传统衡论

在中国古代文学艺术的批评史上,对"意象批评"法的衡论,从梁代便已显露端倪。这是由对具体作家作品的不同看法导致的,如锺嵘《诗品》潘岳条曾引用《翰林论》和谢混的两则"意象批评",并下案语云:

> 《翰林》叹其翩翩奕奕,如翔禽之有羽毛,衣被之有绡縠,犹浅于陆机。谢混云:潘诗烂若舒锦,无处不佳;陆文如披沙简金,往往见宝。嵘谓:益寿轻华,故以潘为胜;《翰林》笃论,故叹陆为深。余常言:陆才如海,潘才如江。

由于成熟期的"意象批评"法不仅言其风格异同,而且往往在比况之中论其优劣,锺嵘认为,批评者的个人偏好常会影响其判断。正如《文心雕龙·知音》所云:"慷慨者逆声而击节,酝藉者见密而高蹈,浮慧者观绮而跃心,爱奇者闻诡而惊听。"批评家若具备"博观"的修养,就可能避免这种由个人的审美偏嗜所导致的缺陷。又如李嗣真《书后品》云:

> 前品云:萧思话如舞女低腰,仙人啸树,亦曰佳矣。又云:张伯英如汉武学道,凭虚欲仙,终不成矣。商榷如此,不亦谬乎?吾今品藻,亦未能至当。若其颠倒衣裳,白珪之玷,则庶不为也。

后来君子,傥为鉴焉。①

这里所说的"前品",指的是袁昂《古今书评》②。李嗣真没有具体说明"前品"之谬的所在,也没有揭示其致谬的原因。如果说,上一例所显示的是批评中常有的"见仁见智"现象,那么这里所揭示的则是另一个问题。黄伯思《东观馀论》的一段话或许可以参照,其书《法帖刊误》上"弟五杂帖"云:

> 袁昂不以书名,而评裁诸家,曲尽笔势。然论者以其评张芝书云"如汉武爱道,凭虚欲仙",则欲仙而已,至况薄绍之书,乃云"如仙人啸树",则真仙也,为比拟失伦。此亦一病也。

张芝书,李嗣真列为"逸品"(更在上上品之上),萧思话书则列于"下中品",而一为"欲仙",一为"真仙",在黄伯思看来,自未免"比拟失伦"之讥。究其原因,则归之于"袁昂不以书名"。所以这里涉及到的是作为批评家的另一项条件。孙过庭《书谱》卷下第六篇云:

> 闻夫家有南威之容,乃可论于淑媛;有龙泉之利,然后议于断割。语过其分,实累枢机。……夫蔡邕不谬赏,孙阳不妄顾者,以其玄鉴精通,故不滞于耳目也。③

这个说法原本于曹植《与杨德祖书》:"盖有南威之容,乃可以论于淑

---

① 《中国书论大系》第二卷,页73。
② 今本《古今书评》评薄绍之书"如舞女低腰,仙人啸树",而旧题梁武帝《书评》则为评萧思话书。惟《书后品序》云:"其议论品藻,自王愔以下,王僧虔、袁、庾诸公已言之矣。"未及梁武帝,可知其所谓"前品"当指袁评。
③ 《中国书论大系》第二卷,页131—133。

媛;有龙泉之利,乃可以议于断割。"(《文选》卷四十二)在中国古代文学批评传统中,这种论调带有普遍性①。如卢照邻《南阳公集序》云:

> 近日刘勰《文心》,锺嵘《诗评》,异议蜂起,高谈不息。人惭西氏,空论拾翠之容;质谢南金,徒辩荆蓬之妙。(《幽忧子集》卷六)

清人方东树《昭昧詹言》卷一综合并发挥曹植、孙过庭之论云:

> 曹子建、孙过庭皆曰:"家有南威之容,乃可论于淑媛;有龙泉之利,然后议于断割。"以此意求之,如退之、子厚、习之、明允之论文,杜公之论诗,殆若孔、孟、曾、思、程、朱之讲道说经,乃可谓以般若说般若者矣。其馀则不过知解宗徒,其所自造则未也,如陆士衡、刘彦和、锺仲伟、司空表圣皆是。既非身有,则其言或出于揣摩,不免空花目瞖,往往未谛。

这都是以艺术家,甚至是杰出的艺术家才是唯一合格的批评家。强调艺术感受,强调自身的艺术经验在批评过程中的作用是无可厚非的,但创作与批评毕竟不同。古人也有"善鉴者不写,善写者不鉴"

---

① 虽然从总的来看,这种声音在中国传统文艺批评中显得较为强烈,但在西方文学批评传统中也并非绝无仅有。如十九世纪风行一时的"印象主义批评"(impressionistic criticism),就强调艺术家自己是唯一合格的批评家。参见 W. K. Wimsatt Jr. & Cleanth Brooks, *Literary Criticism: A Short History*, pp. 475-498. New York, 1969。又如二十世纪二十年代现代派诗歌的代表庞德(Ezra Pound)在其《几条禁令》(A Few Don'ts)中指出:"不必理会那些自己从未写过一篇值得注意的作品的人的评论。试想在古希腊诗人、戏剧家的实际作品和希腊—罗马语法学家的理论之间的差异,后者是编造出来以解释其规则的。"见 20th Century Literary Criticism, p. 60.

（旧题卫夫人《笔阵图》）之说，张怀瓘《书议》指出："古之名手，但能其事，不能言其意。今仆虽不能其事，而辄言其意，诸子亦有所不足。"①其《书断》卷下云："语曰：能言之者，未必能行；能行之者，未必能言。何必备能，而后为评？"②苏轼说："吾虽不善书，晓书莫如我。"（《次韵子由论书》，《苏文忠公诗编注集成》卷五）王士禛说："非特善评诗者不能诗，即善吟诗者多不能评诗。"（陈仅《竹林答问》）这些都指出了创作与批评既有联系，同时又属于两种不同的才能和修养。关于批评家的才能和修养，《文心雕龙·知音篇》所说较为全面：

> 凡操千曲而后晓声，观千剑而后识器。故圆照之象，务先博观。阅乔岳以形培塿，酌沧波以喻畎浍，无私于轻重，不偏于憎爱，然后能平理若衡，照辞如镜矣。是以将阅文情，先标六观：一观位体，二观置辞，三观通变，四观奇正，五观事义，六观宫商。斯术既行，则优劣见矣。

这就不仅是具备创作经验而已。尽管对于美的发现，无论是从宇宙万物还是从作品世界出发，其间有着许多异曲同工之妙，"意象批评"法也是一种创造的批评，但如果没有批评家的才能和修养，艺术家本身并不一定就能够成为合格的批评家。反之亦然。

对于"意象批评"法的思维过程，古人也有大致的描述。张怀瓘《书议》云：

> 昔为评者数家，既无文词，则何以立说？何为取象其势，仿佛其形？……夫翰墨及文章至妙者，皆有深意以见其志。……

---

① 《中国书论大系》第二卷，页207。
② 《中国书论大系》第三卷，页248。"语曰"云云，出于《说苑·权谋篇》。

玄妙之意出于物类之表,幽深之理伏于杳冥之间。……非有独闻之听、独见之明,不可议无声之音、无形之相。①

　　迹乃含情,言惟叙事。披封不觉欣然独笑,虽则不面,其若面焉,妙用玄通,邻于神化。然此论虽不足搜索至真之理,亦可谓张皇墨妙之门。但能精求,自可意得。思之不已,神将告之。理与道通,必然灵应。②

批评家若缺乏"文词",即缺乏艺术感受力和艺术表现力,自然无法"立说",亦即不能"取象其势,仿佛其形"。无论是翰墨还是文章,其能达"至妙"之境者,必有"深意"超乎象外("出于物类之表")而又寓乎其间("伏于杳冥之间"),批评家若无"独闻之听,独见之明",则绝难捕捉搜索。而要获得"欣然独笑,虽则不面,其若面焉,妙用玄通,邻于神化"的结果,则必须付之以"思之不已"的功夫。如此,则似有神灵的启示,批评家的意念便能与"道"相通。在这里,"披封不觉欣然独笑"云云,似乎描述一种直觉领悟,但实际上,这种直觉的获得,也还是奠基于"思之不已"的功夫。因此,这种直觉,以及表达这种直觉的"意象",虽然是感性的表达,却不是对于所闻所见的机械复制。从"自可意得""理与道通"来看,其过程是直觉性的思维,其结果是意象化的概念。这种思维,是贯通于书法和文学批评的。

　　在《书断序》中,张怀瓘还有一段话,可与上文相参照:

　　使夫观者玩迹探情,循由察变,运思无已,不知其然。瑰宝盈瞩,坐启东山之府;明珠曜掌,顿倾南海之资。虽彼迹已缄,而

---

① 《中国书论大系》第二卷,页194—196。
② 同上书,页206—207。

> 遗情未尽。心存目想，欲罢不能。非夫妙之至者，何以及此。①

"观者"即指批评家，"玩迹探情"是玩味作品（墨迹）以探索作者的创作心理，考察其与前人的联系（"由"）和区别（"变"），穷观极照而至"不知其然"，即不可言说之境。此时，由联想和想象的作用，在眼前心中浮现出缤纷的审美意象，用其《书议》中的话说，是"追虚捕微，鬼神不容其潜匿；而通微应变，言象不测其存亡。奇宝盈乎东山，明珠溢乎南海"②。这种与审美对象融合为一、情与物冥的愉悦，甚至达到"心存目想，欲罢不能"的地步，其心理状态无以形容，只能用"妙之至"三字来依稀仿佛。

因此，"意象批评"法常常能引起他人"心有戚戚焉"的感觉，因为这些出之以"意象"的批评，往往能够引发读者对其所读作品的类似的感受。如对张芸叟的《评诗》，就有"世以为知言"的评价（《苕溪渔隐丛话》后集卷三十三引《复斋漫录》语）。

当然，对"意象批评"法作整体否定的也不乏其人，孙过庭《书谱》卷上第三篇云：

> 至于诸家势评，多涉浮华。莫不外状其形，内迷其理。③

宋代米芾在《海岳名言》中批评道：

> 历观前贤论书，征引迂远，比况奇巧，如龙跳天门，虎卧凤阁，是何等语？或遣辞求工，去法逾远，无益学者。故吾所论，要

① 《中国书论大系》第三卷，页 13。
② 《中国书论大系》第二卷，页 192。
③ 同上书，页 113。

在入人,不为溢辞。

仔细分析其批评,一是"外状其形,内迷其理",即仅仅停留在感性的机械复制;二是"遣辞求工,去法逾远",即往往流于文章修辞。在"意象批评"的实际运用中,这样的情况当然存在,但并非必然的。实际上,米芾虽然批评了《古今书评》,但他自己还是使用这一方法为之续评。赵与时《宾退录》卷二载:

> 米元章采隋唐至本朝得一十四家续之:僧智永书经,气骨清健,大小相杂,如十四五贵胄裆性,方循绳墨,忽越规矩。褚遂良如熟驭战马,举动从人,而别有一种骄色。虞世南如学休粮道士,神意虽清,而体气疲困。欧阳询如新痊病人,颜色憔悴,举动辛勤。柳公权如深山道士,修养已成,神气清健,无一点尘俗。颜真卿如项羽挂甲,樊哙排突,硬弩欲张,铁柱特立,昂然有不可犯之色。李邕如乍富小民,举动屈强,礼节生疏。徐浩如蕴德之人,动容温厚,举止端正,敦尚名节,体气纯白。沈传师如龙游天表,虎踞溪旁,神情自如,骨法清虚。周越如轻薄少年舞剑,气势空健而锋刃交加。钱易如美丈夫,肌体充悦,神气清秀。蔡襄如少年女子,体态娇娆,行步缓慢,多饰繁华。苏舜钦如五陵少年,访云寻雨,骏马青衫,醉眠芳草,狂歌院落。张友直如宫女插花,媚娇对鉴,端正自然,别有一种娇态。

不仅与袁昂使用了同样的批评方法,而且从意象的使用来看,也可以发现其与《古今书评》的沿袭关系。这也表明"意象批评"法是批评家不可舍弃,因而也是无法否定的批评方法。

二、"意象批评"法的现代启示

现代的文学理论研究,其最大的弊病之一就是远离了文学现象,因而也远离了文学本质。

在西方美学史上,美学作为哲学的一个分支,在德国美学家费希纳(G. T. Fecher)以前,其研究方法主要是"自上而下"(von Oben)的形而上学方法;费希纳在方法论上的革命,就在于他运用并推广了"自下而上"(von Unten)的经验主义方法,从而影响到西方近代和现代的美学研究①。这当然只能作为一个大致的划分而提供我们参考②。总的说来,在十九世纪以前,西方的美学思想大多是建构在一定的哲学基础之上,是从某种哲学思想中推演而出。而中国古代的美学思想和文学理论,则大多建构在丰富的审美经验的基础之上,是由对具体作品的鉴赏、把握提炼而来。近半个世纪以来的中国文学理论研究,其表现出的趋向是明显的远离文学现象。理论家热衷于从国外(五六十年代从苏联,八十年代以来从欧美)不断引进新的理论,包括其术语、概念、方法,变化多端,层出不穷。从正面意义上说,这可以弥补传统研究方法之不足,但脱离了文学现象本身,理论之争也就不免沦为概念游戏③。文学理论的形成和发展,不能脱离具体的文学现象,西方文学理论家也早有指出者,如韦勒克说:

---

① 参见李斯托威尔《近代美学史评述》,蒋孔阳译,页 31,上海译文出版社,1980年6月版。朱狄《当代西方美学》,页3,人民出版社,1984年6月版。
② 韦勒克(René Wellek)在《近年欧洲文学研究中对于实证主义的反抗》("The Revolt Against Positivism in Recent European Literary Scholarship")一文中指出,二十世纪初的文学研究背景有着三四个各具特点的不同趋向,包括历史考据、唯美主义和唯科学主义等。见 *Concepts of Criticism*, pp. 256—258。
③ 这一点在近日文学理论研究界已经有所反省,参见《二十一世纪中国文学研究面临的挑战——"新世纪文学学术战略名家论坛"综述》,载《文学评论》2000年第1期。

文学理论、文学原理和文学标准是不可能在真空中获得的：
历史上每个批评家（正像弗莱本人所做的那样），都是通过与具
体的艺术作品的接触来发展其理论的。……一个批评家的文学
观点，他对作品等级的划分和优劣的判断，需要得到其理论的支
持、确认和发展，而其理论又需要从作品中抽绎，并得到作品的
支持，从而变得充实和令人信服。①

对于在艺术评论中过于依赖抽象的概念和理论思辨，西方美学家也同样
提出了警告。鲁道夫·阿恩海姆（Rudolf Arnheim）在《艺术与视知觉》的
"引言"中指出：

　　艺术似乎正面临着被大肆泛滥的空头理论扼杀的危
险。……这主要是因为我们忽视了通过感觉到的经验去理解事
物的天赋。我们的概念脱离了知觉，我们的思维只是在抽象的
世界中运动，我们的眼睛正在退化为纯粹是度量和辨别的工具。
结果，可以用形象来表达的观念就大大减少了，从所见的事物外
观中发现意义的能力也丧失了。②

他又指出：

　　艺术家与普通人相比，其真正的优越性就在于：他不仅能够
得到丰富的经验，而且有能力通过某种特定的媒介去捕捉和体

---

① 韦勒克《文学理论、文学批评和文学史》（"Literary Theory, Criticism, and His-
tory"），载 *Concepts of Criticism*，pp. 5—6。
② 鲁道夫·阿恩海姆《艺术与视知觉》，滕守尧、朱疆源译，页 1，中国社会科学
出版社，1984 年 3 月版。

现这些经验的本质和意义,从而把它们变成一种可触知的东西。……一个人真正成为艺术家的那个时刻,也就是他能够为他亲身体验到的无形体的结构找到形状的时候。①

这里所说的"用形象来表达的观念",在中国古代文学批评中就是由"意象批评"法所体现的。他对于艺术家特征的描述,在王国维《人间词话》中曾用"能感之"和"能写之"来表示。而对于一个"意象批评"法的使用者来说,也就是要能够将"无声之音、无形之相"转化为"取象其势、仿佛其形"(《书议》)。

"意象批评"法要求于批评家的,一是丰富的创作经验,即所谓"南威之容""龙泉之利";一是丰富的批评经验,即所谓"操千曲而后晓声,观千剑而后识器"。张怀瓘《书断序》描述批评需经过"玩迹探情,循由察变,运思无已,不知其然"的过程,蔡絛《诗评》说自己能够评论诸家,是"留心既久,故间得而议之"(《苕溪渔隐丛话》后集卷三十三引)。这些都表明"意象批评"法是与具体的文学现象长期紧密结合在一起的。文学理论的研究者,应该更多地关注文学史和文学作品,这是"意象批评"法给我们的现代启示之一。

在本章第一节中曾经指出,"意象批评"法的思维特征,是一个从具体到抽象,再从抽象到具体的过程,是感性与理性的结合。现代文学理论研究崇尚思辨,强调分析,而轻视感性,忽略整体。在上文中,我们已经考察了一些"意象批评"法的实例,证明"意象"并非纯感性的,尤其是运用在文学批评中的时候。这里,我们将继续引录几则西方诗人和理论家的观点,以资印证。如庞德(Ezra Pound)在《几条禁令》中指出:

　　一个意象是在瞬间呈现的理智与感情的复合体。……正是

---

① 《艺术与视知觉》,页228。

这种"复合体"的直接呈现给人以突然解放的感觉;给人以挣脱时空限制的自由的感觉;给人以在最伟大的艺术品中体验到的突然长大的感觉。①

在文学批评中,通过理性的分析所告诉人们的,可以用"是什么"或"不是什么"来表示,而通过"意象批评"所告诉人们的,则可以用"像什么"或"又像什么"来表示。后者给人带来的联想是丰富而惊人的,因此必然会有"解放的""自由的"感觉。同时,其联想的方向又是为批评家所设计的上下文语言结构所暗示的,因此也不至于泛滥无归。阿恩海姆在《视觉思维》的"前言"中指出:

在任何一个认识领域中,真正的创造性思维活动都是通过"意象"进行的。②

在本书中,作者挖掘了许多长期以来为人忽视的西方思想家"不愿意用牺牲感觉的代价来提高理智的身价"的论述,如德谟克利特让感官对理智轻蔑地说:

可怜的理智,你从我们这儿得到证据,而后就想抛弃我们,要知道,我们被抛弃之时就是你垮台之日。③

又指出古希腊哲学家"坚信亚里士多德说的那句话":

心灵没有意象就永远不能思考。④

---

① "A Few Don'ts", 20*th Century Literary Criticism*, p. 59.
② 鲁道夫·阿恩海姆《视觉思维》,滕守尧译,页 37,光明日报出版社,1986 年 12 月版。
③ 同上书,页 47。
④ 同上书,页 55。

没有形象的呈现,就没有理智活动。①

又引述了汉斯·尤那斯(Hans Jonas)的说法,将人界定为一种"能制
造意象的动物"②。作者于是得出这样的结论:"把'具体'与'抽象'
对立起来,只能导致一种错误的两分。"③并且通过试验证明,"理论
性概念并不是在真空中被掌握的,它们有可能使人联想到它出现的
种种视觉背景"④。这些都有助于我们理解"意象批评"法中所蕴含
的真理。阿恩海姆在《艺术与视知觉》中还指出:

　　　　知觉活动在感觉水平上,也能取得理性思维领域中称为"理
　解"的东西。任何一个人的眼力,都能以一种朴素的方式展示出
　艺术家所具有的那种令人羡慕的能力,这就是那种通过组织的
　方式创造出能够有效地解释经验的图式的能力。因此,眼力也
　就是悟解能力。⑤

"眼力就是悟解能力"对于魏晋以来出现的"目想"一词,是一个很好
的解释。尽管阿恩海姆说这种眼力是人人具备,但"只有当一个人形
成了完美的再现概念的时候,他才能成为一个艺术家"⑥。这里,艺
术家和艺术批评家所要求的素质是一致的。一个不具备"悟解能力"
的批评家,不是一个合格的批评家。
　　我们还指出,"意象批评"法具有审美经验完整性的特点。它是

————————

① 《视觉思维》,页164。
② 同上书,页266。
③ 同上书,页286。
④ 同上书,页182。
⑤ 《艺术与视知觉》,页56。
⑥ 同上书,页229。

批评家对于作品风格的整体把握,是在作品的实际体验中所得到的完整印象,是想象力对于理性的投射。因此,这种用意象的语言所传达的经验就不是理性的分析所可以取代的。艺术作品本身是一个整体,纯理性的分析可以使人们得到"片面的深刻",却往往肢解了艺术作品之美。文学批评需要传达出文学之美,需要引发读者的美感,需要激起人们自身的想象。"意象批评"法用络绎缤纷的审美意象,引发读者的审美感受;读者以被唤起的审美感受,在作品世界中再度得到印证或修正。这是"意象批评"法对现代文学批评的又一点启示。

　　如果说,以上所举到的现代文学理论与批评的弊病,是由唯理性主义导致的话,那么,下面所要指出则是由唯科学主义导致的弊病。文学批评中"唯科学"的倾向由来已久,在中国可以上溯到宋代,主要表现为以实证主义的态度对待文学形象。宋人诗话中有两则极为出名的公案,一是就张继《枫桥夜泊》诗中"姑苏城外寒山寺,夜半钟声到客船"的描写,欧阳修认为半夜非打钟之时,故"理有未通,亦语病也"(《六一诗话》),而肯定此诗的人,又都强调确有半夜打钟的现象①。二是关于杜甫《古柏行》中"霜皮溜雨四十围,黛色参天二千尺"的描写,沈括《梦溪笔谈》卷二十三认为,以四十围配二千尺乃太细长,而黄朝英《缃素杂记》驳斥沈说,认为杜甫用的是古制,"则径四十尺,其长二千尺宜矣,岂得以太细长讥之乎"(《苕溪渔隐丛话》前集卷八引)。这种将文学世界等同于现实世界,以史学方法代替文学方法的现象,在现代也并未绝迹。欧洲的文学研究中,十九世纪的唯科学主义也有种种不同的表现。韦勒克指出:

　　　　一种是想效法通常的科学理想,即做到客观、不带个人性并

---

① 参见《苕溪渔隐丛话》前集卷二十三引《王直方诗话》《石林诗话》《诗眼》《学林新编》等。

具确定性。总之,这支持的是一种前科学的唯事实主义;其次,便是通过研究事物的起因和起源努力摹仿自然科学的方法,这种努力实际上就是寻找任何一种关系,只要在年代顺序的基础上是可能的。更为生硬的使用,便是以科学因果律来解释文学现象是由经济、社会、政治条件所决定;另外一些学者甚至试图引入科学的定量分析法,诸如统计学、表格和图解等;最后,有一派最有雄心的学者还进行了一次大规模的实验,用生物学的概念来追溯文学的演变。……我敢说在今天的美国和其他地方,其遗风尚存。①

唯科学主义往往导致文学研究的"技术化",这种研究,虽然没有脱离文学现象,甚至如"新批评派"那样强调文本的独立性,追求其客观意义,试图从有形的语言、意象、象征等入手分析,以建立文学批评的客观标准,其实也还是在唯科学主义思潮影响下的产物。尽管作为社会—历史学派的反拨,新批评派有其特定的意义,但任何追求文学研究客观化(或美其名曰科学化)的企图,都是与文学的本质背道而驰的。

韦勒克在《文学理论、文学批评和文学史》一文中说:"文学研究区别于历史研究之处在于,它需要处理的不是文献,而是不朽的作品。"②也许我们要为之下一转语,即"需要处理的不只是文献"。对历史文献的考据无疑是必要的,但这只是为了扫除文学研究中的外在障碍,真正的文学研究,必须在此基础上进而"披文以入情"(《文心雕龙·知音》)。文学创作是感情波澜的外化,真正的文学必然包

---

① "The Revolt Against Positivism in Recent European Literary Scholarship", *Concepts of Criticism*, pp. 257—258.

② "Literary Theory, Criticism, and History", *Concepts of Criticism*, pp. 14—15.

含了作家生命的跃动。因此，真正的文学研究也就必然不是纯粹的理智性活动。王褒《四子讲德论》中说："诗人感而后思，思而后积，积而后满，满而后作。"（《文选》卷五十一）唐人顾非熊诗云："有情天地内，多感是诗人。"（《落第后赠同居友人》）创作既是如此，那么，在文学艺术的实际批评中，对作品的感受，即"觇文辄见其心"（《文心雕龙·知音》），"披封睹迹，欣如会面"（《书断序》），就不仅是欣赏的起点，同时也是研究的起点。"感而后思，思而后积，积而后满，满而后作"云云，也就不仅是对于诗人精神状态的描绘，同时也是对于批评家精神状态的描绘。

运用"意象批评"法的精神状态如何，我们缺乏必要的文献来作详细的阐述。但上文引用到张怀瓘《书议》对其思维过程的描述，其实也涉及到了精神状态。在本书第二节中，我们分析了"意象批评"法的思想基础，特别提到《庄子》对"道"的把握方式是一种直觉的方式，它以"忘我"为基础，以"物化"为途径，以"得一"为目的。运用"意象批评"法，其心灵应该是经过"心斋"后的状态，是"不敢怀庆赏爵禄""不敢怀非誉巧拙""辄然忘吾有四枝形体""以天合天"（《庄子·达生》）的精神状态。这样，才能搜索至真，才能张皇幽渺，才能以心印心，才能立象尽意。以这样的精神状态从事文学批评的工作，也许是"意象批评"法给今天的文学研究所带来的最重要的启示吧。

外　篇

第一章　选本论

在中国古代文学批评中,选本是一种非常重要的批评形式。根据传统的目录学,选本属于集部总集类。关于总集的起源和作用,《隋书·经籍志》曾这样指出:

> 总集者,以建安之后,辞赋转繁,众家之集,日以滋广。晋代挚虞,苦览者之劳倦,于是采摘孔翠,芟剪繁芜,自诗赋下,各为条贯,合而编之,谓为《流别》。是后文集总钞,作者继轨,属辞之士,以为覃奥而取则焉。

《四库全书总目》卷一百八十六"总集类"小序指出:

> 文籍日兴,散无统纪,于是总集作焉。一则网罗放佚,使零章残什,并有所归;一则删汰繁芜,使莠稗咸除,菁华毕出。是固文章之衡鉴,著作之渊薮矣。《三百篇》既列为经,王逸所裒又仅《楚辞》一家,故体例所成,以挚虞《流别》为始。其书虽佚,其论尚散见《艺文类聚》中。盖分体编录者也。《文选》而下,互有得失。至宋真德秀《文章正宗》,始别出谈理一派,而总集遂判两途。然文质相扶,理无偏废,各明一义,未害同归。

以上说法很有代表性,均以总集始于挚虞,其功能有二:一是网罗众作,一是荟萃菁华。作为总集之一的选本,其功能更偏于区别优劣,也就是文学批评。所以,这里也以"选本"为名,旨在有别于"逢诗辄取"(《诗品序》)一类的总集。《文心雕龙·序志篇》指出:

> 详观近代之论文者多矣:至于魏文述典,陈思序书,应玚《文论》,陆机《文赋》,仲治《流别》,弘范《翰林》,各照隅隙,鲜观衢路。

锺嵘《诗品序》也指出:

> 陆机《文赋》,通而无贬;李充《翰林》,疏而不切;王微《鸿宝》,密而无裁;颜延论文,精而难晓;挚虞《文志》,详而博赡,颇曰知言。

在上文所列举的论文之作中,都提到了挚虞的《文章流别》和李充的《翰林》。这些选本,在《隋书·经籍志》中皆列于总集类,同时,《隋志》也将《文心雕龙》和《诗品》等"解释评论"之作列于总集类。这说明古人早已认识到选本的批评作用,可以说,在中国古代文学批评的诸种形式中,选本是最为古老的。

其实,任何一种民族文化中,有文字便会有文集。但文集的编纂,由于动机的不同,编纂方式的不同,就会产生不同的意义。西方文集的编纂开始于古希腊晚期,即亚历山大时代。然而略考西方文集编纂的动机和方式,前者不外乎保存本民族的文化遗产并发扬光大其传统,后者则主要采用编年序列、字母序列、主题均衡序列、数字序列,以及章节的互相贯串等编排方式①。虽然编集的目的也是要保存文学精华,但显然,西方文学传统中文集编纂的批评意味不那么

---

① 参见厄尔·迈纳(Earl Miner)《比较诗学:比较文学理论和方法论上的几个课题》第二节"诗文集",鲁效阳译。载《中国比较文学》创刊号,页258—267。

强烈。相比之下，中国的选本则是一种非常重要的批评形式。

　　《四库提要》在追溯总集形成的历史时虽然提到了《诗经》，但出于尊经的观念，不敢将它等同于一般的总集。然而在事实上，《诗经》对于后世选本的编纂具有典范意义。在选本的形成过程中，占有极为重要的地位。因此，考察选本的形成，不能不从《诗经》开始。

第一节　选本的形成

一、孔子删《诗》的启示

　　考察选本的形成，不能不追溯到《诗经》。相传《诗经》曾经孔子删选，虽然对于这个问题，自唐代以来就不断有人提出质疑①，但在选本的形成和发展过程中，人们常常提到孔子删选诗篇，并且将《诗经》作为选本的典范。例如，元人王义山《黄草堂诗选序》云：

> 　　"曾经圣人手，议论安可到。"……考之《论语》："巧笑倩兮，美目盼兮，素以为绚兮。"而《硕人》一诗，不载"素以为绚兮"一句，在所不选欤？《唐棣之华》"偏其反而"一章，岂此一章亦不在所选欤？去圣逾远，于何折衷哉？……选《诗》如作《春秋》，笔则笔，削则削。（《稼村类稿》卷四）

---

① 例如，孔颖达《诗谱正义》指出："诗三百者，孔子定之。……案书传所引之诗，见在者多，亡逸者少，则孔子所录，不容十分去九。马迁言古诗三千馀篇，未可信也。"但孔氏在《毛诗正义序》中又说："时经五代，篇有三千。成康没而颂声寝，陈灵兴而变风息。先君宣父，厘正遗文，缉其精华，褫其烦重，上从周始，下暨鲁僖，四百年间，六诗备矣。"态度还有所犹疑。宋代以后，疑之者众。

又如明人王世贞《古今诗删序》云：

> 盖孔子尝称删诗书云，至笔削《春秋》取独断，其于诗也，未尝不退而与游、夏商之也。……三代而降，天下多感慨而鲜称述，故诗在下而不在上，盖风之用广而雅颂微矣。夫子实伤之，故称删。删者，删其不正以归乎正。（《古今诗删》卷首，日本宽保癸亥三月刊本）

又如清人袁枚《再与沈大宗伯书》云：

> 闻《别裁》中独不选王次回诗，以为艳体不足垂教，仆又疑焉。……孔子不删郑卫之诗，而先生独删次回之诗，不已过乎！（《小仓山房文集》卷十七）

不难看出，孔子删诗的传说对于后代影响是很大的。

关于孔子删诗的问题，最初见载于《史记·孔子世家》。司马迁写道：

> 古者诗三千余篇，及至孔子，去其重，取可施于礼义。……三百五篇，孔子皆弦歌之，亦求合《韶》《武》雅颂之音。礼乐自此可得而述，以备王道，成六艺。

"去其重"，既可理解为"删"，也可理解为"选"。后来班固在《汉书·艺文志》中说："孔子纯取周诗，上采殷，下取鲁，凡三百五篇。"这里的"采""取"二字，实际上也就是删选的意思。但明确提到"删诗"则始见于王充《论衡》，其《正说篇》云："《诗经》旧时亦数千篇，孔子删去重复,正而存三百篇。"①无论是删亦或选,其本意皆非"网罗放佚",而是"删汰繁芜"。孔子虽然自称"述而不作"(《论语·述而》),实际上却"作"在"述"中,自有其选择的眼光和标准。这就奠定了后世选集的基本态度和作风。

从选本的角度来看《诗经》,有以下几方面值得注意:

首先,选本皆有一定的标准。按照司马迁的说法,孔子删选诗歌的标准是"取可施于礼义"。这在《论语》中也能够得到印证,如"子曰:诗三百,一言以蔽之曰:思无邪"(《为政》)。《史记·孔子世家》又说:"孔子以《诗》《书》礼乐教。"所以,《论语》中涉及到的对具体诗篇的评论,对于诗的作用的阐发,都可以代表孔子诗歌批评的眼光。

其次,选本前多有序文。流传于汉代的《诗经》文本主要有四家,即齐、鲁、韩、毛。《毛诗》经东汉末期郑玄的笺注,至唐代又经孔颖达义疏,所以完整地流传至今。其馀三家诗则先后亡佚,仅存断简残编。《毛诗》有大序,有小序,关于诗序的作者,众说纷纭。但古来较有代表性的意见,则认为出于子夏。如郑玄笺《毛诗·小雅》中的《南陔》《白华》《华黍》三篇亡诗,提到"子夏序诗";陆玑《毛诗草木鸟兽虫鱼疏》卷下亦云"孔子删诗授卜商,商为之序";陈奂《诗毛氏传疏叙录》总结诸家之说而云:

> 卜子子夏,亲受业于孔子之门,遂隰括诗人本志,为三百十一篇作序。……故读诗不读序,无本之教也。

子夏作序之所以可贵,是因为其有得于孔门遗说。古代甚至有人认

---

① 旧题孔安国《古文尚书序》云:"先君孔子,生于周末。睹史籍之烦文,惧览者之不一,遂乃定礼乐,明旧章,删诗为三百篇。"这里也提到"删诗",但前人疑此为梅赜伪作。

为,诗序为孔子所作。如程颐《诗解》以诗大序为孔子作,苏辙《诗集传》卷一以为各篇序首一言为孔子之旧,等等。虽然以上这些说法多出于尊经的观念,并没有多少实在的文献依据,但影响颇大①。如果说,小序的作用主要还在引发一篇大义的话,那么,大序所表达的则主要是对"三百篇"的总论,其中包括诗的本原、作用、分类等。后世选本也多有序,选家的观点也往往借助序文表达。

第三,辨体及次序。方孝岳《中国文学批评》推崇孔子是"评选诗文的祖师",并指出其评选义例有二:"一是正思想,二是辨体裁。"②方氏所谓"辨体裁",指的是"六义"和"四始"。但"四始"应属于编次,所以这里以"辨体及次序"来概括。作为第一部诗歌总集,《诗经》在编排上以风雅颂分类,而以赋比兴作为三种基本的诗歌写作手法。孔颖达《毛诗注疏》卷一引《郑志》云:

> 张逸问:"何诗近于比赋兴?"答曰:"比赋兴,吴札观诗已不歌也。孔子录诗,已合风雅颂中,难复摘别。"

以此说明《诗经》中的赋比兴非诗体,故"不可歌""不可分也"。所以孔氏指出:"风雅颂者,诗篇之异体;赋比兴者,诗文之异辞耳。大小不同,而得并为六义者,赋比兴是诗之所用,风雅颂是诗之成形。用彼三事,成此三事,是故同称为义,非别有篇卷也。"这也就同时说明,风雅颂是编选诗集的时候所作的区分。后世选本中,辨体是重要的内容之一,其观念实始于《诗经》。

---

① 宋代自郑樵《诗辨妄》诋诗序为"村野妄人"所作,朱熹又作《诗序辨说》,专攻诗序之不可信。但并未能从根本上动摇《诗序》的地位。

② 方孝岳《中国文学批评》,页 29,生活·读书·新知三联书店,1986 年 12月版。

"四始"也是《诗经》学上的重要概念。如果按照郑玄的说法，"四始"指的是风、小雅、大雅和颂，而据司马迁的说法，则"《关雎》之乱以为风始，《鹿鸣》为小雅始，《文王》为大雅始，《清庙》为颂始"（《史记·孔子世家》），指的是四篇作品，章怀太子注《后汉书·郎𫖮传》同此说，似较为可信。这四篇作品，在《诗经》中最为重要，所以列于风、小雅、大雅和颂之首。另外，在风诗中，《周南》《召南》最为重要，所以又列于"风"之首。孔子说："《关雎》乐而不淫，哀而不伤。"（《论语·八佾》）又说："人而不为《周南》《召南》，其犹正墙面而立也欤？"（《论语·阳货》）后世选本中，体类和作品的次序往往代表了编选者的批评眼光，实际上这也是从《诗经》开始的。例如《文选》首列"赋"，就是因为在萧统的心目中以"赋"最为重要；又如王安石编选李、杜、韩、欧四家诗，以杜甫、欧阳修、韩愈、李白为序，似亦寓有高低之意①。

　　由此可见，《诗经》作为中国文学史上第一部诗歌总集，其对后世选本的示范意义是不可低估的。韩愈《荐士》诗云："周诗三百篇，雅丽理训诰。曾经圣人手，议论安敢到。"（《韩昌黎诗系年集释》卷五）"雅丽"二字是对《诗经》的总评价。后世的选本，或偏于雅正，如真德秀的《文章正宗》，或偏于华丽，如萧统的《文选》，《四库提要》以此作为选本两派之代表，其实都各得《诗经》之一端②。

二、从《文章流别集》到《文选》

　　前人讨论选本的形成，往往以挚虞的《文章流别》作为重要的

---

① 参见《苕溪渔隐丛话》前集卷六引《王直方诗话》《钟山语录》、王定国《闻见录》及《遯斋闲览》等。

② 《四库全书总目》卷一百八十七《文章正宗》提要云："虽矫昭明之枉，恐失《国风》之义。"

标志,如《隋书·经籍志》和《四库提要》。这是因为《诗经》列于经,而《楚辞》限于一家的缘故。据《隋书·经籍志》的著录,挚虞有《文章流别集》四十一卷,《文章流别志、论》二卷,可知他所撰著的书,有集、志、论三种,"集"为其所选之文,"志"为作家传略,"论"为其论文宗旨。《隋志》在著录《文章流别集》时注云:"梁六十卷,志二卷,论二卷。"《晋书·挚虞传》云:"撰古文章,类聚区分为三十卷,名曰《流别集》,各为之论,辞理惬当,为世所重。"这样看来,"志"和"论"当时可能是附在总集之中。《隋志》在"集"外又单独著录了"志"和"论",说明这些书在唐代已有别出单行者①。《隋志》又著录了李充的《翰林论》三卷,注云"梁五十四卷"。从当时总集的命名方式来看,此书很可能原名为《翰林》②,"论"乃附于其中,以后单独行世。

　　总集的形成,与集部的兴起有关。据《隋书·经籍志》的说法,"别集之名,盖汉东京之所创也"。当时是否已经有了"别集"的名称,尽管还有些疑问③,不过,东汉的文士颇多,他们能够写作各类文体,却是一个既在的事实。范晔《后汉书》中常记载传主的著述篇目,

①　关于挚虞书的"集""志""论"三者间的关系,学者有不同看法。参见兴膳宏《挚虞〈文章流别志论〉考》,载《六朝文学论稿》,彭恩华译,页228—242,岳麓书社,1986年6月版。邓国光《挚虞研究》第三篇,页157—201,香港学衡出版社,1990年12月版。

②　当时的总集有如《集林》《词林》《诫林》《七林》《书林》等,可见其为通行的命名方式之一。又锺嵘《诗品》多次引及其书,皆作《翰林》;《文心雕龙·序志》提到的也是"弘范《翰林》";《文镜秘府论》天卷引《四声论》云:"李充之制《翰林》,褒贬古今,斟酌病利,乃作者之师表。挚虞之《文章志》,区别优劣,编辑胜辞,亦才人之苑囿。"

③　《四库全书总目》卷一百四十八"别集类"小序云:"集始于东汉,荀况诸集,后人追题也。"曹丕《与吴质书》云,徐干等人去世后,他"撰其遗文,都为一集"。至于"别集"之名,则始见于梁代,如梁武帝有《别集目录》,阮孝绪《七录》专列"别集"之名。

除了诗歌以外,还涉及到赋、铭、诔、颂、碑、箴、论、议、赞、七、吊、哀、对问、连珠、章奏、书记等各种文类。所以从西晋开始,就出现了专辑某类文章的总集,如傅玄《七林》、荀绰《古今五言诗美文》等。总集正是在别集的基础上形成,所以有"集林""集苑""集钞"等名目。而将各类文章汇为一编,并予以系统评论,则始于挚虞。章太炎先生认为杜预《善文》在挚虞之前,应为总集之始①。但从其遗文来看,此书似杂钞经史诸家,或近于类书。如上所述,在挚虞以前,其实已经有了一些可以称为总集的著述,但这些书大多以"网罗放佚"为目的,不具有"删汰繁芜"的作用,所以古人也不以之为总集之始,从中正可以看出古人对于总集的观念②。

从《文章流别论》的残文中,大致可以窥见以下几点:一是辨体。其所涉文体有颂、赋、诗、七、箴、铭、诔、哀辞、哀策、对问、碑、图谶等,挚虞对每一种文体的源流、功能、特色都作了概略性论述。其中最为重视的是源流,书名中的"流别"二字已揭示了这一点。后世选本也有规模其意者,如《隋志》就著录了谢混《文章流别本》、孔宁《续文章流别》等。直到清代,如姚鼐《古文辞类纂》、李兆洛《骈体文钞》,皆分门别类,考镜源流。二是选文的标准,其中既有共同的总原则,又有对各体文章的要求。他说:

> 文章者,所以宣上下之象,明人伦之叙,穷理尽性,以究万物之宜者也。

---

① 参见《文例杂论》,《太炎文录》卷一,页48,《章太炎全集》四,上海人民出版社,1985年9月版。
② 李充《翰林》亦为总集,《七录》著录达五十四卷之多,《晋书·文苑传序》有"《翰林》总其菁华"之语,另外又有"论"三卷。《隋志》不以为总集之祖,可能与其书在唐初已经亡佚,至少在中秘府未藏有关。

宗经明理,就是挚虞对各体文章的总要求。又其论赋云:

> 夫假象过大,则与类相远;逸辞过壮,则与事相违;辩言过理,则与义相失;丽靡过美,则与情相悖。此四过者,所以背大体而害政教。是以司马迁割相如之浮说,扬雄疾"辞人之赋丽以淫"。

这便是对于赋体的要求。其中"四过"是针对赋体本身,"背大体而害政教"则又与宗经明理的总要求相一致。其三是对具体作品的评论。例如:

> 若《解嘲》之弘缓优大,《应宾》之渊懿温雅,《达旨》之壮丽忼慷,《应间》之绸缪契阔,郁郁彬彬,靡有不长焉矣。
> 《幽通》精以整,《思玄》博而赡,《玄表》拟之而不及。

所以,从挚虞开始,选本就有区别优劣,也就是文学批评的作用。这不仅对后世的选本有所影响,如《文选》的编纂就受到它的启示①,而且,对于其他文学批评论著,《文章流别论》也起到了先导性作用②。《隋志》将文学批评著作归在总集类,在后人的眼光里,难免有不尽合理之处。但从总集和评论的关系来看,这样的处理是完全可以理解的。

由于这些最早的选本已经亡佚,其原始形态如何已难以详考,"论"与"集"在形式上的关系如何也不能断定,所以,对于早期选本

---

① 参见骆鸿凯《文选学》,页 2—6,中华书局,1989 年 11 月版。
② 锺嵘《诗品》和刘勰《文心雕龙》都提到挚虞的书,《诗品》还予以较高评价,认为"颇曰知言"。挚虞对于文体源流的重视,可能也启发了锺嵘的"推源溯流"法。

在文学批评上的特点,我们只能根据现存的文献作有限的推论。

从《隋书·经籍志》来看,当时的总集数量颇多,但完整保存到现在的只有萧统编的《文选》和徐陵编的《玉台新咏》。《四库全书》将《文选》列为"总集类"之首,这是现存最早也是最重要的选本。从《文选》和《玉台新咏》来看,早期选集表达文学批评的意见,主要还是通过选集的序文、选目的多寡或以何种作品入选来体现的。

萧统的《文选序》是一篇重要的文学批评文献,兹略说如下:

> 式观元始,眇睹玄风。冬穴夏巢之时,茹毛饮血之世,世质民淳,斯文未作。逮乎伏羲氏之王天下也,始画八卦,造书契,以代结绳之政,由是文籍生焉。《易》曰:"观乎天文,以察时变;观乎人文,以化成天下。"文之时义远矣哉!若夫椎轮为大辂之始,大辂宁有椎轮之质;增冰为积水所成,积水曾微增冰之凛。何哉?盖踵其事而增华,变其本而加厉;物既有之,文亦宜然。随时变改,难可详悉。

以上述文字肇兴及"文"之源流,而其将"文""质"对举,偏重于文;又提出文学的进化观念,正反映出魏晋以来文学思想的新貌。

> 尝试论之曰:《诗序》云:"诗有六义焉:一曰风,二曰赋,三曰比,四曰兴,五曰雅,六曰颂。"至于今之作者,异乎古昔,古诗之体,今则全取赋名。荀、宋表之于前,贾、马继之于末。自兹以降,源流实繁。述邑居则有"凭虚""亡是"之作,戒畋游则有《长杨》《羽猎》之制。若其纪一事,咏一物,风云草木之兴,鱼虫禽兽之流,推而广之,不可胜载矣。

以上述文学源流,皆本于《诗经》。赋原为六义之一,后演变为文体之名。萧统重视赋体,故先及之。

> 又楚人屈原,含忠履洁,君匪从流,臣进逆耳,深思远虑,遂放湘南。耿介之意既伤,壹郁之怀靡诉。临渊有怀沙之志,吟泽有憔悴之容。骚人之文,自兹而作。

以上述骚之源流。自《汉书·艺文志·诗赋略》分成屈原赋、陆贾赋、荀卿赋、杂赋四类,后人多踵其说,至《文心雕龙》始将《楚辞》自赋中别出,专列《辨骚》,《文选》亦然。《隋书·经籍志》集部专列“楚辞”。但《文选》专列“骚人之文”,不与“荀、宋”之作相混,实具特识。

> 诗者,盖志之所之也,情动于中而形于言。《关雎》《麟趾》,正始之道著;桑间濮上,亡国之音表。故风雅之道,粲然可观。自炎汉中叶,厥途渐异。退傅有“在邹”之作,降将著“河梁”之篇;四言五言,区以别矣。又少则三字,多则九言,各体互兴,分镳并驱。

此述诗之源流,尤重情志。

> 颂者,所以游扬德业,褒赞成功。吉甫有“穆若”之谈,季子有“至矣”之叹。舒布为诗,既言如彼;总成为颂,又亦如此。

此下述诗赋以外之各类文体的源流。颂亦为六义之一,故先举之。

> 次则箴兴于补阙,戒出于弼匡。论则析理精微,铭则序事清润。美终则诔发,图像则赞兴。又诏诰教令之流,表奏笺记之列,书誓符檄之品,吊祭悲哀之作,答客指事之制,三言八字之

文、篇、辞、引、序、碑、碣、志、状，众制锋起，源流间出。譬陶匏异器，并为入耳之娱；黼黻不同，俱为悦目之玩。作者之致，盖云备矣。

此述箴、戒、论、铭等各类文体之源流。值得注意的是，以上列举的文体中，有不少是属于应用性的，但作者用"并为入耳之娱"和"俱为悦目之玩"加以形容，这便暗示了作者的选择标准，即重视作品的审美性和娱乐性。

余监抚馀闲，居多暇日，历观文囿，泛览辞林，未尝不心游目想，移晷忘倦。自姬汉以来，眇焉悠邈，时更七代，数逾千祀。词人才子，则名溢于缥囊；飞文染翰，则卷盈乎缃帙。自非略其芜秽，集其清英，盖欲兼功，太半难矣。

以上述选文之意，要"略其芜秽，集其清英"。

若夫姬公之籍，孔父之书，与日月俱悬，鬼神争奥，孝敬之准式，人伦之师友，岂可重以芟夷，加之剪截？老庄之作，管孟之流，盖以立意为宗，不以能文为本，今之所撰，又以略诸。若贤人之美辞，忠臣之抗直，谋夫之话，辩士之端，冰释泉涌，金相玉振。所谓坐狙丘，议稷下，仲连之却秦军，食其之下齐国，留侯之发八难，曲逆之吐六奇，盖乃事美一时，语流千载。概见坟籍，旁出子史，若斯之流，又亦繁博，虽传之简牍，而事异篇章，今之所集，亦所不取。至于记事之史，系年之书，所以褒贬是非，纪别异同，方之篇翰，亦已不同。若其赞论之综缉辞采，序述之错比文华，事出于沈思，义归乎翰藻，故与夫篇什，杂而集之。远自周室，迄于圣代，都为三十卷，名曰《文选》云耳。

此述选文范围及标准,不选群经子史,不选辞令言语,以"事出于沈思,义归乎翰藻"为标准。钱穆认为"此所谓思,乃一种文思也"①,可谓一语中的。

> 凡次文之体,各以汇聚。诗赋体既不一,又以类分;类分之中,各以时代相次。

此述编排方式。

从以上对《文选序》的简析中,可以看出中国人一般的文学观念,如重视辨体和源流;也可以看出萧统以及那个时代的文学观念,如重视文采。除了序文以外,《文选》在编排次序及内容上也存有微意。

《文选》选各类文章凡三十八种②,但其心目中实以诗赋为主。曹丕《典论·论文》分文体为八,"诗赋"居末;陆机《文赋》分为十类,而以诗赋居先。《文选》遥承陆机,不仅将赋和诗列在最前,而且其篇幅也占全书的大半。《文心雕龙》五十篇,前五篇为"文之枢纽",其后二十篇讨论各类文章,亦以"诗赋"居前。诗赋是最能体现这一特征的文类,故倍受重视。这可以说是一种时代的观念。

《文选》和《玉台新咏》是梁代先后出现的两种选本,而且都完整地保存到现在,但两种选本表现的文学观念却不尽相同。在序文中,前者强调"事出于沈思,义归乎翰藻";后者则偏重于艳情,所谓"唯属意于新诗……选录艳歌"(徐陵《玉台新咏序》);在选目上,《文选》

① 《读文选》,《中国学术思想史论丛》三。《钱宾四先生全集》第十九册,页192,联经出版事业公司,1998 年 5 月版。
② 今本多为三十七类,但研究者意见不一。胡克家《文选考异》卷八引陈景云说,以为当有"移"类,兹从之。

所选诗歌最多的诗人是陆机,共四十五首(《玉台新咏》选其十三首诗);而《玉台新咏》所选最多的诗人是沈约,共二十七首(《文选》选其十三首诗)。同样是沈约的诗,《文选》所选是其较为严肃的作品,而《玉台新咏》所选则多为艳情诗,相同之作仅一首。虽然《玉台新咏》编者的初衷是想通过编纂选本,以扩大"宫体诗"的范围,造成更大的影响,但其编辑宗旨不合于此下的文学潮流,其影响也难以与《文选》相提并论。

《文选》和《文心雕龙》是两部关系密切的书,黄季刚先生指出:"读《文选》者,必须于《文心雕龙》所说能信受奉行,持观此书,乃有真解。"①《文心雕龙》和《诗品》在后世被评为"体大虑周""思深意远"之著,是"专门名家勒为成书之初祖"(《文史通义》卷五《诗话》),但其影响也不能与《文选》相比。隋唐时人对两书即多有批评②,而《文选》在同时即已形成"选学"。这在很大程度上与选本形式有关。尽管《文心雕龙》强调"选文以定篇"(《序志》),《诗品》也标举"五言之警策",但毕竟不同于选本之既有选择标准,又有具体可式的文章以供观摩效仿。正因为如此,《文选》的影响远远超过诗文评著作,其本身也成为后世选本的典范之一。叶燮在《选家说》中指出:

> 古文辞赋之有选也,自梁昭明始。昭明之选,其去取虽或未尽当,后人有訾之者,然其出乎一己之成见,初非有所附会。从

---

① 黄侃《文选平点》卷一,页1,上海古籍出版社,1985年7月版。
② 例如,《文镜秘府论》天卷引《四声论》云:"(锺)嵘徒见口吻之为工,不知调和之有术……观公此病,乃是膏肓之疾,纵使华佗集药,鹬鹊投针,恐魂归岱宗,终难起也。"又如卢照邻《南阳公集序》云:"近日刘勰《文心》,锺嵘《诗评》,异议蜂起,高谈不息。人惭西氏,空论拾翠之容;质谢南金,徒辨荆蓬之妙。"(《幽忧子集》卷六)

实而不从名,而不以名假实。……吾尝谓夫子删诗止三百,国风止十五,此就鲁国故府之所有者删之,所无者不外求也。……夫子以寓诸目者删之,否则阙之。其寓诸目而不可入选者逸之,非有所详略也。总归于当而已矣。……吾愿选古之家,自不能效法圣人,其亦不失梁昭明之意,斯亦可矣。(《已畦文集》卷三)

在中国文学批评史上,《文选》的出现以及"《文选》学"的形成,奠定了后世选本的基础。

第二节　选本的发展

一、唐人选唐诗

选本在唐代得到了进一步的发展。唐代的选集颇为发达,以诗歌选本而言,可知者即多达一百三十七种①。如果把敦煌遗书中的写本材料考虑进去的话,为数当更多。从这些唐人选本中可知,他们利用这种形式进行文学批评时,在继承前人的基础上更有所新创。

从唐人选集的类型来看,有通代诗选,有断代诗选,有诗文合选,有诗句选集,有唱和集,有送别集,有家集等。从这些选集的出现来看,通代诗选在前,而断代诗选在后。前者还是将唐诗作为六朝诗的延续,后者已将唐诗视为独立的一体,这体现了时人对唐诗的自觉。从现存的唐人选本来看,大多寓有文学批评的意义。如《河岳英灵集序》云:

---

① 参见陈尚君《唐人编选诗歌总集叙录》,文载《中国诗学》第二辑,南京大学出版社,1992 年 12 月版。

岂得逢诗辑纂,往往盈帙。……编纪者能审鉴诸体,委详所来,方可定其优劣,论其取舍。①

楼颖《国秀集序》引陈公、苏公(源明)语云:

自开元以来,维天宝三载,谴谪芜秽,登纳菁英,可被管弦者都为一集。②

元结《箧中集序》云:

风雅不兴,几及千岁,溺于时者,世无人哉!……近世作者,更相沿袭,拘限声病,喜尚形似,且以流易为词,不知丧于雅正。……吴兴沈千运……凡所为文,皆与时异。……能侣类者,有五六人。……总编次之,命曰《箧中集》。③

高仲武《中兴间气集序》云:

体状风雅,理致清新,观者易心,听者耸耳,则朝野通取,格律兼收。自郐以下,非所敢隶焉。④

姚合《极玄集序》云:

---

① 傅璇琮《唐人选唐诗新编》,页 107,陕西人民教育出版社,1996 年 7 月版。
② 同上书,页 217。
③ 同上书,页 299。
④ 同上书,页 456。

此皆诗家射雕之手也,合于众集中更选其极玄者,庶免后来之非。①

韦庄《又玄集序》云:

撷芳林下,拾翠岩边,沙之汰之,始辨辟寒之宝;载雕载琢,方成瑚琏之珍。故知颔下采珠,难求十斛;管中窥豹,但取一斑。②

韦毂《才调集叙》云:

暇日因阅李、杜集,元、白诗,其间天海混茫,风流挺特,遂采摭奥妙,并诸贤达章句。③

可知,以选本形式表达对文学的批评,是唐人常用的手法之一。

有些唐人选集的批评观念仍集中体现在序文中,如元结《箧中集序》、楼颖《国秀集序》等。但是从选本的发展来看,在唐代特别值得重视的是将评语和选诗结合在一起。其形式可能从殷璠开始,这一创体也较好地体现了选集的批评功能④。这一类的选集,在唐代最为著名的是《河岳英灵集》和《中兴间气集》。

殷璠《河岳英灵集》二卷,有叙有论,每个诗人名下各系以评语。这种方法,显然是对于梁代文学批评的继承,将《文选》和钟嵘《诗

---

① 《唐人选唐诗新编》,页 532。
② 同上书,页 579。
③ 同上书,页 691。
④ 殷璠曾编有三部选集,其中《荆扬挺秀集》已佚,《丹阳集》尚有遗文,体例类似于《河岳英灵集》。《唐人选唐诗新编》已收入此集,可参看。

品》相结合①，以构成新的选本形式。殷璠在《叙》中写道：

> 梁昭明太子撰《文选》，后相效著述者十馀家，咸自称尽善，高听之士，或未全许。……盖身后立节，当无诡随，其应诠拣不精，玉石相混，致令众口销铄，为知音所痛。②

开章明义即提到《文选》，可知其心目中自有此书在。其《论》中又写道：

> 璠今所集，颇异诸家。既闲新声，复晓古体，文质半取，风骚两挟。言气骨则建安为传，论宫商则太康不逮。③

殷璠在这部选集中标举盛唐之音，而他所理解的盛唐诗的特色，就在于风骨和兴象、声律并重。他指出"开元十五年后，声律、风骨始备矣"④，又评陶翰的诗"既多兴象，复备风骨"⑤。这是在融合南北文风的基础上（所谓"声律、风骨始备""文质半取"）又超越了前朝文学（所谓"既闲新声，复晓古体""言气骨则建安为传，论宫商则太康不逮"）而达到的艺术成就。初唐的史臣也曾提出要在融合南北的基础上形成一代新文学，但他们当时心目中的"南"，并不是齐、梁以来的文学，而是以陆机、潘岳为首的"太康体"。至上官仪才积极吸收齐、

---

① 有关《河岳英灵集》与锺嵘《诗品》的关系，可参看张伯伟《锺嵘诗品研究》第八章"历代《诗品》学"，页159—160。
② 傅璇琮《唐人选唐诗新编》，页107。
③ 同上书，页108。"建安为传"《文镜秘府论》南卷"集论"引作"建安为俦"。
④ 同上书，页107。
⑤ 同上书，页142。

梁文学的艺术经验,探讨诗歌的声律问题①。"气骨"是从陈子昂以来所提倡的兴寄风骨,这是直承建安、正始文学传统;"宫商"则是南齐永明以来所强调的声律对偶,这是对太康文学的发展。这两者的完美结合,就构成了雄壮浑厚、神韵天然的盛唐气象。从选本的发展来看,殷璠的最大贡献,是将《诗品》对诗人的评论方式移到选本中的作者名下,并且吸纳了南朝宋齐以来"摘句褒贬"的方式。例如卷上评常建云:

> 建诗似初发通庄,却寻野径,百里之外,方归大道。所以其旨远,其兴僻,佳句辄来,唯论意表。至如"松际露微月,清光犹为君",又"山光悦鸟性,潭影空人心",此例十数句,并可称警策。然一篇尽善者,"战馀落日黄,军败鼓声死","今与山鬼邻,残兵哭辽水",属思既苦,词亦警绝。潘岳虽云能叙悲怨,未见如此章。②

此下则选其诗篇。这种标举方式,既有理论上的鼓吹,又有实际作品为样板,所以容易产生影响。郑谷曾有诗云:"殷璠裁鉴《英灵集》,颇觉同才得旨深。"③毛先舒《诗辩坻》卷三云:"殷璠撰《河岳英灵集》,持论既美,亦工于命词。可以颉颃记室,续成《诗品》。"④

高仲武的《中兴间气集》既受到《文选》和《诗品》的影响,又有殷璠的选本作为样板,《四库全书总目》卷一百八十六即指出其"如《河

---

① 参见张伯伟《诗词曲志》,页 127—132,上海人民出版社,1998 年 10 月版。
② 《唐人选唐诗新编》,页 115。
③ 《读前集二首》之一,严寿澂等《郑谷诗集笺注》,页 262,上海古籍出版社,1991 年 5 月版。
④ 郭绍虞《清诗话续编》本,页 46。

岳英灵集》例"。二书同为两卷,同以五言诗为主,同在人名之下系以评论,而在选诗的时间起迄上,两者也正相衔接,显然高氏含有续选之意。他在序中写道:

> 暨乎梁昭明载述已往,撰集者数家,推其风流。①

可见其心目中同样有《文选》在。而他接受《诗品》的影响,评语的立论造句多有袭用,更是斑斑可考②。他特别推崇大历时期的诗人,则与殷璠有所不同。另外,他更为重视摘句法的运用,列举的佳句更多。例如卷上评韩翃云:

> 韩翃员外诗,匠意近于史,兴致繁富,一篇一咏,朝士珍之,多士之选也。如"星河秋一雁,砧杵夜千家",又"客衣筒布润,山舍荔支繁",又"疏帘看雪卷,深户映花关"。方之前载,芙蓉出水,未足多也。其比兴深于刘员外,筋节成于皇甫冉也。③

虽然这反映了大历以来的诗风,但这种手法也从另一个侧面扩大了选集的包容性。

《四库全书总目》卷一百八十六《极玄集》提要指出:"总集之兼具小传,实自此始,亦足以资考证也。"挚虞的《文章流别集》,其中可能包括了《文章志》,就属于文人传略。不过,此书早佚,不得其详;而且,《隋志》也是将"集"和"论"分开著录的。但《极玄集》中的小传

---

① 《唐人选唐诗新编》,页 456。
② 参见张伯伟《锺嵘诗品研究》,页 160。
③ 《唐人选唐诗新编》,页 488。

也值得怀疑,很可能出于后人所补①。选本的进一步发展,实在宋代达到高潮。

二、宋代选本的包容性

选本发展到宋代,从体制上看已经到达极致,成为一种包容性最强的文学批评形式。摘句、诗格、诗话、评点,几乎都可以在选本中得到包容。这里试以宋元之际方回的《瀛奎律髓》为例略作分析②。

《瀛奎律髓》四十九卷,是方回编纂的一部分类唐宋五七言律诗选集。从选本的包容性角度来看,这是一部典型之作。选本分类,本于《文选》,盛于宋、元。方回亦承其风气。至于每一类别之前的小序,则又遥承《诗经》之例。前人选诗,往往在序中揭橥其标准及条例,《瀛奎律髓》则散见于注中。如卷一评陈与义《与大光同登封州小阁》云:

> 老杜诗为唐诗之冠,黄、陈诗为宋诗之冠,黄、陈学老杜者也。嗣黄、陈而恢张悲壮者,陈简斋也。流动圆活者,吕居仁也。清劲洁雅者,曾茶山也。七言律,他人皆不敢望此六公矣。若五言律诗,则唐人之工者无数。宋人当以梅圣俞为第一,平淡而丰腴。舍是,则又有陈后山耳。此余选诗之条例,所谓正法眼藏也。③

---

① 参见傅璇琮主编《唐才子传校笺》第五册,页303—304,中华书局,1995年11月版。

② 吴保芝《重刻记言》云:"是编之成在元之前。"有的版本也将编者题作"宋"。《瀛奎律髓序》作于至元癸未(1283),距离宋亡四年。方回在书中卷十三白居易《戊申岁暮咏怀二首》下云:"予年五十七岁选此诗。"与作序之年相同。此书编成于元无疑,但他所承袭的依然是晚宋的风气。

③ 《瀛奎律髓汇评》,页42,上海古籍出版社,1986年4月版。

又卷十评许浑《春日题韦曲野老村舍》云：

> 余选诗以老杜为主。①

又卷十三评范成大《海云回接骑城北》云：

> 予选诗不甚喜富贵功名人诗，亦不甚喜诗之富艳华腴者。②

又卷十六评陈与义《道中寒食》云：

> 予平生持所见：以老杜为祖，老杜同时诸人皆可伯仲。宋以后山谷一也，后山二也，简斋为三，吕居仁为四，曾茶山为五。其他与茶山伯仲亦有之，此诗之正派也。馀皆傍支别流，得斯文之一体者也。孙真人《千金方》三十六卷，每一卷藏一仙方。余所选唐宋诗"节序"五言律凡五十首，藏仙方于其中不知几也。卷卷有之，在人自求。③

又卷四十三评白居易《送客南迁》云：

> 予所选五言律，止于十韵。惟此至十二韵，亦破例也。④

这种方法，可能是依循了《文选》李善注的先例。方回将自己的工作

---

① 《瀛奎律髓汇评》，页338。
② 同上书，页494。
③ 同上书，页591。
④ 同上书，页1545。

分成"选"和"注"两类,其依循李善注例是可以理解的。

从选本的包容性角度分析,首先是含有诗格与诗话。方回《瀛奎律髓序》云:

> 文之精者为诗,诗之精者为律。所选,诗格也;所注,诗话也。①

宋末元初的诗格形态有两类:一是以选本形式,另一是以诗话形式②。《瀛奎律髓》就是以选本形式出现的诗格。诗格要为诗歌创作标举法则,这固然有助于初学者掌握基本技能,但其弊往往在画地为牢,使规则变为"死法"。如周弼之《三体唐诗》,标举律诗格法,有所谓"四实""四虚""前虚后实""前实后虚"等,方回往往予以更正。如卷十二评杜甫《秋野》云:

> 读老杜此五诗,不见所谓景联,亦不见所谓颔联,何处是四虚?何处是四实?虚中有实,实中有虚,景可为颔,颔可为景,大手笔混混乎无穷也,却有一绝不可及处。③

又卷十六评张耒《冬至后》云:

> 大概文潜诗中四句多一串用景,似此一联景、一联情,尤净洁可观。周伯弨定四实、四虚、前后虚实为法,要之,本亦无定法也。④

---

① 《瀛奎律髓汇评》,页 1。
② 参见本书外篇第三章《诗格论》第五节《宋代以后的诗格概观》。
③ 《瀛奎律髓汇评》,页 425。
④ 同上书,页 568。

方回一方面指出诗歌的格法，另一方面又能指出其变化。如卷二十六专立"变体类"，其小序云：

> 周伯弜《诗体》分四实四虚、前后虚实之异。夫诗止此四体耶？然有大手笔焉，变化不同。①

若按照方回"所注，诗话也"的说法，上述引文应该算作"诗话"。不过，这些内容显然是说明格法的，不妨视作诗格的补充。

许颛《彦周诗话》云："诗话者，辨句法，备古今，纪盛德，录异事，正讹误也。"这大致可以概括宋人诗话的主要内容。从这几个方面来看《瀛奎律髓》，似乎也多具备。如卷三评杨亿《始皇》云：

> 第七句最佳，作诗之法也。②

又卷十三评杜甫《刈稻了咏怀》云：

> 三、四乃诗家句法，必合如此下字则健峭。③

又卷十五评僧无可《寒夜过叡川师院》云：

> 五、六自是一样句法，第七句尤佳。④

---

① 《瀛奎律髓汇评》，页 1128。
② 同上书，页 133。
③ 同上书，页 472。
④ 同上书，页 541。

"句法"是宋代诗学的中心观念之一,其中的一项重要内容是"句眼"。僧保暹《处囊诀》"诗有眼"最早提出此说,黄庭坚《赠高子勉》诗亦云:"拾遗句中有眼,彭泽意在无弦。"任渊注云:"谓老杜之诗,眼在句中,如彭泽之琴,意在弦外。"(《山谷诗集注》卷十六)黄庭坚以"句眼"说评论诗歌,也以此评论书法。范温受其影响,著有《诗眼》一书,这一理论也就成为江西诗派的主张之一。"诗眼"指的是一句中最为精警动人处,如《吕氏童蒙诗训》指出:

> 潘邠老言:"七言诗第五字要响,如'返照入江翻石壁,归云拥树失山村',翻字、失字是响字也。五言诗第三字要响,如'圆荷浮小叶,细麦落轻花',浮字、落字是响字也。所谓响者,致力处也。"予窃以为字字当活,活则字字自响。(《苕溪渔隐丛话》前集卷十三)

这以动词的表现为主。《瀛奎律髓》所代表的是"江西诗派"的诗学观①,所以也强调句法,在句法中又特别强调"句眼",强调"响字"。如卷四十二评李虚己《次韵和汝南秀才游净土见寄》云:

> 工而哑,不如不必工而响。潘邠老以句中眼为响字,吕居仁又有字字响、句句响之说,朱文公又以二人晚年诗不皆响责备焉。学者当先去其哑可也,亦在乎抑扬顿挫之间,以意为脉,以格为骨,以字为眼则尽之。②

---

① 《四库全书总目》卷一百八十八《瀛奎律髓》提要指出:"大旨排'西昆'而主'江西',倡为'一祖三宗'之说。"《瀛奎律髓》卷二十六评陈与义《清明》云:"呜呼!古今诗人当以老杜、山谷、后山、简斋四家为一祖三宗,馀可预配飨者有数焉。"
② 《瀛奎律髓汇评》,页 1512。

已经暗示了其诗学渊源,故其书多举"诗眼"。如卷一评杜甫《登岳阳楼》云:

> 凡圈处是句中眼。①

又卷十评王安石《宿雨》云:

> 未有名为好诗而句中无眼者,请以此观。②

虽然纪昀以"标题句眼"为该书"选诗之大弊"之一(《瀛奎律髓刊误序》),并处处予以纠弹,但此既为其书宗旨所在,亦不得一概否定。以上为"辨句法"。

"备古今"当指点明文学创作的古今变迁及源流本末。开篇第一首评陈子昂《度荆门望楚》云:

> 陈拾遗子昂,唐之诗祖也。不但《感遇诗》三十八首为古体之祖,其律诗亦近体之祖也。……今揭此一诗为诸选之冠。③

又卷二十评翁卷《道上人房老梅》云:

> 乾、淳以来,尤、杨、范、陆为四大诗家,自是始降而为"江湖"

---

① 《瀛奎律髓汇评》,页6。方回在"吴楚东南坼,乾坤日夜浮"二句的"坼""浮"字旁加圈。
② 同上书,页348。方回在"绿搅寒芜出,红争暖树归。鱼吹塘水动,雁拂塞垣飞。宿雨惊沙静,晴云漏昼稀"六句的"搅""争""吹""拂""惊""漏"字旁加圈。
③ 同上书,页1—2。

之诗。叶水心适以文为一时宗,自不工诗。而"永嘉四灵"从其说,改学晚唐,诗宗贾岛、姚合。凡岛、合同时渐染者,皆阴持取摘用,骤名于时,而学之者不能有所加,日益下矣。名曰厌傍"江西"篱落,而盛唐一步不能少进。天下皆知"四灵"之为晚唐,而钜公亦或学之。赵昌父、韩仲止、赵蹈中、赵南塘兄弟,此四人不为晚唐,而诗未尝不佳。刘潜夫初亦学"四灵",后乃少变,务为放翁体,用近人事,组织太巧,亦伤太冗。同时有赵庚仲白,亦可出入"四灵"小器。此近人诗之源流本末如此。①

此即所谓"备古今"。"纪盛德,录异事"虽然无关乎论诗主旨,但自欧阳修奠定了诗话写作"以资闲谈"的基调,这项内容在诗话中遂颇多见。《瀛奎律髓》亦有之,如卷十二唐太宗《秋日》诗下记太宗时修史、注书,即为"纪盛德";卷二十戴复古《寄寻梅》诗下记江湖游士之务为干谒,即为"录异事",文长不引。至于"正讹误"则涉及到考证,虽然纪昀说"虚谷于考据之学最为荒陋"②,但《瀛奎律髓》中涉及考证的部分还是不少。有关于作者生平者,如卷三评宋祁《过惠崇旧居》云:

> 景文年四十四,初得郡寿阳,惠崇旧居院在境内。选此一诗以见惠崇之死,宋公年二十也。③

此类甚多。方回重视作者生平,所以注中常常载入诗人小传,尤其是晚宋的诗人,方回与他们有所交往,这类记载就更具有文献价值。冯

---

① 《瀛奎律髓汇评》,页771。
② 同上书,页1814。
③ 同上书,页92。

班说"方君叙宋末事甚详,多可据"①;《四库提要》称"当时遗文旧事,亦往往多见于其注",指的就是这类记事之文。选集与诗人小传结合,虽然发轫于挚虞的《文章流别集》,但其小传未必在作者名下;姚合《极玄集》于诗人名下各附小传,但可能出于后人增补。所以,方回的此类记载,从选本的发展来看,也是值得重视的。在方回以前,元好问编《中州集》,"其例每人各为小传,详具始末,兼评其诗"(《四库全书总目》卷一百八十八《中州集》提要)。钱谦益编《列朝诗集》一如其例。这些小传兼诗评的文字辑出单行,即成诗话,如朱彝尊《静志居诗话》、王昶《蒲褐山房诗话》等。这一类诗话,溯其渊源,便是从选本中分化而出。《瀛奎律髓》的考据中还有涉及作品真伪者,如卷四十七评黄庭坚《赠惠洪》云:

> 山谷谪宜州,洪觉范在长沙岳麓寺曾见山谷,于是伪作山谷七言赠诗,所谓气爽绝类徐师川者。余于《名僧诗话》已详辨其事。此诗亦恐非山谷作。山谷乙酉年死于宜州,觉范始年三十五岁,撰此诗以惑众,而山谷甥洪氏误信为然,故收之云。五、六虽壮丽,恐非山谷语,意浅。②

又卷四十八评张萧远《送宫人入道》云:

> 此诗误刊入韦应物集,非应物诗也。③

又有关于写作年代者,卷十七评陆游《临安春雨初霁》云:

---

① 《瀛奎律髓汇评》,页 1。
② 同上书,页 1708。
③ 同上书,页 1788。

据《剑南集》编在严州朝辞时所作,翁年六十二岁。刘后村《诗话》乃谓妙年行都所赋,思陵赏音,恐误,当考。①

又卷三十九评范成大《请息斋书事》云:

> 今详石湖此四诗乃淳熙十二年乙巳正月作,时年六十岁也。②

当然,方回的考证也时有错误,前人亦曾指出,如卷三评梅尧臣《丫头岩》"年算赤乌近,书疑皇象多"句云:

> "赤乌""皇象",则又奇矣。"皇象"恐作"黄",非假对。真如子规黄叶,更佳。③

其实,此处的确是假对,"皇象"为三国时期有名的书家,借"皇"为"黄",与"赤"相对,恰如"子(紫)规"对"黄叶"。

方回的评论中有不少精彩之见,在文学批评史上占有重要地位,前人已经指出,但有些见解还是不免为人所忽略。如其书卷二十评朱庆馀《早梅》云:

> 张洎序项斯诗,谓"元和中,张水部律格不涉旧体,惟朱庆馀一人亲授其旨。沿而下,则有任藩、陈标、章孝标、司空图等及门。项斯于宝历、开成之际,尤为水部所赏。"然则韩门诸人,诗

---

① 《瀛奎律髓汇评》,页 705。
② 同上书,页 1470。
③ 同上书,页 94。冯班评曰:"虚谷不知有皇象耶? 大奇。皇象见《三国志》。"

派分异,此张籍之派也。姚合、李洞、方干而下,贾岛之派也。①

后世杨慎《升庵诗话》卷十一"晚唐两诗派"条(《历代诗话续编》本)即承此而来,杨慎自谓其说本于张洎,但张洎并未论及贾岛一派。此说实创于方回。这一划分在后世影响甚大,清人李怀民本其说撰《重订中晚唐诗主客图》,吴乔《围炉诗话》卷三、潘德舆《养一斋诗话》卷十都对此有所讨论,但皆未及方回,不免数典忘祖。特于此拈出,略加表彰。

以摘句入选本,在唐人选唐诗中已经如此。方回重视诗歌创作的句法,所以也多用摘句。略举一例,以概其馀。卷二十三评杜甫《江亭》云:

> 老杜诗不可以色相声音求,如所谓"圆荷浮小叶,细麦落轻花","市桥官柳细,江路野梅香","柱穿蜂溜蜜,栈缺燕添巢","细雨鱼儿出,微风燕子斜","芹泥香燕嘴,花蕊上蜂须",他人岂不能之? 晚唐诗千锻万炼,此等句极多。但如老杜"水流心不竞,云在意俱迟","片云天共远,永夜月同孤",景在情中,情在景中,未易道也。又如"寂寂春将晚,欣欣物自私","江山如有待,花柳更无私",作一串说,无斧凿痕,无妆点迹,又岂只是说景者之所能乎? 他如"有客过茅宇,呼儿正葛巾","自愧无鲑菜,空烦卸马鞍","忧我营茅栋,携钱过野桥",十字只是五字,却下在第五、第六句上,亦不如晚唐之拘。正如山谷诗"秋盘登鸭脚,春网荐琴高",其下却云"共理须良守,今年辍省曹",上联太工,下联放平淡,一直道破,自有无穷之味,所谓善学老杜者也。②

---

① 《瀛奎律髓汇评》,页 754。
② 同上书,页 938—939。

值得注意的是,这不同于一般的标举名句。而是通过摘句,比较了杜甫与晚唐诗人之异,以见其高下;又比较了黄庭坚与杜甫之同,以见其渊源。这实际上是将摘句法与"推源溯流"法相结合。这在摘句法的发展中,也同样是值得注意的。

《瀛奎律髓》也包含了评点的方式。评点是"评"与"点"的结合,关于"评"上文已多有举例,这里再谈一下"点"。《瀛奎律髓》流传本较多,其圈点部分或有或无,根据明代龙遵《瀛奎律髓后序》所说,则原本当有圈点。此序清代坊本不载,据吴瑞草云,"盖缘序中再三言及圈点,而坊本卤莽成书,圈点既芟去,遂并是文而埋没之"①。其实,从方回的评语中,也不难看出其原本有圈点的痕迹。如卷十七评陈与义《晚晴野望》云:

　　　　所圈句法,诗家高处。②

又卷三十评刘长卿《和袁郎中破贼》云:

　　　　所圈一联绝精。③

又卷四十七评僧行肇《酬赠梦真上人》云:

　　　　五、六何以圈? 见静极之味也。④

---

① 《瀛奎律髓汇评》,页 1810。
② 同上书,页 678。
③ 同上书,页 1332。
④ 同上书,页 1720。

文学评点兴起于南宋，它本来就是伴随着选本而产生，方回吸收此法融入其选本之中，亦顺理成章之事。

中国古代文学批评的形式多样，就其运用时间较长、运用范围较广，而且又深具民族特色者言之，不外选本、摘句、诗格、论诗诗、诗话、评点六种，而其中又以选本最富于包容性。以上分别就摘句、诗格、诗话、评点在《瀛奎律髓》中的体现予以揭示，由于文体的不同，方回在其评论中并未采用论诗诗的方式，但在其所选诗中已专立"论诗类"，并做小序以引之。由此观之，即谓其书已包容了论诗诗亦未为不可。中国古代文学批评的形式，往往既有独立性，又彼此渗透。而在选本中，诸种形式更是融为一体，不见扞格，从一个侧面体现了中国文化的包容性。

第三节　选本的影响

鲁迅对选本多有批评，但他同时也指出：

> 凡选本，往往能比所选各家的全集或选家自己的文集更流行，更有作用。……凡是对于文术，自有主张的作家，他所赖以发表和流布自己的主张的手段，倒并不在作文心，文则，诗品，诗话，而在出选本。①

方孝岳在《中国文学批评》中也指出：

> 从势力影响上来讲，总集的势力，又远在诗文评专书之

---

① 《集外集·选本》，《鲁迅全集》第七卷，页136，人民文学出版社，1981年版。

上。……有许多诗话文话,都是前人随便当作闲谈而写的,至于严立各人批评的规模,往往都在选录诗文的时候,才锱铢称量出来。①

这些都是非常敏锐的观察。不仅在中国文学圈中是如此,站在汉文学圈的范围内来考察域外文学,也同样会看到选本的实际影响,远超过任何一种文学批评的专书。

一、选本与中国文学

从现有的资料来看,至晚在梁代,人们已经自觉地采用选本的手段来推进自己的文学主张。梁代文坛大致可以分作三派,即以梁武帝萧衍为代表的守旧派,以昭明太子萧统为代表的折衷派和以简文帝萧纲为代表的趋新派②。不同的理论主张,便往往驱使人们编出不同的选本,在当时就有《文选》和《玉台新咏》分别代表了折衷派和趋新派的文学观念。以后者为例,刘肃《大唐新语》卷三"公直"载:

> 梁简文帝为太子,好作艳诗,境内化之,寖以成俗,谓之宫体。晚年改作,追之不及,乃令徐陵撰《玉台集》,以大其体。

萧纲于梁中大通三年(531)五月立为太子,《玉台新咏》编成于中大通六年③。所以,此书绝非编于其晚年,也绝非其追悔少作之举。"以大其体"是编纂此书的目的,这可以从两方面来理解。一是从源

---

① 《中国文学批评》,页4—5。
② 参见周师勋初《梁代文论三派述要》,载《文史探微》,页88—115,上海古籍出版社,1987年12月版。
③ 参见兴膳宏《〈玉台新咏〉成书考》,载《六朝文学论稿》,页329—350。

流角度扩大宫体诗的范围。宫体诗原来是萧纲在宫中提倡起来的一种诗风,其描写对象为女性,基本风格是轻艳。而《玉台新咏》十卷,前八卷为自汉至梁的五言诗,其序中说"惟属意于新诗……选录艳歌",目的在为宫体诗找到文学渊源。这一眼光是正确的,刘师培《中国中古文学史》指出:"宫体之名,虽始于梁,然侧艳之词,起源自昔。晋、宋乐府……均以淫艳哀音,被于江左。迄于萧齐,流风益盛。……特至于梁代,其体尤昌"①。这就导引出编纂此书的第二个目的,既然宫体诗在文学史上是有据可依的,那么这种"新变"就具有了合理性,可以扩大影响。事实上,宫体诗在陈、隋两代兴盛一时,就与《玉台新咏》的作用有关。

唐代初年,人们面对梁、陈以来文章误国的局面,往往将宫体诗视作亡国之音。《北齐书·文苑传序》云:

> 原夫两朝叔世,俱肆淫声。……莫非易俗所致,并为亡国之音。

《隋书·文学传序》云:

> 梁自大同之后,雅道沦缺,渐乖典则,争驰新巧。……其意浅而繁,其文匿而彩,词尚轻险,情多哀思。格以延陵之听,盖亦亡国之音乎?

在这样的文学思潮背景下,《玉台新咏》的影响也就渐渐消歇,而《文选》的影响则日渐扩大。萧统"性爱山水……不畜声乐"(《梁书·昭明太子传》),其所编《文选》秉持儒家观念,在文学思想上富有折衷

---

① 《中国中古文学史》,页91,商务印书馆(香港),1958年3月版。

色彩。其序云"桑间濮上，亡国之音表"，甚至认为陶渊明"白璧微瑕，惟在《闲情》一赋"（《陶渊明集序》）。故其表现出的文学主张与《玉台新咏》大相径庭，其影响也从民间逐步进入主流文学。《文选》之有注，始于萧该，但这只是萧氏家学。"《文选》学"之名起于隋唐之际的曹宪。《大唐新语》卷九"著述"云：

> 江淮间为《文选》学者，起自江都曹宪。……宪以仕隋为秘书，学徒数百人，公卿亦多从之学。撰《文选音义》十卷。……其后句容许淹、江夏李善、公孙罗相继以《文选》教授。

《旧唐书·儒学传》记载大体相似，但多出"由是其学大兴于代"八字。唐人关于《文选》的注释留存至今者，有李善注、五臣注和《文选集注》①。唐高宗曾"以绢素百卷，令（裴）行俭草书《文选》一部。帝览之称善，赐帛五百段"（《旧唐书·裴行俭传》）。《文选》受到时人重视，朝野中外，莫不如此。钱锺书指出：

> 昭明《文选》，文章奥府，入唐尤家弦户诵，口沫手胝。《旧唐书·吐蕃列传》上奏"请《毛诗》《礼记》《文选》各一部"；敦煌《秋胡变文》携书"十帙"——《孝经》《论语》《尚书》《左传》《公羊》《穀梁》《毛诗》《礼记》《庄子》《文选》。正史载远夷遣使所求，野语称游子随身所挟，皆有此书，俨然与儒家经籍并列。……词人衣被，学士钻研，不舍相循，曹宪、李善以降，"文选学"专门名家。②

---

① 《文选集注》今有残卷存世，以《唐钞文选集注汇存》最为完整。上海古籍出版社，2000 年 7 月版。
② 《管锥编》第四册，页 1400。

唐代以诗赋取士，当时文学家多受《文选》影响，兹以李白、杜甫、韩愈为例略作说明。

《酉阳杂俎》前集卷十二《语资》载："（李）白前后三拟《文选》，不如意，悉焚之，唯留《恨》《别》赋。"李白虽然认为"自从建安来，绮丽不足珍"（《古风》五十九首之一），又认为"梁、陈以来，艳薄斯极"（《本事诗·高逸》），但他并不轻视《文选》。《拟恨赋》一首至今仍保存在其文集卷一，王琦评曰："段落句法盖全拟之，无少差异。"

杜甫与《文选》关系密切，其诗中云"续儿诵《文选》"（《简云安严明府》），又告诫其子"熟精《文选》理"（《宗武生日》），故其诗也多用《文选》。宋人对这一点已经有所认识，如高似孙《选诗句图》小序云："杜公训儿熟精选理，儿岂能熟，公自熟耳。蚤参公法，全律同六朝句。"（《诗学指南》卷六）近人李详曾对此作过专门研究①。

韩愈"文起八代之衰"（苏轼《韩文公庙碑》），力倡古文，反对骈文，但同样不废《选》学，且多受影响。最早指出这一点的，是宋人樊汝霖。他曾这样评论韩愈的《秋怀诗》：

> 《秋怀诗》十一首，《文选》诗体也。唐人最重《文选》学。公以六经之文为诸儒唱，《文选》弗论也。独于李邙墓志之曰：能暗记《论语》《尚书》《毛诗》《左氏》《文选》。而公诗如"自许连城价""傍砌看红药""眼穿长讶双鱼断"之句，皆取诸《文选》。故此诗往往有其体。②

---

① 参见李详《杜诗证选》，《李审言文集》上册，页71—139，江苏古籍出版社，1989年6月版。
② 转引自魏怀忠《五百家注音辩韩昌黎先生全集》卷一。李详本其言而作《韩诗证选》，云："韩公熟精选理，与杜陵相亚。"《李审言文集》上册，页35—67。

以上三家,为唐代文学中之泰山北斗,其受《文选》之影响尚且如此,当时文坛的一般状况,自不难推想而知。

宋代初年,《文选》的影响依然强盛。陆游《老学庵笔记》卷八云:

> 国初尚《文选》,当时文人专意此书,故草必称"王孙",梅必称"驿使",月必称"望舒",山水必称"清晖"。至庆历后,恶其陈腐,诸作者始一洗之。方其盛时,士子至为之语曰:"《文选》烂,秀才半。"

"王孙"出于淮南小山的《招隐士》"王孙游兮不归,春草生兮萋萋",载《文选》卷三十三;"驿使"典出陆凯诗,《文选》未录,当为陆游误记①;"望舒"出于《离骚》"前望舒使先驱",汉赋亦多用之;"清晖"出于谢灵运《石壁精舍还湖中作》"昏旦变气候,山水含清晖",见《文选》卷二十二。庆历以后,诗风、文风开始转变,加上熙宁以后王安石更改科举法,以策论代替诗赋,《文选》遂逐步失去其权威地位。

宋代以后,各种批评方式皆次第出现,其中流行最广的是诗话。将诗话和选本作一比较,对于选本的影响力也许能看得更清楚些。宋人诗话中影响最大的无疑是严羽的《沧浪诗话》。《沧浪诗话》的主旨是标举盛唐之音,《四库全书总目》卷一百九十五《沧浪诗话》提要指出:"大旨取盛唐为宗,主于妙悟。……其时宋代之诗,竞涉论宗。又四灵之派方盛,世皆以晚唐相高。故为此一家之言,以救一时之弊。"但其说在当时并未能发生大影响,《诗人玉屑》虽多有引用,

---

① 《四库全书总目》卷一百二十一《老学庵笔记》提要指出:"驿使寄梅出陆凯诗,昭明所录,实无此作,亦记忆偶疏。"

但仅在民间流行，方回《诗人玉屑考》云：

> 严沧浪、姜白石评诗虽辨，所自为诗不甚佳。凡为诗不甚佳
> 而好评诗者，率是非相半。晚学不可不知也。（《桐江集》卷七）

当时有影响的选本如《瀛奎律髓》代表的是江西诗派的主张，《三体
唐诗》所选，又以中晚唐居多。真正推动盛唐诗，实自明代高棅《唐诗
品汇》始。《四库全书总目》卷一百八十九《唐诗品汇》提要云：

> 宋之末年，江西一派与四灵一派并合而为江湖派，猥杂细
> 碎，如出一辙，诗以大弊。元人欲以新艳奇丽矫之，迨其末流，飞
> 卿、长吉一派与卢仝、马异、刘义一派并合而为纤体，妖冶傀诡，
> 如出一辙。诗又大弊。百餘年中，能自拔于风气外者，落落数十
> 人耳。明初闽人林鸿，始以规仿盛唐立论，而棅实左右之，是集
> 其职志也。……《明史·文苑传》谓终明之世，馆阁以此书为宗。
> 厥后李梦阳、何景明等摹拟盛唐，名为崛起，其胚胎实兆于此。

林鸿的观点见于《唐诗品汇·凡例》所引，但高棅更多是受到其乡先
辈严羽的启示，其凡例云："及观沧浪严先生之辩，益以林（鸿）之言
可征。"其卷首所列"历代名公叙论"十八人三十四则，严羽一人就占
了十四则，不难发现其诗学祈向。但严羽的理论主张，必须由《唐诗
品汇》的推动才能发生巨大影响。

研究唐诗的人都很熟悉"四唐说"，这是由严羽率先提出。《沧
浪诗话·诗体》云：

> 以时而论，则有……唐初体（唐初犹袭陈、隋之体），盛唐体
> （景云以后，开元、天宝诸公之诗），大历体（大历十才子之诗），

元和体(元、白诸公),晚唐体。

这里的"大历""元和"即指中唐,但"四唐说"还是凭借选本的影响扩大开来的。元人杨士宏《唐音》最先将唐诗分作初、盛、中、晚,其后,高棅《唐诗品汇·五言古诗叙目·正变》指出:

> 唐诗之变渐矣。隋氏以还,一变而为初唐,贞观、垂拱之诗是也;再变而为盛唐,开元、天宝之诗是也;三变而为中唐,大历、贞元之诗是也;四变而为晚唐,元和以后之诗是也。

由此而家喻户晓。钱谦益《唐诗鼓吹序》指出:

> 盖三百年来,诗学之受病深矣。馆阁之教习,家塾之程课,咸秉承严氏之《诗法》、高氏之《品汇》,耳濡目染,镂心刿骨。学士大夫生而堕地,师友熏习,隐隐然有两家种子盘亘于藏识之中,迨其后时,知见日新,学殖日积,洄旋起伏,只足以增长其邪根缪种而已矣。嗟夫!唐人一代之诗,各有神髓,各有气候,今以初盛中晚厘为界分,又从而判断之曰此为妙悟,彼为二乘;此为正宗,彼为羽翼。支离割剥,俾唐人之面目,蒙翳于千载之上,而后人之心眼,沈锢于千载之下,甚矣诗道之穷也!(《有学集》卷十五)

虽然钱氏攻击"四唐说",但也正从一个侧面反映了选本的势力和影响。

诗选如此,文选亦然。明代以后,讲古文者恒云唐宋八大家,这与茅坤《唐宋八大家文钞》的编选密切相关;清代桐城派古文遍天下,而影响最大者为姚鼐《古文辞类纂》。新文学运动兴起,矛头直对

"选学妖孽与桐城谬种"①,也是向选本宣战。由此可见,在中国文学史和文学批评史上,选本的影响力是不可低估的。

正因为选本影响大,有人动辄操持选柄,以耸动天下。于是批评界就提出了对选家的要求,李东阳《麓堂诗话》指出:

> 选诗诚难,必识足以兼诸家者,乃能选诸家;识足以兼一代者,乃能选一代。一代不数人,一人不数篇,而与以一人选之,不亦难乎?

叶燮《选家说》指出:

> 窃怪近今之选家则不然,名为文选,而实则人选。文选一律也,人选则不一律也。或以趋附,或以希求,或以应酬交际,其选以人衡,何暇以文衡乎? 不以文衡,于是文章多弃人,天下多弃文矣。……夫正之以文之一,而一以文为断矣。然尚有二失:一在趋时尚,胸中本无所有,拾他人之齿牙,为我之笔舌,自以为得风气,可哂也。一在骋博览,胸亦无成见,是非去取,茫然于中,专事搜罗仄奥以取备示异,究之所搜罗者,味同嚼蜡,人与文且两失之,是不可以已乎? (《已畦文集》卷三)

中国古代文学史上,不乏优秀的选本,但俗本似亦不少。鲁迅说:"评选的本子,影响于后来的文章的力量是不小的,恐怕还远在名家的专

---

① 钱玄同《寄胡适之》,张若英编《中国新文学运动史资料》,页 55,光明书局,1934 年 4 月版。又 1917 年 7 月《新青年》第三卷第五号"通讯"栏中,钱玄同给陈独秀的信中说:"惟选学妖孽所尊崇之六朝文,桐城谬种所尊崇之唐宋文,则实在不必选读。"这两个称呼遂成为当时人反对旧文学的流行语。

集之上。"①这是肯定了选本的影响。他又说:"倘要研究文学或某一作家,所谓'知人论世',那么,足以应用的选本就很难得。选本所显示的,往往并非作者的特色,倒是选者的眼光。眼光愈锐利,见识愈深广,选本固然愈准确,但可惜的是大抵眼光如豆,抹杀了作者真相的居多,这才是一个'文人浩劫'。"②则又指出选本的局限和选家之弊。

二、选本与域外汉文学

宋代以后,选本成为中国文学批评中包容性最广、因而也最便于扩大影响的批评方式。如果我们把眼光扩大到整个汉文学世界,就不难发现,在域外汉文学圈中,影响最大的也是选本。受到中国文学选本的启示,在这些国家中也出现了自身的文选。兹以朝鲜半岛和日本的汉文学为例略作说明③。

1. 选本与朝鲜半岛汉文学

中国选本之流传朝鲜半岛,以《文选》为最早。统一新罗时代,国学便以《文选》为教材。据金富轼《三国史记》卷三十八《杂志》第七载:

> 国学,属礼部。神文王二年(682)置,景德王(742—764 在

---

① 《集外集·选本》,《鲁迅全集》第七卷,页 137。
② 《且介亭杂文二集·"题未定草"(六)》,《鲁迅全集》第六卷,页 421—422,人民文学出版社,1981 年版。
③ 周边国家文学之受中国文学的影响,以汉文学的表现最为明显。这并不是说非汉语的"国文学"就没有关系,以日本文学为例,如《万叶集》在分类及作品上,显然受到《文选》的影响。《万叶集》主要分作三类:杂歌、相闻、挽歌,皆出于《文选》。又山上忆良、大伴家持等人的和歌中也化用《文选》的成句。参见冈田正之《日本汉文学史》,页 275,共立社书店,1929 年 9 月版。小岛宪之《上代日本文学と中国文学》第五篇第三章,塙书房,1988 年 10 月版。又女性文学亦受到影响,如清少纳言的《枕草子》中已提到《文选》。参见川口久雄《平安朝日本漢文学史の研究》,页 149,明治书院,1964 年 5 月增订版。

位)改为大学监,惠恭王(765—779 在位)复故。……教授之法,以《周易》《尚书》《毛诗》《礼记》《春秋左氏传》《文选》,分而为之业。博士若助教一人,或以《礼记》《周易》《论语》《孝经》,或以《春秋左氏传》《毛诗》《论语》《孝经》,或以《尚书》《论语》《孝经》《文选》教授之。诸生读书,以三品出身,读《春秋左氏传》,若《礼记》,若《文选》,而能通其义,兼明《论语》《孝经》者为上;读《曲礼》《论语》《孝经》者为中;读《曲礼》《孝经》者为下;若能兼通五经、三史、诸子百家书者,超擢用之。

新罗如此,此前的高句丽时代亦然。《旧唐书·高丽传》载:

> 俗爱书籍,至于衡门厮养之家,各于街衢造大屋,谓之局堂,子弟未婚之前,昼夜于此读书习射。其书有五经及《史记》、《汉书》、范晔《后汉书》、《三国志》、孙盛《晋春秋》、《玉篇》、《字统》、《字林》,又有《文选》,尤重爱之。

由此可知,从初唐以后,《文选》在朝鲜半岛的传播已是相当广泛了。而且,作为集部的唯一之著,《文选》尤其受到重视。

崔滋《补闲集序》历数高丽朝光宗(950—975 在位)至文宗(1047—1082 在位)时贤俊"济济比肩""星月交辉",以为"汉文唐诗,于斯为盛"。又引其前辈俞升旦语曰:

> 凡为国朝制作,引用古事,于文则六经三史,诗则《文选》、李、杜、韩、柳,此外诸家文集,不宜据引为用。(《补闲集》卷中)

可见,《文选》所录诸文,在高丽朝具有典范意义。所以凡涉大制作,皆可以据为典要。但高丽朝中期以后，文风转为学宋，尤其崇尚苏轼①，《文选》的影响遂渐趋式微。

朝鲜时代在民间流传较广的是《文章规范》《联珠诗格》《古文真宝》等选本。金时习《得古文真宝》诗云："此宝若能藏空洞，满腔浑是玉玑琤。"②洪暹《以古文真宝后集赠明仲弟》云："少小论文思一读（按指读《真宝》），善本曾蒙静老惠，字样满纸璨银钩，匪懈遗迹骇瞻睇。"③金隆有《古文真宝前集讲录》，据其五代孙金尚建附言，此讲录乃"先生之亲受师教，以诏后学者也"④。其师即大儒李滉（退溪），所以此书在朝鲜流传甚广。以现存韩国的《古文真宝》而言，仅据《诚庵文库目录》所载，便有朝鲜时代刊本五十三种⑤，其数量是惊人的。《联珠诗格》和《文章规范》在朝鲜也多有翻刻，并且流传到日本⑥。这些书，对于当时汉文学的启蒙教育起到了极大的推动作用。

从朝鲜宣祖朝（1568—1608）开始，诗坛风气转而学唐，宗明人之说，而影响最大的就是明代的唐诗选本。许筠《鹤山樵谈》云：

> 仲氏诗初学东坡，故典实稳熟，及选湖堂，熟读《唐诗品汇》，

---

① 如崔滋《补闲集》卷中指出："近世尚东坡。"徐居正《东人诗话》卷上云："高丽文士专尚东坡，每及第榜出，则人曰'三十三东坡出矣'。"这都是指高丽朝中叶以后。

② 《梅月堂集》卷九，中册，页145，亚细亚文化社，1995年5月版。

③ 《忍斋集》卷一，《韩国文集丛刊》第三十二册，页310，景仁文化社，1996年12月版。

④ 《勿岩集》卷四，《韩国文集丛刊》第三十八册，页541。

⑤ 《韩国典籍综合目录》第四辑，国学资料保存会，1975年9月版。

⑥ 日本山本信友《新刻唐宋联珠诗格序》中就提到"绿阴茶寮朝鲜本"以及"朝鲜版翻刻本"；昌平坂学问所于嘉永六年（1853）覆刻官版《文章规范》，有松崎纯俭跋文云："此书国学旧所刊者为重雕朝鲜本，相传为其遵谢氏之旧，毫无所改。"

诗始清健。①

仲氏论学文章须要熟读韩文……为诗则先读《唐音》。②

李睟光《芝峰类说》卷七云：

《唐音》之选，世号精粹。然其诗仅一千三百四十一首，而律绝尤少，且不及李、杜、韩集，未免疏略。《鼓吹》所编只七言近体，而《三体》无古选长篇。其最优者惟《品汇》乎？

高棅撰《唐诗品汇》，以武德以后为初唐，开元以后为盛唐，大历以后为中唐，开成以后为晚唐。又以初唐为正始，盛唐为正宗、大家、名家、羽翼，中唐为接武，晚唐为正变、馀响。其以陈子昂、李白为正宗，杜甫为大家者最有斟酌。明人谓高廷礼《唐诗品汇》大有功于诗教，是矣。③

对于朝鲜中期诗坛风气的转变，这些选本的作用是不应忽略的。

在中国选本的影响下，朝鲜半岛文学史上也出现了不少选本④。最早的选本，现在可以考知的是崔瀣的《东人之文》。其全书已佚，仅存《东人之文四六》十五卷以及全书序文，后者见于其《拙稿千百》和徐居正《东文选》中。其编选缘起，一是由于东国自古以来仰慕华风，文章粲然可观，"然而俗尚惇庞，凡有家集，多自手写，少以板行，愈久愈失，难于传广"；二是由于在与中国文士相接时，"间有求见东人文

① 《稗林》第六辑，页294，探求堂，1991年6月版。
② 同上书，页299。
③ 李睟光《芝峰类说》上册，页198，朝鲜古书刊行会，大正四年（1915）八月版。
④ 如申从濩《东文粹跋》中提到中国选本，自挚虞《文章流别》而下，"集文之士，或务于繁，或过于简。……所独传者惟《文选》《文粹》《文鉴》"。《东文粹》，页21—22，明昌文化社，1996年8月版。

字者,予直以未有成书对。退且耻焉,于是始有撰类书集之志。……起于新罗崔孤云,以至忠烈王时,凡名家者,得诗若干首,题曰《五七》;文若干首,题曰《千百》;骈俪之文若干首,题曰《四六》。总而题其目曰《东人之文》。……欲观东方作文体制,不可舍此而他求也”①。所以从某种意义上说,这是一部“集成之书”。其编纂动机是为了保存并发扬光大本民族的文学遗产。闵思平《送郑谏议之官金海得见字》云:“东人文数卷,拙翁手所撰。观其用意深,奚啻比骚选。所以欲刊行,要令华人见。”②不难发现其“文章华国”的用心。后来的选本如《东文选》,也具备汇辑作品的功能。“网罗放佚”可以说是这些选本的一个特色。徐居正编《东文选》一百三十卷,其《序》中表达了相同的意见:

> 秦而汉,汉而魏晋,魏晋而隋唐,隋唐而宋元,论其世,考其文,则以《文选》《文粹》《文鉴》《文类》诸编,而亦概论后世文运之上下者矣。……我东方之文,非宋元之文,亦非汉唐之文,而乃我国之文也,宜与历代之文并行于天地间,胡可泯焉而无传也哉?奈何金台铉作《文鉴》,失之疏略;崔瀣著《东人文》,散佚尚多,岂不为文献之一大慨也哉?③

其序中提到的中国选本,正是其编选《东文选》的样板。高丽及朝鲜早期选本的编选初衷都有保存文献的目的,因此,它们也就成为研究新罗、高丽朝诗学的基本资料。如赵云仡《三韩诗龟鉴》、徐居正《东

---

① 《东人之文序》,《拙稿千百》卷二,《高丽名贤集》第二册,页413—414,成均馆大学校,1986年9月版。
② 《及庵诗集》卷一,《韩国文集丛刊》第三册,页58。
③ 《东文选》第七册,页163—164,朝鲜古书刊行会,大正三年(1914)十二月版。

文选》、金宗直《青丘风雅》、南龙翼《箕雅》等。未有文集留存下来的诗人,他们的作品有赖这些选本流传至今。

《东文选》既然以多取胜,不免有失于滥。成伣《慵斋丛话》卷十讥之云:"是乃类聚,非选也。"于是后来有《东文粹》之编。权应仁《松溪漫录》卷下云:

> 佔毕斋(金宗直)先生以《东文选》徇私不公,择焉不精,淘沙拣金,更拔其尤。文曰《东文粹》,诗曰《青丘风雅》,可谓极精矣。①

既然有所选择,就必然会有其审美标准,成伣《慵斋丛话》卷十指出:

> 成谨甫在时编东人之文,名曰《东人文宝》,未成而死。金季昷踵而成之,名曰《东文粹》。然季昷专恶文之繁华,只取酝藉之文,虽致意于规范,而萎薾无气,不足观也。其所撰《青丘风雅》,虽诗不如文然,诗之稍涉豪放者,弃而不录,是何胶柱之偏。②

申从濩《东文粹跋》云:

> 夫文以理胜为主,不于其理而徒屑屑于文字之末,以雕缋组织为巧,以遹怪险涩为奇,则皆公所不取。惟切世用、明义理,然后取之。是书也,取舍合其公,繁简得其中,其永传于后世也

---

① 《稗林》第六辑,页400。
② 《大东野乘》第一册,页258—259,朝鲜古书刊行会,明治四十二年(1909)十二月版。

决矣。①

有标准当然也就有好恶,也就会引起时人或后人的共鸣或反对,这就
具备了文学批评的意义。

　　和中国选本一样,朝鲜半岛选本中也往往带有评点和注释。现
存最早的批点,见于《三韩诗龟鉴》。但其所录为崔瀣评点,可能出于
崔氏所编之《东人之文五七》。这些评点极为简略,如评崔致远《蜀
葵花》曰:"公自况。"评《江南女》曰:"若用谩字,尤妙。"②《青丘风
雅》的内容就丰富一些。卷首列《诸贤姓氏事略》,往往保存了一些
诗人的传记资料,足以资考证。而在注释中,编者往往将本于中国诗
人的诗句表出,从中可以窥见东国汉诗与中国诗学的渊源。注释之
外也有评论,如评俞承旦《宿保宁县》曰:"公之诗大抵工于锻炼而无
斧凿痕。"③又如评李崇仁《新晴》诗曰:

　　　　诗意谓灵运"春草"之句,渊明"采菊"之诗,俱是景与意会,
偶然成文尔。岂区区乞灵于古人之陈语哉?此公自负之作。④

此后许筠的《国朝诗删》亦有批点或注释,《韩国诗话丛编》将这两种
选本收入,当着眼于此。

　　这些选本从入选对象看,可粗分作三类:即专选本国诗,专选中
国诗,兼选中韩诗。朝鲜时代一些选本辑存文献的意识不浓,体现出

① 《东文粹》,页23—24。
② 《三韩诗龟鉴》卷上,《高丽时代汉诗文学集成》第六卷,页4、5,民昌文化社,
　　1994年3月版。
③ 《青丘风雅》卷三,《韩国诗话丛编》第二卷,页245,太学社,1996年5月版。
④ 同上书,页380。《新晴》诗曰:"为爱新晴倚草亭,杏花初结柳条青。诗成政
　　在无心处,枉向尘编苦乞灵。"

一定的选编宗旨。如李珥编《精言妙选》，分作元、亨、利、贞、仁、义、礼、智八集，其《序》曰：

> 人声之精者为言，诗之于言，又其精者也。诗本性情，非矫伪而成，声音高下，出于自然。三百篇曲尽人情，旁通物理，优柔忠厚，要归于正，此诗之本源也。世代渐降，风气渐漓，其发为诗者，未能悉本于性情之正。……患诗源久塞，末流多歧，学者睢盱眩乱，莫寻其路，乃敢采其最精而可法者，集为八篇，加以圈点，名曰《精言妙选》。以冲淡者为首，使知源流之所自，以次渐降，至于美丽，则诗之络脉，殆近于失真矣。乃以明道韵语终焉。俾不流于矫伪，去取之间，有意存焉。①

作为朝鲜时期著名的理学家，他的选编宗旨就是要通过阅读诗歌，以恢复性情之正。所以序文之外，又写了《总叙》，对每一集的选编宗旨再三言之，兹录其第一则如下：

> 元字集曰：此集所选，主于冲淡萧散，不事绘饰，自然之中，深有妙趣。古调古意，知者鲜矣。唐宋以下诸作，品格或不逮古，间有近体，而皆无雕琢之巧，自中声律，故并选焉。读此集，则味其淡泊，乐其希音，而三百之遗意，端不外此矣。②

有些选本出于御旨，如《杜陆千选》；有些选本则流行于民间，如《百联抄》，从中都可以考察诗风的变化。《百联抄》是一部教授童蒙作诗的教材，从唐宋诗歌中选取一百联诗句，供儿童揣摩效仿。从可考

---

① 《栗谷全书》卷十三，《韩国文集丛刊》四十四册，页271。
② 《栗谷全书·拾遗》卷四，《韩国文集丛刊》四十五册，页533—534。

的诗句来看,实以唐诗为主,宋诗中仅有苏轼、王安石、胡宿三人。这也正表明了诗坛风气由宋诗向唐诗的转变。

总之,选本一方面能够影响文风的变化,一方面又能够体现文风的转换。研究域外汉文学,选本的重要性也是不言而喻的。

2. 选本与日本汉文学

中国选本影响及日本汉诗文的,首先也是《文选》。《文选》传入日本的时间早在推古帝时代(592—628),圣德太子(574—622)《十七条宪法》中"有财者之讼,如石投水;乏者之诉,似水投石"之句,即出于李康《运命论》:"其言也,如以水投石,莫之受也;……其言也,如以石投水,莫之逆也。"(《文选》卷五十三)元正帝养老二年(718)刊行的《近江令》云:"凡进士试时务策二条,所帖读《文选》上帙七帖,《尔雅》三帖。"所以,当时的文学之士皆熟悉《文选》①。林鹅峰《本朝一人一首》卷一纪古麻吕《望雪》诗下指出:"《怀风藻》中,才子唯慕《文选》古诗,而未见唐诗格律之正。"②《怀风藻》是日本现存最古老的诗集,其书多受《文选》影响③。而敕撰三诗集的编排方式,受《文选》影响也很大。这一点,在编者的序文中已表现出来。如《凌云集序》云:

> 魏文帝有曰:文章者,经国之大业,不朽之盛事。年寿有时
> 而尽,荣乐止乎其身。信哉。

这出于曹丕的《典论·论文》,见《文选》卷五十二。又如:

> 辱因编载,卷轴生光。犹川含珠而水清,渊流玉而岸润。

---

① 参见冈田正之《日本汉文学史》,页 270—286。
② 新日本古典文学大系本,页 351,岩波书店,1994 年 2 月版。
③ 参见吉田幸一《懐風藻と文選》,载《国語と国文学》九卷十二号,1932 年 12 月。

这又是模仿了陆机《文赋》中"石韫玉而山晖,水怀珠而川媚"的句式,见《文选》卷十七。《文华秀丽集序》云:

> 或气骨弥高,谐风骚于声律,或轻清渐长,映绮靡于艳流。可谓辂变椎而增华,冰生水以加励。

这出于《文选序》中"若夫椎轮为大辂之始,大辂宁有椎轮之质? 增冰为积水所成,积水曾微增冰之凛。何哉? 盖踵其事而增华,变其本而加厉"。至于《经国集》,从书名上即可知其取意于《典论·论文》。除了吸收《文选序》,李善《上文选注表》的文字对这些选本也有影响。在分类方面,其摹仿的痕迹也十分明显。兹以《文华秀丽集》为例,与《文选》的诗歌分类略作对比,表列如下:

《文华秀丽集》	《文选》
游览	游览
宴集	公宴
饯别	祖饯
赠答	赠答
咏史	咏史
述怀	咏怀
艳情	
乐府	乐府
梵门	
哀伤	哀伤
杂咏	杂诗

从以上的对比中可以看出,其分类方式基本上是延续《文选》之旧。和《文选》略有不同的是,日本的选集在内容上并不排斥艳丽,所以在

分类上,本书乃专立"艳情"一目。又因受到佛教影响,所以专立"梵门"类。《经国集》二十卷,现存六卷,诗四卷,其门类分别是"乐府""梵门"和"杂咏",显然与《文华秀丽集》一脉相承。

王朝文学的崇拜对象是《文选》和白居易诗,五山文学则追求一种新的文学范式,效仿对象是杜甫、中晚唐诗和宋诗(特别是苏轼和黄庭坚),而取代《文选》地位的书就是《三体诗》和《古文真宝》。林鹅峰《题侄宪所藏文选后》云:

> 赋文以类分,选而取粹,古来以此为最。且李善援用之详,五臣注解之通,太便于博赡也。……故本朝菅、江诸家博士,成业扬名,藉此书之力者不为不多。近岁少年丛偶学诗文者,狭而《三体》《真宝》,广而苏、黄集而已,至如《文选》则束阁而不读焉。①

《三体诗》是南宋周弼编,约成书于淳祐十年(1250),这是随着江湖诗人、市民诗人群的兴起而出现的有关诗学入门方面的教科书。先后出现的如魏庆之《诗人玉屑》(成于1244)、方回《瀛奎律髓》(成于1283)、蔡正孙《唐宋千家联珠诗格》(成于1300)等,这些书在五山时期都大受欢迎,其中以《三体诗》为最。

《三体诗》等书的风行,还可以在时人的其他记载中得到印证②,最为明显的,则是各种翻版和注释本的出现。元朝末年,许多从事木版雕印的刻工,为了躲避战乱,纷纷东渡日本,在京都的五山寺院得

① 《鹅峰林学士文集》下,页407,ぺりかん社,1997年10月版。
② 在义堂周信《空华日用工夫集》中,就有他某日为二三子讲"三体"诗法,或者与门人有关《三体诗》问答的记录。参见应安二年九月二日、六年三月二十八日、康历二年十二月十三日、永德元年九月二十五日诸条。

到庇护,同时也就促进了日本印刷业的发达。其中除了和佛教相关的书之外,也有文学类的书,数量多达二百馀种。关于《三体诗》的注解就有《三体诗抄》(义堂周信)、《三体诗抄》(村庵灵彦)、《三体诗抄》(雪心素隐)、《三体诗绝句抄》、《晓风集》,足见当时的诗学趋向①。林道春《三体诗古文真宝辩》就指出:"本朝之泥于文字者,学诗则专以《三体唐诗》,学文则专以《古文真宝》。"(《罗山文集》卷二十六)这种情况,一直延续到江户时代中期,李攀龙的《唐诗选》大行于世,《三体诗》才失去其权威地位。

江户时代中期的诗风由沿袭宋调转为崇尚唐音。这与荻生双松(号徂徕)的倡导有着密切关系。他认为"六经"为中国圣人之学,而朱子的《四书》孕育着心学,实质上是老庄之学。所以他主张掌握古文辞,从而理解"六经"中记载的圣人之道。以他为代表的学派,也就称作"蘐园学派"或"古文辞学派"。这种复古的要求,也促使他极力推崇明代后七子领袖之一的李攀龙(字于鳞,号沧溟)②。于是,托名李攀龙编的《唐诗选》③,在江户时代就兴盛一时。徂徕的门人服部南郭曾为之校订,又作《唐诗选国字解》。其校订本《附言》云:"唐诗

---

① 参见上村观光《五山诗僧传》总叙,见《五山文学全集》别卷,思文阁,1973 年 2 月版。山岸德平校注《五山文学集·江户汉诗集》"解说",日本古典文学大系本,岩波书店,1966 年 2 月版。

② 太宰纯《诗论附录》指出:"徂徕先生选明诗而名以《唐后诗》,中载李于麟七言绝句三百首,先生谓明诗以于麟为至,于麟七言绝句无一首不佳,故载之最多。"《日本诗话丛书》第四卷,页 300—301,文会堂书店,大正九年(1920)八月版。

③ 李攀龙曾编过《古今诗删》,所谓的《唐诗选》乃书商以其中唐诗部分为基础纂成。《四库全书总目》卷一百八十九《古今诗删》提要指出:"流俗所行,别有攀龙《唐诗选》。攀龙实无此书,乃明末坊贾割取《诗删》中唐诗,加以评注,别立斯名。"当然,此书反映的基本观点还是李攀龙的诗论,这也是其书大受欢迎的原因之一。

莫善于沧溟选,又莫精于沧溟选。"①故此书重印次数多达二十,印数近十万部。与之相关的,还有《唐诗选画本》等书的问世,尤其值得注意的是,这类书上还往往印有"不许翻刻,千里必究"或"至于沧海,不许翻刻"的字样,这种版权意识与此类书的有利可图是结合在一起的②。这也从一个侧面说明当时的诗风,以及汉诗创作民间化的趋向。在李攀龙的诗歌诸体中,以七律最为擅长。但格调辞意颇多重复③,受其影响,江户中期汉诗亦有此弊。俞樾指出:

> 东国自物徂徕提唱古学,一时言诗悉以沧溟为宗。高华典重,乍读之亦殊可喜。然其弊也,连篇累牍,无非天地、江湖、浮云、白日,又未始不取厌于人。(《东瀛诗选》卷十)

所以此下诗风,又不得不变。人们开始集中于对李攀龙及其《唐诗选》的批评。如太宰纯(号春台)《诗论附录》已指出:"于鳞诗用套语者多,所以不及唐人也。"④天明朝(1781—1789)以后,痛斥"伪唐诗",提倡宋诗的议论更多。菊池桐孙《五山堂诗话》卷一曰:

> 山本北山先生昌言排击世之伪唐诗,云雾一扫,荡涤殆尽。

---

① 《唐诗选·附言》,页1,松云堂书店,1929年4月版。
② 参见村上哲见《唐詩選の話》,载其著《漢詩と日本人》,页190—236,讲谈社,1994年12月版。
③ 钱谦益《列朝诗集小传》丁集载王承甫《与屠青浦书》评论李诗云:"七言律最称高华杰起,拔其选,即数篇可当千古;收其凡,则格调词意,不胜重复矣。海陵生尝借其语,为《漫兴》戏之曰'万里江湖迥,浮云处处新。论诗悲落日,把酒叹风尘。秋色眼前满,中原望里频。乾坤吾辈在,白雪误斯人'云云,大堪绝倒。"
④ 《日本诗话丛书》第四卷,页314。

都鄙才子,翕然知向宋诗,其功伟矣。①

山本北山之语,主要见于其《作诗志彀》和《孝经楼诗话》中,如后者卷上指出:

> 《唐诗选》伪书也,《唐诗正声》《唐诗品汇》妄书也,《唐诗鼓吹》《唐三体诗》谬书也,《唐音》庸书也,《唐诗贯珠》拙书也,《唐诗归》疏书也,其他《唐诗解》《唐诗训解》等俗书,无足论也。特有宋义士蔡正孙编选之《联珠诗格》,正书也。②

所以此下的诗风,又转而学宋。特别是当时的作者层,已经完全突破儒士的圈子,扩大到民间,所以在宋诗中,又特别学习晚宋江湖、四灵的精巧清新的作风。蔡正孙的《唐宋千家联珠诗格》又开始重新受到欢迎。

从日本汉诗的历史发展来看,每一时期诗风的形成,皆有一种选本作为写作典范;而诗风的转变,也往往靠选本为之推波助澜。选本在日本汉文学史上的重要性,也同样是彰彰在人耳目的。

---

① 《日本诗话丛书》第九卷,页538—539,文会堂书店,大正十年(1921)十二月版。
② 《日本诗话丛书》第二卷,页72,文会堂书店,大正九年(1920)五月版。原文为日语,兹撮译其大意。

第二章　摘句论

第一节　摘句的渊源

摘句是古代文学批评中常用的形式之一。如果追溯其渊源,此一手法实滥觞于先秦。这就是人们所熟悉的赋《诗》、引《诗》。

春秋时,各诸侯国使臣在外交场上所用的外交语言中,运用得最普遍、最巧妙的是《诗》,运用的方法就是断章取义①。《诗》的结构是由句而章、由章而篇。而赋《诗》的方法,就是断取其一章以明己志。在《左传》记载中,有的是标明某篇某章,如文公十三年云:"子家赋《载驰》之四章,文子赋《采薇》之四章。"有的仅标篇名而不指明某章,这种情况则多取首章之意②。从全篇《诗》中摘取一章,是春秋时赋《诗》的通例③。

如果说,赋《诗》的通例是"断章",那么,引《诗》的通例则可以说是"截句"了。将《左传》中的引《诗》作一全面考察的话,我们可以发

---

① 《左传》襄公二十八年记卢蒲癸语曰:"赋《诗》断章,余取所求焉。"正是这一方法为时人普遍运用的说明。

② 《左传》僖公二十三年"公赋《六月》"下杜预注曰:"其全称诗篇者,多取首章之义。"

③ 参见杨向时《左传赋诗引诗考》,台湾中华丛书编委会,1972 年 5 月版。

现有以下三个颇为突出的现象：

其一，引《诗》以两句为最普遍①；其二，引《诗》多在"君子曰"中；其三，《诗》往往被引来以作判断行为的标准或衡量事物的准则。关于第一点，可能是由《诗》的字数所决定的。四言诗往往要两句才能表达一个完整的意思，即所谓"两句见意"②。至于后面两点，则不能排除孔门《诗》教的影响③。

综上所述，无论是赋《诗》还是引《诗》，尽管他们所采用的方法是断取一章或摘引两句，但由于他们所注重于《诗》的，归根到底是其"意思"，而不是其"美感"，在这个意义上，《左传》也好，先秦诸子也好，他们的引《诗》，与他们引用其他历史典籍——如《书》一样，只是为了说明某一问题或加强某项论证④，并不能作为文学批评意义上的摘句的代表，而只能视为一个不明显的源头。

第二节 "摘句褒贬"的形成

萧子显《南齐书·文学传论》指出："若子桓之品藻人才，仲治之区判

---

① 这只是就多数情况而言，并非不存在例外。如僖公二十四年"君子曰"有引《诗》一句者，僖公十九年子鱼引《诗》则为三句。

② 王昌龄《诗格》，张伯伟《全唐五代诗格校考》，页138。

③ 孔子说："诗三百，一言以蔽之，曰思无邪。"（《论语·为政》）在先秦诸子中，孔门最强调《诗》的作用。《史记·十二诸侯年表》曰："鲁君子左丘明惧弟子人人异端，各安其意，失其真，故因孔子史记具论其语，成《左氏春秋》。"《左传》多以"君子曰"作为判断人事善恶的结论，亦有间引"孔子曰"者。故《史记·吴太伯世家》司马贞《索隐》指出："君子者，左丘明所为史评仲尼之词，指仲尼为君子也。"无论如何，"君子曰"多本孔门之意，断非刘歆伪造。

④ 先秦著作除引《诗》外，最多的便是引《书》。参见陈梦家《尚书通论》第一部第一章"先秦引书篇"，页11—35，中华书局，1985年10月版。

文体,陆机辨于《文赋》,李充论于《翰林》,张际摘句褒贬,颜延图写情兴。各任怀抱,共为权衡。"这里,"摘句褒贬"是与其他"权衡"之作相提并论的。这说明,至迟在萧齐时代,作为文学批评意义上的"摘句褒贬"已正式形成。

　　严羽《沧浪诗话·诗评》指出:"汉、魏古诗,气象混沌,难以句摘。晋以还方有佳句。"从总的趋向上来看,严氏这段话是对的①。魏、晋以来,由于文学创作的发展,逐渐在一篇作品(诗或赋)中出现特别精彩的句子,这些句子往往是景语,形象完整,在全篇中有相对的独立性②。摘出后,即可单独存在,在韵律上或词藻上给人以美感享受,所以陈衍说"流传名句,写景者居多"(《石遗室诗话》卷十四)。于是,人们也就逐渐对这类"佳句"予以重视了。例如,陈琳在《答东阿王笺》中特别提到曹植的"清词妙句"(《文选》卷四十),范启读孙绰《天台山赋》,"每至佳句(刘孝标注:'赤城霞起而建标,瀑布飞流而界道',此赋之佳处),辄云:'应是我辈语'"(《世说新语·文学》),又王恭摘古诗中"所遇无故物,焉得不速老",以为"此句为佳"(同上)。这里的"佳句"都是景语或情语。由于对文学作品中"佳句"的重视与寻求,从而形成了一种风气,当时人更将这种风气移到经书上,以寻其"佳句"了。这种"佳句"往往是理语,体现了某种哲理或道德意识。下面两个例子可以略见一斑:

　　《世说新语·文学》:"谢公(安)因子弟集聚,问《毛诗》何句

---

① 胡应麟《诗薮》内编卷二曰:"严谓建安以前,气象浑沦,难以句摘,此但可论汉古诗。若'高台多悲风''明月照高楼''思君如流水',皆建安语也。……严氏往往汉、魏并称,非笃论也。"此可作为严氏论点的补充。
② 形象完整是摘句的基本条件,《四溟诗话》卷一曾举例说:"杜子美诗:'日出篱东水,云生舍北泥,竹高鸣翡翠,沙僻舞鹍鸡。'此一句一意,摘一句亦成诗也。盖嘉运(案:当作金昌绪,谢氏误记)诗:'打起黄莺儿,莫教枝上啼。啼时惊妾梦,不得到辽西。'此一篇一意,摘一句不成诗矣。"此说可资印证。

最佳？遏(谢玄)称曰：'昔我往矣,杨柳依依;今我来思,雨雪霏霏。'公曰：'讦谟定命,远猷辰告。'谓此句偏有雅人深致。"①

《梁书·柳恽传》："诏问(偃)读何书? 对曰：'《尚书》。'又曰：'有何美句?'对曰：'德惟善政,政在养民。'"

不难看出,当时人重视"佳句""美句",追寻"佳句""美句"已蔚然成风了。而作为"佳句""美句"标准的,或是艺术的美,或是道德的善,它们是并行不悖的。

作为这种风气的直接结果,就是文学批评上"摘句法"的产生。《南齐书》中"摘句"一词的再三出现,可以视为一种标志②。

"摘句褒贬"的具体运用,似乎有两种表现:其一,直接摘出诗句,并加以欣赏;其二,指出作品中有佳句,而不坐实。这两种现象,在钟嵘《诗品》中均可发现。前者如《序》中所举的"古今胜语":"'思君如流水',既是即目;'高台多悲风',亦惟所见;'清晨登陇首',羌无故实;'明月照积雪',讵出经、史?"后者如评谢灵运的"名章迥句,处处间起"(卷上),评谢朓的"奇章秀句,往往警遒"(卷中),评戴逵"有清上之句",评虞羲"奇句清拔"(均见卷下),等等。这类材料,在

---

① 李慈铭在《世说新语·文学篇》"文帝尝令东阿王七步中作诗"条下曰："案临川之意,分此以上为'学',此以下为'文'。"(王利器纂辑《越缦堂读书简端记》,页237,天津人民出版社,1980年12月版)所以,"谢公因子弟集聚"条乃属于"学"的部分,这里的"佳句"与文学作品中的"佳句",其意义在当时是有区别的。世人不察,多混而论之。

② 在文学批评意义之外,也有一种"摘句"。《三国志·孙权传》裴注引《吴书》："(吴王)博览书传历史,藉采奇异,不效诸生寻章摘句而已。"《晋书·王坦之传》："坦之又尝与殷康子书论公谦之义曰:……康子并袁宏并有疑难,坦之标章摘句,一一申而释之,莫不厌服。"《陈书·陆瑜传》："(瑜)语玄析理,披文摘句,未尝不闻者心伏,听者解颐。"这指的是一种训诂方法,与本文所论的"摘句"是有区别的。

史书和子书中也有很多。从某种意义上讲,"摘句"批评已成为当时的文坛风气之一了。

在这种风气的影响下,当时相当一部分人的审美标准也发生了变化。文学作品是一个丰富复杂的世界,对作品的鉴赏评判,人们往往是根据自己的喜好厌恶而突出其某一点或某一方面,从而形成不同的关注重心。这里有个人因素,更有时代影响。例如,汉代人对待文学作品,多以是否含有讽谏美刺的意味作为评判标准和观照角度。由于六朝人对句的重视,一些人便以作品是否有"佳句"作为评判标准和观照角度了,作者、读者皆然。较之于汉代,这个审美标准无疑是起了变化。以下举正反两例略加说明:

> 《梁书·王筠传》:"(沈)约制《郊居赋》,构思积时,犹未都毕,乃要筠示其草。……至'坠石磓星',及'冰悬埳而带坻',筠皆击节称赞。约曰:'知音者希,真赏殆绝。所以相要,政在此数句耳。'"
>
> 《南史·江淹传》:"淹少以文章显,晚节才思微退……尔后为诗绝无美句,时人谓之才尽。"

无论是作者、读者,还是一般的社会评论,评价作品高低、作者优劣,往往以其是否有"美句"为标准,这一现象,正可与"摘句褒贬"互相呼应和印证,从而反映了时代风气的一个侧面。

第三节　元兢《古今诗人秀句序》的分析

从六朝的"摘句褒贬"到晚唐的"摘句为图",其中有一个过渡环节,这就是"秀句"集的出现。元兢等人所编的《古今诗人秀句》可以为代表。

初唐文学承梁、陈馀习,时人赓和酬唱、诠评品第之间,颇重文采,甚至缁门也受到影响①。而唐代自高宗显庆元年(公元 656)开始,更以朝廷之命召集了一批宾客、学士,有计划、有步骤地编辑了几部大型总集,重点搜集历代文章的名篇丽藻、英词秀句。著名的如编于显庆三年的《文馆词林》一千卷(见《唐会要》卷三十六),编于龙朔三年(公元663)的《瑶山玉彩》五百卷(同上)②及编于龙朔二年的《芳林要览》三百卷③。而《古今诗人秀句》就有一部分是选录自《芳林要览》的。

和这些总集一样,《古今诗人秀句》也早已亡佚。《文镜秘府论》南卷《集论》所引第一段"或曰"文字,据现代中外学者的研究考证,即为元兢(思敬)《古今诗人秀句序》④。

《古今诗人秀句》之所以值得重视,主要是由于下列原因:其一,元兢等人编纂此书,前后共花去十年时间,多方搜求,反复讨论,决非

---

① 《续高僧传》卷三《慧净传》:"玄儒瞩目,翰林文士推承冠绝,竞述新制,请摘瑕累。(慧)净以人之作者差非奇挺,乃搜采近代藻锐者,撰《诗英华》一帙十卷。"《大藏经》第五十册,页 443。

② 罗根泽先生《中国文学批评史》第二分册第四篇第二章第三节引《玉海》所云"《瑶山玉彩》凡五百篇",认为"既云'凡五百篇',则所采摘的或者是全篇,不是零句。"(页 28)案:古书篇、卷分可合,此处的"篇"即等于"卷","五百篇"即指"五百卷"。《玉海》卷五十四即著录为"许敬宗《瑶山玉彩》五百卷",而其内容亦即下文所称"采摘古今文章英词丽句"。所以,可以肯定此处的"篇"不是指全篇。

③ 《新唐书·艺文志》"总集类"《芳林要览》三百卷下注云:"许敬宗、顾胤、许圉师、上官仪、杨思俭、孟利贞、姚璹、窦德玄、郭瑜、董思恭、元思敬集。"案:《旧唐书·顾胤传》谓胤"龙朔三年迁司文郎中,寻卒"。由此推测《芳林要览》当始编于龙朔二年。

④ 参见罗根泽《中国文学批评史》第二分册第四篇第二章第三节,小西甚一《文镜秘府论考·研究篇上》(页 42—43,大八洲出版株式会社,1948 年 4 月版),以及王利器《文镜秘府论校注》(页 355—356,中国社会科学出版社,1983 年7 月版)的有关论述。

率尔之作。现在书虽亡佚，借元兢此序尚能窥其端倪。其二，《古今诗人秀句》可谓"秀句集"类著述之祖①。此书问世之后，效仿者甚多。《新唐书·艺文志》列有王起《文场秀句》一卷，黄滔《泉山秀句》三十卷，《崇文总目》及《宋史·艺文志》列有僧玄鉴《续古今诗人秀句》二卷②。此外，《日本国见在书目》"总集家"还列有佚名的《秀句集》一卷，《秀句录》一卷。这些书的面貌均不可考，但是从今存元兢的序中可推见其大概。其三，元兢《古今诗人秀句序》中提出了他的选择标准，从中可以略考六朝文学思想，尤其是《文心雕龙》和《诗品》对初唐文人影响的痕迹，并从一侧面反映了当时文学思想的实际。

"秀句"一词出现较早的是在《文心雕龙》和《诗品》中。如《隐秀篇》曰："篇章秀句，裁可百二。"又曰："秀句所以照文苑。"《诗品》卷中评谢朓诗"奇章秀句，往往警遒"。《古今诗人秀句》的书名当有取于此。

在《古今诗人秀句序》中，元兢说明了他选录"秀句"的标准是：

> 余于是以情绪为先，直置为本，以物色留后，绮错为末；助之以质气，润之以流华，穷之以形似，开之以振跃。或事理俱惬，词调双举。有一于此，罔或孑遗。

在这段文字中，有若干批评概念需要略加说明。"情绪"即所谓的

---

① 《古今诗人秀句序》云："似秀句者，抑有其例。皇朝学士褚亮，贞观中，奉敕与诸学士撰《古文章巧言语》，以为一卷。"但此书早已亡佚，历代书目均未见录，后人也极少提及。所以，历来皆以《古今诗人秀句》为此类著述之祖。

② 皎然《诗式》"重意诗例"提及"畴昔国朝协律郎吴兢与越僧元（玄）监集秀句"，此即《续古今诗人秀句》二卷，李壮鹰《诗式校注》据《新唐书·艺文志》所载元兢《古今诗人秀句》而径改"吴"为"元"，又王利器先生《文镜秘府论校注》也认为《诗式》中"吴兢"为"元兢"之误，其论断似有欠慎重。

"吟咏情性",或《诗品序》的"摇荡性情"。"直置"一词,见《文心雕龙·才略篇》:"孙楚缀思,每直置以疏通。"又《诗品》卷上评陆机"有伤直致之奇","直致"即"直置"。"直置"的意思,是与"绮错"相对的。崔融《唐朝新定诗格》有"直置体",其解释曰:"直置体者,谓直书其事,置之于句者是。"①既然是"直书其事",则无贵乎用典、俪对和丽藻了。这也就是《诗品序》中"观古今胜语,多非补假,皆由直寻"的意思。"助之以质气,润之以流华,穷之以形似,开之以振跃"数语,即《诗品序》中的"指事造形,穷情写物,最为详切","干之以风力,润之以丹采"之意。再以元兢自己举的例子来看,他"与诸学士览小谢诗,见《和宋记室省中》,诠其秀句,诸人咸以谢'行树澄远阴,云霞成异色'为最",而元兢则以为"未若'落日飞鸟还,忧来不可极'之妙者也"。因为前者"镕想烟霞,炼情林岫,然后畅其清调,发以绮词",在元兢选句标准的衡量下,只当得"物色""绮错",后者才当得"情绪为先,直置为本"。不难看出,元兢的选句标准是深受刘勰、锺嵘的影响的。而他所说的"事理俱惬,词调双举",则很明显是综合了六朝人对"佳句""美句"的标准而来。

王昌龄《诗格·论文意》曰:"凡作诗之人,皆自抄古今诗语精妙之处,名为随身卷子,以防苦思。作文兴若不来,即须看随身卷子,以发兴也。"②罗根泽认为此即"秀句集的作用"③。但从元兢《古今诗人秀句》来看,其作用并不限于此。因为他不仅有选句标准,而且还经过长期搜集和反复讨论,所以秀句集除了创作时可用以"发兴",同时也还显示了选录者的审美情趣与理论主张,所选"秀句"乃是具体可征的写作楷式。《河岳英灵集》卷下"王湾"条记载:"(湾)游吴中

① 《全唐五代诗格校考》,页110。
② 同上书,页141。
③ 《中国文学批评史》第二分册,页28。

作《江南意》诗云：'海日生残夜，江春入旧年。'诗人已来，少有此句。
张燕公（说）手题政事堂，每示能文，令为楷式。"即可以作为旁证。
这一作用与马修·阿诺德（Matthew Arnold）的"试金石"（Touch-
stones）原则大概是颇为相类的①。

　　摘句作为写作的楷式，最为典型的是在唐人"诗格"类著作中。
由于诗格的意思是作诗的格式、法则，因而"秀句""佳句"也就被赋
予了"格""法"的权威，至宋人多论"句法"，实即由此发展而来。

　　由于"秀句集"的盛行，反过来对创作也产生了一定的影响。作
者写诗注重"秀句""佳句"，而读者所争相传诵的也往往是一篇作品
中的某些"秀句""佳句"。正如胡仔所说：

> 　　古今诗人，以诗名世者，或只一句，或只一联，或只一篇，虽
> 其馀别有好诗，不专在此，然播传于后世，脍炙于人口者，终不出
> 此矣。（《苕溪渔隐丛话》后集卷二）

以杜甫诗为例，他说自己"清词丽句必为邻"（《戏为六绝句》），又说
"为人性僻耽佳句"（《江上值水如海势聊短述》）；说孟浩然"清诗句
句尽堪传"（《解闷十二首》），说王维"最传秀句寰区满"（同上），说
李白"李侯有佳句"（《与李十二白同寻范十隐居》）。而且，在这种流
传过程中，已渐渐出现以某句诗作为某人代表的端倪。如李白说：
"张翰黄花句，风流五百年。"（《金陵送张十一再游东吴》）郑谷说：
"何如'海日生残夜'，一句能令万古传。"（《卷末偶题》）毕仲询《幕

---

① 参见 W. L. Wong, "Selection of Lines in Chinese Poetry-talk Criticism—With a
Comparison between the Selected Couplets and Matthew Arnold's 'Touchstones'",
China and the West: *Comparative Literature Studies*, pp. 33-44. The Chinese Univer-
sity Press, Hong Kong, 1980.

府燕闲录》谈到杜荀鹤诗时引谚语曰："杜诗三百首,惟在一联中。"
(《苕溪渔隐丛话》前集卷二十三引)即指其《春宫怨》中"风暖鸟声
碎,日高花影重"一联①。到了宋代,这种倾向大为发展,诗话中有不
少这样的记载,一些诗人往往因为某句诗而赢得一别名外号。如张
先为"张三影"(见《后山诗话》),贺铸为"贺梅子"(见《竹坡诗话》),
等等。这些现象追溯起来,都是与摘句批评有关的。

第四节　摘句的独立与渗透

　　《四库全书总目》卷一百九十一《文选句图》提要指出:"摘句为
图,始于张为。"又说:"排比联贯,事同谱牒,故以图名。"②摘句图的
出现,标志着摘句的独立。前面提到的《瑶山玉彩》和《古今诗人秀
句》等书,在性质上虽然与句图相去不远,但在分类及编排上,属于总
集类③。而晚唐五代出现的大量的句图著作,乃是在"秀句集"的基
础上发展起来的。

　　不过,张为的《诗人主客图》虽被人视作诗句图著作之祖,其实并
不典型。首先,正如罗根泽所指出:"张为虽也摘句为图,但重要的用
意是在讲诗人的主客派别。"④其次,张为的主客图,既有摘句,但也

---

① 此联诗,欧阳修《六一诗话》引作周朴句。魏泰《临汉隐居诗话》认为乃杜荀
　鹤句,非朴句。而吴聿《观林诗话》又加以辨正,以为乃周朴所作。不能确
　定,兹并列二说。
② 今本《诗人主客图》多有阙佚,很有可能是后人从《唐诗纪事》中辑出,从中已
　无法窥其原貌。据吴融《禅月集序》称"昔张为作诗图五层",从今本推知,这
　五层当为主、上入室、入室、升堂、及门,其编排形式似图,故以"图"名。
③ 胡震亨《唐音癸签》卷三十一将《诗人秀句》列入唐人选集,卷三十二将《诗人
　主客图》列入唐人诗话,甚为有见。
④《中国文学批评史》第二分册,页223。

有不少是选篇,而严格的句图都是摘联,即以摘两句诗为常。辛文房《唐才子传》卷九《李洞传》载:"洞尝集(贾)岛警句五十联,及唐诸人警句五十联为诗句图。"又如吴处厚《青箱杂记》卷九谓"余尝见惠崇自撰句图,凡一百联。"再如陈振孙《直斋书录解题》卷二十二《御选句图》一卷下注曰:"太宗皇帝所选杨徽之诗十联,真宗皇帝所选送刘琮诗八联。"所以,真正的句图必须是摘"句"为图的,现在可考的是李洞所集的《贾岛句图》,在《吟窗杂录》卷三十五中还能略见其遗迹。

从晚唐至宋初,曾出现大批诗句图著作,但除了在《吟窗杂录》和《诗学指南》中尚保存的寥寥数种外,多数句图都已散失亡佚①。

摘句批评一方面以句图的形式独立出现,另一方面,也向其他形式渗透。如果说,在中国文学批评的诸种形式中,选本以强大的包容性为其特征的话,那么,摘句的特点就表现在其强烈的渗透性。略说如下:

首先是选本。摘句向选本的渗透主要反映在两方面:其一,对入选作者的评论,往往是"摘句褒贬"。唐人选唐诗中就有不少是这样的。例如,高仲武《中兴间气集》卷上评李嘉祐云:

> 如"野渡花争发,春塘水乱流",又"朝霞晴作雨,湿气晚生寒",文华之冠冕也。"②

又卷下评姚伦云:

> 如"乱声千叶下,寒影一巢孤",篇什之秀也。③

---

① 参见罗根泽《中国文批评史》第二分册,第五篇第四章。
② 傅璇琮《唐人选唐诗新编》,页 472。
③ 同上书,页 513。

此类例子甚多。其二,有些选集是以"秀句"为选录标准的,凡入选之作,必须是有佳句可摘。如韦庄的《又玄集》,其序云:

> 谢玄晖文集盈编,止诵"澄江"之句;曹子建诗名冠古,唯吟"清夜"之篇。……自国朝大手名人,以至今之作者,或百篇之内,时记一章;或全集之中,唯征数首。但掇其清词丽句,录在西斋。①

即为其中一例。由此不难看出摘句批评对选集的渗透。宋以后的选本中,摘句之例更是不胜枚举。

诗格无论是出于指导初学还是以便应举的目的,都是要示人以创作的格法,所以每每摘句为例以说明之。从初唐诗格开始,讲求对属或避忌文病,便多用摘句法;到晚唐五代诗格,专讲诗歌的体势,也多用此类手法。如齐己《风骚旨格·诗有十体》云:

> 一曰高古。诗曰:"千般贵在无过达,一片心闲不奈高。"二曰清奇。诗曰:"未曾将一字,容易谒诸侯。"②

又"诗有十势"节云:

> 狮子返掷势。诗曰:"离情遍芳草,无处不萋萋。"猛虎踞林势。诗曰:"窗前闲咏鸳鸯句,壁下时观獬豸图。"③

---

① 《唐人选唐诗新编》,页579。
② 《全唐五代诗格校考》,页379。
③ 同上书,页380。

宋以后的诗格,也同样如此。

　　论诗诗起于唐代杜甫,他已经开始将摘句融入论诗诗中。《后山诗话》指出:

> 子美怀薛据云:"独当省署开文苑,兼泛沧浪学钓翁。""省署开文苑,沧浪忆钓翁。"据之诗也。

所举即杜甫《解闷》十二首之一,但文字有异,尚不够典型。郑谷《高蟾先辈以诗笔相示抒成寄酬》云:

> 张生"故国三千里",知者唯应杜紫薇。(杜牧舍人赠张祜处士云:"可怜故国三千里,虚唱歌词满六宫。")君有"君恩秋后叶",可能更羡谢玄晖。(蟾有《后宫词》云:"君恩秋后叶,日日向人疏。")①

这显然是摘句为评,不过所摘尚为单句。元好问《论诗三十首》云:

> "有情芍药含春泪,无力蔷薇卧晚枝。"拈出退之《山石》句,始知渠是女郎诗。②

---

① 严寿澂等《郑谷诗集笺注》,页234,上海古籍出版社,1991年5月版。葛立方《韵语阳秋》卷四云:"张祜诗云:'故国三千里,深宫二十年。'杜牧赏之,作诗云:'可怜故国三千里,虚唱歌词满六宫。'故郑谷云:'张生故国三千里,知者惟应杜紫薇。'诸贤品题如是,祜之诗名安得不重乎?其后有'解道澄江静如练,世间惟有谢玄晖''解道江南断肠句,世间惟有贺方回'等语,皆祖其意也。"可略见其影响。"解道澄江静如练"句出李白《金陵城西楼月下吟》,在郑谷前,葛氏记忆偶疏。

② 郭绍虞《杜甫戏为六绝句集解　元好问论诗三十首小笺》,页76,人民文学出版社,1978年12月版。

所摘为秦观《春雨》中的一联。清代的论诗诗中,其摘句的手法更有新创①。一是在自注中摘句,如王士禛《戏仿元遗山论诗绝句三十二首》云:

> 文章烟月语原卑,一见空同迥自奇。天马行空脱羁靮,更怜谈艺是吾师。(《鹦鹉》五集所谓名句,如"文章江左家家玉,烟月扬州树树花",乃吴体之卑卑者。)②

又如:

> 济南文献百年稀,白云楼空宿草菲。未及尚书有边习,犹传"林雨忽沾衣"。(边司徒华泉先生仲子,有诗一卷,佳句云:"野风吹落帽,林雨忽沾衣。"又云:"薄暑不成雨,夕阳开晚晴。")③

其次是出现了专摘佳句的论诗诗,如赵允怀《记佳句诗》九首、叶廷琯《病中摘句怀人诗》三十二首等。第三是以集句方式写论诗诗,而集句实际上也是一种摘句。最典型的例子是黄之隽《自题香屑集末十二首》:

> 自书自勘不辞劳(白居易《题诗屏风绝句》),心路玲珑格调高(方干《赠美人》)。知叹有唐三百载(李洞《赠徐山人》),劣于汉魏近风骚(杜甫《戏为六绝句》)。
> 日日成篇字字金(方干《越中逢孙百篇》),酒浓花暖且闲吟

① 参见本书外篇第四章《论诗诗论》第三节第三小节"清代论诗诗的新貌"。
② 惠栋、金荣《渔洋精华录集注》卷二,页 253,齐鲁书社,1992 年 1 月版。
③ 同上书,页 254。

（罗隐《寄前户部陆郎中》）。诗中得意应千首（姚合《寄东都分司白宾客》），颇学阴、何苦用心（杜甫《解闷》）。①

这些都是摘句向论诗诗的渗透。

诗话产生于宋，最早的为欧阳修所作。从《六一诗话》开始，在评论历代诗人、诗作时，就大量采用了摘句批评。诗话写作的最初目的本来是"以资闲谈"（《六一诗话》），由于当时人对诗歌中"佳句"的重视，在闲谈中也就会以"佳句"为主要话题，所以诗话中大量出现摘句批评就是一件很自然的事了。而后来的有些诗话，也专门列了一定的篇幅摘录佳句，这实际上是"句图"在诗话中的又一表现。例如刘克庄的《后村诗话》，共有前集二卷，后集二卷，续集四卷，新集六卷。他自己在篇末说："新集凡六卷，专摘采唐诗之警省者。"当然，这不是严格的句图，因为所摘采者有句有篇。又如赵翼的《瓯北诗话》，卷六专门列有"律诗摘句"，摘陆游五律和七律中的佳句；卷九又专摘吴伟业的佳句；卷十专论查慎行的诗，"古体则标其题，近体则摘其句"；卷十一也列有"摘句"和"诗人佳句"专篇。摘句批评在诗话中占了很大的比重，有些诗话甚至专摘佳句以示人，如晚清易顺鼎有《琴志楼摘句诗话》。这种渗透的情况，在词话、赋话中也是如此。

除了文学批评的形式以外，摘句也向其他文学形式渗透，对联就是其中之一②。对联在宋代得到很大发展，而集句为联就是一个表现。王安石很喜欢也很善于集句，所以当时有不少人误以为他是创

---

① 郭绍虞等《万首论诗绝句》，页 324，人民文学出版社，1991 年 2 月版。
② 有关对联的起源、特点诸问题，参见先师程千帆先生《关于对联》，载《闲堂文薮》第一辑，齐鲁书社，1984 年 1 月版。

体者①。王安石在集句为诗的同时,还经常集句为联。如他曾以谢元贞的"风定花犹落"对王籍的"鸟鸣山更幽"(见《梦溪笔谈》卷十四),而蔡肇以"梨园弟子白发新"对王安石所举的"江州司马青衫湿",也赢得了后者的赞许(见《竹坡诗话》)。集句为联,乃是从作品中摘出诗句而重新加以组合,其基础就是有句可摘。这种形式,直到现在还为不少人赏爱,它依然是一种富于生命力的文学样式。

摘句还对域外的文学批评产生了影响。朝鲜时代诗论中多用摘句法,如洪万宗《小华诗评》卷上将新罗以来诗坛的作品分作"凄惋""寒孤"等各类风格,每一类皆摘句为评:

> 凄惋如崔孤云姑苏台诗:"荒台麋鹿游秋草,废苑牛羊下夕阳。"寒孤如林西河赠人诗:"十年计活挑灯话,半世功名把镜看。"纤巧如金老峰孤川诗:"飘尽断霞花结子,割残惊浪麦生孙。"清旷如李益斋晓行诗:"三更月照主人屋,大野风吹游子衣。"老熟如李牧隐自述诗:"身为病敌难持久,心与贫安已守成。"典丽如李陶隐元日早朝诗:"梯杭玉帛通蛮貊,礼乐衣冠迈汉唐。"古朴如金佔伴斋伏龙途中诗:"邑犬吠人篱有窦,野巫迎鬼纸为钱。"高洁如金东峰赠澈上人诗:"流水落云观世态,碧松明月照禅谈。"奇逸如朴挹翠永保亭诗:"急风吹雾水如镜,近浦无人禽自谣。"岂达如奇服斋晓坐诗:"心通万水分源处,耳烦千林发籁间。"奇妙如郑湖阴旅舍诗:"马吃枯箕和梦听,鼠偷残粟背灯看。"锻炼如崔东皋客中诗:"人轻远客初逢淡,马苦多歧再到迷。"感慨如车五山咏怀诗:"神仙有分金难化,天地无情剑独

---

① 《蔡宽夫诗话》曰:"荆公晚多喜取前人诗句为集句诗,世皆言此体自公始。"(《苕溪渔隐丛话》前集卷三十五引)案:集句实权舆于先秦,成型于晋,流行于宋,极盛于明、清。

鸣。"神妙如权石洲幽居谩兴诗:"清晨步到洞边石,落日坐看波底峰。"浏亮如李东岳江亭诗:"江潮欲上风鸣岸,野雨初收月涌山。"富丽如柳於于关西诗:"春游关塞王三月,花发江南帝六宫。"凄切如李泽堂吕江诗:"江湖极目皆秋色,节序关心又夕阳。"奇壮如郑东溟北关诗:"岭寒过雁常愁雪,海黑潜龙欲起云。"①

又如李晬光《芝峰类说》卷十三"东诗"云:

> 陈澕诗曰:"还笑游人心大燥,一来欲上最高峰。"郑道传诗曰:"望欲远时愁更远,登高莫上最高峰。"观此两诗,陈作太迫,无馀味,其不能远到宜矣。道传似知足者,而贪进不止,卒以自祸,亦不足道也。李齐贤《登鹄岭诗》曰:"莫怪后来当面过,徐行终亦到山头。"可见其远大气象矣。②

此以摘句法论人。又有专论诗句优劣者:

> 前朝李奎报、李齐贤、李穑,我朝金时习,最号名家。其警联则李奎报《呈李给事诗》曰:"仙鳌壮力扶山起,金虎雄精叱电驱。"《题寺院》曰:"满院松篁僧富贵,一江烟月寺风流。"……李齐贤《记行诗》曰:"雨催寒犊归渔店,波送轻鸥近客舟。"又:"穷秋雨锁青神树,落日云横白帝城。"……李穑《早春诗》曰:"寒声入榻风敲竹,翠影当窗日转梧。"《山中诗》曰:"风清竹院逢僧话,草软阳坡共鹿眠。"……金时习《山居诗》曰:"风曳洞云归远壑,雁拖寒月下遥岑。"又:"流莺趁蝶斜穿槛,游蚁拖虫倒上阶。"……此其最佳者

---

① 《韩国诗话丛编》第三卷,页495—497,太学社,1996年5月版。
② 《芝峰类说》下辑,页67,朝鲜古书刊行会,大正四年(1915)九月版。

也。但李穑诗"翠影当窗日转梧",为早春则未稳。①

日本诗话中亦多摘句,不仅如此,而且由于唐人的秀句集早已传入日本,所以出现了专门的著作。第一部类似中国"秀句集"的书是大江维时(897—963)的《千载佳句》,其中除崔致远、金云卿为新罗人外,都是中国唐代诗人。林鹅峰《千载佳句跋》云:

> 其所纂抄者皆唐诗,而元、白之句过半。其作者可一百五十人,其诗可千八十首。大概取一联,而载全篇者几稀。想夫公任《朗咏》效此部类。②

虽然后来的许多句图类著作,也和中国同类著作的命运相似,至今多已亡佚,不过从书目著录来看,其数量是不少的。市河宽斋《诗烬·编目考》云:

> 中古词人好集诗句,盖唐人句图之遗法,亦唯片金拆玉之意已。《怀风藻》既载大津王子二句,则其由来远矣。后世摘句,则《本朝秀句》五卷(藤原明衡),《续本朝秀句》三卷(藤原敦光),《拾遗佳句》三卷(藤原周光),《新撰秀句》三卷(长方卿),《续新撰秀句》三卷(基家),《一句抄》(释莲禅),《教家摘句》一卷,《本朝佳句》二卷,《续本朝佳句》三卷,《近代丽句》十卷,《咏句抄》五卷,《当世丽句》二卷(共失名氏)。③

---

① 《芝峰类说》下辑,页69。
② 《鹅峰林学士文集》卷九十六,下册,页375。
③ 《宽斋先生馀稿》本,页263—264,游德园,大正十五年(1926)六月版。

从这些地方，我们不难看到摘句形式之源远流长。

第五节　摘句的评价

对摘句法的批评，从宋代就开始了。刘攽《中山诗话》指出："人多取佳句为句图，特小巧美丽可喜，皆指咏风景、影似百物者尔，不得见雄才远思之人也。"这个批评并未能击中要害。因为摘句之所以能成立，前提就是形象的完整独立，所以"指咏风景、影似百物"是必然的。从另一角度看，"雄才远思"之作也并非不能摘句。以杜甫诗为例，"锦江春色来天地，玉垒浮云变古今"（《登楼》），与"五更鼓角声悲壮，三峡星河影动摇"（《阁夜》），叶梦得以为"气象雄浑，句中有力，而纡徐不失言外之意"（《石林诗话》卷下）。这难道当不得"雄才远思"？所以江少虞《宋朝事实类苑》卷三十九《诗句作图》引刘攽诗话时，乃为之下一转语曰："然雄才远思之人，亦自多好句，可入句图。"

前人论到摘句的弊病，往往集中在两个方面：其一，用以论人，往往以偏概全①；其二，用于欣赏，往往失之表面，而忽略其深意②。这种批评是有其道理的。但是，我们若换一角度来看，则摘句批评的重

---

① 鲁迅《且介亭杂文二集·"题未定草"（七）》指出："还有一样最能引读者入于迷途的，是'摘句'。它往往是衣裳上撕下来的一块绣花，经摘取者一吹嘘或附会，说是怎样超然物外，与尘浊无干，读者没有见过全体，便也被他弄得迷离惝恍。"《鲁迅全集》第六卷，页425。

② 宋人颇赏《春宫怨》中"风暖鸟声碎，日高花影重"一联，以为"佳句""警策"。余嘉锡《四库提要辨证》卷二十一批评道："余谓《春宫怨》一篇，以美人比君子，寓意深远。首四句怨而不怒，甚得风人之旨。五六两句，写春宫之景而怨字自在其中；结句从对面着笔，言尽而意不尽。通观全首，始见其妙，不可以摘句求之。若去其首尾，独存'风暖'一联，则山寺茅斋，无不可用。面目犹是，而神韵全非矣。……置其全篇而但赏此一联，流俗人之见，何足道哉！"

心本来就不在于论人,也不在于深究作品之微意。如果我们承认任何方法的运用都有其本身的范围与限制的话,那么,又何必强求其"放之四海而皆准"呢?摘句法从其本质上来说,是一种形式主义批评(这里的"形式主义"并不含有贬义)。这种批评的焦点,集中在文学本身的各项素质,诸如韵律、词藻、对偶以及文字的弹性、张力等等,在精神上颇接近于二十世纪兴起的俄国形式主义(Russian Formalism)和英美新批评(New Criticism)①。在俄国形式主义者看来,文学的本质就是使那些已变得惯常的或无意识的东西陌生化(defamiliarization),文学语言应该吸引人们注意其自身,它炫耀自己的物质存在。而摘句批评正是如此。它从作品中摘取一联,使人们可以不顾它与作者的关系,甚至不必考虑与作品的其馀部分的关系,而将注意力集中于这一联句。因为摘句本身就意味着独立、凸出,它必然具有疏离(estranging)或陌生(defamiliarizing)的效果。诗话中的许多摘句批评,往往不注明句子的作者或篇名,但却无碍于人们对这一联句本身的声音、意象、节奏、句法、韵律、叙述技巧等作分析。而这种分析,也就是新批评派所强调的文学的内部研究,即批评的对象必须是文本本身。由于集中于作品本身,其分析也往往是极其细致的。新批评派强调的细读法,在摘句批评上体现得颇为突出。例如,罗大经《鹤林玉露》乙编卷五"一联八意"条云:

> 杜陵诗云:"万里悲秋常作客,百年多病独登台。"盖"万里",地之远也。"秋",时之惨凄也。"作客",羁旅也。"常作客",久旅也。"百年",齿暮也。"多病",衰疾也。"台",高迥处也。"独登台",无亲朋也。十四字之间含八意,而对偶又精确。

---

① 参见安纳·杰佛森、戴维·罗比等著《西方现代文学理论概述与比较》中对各派别理论主张的有关说明。陈昭全等译,湖南文艺出版社,1986年5月版。

即为一例。中国文学批评在这一方面的成就，往往为人所忽略。对摘句法的评价，应该放在中国文学批评的大范围内给予一适当地位，而不应该简单地否定了事。

第三章　诗格论

第一节　"诗格"一词的范围、涵义及缘起

诗格是中国古代文学批评中某一类书的名称。作为某一类书的专有名词,其范围包括以"诗格""诗式""诗法"等命名的著作,其后由诗扩展到其他文类,而有"文格""赋格""四六格"等书,乃至"画格""字格"之类,其性质是一致的。"诗格"一词,《颜氏家训·文章篇》中已经出现:"挽歌辞者,或云古者《虞殡》之歌,或云出自田横之客,皆为生者悼往告哀之意。陆平原多为死人自叹之言,诗格既无此例,又乖制作本意。"这可能是使用"诗格"一词最早的例子。《礼记·缁衣》云:"言有物而行有格。"郑玄注:"格,旧法也。"《孔子家语·五仪》云:"口不吐训格之言。"王肃注:"格,法。"《后汉书·傅燮传》云:"由是朝廷重其方格。"李贤注:"格,犹标准也。"而作为书名的"诗格""诗式"或"诗法",其含意也不外是指诗的法式、标准。除了"诗格"之外,书法及绘画批评中也用到类似的术语。徐灵府《天台山记》载司马承祯语曰:"子之书法,全未有功。筋骨俱少,气力全无。作此书格,岂成文字。"[1]绘画批评中则多称"法",最著名的当然

---

[1] 《大藏经》第五十一册,页1053。

是谢赫在《古画品录序》中所说的"画有六法"了,而"六法"后来被奉为中国画学上的金科玉律。

一般说来,在古代文学批评著作中,作为专有名词的"诗格"是到唐代才有的。不过,在唐代以前,也已经出现了类似于"诗格"的著作。空海《文镜秘府论》西卷"序"云:"(周)颙、(沈)约已降,(元)兢、(崔)融以往,声谱之论郁起,病犯之名争兴。家制格式,人谈疾累。"①皎然《诗式》"中序"亦提到"沈约《品藻》",《宋秘书省续编到四库阙书目》列有"沈约《诗格》一卷",据郑元庆《湖录经籍考》说:"《诗格》又名《品藻》。"其书久佚,今亦无从详考。在进入正题之前,应该对以下文献略作说明:

1.《五格四声论》。《文镜秘府论》天卷引刘善经《四声论》曰:"洛阳王斌撰《五格四声论》,文辞郑重,体例繁多,剖析推研,忽不能别矣。"②《日本国见在书目录》"小学家"类著录此书,仅一卷。王斌与沈约、陆厥等人同时,在与文学批评有关的著作中,这是现在可考的第一部书名出现"格"的著作。从《文镜秘府论》征引此书的情况来分析,有些属于声律病犯,如蜂腰、鹤膝、傍纽(见西卷《文二十八种病》引),这应属于"四声"的范围;有些属于创作体式,如地卷《八阶》"和诗阶"引王斌语曰:"无山可以减水,有日必应生月。"西卷《文二十八种病》云:"王斌五字制鹤膝,十五字制蜂腰,并随执用。"这应属于"五格"的范围。不过,王斌此书可能更重在"四声",所以《南史·陆厥传》称:"时有王斌者,不知何许人,著《四声论》行于时。"书名中即无"五格"二字。所以,这恐怕还不算是严格意义上的"诗格"著作。

2.《文笔式》。此书作者不明。《日本国见在书目录》列有《文笔

---

① 王利器《文镜秘府论校注》,页396。
② 同上书,页97。

式》二卷,《文镜秘府论》曾有引述。这是一部较为典型的诗格著作。但关于《文笔式》的产生年代,中外学者尚有不同意见。罗根泽《文笔式甄微》①、王利器《文镜秘府论校注》认为产生于隋代,日本小西甚一《文镜秘府论考·研究篇》则认为作者是与上官仪同时或稍后的人。据我看来,此书也应该出现在稍后于《笔札华梁》的武后时期②。

此外,如旧题梁元帝萧绎撰之《画山水松石格》,尽管此处的"画格"是书名,但据古今学者的考订,此书实为后人所伪托③。

唐人将讨论诗的法度、规则的书一例冠以"格""式"等名,除了从六朝的批评术语演变而来的可能外,也许还受到当时刑书的启示。《新唐书·刑法志》云:"唐之刑书有四:曰律、令、格、式。"其中以格、式命名者尤多。诗格的大批出现,正在初唐律诗的成型过程中,其内容亦多为讨论诗的声韵、病犯和对偶,所以借用当时流行的"格""式"之名,也是很自然的。从这个意义上来看,我们不妨说,古代文学批评中"诗格"这种形式,在性格上是更接近于法家思想的④。

罗根泽先生曾经指出:"'诗话'是对于'诗格'的革命。所以诗话的兴起,就是诗格的衰灭,后世论诗学者,往往混为一谈,最为错

---

① 载《中山大学文史学研究所月刊》第三卷第三期,1935 年 1 月。

② 参见张伯伟《全唐五代诗格校考》,页 45—46。

③ 此书最早著录于《宋史·艺文志》,至明代王绂《书画传习录》始认为其"托名赝作",但仍然认为"有古人传习相承之意"。《四库全书总目》卷一百十四,黄宾虹、邓实编《美术丛书》及余绍宋《书画书录解题》均斥其为伪托。徐复观《中国艺术精神》第七章第二节推断此篇乃唐季产物。

④ 唐独孤及《检校尚书吏部员外郎赵郡李公中集序》批评当时的文风"以'八病''四声'为梏拳,拳拳守之,如奉法令"(《毗陵集》卷十三)。宋强幼安《唐子西文录》云:"诗在与人商论,深求其疵而去之,等闲一字放过则不可。殆近法家,难以言恕矣。东坡云:'敢将诗律斗深严。'余亦云:'诗(此字据《苕溪渔隐丛话》前集卷八补)律伤严近寡恩'。"(何文焕《历代诗话》本)可参。

误。"①这一论断尽管不符合历史事实②,但是他指出不应将"诗话"与"诗格"相混淆,却堪称卓见。从写作缘起看,一般说来,诗格是为了适应初学者或应举者的需要而写,诗话则往往是以资文人圈中的同侪议论。从内容来看,诗格主要讲述作诗的规则、范式,而诗话则是"辨句法,备古今,纪盛德,录异事,正讹误"(许顗《彦周诗话》)。既有"论诗而及事"者,也有"论诗而及辞"(章学诚《文史通义》卷五《诗话》语)者。从形式来看,尽管诗格和诗话都是随笔体,但由于内容的决定,诗话的体裁显得更轻松随便些。最后,从产生时间来看,诗格最早出现于初唐,而第一部诗话却产生于北宋欧阳修之手,晚于诗格约四百多年。正因为存在着这样的差别,所以古代有些目录学家在著录时,对这两者是加以区别的。如晁公武《郡斋读书志》,将诗话列入"小说类",而将诗格列入"文说类"。祁承㸁《澹生堂藏书目》于"诗文评类"下亦细分五目,即文式、文评、诗式、诗评、诗话,也是将诗格与诗话相区别的。所以如明代黄省曾《名家诗法》、朱绂《名家诗法汇编》等书,均只收"诗格",而不收"诗话"。但从宋代开始,诗格类著作一方面仍以"诗格""诗式"或"诗法"命名而单独存在,另一方面也开始向诗话渗透。因此,有的诗话中也就包含了诗格的内容,于是,就造成了后人将这两者混为一谈的现象。郑樵《通志·艺文略》八"诗评"类著录了总集、诗论、诗格、秀句、句图、诗话等,而总称为"凡诗评一种(案:即一类之意)四十四部,一百四十六卷",已经开始混淆。这种情况到明代更为突出,如胡应麟《诗薮》杂编卷二将唐人诗格概称为"唐人诗话",并以之作为批驳"唐无诗话"的依据。胡

---

① 《中国文学批评史》第二分册,页220。
② 宋代以后的诗格仍然很多,至明代尤繁。所以张溟《冰川诗式序》云:"诗有式,则始于沈约,成于皎然,著于沧浪。若集大成,则始于今公济甫云。"《冰川诗式》的作者梁桥字公济。可见诗话的兴起,并非"诗格的衰灭"。

震亨《唐音癸签》卷三十二同此。稽留山樵编《古今诗话》八卷,其中也收了若干诗格。至清代何文焕编《历代诗话》,收入《诗式》《诗法家数》《木天禁语》《诗学禁脔》等四种诗格。影响到现在,人们往往将"诗格"与"诗话"混而为一①,这显然不利于揭示诗格本身的特质,对于中国文学批评史的认识,也会增添一重眼障。

诗格一类的书,古人以之为"俗书""陋书",尤其是清人,往往目之为"三家村"俗陋之言而弃之不顾。由于诗格的内容多为指陈作诗的格、法,不免琐屑呆板。再加上此类书的时代、真伪、书名、人名等方面,又存在着种种疑问,所以向来问津者寡。然而站在文学史和文学批评史研究的立场上看,诗格中包含着大量值得人们重视的内容,不宜简单地忽视或抹杀。

第二节　从《文镜秘府论》看初、盛唐的诗格

罗根泽指出:"诗格有两个盛兴的时代,一在初盛唐,一在晚唐五代以至宋代的初年。"②从宋代以前文学批评的发展来看,这的确是事实。诗格盛兴的这两个时代,在诗歌创作的发展以及社会风气的变迁上存在着差异,因而出现的各种诗格也有着各自的特色。但是从流传至今的诗格来看,其中绝大多数乃晚唐至宋初的产物,至于

---

① 这方面的意见,可以郭绍虞先生为总代表,其早年之《诗话丛话》即持此说,将诗话作为所有古代文学批评资料的共名。此文已收入其《照隅室杂著》(上海古籍出版社,1986 年 9 月版)。不过,郭氏晚年撰《宋诗话考》,认识似已有所改变。其论惠洪《冷斋夜话》云:"洪别有《天厨禁脔》三卷,专论诗格。……以其体例不同诗话,故不述。"这一转变或可视为其"晚年定论",是值得重视的。
② 《中国文学批评史》第二分册,页 186。

初、盛唐的诗格,则几乎湮没无闻。所以,今天要探讨初、盛唐诗格的基本面貌,最直接、最基本的材料是日僧空海所编的《文镜秘府论》六卷,这是一部集初、盛唐诗格之大成的著作①。

空海在《文镜秘府论》天卷"序"中说自己"阅诸家格、式等,勘彼同异。卷轴虽多,要枢则少,名异义同,繁秽尤甚。余癖难疗,即事刀笔,削其重复,存其单号,总有一十五种类……名曰《文镜秘府论》"②。不难理解,《文镜秘府论》一书正是删削、整理"诸家格、式"而成。这种删削、整理工作,空海在书中还屡屡提及。如东卷"论对"中说:

> 余览沈、陆、王、元等诗格、式等,出没不同。今弃其同者,撰其异者,都有二十九种对,具出如后。③

又西卷"论病"中说:

> 予今载刀之繁,载笔之简,总有二十八种病,列之如左。其名异意同者,各注目下。后之览者,一披总达。④

空海直接、间接所涉及的文献,时代最早的是陆机《文赋》,最晚的是

---

① 日本市河宽斋《半江暇笔》写道:"唐人诗论,久无专书,其数见于载籍者,亦仅仅如晨星。独我大同中,释空海游学于唐,获崔融《新唐诗格》、王昌龄《诗格》、元兢《髓脑》、皎然《诗议》等书而归,后著作《文镜秘府论》六卷,唐人厄言,尽在其中。"转引自池田胤《日本诗话丛书》第七卷《文镜秘府论》解题,页215,文会堂书店,大正十年(1921)四月版。由于唐人诗格大量传入日本,对日本的文学批评也起到很大影响。参见本书外篇第五章《诗话论》第四节第二小节"日本诗话"。
② 《文镜秘府论校注》,页15—16。
③ 同上书,页223。
④ 同上书,页396。

皎然《诗议》①。所以,这里讲的"初、盛唐",不只是一个时间上的概念,更是某种精神、实质的象征。这些诗格的内容主要是讲诗的声调、病犯,初唐以前的材料,是这些诗格理论的渊源;盛唐以后的材料,则是这些诗格理论的旁衍。就这些作者的时间跨度来看,他们分属于不同的时代;而就其讨论问题的空间范围来看,则又是处在同一种精神风会中。所以,从《文镜秘府论》来探讨初、盛唐诗格的面貌,当无大乖谬。

诗格在形式上经常是由若干个小标题构成,这些小标题往往是以一个数词加上一个名词或动词而构成的词组,如"十七势""十四例""四得""五忌"之类。而内容上的差异,则形成了各个时代的不同特色。初、盛唐的诗格,其内容多讨论诗的声韵、病犯、对偶及体势。这些问题,大多导源于齐、梁时代,而为初、盛唐人所究心,尤为突出的是环绕诗的病犯和对偶。兹分述如下:

1. 声韵。见《文镜秘府论》天卷。这些理论,大多源自齐、梁时代。所以,天卷首先引沈约的《四声谱》,继而引崔融《唐朝新定诗格》、王昌龄《诗格》及元兢《诗髓脑》等,最后又引刘善经《四声指归》作结束。从内容上来看,唐人对这些问题基本上无大发明。

2. 病犯。见《文镜秘府论》西卷。空海在《论病》中指出:"(周)颙、(沈)约已降,(元)兢、(崔)融以往,声谱之论郁起,病犯之名争兴。家制格、式,人谈疾累。"②明确提出"诗病"之说,实始自沈约。如刘善经引沈约"六病"说(见《文二十八种病》),而空海在《论病》中将"八体、十病、六犯、三疾"并称,可知此处的"八体"就是"八病"。

---

① 据小西甚一《文镜秘府论考·研究篇》中"成立考"一节所说,空海还引有佚名的《诗式》,其内容与皎然《诗式》不同。案:《宋史·艺文志》于元兢《古今诗人秀句》后著录僧辞远《诗式》十卷,未知空海所据是否此本。
② 《文镜秘府论校注》,页396。

沈约《答甄公论》曰:"作五言诗者,善用四声,则讽咏而流靡;能达八体,则陆离而华洁。"①常景《四声赞》曰:"四声发彩,八体含章。"②"八体"与"四声"相对,必是指"八病"。《日本国见在书目录》"小学家"类,著录了《四声八体》一卷,可见当时将"八病"又称"八体"是颇为通行的。所以,"八病说"实为沈约提出,这是无可怀疑的③。唐人在此基础上扩展至二十八病。综合起来看,大致有三点特色:其一,将五言诗的五字与五行相配。两句诗中,一六相犯谓之"水浑",二七相犯谓之"火灭",三八相犯谓之"木枯",四九相犯谓之"金缺",五十相犯谓之"土崩"。其中的"水浑""火灭"相当于"八病"中的"平头","土崩"相当于"上尾"。其二,"八病"说均由声韵上的限制而来,唐人更加以扩展,涉及到字义、结构等问题。例如:"丛聚病者,如上句有'云',下句有'霞',抑是常。其次句复有'风',下句复有'月'。'云''霞''风''月',俱是气象,相次丛聚,是为病也。"④"丛聚"病即字义之病。又如"杂乱"病:"凡诗发首诚难,落句不易。或有制者,应作诗头,勒为诗尾,应可施后,翻使居前。故曰杂乱。"⑤此即结构之病。其三,沈约提出的"八病"说极为严格,不得轻犯,所谓"对客谈论,听讼断决,运笔吐辞,皆莫之犯"⑥。事实上,这连他自己

① 《文镜秘府论校注》,页 102。
② 同上书,页 104。
③ 纪昀《沈氏四声考》卷下云:"按齐、梁诸史,休文但言四声五音,不言八病。言八病,自唐人始。"纪氏未见《文镜秘府论》,故有此言。而启功先生《诗文声律论稿》第十节"永明声律说与律诗的关系"中指出:"到了唐代,出现了'八病'之说。"并认为《文镜秘府论》所引"沈氏"称呼不一,因此不一定是指沈约(中华书局,1977 年 11 月版)。案:空海此书乃杂纂各种材料而成,其称呼不一,可能是直录旧文所致,并不足以否定沈约曾提出"八病"之说。
④ 《文镜秘府论校注》,页 443。
⑤ 同上书,页 454。
⑥ 同上书,页 81。

也很难做到,当时就有甄琛(思伯)"取沈君少时文咏犯声处以诘难之"①。所以,到了唐代,虽然病犯的名目增添了不少,但在避忌的尺度上却反而宽泛得多,尤其是声韵上的病犯。如"蜂腰"病下引元兢语曰:"已下四病,但须知之,不必须避。""大韵"病下引元氏曰:"此病不足累文,如能避者弥佳。若立字要切,于文调畅,不可移者,不须避之。""小韵"病下引元氏曰:"此病轻于大韵,近代咸不以为累文。""傍纽"病下引元氏曰:"此病更轻于小韵,文人无以为意者。""正纽"病下引元氏曰:"此病轻重,与傍纽相类,近代咸不以为累,但知之而已。"又于"长撷腰""长解镫"二病下引元氏曰:"撷腰、解镫并非病,文中自宜有之,不间则为病。"②可见,唐人论病犯,有时还比较注意音律及文字的自然性,显得较为灵活。这也是众多诗人通过长期实践以后得出的结论。

3. 对偶。见《文镜秘府论》东卷及北卷中的一部分。其中所引,有上官仪、元兢、崔融及皎然的对偶说。从诗歌发展史上来看,在创作中重视对偶当以陆机为标志③。晋、宋以来,蔚为风气。湘东王萧绎《诗评》甚至说:"作诗不对,本是吼文,不名为诗。"④由此而引起关于俪对的类书编纂以及关于对偶的理论反思与总结。《隋书·经籍志》杂家类著录《对林》十卷、《对要》三卷以及朱澹远所撰之《语对》《语丽》⑤各十卷。而《文心雕龙》则专列《丽辞篇》,其中讲到言对、事对和正对、反对四种对偶。唐人更在此基础上予以发展,《文镜秘

---

① 《文镜秘府论校注》,页97。
② 元氏语均同上书,页412—451。
③ 沈德潜《说诗晬语》卷上即指出,陆机"开出排偶一家,降自齐梁,专工队仗……未必非陆氏为之滥觞也"。
④ 《文镜秘府论校注》,页308。
⑤ 《语丽》十卷宋代尚存。陈振孙《直斋书录解题》卷十四"类书类"有录,谓"梁湘东王功曹参军朱澹远撰,采撷书语之丽者为四十门"。

府论》所列举的诸家对偶论即其实绩。其中可细分为四部分:其一,从"的名对"到"意对"的十一种对,空海曰:"右十一种,古人同出斯对。"①这大致可与上官仪的对偶论相印证。《宋秘书省四库阙书目》卷一"文史类"中列有上官仪《笔九花梁》二卷,但此书宋代已阙。《日本国见在书目录》中列有《笔札华梁》二卷,而《文镜秘府论》也屡引《笔札华梁》,二者实为一书。《魏文帝诗格》虽伪托于宋②,但内容则多与《文镜秘府论》所引《笔札华梁》同,其中所讲的"八对",与李淑《诗苑类格》所引上官仪"八对"之说名目完全一致,而所举诗例则同于《文镜秘府论》。可知,其源大概出于上官仪的《笔札华梁》(部分内容还出自佚名的《文笔式》)。《诗苑类格》还录有上官仪的"六对"说(见《类说》卷五十一引),将"六对""八对"去其重复,均能与《文镜秘府论》所列的十一种对相印证,后者仅多出"意对"一种。与刘勰所述的四种对比较起来,上官仪的对偶论不仅显得更为精细,而且在分类标准上,也避免了刘勰的混乱③。第二部分是元兢的六种对,出自其《诗髓脑》,《日本国见在书目录》著录一卷。需要说明的是,元兢的对偶论并不止六种。这只是较前面的十一种对多出的六种。例如,在前面十一种对中的"的名对"和"异类对"中均引到元兢的解释,即是一种迹象。而元氏的分类又进一步精细。如同是"的名对",元氏又从中细分出"平对"和"奇对"。其他多类似于此。第三

---

① 《文镜秘府论校注》,页224。

② 此书伪托时代在北宋中叶以后,但其内容乃多取自《笔札华梁》和《文笔式》,所以,从性质上来看,应该将其视作初唐的诗格。罗根泽先生《中国文学批评史》将其归入晚唐五代论述,似不确切。详见《全唐五代诗格校考》,页75—76。

③ 刘勰所分的言对、事对、正对、反对,并不是在同一层次上并列的四种对。相反,在言对、事对中均可各有正对、反对。日本学者古田敬一撰有《〈文心雕龙〉中的对偶理论》,中译文载《中华文史论丛》1985年第二辑,可参看。

部分是崔融的三种对,出于《唐朝新定诗格》。这三种对,均从元兢的"侧对"演化而来。又据后人伪托的李峤《评诗格》①,其中内容与《文镜秘府论》所引崔融《唐朝新定诗格》大多相同。晁公武《郡斋读书志》卷四(王先谦校本)《李峤集》下云:"峤富才思,前与王勃、杨炯,中与崔融、苏味道齐名,晚诸人没,为文章宿老,学者取法。"崔融《唐朝新定诗格》不见于北宋以前诸书著录,但在民间可能有残缺本流传,因此,伪托者遂杂抄崔氏书而假托李峤之名以行世。从《评诗格》来看,其中所述"九对",有六种对已见前人提及,所以,空海仅录其中三种对,而在"字对""声对""侧对"下又引崔氏语。第四部分是皎然的八种对,出自《诗议》。较为明显的特点是,这八种对都比较宽泛。其中如"交络对""含境对""偏对""虚实对""假对"等,都不是严格的对偶,显得颇为灵活。总之,从这一顺序看下来,大致可以了解初、盛唐对偶理论的发展线索。

4. 体势。见《文镜秘府论》地卷。空海在卷首以"论体势等"四字概括此卷内容。其中主要纂集自王昌龄《诗格》②、崔融《唐朝新定诗体》(此即东卷《二十九种对》所引崔氏《唐朝新定诗格》)及佚名的《文笔式》。具体内容即王昌龄的《十七势》、崔融的《十体》及《文笔式》中的《八阶》,此题下小注曰:"又《诗格》转反为八体,后采八阶。"可知这里的"八阶"也就是"八体"(这与同乎"八病"的"八体"同名异义)。这个问题在初、盛唐的诗格中所占比重不大,而在晚唐至宋初的诗格中,则成为一大论题。

初、盛唐的诗格以病犯、对偶为中心,推究其原因,不外乎下面

---

① 《直斋书录解题》卷二十二"文史类"谓"峤在昌龄之前,而引昌龄《诗格》八病,亦未然也"。其为伪托甚明。这一内容不见于今本《评诗格》,可知此伪书亦有残缺。

② 旧题王昌龄《诗格》的内容真伪混杂,其中《文镜秘府论》所征引者当属可信。详见《全唐五代诗格校考》,页123—125。

两点：

其一，从诗歌发展史来看，初唐时期，正是律诗的形成与完成时期。《新唐书·宋之问传》曰：

> 魏建安后迄江左，诗律屡变，至沈约、庾信，以音韵相婉附，属对精密。及之问、沈佺期，又加靡丽，回忌声病，约句准篇，如锦绣成文，学者宗之，号为沈、宋。

又《杜甫传·赞》云：

> 唐兴，诗人承陈、隋风流，浮靡相矜，至宋之问、沈佺期等，研揣声音，浮切不差，而号律诗，竞相袭沿。

律诗讲究句与句之间的平仄、声韵，又讲究颈、颔二联的对偶①。与这样的创作实践相呼应，在理论上就必然会有所呈现，终于形成同步发展。从文献上可以考见，当时人非常注重去除诗歌中的"瑕累"，甚至缁门也是如此。《续高僧传》卷三《慧净传》载："中书舍人李义府，文苑之英秀者也，美之不已，为诗序云。由斯声唱更高，玄儒属目，翰林文士推承冠绝，竞述新制，请摘瑕累。"②而慧净对诗歌的病犯之说也是极为熟悉的③，所以能"采摭词什，耘剪繁芜"（刘孝孙《诗英华

---

① 参见启功《诗文声律论稿·律诗的条件》。

② 《大藏经》第五十册，页 443。

③ 《续高僧传·慧净传》记载了他于大业初年与始平令杨宏的一段对话："（宏）曰：'法师必须词理切对，不得犯平头、上尾。'于时令冠平帽，净因戏曰：'贫道既不冠帽，宁犯平头？'令曰：'若不犯平头，当犯上尾。'净曰：'贫道脱屣升床，自可上而无尾。'"（《大藏经》第五十册，页 442）从这种机敏的应对中，正可知他对这套术语的熟悉。释道宣《续高僧传序》谓其书"终唐贞观十有九年"，于《慧净传》下称其"今春秋六十有八"，则知慧净主要活动于隋末唐初。

序》语,见《慧净传》)。初唐诗格之重视病犯、对偶,正是这种实践的产物。而在诗会唱和间的摘批瑕累,又是理论对实践的反作用。这也就自然形成了一种风气。

其二,与科举考试的关系。初唐科举之法,沿袭隋代之旧,其内容以经术为主。到高宗后期才有所转变。《唐会要》卷七十六《贡举中·进士》指出:

> 调露二年四月,刘思立除考功员外郎。先时进士但试策而已,思立以其庸浅,奏请帖经及试杂文,自后因以为常式。

这里所谓的"杂文",即指诗赋。进士考试的诗称"试律诗",通常为五言六韵,共十二句。因为是律诗,有着格律、声韵的标准,就便于主考官掌握一个统一的衡量尺度。胡震亨《唐音癸签》卷十八"进士科故实"条指出:

> 唐试士重诗赋者,以策论惟剿旧文,帖经只抄义条,不若诗赋可以尽才。又世俗偷薄,上下交疑,此则按其声病,可塞有司之责。

这就是以诗赋为试的一项原因①。考试在于检验士子对声律、对偶的掌握情况如何,即所谓"考文者以声病为是非",而盛唐诗格之论病犯、对偶,与科举考试是相关联的。士子究心于病犯、对偶,虽然引起了一些有识之士的指责②,但利禄之途所在,终究无法逆转,而且还

---

① 参见傅璇琮《唐代科举与文学》第七章《进士考试与及第》,陕西人民出版社,1986年10月版。
② 略举二例如下,贾至《议杨绾条奏贡举疏》云:"考文者以声病为是非,而惟择浮艳,岂能知移风易俗、化天下之事乎?"(《全唐文》卷三百六十八)又刘峣《取士先德行而后才艺疏》云:"国家以礼部为孝秀之门,考文章于甲乙,故天下响应,驱驰于才艺,不务于德行。"(同上书,卷四百三十三)

进一步影响到中唐、晚唐、五代。至后唐翰林院奏本尚称:"伏乞下所司,依《诗格》《赋枢》考试进士。"(《册府元龟》卷六百四十二)可见其中关系。

初、盛唐的诗格,也就是在这样的社会风气下产生的。

第三节　皎然《诗式》及其对晚唐至宋初诗格的影响

初、盛唐的诗格与晚唐至宋初的诗格在论述的内容方面,其重心有很大的不同。这种不同固然有社会风气及文学创作方面的原因,但是如果就诗格本身的发展来看,连接这两个时期的诗格,并且作为诗格转变的契机的,则是皎然《诗式》的出现。《诗式》是继锺嵘《诗品》之后的又一部较有系统的诗论专著,在这部书中,皎然揭示了诗歌创作的若干法则,对诗歌的艺术风格、审美特质等问题颇有探讨,尤其是关于"物象"和"取境"的理论,在诗论史上影响深远。而从诗格这种批评形式由初唐到晚唐之间的发展来看,《诗式》也是其桥梁。其论四声、论对偶,是上接初、盛唐;其论势、论体格,则是下开晚唐、宋初。

将晚唐至宋初的诗格作一概观,不难发现以下两种颇为突出的现象:

其一,皎然以后的诗格,以僧人所写为多,如僧辞远《诗式》十卷,僧齐己《风骚旨格》一卷、《玄机分明要览》一卷,僧虚中《流类手鉴》一卷,僧神彧《诗格》一卷,僧神郁《四六格》一卷,僧保暹《处囊诀》一卷,桂林僧景淳《诗评》一卷,直至北宋后期释惠洪《天厨禁脔》三卷。这一现象本身即透露了皎然《诗式》影响的消息。皎然是唐代很有影响的诗僧,《宋高僧传》卷二十九《唐湖州杼山皎然传》谓其"文章俊丽,当时号为释门伟器哉。……观其文也,亹亹而不厌,合律乎清壮,亦一代伟才焉"。又云:"贞元八年正月,敕写其文集入于秘阁,天下荣之。"又谓其与韦应物等人游,"或簪组,或布衣,与之交结,必高吟乐道,道其同者则然,始定交哉。故著《儒释交游传》及《内典类聚》共四十卷。……其遗德后贤所慕者相继有焉。"①佛教为了广纳弟子,扩大门庭,非常注重僧人的外学修养②。故契嵩《三高僧诗》之一"雪之昼,能清秀"云:

> 昼公(案:即皎然)文章清复秀,天与其能不可斗。……禅伯修文岂徒尔,诱引人心通佛理。缙绅先生鲁公辈,早蹑清游慕方外。斯人已殁斯言在,护法当应垂万代。③

又赞宁《大宋僧史略》卷上"外学"云:

> 此土古德高僧能慑服异宗者,率由博学之故。……是以习凿齿,道安以诙谐而伏之;宗(炳)、雷(次宗)之辈,慧远以《诗》《礼》而诱之;权无二,复礼以《辨惑》而柔之;陆鸿渐,皎然以《诗式》而友之。此皆不施他术,唯通外学耳。④

一方面,皎然因作诗、论诗而得到莫大的荣耀,另一方面,通外学、修

---

① 《大藏经》第五十册,页891—892。
② 这种情况不待唐代始然,参见张伯伟《禅与诗学》创作篇《玄言诗与佛教》一文所列《〈高僧传〉中僧人外学修养一览表》,页128—133。又曹仕邦《中国沙门外学的研究——汉末至五代》辑录相关资料颇丰,可参看,东初出版社,1994年11月版。
③ 《镡津文集》卷十七,《大藏经》第五十二册,页738。
④ 《大藏经》第五十四册,页240—241。

文章又便于广大佛门。所以,晚唐至宋初的僧人受其影响,纷纷步皎然的后尘,撰作诗格或诗句图著作①,这也就造成了当时的诗格以僧人所写为多的现象。

其二,晚唐至宋初时人,所撰诗格往往以皎然诗为范例,或者以皎然的意见作为自己立论的基础。例如,旧题贾岛的《二南密旨》中,最重要的"论立格渊奥"节,所引诗例即为谢灵运(案:谢为皎然十世祖,《诗式》对之甚为推重)和皎然的作品;徐衍的《风骚要式》"君臣门",引《诗式》中的"四重意"为立论基础;王梦简的《诗格要律》,开宗明义便引"昼公云"。亦有檃括或因袭其语意者,如李洪宣《缘情手鉴诗格》的"诗有五不得",乃袭自皎然《诗式》中的"诗有六迷"②;桂林僧景淳大师《诗评》,开篇数语"一曰高不言高,意中含其高;二曰远不言远,意中含其远;三曰闲不言闲,意中含其闲;四曰静不言静,意中含其静"③云云,则又演化《诗式》中"静,非如松风不动,林狖未鸣,乃谓意中之静;远,非如渺渺望水,杳杳看山,乃谓意中之远"④数语而来。至于王玄《诗中旨格》,更有"拟皎然十九字体"一节,《直斋书录解题》卷二十二"文史类"有著录,可知此节尚裁篇别出单行于世。直至宋初,皎然的影响仍未稍歇。郑文宝在《答友人潘子乔论诗书》中就曾这样说:

----

① 除诗格外,当时僧人还写作句图类著作,如僧定雅《寡和图》三卷,僧惟凤《风雅拾翠图》一卷,《九僧选句图》一卷,僧惠崇《惠崇句图》一卷。这种风气一直沿续至北宋初。
② 《诗式》"诗有六迷"指:"以虚诞而为高古;以缓慢而为淡泞;以错用意而为独善;以诡怪而为新奇;以烂熟而为稳约;以气少力弱而为容易。"《缘情手鉴诗格》"诗有五不得"指:"一曰不得以虚大为高古;二曰不得以缓慢为淡泞;三曰不得以诡怪为新奇;四曰不得以错用为独善;五曰不得以烂熟为稳约。"可以明显看出后者对前者的继承。
③ 《全唐五代诗格校考》,页479。
④ 同上书,页220。

唐僧(案:指皎然)著《诗式》三篇,如云"四深""二要"之门,"四离""六迷"之道,诚关研究,实可师承。(何汶《竹庄诗话》卷一引)

由此可见,晚唐五代的诗格对皎然《诗式》的引述、师承是一普遍现象。

如果我们将目光更深入一层来看,则可以发现,《诗式》对晚唐、宋初诗格的影响可分为两方面:一是形式,另一是内容。

就形式方面而言,皎然《诗式》奠定了此后诗格著作的模式。如"诗有四不""诗有四深""诗有二要""诗有二废""诗有四离""诗有六至""诗有六迷""诗有七德""诗有五格"等节目,在晚唐至宋初的诗格中成为著述的通例。虽然在此前的诗格中也能发现这种模式的雏形,但作为其典型,则当推皎然《诗式》。皎然将这种模式深入到诗学的各个部分,而不是如初、盛唐的诗格,只限于病犯、对偶。晚唐以下的诗格均承其例,如齐己《风骚旨格》即由"诗有六义""诗有十体""诗有十势""诗有二十式""诗有四十门""诗有六断""诗有三格"诸节构成。

另一方面是内容上的影响,其中包括诗歌理论的阐发,也有术语、概念的运用。这里以"势"为例略作说明。"势"的概念并不始于皎然,但晚唐五代诗格中以"势"作为讨论的重点之一,则不能不考虑到皎然的影响。皎然十分重视诗歌中的"势",《诗式》中专列"明势"一节,其"诗有四深"中又云:"气象氤氲,由深于体势。"晚唐五代的诗格中不仅好论"势",而且,有一些"势"的名目就是从《诗式》中袭取、改换而来。这里以僧神彧①《诗格》中"诗有十势"节与皎然《诗式》中"品藻"节列表作一对照:

---

① 流传诸本"神彧"皆作"文彧",误。参见《全唐五代诗格校考》,页463—464。

《诗式》	《诗格》
其华艳,如百叶芙蓉,菡萏照水。	一曰芙蓉映水势
	二曰龙潜巨浸势
其体裁,如龙行虎步。	三曰龙行虎步势
	四曰狮(子返)掷势
其势中断,亦须如寒松病枝。	五曰寒松病枝势
(其势中断,亦须如)风摆半折。	六曰风动势
势有通塞者,如惊鸿背飞。	七曰惊鸿背飞势
	八曰离合势
	九曰孤鸿出塞势
	十曰虎纵出群势

释惠洪《天厨禁脔》卷上"诗有四种势"中,列"寒松病枝""芙蓉出水""转石千仞""贤鄙同啸"四种,并称"所谓'寒松病枝',唐昼公名之",而不及晚唐五代诗格,可谓知本之言。

《诗式》对晚唐五代诗格的影响仅是一方面,由于创作风气的变化,也引起了理论关注重心的转移,从而形成了晚唐五代诗格的若干特色。

第四节　晚唐至宋初的诗格及其特色

晚唐五代的诗格虽有散佚,但保存下来的还有很多,基本上见收于《吟窗杂录》《诗法统宗》及《诗学指南》中。三种书所收诗格大同小异,大致是由一个系统流传下来的。除了诗格以外,当时还有一些赋格、文格之类的书,这些书几乎都已亡佚。但从存目中,还可以略窥当时风气之盛①。

晚唐至宋初诗格的特色(包括内容与形式)基本上是三方面,即"门""物象"和"体势"。这些特色的形成,与佛教的关系密不可分。原因在于,一方面受到了皎然的影响,另一方面又与诗格作者多为僧徒,或与僧人过从甚密有关。兹分述如下:

1.门。晚唐五代诗格,在形式上往往以"门"为结构特征,在内容上,又往往以"门"论诗。如齐己《风骚旨格》中列"诗有四十门";徐衍《风骚要式》则由"君臣门""物象门""兴题门""创意门""琢磨门"五节目构成;王梦简《诗格要律》则列二十六门;徐夤《雅道机要》"明门户差别"列二十门,多袭自齐己。这种特色一直延续到北宋,如李淑编《诗苑类格》三卷,"中卷叙古诗杂体三十门,下卷叙古人体制别有六十七门"(王应麟《玉海》卷五十四)。这说明晚唐五代以来的诗格中,以"门"结构其书并以"门"论诗是一个颇为普遍的现象。

这一特色的形成,当然可以追溯到皎然的《诗式》。不难看出,它是经过了一个由隐而显的演化过程。《诗式》五卷,实际上就是由"五门"结构而成,即卷一的"不用事第一格",卷二的"作用事第二格",卷三的"直用事第三格",卷四的"有事无事第四格",卷五的"有事无事、情格俱下第五格"。但皎然并没有明确指出,只是在《序》中微露此意:

> 今所撰《诗式》,列为等第,五门互显,风韵铿锵,使偏嗜者归于正气,功浅者企而可及,则天下无遗才矣。②

---

① 有关这些诗格文本的文字差异,参见张伯伟《全唐五代诗格校考》;当时的相关著作,参见同书附录四《全唐五代诗文赋格存目考》。
② 《全唐五代诗格校考》,页307。

旧题贾岛的《二南密旨》，其中的以"门"论诗就要明显一些。其书由以下十五节目构成："论六义""论风之所以""论风骚之所由""论二雅大小正旨""论变大小雅""论南北二宗例古今正体""论立格渊奥""论古今道理一贯""论题目所由""论篇目正理用""论物象是诗家之作用""论引古证用物象""论总例物象""论总显大意""论裁体升降"。而全书结句云："以上一十五门，不可妄传。"①再演变下去，至齐己就提出"诗有四十门"，徐衍、王梦简等人干脆就在其诗格的节目上明确标出，如"高大门""君臣门""忠孝门""富贵门"等等。

在中国文学批评史上，一书以"门"结构或以"门"论诗，并不多见。何以在晚唐五代诗格中如此流行？他们又为什么会以"门"作为结构形式和论诗术语呢？这就是佛学影响的缘故。

"门"是佛学术语之一，也是佛教典籍的结构形式之一。例如，隋慧远《大乘义章》二十六卷（《大藏经》第四十四册存二十卷），就是由"一、教聚（三门）"，"二、义法聚（二十六门）"，"三、染法聚（六十门）"，"四、净法聚（百三十三门）"等构成；智顗《法界次第初门》三卷则由"六十门"构成；唐荆溪湛然《十不二门》一卷乃由"十门"构成。均为其例。这是"门"在佛教典籍结构上的运用。就义理而言，学人欲见佛，欲得法，也必须由"门"而入。智顗《释禅波罗蜜次第法门》卷一上云："寻求名理，理则非门不通。"②又湛然《十不二门》云："是故十门，门门通入。"③又善导《依观经等明般舟三昧行道往生赞》云："若能依教修行者，则门门见佛，得生净土。"④"门"的含义有多

---

① 《全唐五代诗格校考》，页358。
② 《大藏经》第四十六册，页476。
③ 同上书，页704。
④ 《大藏经》第四十七册，页448。

种,以隋吉藏《净名玄论》卷一所释最为全面:

> 称门凡有五义:一者至妙虚通,常体为门;二欲简别馀法,门
> 户各异,今是不二法门,非馀门也;三欲引物悟入,故称为门;四
> 通生观智,所以为门;五因理通教,故名为门。①

不过,"门"最基本的含义是"通",所以,也有人干脆单刀直入,以
"通"释"门"。如慧远《大乘义章》卷九:

> 问曰:道义、门义何别? 释言:体一,随义名异。通入名门,
> 通到名道。②

又如智颛《释禅波罗蜜次第法门》卷一上云:

> 门名能通,如世门通人有所至处。③

又其《六妙法门》亦云:

> 六法能通,故名为门。④

这就是佛学中"门"的含义。

晚唐五代诗格中"门"的运用是仿效佛教典籍而来,故其基本含

---

① 《大藏经》第三十八册,页861。
② 《大藏经》第四十四册,页649。
③ 《大藏经》第四十六册,页479。
④ 同上书,页549。

义与佛典一样，也是"通"的意思。徐夤《雅道机要》云："门者，诗之所通也，如人门户，未有出入不由者也。"①晚唐五代的诗格，大多乃为初学者而作②。如《雅道机要》云："以上略叙梗概，要学诗之人，善巧通变，兹为作者矣。"③徐衍《风骚要式》云："今之词人循依此格，则自然无古无今矣。"④王梦简《诗格要律》云："夫初学诗者，先须澄心端思，然后遍览物情。"⑤再如五代冯鉴所撰之《修文要诀》（已佚），据晁公武《郡斋读书志》卷二十云："杂论为文体式，评其误谬，以训初学云。"因此，他们所谓的"门"，也就是指通入"诗道""雅道"的必由之路，用吉藏的话来说，就是"欲引物悟入，故称为门"；"因理通教，故名为门"。落实到具体的文学批评，"门"可以是一种写作范式，也可以是一种艺术手法。如《风骚要式》中的"君臣门"和"兴题门"，指的是写作范式；而"琢磨门""物象门""创意门"又是指艺术手法。这也像佛典中的"门"，其基本含义是"通"，但具体又"凡有五义"一样。总之，晚唐五代诗格中"门"的流行，是由佛教的影响所致。晚宋严羽"以禅喻诗"，他也特别强调云："大学诗者以识为主，入门须正，立志须高。……路头一差，愈骛愈远，由入门之不正也。"（《沧浪诗话·诗辨》）这仍然是与佛教有关的表述。

---

① 《全唐五代诗格校考》，页406。
② 为初学者而作的诗格外，也有为应举者而作的。赵璘《因话录》卷三商部下载："李相国程、王仆射起、白少傅居易兄弟、张舍人仲素为场中词赋之最，言程式者，宗此五人。"据史志著录，除李程外，其馀四人都有诗格类著作，如王起《大中新行诗格》、白居易《金针诗格》《文苑诗格》、白行简《赋要》、张仲素《赋枢》等，其中亦有伪托者。所以朱彝尊《沈明府〈不羁集〉序》云："唐以赋诗取士，作者期见收于有司，若射之志于彀，故于诗有格、有式、有例、有密旨、有秘术、有主客之图，无异揣摩捭阖之学。"（《曝书亭集》卷三十八）就是针对此而言的。
③ 《全唐五代诗格校考》，页425。
④ 同上书，页431。
⑤ 同上书，页452。

2. 体势。在中国古代文艺批评中，最早使用"势"这一批评术语的是书法理论。从东汉开始，崔瑗有《草书势》，蔡邕有《篆势》《九势》，刘邵有《飞白书势》，卫恒有《四体书势》，索靖有《草书势》等等，"势"在书法批评中，成为一个很重要的术语。其后，这一术语转入文学批评。如刘桢云："文之体势，实有强弱，使其辞已尽而势有馀，天下一人耳，不可得也。"（《文心雕龙·定势》引）又陆云自称："往日论文，先辞而后情，尚势而不取悦泽。"（同上）至刘勰《文心雕龙》则专列《定势篇》。此后，王昌龄《诗格》提出了"十七势"，皎然《诗式》专论"明势"，从而影响到晚唐至宋初的诗格，"势"论成为当时的一大论题。旧题白居易《文苑诗格》认为，作诗当"先势，然后解之"；"有此势，可精求之"①。僧神彧《诗格》"诗势"节云："先须明其体势，然后用思取句。"②桂林僧景淳大师《诗评》云："凡为诗要识体势，或状同山立，或势若河流。"③"势"的概念在后世书画及文学批评上意义甚大，影响不小。直至清初，王夫之在《姜斋诗话》卷二中还说："论画者曰：'咫尺有万里之势。'一'势'字宜着眼。若不论势，则缩万里于咫尺，直是《广舆记》前一天下图耳。五言绝句，以此为落想时第一义。"可见，"势"论是中国古代文学思想中的重要概念之一④。

然而晚唐五代诗格中的"势"论却别有一特色。他们不仅强调"势"，而且还给"势"安上了许多名目。据旧题锺惺《碟评词府灵蛇二集》神集"物象构势"归纳，计有二十势，是合齐己《风骚旨格》中的"诗有十势"与僧神彧《诗格》中的"诗有十势"而成。今本后十势所列"龙潜巨浸势"，已见前十势中，《词府灵蛇》本作"鸥奋垂天势"。除

① 《全唐五代诗格校考》，页 337、339。
② 同上书，页 470。
③ 同上书，页 487。
④ 涂光社《势与中国艺术》有较全面的论述，可参看，中国人民大学出版社，1990 年 7 月版。

此以外,如徐夤的《雅道机要》、桂林僧景淳大师的《诗评》以及佚名的《诗评》等书中,均涉及此类"势"论,可见这在当时是颇为流行的。

《苕溪渔隐丛话》前集卷五十五引《蔡宽夫诗话》云:"唐末五代,俗流以诗自名者,多好妄立格法,取前人诗句为例,议论锋出,其有'师子跳掷''毒龙顾尾'等势,览之每使人拊掌不已。"这只是简单地对之嗤笑了事。但我们实在可以进而提出两个问题:其一,这些"势"论是如何形成的? 其二,这些"势"论的究竟义是什么?

晚唐五代诗格中的"势"论,就其特色之形成而言,实受到两方面的影响:一是皎然的《诗式》,另一是禅宗。关于前一个问题,在上一节中我们已经比较了《诗式》和晚唐五代诗格名目的异同,这里继续就禅宗的影响稍作探讨①。

在晚唐五代诗格中,最早给"势"安上种种名目的是齐己。其《风骚旨格》中专列"诗有十势"节,指的是"狮子返掷势""猛虎踞林势""丹凤衔珠势""毒龙顾尾势""孤雁失群势""洪河侧掌势""龙凤交吟势""猛虎投涧势""龙潜巨浸势""鲸吞巨海势"。因此,其影响也最大②。如神彧《诗格》的"十势",除了五种有取于皎然《诗式》(见上节表格),另外"五势"多有得于齐己;徐夤《雅道机要》"明势含升降"节有"八势"因袭齐己,除了补充"孤雁失群势"的例句外,仅"二势"为齐己

---

① 所谓禅宗的影响,主要是就晚唐五代诗格"势"论所受到的直接影响而言。事实上,禅宗之好论语势,也是有其根源的。沈曾植指出:"禅宗如临济、曹洞,多有语势,以重法要,其端实开自讲家。"(《海日楼札丛》卷五《语势》,页196,中华书局,1962 年 7 月版)沈氏举如理之《成唯识论疏义演》,即有"安立法弥势""庄严宝塔势""重累莲花势""如王引驾势""龙曳尾势""万宝大绳势""千寻玉带势""百节昌蒲势"等。又《崇文总目》卷四亦有释元康《中观论三十六门势疏》一卷,可见,论"门"论"势",皆释家之常言。

② 许学夷《诗源辩体》卷三十五指出:"齐己有《风骚旨格》,虚中有《流类手鉴》,文彧亦有《诗格》。齐己'十势'之说,仿于皎然;虚中仿于《二南密旨》;文彧'十势'又仿于齐己。"又云:"徐寅多出齐己。"其说可参。

所无，即"云雾绕山势"和"孤峰直起势"；佚名《诗评》中"诗有四势"节也是从齐己"十势"中稍加变化而来。前引《蔡宽夫诗话》对晚唐五代诗格中"势论"的批评，亦以齐己为代表，便是"擒贼先擒王"的手段。可以看出，在晚唐五代诗格中，齐己的《风骚旨格》是最有代表性的一部。而他为"势"安上种种名目，则又是禅宗影响的直接结果。

齐己本人是一个禅师，《宋高僧传》卷三十《梁江陵府龙兴寺齐己传》载：

> 幼而捐俗于大沩山寺。……有禅客自德山来，述其理趣，己不觉神游寥廓之场，乃躬往礼讯。既发解悟，都亡联迹矣。如是药山、鹿门、护国，凡百禅林，孰不参请。[1]

又《释氏稽古略》卷三云：

> 高僧齐己，蜀人也（案：齐己实为潭州益阳人，地属湖南）。幼捐俗，依沩山祐禅师，时慧寂禅师（仰山也）住豫章观音院，己总辖庶务。[2]

由此可知，齐己从宗门来说，起初出自沩仰宗，其后遍究禅林。他对禅林各宗的门风（尽管当时尚未完全形成），尤其是沩仰宗的门风深有了解，自可推而想见。《宋高僧传》卷十二《唐袁州仰山慧寂传》载：

> 凡于商攉（似当作"榷"），多示其相。……自尔有若干势以示学人，谓之仰山门风也。……今传仰山法示，成图相行于代也。[3]

---

① 《大藏经》第五十册，页897。
② 《大藏经》第四十九册，页844。
③ 《大藏经》第五十册，页783。

关于仰山之"势",《人天眼目》卷四、《五灯会元》卷九记载得稍详细些,有所谓"背抛势""修罗掌日月势"和"娄至德势"等。禅宗语势,其端开自讲家。讲家论"势",偏重于上下语的搭配安排,唐如理《成唯识论疏义演》卷一云:"《枢要》中四法相从,有九句分别。"这"九句分别",就是九种不同的"势"①。仰山接引后进,乃"有若干势以示学人",故仰山之"势"也就成为沩仰宗区别于其他宗的特色之一。杨亿《汾阳无德禅师语录序》曾这样概括各宗特色:

> 洞山之建立五位,回互以彰;仰山之分列诸势,游戏无碍;雪峰应接之眼,唪啄同时;云门扬攉(似当作"攉")之言,药石苦口。②

齐己游于沩、仰之门,对于这种"仰山门风"绝不会无所了解。而且"仰山之势"当时还绘成图相流行于世,虽然不能证明这些图相上一定有各种"势"的名目,但从《五灯会元》等书的记载来看,似乎也不能排除这种可能性。那么,齐己的以"势"论诗,与仰山的以"势"接人,两者之间就未必没有某种内在联系。

齐己《风骚旨格》所列"十势"中,第一势"狮子返掷势",就来自于禅宗话头③。《五灯会元》卷十四《大阳警玄禅师》记其上堂语云:

> 诸禅德须明平常无生句,妙玄无私句,体明无尽句。第一句

---

① 参见沈曾植《海日楼札丛》卷五《语势》条。页196。

② 《大藏经》第四十七册,页595。

③ 这一禅宗话头也有所本。隋吉藏《百论疏》卷上之上云:"此论或一字论义,二字、三字乃至十字;或默然论义;或动眼论义;或闭眼论义;或举手论义;或鸟眼疾转;或师子反掷;巧难万端,妙通千势,非可逆陈。"(《大藏经》第四十二册,页234)案:这里所讲的"势",既有言语之"势",又有动作之"势",似为禅宗所本。

通一路,第二句无宾主,第三句兼带去。一句道得师子颦呻,二句道得师子返掷,三句道得师子踞地。

又卷十五《承天惟简禅师》记其上堂语云:

一刀两段,埋没宗风。师子翻身,拖泥带水。

又卷十七《万杉绍慈禅师》记其语云:

虽然塞断群狐路,返掷须还师子儿。

又卷十八《南峰永程禅师》记其上堂语云:

或金刚按剑,或师子翻身。

再如《碧岩录》卷二载克勤语曰:

末后须有活路,有狮子返掷之句。

以上诸例,分别出自曹洞宗、云门宗和临济宗的门下,但齐己"凡百禅林,孰不参请",他套用起来也是很自然的。又如"鲸吞巨海势",似亦袭自禅宗"毛吞巨海"或"横吞巨海"的话头。《五灯会元》卷六《韶山寰普禅师》下载有"阇黎横吞巨海"语;卷八《黄龙海机禅师》下载僧语:"毛吞巨海,芥纳须弥。"卷十《天台德韶国师》载其上堂语:"毛吞巨海,海性无亏。"卷十七《黄龙慧南禅师》载其语云:"横吞巨海,倒卓须弥。"再如"猛虎踞林势""猛虎跳涧势",似亦袭自禅宗"猛虎当轩"(《五灯会元》卷四《日容远和尚》、卷十三《石门献蕴禅师》)、

"猛虎当路"(同上卷十七《宝峰克文禅师》《黄檗惟胜禅师》)、"猛虎出林"(同上《报慈进英禅师》)等话头。此外,"丹凤衔珠"之与"龙衔海珠"(《五灯会元》卷六《洛浦元安禅师》),"龙凤交吟"之与"枯木龙吟"(同上卷十四《芙蓉道楷禅师》)等等,都不难看出以齐己为代表的晚唐五代诗格中的种种"势"名受禅宗影响的痕迹。

不仅"势"名的来源有得于禅宗,当时人对于"势"的解释,也往往带有禅学的眼光。例如,《风骚旨格》"诗有十势"的第一例:

> 狮子返掷势。诗曰:"离情遍芳草,无处不萋萋。"

关于这一"势"的含义,如果不从禅学角度去看的话,往往不知其所云。如罗宗强先生指出:

> 他(案:指齐己)又提出诗有十势。……未加阐释,只举诗例,而从例诗看,实不明其所指为何。如"狮子反掷势",例诗为"离情遍春草,无处不萋萋。"照字面看,狮子反掷应该是一种急促的力的回旋,而从此联诗看,并非如此。十势率皆类此。①

又如涂光社先生解释道:

> "狮子返掷势",可能是以淡化的处理来反衬情思的纠结凝重。"离情遍芳草,无处不萋萋"似乎传达出两层意蕴:一层是无处不在的不可得免的离愁别绪;另一层则是人生离别已属寻常的自我解嘲。后者即有欲淡而未能淡,以退为进的效果。②

---

① 罗宗强《隋唐五代文学思想史》,页446,上海古籍出版社,1986年8月版。
② 涂光社《势与中国艺术》,页196。

的确,从常理推论,以"离情遍芳草,无处不萋萋"释"狮子返掷势",未免扞格难通。但从禅学眼光视之,则或许能够得到合理的解释。此语出于禅宗话头,但在禅宗共有三句,即"狮子嚬呻""狮子返掷""狮子踞地"。上文引述《五灯会元》卷十四《大阳警玄禅师》中还有进一步的解释,值得注意的是,禅师的解释也是以诗句为之的:

> 曰:"如何是师子嚬呻?"师曰:"终无回顾意,争肯落平常。"曰:"如何是师子返掷?"师曰:"周旋往返全归父,繁兴大用体无亏。"曰:"如何是师子踞地?"师曰:"迥绝去来机,古今无变异。"

这里的"三句",实即禅宗之所谓"三关"。"三关"分初关、重关、牢关,又称空关、有关、中关。它标志着修禅的三个阶段,即由凡入圣,由圣返凡,不堕凡圣①。"师子嚬呻"是初关,"师子返掷"是重关,"师子踞地"是牢关。雍正在《御选语录》的《御制总序》中分析道:

> 夫学人初登解脱之门,乍释业系之苦,觉山河大地,十方虚空,并皆消殒,不为从上古锥舌头之所瞒,识得现在七尺之躯,不过地水火风,自然彻底清净,不挂一丝,是则名为初步破参,前后际断者。破本参后,乃知山者山,河者河,大地者大地,十方虚空者十方虚空,地水火风者地水火风,乃至无明者无明,烦恼者烦恼,色声香味触法者色声香味触法,尽是本分,皆是菩提。无一物非我身,无一物是我己。境智融通,色空无碍,获大自在,常住不动,是则名为透重关,名为大死大活者。透重关后,家舍即在途中,途中不离家舍。明头也合,暗头也合。寂即是照,照即是

---

① 参见巴壶天《禅宗三关与庄子》,载《艺海微澜》,页 42—103,广文书局,1971年 10 月版。

寂。行斯住斯，体斯用斯，空斯有斯，古斯今斯，无生故长生，无灭故不灭，如斯惺惺行履，无明执著，自然消落，方能踏末后一关。①

这样回过来看齐己以"离情遍芳草，无处不萋萋"来解释"狮子返掷势"，这两句诗出于唐代女诗人李冶《送阎二十六赴剡县》，是一首给情人的送别诗。"离情"是"体"，"芳草"是"用"，却妙在体用一如，离情遍及芳草，芳草无非离情，从禅学眼光看来，这两句诗恰恰能状出禅宗第二关"尽是本分，皆是菩提"的境界，而"狮子返掷"亦即第二关，故取以为譬。此等势名甚难索解，举此一例，馀可类推。

"势"的含义颇为复杂，但在诸故训中，以"力"为释最为的当。《周易·坤》"象辞"曰："地势坤，君子以厚德载物。"虞翻注："势，力也。"（李鼎祚《周易集解》引）又《淮南子·修务篇》："各有其自然之势。"高诱训："势，力也。"晚唐五代诗格中所论的"势"，其基本含义也是"力"。《雅道机要》"明势含升降"节云："势者，诗之力也。如物有势，即无往不克。此道隐其间，作者明然可见。"②"势"，就其来源而言，是与作者活生生的生命力，也就是"气"联系在一起的，所以"气势"连称。在作品中，由作者之生命力所驱遣全篇的"气"就是"势"。气有刚柔强弱、徐疾短长之异，则由此而决定的"势"也因之而异。所以《文心雕龙·定势》中说："文之任势，势有刚柔，不必壮言慷慨，乃称势也。"气的鼓荡裹挟，必然形成某种力量，从而表现为某种运动。所以晚唐五代诗格中讲到的"势"，往往是用带有动感的词加以形容，如所谓"狮子返掷势""猛虎跳涧势""毒龙顾尾势"等等。这是形成"势"的主观方面的原因。就"势"的表现来看，又是

---

① 《卐续藏经》第一百一十九册，页 357，台湾新文丰出版公司，1983 年再版。
② 《全唐五代诗格校考》，页 414。

"循体而成势""形生势成"（《文心雕龙·定势》）的，所以在书法上，称之为"形势"，而在文学中，便称之为"体势"。这是形成"势"的客观方面的因素。古代论"势"者往往因侧重点不同而有其各自强调的重心，但若论其本义，只是"力"的一种表现。但"势"的表现，蕴含于"形""体"之中，换言之，它仅仅在于语言文字的运行之际或是点划连接的行气之间，即徐寅所说的"此道隐其间"，所以，它往往是可意会而难言传。王夫之称之为"意中之神理"（《姜斋诗话》卷下），即认为它是蕴含于意义之中，又超出于意义之外的感觉，是难以言诠的。

如上所述，晚唐五代诗格中"势"论的基本含义乃是"力"，那么，落实到具体的文学批评上，"势"又具有何种意义呢？换言之，它的具体指涉是什么呢？我认为，这些名目众多的"势"讲的实际上是诗歌创作中的句法问题。这里讲的句法，指的是由上下两句在内容上或表现手法上的互补、相反或对立所形成的"张力"。这种"张力"存在于诗句的节奏律动和构句模式之间，因而就能形成一种"势"，并且由于"张力"的正、反、顺、逆的种种不同，遂出现种种名目的"势"。从晚唐五代"势"论在实际批评中的运用来看，所有的"势"都是针对两句诗而言的。任何一个"势"名之下，都有诗例说明，这些诗例也均为一联。正因为如此，一首律诗中，就可以并存四种不同的"势"①，所谓"势"是由两句诗的内容或手法决定的。这与佛教讲家论"势"之偏于上下句的搭配安排，是有着某些相通之处的。

古人所说的"句法"，往往是包含内容与表现手法两方面的考虑在内的。这里，我将进而提出一项旁证材料，说明晚唐五代诗格中的"势"论指的是句法问题。《诗人玉屑》卷四"风骚句法"，分五言和七言两类，这些句法的名称，有些很类似于晚唐五代诗格中的"势"名。

---

① 神或《诗格》"诗势"节以《贻潜溪隐者》为例，用四种"势"分析四联云："观此一诗，凡具四势，其他可以类推矣。"《全唐五代诗格校考》，页471。

同时,从其来源看,有些句法的名称也同样袭用了禅宗话头。例如,"风骚句法"中的"孤鸿出塞""龙吟虎啸"等,与"势"名中的"孤鸿出塞""龙凤交吟"等相似;而"碧海求珠""龙吟云起""虎啸风生"等句法名称,与禅宗话头中的"龙衔海珠"(《五灯会元》卷六《洛浦元安禅师》)、"龙吟雾起"(同上卷十《报恩玄则禅师》)、"虎啸风生"(同上)等亦相似。由此可证,晚唐五代诗格中的"势",与《诗人玉屑》中的"风骚句法"所指涉的是同一对象,即"句法"。《诗人玉屑》在列举这些句法的名目时,往往还稍加几字注解,如"独鸟投林(幽居)""孤鸿出塞(旅情)",这是就内容而言;"龙吟云起(比附对)""虎啸风生(比类对)",这是就表现手法而言。这也说明了古人所谓的"句法",并不只限于今人所谓的"形式"。

以四字一组的形象语来指涉句法,在宋代以后仍有影响。如元代旧题杨载的《诗法家数》,其"律诗要法"节讲破题"要突兀高远,如狂风卷浪,势欲滔天";颔联"要如骊龙之珠,抱而不脱";颈联则"要变化,如疾雷破山,观者惊谔";结句则要"如剡溪之棹,自去自回"①。到明、清的小说评点,则用以指涉章法或叙事法(金圣叹称为"文法"),《圣叹外书·读第五才子书法》归纳《水浒》文法为"倒插法""夹叙法""草蛇灰线法""大落墨法""锦针泥刺法""背面傅粉法""弄引法""獭尾法""正犯法""略犯法""极不省法""极省法""欲合故纵法""横云断山法""鸾胶续弦法"(《第五才子书》卷三),等等。这些名目,后来也为毛宗岗评《三国演义》、脂砚斋评《红楼梦》所继承和发展②。溯其渊源,都是从晚唐五代诗格中的种种"势"名中演变而来。

---

① 这一段文字实际上是从旧题白居易的《金针诗格》中抄袭而来。参见张伯伟《元代诗学伪书考》,收入《中国诗学研究》,页49—50。
② 参见本书外篇第六章《评点论》第二节《论文与评点》。

"势"在中国古代文艺批评中是一个很重要的概念。但一般说来,"势"所指涉的是由作者的生命力驱遣全篇的气的流动,是贯穿作品首尾的,而不是限于两句的"句法"。因此,在晚唐五代诗格中,"势"的指涉是颇为特殊的。这种特殊性的形成,一方面与佛学有关,另一方面,可能也取决于当时诗坛上的创作追求①。

　　3. 物象。唐人对"兴"的认识,若要作一大概的划分的话,基本上有两条路线:一是以陈子昂、杜甫、白居易为代表的"兴寄"说②;一是以殷璠、皎然、司空图为代表的"兴象"说③。这当然是一种极其粗略的划分,在皎然《诗式》中,已经透露出融合二者的端倪。他说:"取象曰比,取义曰兴。义即象下之意。"④而晚唐五代诗格中所论的"物象",就完全是"兴寄"与"兴象"的合流,其特点是通过"象"来表达"寄"。例如,旧题贾岛《二南密旨》"论总例物象"节云:"馨香,此喻君子佳誉也。兰蕙,此喻有德才艺之士也。金玉、珍珠、宝玉、琼瑰,此喻仁义光华也。飘风、苦雨、霜雹、波涛,此比国令,又比佞臣也。水深、石磴、石径、怪石,此喻小人当路也。"⑤等等。虚中《流类手鉴》"物象流类"节中也举了许多例证。与此相关的,他们还规定了诗歌

---

① 晚唐颇流行贾岛诗风,其特色为苦吟,注重炼句。贾岛《送无可上人诗》五、六句云:"独行潭底影,数息树边身。"此下自注一绝云:"二句三年得,一吟双泪流。知音如不赏,归卧故山秋。"故其诗甚有警句。李洞尝集其五十联为《贾岛诗句图》一卷,可以略窥其对诗歌创作追求之一斑。《蔡宽夫诗话》批评晚唐五代诗格以各种"势"妄立格法,同时指出:"大抵皆宗贾岛辈,谓之贾岛格。"
② 陈子昂《与东方左史虬修竹篇序》指出:"仆尝暇时观齐、梁间诗,彩丽竞繁,而兴寄都绝,每以永叹。"(《陈伯玉集》卷一)
③ 殷璠《河岳英灵集序》云:"于是攻异端,妄穿凿。理则不足,言常有馀。都无兴象,但贵轻艳。"
④ 《全唐五代诗格校考》,页 207。
⑤ 同上书,页 355。

题目与寄托的内在联系。如《风骚要式》"兴题门"云："《病中》，贤人不得志也。《病起》，君子亨通也。"①等等。

晚唐五代的诗格，极其重视诗的"物象"。但这种"物象"，往往是融合了主客，包括了"意"和"象"两面，而不是通常意义上的客观景物。说得明确一些，他们重视的是由诗中一定的物象所构成的具有暗示作用的意义类型，姑名之曰"物象类型"。《二南密旨》中有一句关键性的话："论物象是诗家之作用。"需要略加疏解。"作用"一词，原为佛学教理，亦可简称为"用"而与"体"相对。唐法藏《华严经探玄记》卷三云："道理有四……二作用道理。……作用亦二，一缘起诸法各有业用，二真如法界依持等用。"②唐湛然《法华玄义释签》卷十七云："若尔即是用所依体，体能成用。"③在中国古代思想史上，将"体"和"用"的关系看作是相即相彻的，虽然可以上溯到王弼，但在佛教典籍中，尤其是在华严宗的教义中，这一思想却最为突出。如唐良贲《仁王护国般若波罗蜜多经疏》卷上《蜜多经序品》云："性相名殊，体用无别。"④又如澄观《大方广佛华严经疏》卷二十三云："体外无用，用即是体；用外无体，体即是用。"⑤这是"作用"一词在佛学中的原意和运用。

将这一术语导入文学批评，最早的是皎然，《诗式》中专列有"明作用"一节。在评论李陵、苏武诗以及《古诗十九首》时，皎然认为前者"天予真性，发言自高，未有作用"；而后者"辞精义炳，婉而成章，始见作用之功"。晚唐五代的诗格受其影响，也多论"作用"。

在文学批评中，作用究竟指的是什么？最早试图加以解释的似

①《全唐五代诗格校考》，页429。
②《大藏经》第三十五册，页148。
③《大藏经》第三十三册，页935。
④ 同上书，页432。
⑤《大藏经》第三十五册，页671。

为明代的许学夷,其《诗源辩体》卷三引皎然语后,释曰:"作用之功,即所谓完美也。"但皎然评苏、李"天与其性,发言自高",则"未有作用"显然不能理解为"不完美",故"作用"亦不等于"完美"。郭绍虞先生主编之《中国历代文论选》,第二册选有《诗式》,注"作用"为"指艺术构思"。李壮鹰先生《诗式校注》云:"作用:释家语,本指用意思维所造成的意念活动。《传灯录》:'性在何处?曰:性在作用。'"又说:"皎然所说的'作用',意指文学的创造性思维。"①虽然指出皎然本于内典,但在解释上又上承《中国历代文论选》而来。事实上,就拿其所引的《传灯录》中"性在作用"一语说,如何能解释为"性在意念活动"呢?至于解释为"艺术构思"或"创造性思维"云云,似乎更加远离其本义了。

　　"作用"一词既然是佛教术语,则从其在诗格中的运用来看,与佛典中的运用应是类似的。"作用"一词也可以简称为"用",而与"体"相对。《二南密旨》"论物象是诗家之作用"下云:"造化之中,一物一象,皆察而用之,比君臣之化;君臣之化,天地同机,比而用之,得不宜乎?"又"论总例物象"云:"天地、日月、夫妇,比君臣也。明暗以体判用。"②《风骚要式》"物象门"指出:"虚中云:'物象者,诗之至要。'苟不体而用之,何异登山命舟,行川索马。虽及其时,岂及其用。"③从以上所举例可知,诗人所写的某事某物是"体",而烘托、渲染某事某物之意味、情状、精神、效用的"象"是"用"。"君臣之化"是"体",用以比况的"一物一象"是"用";"比君臣"是"体","天地、日月、夫妇"是"用"。"体"属"内",故"暗";"用"属"外",故"明"。文学批评中

----

① 李壮鹰《诗式校注》,页4,齐鲁书社,1986年3月版。
② 《全唐五代诗格校考》,页354—355。
③ 同上书,页429。

的"作用",就是这个意思①。

诗的"作用"与"物象"既然密不可分,离开了"物象",就无从把握"作用"的含义。于是诗格中有时便以"象"代替"用"而与"体"相对。如《二南密旨》"论体裁升降"节云:

> 体以象显。颜延年诗:"庭昏见野阴,山明望松雪。"鲍明远诗:"腾沙郁黄雾,飞浪扬白鸥。"此以象见体也。②

强调诗的"作用",必然强调诗的"物象"。"作用"的实现,是"察而用之"(即"取义曰兴")、"比而用之"(即"取象曰比")。所以,诗格中强调先立意,后取象;或者强调意有内外。《雅道机要》"叙搜觅意"节云:"凡为诗须搜觅。未得句,先须令意在象前,象生意后,斯为上手矣。不得一向只构物象,属对全无意味。"③旧题白居易《金针诗格》云:"诗有内外意。一曰内意,欲尽其理。理,谓义理之理,美、刺、箴、诲之类是也。二曰外意,欲尽其象。象,谓物象之象,日月、山河、虫鱼、草木之类是也。内外意皆有含蓄,方入诗格。"④所谓"内外含蓄",就是"理""象"一致,也就是"体""用"一致的意思。这与佛教的"体用"观也是相类似的。

与西洋哲学讲本体和现象,印度佛学讲法性和法相鼎足而三,中

---

① 参见徐复观《皎然〈诗式〉"明作用"试释》,载徐著《中国文学论集续编》,页149—154,台湾学生书局,1984年9月版。案:本文结论与徐氏接近,但他依据的材料是《诗人玉屑》所引的诸家诗话,其内容与皎然《诗式》无直接、必然的联系。而晚唐五代的诗格受皎然影响很大,内容上也有承接关系。所以,我的论证,可以加强徐氏之说。

② 《全唐五代诗格校考》,页357—358。

③ 同上书,页423。

④ 同上书,页326。

国哲学讲的是体和用。讲体用是中国古代哲学的重要特色之一。在中国古代文学批评中，皎然最早提出"作用"的概念，但他并未简化为"用"，亦未将此"用"和"体"相对，而这正是晚唐五代诗格的贡献。宋人沿此作进一步推衍，遂形成了中国古代文学思想中的"体用"说，《诗人玉屑》卷十专列"体用"一节，就是最明显的标志。由于晚唐五代诗格颇重"作用"，宋人更加强调，甚至提出"言用勿言体"（《漫叟诗话》，《诗人玉屑》卷十引）的主张，一直影响到后来。如明代王骥德《曲律》卷三《论咏物》云："毋得骂题，却要开口便见是何物。不贵说体只贵说用，佛家所谓不即不离、是相非相。"可见这一理论范畴之影响深远。

晚唐至宋初的诗格，其特色当然不限于上述三点，如论诗的"格""法"，也是一个不可忽视的侧面。但这一方面的内容，经北宋诸人的宣扬，下逮南宋、元、明而愈衍愈繁，成为富有代表性的特征之一了。

第五节　宋代以后的诗格概观

对诗格的批评，现在可见的，当以北宋时《蔡宽夫诗话》为最早。其后，胡仔《苕溪渔隐丛话》、陈振孙《直斋书录解题》、严羽《沧浪诗话》以及方回等人均对之有过指责，但诗格没有因此就衰灭。事实上，这类著作在宋代以后仍然有其自身的发展，只是需要注意以下两种现象：一是许多书有诗格之实，而无诗格之名。以元代为例，当时的诗学亦可谓以诗格为中心，这种风气承自南宋末期。其著述方式有两种：一是以选诗形式出现，如周弼《唐三体诗》，专选唐人七绝及五、七言律，设立格法，有所谓实接、虚接、四实、四虚、前实后虚、前虚后实等。方回《瀛奎律髓》，专选五、七言律诗，根据内容分作四十九类。其《自序》云："所选，诗格也。"元代此类诗格中最著名者为于济、蔡正孙编选之《联珠诗格》，此书专选唐宋绝句立为三百格，在后世影响很大，并远被域外①。另一种是以诗话形式出现的诗格，在宋代有郭思《瑶池集》（一作《瑶溪集》）②、严羽《沧浪诗话》、魏庆之《诗人玉屑》等。元代这一类诗格很多，如旧题杨载《杨仲弘诗法》（又名《诗法家数》）、《杜律心法》，旧题范梈《诗学禁脔》《木天禁语》《诗家一指》，旧题揭傒斯《诗法正宗》《诗宗正法眼藏》，旧题傅若金《诗法正论》《诗文正法》，黄子肃《诗法》，以及佚名的《沙中金集》等。这类书，到了明代，也常常被冠以"名家诗法"的书名而汇编成帙，重新刊行。而明代单宇的《菊坡丛话》及王昌会的《诗话类编》等，也都在诗话之中包含了诗格。和唐代诗格比较起来，这些著作都不算典型。

---

① 此书在日本、朝鲜多有翻刻。如江户时期山本信有《新刻唐宋联珠诗格序》称："元大德中，蔡蒙斋广于默斋蓝本，编选《唐宋联珠诗格》二十卷，诸格皆有焉。世学诗者，能从事于斯书，得是格，然后下笔，则变化自在，出格入格，格不必拘拘，可以庶几唐宋真诗矣。……尔来江户书贾某某等七家，相谋戮力酿资，更新镂版，托校订于天民，求题辞于余。天民乃衷爱日楼所藏元刻本、绿阴茶寮朝鲜本、平安翻刻元版本、朝鲜版翻刻本、活字本、正德本、巾箱本、别版巾箱本及唐宋诗人本集、总集、选集、别集数十百部，彼此校雠。"（《孝经楼诗话附录》，《日本诗话丛书》第二卷）可略见其版本之多。又其《孝经楼诗话》卷上云："《唐诗选》，伪书也；《唐诗正声》《唐诗品汇》，妄书也；《唐诗鼓吹》《唐三体诗》，谬书也；《唐音》，庸书也；《唐诗贯珠》，拙书也；《唐诗归》，疏书也；其他《唐诗解》《唐诗训解》等俗书，不足论也。特有宋义士蔡正孙编选之《联珠诗格》，正书也。"又朝鲜柳希龄有《大东联珠诗格》，见金坽《海东文献总录·东国诗文撰述》。亦仿效之作，故《海东文献总录》评为"能于述而不能于作"。

② 此书今已佚。据方回《瑶池集考》云："《瑶池集》，通议大夫徽猷阁待制秦凤路经略安抚使知秦州郭思所著，盖诗话也。一曰诗之六义，二曰诗之诸名，三曰诗之诸体（与李叔（淑）《诗格》相类，凡八十一体，可无述），四曰诗之诸式（凡二十九式），五曰诗之诸景，以至十五曰诗之诸说。"（《桐江集》卷七）又何汶《竹庄诗话》卷十四云："《瑶溪集》多立体式，品题诸诗，强为分别，初无确论。"可见其受诗格影响之一斑。

如果说前一类是诗格与诗选的混合体,那么后一类就是诗格与诗话的混合体。但无论是哪一类诗格,其编撰的目的都是为了有便初学。范晞文《对床夜语》卷二评论《唐三体诗》云:"是编一出,不为无补后学。"蔡正孙《联珠诗格序》指出:

> 番易(鄱阳)于默斋递所选《联珠诗格》之卷,来书抵余曰:"此为童习者设也,使其机栝既通,无往不可,亦学诗之活法欤?盍为我传之。"……惜其杂而未伦,略而未详也。……增为二十卷,寿诸梓,与鲤庭学诗者共之。

至于以"诗法"命名的著作,其指导初学的意图更是形于字里行间了。所以,元代以下的诗格类著作,即使比不上晚唐五代的彬彬之盛,也依然是颇为众多的。张焕《冰川诗式序》指出:"诗有式,则始于沈约,成于皎然,著于沧浪。若集大成,则始于今公济甫云。"若仅以所列诗之"格""法"名目的数量来看,所言并非过实。而明代祁承爜《澹生堂藏书目》于"诗文评类"下细分有"诗式"一目,与"诗话"并列,也正是这类著作达到相当数量后,在目录分类上的必然反映。

宋代以后的诗格,大致说来,是以"格""法"为主要内容。在晚唐五代至宋初的诗格中,虽然也有论"格"者,如桂林僧景淳大师《诗评》中便立有"象外句格""当句对格""镂水格"等等,也有论"法"者,如李洪宣《缘情手鉴诗格》中立有"束散法""审对法"等等,但这毕竟不是其主要内容。宋代以后,这方面的议论极多。"格"与"法",就其实质而言并无区别,但在当时人的运用中,似乎有一点微妙的差异,即"格"是标准,"法"是禁忌;"格"是积极的,"法"是消极的。所以,讲到"法"往往是与"病"或"忌"联系在一起的。姜夔云:"不知诗病,何由能诗?不观诗法,何由知病?"(《白石道人诗说》)这十六字真言后来为魏庆之奉为圭臬，黄昇《诗人玉屑序》中便称菊庄为"诗家之良医师"，而严羽《沧浪诗话·诗法》也指出："学诗先除五俗。"又说："有语忌，有语病。语病易除，语忌难除。"又说："语忌直，意忌浅，脉忌露，味忌短，音韵忌散缓，亦忌迫促。"这两个方面，经元人的交织，至明代而交融，"格""法"遂浑然一体。如旧题范梈《诗学禁脔》，在明人看来，即"编集唐人诗具为格式，其若公输子之规矩，师旷之六律乎"（黄省曾《名家诗法》卷六），"格"接近于"法"。至如梁桥《冰川诗式》卷五则曰："正格，此法以第二字仄入，谓之正格。""偏格，此法第二字平入，谓之偏格。""格"即"法"，"法"即"格"。与唐五代的诗格相比，宋代乃至以后的诗格强调"诗法"显得颇为突出。所以后人往往以此为宋人论诗的一项特色。如李东阳在《麓堂诗话》中指出："唐人不言诗法，诗法多出宋，而宋人于诗无所得。所谓'法'者，不过一字一句、对偶雕琢之工，而天真兴致，则未可与道。"他也是看到了这一点的。

宋以后的诗格以"格""法"为中心，大致有两方面的原因：其一，唐诗创作中的丰富遗产，为后人提供了理论概括与总结的原料；其二，将前人创作的格式加以总结，也便于后人学诗。宋代是一个"尚文"的时代，其标志之一，就是民间诗社的出现。以目前掌握的材料来看，最早的民间诗社在北宋就有了。吴可《藏海诗话》记载：

> 幼年闻北方有诗社，一切人皆预焉。屠儿为《蜘蛛》诗，流传海内。

又云：

> 元祐间，荣天和先生客金陵，侨居清化市，为学馆，质库王四十郎、酒肆王念四郎、货角梳陈二叔皆在席下，馀人不复能记。

诸公多为平仄之学,似乎北方诗社。

民间诗社的成员,或为"屠儿",或"货角梳",或业"质库",或营"酒肆",不可能有多深的诗学修养,仅仅是喜好"平仄之学"而结为诗社。所以,学习"诗格""诗法"就有便于他们尽快掌握诗歌创作规则。黄昇《诗人玉屑序》中说:"方今海内诗人林立,是书既行,皆得灵方。"方回《诗人玉屑考》谓"其诗体、句法之类,与李淑、郭思无异"(《桐江集》卷七),即指其颇重诗格、诗法而言。

学诗重"法",至元人还是如此。陶宗仪《南村辍耕录》卷四"论诗"条载:"虞伯生先生集、杨仲弘先生载同在京日,杨先生每言伯生不能作诗,虞先生载酒请问作诗之法,杨先生酒既酣,尽为倾倒。"旧题杨载《诗法家数》自序谓:"余于诗之一事,用工凡二十馀年,乃能会诸法而得其一二。"而元代的民间诗社也颇兴旺。元初的"月泉吟社"固然很出名,元末的"吴间诗社"亦颇有特色。杨维桢《香奁八咏序》云:"吴间诗社《香奁八咏》,无春芳才情者,多为题所困。……晚得玉树馀音为甲,而长短句、乐府绝无可拈出者。"(陈衍《元诗纪事》卷十六)又钱谦益《列朝诗集小传》甲前集《张简传》引王世贞语曰:"胜国时,法网宽大,人不必仕宦。浙中每岁有诗社,聘一二名宿如杨廉夫辈主之,宴赏最厚。"这就必然要品评优劣,讲谈"诗法",揣摩"诗病"。民间既有广泛的学诗要求,则论诗自然会集中到"诗格""诗法"上来,以适应当时这种普及诗法的社会需要。所以,关于"诗法"类著作的翻印、汇编,层出不穷。书贾为了牟利,甚至不惜假托名人、杂纂伪造①。这也从一个侧面反映了当时社会对这类书籍的需求量。

从宋代以后的诗格发展来看,"格""法"的名目可说是愈衍愈

① 参见张伯伟《元代诗学伪书考》,《中国诗学研究》,页 47—63。

繁。以"格"而论,旧题范梈《木天禁语》云:"唐人李淑有《诗苑》①一书,今世罕传。所述篇法,止有六格,不能尽律诗之变态。今广为十三,隙括无遗。"但他仅标名目,如"一字血脉""二字贯穿""三字栋梁",等等,下附诗例,并没有解释。到了明代,如梁桥《冰川诗式》卷七、王昌会《诗话类编》卷一均有详细解释,并且更在此基础上加以扩充。如《诗话类编》乃广至五十四格,而《冰川诗式》卷六则曰"乃予僭取诸名家诗,拟议成格",计其总数,竟达一百零三格之多,可谓琐屑之至,这就势必会转向反面。所以到了清代,诗格类著作受到许多人的鄙视。王夫之的一段话颇有代表性,他说:

> 诗之有皎然、虞伯生(集),经义之有茅鹿门(坤)、汤宾尹、袁了凡(黄),皆画地成牢以陷人者,有死法也。死法之立,总缘识量狭小,如演杂剧,在方丈台上,故有花样步位,稍移一步则错乱。若驰骋康庄,取途千里,而用此步法,虽至愚者不为也。(《姜斋诗话》卷下)

"诗格""诗法"毕竟只是为初学而设,而且,即便就初学而言,"格""法"也只是诗之"技",而非诗之"道",创作的真谛、秘诀并不在此。所以,明代以后,诗坛上"诗格""诗法"的议论虽未绝迹,但所占的比重却微乎其微了。

---

① 李淑为宋人,其《诗苑类格》三卷撰于北宋宝元年间。

第四章　论诗诗论

　　以韵文形式论文谈艺,并不限于中国古代的文学批评,如古罗马贺拉斯(Quintus Horatius Flaccus)曾以诗体写成长信给皮索父子,谈论诗和戏剧等问题,后人署为《诗艺》;十七、十八世纪法国的布瓦洛(Nicolas Boileau Despreaux)仿其形式,撰成《诗的艺术》,阐述了古典主义的创作原理;其后,英国的蒲伯(Alexander Pope)以诗体写成《批评短论》(*An Essay on Criticism*)三卷,继承并发扬了布瓦洛的思想。这些都是西方文学批评史上著名而又重要的文献[1]。但这种形式毕竟在中国古代文学批评中运用得更为广泛灵活。以韵文形式论文谈艺,这种韵文在中国也并不限于诗,如白居易的《赋赋》、刘攽的《雕虫小技壮夫不为赋》为"论赋赋";戴复古的《望江南·壶山好》、朱祖谋的《望江南·杂题我朝诸名家词集后》为"论词词";钟嗣成《录鬼簿》卷下《凌波曲》为"论曲曲";但最为普遍多样的还是"论诗诗"。除了"论诗",古人还扩大到论词、论曲、论赋、论书、论画、论印,甚至论名胜、论藏书,举凡文人雅事,几乎无不可以诗论之。所以,论诗诗是中国古代文学批评的重要形式之一。

---

[1]　如韦勒克(R. Wellek)在《文学理论、文学批评和文学史》("Literary Theory, Criticism, and History")中说:"我在此愿意指出,文学批评早就使用了最不相同的艺术形式来表达,如贺拉斯(Horace)、维德(Vida)和蒲伯(Pope)用诗歌,又如弗里德里希·施莱格尔(Friedrich Schlegel)用言简意赅的格言,或者是抽象的、平淡的甚至是糟糕的论文形式。"见 *Concepts of Criticism*, p. 4。

第一节　论诗诗的渊源及其成立

章学诚《文史通义》内篇卷五《诗话》曾指出：

> 诗话之源，本于锺嵘《诗品》。然考之经传，如云："为此诗者，其知道乎？"又云："未之思也，何远之有？"此论诗而及事也。又如："吉甫作诵，穆如清风。""其诗孔硕，其风肆好。"此论诗而及辞也。

这里所举的《诗经》中的例子，出自《大雅·烝民》及《嵩高》，可视为最早的论诗诗。

但论诗诗作为一种诗歌体裁，同时也作为一种文学批评的形式，其正式成立则是以杜甫《戏为六绝句》的出现为标志的。从《诗经》到杜甫，即论诗诗的从发源到形成，当然不是一蹴而就。杜甫诗"尽得古今之体势，而兼人人之所独专"（元稹《唐检校工部员外郎杜君墓系铭》，《元氏长庆集》卷五十六），同样，其论诗诗也是前有所承的。溯其渊源，似出陆机《文赋》和南朝诸家的怀人、咏史及摹拟诸什，其中已或多或少地夹杂了一些论诗的成分。

在杜甫《戏为六绝句》之前，以韵文形式评论文章的作品，最著名的是陆机《文赋》。《文赋》本身是一篇赋作，而其内容则是对以诗赋为主的各体文章的写作原理、构思过程乃至文学风格等的阐述。《文选》收入此赋，并为之专立一类曰"论文"。《文赋》在南朝影响很大，它为《文心雕龙》的产生，准备了不可或缺的条件。杜甫熟精《文选》，于《文赋》必曾反复诵读，其《醉歌行》中"陆机二十作《文赋》"一语，在相当一个历史阶段中被视为《文赋》写作年代的一家之说。

所以，杜甫受其启发，以韵语论文，易赋为诗，乃是毫不奇怪的。

在南朝以降，递及后来的诗作中，涉及论诗成分的主要有三类，即怀人诗、咏史诗和摹拟诗。兹分述如下：

1. 怀人诗。如果其怀念的对象是诗人，那么，作者在抒发思念之情的同时，往往会兼对其诗加以评论。如沈约《伤谢朓》诗，其中"调与金石谐，思逐风云上"二句，沈德潜即评之曰"能状谢朓之诗"（《古诗源》卷十二）。后来的论诗诗，也往往是论诗怀人兼而有之。如何景明作《六子诗》，对王九思等六人的诗作加以评论，其序云：

> 病归值秋，寤叹中夜。有怀良友，作《六子诗》。（《大复集》
> 卷八）

又如袁枚《仿元遗山论诗》，其序亦云：

> 遗山论诗，古多今少；余古少今多，兼怀人故也。（《小仓山
> 房诗集》卷二十七）

张问陶则有《岁暮怀人作论诗绝句》，叶廷琯有《病中摘句怀人诗》等，都将怀人与论诗绾而为一。而杜甫《解闷》十二首中的四、五、六、七、八，这五首实为论诗绝句，杨伦评之曰："五首皆怀诗人，而兼及自写。"（《杜诗镜铨》卷十七）至如其《寄李十二白二十韵》《春日忆李白》等作，也都在怀人的同时兼论其诗。可见，怀人诗具备了论诗诗的雏形。

2. 咏史诗。咏史是对历史上的人物、事件的歌咏，如果歌咏的对象是一位诗人的话，也就往往会兼及其诗。如颜延之的《五君咏·阮步兵》诗，其中"沉醉似埋照，寓辞类托讽"二句，就涉及到对阮氏代表作《咏怀诗》的评价（颜氏另外还对《咏怀诗》作过注解）。后代的

咏史诗,亦多此类。如王安石《韩子》诗之评论韩愈,徐积《李太白杂言》诗之评论李白,均属此类。杜甫《咏怀古迹》中"庾信生平最萧瑟,暮年诗赋动江关"等句,也是在咏史中包含了论诗。可见,咏史诗也是论诗诗的先驱。

3. 摹拟诗。论诗诗形成以前,在怀人诗、咏史诗中已经出现了以诗论诗的萌芽,这些都是较为明显的。而摹拟诗的以诗论诗,则往往表现得较为隐晦。摹拟的关键是要"似",这种"似"不仅体现在文字、语句上,更重要的是在风格神理上。用古人的话说,是要拟其"体"。所以,这种诗也就包含了对摹拟对象之风格的认识与把握。换言之,这是作者以创作的形式显示出对所拟诗家之风格的理性的把握,虽然其所体现的方式仍然是抒情的而非说理的。南朝诗人中,此类的摹拟诗甚多,如鲍照的《学刘公干体》,王素的《学阮步兵体》,何逊的《聊作百一体》,纪少瑜的《拟吴均体》,等等,其中包含的论诗成分尽管不明显,但确实是存在的。南朝摹拟大师江淹在其著名的《杂体诗三十首》中曾透露个中消息。其《序》云:"今作三十首诗,敩其文体。虽不足品藻渊流,庶亦无乖商榷云尔。"(《文选》卷三十一)这便说明在摹拟诗中也含有对所拟诗篇加以"品藻""商榷"之处,即论诗成分的。

然而,尽管在杜甫以前的怀人诗、咏史诗和摹拟诗中已或多或少夹杂了一些论诗的成分,但纯粹的论诗诗的出现,毕竟要以杜甫的《戏为六绝句》为标志。杜甫有所承亦有所创,遂"开论诗绝句之端"①。

从论诗诗的历史发展来考察《戏为六绝句》,大致有以下几点值得注意:

其一,绝句之称,出现于南朝,如徐陵编《玉台新咏》,就收有四首

---

① 郭绍虞《杜甫戏为六绝句集解》序,页3,人民文学出版社,1978年12月版。

五言四句诗,题曰《古绝句》。但将七言四句的诗也赋予绝句之称,似乎是从杜甫开始较为普遍地使用起来的,如杜集中《绝句漫兴九首》《春水生二绝》《江畔独步寻花七绝句》,等等。《戏为六绝句》也是七言绝句,对后世论诗诗影响最大。论诗诗的体裁,尽管也有古体和律体,但以绝句体最为普遍。所以,古今有关论诗诗的注释、研究,也多以论诗绝句为对象。如清代宗廷辅的《古今论诗绝句》,选注了杜甫以下十二家论诗诗,今人吴世常有《论诗绝句二十种辑注》,羊春秋等人编有《历代论诗绝句选》,郭绍虞等人则编纂《万首论诗绝句》,一些中外学人也以论诗绝句为题撰写学位论文①,均为明显例证。而且,受《戏为六绝句》的影响,后代的论诗诗也往往喜欢以"戏"命题(杜诗题目中有"戏"字者凡十二处)。仅以清朝一代而言,其著名者有:

> 钱谦益《姚叔祥过明发堂,论近代词人,戏作绝句十六首》
> 王士禛《戏效元遗山论诗绝句》
> 查慎行《戏为四绝句呈西厓桐野两前辈》
> 沈德潜《戏为绝句》
> 潘德舆《夏日尘定轩中取近人诗集纵观之,戏为绝句》
> 陈衍《戏用上下平韵作论诗绝句三十首》

杜甫用"戏"字,或本于《论语·阳货篇》"前言戏之耳",原文含有开

---

① 如周益忠以《论诗绝句发展之研究》(载台湾师范大学《国文研究所集刊》第二十七号),韩国李钟汉以《历代论诗绝句研究》(载《中国文学》第九辑)为题撰写硕士论文。前者更以宋代论诗诗为对象撰写博士论文,后者则继续撰有《论诗诗研究》(载《中国学志》第三辑)。美国学者魏世德(John Timothy Wixted)则以元好问《论诗三十首》为题撰写博士论文,后以专书出版——*Poems on Poetry: Literary Criticism By Yuan Hao-Wen*(1190—1257),台湾南天书局影印,1985 年 4 月版。这些略可代表中外学人对这一课题的重视。

玩笑之意,用以表示所言非正式意见。钱谦益指出:"题之曰'戏',亦见其通怀商榷,不欲自以为是。"(《钱注杜诗》卷十二)自杜以下,论诗称"戏",皆所以表挚谦。在评论他人文字时,先表示谦冲之怀,这是中国古代文论的特点之一和优点之一。

其二,杜甫的诗论,虽也散见于其他论诗诸作,如《解闷》《偶题》等篇,但最为全面地表达其诗学宗旨的却是《戏为六绝句》。一般认为,这六首绝句作于唐肃宗上元二年(公元761),为杜甫晚年之作。故史炳《杜诗琐证》卷下指出:"《戏为六绝》,杜公一生谭艺之宗旨,亦千古操觚之准绳也。"所以,《戏为六绝句》是杜甫诗论最全面、最概括的反映,其中不少诗学思想,往往能在杜甫的其他诗作中得到印证。例如,其中"不薄今人爱古人""转益多师是汝师"二句,就是诗人"一生谭艺之宗旨"之一。在杜甫之前,人们为了革新诗风,对建安以来的诗人往往多持否定的态度,如陈子昂在《与东方左史虬修竹篇序》中说:"文章道弊五百年矣,汉魏风骨,晋、宋莫传。……仆尝暇时观齐梁间诗,彩丽竞繁,而兴寄都绝。"(《陈伯玉文集》卷一)李白直承陈子昂,对建安以来的绮丽之作予以否定。其《古风》之一云:"自从建安来,绮丽不足珍。"(《李太白诗集》卷一)孟棨《本事诗·高逸》亦载李白语:"梁、陈以来,艳薄斯极。"这种观点和倾向,至杜甫而有所改变。无论古今,他都不是采用一概肯定或否定的态度,而是师其所长,为我所用。他的"不薄今人"表现在,称赞李白"白也诗无敌,飘然思不群"(《春日忆李白》);称赞孟浩然"清诗句句尽堪传"(《解闷》);称赞王维"最传秀句寰区满"(同上);称赞薛据"乃知盖代手,才力老益神"(《寄薛三郎中》)等。他的"爱古人",更表现在称赞四杰诗是"当时体……不废江河万古流"(《戏为六绝句》);称赞庾信"凌云健笔意纵横"(同上);称赞曹植的文章"波澜阔"(《追酬故高蜀州人日见寄》)。在他的其他诗篇中,还有一些明确说自己"学"某某,"师"某某,体现了其"转益多师"的精神。如"颇学阴、何苦用心"

（《解闷》），"摇落深知宋玉悲，风流儒雅亦吾师"（《咏怀古迹》），"李陵、苏武是吾师"（《解闷》），"我师嵇叔夜"（《入衡州》），等等。可见，这是杜甫的诗学宗旨之一，而在《戏为六绝句》中以集中简炼的诗句表达出来，这种方式对后世论诗诗的写作也具有启示作用。

其三，这组绝句虽是由六首诗组成，但却不是拼凑在一起，而是贯串着一个基本思想，即"别裁伪体""转益多师"①。也就是说，在结构上，它是有系统可寻，不是杂乱无章的。杨伦指出："六首逐章承递，意思本属一串。"（《杜诗镜铨》卷九）所见甚是。在"别裁伪体"和"转益多师"之间，前者尤为重要。"多师"的前提是"别裁伪体"。"伪体"的反面是真，有真面目、真性情的文章就不是伪体。六朝文的共同特点是艳丽，但庾信晚年的文章能够不为艳丽所累，反能以"凌云健笔"驱使艳丽之词，原因正在于他有着由家国之恨、身世之感而激发出的真感受。"庾信文章老更成"，并不是说他的文章风格是"老成"②，而是说他的作品老而更成，亦即《咏怀古迹》中"庾信生平最萧瑟，暮年诗赋动江关"之意。作品中有真感受，也就是在作品中有作者生命力的流注。由作者生命力的渗透鼓荡而产生出的作品，就必然是有真面目、真性情的作品。四杰的文章是"当时体"，这一方面是说明他们受到了时代的限制，另一方面也说明他们的作品体现了时代的特色。能将自己的生命与时代结合，能使自己的作品与时代共感，也就必然能在作品中流露出作者的真面目、真性情。因此，

---

① 方孝岳《中国文学批评》即曾这样评论杜甫："'别裁伪体亲风雅，转益多师是汝师'，这两句是他通身血脉所贯注的结晶点。"页 86。

② 杨慎《升庵诗话》卷九"庾信诗"条云："史评其诗'绮艳'，杜子美称之曰'清新'，又曰老成。绮艳、清新，人皆知之，而其老成，独子美能发其妙。"案：庾信诗的风格是绮艳清新，决非老成，杜甫评其诗"老更成"，并不意味着"老成"。苏辙《答文与可十首》其九云："窃欲比君庾信，暮年诗赋尤高。"（《栾城集》卷六）实得杜甫所谓"老更成"及"暮年诗赋动江关"之意。

这些作品是与"伪体"不相容的,所以能够如"江河万古流",是"近风骚"的杰作①。明确这一点,就可径以是否"伪体"作为判断取舍的标准,而不必先存古今、新旧的心理。"清辞丽句",取之为邻;"龙文虎脊",无不可驭。钱谦益指出:"文章途辙,千途万方,符印古今,浩劫不变者,惟真与伪二者而已。"(《复李叔则书》,《有学集》卷三十九)"别裁伪体",就能学习、创作有价值的真文学、活文学,它规定了"转益多师"的方向。这一诗学宗旨,是贯穿于《戏为六绝句》之中的。而这样的结构形式,对后世也颇有影响。后代的论诗诗,不必都有明确的宗旨一以贯之,但在形式上,多以组诗的面貌出现,构成了论诗诗在形式上的特点之一。

总之,《戏为六绝句》的出现,标志了论诗诗的成立。后人仿而效之,不仅使之成为诗歌创作中的一体,也同样成为中国古代文学批评的重要形式之一。正如钱大昕指出:

> 元遗山论诗绝句,效少陵"庾信文章老更成"诸篇而作也。王贻上仿其体,一时争效之。厥后宋牧仲、朱锡鬯之论画,厉太鸿之论词、论印,递相祖述,而七绝中别启一户牖矣。(《十驾斋养新录》卷十六)

第二节　禅学对宋代论诗诗的影响

论诗诗既是文学批评,又是批评文学。从这个意义上来讲,它是形象思维与逻辑思维结合的产物。就诗歌的美学要求而言,在古体

---

① 关于"劣于汉魏近风骚"句,历来有不同的解释,具详郭绍虞《杜甫戏为六绝句集解》,这里取钱谦益说。

与近体诗中,绝句是最不宜于议论的诗体。正如沈德潜所说:"七言绝句,贵言微旨远,语浅情深,如清庙之瑟,一倡而三叹,有遗音者矣。"(《唐诗别裁集·凡例》)而论诗诗,则偏重在以议论为诗。这也就构成了杜甫绝句的特点之一。仇兆鳌指出:"少陵绝句,多纵横跌宕,能以议论摅其胸臆。气格才情,迥异常调,不徒以风韵姿致见长矣。"(《杜诗详注》卷十一)前人讥刺杜甫绝句,也往往以其缺少一唱三叹之音。但杜甫的以议论入绝句(特别是七言绝句)这一创造,在晚唐有李商隐等人仿效,如其《漫成》;宋代一些大家也加以继承和发扬。宋人绝句学杜,不仅包括押仄韵、对起对结等,也包括以议论入诗。所以叶燮指出:"杜七绝轮囷奇矫,不可名状。在杜集中另是一格。宋人大概学之。宋人绝句,大约学杜者什之六七,学李商隐者什三四。"(《原诗》外篇下)而学李商隐,归根结柢也是为了学杜甫。绝句中的议论体是杜甫开创的,而论诗绝句正是最突出的代表。

论诗诗在宋代得到很大发展。郭绍虞《中国文学批评史》在谈到论诗诗何以流行于宋代时,指出了两点原因:

> 盖以(1)宋诗风格近于赋而远于比兴,长于议论而短于韵致,故极适合于文学的批评;有时可以阐说诗学的原理,有时可以叙述学诗的经历,有时更可以上下古今,衡量前代的著作。(2)宋诗风气,又偏于唱酬赠答,往返次韵,累叠不休,于是或题咏诗集,或标榜近作,或议论断断,或唱和霏霏,或志一时之胜事,或溯往日之游踪。有此二因,则论诗诗之较多于前代固亦不足为奇了。①

---

① 郭绍虞《中国文学批评史》(大学丛书本)上卷,页 396—397,商务印书馆,1934 年 5 月版。

这一论述无疑是正确的。但除此以外,另有一点往往为人忽略的重要原因,就是禅学对宋代论诗诗的影响。所以,我想就这一问题略加探讨,以补前人之所未及。

一、偈颂与论诗诗

偈是梵语 Gātha 音译的简略,全译作伽陀,汉译为颂。《大唐西域记》卷三云:"旧曰偈,梵文略也。或曰偈陀,梵音讹也。今从正音,宜云伽陀。伽陀者,唐言颂。"①梵汉对举,则以偈颂名之。偈是佛经中的一种文体,内容本是对佛的功德的赞叹,它是由世俗社会中对君王歌赞之体演变而来。鸠摩罗什云:"天竺国俗,甚重文制,其宫商体韵,以入弦为善。凡觐国王,必有赞德。见佛之仪,以歌叹为贵,经中偈颂,皆其式也。"②颂是传统文学中的一种文体,徐师曾《文体明辨序说》云:

> 按《诗》有六义,其六曰颂。颂者,容也,美盛德之形容,以其成功告于神明者也。若商之《那》、周之《清庙》诸什,皆以告神,乃颂之正体也。至于《鲁颂·駧》《閟》等篇,则用以颂僖公,而颂之体变矣。后世所作,皆变体也。

可见,以"颂"译"偈",就文体功能而言,是非常合适的。

在佛经中,偈的种类大别有二,曰通、曰别。通偈不拘颂文与散文(长行),凡字数满三十二,即为一偈,故又称"数字偈";别偈则以四句为一偈,每句字数由三字至八字不等。这里讲的偈颂,以后者为对象,其中虽仍可细分"伽陀颂""祇夜颂"及"愠陀南颂",总之,"皆

---

① 《大藏经》第五十一册,页 882—883。
② 《高僧传》卷二《鸠摩罗什传》,《大藏经》第五十册,页 332。

以四句为一颂"①。偈颂的作用在于"以少字摄多义",而在体裁上也接近于诗。由于受到中国五、七言诗传统的影响,译成汉文的偈颂以及中国僧人所作的偈颂也多以五、七言为之。尤其是唐代以后,由于受到近体诗的影响,又非常注重平仄声律。朱熹《释氏论》下评曰:"今其所谓偈者,句齐字偶,了无馀欠。至于所谓二十八祖所传法之所为者,则又颇协中国音韵,或用唐诗声律。"(《朱文公文集·别集》卷八)而且,再往下发展,禅师们遂将自己或古德所作之诗(不限于四句,亦不限于五、七言)概称作"偈颂"。如文政编明觉禅师诗二百二十首,系于《明觉禅师语录》卷五、卷六,而总之曰"偈颂";绍隆等编《圜悟佛果禅师语录》,其卷二十即收圜悟禅师的诗作,亦题之曰"偈颂";妙源编《虚堂和尚语录》,卷七亦专收其诗,而名之曰"偈颂",等等。所以,释家文字后来有"偈莂"之称,作诗曰偈,作文曰莂。不过,本文所讨论的仍以四句一偈者为范围。

　　禅宗成立以后,释家固有的偈颂体在形式和内容方面均出现了一些新特色。早期的偈颂,其内容主要是对佛的功德的颂赞,或是对佛教义理的敷演,而禅门偈颂,则或为接引学人,或为悟道证体;早期偈颂理过其辞,质木无文,而禅门偈颂则往往蕴含禅趣,颇有诗意。禅宗以为自性是不可说的,但有时又不得不说,遂往往以形象语状之,强调"活句",崇尚"别趣",追求"言外之意"。因此,其偈颂也就往往与诗相通。如曹山本寂禅师尝书大梅法常偈云:"摧残枯木倚寒林,几度逢春不变心。樵客见之犹不顾,郢人何得苦追寻。"②大梅作

① 法藏《华严经探玄记》卷二,《大藏经》第三十五册,页127。
② 《抚州曹山元证禅师语录》,《大藏经》第四十七册,页530。此诗亦见收于《全唐诗》卷八百二十三,个别文字稍有出入,题名觚章,乃曹山本寂之号。案:此诗实为大梅法常所作,《景德传灯录》卷七并记写作此偈之经过,《全唐诗》误题。

此偈，自比枯木，以辞盐官之请。本寂禅师书此偈，亦以却南平钟王之召。又如丹霞子淳禅师有一偈颂云："长江澄彻印蟾华，满目清光未是家。借问渔舟何处去？夜深依旧宿芦花。"①格律、意境均属于典型的七绝。在这首偈中，"家"代表自性，"渔舟"代表体道者，惟有识取自性（"依旧宿芦花"），才能不为现象（"满目清光"）所惑，不为外境所转。但这却不是枯燥的说理，而是充满了诗意。

在形式上，禅门偈颂由于与"参话头"结合起来，就出现了以某一句话作为其偈的首句，一人作数首，或数人各作一首，以自道参证的心得。圜悟克勤禅师云："参得一句透，千句万句一时透，自然坐得断、把得定。古人道：'粉骨碎身未足酬，一句了然超百亿。'"②"话头"之意，在禅门实即指问题。它或起自某一公案，或出于禅师接引学人之语，其要旨是"疑情"。《大慧普觉禅师语录》卷二十八云："千疑万疑，只是一疑。话头若破……当下冰消瓦解矣。"③学人打破疑团，直透疑情，便可大彻大悟。所以，这又可称作"参禅"。禅门的话头很多，如"柏树子""洗钵盂""麻三斤""干屎橛""狗子无佛性""一口吸尽西江水""不是心，不是佛，不是物""有句无句，如藤倚树""即心即佛"，等等④。与参话头相结合，在宋代就出现了这样一些在形式上颇为特殊的偈颂。兹举二例如下：

例一，《景德传灯录》卷五《吉州青原山行思禅师》下载：

僧问："如何是佛法大意？"师曰："庐陵米作么价？"⑤

---

① 《从容庵录》卷四，《大藏经》第四十八册，页264。
② 《佛果圜悟禅师碧岩录》卷一，《大藏经》第四十八册，页140。
③ 《大藏经》第四十七册，页931。
④ 《大慧普觉禅师语录》卷十四，《大藏经》第四十七册，页869。
⑤ 《大藏经》第五十一册，页240。

此一公案遂流播于丛林,而"庐陵米价"亦成为禅门话头之一。宋法应禅师撰《颂古联珠通集》,其卷九录有数首偈颂,均以"庐陵米价"四字起句:

> 庐陵米价逐年新,道听虚传未必真。大意不须歧路问,高低宜见本来人。(黄龙南)
> 庐陵米价越尖新,那个商量不挂唇。无限清风生阃外,休将升斗计疏亲。(白云端)
> 庐陵米价播诸方,高唱轻酬力未当。觌面不干升斗事,悠悠南北谩猜量。(长灵卓)
> 庐陵米价知不知,合下相酬两莫亏。君信入廛空返者,到头只是爱便宜。(三祖宗)
> 庐陵米价若为酬,入市知行趣自由。借问年来何所直,大宋山河四百州。(佛灯珣)
> 庐陵米价少知音,佛法商量古到今。绣出鸳鸯任人看,无端却要觅金针。(鼓山珪)①

同是对"庐陵米价"公案的参证,但各人的理解并不完全相同。如黄龙慧南以为这句话乃是以"遮断法"回答僧问,佛法大意只可自证,不可外求("大意不须歧路问");而三祖宗则认为青原"庐陵米价"之意,乃在强调行解、实践,如果只是一味滞泥文句,则恰如入市廛者,为图便宜而讨论还价,终究空手而回,对学道人来说,也就是不得自性。

例二,《景德传灯录》卷八《襄州居士庞蕴》下载:

> (庞)之江西参问马祖云:"不与万法为侣者是甚么人?"祖

---

① 《卐续藏经》第一百一十五册,页97。

云:"待汝一口吸尽西江水,即向汝道。"居士言下顿领玄要。①

从此,"一口吸尽西江水"也就成为著名的禅林话头之一了。许多禅师以此为主旨,写下了不少偈颂。《颂古联珠通集》卷十四载:

> 一口吸尽西江水,万古千今无一滴。要知觉理不觉亲,马祖可惜口门窄。(白云端)

> 一口吸尽西江水,洛阳牡丹新吐蕊。簸土扬尘勿处寻,抬眸撞著自家底。(五祖演)

> 一口吸尽西江水,道头便合自知尾。可怜庞老马大师,相逢对面千万里。(佛鉴懃)

> 一口吸尽西江水,大师也是不得已。偶被庞公借问来,尽力道得只如此。(文殊道)

> 一口吸尽西江水,鹧鸪啼在深花里。自有知音笑点头,其来不入聋人耳。(宝峰照)

> 一口吸尽西江水,岭上桃花香扑鼻。枝枝叶叶尽含春,也是因我得礼你。(高庵悟)

> 一口吸尽西江水,涓滴不留洪浪起。驹儿自是不寻常,嘶风弄影斜阳里。(白杨顺)

> 一口吸尽西江水,碓觜生花犹未已。叶叶枝枝垂雨露,须弥藏在针锋里。(大禅明)

> 一口吸尽西江水,庞老不曾明自己。烂醉如泥胆似天,巩县茶瓶三只觜。(松源岳)

> 一口吸尽西江水,千手大悲提不起。碓觜生花春昼长,狸奴白牯皆欢喜。(普庵玉)②

---

① 《大藏经》第五十一册,页263。
② 《卐续藏经》第一百一十五册,页158—159。

从以上的引证中不难看出,禅林偈颂中的这种格式颇为普遍。《人天眼目》卷一至卷三中还收录了以"四料拣""三玄三要""四宾主""黄龙三关""五位君臣"等为主旨的偈颂,其格式与上面所引也是一致的。

除此之外,还有一人作数首偈颂,而均以同一句子起首,与上文所引数人同作一首,而第一句相同的格式属同一类型。如善昭禅师有《证道颂》二十首,每首均以"入圣超凡割爱亲"起句,即为其例。

随着这种格式的扩大,禅师们在作诗时也多用这种格式,如善昭禅师的《南行述牧童》十五首,每首以"我有牧童儿"起句[1];明觉禅师的《日暮游东涧》五首,每首以"极目生晚照"起句;《春日怀古》四首、《春日示众》二首,每首以"门外春将半"起句。兹录《日暮游东涧》五首如下:

> 极目生晚照,溪云偶成朵。大朴曾未分,青山自唯我。
> 极目生晚照,远树笼微阴。谁知清浅流,别有沧海深。
> 极目生晚照,幽情眷兰芷。白蘋叶里风,不在秋江起。
> 极目生晚照,步影何迟迟。归禽古木中,相对频相窥。
> 极目生晚照,蓬莱匪仙境。钓得十二鳌,重来谢孤影。[2]

由于这种格式的普遍化,它对宋代的诗词写作也就产生了影响[3],当然也波及论诗诗。

在宋代论诗诗中,有几组形式上颇为特殊的《学诗诗》,每首均以

---

① 《汾阳无德禅师语录》卷下,《大藏经》第四十七册,页 626。
② 《明觉禅师祖英集》卷五,《大藏经》第四十七册,页 700。
③ 由于禅门偈颂的富有诗意,它本身对士大夫就很有吸引力。王闢之《渑水燕谈录》卷三《奇节》载:"近年士大夫多修佛学,往往作为偈颂,以发明禅理。"即为一例。所以,宋代诗词往往受其影响,如晁冲之《送一上人还滁州琅琊山》诗有"西江一口尽可吸"句,张孝祥《念奴娇·过洞庭》有"尽吸西江"句,均出自禅偈。以此而言,偈颂对论诗诗产生影响也是很自然的。

相同的句子开头。这种格式，如果纯然从诗歌史上来考察，在此之前只存在于民间歌诗中，文人作品中或有此格，也是摹仿民歌之作。例如，韩愈曾有《青青水中蒲》三首，每首均以"青青水中蒲"起句：

> 青青水中蒲，下有一双鱼。君今上陇去，我在与谁居？
> 青青水中蒲，长在水中居。寄语浮萍草，相随我不如。
> 青青水中蒲，叶短不出水。妇人不下堂，行子在万里。①

此诗为民谣体，故郭茂倩《乐府诗集》卷九十一亦收录之。朱彝尊认为此诗"篇法祖《毛诗》"（《韩昌黎诗系年集释》卷一引），大概他是将这组诗视为一首三章，如同《周南·樛木》凡三章，每章起句均为"南有樛木"；《桃夭》三章，起句均为"桃之夭夭"；《兔罝》三章，起句均为"肃肃兔罝"，等等。但韩诗实可视为三首连章体，其篇法尚不能完全与《毛诗》类比。实际上，这种格式在六朝乐府中是常例，如《乐府诗集》卷三十五所收的《三艳妇诗》，卷四十五所收的《黄鹄曲》，卷六十九所收的《自君之出矣》，等等，均是此格。尽管韩愈的有些诗曾经受到佛经偈颂的影响②，但这《青青水中蒲》三首及其格式则显然出于六朝乐府，与偈颂是无关的。而宋代论诗诗中的此种格式，却是受到禅门偈颂的影响。

韩驹（子苍）《陵阳室中语》曾指出："古人作诗，多用方言；今人作诗，复用禅语。盖是厌尘旧而欲新好也。"（《诗人玉屑》卷六引）在宋代，首先将学诗与参禅结合起来的是苏轼。其《夜值玉堂，携李之

---

① 钱仲联《韩昌黎诗系年集释》卷一，页22，上海古籍出版社，1984年3月版。
② 关于此一问题，饶宗颐《韩愈〈南山诗〉与昙无谶译马鸣〈佛所行赞〉》（载日本京都大学《中国文学报》第十九册）及陈允吉《韩愈的诗与佛经偈颂》（载其著《唐音佛教辨思录》）有专论，可参看。

仪端叔诗百馀首,读至夜半,书其后》诗云:"暂借好诗消永夜,每逢佳处辄参禅。"(王文诰《苏文忠公诗编注集成》卷三十)其后,吴可《藏海诗话》亦云:"凡作诗如参禅,须有悟门。"《小园解后录》也载:"人问诗法于韩公子苍,子苍令参此诗(案:指'打起黄莺儿'诗)以为法。"(《诗人玉屑》卷六引)所以,从北宋后期开始,"学诗如参禅"也就成为诗学中的一个话头,而为人反复言及,几乎成为时人的一句"口头禅"。最早将此一话头写成论诗绝句,并造成极大影响的就是北宋末年的吴可(思道)①。其后,龚相(圣任)、赵蕃(章泉)均有和作。《诗人玉屑》卷一载之,凡三组共九首。吴可《学诗诗》:

> 学诗浑似学参禅,竹榻蒲团不计年。直待自家都了得,等闲拈出便超然。
> 学诗浑似学参禅,头上安头不足传。跳出少陵窠臼外,丈夫志气本冲天。
> 学诗浑似学参禅,自古圆成有几联。春草池塘一句子,惊天动地至今传。

龚相《学诗诗》:

> 学诗浑似学参禅,悟了方知岁是年。点铁成金犹是妄,高山流水自依然。
> 学诗浑似学参禅,语可安排意莫传。会意即超声律界,不须炼石补青天。

---

① 潘德舆《养一斋诗话》卷一指出:"晚宋诗人遂以'学诗浑似学参禅'为七绝首句,互相赓和,累累不休,明人亦复效響。噫,异矣!"虽然他反对以禅言诗,且误吴可等人为晚宋诗人,但也承认了其历史影响。

学诗浑似学参禅,几许搜肠觅句联。欲识少陵奇绝处,初无言句与人传。

赵蕃《学诗诗》:

学诗浑似学参禅,识取初年与暮年。巧匠曷能雕朽木,燎原宁复死灰然。

学诗浑似学参禅,要保心传与耳传。秋菊春兰宁易地,清风明月本同天。

学诗浑似学参禅,束缚宁论句与联。四海九州何历历,千秋万岁孰传传。

很明显,这种论诗诗的格式受到了禅门偈颂的影响,与前面所引的有关"庐陵米价"和"一口吸尽西江水"的偈颂是很类似的。这种论诗诗在后来仍有影响,明人都穆、游潜都曾续有和作,分别见《都玄敬诗话》(即《南濠诗话》)卷上和《梦蕉诗话》。直至晚清,樊增祥还作有《赋得"学诗浑似学参禅"和宋人九首》,可见其影响深远。

偈颂对论诗诗的影响,不仅在格式上使论诗诗形成新的特色,而且也体现在内容上,有些论诗诗吸取了禅门偈颂语。例如,王庭珪《赠曦上人》诗云:

学诗真似学参禅,水在瓶中月在天。半夜鸣钟惊大众,崭新得句忽成篇。(《泸溪集》卷六)

其中第二句即出自李翱的悟道偈。《祖堂集》卷四载:

(李翱)相公便礼拜,起来申问:"如何是道?"师指天,又指瓶曰:"云在青天水在瓶。"相公礼拜。后以偈赞曰:"练得身形似鹤形,千株松下两函经。我来相问无馀说,云在青天水在瓶。"

这则公案,《宋高僧传》卷十七、《景德传灯录》卷十四记载略同①。在上则公案中,"云在青天水在瓶"乃是一极自然的现象,这也就是说"平常心是道"。王庭珪借用此语,用以说明学诗者不必刻意求工,以险取胜,只要顺其自然,自有"崭新得句忽成篇"之乐。

禅门偈颂对宋代论诗诗的影响,在形式和内容方面,主要就集中在上述两点。

二、《对寒山子诗》与论诗诗

从论诗诗的角度考察禅学对它的影响,另外值得注意的是晚唐曹洞宗开创者之一曹山本寂禅师的《对寒山子诗》。这是寒山子诗的第一个注本,在当时颇为流行。《宋高僧传》卷十三《梁抚州曹山本寂传》云:"复注《对寒山子诗》,流行寓内。盖以寂素修举业之优也,文辞遒丽,号富有法才焉。"此书早已亡佚,根据我的考论,其原始形态当是以诗"对"诗②,即以诗的形式对寒山诗加以阐发、敷演、诠释的。在现存的禅宗文献中,还可以见到一些遗迹。《景德传灯录》卷十七《福州罗山道闲禅师》下载:

----

① 关于李翱问道于惟俨的故事,或出于僧徒的伪造。宋僧契嵩《镡津文集》卷一《劝书》中已对《宋高僧传》的记载表示怀疑,《四库提要》卷一百五十亦认为这是"缁徒务欲言其皈依,用彰彼教耳"。不过,此偈记载甚早,故对宋人产生影响是完全可能的。《颂古联珠通集》卷十七记载汾阳昭、圆通仙、张无尽、北海心以"云在青天水在瓶"为主旨的偈颂,可证此偈在宋代的影响之广泛。
② 参见张伯伟《禅与诗学》中《寒山诗与禅宗》第三节《曹山本寂禅师〈对寒山子诗〉原貌试探》,页241—248。

僧举寒山诗问师曰:"'百鸟衔苦莱'①时如何?"师曰:"贞女室中吟。"曰:"'千里作一息'时如何?"师曰:"送客游庭外。"曰:"'欲往蓬莱山'时如何?"师曰:"攲枕觑猕猴。"曰:"'将此充粮食'时如何?"师曰:"古剑髑髅前。"②

这里所举的寒山诗,是其一首诗中的前四句。僧每举一句诗相问,道闲禅师便用另一句五言诗相对以答之。还有一种是以整首诗对整首诗的。《续传灯录》卷二十二《漳州保福本权禅师》下载:

　　上堂,举寒山偈曰:"'吾心似秋月,碧潭清皎洁。无物堪比伦,教我如何说。'老僧即不然。'吾心似灯笼,点火内外红。有物堪比伦,来朝日出东。'"传者以为笑。③

这便是典型的以诗对诗了。以上二例,均以寒山诗为对象,可能便是受曹山本寂《对寒山子诗》的影响所致。

　　然而归根结柢,这种方式的流行又是由禅宗的宗旨决定的。禅宗自称"教外别传",而"别传"的特点则在"不立文字"④。因为佛法是不能形诸语言文字,是说不得的。惠能云:"诸佛妙理,非关文字。"⑤良价云:"徒观纸与墨,不是山中人。"⑥神赞禅师更云:"钻他

----

① 此句本作"白鹤衔苦桃",《易林》有"白鹤衔珠,夜室反明"之句,今白鹤乃衔苦桃,反用其语。《五灯会元》卷七亦载此事,僧举寒山诗,首句正作"白鹤衔苦桃",此处有误。
② 《大藏经》第五十一册,页341。
③ 《大藏经》第五十一册,页615。
④ 《祖堂集》卷三载惠可与达摩对话云:"惠可进曰:'和尚此法有文字记录否?'达摩曰:'我法以心传心,不立文字。'"代表了禅宗的特征。
⑤ 《坛经·机缘品》,《大藏经》第四十八册,页355。
⑥ 《筠州洞山悟本禅师语录》,《大藏经》第四十七册,页516。

故纸,驴年去!"(《五灯会元》卷四)所以,禅宗和尚把佛经或比作"鬼神簿,拭疮疣纸"(德山宣鉴禅师语,同上卷七);或拟之为"拭不净故纸"(兴化绍铣禅师语,同上卷十六)。禅师接引人,不是靠"学",而是靠"悟"。以"学"的方法接引后人,是儒家所强调的,表现之一就是章句之学的发达,这在汉代显得尤为特出。而以"悟"的方法来接引学人,则必然轻视章句。怀海禅师云:"不用求觅知解语义句,知解属贪,贪变成病。"①《筠州洞山悟本禅师语录》载:"师会一官人。官人曰:'三祖《信心铭》弟子拟注。'师曰:'才有是非,纷然失心,作么生注?'"②《抚州曹山元证禅师语录》亦载:"僧云:'未审枯木里龙吟是何章句?'师曰:'不知是何章句。'闻者皆丧。"③后二例均出自曹洞宗的开山宗师,在表述上还算有节制,至于临济宗师的比喻则不免粗俗而惊人了:"有一般人不识好恶,向教中取意度商量,成于句义,如把屎块子向口里含了吐过于别人。"④然而学人机有深浅,根有利钝,这样,禅师有时又不得不采取"绕路说禅"的方法。以诗对诗,崇尚活句,也是"绕路说禅"中的一种。这或许就是《对寒山子诗》以及这种方式的产生及流行的根本原因所在。

曹山本寂禅师的《对寒山子诗》开创了禅家的以诗论诗,由于此书流传甚广,同时也由于这种方式符合禅家的精神,所以,后来的禅门师徒间对话,则每每以诗(偈)问答⑤。而文人与僧人交往时,也学会了这种方式。《五灯会元》卷十二《英公夏竦居士》载:"蓝曰:'喝则不无,毕竟那个是相公自家底?'公对以偈曰:'休认风前第一机,太

---

① 《景德传灯录》卷六,《大藏经》第五十一册,页250。
② 《大藏经》第四十七册,页509。
③ 同上书,页529。
④ 《镇州临济慧照禅师语录》,同上注,页501。
⑤ 从《景德传灯录》的记载来看,卒于大历十四年(公元779)的天柱崇慧禅师,可能是最早热衷于以诗说法的人,不过这种方式的流行则要到五代、北宋。

虚何处著思惟。山僧若要通消息,万里无云月上时。'"随其影响的进一步扩大,宋代的论诗诗也每每出现于问答应对之间,这是唐代所没有的。例如,《诗人玉屑》卷一"赵章泉诗法"条载:

> 或问诗法于晏叟,因以五十六字答之云:"问诗端合如何作?待欲学耶毋用学。今一秃翁曾总角,学竟无方作无略。欲从鄙律恐坐缚,力若不加还病弱。眼前草树聊渠若,子结成阴花自落。"

又"赵章泉谓规模既大波澜自阔"条载:

> 蕃尝苦人来问诗,答之费辞。一日阅东莱诗,以此语为四十字。异日有来问者,当誊以示之云:"若欲波澜阔,规模须放弘。端由吾气养,匪自历阶升。勿漫工夫觅,况于治择能。斯言谁语汝?吕昔告于曾。"

以上二例,其方式颇同于禅门师徒之问答应对①。而下一例则是就古代诗人的一联诗加以论述的,颇类似于道闲禅师之答僧举寒山诗。"章泉谓可与言诗"条载:

> 王摩诘云:"行到水穷处,坐看云起时。"少陵云:"水流心不

---

① 这种方式其实对后来的影响也很大,不限于宋朝一代,也不限于论诗诗一体。元刘将孙《如禅集序》载:"往闻汤晦静接后进,每举'喜怒哀乐未发'两语,无能契答者。一日徐径畈以少年书生径诣,请晦静复举此。径畈云:'请先生举,某当答。'晦静举云:'如何是喜怒哀乐未发之谓中?'径畈云:'迟日江山丽。'又举:'如何是发而皆中节之谓和?'应云:'春风花鸟香。'师友各以为自得。"(《养吾斋集》卷十)举杜甫诗以应对,似有得于禅门之风。

竞,云在意俱迟。"介甫云:"细数落花因坐久,缓寻芳草得归迟。"徐师川云:"细落李花那可数,偶行芳草步因迟。"知诗者于此不可以无语。或以二小诗复之曰:"水穷云起初无意,云在水流终有心。倘若不将无有判,浑然谁会伯牙琴?""谁将古瓦磨成砚,坐久归迟总是机。草自偶逢花偶见,海沤不动瑟音希。"公曰:此所谓可与言诗矣。

前一首论王维、杜甫的两联诗,后一首论王安石、徐俯的两联诗。这都是宋代论诗诗受到禅门"以诗对诗"之方式影响的旁证。

三、"三句"与论诗诗

佛教义理,强调圆融无碍,故教语往往三句蝉联。这一点在禅宗,非但不能例外,而且还很突出①。禅宗"三句"的思想,在文献上最早的表述应是《坛经》。《付嘱品》载惠能语曰:"说一切法,莫离自性。忽有人问汝法,出语尽双,皆取对法,来去相因。"又云:"若有人问汝义,问有将无对,问无将有对,问凡以圣对,问圣以凡对。二道相因,生中道义。"②这实际上还是反映了禅宗说法的崇尚活句、不堕一边的基本精神,如鸟之有二翼,车之有两轮,横说竖说,正说反说,相反而又相成。这既然是禅家宗旨之一,所以也必然反映在偈颂中。《五灯会元》卷四《长沙景岑禅师》下载:

> (师)久依南泉,有《投机偈》曰:"今日还乡入大门,南泉亲道遍乾坤。法法分明皆祖父,回头惭愧好儿孙。"泉答曰:"今日

---

① 详见本书内篇第三章《意象批评论》第二节第三小节,外篇第五章《诗话论》第四节第二小节。

② 《大藏经》第四十八册,页360。

投机事莫论,南泉不道遍乾坤。还乡尽是儿孙事,祖父从来不出门。"①

二偈文字稍异,立意有别,可互为补充。又如《明觉禅师祖英集》卷六有《春日示众》诗二首:

　　门外春将半,闲华处处开。山童不用折,幽鸟自衔来。
　　门外春将半,闲华处处开。山童曾折后,幽鸟不衔来。②

又《酬海宗二侍者》诗二首:

　　苏之得兰,其道匪难。扶吾病起,如珠在盘。一兮二兮,自看谁看。
　　兰之得苏,其道必存。扶吾病起,古风入门。二兮一兮,且论勿论。③

都不难发现它们符合于禅宗的思维模式。这种思维模式,也同样影响到宋代的论诗诗。

　　上文曾举出宋代受公案偈颂影响的几组学诗诗,这里可继续从"三句"的角度作进一步的分析。

　　人们也许已经注意到,这几组学诗诗在结构上均为三首蝉联。这并不是偶然的,而是寓含了禅宗"三句"之意。后人仿而效之,不一定深明此理(如明人游潜之作),但作为初创之人则是有意为之的,这

---

① 案:此事亦见载于《景德传灯录》卷十,惟误作南泉禅师问,景岑禅师答。
② 《大藏经》第四十七册,页706。
③ 同上书,页709。

实际上是一种"有意味的形式"。这里，试以吴可的三首《学诗诗》为例分析。

其一：

> 学诗浑似学参禅，竹榻蒲团不计年。直待自家都了得，等闲拈出便超然。

初学者不知所从，往往不得其门而入，这是一个功夫的历程，若求得入门正、起点高，则亦如参禅之人破除迷妄，觅得入处，就是破了第一关。这也就是由"竹榻蒲团不计年"到"直待自家都了得"的过程。

其二：

> 学诗浑似学参禅，头上安头不足传。跳出少陵窠臼外，丈夫志气本冲天。

诗家步趋因袭，其弊在于为前人牢笼，此略似禅家之所谓"有"境，故须一笔扫尽，以"空"境加补救。但若一意孤行，言必己出，而视前人为土苴，又不免成为新的"有"境。从学诗来说，则又成为进一步提高的障碍。徐增《与同学论诗》云："学人能以一棒打尽从来佛祖，方是个宗门大汉子；诗人能以一笔扫尽从来窠臼，方是个诗家大作者。可见作诗除去参禅，更无别法也。"（《说唐诗》卷首）然而刻意求工，实际上往往不免于走上奇险诡谲之路。欲新而未必新，亦非自然，故亦须破之。

其三：

> 学诗浑似学参禅，自古圆成有几联？春草池塘一句子，惊天动地至今传。

最后，诗人指陈了第三关境界。不必求新，而又不得不新，纯以"自然""平常"为宗，即所谓"圆成"。"春草池塘"乃指谢灵运《登池上楼》中"池塘生春草，园柳变鸣禽"一联。谢灵运自云"此语有神助"（锺嵘《诗品》卷中引《谢氏家录》），而叶梦得《石林诗话》卷中的一段分析，尤其有助于我们的理解。叶氏指出：

> "池塘生春草，园柳变鸣禽"，世多不解此语为工，盖欲以奇求之耳。此语之工，正在无所用意，猝然与景相遇，借以成章，不假绳削，故非常情所能到。诗家妙处，当须以此为根本。而思苦言难者，往往不悟。

叶氏所说的"思苦言难"者，颇似停留在第二关境界的人，而诗家的最高境界，却恰恰在于"无所用意""不假绳削"。这里的"无所用意"，是在破除了"思苦言难"之后的境界，略似绚烂之极归于平淡。古人论诗，亦有强调"以意为主"者，这与"无所用意"是在两个不同层次上的要求，所以并不构成矛盾。诗家的这种境界，亦如参禅之人于悟透之后，正说反说，横说竖说，拳打脚踢，扬眉瞬目，无往不可，无非妙道。

由此可见，吴可的这三首学诗诗，实合于禅宗"三句"的精神。所以，其三首蝉联也绝不是无意义的。而要探究其中的诗学原理，也必须将三首联系起来。掇拾割裂，便失其旨①。

禅宗"三句"，其主旨乃在于不沾滞、不执着于一边。所以，"三句"的基本思路，总是先立一义，继破此义，复又再立一义，以对前两义加以涵摄，并层层深入。这种思路对宋代诗论的影响也是很大的。

---

① 羊春秋先生等编注《历代论诗绝句选》，于吴可《学诗诗》三首选一，殊昧此意。湖南人民出版社，1981 年 6 月版。

如叶梦得《石林诗话》以"云门三句"论杜诗,乃极为显著的例子。这里,再以严羽的诗论为例略作说明。

例一,《沧浪诗话·诗辨》:

> 夫诗有别材,非关书也;诗有别趣,非关理也。(第一句)
> 然非多读书、多穷理,则不能极其至。(第二句)
> 所谓不涉理路、不落言筌者,上也。(第三句)

诗的本质是与感情分不开的,此即严羽所谓"诗者,吟咏情性也"(同上)。这种本质的特性,在严羽无以名之,乃用"别材""别趣"名之。从诗的本质来看,它与学问、典故、思想是截然不同的,是"别"属于一种的。故第一句乃立此义。但是,感情的培养也离不开学问与思理,否则,感情也易于流为浅薄浮荡。正如王褒《四子讲德论》中所载:"诗人感而后思,思而后积,积而后满,满而后作。"(《文选》卷五十一)从这个意义上着眼,第二句又破了第一句。然而学问、思理的积累必须内化为感情,从而在发之为诗的时候,能够"不涉理路,不落言筌"。这是诗的最高之境,即第三句,实际上涵摄了前两句之意。后人往往在此问题上抓住第一句而纠缠不休①,实际上却近乎无的放矢。因为在严羽本人,他是三句蝉联,从而得其中道的。

例二,《沧浪诗话·诗法》:

> 学诗有三节:其初不识好恶,连篇累牍,肆笔而成。(第一句)
> 既识羞愧,始生畏缩,成之极难。(第二句)
> 及其透彻,则七纵八横,信手拈来,头头是道矣。(第三句)

---

① 郭绍虞《沧浪诗话校释》于此句后集诸家异说甚多,可参看。人民文学出版社,1983 年 8 月版。

这段文字意思明白显豁，其思路亦合于禅宗"三句"。严羽"以禅喻诗"，论者甚多，而其吸收"三句"的精神以论诗，则尚未有人提及，特于此为之拈出。

一直到近代，仍有人借用"三关"说而论诗，如沈曾植《与金潜庐太守论诗书》云："吾尝谓诗有元祐、元和、元嘉三关。公于前二关均已通过，但著意通第三关，自有解脱月在。"①这从一个侧面说明，禅宗"三句"对诗歌理论的影响是深远的。

第三节　论诗诗的发展

从中国文学批评史的角度而言，论诗诗之所以区别于选本、摘句、诗格、诗话、评点者，主要的不是其内容，而是其形式。因此，探讨论诗诗的历史发展，也应重视其形式本身的变化。

宗廷辅《古今论诗绝句》于戴复古《论诗十绝》下云："宋人论诗，都见诗话。惟以诗论诗，止此十绝。石屏一生得力，略尽此十绝中。即有宋一代诗学，亦略包此十绝中。"这些意见当然不符合事实。不仅宋人论诗诗不止戴复古一家，而且戴氏十绝也远远无法包容有宋一代的诗学。但在论诗诗的历史发展中，首次在题目上出现"论诗"的，则当推戴复古。稍后的史弥宁，有《评诗》一首。在北方的金源，元好问则在题目中标明自己写的是"论诗"诗，如《论诗三十首》《论诗三首》等。在诗的领域中正式打出了"论诗"的旗号。这正是自杜甫以降，唐、宋论诗诗普遍发展的必然结果。唐、宋两代的论诗诗，有古体，有近体，有五言，有七言，尽管在题目上常未标明，而每以读某

① 郭绍虞等主编《中国历代文论选》第四册，页291，上海古籍出版社，1980年11月版。

人诗、题某人集为目,甚至见于赠答之篇,但这些诗的数量是很多的。所以方回编《瀛奎律髓》,有见于此,特于卷三十六专辟"论诗类",正是一个标志。

戴复古、元好问的论诗诗都继承了杜甫而来。戴氏《论诗十绝》第一首云:"文章随世作低昂,变尽《风》《骚》到晚唐。举世吟哦推李、杜,时人不识有陈、黄。"(《石屏诗集》卷七)这是说一代有一代之文学,承杜甫"王、杨、卢、骆当时体"之语而来。元氏《论诗三十首》开篇自述其撰述宗旨云:"汉谣魏什久纷纭,正体无人与细论。谁是诗中疏凿手? 暂教泾、渭各清浑。"(《遗山诗集》卷十一)此即杜甫"别裁伪体亲风雅"之意。同时,在形式上,他们都采用了绝句体组诗,并较杜甫有所扩大。郭绍虞先生曾指出:"此二者都是源本少陵,但是各得其一体。戴氏所作,重在阐说原理;元氏所作,重在衡量作家。这正开了后来论诗绝句的两大支派。"①不过,从论诗诗的历史发展来看,元好问对后世的影响要远远超过戴复古。因此,将戴复古说成是后世论诗绝句的一派之祖,并无确凿可靠的依据。相反,元好问的影响却是班班可考的。这又涉及到戴、元二氏的区别所在了。

一、戴复古《论诗十绝》

戴复古《论诗十绝》乃游闽时所写,当为其晚年之作。诗前小序云:

> 昭武太守王子文,日与李贾、严羽共观前辈一两家诗及晚唐诗,因有论诗十绝。子文见之,谓无甚高论,亦可作诗家小学须知。(《石屏诗集》卷七)

---

① 郭绍虞《中国文学批评史》,页296。

这里提到的王子文,即王埜;李贾,即李友山,此二人均曾为戴氏诗集作序。严羽年辈虽低于戴氏,但两人友情甚笃,为忘年交。《论诗十绝》偏于谈诗歌理论,这些理论,多能在戴氏诗集或其师友的文字中得到印证。略陈如下:

> 文章随世作低昂,变尽风骚到晚唐。举世吟哦推李、杜,时人不识有陈、黄。(其一)

戴氏论诗主变化的观点(不是退化或进化),认为文章优劣,与时代先后无关,所谓"性情元自无今古,格律何须辨宋、唐。"(戴东野《有妄论宋唐诗体者》,《石屏诗集》卷九)其《谢东倅包宏父》诗云:"诗文虽两途,理义归乎一。风骚凡几变,晚唐诸子出。本朝师古学,六经为世用。诸公相羽翼,文章还正统。"(《石屏诗集》卷一)包恢为其诗集作序,亦记载道:"尝闻有语石屏以本朝诗不及唐者,石屏谓不然,本朝诗出于经,此人所未识而石屏独心知之。"(《石屏诗集》卷首)翁方纲取径宋诗,尤其欣赏戴氏此语[1]。看来,戴氏的这一观点与他曾"见知于真西山"(方回《跋戴石屏诗》,《桐江集》卷四)并受其影响是有关的。

> 曾向吟边问古人,诗家气象贵雄浑。雕镂太过伤于巧,朴拙惟宜怕近村。(其三)

此主气象雄浑之说。吴子良《石屏诗后集序》指出戴诗兼有气象和

---

[1] 《石洲诗话》卷四云:"石屏有《论诗十绝》,其论宋诗曰:'本朝诗出于经。'此人所未识而复古独心知之。又谓:'胸中无千百卷书,如商贾乏赍本,不能致奇货。'此皆务本之言。"

平,才力雄浑之长,以气象及雄浑为言,可见其理论与创作的呼应。同时,这也是当时人较为共同的追求。如《吴氏诗话》①卷上批评陈师道的诗"气象浅露,绝少含蓄";严羽《沧浪诗话》亦强调"气象雄浑",为其标举的"诗法""诗品"之一。其《诗评》云:"汉魏古诗,气象混沌,难以句摘。"又云:"建安之作,全在气象,不可寻枝摘叶。"均可与戴氏之论参证。

> 陶写性情为我事,留连光景等儿嬉。锦囊言语虽奇绝,不是人间有用诗。(其五)
> 飘零忧国杜陵老,感寓伤时陈子昂。近日不闻秋鹤唳,乱蝉无数噪斜阳。(其六)

此二首当合观之。诗固然是"陶写性情",但决不可"留连光景"。诗人的性情应与时代社会相结合,所以他推崇杜甫的"忧国"之志,和陈子昂"感寓伤时"之心。戴氏生当南宋衰世,他希望诗人能如"秋鹤"高唳,以振奋民族精神,而当时的诗人却不关心国事民瘼,专在风云月露、闲情野趣,故戴氏比之为一片"乱蝉"之声。王子文《石屏诗序》指出:"近岁以诗鸣者,多学晚唐。致思婉巧,起人耳目,然终乏实用。……式之独知之,长篇短章,隐然有江湖廊庙之忧,虽抵时忌、忤达官,弗顾也。"(《石屏诗集》卷首)在这一点上,其创作与理论也是一致的。

> 欲参诗律似参禅,妙趣不由文字传。个里稍关心有会(一作"悟"),发为言句自超然。(其七)

---

① 吴氏有《荆溪林下偶谈》,明人从中辑出其论诗语,汇成《吴氏诗话》二卷。

将学诗与参禅比观,本是宋人的通论,戴氏亦承此风气。故其《寄报恩长老恭率翁》诗云:"好留一室馆狂客,早晚来参文字禅。"(《石屏诗集》卷一)又《谢吴秘丞作石屏集后序》诗云:"向来江海疏狂客,今作山林老病僧。"(同上注,卷六)可知戴氏与释氏颇有因缘。在戴氏的师友中,赵蕃(章泉)和严羽也对其诗禅说有影响。赵蕃曾序其诗,又曾选其诗。上一节论述禅学对宋代论诗诗的影响时,我曾举出三组学诗诗,每首均以"学诗浑似学参禅"起句,其中一组即为赵氏所作。赵诗乃为和吴可等人的《学诗诗》三首而作,试看吴可"直待自家都了得,等闲拈出便超然"之句,不就是戴氏"个里稍关心有会,发为言句自超然"之意么?而"欲参诗律似参禅",亦即来自"学诗浑似学参禅"。严羽的《沧浪诗话》,其最大的特点便是"以禅喻诗"。戴复古《祝二严》诗有云:"羽也天姿高,不肯事科举。风雅与骚些,历历在肺腑。持论伤太高,与世或龃龉。长歌激古风,自立一门户。"(《石屏诗集》卷一)据其语意推知,《沧浪诗话》其时或已成书,而《论诗十绝》则作于此后,故戴氏诗禅说可能受到严羽的影响,至少也互为影响。

> 草就篇章只等闲,作诗容易改诗难。玉经雕琢方成器,句要丰腴字要安。(其十)

戴氏颇喜以玉比诗,强调雕琢功夫。其《题郑宁夫玉轩诗卷》云:"良玉假雕琢,好诗费吟哦。诗句果如玉,沈、谢不足多。玉声贵清越,玉色爱纯粹。作诗亦如之,要在工夫至。辨玉先辨石,论诗先论格。诗家体固多,文章有正脉。细观玉轩吟,一生良苦心。雕琢复雕琢,片玉万黄金。"(《石屏诗集》卷一)但同时需要指出,戴氏也反对破坏了雄浑气象的雕琢,即所谓"雕镂太过伤于巧"。

除论诗诗外,戴复古尚有论词词值得一提。其《望江南》小序云:

"壶山宋谦父寄新刊雅词,内有《壶山好》三十阕,自说生平,仆谓犹有说未尽处,为续四曲。"其三云:"壶山好,文字满胸中。诗律变成长庆体,歌词绰有稼轩风,最会说穷通。"(《石屏诗集》卷八)此亦论诗诗之流裔。

二、元好问《论诗三十首》及其对后世的影响

如上所述,元好问与戴复古,他们的论诗诗都继承了杜甫,又各得其一体。清人的论诗诗,大致就是沿着这两方面发展的。但是两人比较起来,元好问对后世的影响却远远超过戴复古①。

戴复古的《论诗十绝》作于其晚年,而《论诗三十首》却是元好问青年时期的作品。其题下自注云:"丁丑岁三乡作。"丁丑岁是金宣宗兴定元年(公元 1217),当时元氏二十八岁。这一记载似未可遽尔否认②。

与《论诗十绝》相较而言,元氏《论诗三十首》有以下两个特点:

其一,《论诗十绝》偏于谈理论,《论诗三十首》则偏于论作家,而在评论作家中又贯穿了其诗歌理论。如果按照现代文学理论来划分的话,则前者属于理论批评,而后者属于实际批评。在中国古代文学批评史上,批评家往往更注重将理论体现于实际批评之中。《论诗三十

---

① 对戴氏有好评者后世不多,如焦袁熙《阅宋人诗集十七首》之一云:"少陵不是村夫子,那有儿孙得许多。"自注:"如戴石屏之流,乃真粗俗,真村鄙耳。"又其二:"漫夸昭代根经术,尔辈堪登学究科。"自注:"'本朝诗出于经',是戴石屏语。"见郭绍虞等编《万首论诗绝句》,页 283。偶有赞成者,如钱世锡《论宋人绝句十二首和陈检斋司马》其七云:"不尽唐贤作典型,欧、梅、苏、陆各门庭。盛时诗律从经出,深识无如戴石屏。"《万首论诗绝句》,页 602。

② 周本淳先生有《元好问〈论诗绝句〉非青年之作》,载《江海学刊》1989 年第 4 期。但此诗自注明确说"丁丑岁三乡作",即其初稿乃二十八岁时作。至于最末一首所云"老来留得诗千首,却被何人校短长",乃悬揣之辞,非作诗时语,读者未可昧于诗意。

首》对后世的影响比《论诗十绝》大得多,这或许是重要的原因之一。

其二,《论诗十绝》虽然偏重理论,但却没有一个诗学宗旨贯穿其间。第一首谈时人宗晚唐,第二首反对戏谑为文,第三首主雄浑,第四首贵独创,五、六首重实用,七、八首言妙悟,第九首谈用韵,第十首讲工夫,首尾未能一以贯之,读者亦无由识其主旨所在。所以"子文见之,谓无甚高论",戴氏亦自称"可作诗家小学须知"(《石屏诗集》卷七),虽是谦词,倒也符合实际。而《论诗三十首》却是有其诗学宗旨的,这就是"正""真"二字。其诗开宗明义云:

> 汉谣魏什久纷纭,正体无人与细论。谁是诗家疏凿手? 暂
> 教泾、渭各清浑。

翁方纲《石洲诗话》卷七云:

> "正体"云者,其发源长矣。由汉、魏以上推其源,实从《三
> 百篇》得之。盖自杜陵云"别裁伪体""法自儒家",此后更无有
> 能疏凿河源者耳。

"正"与"真"乃是儒家对诗歌的要求,亦元氏之说所由自。其门人郝经在《遗山先生墓铭》中指出:"诗自《三百篇》以来,极于李、杜,其后纤靡淫艳,怪诞癖涩,寖以驰弱,遂失其正。"而元好问"当德陵之末,独以诗鸣,上薄风雅,下规李、杜,粹然一出于正,直配苏、黄氏"。又谓其理论撰述"识诗文之正而传其命脉,系而不绝"(《陵川集》卷三十五)。这均为其论诗主"正"的说明。与"正"紧密相连的是"真"。他评陶渊明:"一语天然万古新,豪华落尽见真淳。"(其四)评《敕勒歌》:"穹庐一曲本天然。"(其七)评江西派诗人:"精纯全失义山真。"(其二十八)他批评潘岳,为其"心画心声总失真"(其六),他主张"心

声只要传心了"（其九），认为"暗中摸索总非真"（其十一）。这正是元好问的诗学宗旨所在。其晚年所作《杨叔能小亨集引》，将"正"与"真"绾而为一，以"诚"字为诗之"本"。他说：

> 唐诗所以绝出《三百篇》之后者，知本焉尔矣。何谓本？诚是也。……故由心而诚，由诚而言，由言而诗也，三者相为一。……故曰："不诚无物。"夫惟不诚，故言无所主，心口别为二物，物我邈其千里，漠然而往，悠然而来，人之听之，若春风之过焉耳。其欲动天地，感鬼神，难矣。其是之谓本，唐人之诗，其知本乎？何温柔敦厚、蔼然仁义之言之多也！（《遗山先生文集》卷三十六）

论诗贵有宗旨，杜甫《戏为六绝句》如此，元好问《论诗三十首》亦如此，所以能对后世有较大影响。

和宋人的许多论诗诗一样，元好问的论诗诗也受到禅学的影响。例如，其《论诗三首》之三云："晕碧裁红点缀匀，一回拈出一回新。鸳鸯绣了从教看，莫把金针度与人。"（《遗山诗集》卷十四）后两句虽为禅门习语，但经过元好问的运用后，乃为人所习知①。又其《答俊

---

① 例如，《黄龙慧南禅师语录》："鸳鸯绣出从君看，莫把金针度与人。"（《大藏经》第四十七册，页 637）《圜悟佛果禅师语录》卷七："鸳鸯绣出从君看，不把金针度与人。"（同上，页 744）《五灯会元》卷十四，惟照禅师拈柱杖曰："鸳鸯绣出从君看，不把金针度与人。"又卷二十，行机禅师示众云："鸳鸯绣出从君看，不把金针度与人。"后人则多以元氏为代表，如丁咏淇《论诗绝句》之二："绣出鸳鸯教细看，金针度与慧心人。"自注："'鸳鸯绣了从君看，莫把金针度与人。'余以为遗山吝教矣，作此转语，戏为先生解嘲。"（《万首论诗绝句》，页 340）杨秀莹《论诗绝句（翻阅近时诸家诗集，戏效元遗山体）》论沈德潜诗自注："归愚诗不乏才笔神韵之作，所选《别裁集》诗多取风格一派，即遗山所谓'鸳鸯绣出从君看，不把金针度与人'也。"（同上，页 964）张恒润《论诗》之七云："古调谁言久不传，遗山指点在遗编。不从绣出鸳鸯看，度与金针亦枉然。"（同上，页 980）

书记学诗》,首二句"诗为禅客添花锦,禅是诗家切玉刀"(同上),沟通诗禅,不仅元氏本人颇为自得①,亦为后人习诵。

元代的诗受元好问影响甚大。张景星《元诗别裁序》指出:"遗山未尝仕元,而巨手开先,冠绝于时。"顾嗣立《寒厅诗话》也指出:"元诗承宋、金之季,西北倡自元遗山(好问),而郝陵川(经)、刘静修(因)之徒继之,至中统、至元而大盛。"元初诗人出自元氏门下及受其影响的远不止郝、刘二人,另如李俊民、段克己、段成己、刘鹗、杨奂、耶律楚材、刘秉忠、许衡、姚枢、姚燧、王恽等人均是。以王恽为例,他不仅在《遗山先生口诲》中记载了元好问对他的教诲,而且在元氏去世以后,他还魂牵梦萦。其《五年六月初八日夜梦遗山先生指授文格,觉而赋之,以纪其异》诗云:"分明昨夜梦遗山,指授文衡履约间。道必细论能出理,文徒相剽亦何颜。"(《秋涧先生大全集》卷十四)正因为元好问在元代诗名甚高,他的诗文集也刊印了多次。如中统三年本、至元七年本和至顺元年本。所以,元代的论诗诗也很自然地受到了他的影响。

元人的论诗诗,有不少是以七律体写成的,而且在标题上就写明"评诗"或"论诗",这在过去的七律体论诗诗中是极少见的。例如,侯克中《读诗》《评诗二首》,释善住《论诗》,虞集《与赵伯高论诗》等,均为七律。这又是曲折地受到了元好问的影响所致。在古代诗人中,元好问是以七律体而擅长的,所以曾国藩《十八家诗钞》于各家均取其所长之体,于元氏就独取七律,并以之为十八家之结穴。元氏又编《唐诗鼓吹》十卷,专选唐人七律。以七律作为唐诗代表的选集,

---

① 元好问对自己的这两句诗颇为欣赏,其《暠和尚颂序》中又云:"予亦尝赠嵩山俊侍者诗云:'诗为禅客添花锦,禅是诗家切玉刀。'暠和尚添花锦欤?切玉刀欤?"(《遗山先生文集》卷三十七)

这恐怕是第一部,也显示了元好问的一种批评眼光①。元人郝天挺曾为此书作注②,卢挚《序唐诗鼓吹注》云:"《唐诗鼓吹集》者,遗山先生元裕之所作。公幼学于遗山,尝以是集教之诗律。公慨师承之有自,故为之注。"受其影响,故元人之诗,多重唐音;而于唐诗之中,又尤重七律。元人的诗学著作,如《诗法家数》《诗法源流》《木天禁语》《诗学禁脔》等,内容也多集中在七律③。由重视七律而多写七律,并进而多以七律论诗,溯其渊源,不得不说是受元好问的影响所致。

明代的论诗诗主要受杜甫的影响,但没有多少发展,亦乏鲜明特色。如方孝孺《读诗五首》、薛蕙《戏成五绝》、王九思《漫兴十首》等,颇似杜甫《戏为六绝句》《解闷》诸作。另外如都穆的《学诗诗》和游潜的《学诗诗》,则仿宋人"学诗浑似学参禅"三首蝉联的形式,不免邯郸学步、东施效颦。

元好问《论诗三十首》的影响至清代而又大兴,仿效之作连篇累牍。如王士禛《戏仿元遗山论诗绝句四十首》④,马长海《效元遗山

① 可以稍资对比的是,李怀民《重订中晚唐诗主客图说》认为,唐人专攻五律,不轻作七律诗,因此五律才是唐诗的代表。"今略五言而学其七言,是弃其长而用其短也,吾之订唐诗而不及七言,诚欲力矫此弊。"这又代表了另一种批评眼光。

② 王士禛《池北偶谈》卷六"两郝天挺本末"云:"金、元间有两郝天挺,一为元遗山之师,一为遗山弟子。"

③ 这些书的署名都是当时诗坛名流,其实多为书贾所伪托。但从反映的内容来看,仍可以发现当时的诗学倾向。参见张伯伟《元代诗学伪书考》,《中国诗学研究》页47—63。

④ 王士禛《渔洋诗话》卷上云:"余往如皋,马上成《论诗绝句》四十首,从子净名(启浣)作注,人谓不减向秀之注《庄》。"《渔洋山人精华录》选其三十二首,翁方纲《石洲诗话》卷八、宗廷辅《古今论诗绝句》则录三十五首。翁方纲又云:"其谓从子某作注者,或即先生自注,犹夫《精华录》,或云托名门人手也。"

论诗绝句四十七首》，袁枚《仿元遗山论诗三十八首》，谢启昆《读全宋诗仿元遗山论诗绝句二百首》，张晋《仿元遗山论诗绝句六十首》，彭光澧《论国朝人诗仿元遗山三十六首》，叶绍本《仿元遗山论诗得绝句廿四首》，吴应奎《读明人诗戏仿遗山论诗绝句三十五首》，等等。又如吴衡照《冬夜读诗偶有所触，辄志断句，非仿遗山论诗也，得十五首》，虽然题目上说"非仿遗山论诗"，但其心目中实有一遗山在。即使有对元好问不能苟同者，也同样是一种影响。如宫尔铎《读元遗山王渔洋论诗绝句，爱其文词之工，惜其所言尚非第一义，漫成此作，以质知音》二十五首，李希圣《元遗山论诗有贵贱之见，作此正之》《遗山论文又有南北之见，复作此正之》，而至今尚未发现有"仿戴复古《论诗十绝》"之类的作品。所以，元好问的《论诗三十首》是继杜甫《戏为六绝句》之后论诗诗发展的又一高峰。

三、清代论诗诗的新貌

论诗诗发展到清代而大盛，最突出的标志是数量众多。郭绍虞等编《万首论诗绝句》，清代（包括近代）占八分之七，唐宋金元明五朝仅占八分之一。清代的论诗诗各体皆备，不胜枚举。当然，最突出的还是论诗绝句。清人的论诗绝句往往连篇累牍，以超过百首者言之，如钱陈群《宋百家诗存题词》一百首，谢启昆《读全唐诗仿元遗山论诗绝句一百首》《读全宋诗仿元遗山论诗绝句二百首》，林昌彝《论本朝人诗一百五首》，方廷楷《习静斋论诗百绝句》，廖鼎声《拙学斋论诗绝句一百九十八首》，沈景修《读国朝诗集一百首》，陈融《读岭南人诗绝句》录三百十一首①。由于数量繁多，有人甚至从本集中裁出单行，如冯继聪《论唐诗绝句》二卷五百七十一首，陈芸《小黛轩论

---

① 此据《万首论诗绝句》所收，编者题下注云："录三百十一首。"可知原稿更多。

诗诗》二卷二百二十一首。除论诗绝句以外,清人还有论词绝句和论曲绝句,如厉鹗《论词绝句》十二首,凌廷堪《论曲绝句》三十二首,均属清人对论诗诗领域的开拓。至于舒位以联章律诗为论诗诗(舒氏还有《论曲绝句》十四首),如《向读〈文选〉诗,爱此数家,不知其人可乎,因论其世,凡作者十人,诗九首》;朱祖谋的论词词,如《望江南·杂题我朝诸名家词集后》二十六阕等,虽非独创,但规模宏大,论述精微,则又迈越前修,独步古人。这些方面汇聚起来,便形成了清代论诗诗的多彩多姿的风貌。

从渊源上来看,清人的论诗诗主要还是受到杜甫和元好问的影响。如上所述,元好问的影响比较明显,往往在题目上就已经有所表现。受杜甫影响的论诗诗,虽然也有在题目上标明者,如卢世㴶《仿杜为六绝句》,张九铖《戏为六绝句》《又戏为六绝句效杜老》,柳商贤《拟杜戏为六绝句》,陈书《仿少陵戏为六绝句原韵》《戏为绝句仿杜老》等,但更多的是在具体的论诗过程中体现。这里以钱谦益的论诗诗为例略作说明。

钱氏《姚叔祥过明发堂,共论近代词人,戏作绝句十六首》(《初学集》卷十七),标题中的"戏"字,即已暗示了与杜甫《戏为六绝句》的关系。在内容上,钱氏也屡屡化用杜甫(亦有元好问)的论诗诗以表明自己对他们的继承。例如其一:

> 姚叟论文更不疑,孟阳诗律是吾师。溪南诗老今程老,莫怪低头元裕之。(自注:元裕之谓辛敬之论诗,如法吏断狱,如老僧得正法眼。吾于孟阳亦云。)

前两句化用杜甫《解闷》诗中"李陵、苏武是吾师,孟子论文更不疑";后两句则以辛愿(字敬之,号溪南诗老)比程嘉燧,而又以元好问(裕之)自比,一方面表示对程氏的敬佩,另一方面也以继承元好问自居。

其二：

> 一代词章孰建镳，近从万历数今朝。挽回大雅还谁事？嗤点前贤岂我曹。

第三句即元好问《论诗三十首》中"谁是诗中疏凿手"之意，第四句则从《戏为六绝句》中"今人嗤点流传赋""历块过都见尔曹"中化出。

其三：

> 峥嵘汤义出临川，小赋新词许并传。何事后生饶笔舌，偏将诗律议前贤。

二、四句化用《戏为六绝句》中"今人嗤点流传赋，不觉前贤畏后生"意。其四：

> 高、杨、文、沈久沉埋，溢缥盈缃粪土堆。今体尚馀王伯①谷，百年香艳未成灰。

此首论明代吴中高启、杨基、文徵明、沈周四子诗，虽久已沉埋，而嗣响不绝。钱曾注云："吴中自北郭十子之后，风流文翰，声尘超然。……迨及王稚登（伯谷），咀华披秀，流传香艳，复擅词翰之席者三十馀年。盖文、沈之遗韵，至伯谷而如有所归结焉。"此与《戏为六绝句》中"王、杨、卢、骆当时体""不废江河万古流"二句略同。其六：

> 楚国三袁季绝尘，白眉谁与仲良伦。过都历块皆神骏，秋驾

---

① "伯"字原作"百"，疑涉下"百年"误。王稚登字伯谷，兹据改。

何当与细论？

后二句分别从《戏为六绝句》中的"龙文虎脊皆君驭，历块过都见尔曹"，及《春日忆李白》的"重与细论文"中化出。其十一：

> 不服丈夫胜妇人，昭容一语是天真。王微、杨宛为词客，肯与锺、谭作后尘？

末句仿《戏为六绝句》中的"恐与齐梁作后尘"。其十二：

> 草衣家住断桥东，好句清如湖上风。近日西陵夸柳隐，"桃花得气美人中"。（自注：《西湖诗》云："垂杨小苑绣帘东，莺阁残枝蝶趁风。最是西陵寒食路，桃花得气美人中。"）

以他人诗句结束论诗诗，此格出自元好问①。如《论诗三十首》其五"老阮不狂谁会得？'出门一笑大江横'"，末句出自黄庭坚《王充道送水仙花五十枝，欣然会心，为之作咏》；又其十六"鉴湖春好无人赋，'夹岸桃花锦浪生'"，结句乃李白《鹦鹉洲》中诗句。其十六：

> 梁溪欣赏似南村，甲乙丹铅静夜论。丽句清词堪大嚼，老夫只合过屠门。

第三句盖本《戏为六绝句》中"清词丽句必为邻"。钱谦益在清初诗

① 《后山诗话》云："子美《怀薛据》云：'独当省署开文苑，兼泛沧浪学钓翁。''省署开文苑，沧浪忆钓翁。'据之诗也。"此杜甫《解闷》十二首之一，亦论诗诗。但文字有异，尚不够典型。故将此格推自元好问。

坛地位甚高,从这个意义上说,他的论诗绝句,实奠定了清人论诗诗的基调。

在清代论诗诗的历史上,另一个代表人物是王士禛。他有《戏仿元遗山论诗绝句四十首》(现存三十五首),对后世有较大影响。清人说到论诗诗的一体的演变,往往在元好问之后就举到王士禛。如丁咏淇《论诗绝句自序》云:"论诗绝句发源于杜陵,衍派于遗山,疏瀹决排于渔洋、尧峰、迦陵。"①刘汲跋张晋《仿元遗山论诗绝句六十首》云:"元遗山《论诗绝句》,渔洋仿之,久已脍炙人口。"②黄维申《论诗绝句序》云:"元遗山论诗多主严刻,国朝王新城效其体,立论较精。"③所以后来就有人自题为仿王士禛而作,如方于谷《仿王渔洋论诗绝句四十首》。综上所述,清人的论诗诗,主要渊源于杜甫和元好问,朱庭珍《论诗》最末一首云:"持衡窃比遗山叟,敢道前贤畏后生。"④即绾合杜、元为一,可以视为清人论诗诗之渊源的象征。

清代论诗诗数量极夥,除了继承的一面,同时也有所新创和开拓。

清人的论诗诗,大别亦有两派,即阐述理论和评论诗人。前者如赵执信《论诗二绝句》,宋湘《说诗八首》,张问陶《论诗十二绝句》等,后者如洪亮吉《道中无事偶作论诗截句二十首》。从评论诗人的来看,有专论某一书者,如虞景璜《读葩经杂咏四十二首》;有专论某一诗人者,如田雯《读东坡集偶题》五首;有分论几位诗人者,如黄承吉《读文选偶作》四首;有历论诸朝诗人者,如廖鼎声《拙学斋论诗绝句一百九十八首》,略分总论、唐人、五代、宋人、明人、国朝、自题论诗

---

① 《万首论诗绝句》,页340。案:此处将汪琬(尧峰)、陈维崧(迦陵)与王士禛相提并论,从论诗诗的角度看,三人似未能旗鼓相当。

② 同上书,页671。

③ 同上书,页1293。

④ 同上书,页1050。

等;有概论一代诗人者,如谢启昆《论明诗绝句九十六首》;有论某一时期诗人者,如邓方《冬日阅国初诸家诗,因题绝句八首》;有论某一地域诗人者,如夏葆彝《论湖北诗绝句二十首》;还有专论某一类诗人者,如章鹤龄《读布衣诸老诗各书一绝》之专论布衣之作,张佩纶《论闺秀诗二十四首》之专论女性之作。至于专谈理论或在评论诗人中兼谈理论者,则往往随作者本人诗学观的不同,从而表现出不同的理论倾向。如王士禛标举"神韵说",其《论诗绝句》之二云:"五字'清晨登陇首','羌无故实'使人思。定知妙不关文字,已有千秋幼妇词。"(《渔洋山人精华录训纂》卷五下)就暗示了其理论与锺嵘《诗品》及严羽《沧浪诗话》的关系。而袁枚崇尚"性灵说",其《仿元遗山论诗》之五云:"他山书史腹便便,每到吟诗尽弃捐。一味白描神活现,画中谁似李龙眠。"又最末一首云:"天涯有客太詅痴,错把抄书当作诗。抄到锺嵘《诗品》日,该他知道性灵时。"(《小仓山房诗集》卷二十七)这都是由作者的诗学观所决定的。

从内容上来看,清代论诗诗有以下几方面的开拓,特别值得重视:

其一,论诗话。诗话是古代文学批评的一种著述方式,用论诗诗的方式论诗话,可说是批评之批评。究其起源,可溯自元好问《自题中州集后五首》、徐祯卿《自题谈艺录三绝句》,但至清代始蔚为风气。如谢启昆《书五代诗话后三十首》《书周松霭辽诗话后二十四首》,洪亮吉《赵兵备翼以所撰唐宋金七家诗话见示率跋三首》,黄承吉《偶题沧浪诗话三首》、徐时栋《病后读雨村诗话》、谢章铤《读全闽诗话杂感》等。其中又以针对袁枚《随园诗话》者为多。或赞美,或批评。如王梦篆《重读随园诗话》云:

> 诗多学问性灵该,话似躬承辟咡来。读到我心先得处,每因

感触长诗才。①

以学问济性情，是袁枚诗学主张之一，王氏亦表赞同之意。又如锺廷瑛《阅随园诗话题后》云：

> 词坛跌宕老袁丝，麈话翩翩亦自奇。红药含春薇卧晚，只多标榜女郎诗。②

这是对袁枚多举闺秀诗为说而发的议论，在清代，这样的观念显然已经落伍。《随园诗话》在当时极为风行，所以论诗诗亦多涉及。赵执信的《谈龙录》针对王士禛而发，此为当时诗坛一大公案，所以论诗诗也多有涉及，如任承恩《读赵秋谷谈龙录》、茹纶常《题谈龙录》等。研究文学批评史，古人的这些批评之批评的材料是值得重视的③。

其二，论闺秀。清代论诗诗中，以女性诗为对象者甚多，如沈彩《论妇人诗绝句四十九首》、高篃《论宫闺诗十三首》、汪端《论宫闺诗十三首和高湘筠女史》、张佩纶《论闺秀诗二十四首》，至于陈芸的《小黛轩论诗诗》二百二十一首，更是联篇累牍。从作者来看，上面所举诸家论诗诗，除张佩纶外，其馀均为女性。有论历代闺秀诗者，如沈彩之作；有论一朝闺秀诗者，如陈芸之作。在女性作者的论诗诗中，其内容并不限于评论女性之作。尤其需要指出的是，除了评论诗人的论诗诗外，有的女性还表现出了理论兴趣。如席佩兰《论诗绝

---

① 《万首论诗绝句》，页 683。
② 同上书，页 577。案：末两句化用元好问《论诗三十首》："'有情芍药含春泪，无力蔷薇卧晚枝。'拈出退之《山石》句，始知渠是女郎诗。"
③ 关于论诗诗与诗话的关系，郭绍虞《诗话丛话》有详论，收入《照隅室杂著》，可参看。

句》云：

> 柈腹何曾会吐珠，詅痴又恐作书厨。游蜂酿蜜衔花去，到得成时一朵无。
> 沉思冥索苦吟哦，忍见儿童踏臂歌。字字入人心坎里，原来好景眼前多。
> 风吹铁马响轻圆，听去宫商协自然。有意敲来浑不似，始知人籁不如天。
> 清思自觉出新裁，又被前人道过来。却便借他翻转说，居然生面独能开。①

可见其崇尚自然、镕裁诸家的诗学追求。在论闺秀的诗篇中，还有涉及域外者，但由于道听途说，往往有误。如陈文述《题朝鲜女士许兰雪景樊诗集》②，简说如下：

> 中华传唱艳倾城，东国声诗最擅名。王母侍儿都绝世，《步虚》只有许飞琼。

兰雪轩许氏为朝鲜女性诗人中的代表。朱之蕃在明万历年间出使朝鲜，许筠出其姊氏诗集示之，遂传入中国，为人所称。朝鲜李宜显《陶谷集》卷二十八《杂著》云："明人绝喜我东之诗，尤奖许景樊诗，选诗者无不载景樊诗。"③其诗被选入《朝鲜诗选》《朝鲜古诗》《古今名媛汇诗》《列朝诗集》《明诗综》《明诗选》《诗归》等。《步虚词》为其代

---

① 《万首论诗绝句》，页867。
② 同上书，页710。
③ 《韩国文集丛刊》第一百八十一册，页455。

表作，"效刘梦得而清绝过之"①。

> 丽才不数月婷君，闲倚青鸾听紫云。应与纯狐为眷属，广寒
> 曾草《上梁文》。（女士八岁曾作《广寒宫上梁文》）

《列朝诗集小传》闰集有"婷"之名，以为"应是朝鲜女子"；《静志居诗话》卷二十四列"月山大君婷"，皆以为女性诗人。此诗亦承讹踵谬，故取以相比②。《广寒殿白玉楼上梁文》为许兰雪成名作。

> 铁峡龙归霸业荒，攀髯人去海云凉。穆陵秋老斜阳暮，独上
> 高台吊国殇。（适进士金成立，成立殉国，女士以节著。）

"金成立"当作"金诚立"。据兰雪弟许筠《鹤山樵谈》记载，兰雪曾梦中作诗，有"芙蓉三九朵，红堕月霜寒"之句，故"三九二十七，享年之数同之"。又云："生而不合于琴瑟，死则不免于绝祀。"朝鲜李晬光《芝峰类说》卷十四云："兰雪轩许氏，正字金诚立之妻，为近代闺秀第一。早夭，有诗集行世。平生琴瑟不谐，故多怨思之作。"③许氏去世后，金诚立方以文科丙及第，"以节著"云云，纯属想当然之辞。

> 金钗首饰长相忆，更学崔家五字诗。菊秀兰衰秋八月，寒泉
> 应荐女郎祠。

---

① 许筠《鹤山樵谈》，《稗林》第六辑，页310，探求堂，1991年6月再版。
② "月山大君"姓李名婷，字子美，朝鲜成宗大王之兄，著有《风月亭集》。朝鲜时代金烋《海东文献总录》（作于1637年）评其诗"精醇清婉，格律自高，有魏晋风"。页211，新韩书林，1969年5月版。
③ 《朝鲜群书大系续续》第二十二辑，下册，页105，朝鲜古书刊行会，大正四年（1915）九月版。

兰雪轩集中多闺中怨思之作,其五言有《效崔国辅体三首》,其一云:"妾有黄金钗,嫁时为首饰。今日赠君行,千里长相忆。"第三句指朝鲜使臣金尚宪诗,王士禛曾予以评论,末句即以王氏对兰雪轩未曾置评表示遗憾。

> 辖轩采得乌丝写,仙骨珊珊称五铢。为问贞蕤老居士(谓朝鲜使臣朴齐家),年来更有此人无?

《兰雪轩集》由明代使臣朱之蕃带入中国,从此有刊印本。《鹤山樵谈》指出:"姊氏诗文俱出天成,喜作游仙诗,诗语皆清冷,非烟火食之人可到也。"①其《步虚词》中有"九华裙服六铢衣,鹤背冷风紫府归"之句,"六铢衣""五铢衣"皆仙、佛所服。最后两句,颇能显示中国和朝鲜对于女性作诗之观念的差异。朝鲜洪万宗《小华诗评》云:"我东女子不事文学,虽有英姿,止治纺绩,故妇人之诗罕传。"朝鲜洪大容《湛轩燕记》卷五记与潘庭筠(兰公)的对话:

> 兰公曰:"东方妇人有能诗者乎?"余曰:"我国妇人,惟以谚文通问讯,其父母未尝使之读书识字。况能诗尤非妇人所宜,是以或有能之者,闻之者不以为奇,故亦不能闻世。"……兰公曰:"贵国景樊堂,许筠之妹,以能诗,名入于中国选诗中,岂非幸欤?"余曰:"女红之馀,傍通书史,服习前训,行修闺阁,实是妇人之高处。若修饰文藻,以诗律著名,恐终非正法。"

中国则在清代视女性写作诗文为当然且可贵,以论诗诗而言,赵翼、李兆洛等人皆有作,对女性诗予以表彰。尤其需要指出的是,

---

① 《稗林》第六辑,页296。

当时人们对于"女郎诗"的看法已经有所转变。从元好问开始,"女郎诗"成为一个贬义词。清人固然有沿袭传统观念者(如上文所举锺廷瑛评《随园诗话》诗),但突破者亦不鲜见。如薛雪《一瓢诗话》引自作云:

> 先生休讪女郎诗,《山石》拈来压晚枝。千古杜陵佳句在,云鬟玉臂也堪师。

王昶《题舒云亭瞻〈兰藻堂集〉后》之一云:

> 吟残《兰藻》一编诗,竟体芬芳绝妙姿。拈出江南断肠句,不妨唤作女郎词。①

王敬之《读秦太虚淮海集》之二云:

> 异代雌黄借退之,偏拈芍药女郎诗。诗心花样殊今古,前有《香奁》知不知?②

况澄《仿元遗山论诗三十首》之十七云:

> 芍药蔷薇笑女郎,温柔诗教试推详。要知品格分题目,楚霸虞姬各擅场。③

---

① 《万首论诗绝句》,页 437。
② 同上书,页 854。
③ 同上书,页 885。

王闿运《论同人诗八绝句》之一评李伯元云：

> 丽句清词似女郎，风情縹邈骨坚苍。如今江树垂垂发，怀旧伤春一断肠。①

在这些论诗诗中，"女郎词"显然是褒义的，其所透露出的观念转变的消息，是大堪参悟的。

其三，论域外。域外汉诗指的是朝鲜、日本、越南等国的文人用汉文写作的诗歌。论诗诗讨论这些内容，是清人文学批评视野开阔的表现，似始于王士禛。其《戏仿元遗山论诗绝句》云：

> "淡云微雨小姑祠，菊秀兰衰八月时。"记得朝鲜使臣语，果然东国解声诗。（自注：明崇祯时，朝鲜使臣过登州作。）

首二句出于朝鲜使臣金尚宪（号清阴）《登州次吴秀才韵》。金尚宪的《朝天录》诗一卷由张延登为之刻印于中国，张氏孙女即王士禛夫人，故王氏能知其诗，并选入《感旧集》中。这首论诗诗影响很大，朝鲜朴趾源《热河日记》卷四《避暑录》载：

> 与俞（黄圃）笔语之际，为写柳惠风送其叔父弹素诗："佳菊衰兰映使车，澹云微雨九秋馀。欲将片语传中土，池北何人更著书。"黄圃问："池北何人是谁？"余曰："此用阮亭著《池北偶谈》载敝邦金清阴事也。"黄圃曰："《感旧集》中有讳尚宪字叔度。"余曰："是也。'澹云轻雨小姑祠，佳菊衰兰八月时。'是清阴作。阮亭《论诗绝句》：'澹云微雨小姑祠，菊秀兰衰八月时。记得朝

鲜使臣语,果然东国解声诗。'惠风此作,仿阮亭也。"

又:

> 贻上为海内诗宗,而士大夫于贻上只字片言,如茶饭津津牙颊间,故无不识清阴姓名者。

清人论诗诗之涉及域外者,由王士禛始,后遂有人仿而效之①。

也有评论越南者,如谢启昆《论元诗绝句》评黎崱云:

> 鸡林价重香山句,交趾人传静乐诗。采得图经五十载,梅花驿远鬓如丝。②

元稹《白氏长庆集序》指出,白居易诗在当时流传甚广,"鸡林贾人求市颇切,自云本国宰相每以百金换一篇"(《元氏长庆集》卷五十一)"鸡林"为古代新罗国号,后人使用这一典故,往往表示诗歌流传海外之意③。黎崱原为越南陈朝人,后入元内附。晚自号"静乐",《元诗

---

① 如胡敬《仿渔洋山人题唐宋金元诗绝句》:"思家归燕独成吟,幕府生涯旅客心。赢得寄人诗句好,'好花时节到鸡林'。"自注:"崔致远,高丽人,举进士。中和中,官侍御史内供奉。尝为高骈掌书记,著有《桂苑笔耕》二十卷。皆骈体,末附近体诗三十一首。余在京师得之,惜《唐文》已纂成,无由采入矣。《归燕吟》及'好花时节'句,皆集中所载也。"朝鲜申纬《东人论诗绝句》亦云:"淡云微雨小姑祠,菊秀兰衰八月时。心折渔洋谈艺日,而今华国属之谁。"可见其影响深远。
② 《万首论诗绝句》,页529。
③ 黎崱《安南志略》卷十七《至元以来名贤奉使安南诗》,陈俨有"新诗定见鸡林重",王沂有"鸡林传秀句"等,卷十八《安南名人诗》录其自作《赠傅与砺使安南还》,有"诗致鸡林好事传"句,均为借喻之辞。中华书局,1995年4月版。

选》三集选其诗即题作《静乐稿》。著有《安南志略》二十卷，是入元以后五十馀年间"采摭历代国史、交趾图经，杂及方今混一典故"①而成。

又有评论日本者，如黄遵宪《日本杂事诗》卷一：

> 几人汉魏溯根源，唐宋以还格尚存。难怪鸡林贾争市，白香山外数随园。
>
> 自注：诗初学中唐人，于明学李、王，于宋学苏、陆，后学晚唐，变为四灵。至于我朝，王、袁、赵、张（注：船山）四家最著名，大抵皆随我风气以为转移也。白香山、袁随园尤所爱慕，学其诗者十八九。（注：当时有小野篁慕香山，欲游唐，小说家称海外有楼阁，云以待白香山来，殆即日本也。《小仓山房随笔》亦言鸡林贾人争其稿，盖贩之日本。知不诬也。）七绝诗尤所擅场。近有市河子静（注：号宽斋，上毛人）、大窪天民（注：号诗佛，著有《诗圣堂集》）、柏木昶（注：字永日，号如亭，信浓人，有《晚晴堂集》）、菊池五山（注：有《五山堂诗话》）皆称绝句名家。文酒之会，辄作绝句，高唱往往似唐宋。② 余素不能为绝句，此卷意在隶事，乃仿《南宋杂事诗》《滦阳杂咏》之例，勉强成之。东人见之，不转笑为东施之效颦者几希。（《笯园丛书》本）

对于域外汉诗的评论，在清代的选集、诗话、词话中时而可见，在这一点上，论诗诗中的评论是较为突出的。

从形式上来看，论诗诗作为文学批评的方式自有其局限性。一是限于篇幅，绝句仅为四句，律诗亦不过八句，即使以古诗为之，也不

---

① 《安南志略·自序》，页11。
② 此下光绪二十四年重刊本作"近世文人，变而购美人诗稿，译英士文集矣"。

可能作长篇大论；二是限于韵律，受到平仄和韵脚的制约，表达思想就不能如散体文那么自由舒展，有时不得不省略某些句子成分，往往造成语意模糊。为了减少乃至消除这些限制，清人对论诗诗的形式有两项补充，遂形成了两项颇为突出的特点：

其一，诗加注文。论诗诗之有自注，从杜甫就开始了，但注文极简，只涉及到诗中人物。如其《解闷》中"曹、刘不待薛郎中"，自注"水部郎中薛据"。又"孟子论文更不疑"，自注"校书郎云卿"。而清人的自注，往往如同一则诗话。例如，舒位《瓶水斋论诗绝句二十八首》之八云："西川残泪旧相知，况有惊才绝艳词。毕竟锺嵘《诗品》好，直将北宋比南施。"自注云：

> 南施北宋，分道扬镳。大抵施以五言胜，宋以七言胜。旗鼓相当，才学兼到。渔洋以为康熙诗人无出两家之右，知言哉。

又其十一云："秋色空山落照孤，《谈龙》笑杀赵伸符。云中鳞爪犹难见，况是离离颔下珠。"自注云：

> 赵秋谷《论诗绝句》："画手权奇敌化工，寒林高下乱青红。要知秋色分明处，只在空山落照中。"为渔洋发也。欢娱难工，愁苦易好。譬如禅焉，有正法眼藏，有狡狯神通，二者并行不悖。门户之见，无与公论。所谓佞佛者愚，辟佛者迂。①

此种诗中自注较多的有钱谦益（钱氏为诗好自注，不止论诗诗如此）、王士禛、厉鹗、陈世镕、林昌彝、谭嗣同等，他们或注出处，或笺故实，或释正文，或辨真伪，有时不免叠床架屋，节外生枝。这既有为了弥

---

① 《万首论诗绝句》，页 624—625。

补论诗诗局限的原因,也与清人喜欢在诗中卖弄学问有关。自注过多过冗,便会引起人们的反感。方南堂《辍锻录》指出:"诗中不宜有细注脚。"袁枚《随园诗话》卷四亦批评道:"诗有待于(自)注,便非佳诗。"

论诗诗之有自注,多在评论诗人的系列,但专谈理论者并非没有自注。自注的目的,也是帮助读者明了诗旨。典型之例为陈延焯《论诗绝句二十首》。其序云:

> 诗最忌论宗,诗而曰论,则非诗也。非诗而犹作之者,不得已也。故别于他诗而自为一卷,都二十首,凡以直指本源,发明诗惟情之义而已。每首下各自注,使其旨了然可知。

录其诗二首如下。其一云:

> 诗教千秋郁未开,真源端不用疑猜。分明一片情田里,发出官商万变来。(自注:凡源于情而有韵者为诗。自经子古籍,韵言为多,以至道家章咒,佛家偈颂,艺人歌诀,官府告示,皆有韵而不源于情;杂文之写情者,则源于情而无韵,皆非诗也。子夏曰:"情动于中而形于言。"明必情动而后有诗。又曰:"情发于声,声成文谓之音。"明必情与声文相纬而后为诗。此界说最分晓。)

又其三云:

> 诗要纯情本大难,缘情便可霸词坛。古今流别分明在,始变风骚是建安。(自注:诗上者纯情,其次缘情,最下不及情。纯情者,本其真感而为诗,故人仅一篇或数篇,汉以前是也。屈子独

得廿五,然未必皆屈子作。缘情者,不能本于真情,或有所感,以文缘而饰之,或不必有所感,以文缘而致之,建安以降是也。不及情者,则专恃意以为诗,晚唐以下,诸下乘者是也。要之,古今之分,自建安始。)①

这里的自注实同诗话,此种体式在清代以前未见。

其二,诗加序文。黄承吉是一个典型。刘文淇《梦陔堂文集序》中说他:"素以诗自许,未尝以文自豪,即与人谈艺,亦论诗至多,而论文绝少。"(《梦陔堂文集》卷首)在论诗诗的形式方面,他也是有所创造的,如其以五古写了三篇互为连贯的论诗诗:《知音篇》《穷神篇》《异制篇》,即为突出一例。录其《知音篇》如下:

> 知词易也,知意易也,知情不易也,知音尤不易也,故古人言知必于音也。《文心雕龙》有《知音篇》,客读之而问予,予无以应也,因更作此篇。
>
> 古者制律吕,抒发本自然。凤鸣岂藉器,厥吭端由天。声入缘心通,开口即管弦。丝竹落我后,我居宣播先。斯意谁善会?茫茫空中传。风轫假物鸣,水亦相回旋。弥纶自配合,节奏如丝联。毫发一失当,百度无由全。缅怀大著作。非谱非宫悬。至聪实领取,奚待宫商填。俗耳苦不知,无端四纠缠。缏汲日颠倒,岂能听流泉?所以古之人,于此三叹咻。岂宜为乐律,文章亦通焉。成文必五色,色声两相缘。声从何处来?此境非妄筌。可说不可说,譬彼虚空禅。莫逆始为笑,不欢孰能妍?昔人固已矣,来者方纷然。载读彦和作,因之发长篇。(《梦陔堂诗集》卷三十二)

---

① 《万首论诗绝句》,页 1755—1756。

再举一首评论作家的论诗诗——《与客谈渔洋诗赋简》：

> 客有问予曰："君于渔洋诗数称之，何也?"曰："诗不有声乎？非必其声之至也，就其所自为者之声而叩之，而人亦罕协也。诗不有情与词乎？非必其至也，就其所自为者之情、词而印之，而人亦罕适也。渔洋则于其所为者而能协之、适之，予慕而弗能及，是以称之也。"客去，遂成是作简之。

> 迢递青云漫许登，到来楼阁一层层。东牵西曳成何步，尺短寻长尽是能。兹事更无馀子目，平生最服此公膺。君才十倍求馀地，突过前贤望不胜。（同上，卷二十七）

除此以外，他的《读〈关雎〉寄焦里堂》《答裔向之》《戏题某君诗集》《答东寅问六朝诗》等篇，均为序文加诗的形式。王闿运《论同人诗八绝句》先文后诗，清末民初的四川诗人杨庶堪，著有《论诗绝句百首》，上起苏武，下迄王闿运，先诗后文，其文皆以诗话体为之。

清代论诗诗中还有一种新形式，就是以集句体为之。如黄之隽《自题香屑集末十二首》、李友堂《题侯鲭集后八首》、吴镇《戏跋集唐绝句》等。这些都是集诸家之句而为论诗诗。也有专集一家或一书而为之者，如齐召南《读香榭斋续集高妙不可思议即集其句奉题八绝句》、姚颐《客贻莲阳集即集集中句题之》等。集句本为游戏文字，需要因难见巧，以集句方式而为论诗诗，往往更难达意。

随着论诗诗的发展，这一形式所涉及的疆域也不断扩大，除了文学以外，清人还用以论画、论印等。著名者如宋荦、朱彝尊的《论画绝句》三十八首，吴修《青霞馆论画绝句》一百首，刘喜海《嘉荫簃论泉绝句》二百首，吴骞辑清人《论印绝句》一卷，金葆桢有《论医绝句》等等。这些都可以视为论诗诗的别脉馀枝。

谈到清人的论诗诗，还有一点不应忽略，即对域外论诗诗的影响。如日本江户时期的诗人赖襄有《论诗绝句二十七首》①,多受袁枚的启发;又明治时期的诗人高野竹隐也曾经模仿厉鹗,作《论词绝句》十六首②;而朝鲜时代的申纬又受到翁方纲的影响,作《东人论诗绝句》③。

对论诗诗的收集与研究,也始于清代。翁方纲注释了元好问的论诗绝句三十首和王士禛的论诗绝句三十五首(见《石洲诗话》卷七、卷八),宗廷辅编《古今论诗绝句》,选辑了杜甫以下十二家作品。这些文献,为后人从事论诗诗的研究,奠定了一些基础,这也是需要提及的。

---

① 《山阳遗稿》卷二,《日本汉诗》第十卷,页 492—493,汲古书院,1986 年 10月版。
② 参见神田喜一郎《日本における中国文学》Ⅱ,页 12—27,二玄社,1967 年 5月版。
③ 申纬曾从学于翁方纲,并与翁氏弟子吴嵩梁相交。参见柳晟俊《评李朝申纬诗之特色》第二节"申纬之生平与交游"。载柳晟俊《唐诗论考》,中国文学出版社,1994 年 8 月版。

第五章　诗话论

第一节　诗话产生背景之考察

诗话是我国古代文学批评中特有的形式之一。这种形式创始并流行于宋代①,其后又由诗而扩展到其他文类,于是有四六话、文话、词话、曲话、赋话,等等。下逮明清,作者益众,遂成为今日治文学史及文学批评史者所十分关注的对象。

第一部以"诗话"命名其书的是北宋欧阳修的《诗话》②。以后诗

---

① 关于诗话的起源,有人认为始于六朝。如孙均《灵芬馆诗话序》云:"诗话之作,昉于六朝,衍于唐,盛于宋,波流极于元、明。"又如汤成彦《洪稚存先生北江诗话序》云:"萧梁之世,锺嵘《诗品》第诗人之甲乙,溯厥渊源,诗话实权舆于此。"还有人甚至上推至先秦,如赵文《郭氏诗话序》云:"夫子之于诗,删之而已,无所论说也,亦间有所发明,如'为此诗者,其知道乎'。孟子又申之曰:故有物必有则,民之秉彝也,故好是懿德。而诗话始此矣。"(《青山集》卷一)又如锺骏声《养自然斋诗话自序》云:"诗话权舆于小序,滥觞于《韩诗外传》,其名则始于宋。"案:推溯文学批评的起源,自然可以追溯到先秦,而最早的批评论著也出现于六朝。但就文学批评中诗话一体而言,却只能说开始于宋代欧阳修。

② 元代佚名《南溪笔录群贤诗话》(后集)录有《本事诗话》《乐天诗话》及《皮日休诗话》,"诗话"之名均后人妄加。如《本事诗话》的内容见孟棨《本事诗·高逸》,而《皮日休诗话》则是根据《郢州孟亭记》而易名之(见《皮子文薮》卷七)。

话渐多，人们为了便于征引和区别，就以其名号加之于前①，乃有《六一诗话》《欧公诗话》《永叔诗话》等称，而以《六一诗话》之称最为普遍。清人沈涛在《瓠庐诗话自序》中指出："诗话之作起于有宋，唐以前则曰品，曰式，曰例，曰格，曰范，曰评，初不以话名也。"从现有的文献来看，这一论述是符合实际的。

欧阳修的《诗话》虽为"无意创格"（李恒《达观堂诗话序》），但这种偶然性中实有其必然性。所以，此体一出，后继者肩摩踵接，"终宋世仿效称盛"（同上）。因此，对诗话进行综合研究，有必要对其产生背景加以考察。

一、宋人的文艺生活一瞥

如果说，唐代的开国君臣都比较一致地认识到梁、陈、隋的文章误国的话，那么，宋代的开国君臣所看到的却是唐代节度使的拥兵自重所酿成的恶果。因此，宋代是一个重文轻武的时代。王栐《燕翼诒谋录》卷五云："国朝待遇士大夫甚厚，皆前代所无。"叶梦得《石林燕语》卷六亦云："国初天下始定，更崇文士。"这大致表现在三个方面：其一，俸禄厚。虽然宋开国初州县小官俸人微薄②，但一方面当时"物价甚廉"（《燕翼诒谋录》卷二语），另一方面，至元丰改制以后，即使是主簿、尉的收入也颇有改观。赵翼《廿二史札记》卷二十五"宋制禄之厚"条，在列举当时俸禄之制及其变迁后云："此宋一代制禄之

---

① 《四库全书总目》卷一百九十五《中山诗话》提要云："宋人所引，多称《刘贡父诗话》，此本名曰中山，疑本无标目，后人用其郡望追题，以别于他家诗话也。"案：根据现有的文献考察，最早在诗话中征引前人诗的是魏泰《临汉隐居诗话》，其中引到欧阳修与刘攽两家，故称欧阳修的为《永叔诗话》，称刘攽的为《刘攽诗话》，以便于区分。

② 王栐《燕翼诒谋录》卷二"增百官俸"条、洪迈《容斋四笔》卷七"小官受俸"条均有所记载，可看。

大略也,其待士大夫可谓厚矣。惟其给赐优裕,故入仕者不复以身家为虑。"其二,休假多。宋代士大夫的休假,除丧假、旬假、病假外,休假日还很多。庞元英《文昌杂录》卷一载:"祠部休假,岁凡七十有六日。"即使到了南宋,这种优游之风仍未稍减。罗愿淳熙六年《拟进札子二》云:"一月之中,休假多者殆居其半,少者亦十馀日。"(《鄂州小集》卷五)其三,退休待遇高。退休古称"致仕"。何休《公羊传》宣公元年注云:"致仕,还禄位于君。"而宋代事实上并不如此,正如赵升《朝野类要》卷五所指出的:"古之大夫,七十而致仕之例也。古则皆还其官爵于君,今则不然。故谓之守本官致仕,惟不任职也。"在宋人的著述中,常常可以看到某人以某某官致仕的字样,也就是"守本官致仕"的意思。致仕后仍可得一半俸料,"盖以示优贤养老之意"(《石林燕语》卷五),这在宋代成为通例。至于"引年致仕",即不到七十岁而提前退休者,则还另有优惠待遇。《宋史·职官志》载:"引年辞疾者,多增秩,从其请,或加恩其子孙。"当然,居官任职的好处是不言而喻的,所以,尽管有这样、那样的优待,很多人仍然迟迟不愿退休离职①。南宋以居官致仕必有恩礼,所以,往往有既死之后,其家属才乞致仕者,其目的大概也是为了那笔丰厚的待遇吧。

由于俸禄优厚,士大夫不必为生计而忧愁,而假日之多,则可以游山玩水,吟诗诵文。至于退休之后,更多诗酒之会。欧阳修诗云:"闻说优游多唱和,新篇何惜尽传看。"(《借观五老诗次韵为谢》,《居士集》卷十二)可见,优厚的生活待遇正是当时士大夫游乐的物质基础。所以,宋代士大夫的文艺生活颇为丰富。《宋史·丁谓传》载:

①《石林燕语》卷五云:"其(庆历)后有司既为定制,有请(致仕)无不获,人寝不以为贵。乃有过期而不请者,于是御史台每岁一检举,有年将及格者,则移牒讽之。"宇文绍奕《考异》云:"真宗朝御史卢琰言:'朝士有衰老不退者,请举休致之典。'时二三名卿,犹有不退之讥,则过期不请,非独后来也。"

"(谓)喜为诗,至于图画、博奕、音律,无不洞晓,每休沐,会宾客,尽陈之,听人人自便。"即其一例。在宋人的诗集中,也每每能看到对这类生活的描写,在游宴时,不仅互相唱和,而且也常常彼此评诗论文。如欧阳修《圣俞会饮》诗云:

> 更吟君句胜啖炙,杏花妍媚春酣酣(原注:君诗有"春风酣酣杏正妍"之句)。吾交豪俊天下选,谁得众美如君兼。诗工镌刻露天骨,将论纵横轻玉钤。(《居士集》卷一)

又如《水谷夜行寄子美圣俞》诗云:

> 缅怀京师友,文酒邀高会。其间苏与梅,二子可畏爱。(同上卷二)

再如《招许主客》诗云:

> 仍约多为诗准备,共防梅老敌难当。(同上卷十一)

从中不难想见当时的盛况。所以庞俊《养晴室笔记》卷一"宋代官吏休假"条即指出:"宋人别集,特多游宴之作,此其最大原因也。"在官任职固然多有游宴,而他们退休之后,则每每结为会社,赋诗作文。沈括《梦溪笔谈》卷十五载:

> 文潞公(彦博)归洛日,年七十八,同时有中散大夫程珦①,朝议大夫司马旦,司封郎中致仕席汝言,皆年七十八,尝为"同甲

---

① "珦"各本均作"晌",今据胡道静《梦溪笔谈校证》本改。

会"，各赋诗一首。

又王闢之《渑水燕谈录》卷四《高逸》载：

> 庆历末，杜祁公（衍）告老，退居南京，与太子宾客致仕王涣，
> 光禄卿致仕毕世长，兵部郎中、分司朱贯，尚书郎致仕冯平为"五
> 老会"，吟醉相欢，士大夫高之。

又邵伯温《邵氏闻见录》卷十载：

> 元丰五年，文潞公以太尉留守西都，时富韩公（弼）以司徒致
> 仕，潞公慕唐白乐天"九老会"，乃集洛中公卿大夫年德高者为
> "耆英会"。……潞公又为"同甲会"。……其后司马公（光）与
> 数公又为"真率会"。……皆洛阳太平盛事也。

以上提到的种种"会"，实际上也就是诗社。欧阳修致仕后，曾有《答
端明王尚书见寄，兼简景仁、文裕二侍郎二首》诗，其中也有"唱高谁
敢投诗社"（《居士集》卷七）之句。诗社的成员，不仅作诗唱和，而且
经常互相评论欣赏彼此的作品。张世南《游宦纪闻》卷三载，汪藻幼
年作"一春略无十日晴"诗，"此篇一出，便为诗社诸公所称"。此事
虽在哲宗元祐年间，实可援为旁证。《渑水燕谈录》卷八《事志》还记
载："司马温公既居洛，每对客赋诗谈文，或投壶以娱宾。"可见，他们
晚年退休后，多有聚会。或结为诗社，"吟醉相欢"；或二三知已，"赋
诗谈文"。诗话正是在这样的背景下产生。欧阳修《诗话》云："居士
退居汝阴，而集以资闲谈也。"诗话之作，所"集"的内容，多半是游宴
聚会时评诗论文的事情或言论，如欧阳修《诗话》中多引梅圣俞语，有
些乃是闲谈记录，所谓"圣俞尝语余曰"云云。欧阳修《再和圣俞见

答》诗中"嗟哉我岂敢知子,论诗赖子初指迷"(《居士集》卷五)之句,正可与其《诗话》中的部分内容相参。而《诗话》"集"这些内容的目的,乃是退休后的"以资闲谈"。所以,如果将宋代诗话的写作年代逐一考订,则可以发现一个有趣的现象,即绝大多数是晚年所作。现存较完整的宋人诗话有四十馀种,其写作年代大致可考的有二十七种,可以推定为晚年之笔的就有二十二种之多①,这与宋代士大夫的生活应该是有关系的。兹列表如下:

作　者	书　名	写　作　年　代
欧阳修	《六一诗话》	《诗话》云:"居士退居汝阴,而集以资闲谈也。"《四库提要》云:"其晚年最后之笔也。"《宋诗话丛考》:"本书之作必在(熙宁)四年七至十二月间。"
司马光	《续诗话》	《续诗话》云:"《诗话》尚有遗者……故敢续书之。"《四库提要》云:"光《传家集》中具载杂著,乃不录此书……成于编集之后耶?"《宋诗话丛考》:"《续诗话》所记,最晚为元丰元年秋事,可见此书当成于元丰二年至八年间。"此亦晚年之笔。
刘攽	《中山诗话》	《宋诗话丛考》:"《诗话》已称'司马温公',必为元祐元年九月之后,至攽卒前的两年间所作。"案:刘氏卒于元祐三年,后司马光二年,其诗话中已引《续诗话》语,亦晚年之作。
苏辙	《诗病五事》	《宋诗话丛考》云:"载《栾城三集》卷八。……而《三集》十卷诗文自注写作时间,均为崇宁五年至政和二年。"
魏泰	《临汉隐居诗话》	《宋诗话考》云:"此书为泰晚年所撰。"《宋诗话丛考》:"文中称章惇为章丞相惇,足见《诗话》当为章惇在相位时所作,即作于绍圣元年至元符三年间,时泰已五十馀岁。"

① 推定宋诗话写作年代,除诗话本身提供的线索之外,另参考《四库全书总目》、郭绍虞《宋诗话考》(中华书局,1979 年 8 月版)、李裕民《宋诗话丛考》(载《文史》第二十三辑)。

作　者	书　名	写　作　年　代
蔡絛	《西清诗话》	《宋诗话丛考》:"此书作于宣和五年九月以前。"
王直方	《王直方诗话》	《宋诗话丛考》:"当作于崇宁二年至大观三年直方卒前。"
叶梦得	《石林诗话》	《唐诗品汇·引用诸书》列《石林诗话》,注云:"建炎中,叶梦得字少蕴撰。"《四库提要》云:"于公论大明之后,尚阴抑元祐诸人。"亦以为作于建炎年间。《宋诗话丛考》据书中称王黼为丞相、邓洵武为枢密、范致虚为右丞,认为此书当作于宣和元年正月至二月,时叶梦得年四十三岁。
范温	《潜溪诗眼》	《宋诗话丛考》:"(范)应卒于宣和七年,《诗话》应作于政和末至宣和七年间。"
许顗	《彦周诗话》	《自序》云:"仆少孤苦而嗜书……今书籍散落,旧学废忘,其能记忆者,因笔识之,不忍弃也。"审其语气,亦似晚年所作。
唐庚述、强行父记	《唐子西文录》	据强氏《前记》,唐庚述其论文之语在宣和元年,卒于宣和二年。强氏追录此文更在二十年后,年四十八。
朱弁	《风月堂诗话》	《自序》云:"予复以使事羁绊灤河,阅历星纪。近思曩游风月之谈,十仅省四五,乃纂次为三卷,号《风月堂诗话》,归诒子孙。……庚申闰月戊子观如居士朱弁叙。"庚申为绍兴十年,距其谢世八年。
吕本中	《紫微诗话》	《宋诗话丛考》:"《诗话》云:'余罢官归。……'按本中于绍兴八年十月罢官,则《诗话》当作于是年之后。……已五十多岁。"吕本中约六十岁卒,此晚年所作。
吴可	《藏海诗话》	《诗话》记元祐间金陵诸人结为诗社事而云:"今屈指当时社集六十馀载。"可知其为晚年所作。《宋诗话丛考》:"撰《诗话》时已七八十岁。"

作 者	书 名	写 作 年 代
黄彻	《䂬溪诗话》	《自序》云:"投印南归,自寓兴化之䂬溪……平居无事,得以文章自娱,时阅古今诗集,以自遣适。故凡心声所底……辄妄意铺凿,疏之窗壁间。未几,钞录成帙,而以《䂬溪诗话》名之。"又陈俊卿《序》云:"顷予暇日抠衣于乡先生黄公之门,公出所为诗话十卷,谓予曰:'吾生平嗜诗,颇有佳句传在人口。今老矣,不复自作,时取古人诗卷,聊以自娱,因笔论其当否……君其与我评焉。'"亦为晚年之作。
周紫芝	《竹坡诗话》	《宋诗话考》云:"考紫芝《太仓稊米集》中有《问题》一首,注云:'壬戌岁始得官,时年六十一。'疑是书之成,或在得官以前。"案:周氏绍兴中登第,历官枢密院编修、右司,最后出知兴国军。《诗话》中记有其在兴国事,则必作于此后。
葛立方	《韵语阳秋》	《自序》云:"懒真子既上宜春之印,归休于吴兴。……而多生习气,尚牵蠹简。……书成,号《韵语阳秋》。"又徐林《序》云:"隆兴元年,常之由天官侍郎罢七年矣,于是《韵语阳秋》之书成,贻书谓余叙之,会予以病未暇也。明年常之卒。"此亦晚年之笔。
吴沆	《环溪诗话》	何异《序》云:"今见环溪居士,早见寓公名士,共汲汲于问句;晚岁幅巾燕处,亦谆谆于立议。……予犹及从居士而口传心授矣。"此书为吴氏晚岁自记,其后人编次。
胡仔	《苕溪渔隐丛话》	前集《自序》作于绍兴十八年,据后集《自序》云:"余丁年罹于忧患,投闲二十载,杜门却扫于苕溪之上,心无所事,因网罗元祐以来群贤诗话,纂为六十卷。"即指前集。"丁年"为二十岁,则知此集成于四十岁。后集《自序》作于乾道三年,云:"嗟余老矣,命益蹇,身益闲,故得以编次。"则为晚年所作。

作 者	书 名	写 作 年 代
杨万里	《诚斋诗话》	《宋诗话考》云:"是书之成,乃杨氏晚年之笔,当在光宗、宁宗之间。"
曾季貍	《艇斋诗话》	《诗话》云:"予尝因东坡诗云:'我憎孟郊诗'……遂亦不喜孟郊诗。五十以后,因暇日试取细读,见其精深高妙,诚未易窥。"此必作于五十以后。
陈岩肖	《庚溪诗话》	《四库提要》云:"此编记其于靖康间游京师天清寺事,犹及北宋之末。而书中称高宗为太上皇帝,孝宗为今上皇帝,光宗为当今皇太子,则当成于淳熙中。上溯靖康已六十年,盖其晚年之笔也。"案:《诗话》云:"至丙子岁,余罢尚书郎,寓居无锡。"丙子岁为绍兴二十六年,此诗话乃罢官后作。
周必大	《二老堂诗话》	《诗话》云:"丁巳岁,余年七十二,目视昏花。"诗话作于此后,亦晚年之笔。
蔡梦弼	《草堂诗话》	《宋诗话考》云:"《诗笺》有嘉泰甲子自跋,此书殆亦同时。"
何汶	《竹庄诗话》	方回《桐江集》卷七《竹庄备全诗话考》云:"开禧二年丙寅处州人新德安府教授何汶所集也。"其时年龄不详。
刘克庄	《后村诗话》	张钧衡《跋》云:"右前、后、续、新四集诗话共十四卷。前、后集各二卷,六十岁至七十岁间所作。续集四卷,乃公告老归后所作,时近八十。新集凡六卷,专采唐诗之新警者,咸淳戊辰五月夏间也,时年已八十二矣。"
范晞文	《对床夜语》	冯去非《序》云:"景定三年十月,予友范君景文授以所著书一编。"其时年龄不详。

宋代是一个重文的时代,其文艺生活也不限于士大夫。上之而帝王君主,下之而民间百姓,朝野上下,普遍尚文。以北宋君主而言,

如《石林燕语》卷八载：

> 太宗当天下无事，留意艺文，而琴棋亦皆造极品。

《渑水燕谈录》卷六《文儒》载：

> 太宗锐意文史……尝曰："开卷有益，朕不以为劳也。"

陈岩肖《庚溪诗话》卷上云：

> 真宗皇帝听断之暇，唯务观书。每观一书毕，即有篇咏，命近臣赓和。……可谓好文之主也。

又云：

> 仁宗皇帝当持盈守成之世，尤以斯文为急。每进士闻喜宴，必以诗赐之。

而徽宗更是爱书、爱画、爱诗。蔡絛《铁围山丛谈》卷一载：

> 国朝诸王弟多嗜富贵，独祐陵在藩时玩好不凡，所事者惟笔研、丹青、图史、射御而已。……作庭坚书体，后自成一法也。

邓椿《画继》卷一记徽宗语云：

> 朕万几馀暇，别无他好，惟好画耳。

而《避暑录话》卷下载："政和间，大臣（即李彦章，见《石林燕语》卷九）有不能为诗者，因建言，诗为元祐学术，不可行。"也是因为徽宗的喜爱作诗，"圣作时出，讫不能禁，诗遂盛行于宣和之末"（同上）。朝野上下，互为影响，朝廷既屡有赓歌，民间亦颇结诗社。吴可《藏海诗话》载："幼年闻北方有诗社，一切人皆预焉。"又记元祐间在金陵，"诸公多为平仄之学，似乎北方诗社"。其成员身份如屠儿、质库王四十郎、酒肆王念四郎、货角梳陈二叔等，均为民间百姓。这是北宋的民间诗社。南宋的民间诗人更多，如宋末的江湖诗人，大多数是平民身份。民间诗社也不断涌现，著名的如"西湖诗社"。吴自牧《梦粱录》卷十九"社会"条载："文士有'西湖诗社'，此乃行都搢绅之士及四方流寓儒人，寄兴适情赋咏，脍炙人口，流传四方，非其他社集之比。"结社集会，在宋代（尤其是南宋）是颇为普遍的。据《东京梦华录》《梦粱录》及《武林旧事》等书记载，当时的杂剧有"绯绿社"，蹴球有"齐云社"，唱赚有"遏云社"，耍词有"同文社"，清乐有"清音社"，小说有"雄辩社"，影戏有"绘革社"，吟叫有"律华社"，等等，举凡各种文艺活动，都可以结为"社会"。但是"诗社"，却因为诗是被传统观念视为雅道的，与一般市民所爱好的声乐技艺不同，也还是被认为"非其他社集之比"。诗在朝廷和民间广泛受到爱好和重视，诗社的出现，造成了一种社会风气。诗人们除了作诗外，当然也想论诗篇优劣，记作诗情事，如果将这些论辞、论事的内容记载下来，也就成了诗话。欧阳修《诗话》的产生与宋人文艺生活的背景有关，而后来诸作则是"踵其事而增华，变其本而加厉"（借用萧统《文选序》语）。

总之，宋人的文艺生活，尤其是他们对诗歌创作、评论的普遍热衷，是诗话产生和兴盛的一项重要背景。

二、从目录学的观点看宋人文学批评的自觉

文学出现以后，人们才可能逐渐有文学意识，对文学意识的进一

步反省，就是文学意识的自觉。中国文学有着悠久的历史，即使将口头文学忽略不计，《诗》已是很成熟的文学了。春秋时，人们有了诗的概念①，对它的作用、特点也有所把握，这就是文学意识。对这一意识进一步反省，即有意识地将文学（具体地说，如诗赋）与其他文字记录区别开来时，这就可以说是文学意识的普遍自觉了。《汉书·艺文志》可以作为标志。刘歆《七略》将当时所知见的书分为"六略三十八种"，其中就有"诗赋略"。这也就意味着至晚在西汉末年②，人们已经有了文学意识的自觉③。文学批评也同样如此。先秦诸子中已多有对文学的批评，但明确具有批评意识，却是在魏晋之际。曹植在《与杨德祖书》中云："世人之著述，不能无病，仆尝好人讥弹其文，有不善者，应时改定。"（《文选》卷四十二）而曹丕作《典论》，专列《论文》一篇，更是文学批评意识的突出表现。但批评意识的普遍自觉，即有意识地将文学批评与其他著述区别开来，则是到了宋代，而以欧阳修为代表。这里试从目录学的角度作一说明。

汉魏六朝时期，文学得到很大发展，也出现了许多评诗衡文的论文与专著。其中除已佚者外，如章学诚就曾指出，钟嵘《诗品》与刘勰

① 根据比较可靠的文献，"诗"字最早出现于《诗经》中，即《大雅》中《卷阿》《嵩高》及《小雅·巷伯》三篇。但都是指某一具体作品，所谓"矢诗不多""其诗孔硕"及"作为此诗"。"诗"字还不是一种广义的、抽象的概念。而春秋人说的"诗以言志"则已脱离了具体的某一作品，可视为"诗"的概念形成的标志。

② 《汉书·艺文志·诗赋略》中云："传曰:不歌而诵谓之赋。"据《文心雕龙·诠赋》所引，这句话为刘向所说，当出其《别录》。顾实《汉书艺文志讲疏》云："歆奏《七略》在建平元年之春夏间。"先师程千帆先生《〈别录〉〈七略〉〈汉志〉源流异同考》谓歆奏《七略》在建平元年之秋（收入《闲堂文薮》，齐鲁书社，1984 年 1 月版）。二说接近，故本文推断于西汉末年。

③ 今人多以魏晋为"文学的自觉时代"，我的看法稍有异同。参见张少康《论文学的独立和自觉非自魏晋始》，载《魏晋南北朝文学论集》，页 427—438，南京大学出版社，1997 年 9 月版。张伯伟《中华文化通志·诗词曲志》，页 59—61，上海人民出版社，1998 年 10 月版。

《文心雕龙》，"皆专门名家勒为成书之初祖"（《文史通义》内篇卷五《诗话》），尤为著名。但《隋书·经籍志》将这两部书均归入"总集类"，《旧唐书·经籍志》也沿而不改。这种分类甚至影响到日本，如作于平安朝宽平年间（公元889—898年，相当于我国唐昭宗时期）藤原佐世的《日本国见在书目录》，列《文心雕龙》于"总集类"，列《诗品》入"小学家类"及"杂家类"。虽然总集类中的"选本"，具有"采摘孔翠，芟剪繁芜"（《隋书·经籍志》语）的作用，也是古代文学批评的重要形式之一，但诗文评毕竟不同于选本。刘兴樾《石楼诗话序》曾云："诗话不同乎选诗。"更何况总集类中还有纯粹荟聚众篇的，如"逢诗辄取"（锺嵘《诗品序》语）的谢灵运《诗集》五十卷等。所以，许世瑛《中国目录学史》批评《隋志》"总集类"为"乖分类之义远矣"①。这实际上是与文学批评意识的普遍自觉程度有关。而这种情况，从唐代开始便有所改变。马端临《文献通考》卷二百四十八指出：

> 晋李充始著《翰林论》，梁刘勰又著《文心雕龙》，言文章体制，又锺嵘为《诗评》，其后述略例者多矣。至于扬榷史法、著为类例者亦各名家焉。前代志录散在"杂家"或"总集"，然皆所未安。惟吴兢《西斋》有"文史"之别。

可知，将评论文史之著从"总集类"中裁出，始于唐代吴兢的《西斋书目》。但这毕竟是私家目录，反映的只是其个人的"孤明先发"。吕夷简等人修《宋三朝国史》的《艺文志》时，明确采用了吴兢的命名，用"文史"代表评论类著述。至欧阳修等人撰《崇文总目》，将集部书析为三类，即总集类、别集类、文史类，其中"文史类"即著录诗文评与史评著作。欧阳修撰《新唐书·艺文志》时，虽然没有明确标出"文

---

① 许世瑛《中国目录学史》，页64，台湾中国文化大学出版部，1982年10月版。

史类"而与"总集类"并峙,但却将李充《翰林论》、刘勰《文心雕龙》、颜竣《诗例录》以及锺嵘《诗品》等四部书从"总集类"中提出,不与其他总集相淆,而置于"总集类"之末,并曰:"凡文史类四家、四部、十八卷。"表面上虽仍然依《隋书·经籍志》以来的旧轨,但在实际上,已经对《隋志》的分类作了悄悄的改变。"总集类"下云:"右总集类七十五家,九十九部"时,实未尝包括"文史类"中的四家、四部,所以他又在"集部"最后一行写道:"总七十九家,一百七部(案:'七'字疑'三'之误)。"则合"文史类"四家、四部而言。所以,许世瑛说:"是撰《新唐书》者,已知诗文评及史评之性质,与其他总集迥异;然无魄力,不敢易《隋志》《旧唐志》之三类,而析之为四;故仅举一小名曰文史类于是类书籍之前。"①而所谓"文史",用《中兴馆阁艺文志》的话说,即"讥评文人之得失也"。至郑樵《通志·艺文略》,将书分成十二大类,又于"文类"下分二十二小类,其中列有"诗评"一类,"诗文评类"乃正式在目录学中成立。这也是诗话的日益丰富和发展在目录学上的反映。而从《隋志》到《通志》,其转变的契机,当推吕夷简、欧阳修等人撰作的官修目录。目录分合中所透露出的消息大堪参悟,其由混杂到独立,正是宋人文学批评意识普遍觉醒的大标志。宋人喜好论诗评文,也正是奠基于这种群体的觉醒。所以,宋人的文学批评是一种高度自觉的文学批评。从这个角度来看,由欧阳修开创诗话体,也许并非是无意义的巧合。

进而言之,文学批评意识的普遍觉醒乃来自于文学创作的正反两方面的刺激。一方面,唐代诗歌的高度繁荣发展,为宋人提供了丰富的创作经验,这有待于理论上的概括总结;另一方面,宋人在唐人之后,如何走出自己的路,如何吸取前人的成果,也有待于理论上的指导。因此,对诗的批评讨论就显得极为重要,这必然会激起人们的

---

① 《中国目录学史》,页 76。

批评意识。中国古代文学批评,其最大特色之一就是批评与创作密切相关,理论批评与实际批评连为一体。诗话是谈诗论文的记录,又是谈诗论文的资料。由于已用文字固定下来,所以能凭藉物质媒介而留传至今。但在当时,这些文字的背后,却是活生生的创作与讨论活动。创作的发展促进了批评意识的自觉,而批评意识的自觉又反过来促进了创作的发展。因此,考论宋人文学批评意识的自觉,这一层也是不容忽略的。诗话的大量出现,正是这种批评意识自觉的必然结果。

三、语录体的兴起与流行

语录是禅宗和尚创造的一种新文体,这种文体若推究其实,乃起于《论语》,而"语录"之名,似始于六朝①。但语录体的大兴,则不能不归功于禅宗②。在中国禅学史上,六祖惠能是一个关键人物。自他以后,印度禅与中国禅始划然分开,同时,也标志了禅宗的成立。据《坛经·自序品》载,惠能乃一不识字之人,听人诵《金刚经》,"一闻经语,心即开悟"。在惠能看来,人生追求的最高目标是作佛③。所谓"作佛",并不是以阅读了多少经典为标准,而在于是否把握住

---

① 日本佚名《临济钞》释"语录"云:"语者,本《论语》之语也;录者,记也,记录语言三昧也。"而最早在书名中使用这一名词的,似为孔思尚的《宋齐语录》。此书见于《隋书·经籍志》,刘知几《史通·杂述篇》指出:"若刘义庆《世说》、裴荣期《语林》、孔思尚《语录》、阳松玠《谈薮》。此之谓琐言者也。"据此推之,此书当为笔记小说之类,其文体亦不同于后世禅宗之语录。
② 耕云子《临济录摘叶钞序》指出:"法本不在文字,不堕言句。於戏,大龟氏微笑于灵岳,初磨师廓然于梁园,话题已露。自尔祖祖随机应问,横说竖说,其一言半句,咸入道之阶梯也。故其座下学徒,竞务记之,诠次成篇,是诸家语录之所以兴也。"《临济录钞书集成》本,页1091,日本中文出版社,1986年版。
③ 《坛经·自序品》载:"(五)祖问曰:'汝何方人,欲求何物?'惠能对曰:'弟子是岭南新州百姓,远来礼师,惟求作佛,不求馀物。'祖言:'汝是岭南人,又是獦獠,若为堪作佛?'惠能曰:'人虽有南北,佛性本无南北,獦獠身与和尚不同,佛性有何差别?'"可审其志向所在。

"自性"。故云:"自性迷即是众生,自性觉即是佛。"(同上《疑问品》)而要获得"自性",关键则在于"自悟"而"不假外求"(同上《般若品》)。因此,强调苦学渐修的神秀,作偈云"时时勤拂拭,勿使惹尘埃",五祖弘忍就认为他"入门未得,不见自性"(同上《自序品》)。而惠能体悟到"一切万法不离自性",弘忍遂传之以衣钵,并谓惠能曰:"不识本心,学法无益。若识自本心,见自本性,即名丈夫、天人师、佛。"(同上)所以,惠能以下的禅宗和尚,强调的是在担水砍柴的实际活动中体验人生真谛,在只言片语的偈颂机锋中了悟无上智慧。故云:"经诵三千部,曹溪(即六祖惠能)一句亡。"(同上《机缘品》)从此,简短的禅师语录遂替代了浩繁的佛陀经典①。

禅师语录其初都是由门人弟子传写抄录的,所以多有"言教""语本"等称。《祖堂集》卷十九《临济和尚章》谓:"自徐应机对答,广彰'别录'矣。"《宋高僧传》卷十二《唐真定府临济院义玄传》载:"'言教'颇行于世,今恒阳号临济禅宗焉。"这看来是早期禅宗语录传播的主要方式,即口头流传("言教")和抄本流传("别录"或"语本")。从《祖堂集》中可以比较清楚地看到这一点。文僜《祖堂集序》曰:"言教甚布于寰海。"卷十五《东寺和尚章》载:"自大寂禅师去世,每病好事者录其'语本',不能遗筌领意。"又《盐官和尚章》载:"甚有对答言论,具彰'别录'。"卷十七《岑和尚章》载:"自外具载'别录'。"《临济录》中也斥责当时学人抄录诸方禅师语,以为秘旨:"大策子上抄死老汉语,三重五重复子裹,不教人见,道是玄旨,以为保重。"所以到了宋初,语录就已经非常流行。《宋高僧传》卷十一

---

① 《五灯会元》卷七载德山宣鉴禅师语曰:"达磨是老臊胡,释迦老子是干屎橛,文殊、普贤是担屎汉。……十二分教(案:即十二部经,亦即指一切经)是鬼神簿、拭疮疣纸。"又卷十六载绍铣禅师语曰:"一大藏教,是拭不净故纸。"可略见禅师对经典的轻视。

《唐赵州东院从谂传》载:"凡所举扬,天下传之,号赵州去道。语录大行,为世所贵也。"又卷十三《宋天台山德韶传》载其"语录大行"。语录是一种白话文体,又可简称为"录"①,它记载禅师接引人的言语、行事。《宋高僧传》中常出现的"语在别录"或"语详别录"②,这是记载禅师言论的语录;而《宋高僧传》卷十《唐婺州五泄山灵默传》载:"高僧志闲,道行峭拔,文辞婉丽,亦江左之英达,为(灵)默行录焉。"则是指记载禅师行事的语录。禅师接引人,贵在使对象自觉自悟,所以,其语言尚活句不尚死句,遂常常引诗为说,记载下来便成为语录,也就是参禅谈禅时言行的如实记录。

语录体兴起于唐,盛行于宋,影响很大。除了记载禅师的言论称"语录"外,杂史野乘也往往以"语录"名之,如寇瑊《生辰国信语录》、富弼《富公语录》等。理学家讲学议论,也每每题以"语录",如《张子语录》《上蔡语录》等等。所以《郡斋读书后志》就特立了一类曰"语录类",专门著录理学家的语录。钱大昕《十驾斋养新录》卷十八"语录"条云:

> 佛书初入中国,曰经、曰律、曰论,无所谓语录也。达磨西来,自

① 杨亿《景德传灯录序》云:"有东吴僧道原者,冥心禅悦,索隐空宗。披奕世之祖图,采诸方之语录,次序其源派,错综其辞句。……成三十卷,目之曰《景德传灯录》。"案:"传灯录"之"录"亦即"语录"之简称。这从以下三方面可知:其一,有的语录也是记载禅师的言论和行事,如《瑞州洞山良价禅师语录》即为语录和行由两部分构成,这与灯录的内容和性质一致;其二,有些语录的原型在灯录中保存得最好,如《天圣广灯录》中的《临济语录》就保持了《四家语录》的样式;其三,后人也往往从灯录中辑出禅师语录,如高峰东睃就从《续灯录》《联灯会要》《普灯录》《永平广录》等书中辑出《黄龙慧南禅师语录续补》。
② 详见《宋高僧传》卷八《唐温州龙兴寺玄觉传》、卷十二《唐长沙石霜山庆诸传》及卷十三《梁抚州疏山光仁传》《梁台州瑞岩院师彦传》等。

称教外别传,直指心印。数传以后,其徒日众,而语录兴焉。……释
子之语录,始于唐;儒家之语录,始于宋,儒其行而释其言。

又江藩《国朝宋学渊源记》附记云:

> 禅门有语录,宋儒亦有语录;禅门语录用委巷语,宋儒语录
> 亦用委巷语。

明确指出了两者间的关系。此外,宋代笔记的发展也远过于前代,其
中有一个很明显的特点,就是许多笔记均以"录"名。仅以《四库全
书总目》所收加以统计,宋代笔记以"录"为名的就有四十多种,其比
例是很可观的①。其中最值得注意的是,有的笔记有"语录"的异名,
如释晓莹的《罗湖野录》,一作《罗湖禅师语录》;有的笔记则直接以
"语录"为名,如马永卿的《元城语录》。以"录"为名的笔记在宋代大
量出现,这与语录体的盛行或不无关系。而诗话体的出现与盛行,看
来也与语录体有关。

许多文献表明,欧阳修是反佛的,似乎他不大可能受到佛教的影
响,更不可能采用语录体而为文。王闢之《渑水燕谈录》卷十《谈谑》
载:"欧阳文忠公不喜释氏,士有谈佛书者,必正色视之。"但是,这种
情况在其晚年已有所改变。据南宋释志磐《佛祖统纪》卷四十五和明
僧觉岸《释氏稽古录》卷四等书的记载,欧阳修与缁门发生姻缘是在
宋仁宗庆历五年(1045)游庐山谒祖印禅师居讷开始的。志磐云:

> 退之(韩愈)问道于大颠,自云得入处,故鲁直(黄庭坚)有

---

① 在"语录"之名出现之前,一般以"录"为书名者大都指的是"目录",如刘向《别
录》、阮孝绪《七录》等。而禅宗文献中出现的"别录",指的也都是"语录"。

云:"退之见大颠后,作文理胜,而排佛亦少沮。"欧阳见祖印,肃然心服,故东坡有云:"永叔不喜佛,然其聪明之所照了,德力之所成就,真佛法也。"今人徒知诵前时之觝排,而不能察后来之信服,以故二子终受斥佛之名,其不幸乎!①

这里虽然不免有夸张之处,但毕竟有一定的事实依据。到了晚年,欧阳修似乎更加倾心释氏。叶梦得《避暑录话》卷上载:

> 欧阳文忠公平生诋佛、老,少作《本论》三篇,于二氏盖未尝有别。晚罢政事,守亳,将老矣,更罹忧患,遂有超然物外之志。

魏泰《东轩笔录》卷四载:

> 欧阳公在颍,惟衣道服,称六一居士。

而且,欧阳修退居颍上之后,与沙门关系也颇为密切。释志磐《佛祖统纪》卷四十五熙宁五年七月下引吴充所撰欧阳修《行状》载:

> 欧阳永叔自致仕居颍上,日与沙门游,因自号"六一居士",名其文曰《居士集》(此事得之于公之孙曰恕)。

志磐述曰:

> 居士者,西竺学佛道之称。永叔见祖印,排佛之心已消,故心

---

① 《佛祖统纪》卷四十五,《大藏经》第四十九册,页411。

会其旨,而能以居士自号。又以名其集,信道之笃,于兹可见。①

欧阳修致仕居颖,曾应宣进呈《归田录》,其中决无斥佛之语,开卷第一条即载僧赞宁应对机敏,又称赞僧有朋诗佳句不减唐人。而他的《诗话》也是作于退居颖上之后,开篇即云:"居士退居汝阴。"并在其中又一次表彰僧赞宁"辞辩纵横,人莫能屈。……时皆善其捷对"。又对九僧诗加以赞美,并云"今人多不知有所谓九僧者矣,是可叹也",表示了深深的惋惜。《归田录》是载"朝廷之遗事,史官之所不记,与夫士大夫笑谈之馀而可录者,录之以备闲居之览也"(《归田录自序》),而《诗话》是为了"集以资闲谈",这与禅宗语录记载禅师的言论、行事,其内容性质亦颇接近;而记录笑谈,并用以"资闲谈",在文体上也是近于语录的。欧阳修撰《诗话》,在形式上受到禅宗语录的启示和影响,乃是极有可能的。

诗话再进一步丰富发展,有些诗话甚至直接以"语录"为名。如《唐子西语录》②《三山老人语录》《漫斋语录》③等,这是语录体影响诗话的明证。另外,有些"语录"虽不是诗话,但因为其中不少内容涉及诗,所以,也有人就以"诗话"目之。如阮阅在《百家诗话总龟》中,就引有《金陵语录》《上蔡语录》《龟山语录》《三山语录》《雪窦语录》《元城语录》等,其中既有禅师语录,也有理学家语录;既有诗话而名语录者,也有笔记而名语录者。这正从一个侧面反映了禅门语录体的兴起并流行以后,对各方面影响之一斑。

---

① 《大藏经》第四十九册,页414。
② 今本通称《唐子西文录》,何汶《竹庄诗话》、王若虚《滹南诗话》及佚名《南溪笔录群贤诗话》所引,均称《唐子西语录》,据强行父序,当以"语录"为是。郭绍虞《宋诗话考》上卷称"是为语录通诗话之始"。
③ 见《竹庄诗话》《南溪笔录群贤诗话》引,或名《漫斋诗话》。

诗话中后来演变出问答一体,在形式上就更类似于语录。而以问答体形式论诗谈文,最早也就是出现于语录之中。如《朱子语类》卷八十、八十一专论《诗经》,卷一百三十九、一百四十两卷专论后世诗文。这种形式,在清代尤为普遍。以见收于《清诗话》和《清诗话续编》者而言,就有《答万季野诗问》《然镫记闻》《师友诗传录》《师友诗传续录》《竹林答问》等,均为其中之著名者。而追溯其源,这一形式正是出自语录体。可见,语录体对诗话形式的影响是深远的。

第二节　诗话体制的演变

一、诗话的正名与辨体

众所周知,第一部以"诗话"命名其书的是北宋欧阳修。但这一命名究竟是欧阳氏的独创,还是有所因袭的呢?易言之,在欧阳修以前,有没有什么书是以"诗话"命名的呢?有些学者认为,在唐代的民间文学中,存在着某种文体名曰"诗话",实质上是一种短篇小说①。而有些研究古代文学批评的论者,也认为文学批评中的"诗话"之名,乃因袭话本小说中的"诗话"之名而来②。这种看法并不符合事实。唐代民间文学中,有的作品在体制上类似、接近于后来话本中的"诗

① 参见周绍良《谈唐代民间文学》,收入《绍良丛稿》,页 48—65,齐鲁书社,1984年 1 月版。

② 如徐中玉先生《诗话之起源及其发达》云:"窃以为诗话之称,其起源当与流行于唐末宋初之'说话'即'平话'之风有关。诗话之称,或即由平话转化而来。"又云:"论诗著作有诗话之称,实由说话性质之诗话而来。宋初论诗性质之诗话,实为一方承前代论诗之传统,一方又接受当时说话著作之影响,采取其别称与若干形式,转化演进而成。"文载《中山学报》一卷一期,1941 年 11 月。

话"，但并无任何确定的依据可以证明当时有以"诗话"命名的作品。话本中的"诗话"，历代论者仅举出《大唐三藏取经诗话》一种，但此书的刊出时期，历来有不同看法。如王国维《大唐三藏取经诗话跋》及《两浙古刊本考》认为是南宋或元代刊本；鲁迅《中国小说史略》则云"此书或为元人撰"；当代学者多认为是宋人所撰。另外，此书别有一名为《大唐三藏法师取经记》，可见《诗话》亦并非定名。欧阳修以后，文学批评中的诗话之著甚夥，两相比较，应该是话本中的某些作品，以其有诗有话，遂袭用了文学批评中的"诗话"之名。正如"词话"一样，北宋文学批评中已出现以"词话"命名的书，《直斋书录解题》卷十一云："（朱弁）《骫骳说》者，以续晁无咎《词话》。"沈曾植《海日楼札丛》卷三亦云："词话始晁无咎。"而《雨村词话》卷二则谓词话始于陈后山。又如《古今词话》《中兴词话》等，前者见引于《苕溪渔隐丛话》，后者见引于《诗人玉屑》，可知这一名称在宋代文学批评领域中已经流行。但说唱文学中的以"词话"为名却要到元代才出现。显然，这也是从文学批评著作的名称中因袭而来的。

但是，话本小说或说唱文学中的"诗话""词话"之所以会袭用文学批评中的"诗话""词话"之名，看来也并非纯粹出于偶然。所谓"话"，即故事之意。因此，"说话"就是"讲故事"。元稹《酬翰林白学士代书一百韵》云："翰墨题名尽，光阴听话移。"自注云："乐天每与予游从，无不书名屋壁。又尝于新昌宅说'一枝花话'，自寅至巳，犹未毕词也。"（《元氏长庆集》卷十）"一枝花话"就是《李娃传》的故事，作者是白居易之弟白行简。说故事称"说话"，听故事则称"听话"。从现存唐代小说来看，有不少是文人们在一起"征奇话异"的产物，其名或为"传"，或为"传奇"，或为"话"，等等。文学批评中"诗话"之"话"，亦与此类似。许顗《彦周诗话》云："诗话者，辨句法，备古今，纪盛德，录异事，正讹误也。"其中除"辨句法"和"正讹误"二项以外，其馀三项都与"事"有关。欧阳修《诗话》凡二十八则，其写作目的是"以资闲谈",所以其中有二十一则都是关于诗或诗人的故事。而司马光《续诗话》云:"诗话尚有遗者,欧阳公文章名声虽不可及,然记事一也,故敢续书之。"亦重在记事,故不妨均以"话"为名。所以苏轼《聚星堂雪诗》云:"汝南先贤有故事,醉翁诗话谁续说。"(王文诰《苏文忠公诗编注集成》卷三十四)正因为文学批评中的"诗话"与"小说"中的"说话"有这一层类似,所以后来话本小说或说唱文学中的"诗话""词话",也就顺理成章地袭用了文学批评中的名称。当然,这就要进一步考察诗话的体制了。

文学批评著作中的诗话与小说的关系,不仅体现在它们与"说话"之"话"的联系上,在体制上,两者也有着渊源关系。

首先,从目录学的角度来看。目录分类往往代表着时人对某类书之性质的一种理解和认识,从宋人的一些目录著作来看,作为文学批评著作的"诗话"往往被归入"小说类"(也有一些目录学家将之归入"文史类")。例如,南宋绍兴年间改定的《宋秘书省续编到四库阙书目》卷二"小说类",即著录有"司马光《诗话》一卷""刘贡父《诗话》二卷"。另有"欧阳修《诗集》二卷",据叶德辉《考证》云:"欧阳公《诗集》不应入此,疑是《诗话》之误。"又如晁公武《郡斋读书志》卷十三"小说类"(王先谦校本),也著录了《冷斋夜话》六卷、《后山诗话》二卷、《续诗话》一卷、《欧公诗话》一卷、《东坡诗话》二卷、《中山诗话》三卷、《诗眼》一卷、《归叟诗话》六卷等八种。陈振孙《直斋书录解题》既在卷二十二"文史类"著录了欧阳修以下十八种诗话,又在卷十一"小说类"著录了《乌台诗话》十三卷、《冷斋夜话》十卷。至于《宋史·艺文志》的编者,则一方面在"小说类"著录了十种诗话,另一方面又在"文史类"另录了十二种诗话。这种有时显得不无混乱的现象,实际上正说明了"诗话"与"小说"在体制上的联系,故往往不易厘清。所以,同是一书,从不同角度去看,往往在归类上就有所不同。例如,卢瓌的《抒情集》二卷、孟棨的《本事诗》一卷,《崇文总目》《新唐书·艺文志》《宋史·艺文志》均列入"总集类"。胡应麟《诗薮》杂编卷二则云:"唐人诗话今传者绝少,孟棨《本事诗》,小说家流也。……卢瓌有《抒情集》,亦《本事诗》类也。"又其《少室山房笔丛》卷二十九云:"孟棨《本事》、卢瓌《抒情》,例以诗话文评,附见集类。究其体制,实小说者流也。"而胡震亨《唐音癸签》卷三十二则均列入"唐人诗话"中。又如处常子的《续本事诗》,《郡斋读书志》卷二十列入"总集类",而《直斋书录解题》则列入"文史类",并云:"虽曰广孟棨之旧,其实集诗话耳。"《唐音癸签》卷三十二亦列为"唐人诗话"之一。

其次,从体制上看,诗话与历史上的笔记小说关系紧密。笔记小说中出现论诗成分,比较明显的是《世说新语》的《文学篇》,但在一百零四则中,第六十六则"文帝尝令东阿王七步中作诗"条之前,是"学"的部分,以下才是"文"的部分①。即便在"文"的部分,论赋的内容也多于论诗的内容。唐代作诗风气兴盛,带动了论诗风气,不仅出现了许多诗格、诗法类的著作②,而且在笔记小说中论诗的比重也开始加强。如刘肃《大唐新语》中专列《文学》《谐谑》门,多为论诗。晚唐五代时,如范摅《云溪友议》、何光远《鉴诫录》等,论诗占全书的三分之二以上。而从宋代以及后人的笔记来看,论诗评文的成分更多。有些笔记的细目甚至明确标出"诗话",如王得臣《麈史》,其卷

---

① 李慈铭在该条下指出:"案临川之意分此以上为学,此以下为文。然其所谓学者,清言、释、老而已。"王利器纂辑《越缦堂读书简端记》,页237。李氏此语本于明人王世懋:"以上以玄理论文学,文章另出一条,从魏始。盖一目中复分两目也。"见明凌濛初刻《世说新语》。

② 前人常说唐人作诗而不论诗,其实是偏见。如明人李东阳《麓堂诗话》云:"唐人不言诗法,诗法多出宋,而宋人于诗无所得。"清人张潮《秋星阁诗话小引》云:"李唐之世,无所谓诗话也,而言诗者必推李唐。……夫唐人无诗话,所谓'善《易》者不言《易》'也。"唐人论诗法之著甚多,参见张伯伟《全唐五代诗格校考》。

中专有一目为"诗话"。沿袭至后来，如清人金埴的《不下带编》，于各卷之下均写明"杂缀兼诗话"。正因为如此，后人也就往往从前人的笔记中辑出论诗之语，重新题名曰"诗话"。如《玉壶诗话》之于《玉壶清话》，《吴氏诗话》之于《荆溪林下偶谈》，《容斋诗话》之于《容斋随笔》，《侯鲭诗话》之于《侯鲭录》，等等。不仅后人如此，在宋代，有些诗话就是作者自各种野史、笔记、小说中杂纂而来，如李颀的《古今诗话》，乃"采及说部野史作为茶馀酒后闲谈之资"①的。而宋代的一些大型诗话，如阮阅的《诗话总龟》、胡仔的《苕溪渔隐丛话》，从其征引的书目来看，其中有很大一部分乃出于笔记小说，这也同样反映了宋人对诗话与笔记之关系的一种理解和认识。今人也还有继续从事此类工作者②。总之，从体制上来看，诗话与笔记小说存在着不可分割的渊源关系。郭绍虞将这种现象称为"诗话之笔记化"③。所以，前人讨论小说，往往会兼及诗话，如胡应麟《少室山房笔丛》；反之，讨论诗话也往往会兼及小说，如章学诚《文史通义·诗话》。这主要是由两者在体制上的某种类似而决定的。

后人论述诗话的体制，往往自觉不自觉地忽略了其自身的特色，将其范围无限制扩大，这无疑抹煞了中国古代文学批评的各种形式的不同特点，也不利于揭示诗话本身的特色所在。林昌彝《射鹰楼诗话》卷五云："凡涉论诗，即诗话体也。"已经显示了将诗话涵括一切论诗之作的意思。郭绍虞先生更详加发挥，在《诗话丛话》一文中，他将论诗绝句、诗格、摘句、序跋、尺牍、笔记、总集、注释等统统视为"诗话"。郭氏云："由体制言，则韵散分途；由性质言，则无论何种体裁，

---

① 郭绍虞《宋诗话考》中卷之下，页 166。
② 例如，程毅中《宋诗话外编》，乃专从笔记中辑录论诗语；施蛰存《宋元词话》，乃专从笔记中辑录论词语。
③ 郭绍虞《中国文学批评史》（大学丛书本）上卷，页 373。

固均有论诗及事及辞之处。"①又云:"我之所以谓论诗韵语,亦是诗话一体者,盖又就更广义言之,欲使人于这种形貌之拘泥,亦且一并破除之耳。"②但性质上的相通并不等于体制上的相同,诗话之所以区别于其他论诗之著,主要的乃在于其形式。因此,如果不从体制上着眼,就无法显示出各种批评形式的特点,也就无法进一步探究中外文学批评在更深层次上的异同。所以,讲诗话的体制,断断不可与其他论诗之体混淆为一,中国文学理论批评史绝不等同于中国诗话史。

二、诗话的分类与特色

欧阳修撰写了中国文学批评史上的第一部诗话,在宋代"仿效称盛"(李恒《达观堂诗话序》)。据郭绍虞《宋诗话考》,计有八十八种之多,而据罗根泽《两宋诗话年代存佚残辑表》所列,则有九十五种③。章学诚《文史通义·诗话篇》将诗话分成"论诗而及事"和"论诗而及辞"两大类,这一分类也为郭绍虞所接受④。钱仲联《宋代诗话鸟瞰》⑤一文,将宋代诗话分为"诗话别集"和"诗话总集"两大类,又从内容上将前者细分为"记事为主""评论为主""考证性"三类,将

---

① 郭绍虞《诗话丛话》,《照隅室杂著》,页 226。
② 同上书,页 230。案:吴文治先生本郭氏之意而编《宋诗话全编》《明诗话全编》,将古人所涉论诗之语(不论其文体)概称作"某某诗话",可谓踵事增华、变本加厉。
③ 实际所存尚不止于此,即以流传至今者而言,如流传韩国的《唐宋分门名贤诗话》及以抄本流传的《北山诗话》,就都不在上述两书统计范围之内。
④ 郭氏《题〈宋诗话考〉效遗山体得绝句二十首》之二有云:"醉翁曾著《归田录》,迂叟亦题《涑水闻》。偶出绪馀撰诗话,论辞论事两难分。"见《宋诗话考》,页 3。
⑤ 文载《古代文学理论研究丛刊》第三辑,页 229—239,上海古籍出版社,1981年 2 月版。

后者细分为"按内容分类的诗歌故事汇编""按作家时代先后排列的评论、故事等的汇编""诗论和摘句的分类选编""一个作家评论的专辑"等,较之章氏所分更为细密。

典型的诗话,其文体如同笔记,风格轻松随意,欧阳修说是"以资闲谈",实际上便是开创了一种近似于炉边谈话的亲切的说诗方式(清人吴乔就有《围炉诗话》)。谈的内容固然以诗为主,但又不限于诗,实可以"驳杂"二字括之①。这些可以说是诗话体的基本特色。

不过,诗话的各种类别和特色,是在历史演变中逐步形成的。以下将从历时性的角度对上述问题略加展开。

欧阳修自题其《诗话》云:"居士退居汝阴,而集以资闲谈也。"这就规定了诗话的写作态度和基本风格,是轻松随意的。文字长短不拘,内容可供文人茶馀酒后的谈笑。所以《诗话》记载中常有"闻者传以为笑""人皆以为笑也""坐客皆为之笑也"等文字,但也有诗坛风气的记录、诗歌艺术的鉴赏和诗人轶事的登载。从诗歌理论的角度看,如"必能状难写之景,如在目前,含不尽之意,见于言外,然后为至矣","诗人贪求好句,而理有不通,亦语病也"等等,前者为后人不断征引,后者成为宋人诗论中的一大公案。

司马光自题《续诗话》云:"诗话尚有遗者,欧阳公文章名声虽不可及,然记事一也,故敢续书之。"从内容上看,两书亦有相续的关系。兹略举数例如下:

> 《六一诗话》:"郑谷诗名盛于唐末,号《云台编》,而世俗但称其官,为'郑都官诗'。……梅圣俞晚年官亦至都官,一日会饮

---

① 郭绍虞指出:"诗话而笔记化,则可以资闲谈,涉谐谑,可以考故实,讲出处,可以党同伐异,标榜攻击,也可以穿凿傅会,牵强索解;可杂以神怪梦幻,也可专讲格律句法,钜细精粗,无所不包。"《中国文学批评史》(大学丛书本),页374。

余家,刘原父戏之曰:'圣俞官必止于此。'坐客皆惊。原父曰:'昔有郑都官,今有梅都官也。'圣俞颇不乐。未几,圣俞病卒。余为序其诗为《宛陵集》,而今人但谓之'梅都官诗'。一言之谑,后遂果然,斯可叹也。"

《温公续诗话》:"梅圣俞之卒也,余与宋子才选、韩钦圣宗彦、沈文通遘,俱为三司僚属,共痛惜之。子才曰:'比见圣俞面光泽特甚,意为充盛,不知乃为不祥也。'时钦圣面亦光泽,文通指之曰:'次及钦圣矣。'众皆尤其暴谑。不数日,钦圣抱疾而终。……此虽无预时事,然以其与圣俞同时,事又相类,故附之。"

《六一诗话》:"必能状难写之景,如在目前,含不尽之意,见于言外,然后为至矣。"

《温公续诗话》:"先公监安丰酒税,赴官,尝有《行色诗》云:'冷于陂水淡于秋,远陌初穷见渡头。犹赖丹青无处画,画成应遣一生愁。'岂非状难写之景也。"

《六一诗话》:"国朝浮图,以诗名于世者九人,故时有集号《九僧诗》,今不复传矣。余少时闻人多称之,其一曰惠崇,馀八人者,忘其名字也。余亦略记其诗。……其佳句多类此。其集已亡,今人多不知有所谓九僧者矣,是可叹也。"

《温公续诗话》:"欧阳公云,《九僧诗集》已亡。元丰元年秋,余游万安山玉泉寺,于进士闵交如舍得之。所谓九诗僧者:剑南希昼、金华保暹、南越文兆、天台行肇、沃州简长、贵城惟凤、淮南惠崇、江南宇昭、峨眉怀古也。直昭文馆陈充集而序之。其美者亦止于世人所称数联耳。"

以欧阳、司马两公在文坛上和政治上的地位和影响力,这也就奠定了诗话写作的基本风格,并逐步形成风气。

目前可考的第一部诗话总集是《唐宋分门名贤诗话》。关于这部书的成书年代，我以为应该在北宋宣和五年到七年（1123—1125）之间。这是一部抄撮诸书、分类编纂而成的作品。在中国早已亡佚。但朝鲜时代曾经刊行，全书二十卷，保存至今者尚有十卷正文和二十卷目录①。从诗话史的角度看，这部书有其重要的价值，它是第一部分门类编的诗话总集。全书二十卷，分三十四类。兹录其类目如下：

　　品藻、鉴诫、讥讽、嘲谑、纪赠、知遇、不遇、激赏、聪悟、豪俊、轻狂、迁谪、闲适、登览、隐逸、咏古、感兴、题咏、离别、幽怨、伤悼、图画、谶兆、诗卜、纪梦、神仙、道释、伶伦、鬼魅、正讹、笺释、杂纪、乐府、四六。

自此以后，这类诗话总集越来越多，终宋之世，著名者即有阮阅《诗话总龟》、胡仔《苕溪渔隐丛话》、魏庆之《诗人玉屑》等。《彦周诗话》所概括的"辨句法、备古今、纪盛德、录异事、正讹误"等内容，在《唐宋分门名贤诗话》中皆已包容，而兼及"乐府"和"四六"，也影响到后来的诗话。

欧阳修的《诗话》虽说可用"以资闲谈"作为其著述态度的说明，但正如郭绍虞指出的："在轻松的笔调中间，不妨蕴藏着重要的理论；在严正的批评之下，却多少又带些诙谐的成分。"（《宋诗话辑佚序》）如果我们比较一下《诗话总龟》《苕溪渔隐丛话》和《诗人玉屑》这三部诗话总集，就可以发现理论性的逐步加强是宋代诗话发展的趋势。

---

① 此书有韩国奎章阁藏本，又有赵钟业编《韩国诗话丛编》影印本，太学社，1996 年 5 月版。整理本有张伯伟《朝鲜本〈唐宋分门名贤诗话〉校证》，载《中国诗学》第七辑，人民文学出版社，2001 年 12 月版。可参看。

至南宋张戒的《岁寒堂诗话》、姜夔的《白石道人诗说》、严羽的《沧浪诗话》即堪称理论性诗话的代表。

诗话之以人为专题,首先出现在诗话总集中,以《苕溪渔隐丛话》前集为例,就有关于陶渊明、李白、杜甫、王安石、苏轼、黄庭坚等人的评论专卷。南宋出现专评一家的诗话,正是在此基础上形成。从诗话总集的专家评论来看,以对杜甫的评论卷帙最丰,仍以上书为例,六十卷中专评杜甫的占九卷,所以,宋代出现的专评一家的诗话,也多是有关杜甫的,这与当时诗坛的追求密切相关。杜甫是宋代诗坛的新典范之一①。自从韩愈将李白和杜甫并举以来,李、杜优劣就成为诗坛上的一大话题。对杜诗作出高度评价并确立杜甫在宋代诗坛地位的是王安石,后人乃有"善评杜诗,无出半山"(刘克庄《后村诗话》新集卷一)之评。而从艺术上对杜诗作进一步阐发的,是黄庭坚及其江西诗派。因此,宋人对杜诗作了大量的收集和整理工作,并且为之编年或作年谱,评论其诗歌者也同样在在有之。方深道《集诸家老杜诗评》、蔡梦弼《杜工部草堂诗话》就是在这样的诗坛背景下出现的。

诗话体在观念上的混杂,比较明显的是从宋末元初的方回开始。其《桐江集》卷七《可言集考》末云:

> 予考十家所裒诗话,始于胡苕溪,博也;终于王鲁斋,约也。欲学诗者,观是足矣。

他所谓的"十家诗话",具体所指为《渔隐丛话》《古今总类诗话》《诗

---

① 宋诗新典范有两人,即杜甫和陶渊明。新典范的确立,经过了宋人的多次选择而最终完成。参见张伯伟《中华文化通志·诗词曲志》,页180—191。案:关于陶渊明诗话,有蔡正孙《陶苏诗话》,专论苏轼《和陶诗》。

话总龟》《诗海遗珠》《诗苑类格》《瑶池集》《律诗格》《诗人玉屑》《竹庄备全诗话》《可言集》，但其中如《诗苑类格》和《律诗格》明显属于"诗格"，而非"诗话"，但方回皆以"诗话"目之。这是将诗格与诗话相混。又方回有《瀛奎律髓》之选，其《序》云：

> 所选，诗格也；所注，诗话也。

这又是将诗注与诗话相混。但这种观念的形成，又与南宋以来诗话体本身的变化有关。如郭思的《瑶池集》，据方回《瑶池集考》所云："盖诗话也，一曰诗之六义，二曰诗之诸名，三曰诗之诸体（与李淑《诗格》相类，凡八十一体，可无述），四曰诗之诸式（凡二十九式），五曰诗之诸景，以至十五曰诗之诸说。"（《桐江集》卷七）这其中就包含了很多"诗格"的内容。蔡正孙的《诗林广记》（全名《精选古今名贤丛话诗林广记》），则是将诗选与诗评结合起来，而亦名之为"诗话"。何汶的《竹庄诗话》卷二十三、二十四全登"警句"，后附评论，这是将"摘句"与诗话相结合。所以，这种现象的大量出现，很自然地导致了诗话观念的庞杂与混淆。我们也许不能武断地认为这种混淆是一个错误，但它至少对于认识典型的诗话是有所妨碍的。中国古代文学批评中的各种形式，就其表现的典型性而言，实应求之于北宋以前。北宋以后，各种形式之间便趋向于交叉、混合。尽管还有各自独立的表现，但总是显得不够纯粹。

诗话体的大混杂是在清代。以总集而言，何文焕编《历代诗话》，其所收者有诗格（如皎然《诗式》、杨载《诗法家数》），有论诗诗（如司空图《二十四诗品》），有自成系统之著（如锺嵘《诗品》），有从文集中裁出单行之文（如徐祯卿《谈艺录》）等。选集可以名为诗话，如陈瑚《顽谭诗话》；传记可以名为诗话，如王昶《蒲褐山房诗话》；凡例可以名为诗话，如管世铭《读雪山房唐诗序例》（此书收入《清诗话续编》);摘句同样可以名为诗话,如易顺鼎《琴志楼摘句诗话》。甚至同样的内容,可以有不同的名称,如朱彝尊的《明诗综》,将其传记部分裁出单行,即可名为《静志居诗话》;徐增的《说唐诗》,将其"说"的部分裁出单行,即可名为《而庵诗话》。在这样的背景之下,林昌彝"凡涉论诗,即诗话体也"的论断之出现就可以理解了,尽管我们并不赞同他的意见。

本节讨论诗话体的特色,偏重在形式方面,但由于这种形式的自由随意,也同时影响到其内容的驳杂多样。

第三节　诗话的文化考察

诗话作为古代文学批评的一种形式,自宋代以降,已为人们所广泛运用。由于其数量繁夥,内容驳杂,很难一概而论。尤其是诗话这种形式的包容性很强,章学诚认为其可"通于史部之传记",又可"通于经部之小学",还可"通于子部之杂家"(《文史通义》内篇卷五《诗话》);再加上欧阳修撰《诗话》,便规定了"以资闲谈"的基本写作态度,谈的内容虽然以诗为主,实际上又并不限于诗。所以,从宋代开始,由于各个时代的文化或多或少存在着差异,因而各个时代的诗话也就或深或浅留下了特定的印记,形成其时代标志。从文化角度研究诗话的时代标志,一方面便于学者谨慎而准确地使用此类文献;另一方面,也能帮助人们透过诗话这一视角,窥见各个历史阶段在思想、政治、经济等方面的时代折光。本节不是全面考察此一问题,而是在诗话的发展过程中,拈出若干易于为人忽略而又值得重视的问题,分作六个方面略作论述。

一、宋代之一：诗话与党争

章学诚《文史通义》卷五《诗话》中有这样两段话：

> 论文考艺，渊源流别，不易知也。好名之习，作诗话以党伐
> 同异，则尽人可能也。以不能名家之学，入趋风好名之习，挟人
> 尽可能之笔，著惟意所欲之言。可忧也！可危也！

> 说部流弊，至于诬善党奸，诡名托姓。前人所论，如《龙城
> 录》《碧云騢》之类，盖亦不可胜数。……事有记载，可以互证，
> 而文则惟意之所予夺。诗话之不可凭，或甚于说部也。

章学诚指出的古人为了政治斗争而伪撰说部文字，所举两例，一为托
名柳宗元的《龙城录》二卷，一为托名梅尧臣的《碧云騢》[1]。在政治
斗争中，伪撰文字，"诡名托姓"，这种情况开始于唐代。如牛李党争
中，李德裕的党羽韦瓘作《周秦行记》，栽名于牛僧孺，即为其中一
例[2]。所以韩愈在《答刘秀才论史书》中曾指出："传闻不同，善恶随
人所见，甚者附党憎爱不同，巧造言语，凿空构立善恶事迹。"[3]这种
情况，至宋代而愈演愈烈[4]。朋党问题，也为宋代关心国事的士大夫
所究心。而政治见解的不同，每每影响到用人的差异，于是，往往互目

---

① 有关这两部书的辨伪，参见张心澂《伪书通考》，商务印书馆，1957 年 11 月版。
② 张洎《贾氏谈录》云："世传《周秦行纪》，非僧孺所作，是德裕门人韦瓘所撰。"
   晁公武《郡斋读书志》（王先谦校本）卷十三"小说类"《周秦行纪》下云："牛
   僧孺自叙所遇异事，贾黄中以为韦瓘撰。瓘，李德裕门人，以此诬僧孺。"
③ 马其昶《韩昌黎文集校注·文外集》上卷，页 669。
④ 丁骘《请下御史台体访小人造作谤议疏》云："小人多兴谤议……其实出于被
   罪流落之人，私挟喜怒，阴遣子弟门人出入朋比，互为声援。"（《宋文鉴》卷六
   十一）即可见其时风气之一斑。

对方为朋党。《宋元学案》卷三《高平学案》"睢阳所传"范仲淹小传载：

> 初，先生以忤吕夷简，放逐者数年。士大夫持二人曲直，交
> 指为朋党。

更有甚者，执政秉权者有时还藉此以排斥异己①。也正因为如此，欧阳修、苏轼等人才有《朋党论》《续朋党论》之作，以廓清是非②。党争问题，在宋代几经反复，影响很大，全祖望甚至称之为"两宋治乱存亡之所关"（《宋元学案》卷九十六《元祐党案序录》）。除了政治上的党争以外，在学术上也有派别之争，从而影响到宋代的诗文评论。《四库全书总目》卷一百九十五《馀师录》提要云："宋人论文，多区分门户，务为溢美溢恶之辞。"又同卷《文章精义》提要赞美此书云："持平之论，破除洛、蜀之门户，尤南宋人所不肯言。"从这两段话中，可略见宋代论文话诗所受到的政治与学术之争的影响。不过，对宋代诗话而言，新旧党争的影响要大于其他政治或学术之争③。

---

① 全祖望《跋元祐党人碑》云："张章简公纲在绍兴中奉诏看详元祐党人名籍状云：'臣等看详党人碑刻，共有二本：一本计九十八人，一本计三百九人，虽皆出于蔡京私意，而九十八者，系是崇宁初年所定，多得其真。其后蔡京再将上书人及己所不喜者作附丽人添入党籍，冗杂至三百九人。看详九十八人内，除王珪一名不合在籍，自馀九十七人，多是名德之臣。……'予读《元城语录》云，元祐党人只七十八人，则所谓九十七人者，已附益十九人矣。"（《宋元学案》卷九十六）即为一例。

② 《宋元学案》卷四《庐陵学案》载："初，范文正之贬饶州也，先生（欧阳修）与尹洙、余靖皆以直文正见逐，目之曰党人。自是朋党之论起，先生乃以《朋党论》以进。"案：《朋党论》的宗旨是"为人君者，但当退小人之伪朋，用君子之真朋，则天下治矣"（《居士集》卷十七）。这是一个与传统观念不尽相合的新见解。

③ 郭绍虞《宋诗话考》中卷《童蒙诗训》下云："窃谓洛蜀二党，在当时原不如新旧党争之烈，亦非尽关学术上之文论。"所以，如吕本中所撰之《紫微诗话》及《童蒙诗训》，有新旧党争的痕迹，而未受洛蜀之争的影响。

宋代的新旧党争,主体上是以王安石为代表的革新派和以司马光为代表的守旧派之间的一场斗争。关于这一党争双方的功过是非,历史上的评价纷纭不一,本文暂不涉及。党争在诗话上的反映,大致有两种情况:一是由于党争的原因,一部分诗话遭到禁毁的命运;一是诗话内容受到党争的影响,往往有"溢美溢恶之辞"。前者较为明显,而后者则较为隐晦。《续资治通鉴》卷八十八曾引用宋徽宗崇宁二年四月诏云:

　　　　苏洵、苏轼、苏辙、黄庭坚、张耒、晁补之、秦观、马涓文集,范祖禹《唐鉴》,范镇《东斋记事》,刘攽《诗话》,僧文莹《湘山野录》等印板,悉行焚毁。

以上涉及的书,有文集、史书、笔记,也包括诗话。而由于派别的眼光影响到论文的,如果做一个大致的区分,基本上也有两大系列:其一是追随王安石为首的熙宁诸公,此为"熙宁派";另一是追随苏轼、黄庭坚为首的元祐诸公,此为"元祐派"。现择其较主要、较突出的,举例如下。凡前人已有所论者,则先列其说,并略加案语。

　　(一)熙宁派

　　1. 魏泰《临汉隐居诗话》

　　胡仔《苕溪渔隐丛话》前集卷十二引《桐江诗话》云:

　　　　魏道辅泰,襄阳人,元祐名士也,与王介甫兄弟最相厚。

晁公武《郡斋读书志》卷十三《东轩笔录》提要云:

　　　　泰,襄阳人,曾布之妇弟。为人无行而有口,颇为乡里患苦。元祐中,记其少时公卿间所闻成此编。其所是非,多不可信。心喜章惇，数称其长，则大概已可见。

《四库全书总目》卷一百九十五《临汉隐居诗话》提要云：

> 泰为曾布妇弟，故尝托梅尧臣之名，撰《碧云騢》以诋文彦博、范仲淹诸人。及作此书，亦党熙宁而抑元祐。如论欧阳修则恨其诗少馀味……论黄庭坚则讥其自以为工，所见实僻。……论石延年则以为无大好处，论苏舜钦则谓其以奔放豪健为主，论梅尧臣则谓其乏高致，惟于王安石则盛推其佳句。盖坚执门户之私，而甘与公议相左者。

案：除以上数说所举例以外，诗话中还有不少这样的例子。如阿谀章惇"自少喜修养，服气辟谷，飘然有仙风道骨"。又书中不仅推崇王安石处不一而足，而且还盛称其妹、其女、其妻等人的诗作，誉之"往往有臻古人"，"皆脱洒可喜也"，不足为据。

2. 蔡絛《西清诗话》

费衮《梁溪漫志》卷八"蔡絛著书"条云：

> 蔡絛奸人，助其父为恶者也。特以在兄弟间粗亲翰墨，且尝上书论谏，故在当时稍窃名。著书甚多，大抵以奸言文其父子之过，此固不足怪。

陈岩肖《庚溪诗话》卷下云：

> 元祐间，东坡与曾子开肇同居两省，扈从车驾，赴宣光殿。子开有诗……坡两和其断句"辛"字韵皆工……云"最后数篇君莫厌，捣残椒桂有馀辛"。……盖以椒桂蕙茝皆草木之香

者,喻贤人也。诗人押险韵,冥搜至此,可谓工矣。而《西清诗话》遂改其句云:"读罢君诗何所似,捣残椒桂有馀辛。"以谓坡讥唱首多辣气,此何理也? 坡为人慷慨疾恶,亦时见于诗,有古人规讽体,然亦讵肯效闾阎以鄙语相詈哉! 恐误后人心术,不得不辩。

《四库全书总目》卷一百四十一《铁围山丛谈》提要云:

> 曾敏行《独醒杂志》则载儵作《西清诗话》,多称引苏、黄诸人,竟以崇尚元祐之学,为言者论列。盖虽盗权怙势,而知博风雅之名者。陈振孙《书录解题》称《西请诗话》乃儵使其客为之。

案:《西清诗话》的情况颇为复杂。首先,书中引录了不少元祐诸公的言论及诗词;其次,蔡儵曾因此书而"落职勒停"。那么,这部诗话能否归入熙宁派呢? 关于第一个问题,或认为是蔡儵之客所为;而蔡儵因此书而得祸,《宋诗话考》上卷甚至誉之为"彼于苏、黄势替之后,不党于其父,而独崇元祐之学,亦可谓特立独行者矣"。然而考之史乘,蔡儵深受其父蔡京之宠,助父为奸,窃弄权柄,其为人决非"特立独行"之类。看来,论者在考论这一问题时,可能忽略了某些关键性的文献。事实上,《西清诗话》正是在蔡京的授意下撰成的。吴曾《能改斋漫录》卷十"蔡元长欲为张本"条载:"元长(京)始以绍述两字,劫持上下。擅权久之,知公议不可以久郁也。宣和间,始令其子约之(儵)招致习为元祐学者。是以杨中立、洪玉父诸人皆官于中都。又使其门下客著《西清诗话》,以载苏、黄语,亦欲为他日张本耳。"这才是《西清诗话》中多载元祐诸公语的真正原因。而在当时的政治斗争中,彼此都会相互寻隙伺机以攻讦对方。叶梦得《石林燕语》卷十曾载：

> 崇宁中，蔡鲁公当国。士人有陈献利害者，末云："伏望闲
> 燕，特赐省览。"有得之欲谮公者，密摘以白上，曰："清闲之燕，非
> 人臣所得称，而鲁公受之不以闻。"鲁公引《礼·孔子闲居》《仲
> 尼燕居》自辨，乃得释。

而《西清诗话》之多载苏、黄语，也正好授人以口实。故"臣寮论列，
以为絛所为私文，专以苏轼、黄庭坚为本，有误天下学术，遂落职勒
停"（《独醒杂志》卷二）。这也是聪明反被聪明误。另外，从诗话本
身来看，其中对其父蔡京（元长、鲁公）及其叔父蔡卞（文正）的诗作
及言论多有引述①，作品及见解并不高明②，而书中引之再三，实为溢
美之辞。所以，《西清诗话》仍应算是熙宁派的作品。

---

① 《西清诗话》有明洪武五年孙道明钞本三卷，郭绍虞先生《宋诗话考》因书中
有"质之叔父文正"之语，遂疑此钞本乃后人杂抄他书以成。郭氏云："当絛
之时，蔡氏固无谥文正者。"又云："考宋代蔡氏谥文正者惟沈，沈为元定子，
少游朱子之门，与絛时代、辈分均不相合。"（见上卷《西清诗话》及中卷《金玉
诗话》）案："文正"实即蔡絛叔父蔡卞。卞卒于政和末，谥文正，见《宋史·蔡
卞传》。《西清诗话》成书于宣和中，引用其叔父文正之语，是无可怀疑的。
② 例如，《西清诗话》卷中引蔡京春帖子"龙烛影中犹是腊，凤箫声里已吹春"，
谓"荐绅类能传诵"。案吴曾《能改斋漫录》卷八"沿袭"指出："予以为此一
联全是方干除夜诗：'寒灯短焰方烧腊，画角残声已报春。'"又《西清诗话》卷
上载："尝侍鲁公（蔡京）燕居，顾为某曰：'汝学诗，能知歌、行、吟、谣之别乎？
近人昧此，作歌而为行，制谣而为曲者多矣。且虽有名章秀句，若不得体，如
人眉目娟好而颠倒位置，可乎？'余退读少陵诸作者，默有所契，惟心语口，未
尝为人语也。"案《能改斋漫录》卷十"议论"指出："予按《宋书·乐志》曰：
'诗之流乃有八名：曰行、曰引、曰歌、曰谣、曰吟、曰咏、曰怨、曰叹，皆诗人六
义之馀也。'然则歌、行、吟、谣，其别岂自子美邪？"

3.叶梦得《石林诗话》

方回《瀛奎律髓》卷二十四云：

> 石林叶梦得少蕴以妙年出蔡京之门，靖康初守南京，当罢废。胡文定公安国以其才，奏谓不当因蔡氏而弃之。实有文学，诗似半山。然《石林诗话》专主半山而阴抑苏、黄，非正论也。

《四库全书总目》卷一百九十五《石林诗话》提要云：

> 是编论诗，推重王安石者不一而足。……盖梦得出蔡京之门，而其婿章冲则章惇之孙，本为绍述馀党。故于公论大明之后，尚阴抑元祐诸人。

潘德舆《养一斋诗话》卷七云：

> 叶石林《诗话》颇多可采。其最误人者，好取荆公诗句以教人，而实皆庸下。

案：在宋人诗话中，《石林诗话》是较好的一部。所以《四库提要》在指出其阴抑元祐诸人之后，又云"略其门户之私，而取其精核之论，分别观之，瑕瑜固两不相掩矣"。《石林诗话》作于建炎初年，党禁不严，故其中党争的痕迹的确并不明显。但书中对章惇、王安石的曲为回护，用心良苦之处，未尝不是出于某种需要。例如，卷上载元丰间，苏轼系大理狱，王珪欲构东坡之罪而罗织文网，奏知神宗。特别写到章惇（子厚）"从旁解之，遂薄其罪。子厚尝以语余，且以丑言诋时相（案：即王珪），曰：'人之害物，无所忌惮，有如是也？'"而事实上，章惇是一个谋陷元祐旧臣、专以绍述为事的重要人物。这段记载无非是事过境迁之后,美化章惇之辞。

4. 陈师道《后山诗话》

这一诗话从宋代起就有人怀疑非陈师道之原作,经过方回、纪昀,直至现代郭绍虞等人的辨析,这一怀疑已为多数人接受①。那么,是什么人又是出于何种目的伪托的呢?《宋诗话考》卷上《后山诗话》云:

> 窃以为师道受苏、黄影响至深,而书中对苏、黄转多不满之词,此为最易引人生疑之处。然师道诗"人言我语胜黄语,扶竖夜燎齐朝光",稍有自负习气,或当时如魏泰、叶梦得之流即利用此弱点,以攻击苏、黄之语,托为《后山诗话》之辞,未可知也。然则此书殆为利用后山之名,以逞门户之私者之所为矣。

另有一则材料,或可为郭氏此说旁证。司马光在当时素以清廉正直、道德崇高为海内所称,而《后山诗话》则记其私狎营妓,为王安石所戏。所以陆容《菽园杂记》卷三指出:

> 凡小说记载,多朝贵及名公之事,大抵好事者得之传闻,未必皆实。……若某诗话记司马温公私狎营妓,王荆公以诗戏之,其为污染名德甚矣。盖温公固不为此,荆公端人,追之戏之,恐亦非其所屑为也。辟而不信为宜。

社会上的传闻固然无法杜绝,但加以记载则决非无目的之举。这一记载也的确影响深远,后人甚至有将它辑入小说中者(如冯梦龙《情

---

① 周祖譔《〈后山诗话〉作者考辨》认为此书是陈师道所作,文载《厦门大学学报》1987 年第 1 期。

史》卷十五"情芽类")。以讹传讹,众口铄金。其源盖出于此。

(二)元祐派

1.许颛《彦周诗话》

《四库全书总目》卷一百九十五《彦周诗话》提要云:

> 盖亦宗元祐之学者,所引述多苏轼、黄庭坚、陈师道语,其宗
> 旨可想见也。

《宋诗话考》上卷《许彦周诗话》云:

> 书中自谓其"伯父在熙宁间为荆公荐,竟不委曲得贵达,然
> 亦为司马温公、吕献可、吕微仲、范尧夫诸公所知"。又"季父仲
> 山在扬州时事东坡先生"云云,则知《提要》据其与惠洪面谈之
> 语,称其宗元祐之学,亦可信也。……彦周自言尝与惠洪论诗,
> 而李端叔、高秀实皆其父执,则其论诗宗旨本于苏、黄,而于黄尤
> 近可知。

案:《彦周诗话》自序谓"数得奉教,闻前辈长者之馀论,今书籍散落,
旧学废忘,其能记忆者,因笔识之",可知此诗话立论之渊源。其中征
引,多元祐诸公的议论,并对之推崇不已。又多述其先人与苏轼等人
的交谊。诗话中另有一段记载,则是记其季父仲山(即曾在扬州事东
坡者)在政和年间因作诗而遭贬,"台章论列,作诗害经旨,遂报罢,调
南剑州顺昌县府"。此则间接受到元祐诸人的牵连①。

---

① 北宋末年禁诗,诸书颇有记载,如《避暑录话》卷下:"政和间,大臣有不能为
  诗者,因建言,诗为元祐学术,不可行。"又《石林燕语》卷九:"政和末,李彦章
  为御史,言士大夫多作诗,有害经术。"

2. 吕本中《紫微诗话》

《四库全书总目》卷一百九十五《紫微诗话》提要云：

> 其学出于黄庭坚……然本中虽得法于豫章……实不专于
> 一家。

《宋诗话考》上卷《紫微诗话》云：

> 盖吕氏家学渊源，有中原文献之目，而又及见元祐诸人，讲
> 习渐渍，故遗闻轶事颇赖以传。……至其推崇义山，又与朱弁所
> 谓"黄庭坚用昆体工夫"（案此语见《风月堂诗话》卷下）之语相
> 合……是则是书论诗虽谓其专于一家、主于一格可也。

案：吕本中与元祐党人颇有渊源，其曾祖吕公著、祖父吕希哲、从祖吕
希纯、吕希绩等人均名列元祐党籍，表叔范温（元实）又"从山谷学
诗"（《紫微诗话》）。所以，其诗话对元祐诸公备加赞美。其中两则，
微婉志晦，尤堪回味。其一，潘邠老有《哭东坡绝句十二首》，《紫微
诗话》独载以下二首："元祐丝纶两汉前，典刑意得宠光宣。裕陵圣德
如天大，谁道微臣敢议天？""公与文忠总遇谗，谗人有口直须缄。声
名百世谁常在？公与文忠北斗南。"这两首绝句在艺术上无可称道，
如果不是出于党争的影响，大可不必载入。其二，诗话中录王安石寄
吕公著的一封信，与诗毫不相干。史载吕氏因反对王安石推行青苗
法，并反对其任用吕惠卿等人，遭贬出知颍州，而王安石这封信的内
容却正是自悔其用人不当。略云："以安石之不肖，不得久从左右，以
'求其放心'而稍进于道。猥以私养窃禄，所以重贪污之罪。惓惓企
望，何以胜怀。因书见教，千万之望。"藉此以表明推行新法之多用
佞人。如果不是同情元祐党人，在诗话中是决无必要录此书信的。

曾季貍《艇斋诗话》也指出:"吕东莱(本中)喜令人读东坡诗。"又云:"东莱不喜荆公诗。"可悟其中消息。曾氏师事吕本中,人称"直谅多闻,古之益友"(张栻《送曾裘父序》,《南轩文集》卷十五),其言当可信。

3. 朱弁《风月堂诗话》

《四库全书总目》卷一百九十五《风月堂诗话》提要云:

> 是编多记元祐中欧阳修、苏轼、黄庭坚、陈师道、梅尧臣及诸晁遗事。

案:朱弁对元祐诸公深表同情,溢于言表。如卷上载苏轼"君与我同好"诗,中有"惜哉嵇、阮放,当世已不容",谓其句"遂成诗谶,亦可怪也"。又卷中载:"韩师朴元符末自大名入相,其所引正人端正,遍满台阁,然不能胜一曾布。而张天觉于政和初,欲以一身回蔡京党绍述之论,难矣!"韩师朴即韩忠彦,名列元祐党籍。

4. 张表臣《珊瑚钩诗话》

《四库全书总目》卷一百九十五《珊瑚钩诗话》提要云:

> 表臣生当北宋之末,犹及与陈师道游,与晁说之尤相善,故其论诗往往得元祐诸人之馀绪。

案:张表臣诗话中亦有涉及党争者。如卷一云:"东坡作诗,叹贾梁道为魏忠臣,然不能绍其子于后。……呜呼!岂忠孝之道,父不能传之于其子,子不能献之于其父耶?熙(宁)、(元)丰间,王氏变法,新进附之,而仲弟平甫讥焉,不其贤乎?"又卷二载其与晁以道互以诗赠酬,乃云:"盖公元祐党人之家,上书邪等,禁锢不得仕二十馀年。"皆为明显之例。

5. 吴聿《观林诗话》

《四库全书总目》卷一百九十五《观林诗话》提要云：

> 聿之诗学出于元祐，于当时佚事，尤所究心。

案：吴聿在诗话中盛称元祐诸公，而对王安石则不免有微词。诗话载杨元素(绘)疏，论王安石云："臣闻王安石文章之名久矣，尝闻其诗曰：'今人未可非商鞅，商鞅能令政必行。'今睹其行事，已颇类矣。愿陛下详其言而防其志。"又云："半山晚年所至处，书窗屏间云：'当时诸葛成何事，只合终身作卧龙。'盖痛悔之词。"其实，王安石书唐人薛能《游嘉州后溪》绝句中的此两句，乃表示其激愤之情。"痛悔"云云，殊失荆公称引之意。

6. 陈岩肖《庚溪诗话》

《四库全书总目》卷一百九十五《庚溪诗话》提要云：

> 于元祐诸人，征引尤多。盖时代相接，颇能得其绪馀，故所论皆具有矩矱。

案：此诗话颇多涉及党争之事，而商榷议论之间，则又贬斥熙宁而褒扬元祐。兹节录数则如下：

> 东坡先生学术文章，忠言直节，不特士大夫所钦仰，而累朝圣主，宠遇皆厚。……神宗朝，以议变更科举法，上得其议，喜之，遂欲进用，以与王安石论新法不合，补外。王党李定之徒，媒蘖浸润不止，遂坐诗文有讥讽，赴诏狱。欲置之死，赖上独庇之，得出。……绍圣以后，熙、丰诸臣当国，元祐诸臣例迁谪。崇(宁)、(大)观间，蔡京、蔡卞等用事，拘以党籍，禁其文辞墨迹而

毁之。……今东坡诗文，乃蒙当代累朝神圣之主知遇如此，使忌能之臣，谮言不入。且道流之语未必可信，解注之士出于一时之意，而当宁以轼之忠贤而确信之，身后恩宠异常。（卷上）

元祐间，有旨修上清储祥宫成，命翰林学士苏轼作碑纪其事。坡叙事既得体，且取道家所言与吾儒合者记之，大有补于治道。绍圣、元符间，党禁兴，遂毁其碑。命翰林学士蔡京别为之。京之文类三舍举子经义程文耳。正如唐时仆韩退之《平淮西碑》，命段文昌改作。后人有诗曰："淮西功业冠吾唐，吏部文章日月光。千载断碑人脍炙，不知世有段文昌。"余于储祥宫碑亦云。（卷下）

王荆公介甫辞相位，退居金陵，日游钟山，脱去世故。平生不以势利为务，当时少有及之者。然其诗曰："穰侯老擅关中事，长恐诸侯客子来。我亦暮年专一壑，每逢车马便惊猜。"既以丘壑存心，则外物去来，任之可也，何惊猜之有？是知此老胸中尚蒂芥也。如陶渊明则不然。……寄心于远，则虽在人境，而车马亦不能喧之。心有蒂芥，则虽擅一壑，而逢车马，亦不免惊猜也。（卷下）

有门户之私，则评论每每不能客观，难免溢美溢恶之词。

以上就"熙宁派"和"元祐派"分别举例说明了宋代党争对诗话的影响。了解了这一点，在使用这些诗话时，尤其是当内容涉及对当时人的行事记载及诗歌评论时，就能够洞悉其辞，辨同苍素，而不为"溢美溢恶"的门户之私所惑。

二、宋代之二：诗话与禅学

以禅喻诗，在宋代诗话，尤其是在南宋诗话中颇为普遍。影响最大的，则是严羽的《沧浪诗话》。

禅宗自六祖惠能创立以后,传其学者有南岳怀让、青原行思及菏泽神会。神会一系,数传遂绝;怀让、行思二系,则日益隆盛,演变出五家七宗①。其对诗歌创作和理论也都产生了极为深刻的影响。诗话产生之前,唐人的诗论著作主要是诗格、诗式等,其中已有一些禅学影响的痕迹。如旧题王昌龄《诗格》,以南北宗分派论文,所谓"司马迁为北宗,贾生为南宗"②;又云"不看向背,不立意宗,皆不堪也"③;又云"改他旧语,移头换尾,如此之人,终不长进。为无自性,不能专心苦思,致见不成"④,将惠能在《坛经》中特别强调的"自性"一语移以论诗。至皎然《诗式》,更明确指出:"康乐公早岁能文,性颖神彻,及通内典,心地更精,故所作诗,发皆造极,得非空王之道助邪?"⑤影响到晚唐五代,如徐夤《雅道机要》指出:"夫诗者,儒中之禅也。一言契道,万古咸知。"⑥而自中唐以降的诗歌创作中,也每每流露出诗禅契如的观念。如戴叔伦⑦《送道虔游方》云:"律仪通外学,诗思入禅关。"(《全唐诗》卷二百七十三)齐己《寄郑谷郎中》云:"诗心何以传? 所证自同禅。"(同上,卷八百四十)尚颜⑧《读齐己上人集》云:"诗为儒者禅,此格的惟仙。"(同上,卷八百四十八)这样演变下来,到宋代诗话兴起之后,就往往摭拾禅家话头,以沟通诗心与禅心。如"眼""悟"等术语,固然十分明显,而江西诗派理论主张之一

---

① 南岳怀让和青原行思以下,禅宗渐分出沩仰宗、临济宗、曹洞宗、云门宗、法眼宗。临济宗又分出黄龙派和杨岐派,合称"五家七宗"。克勤禅师有"满地流行分五家七宗"之语,见《圜悟佛果禅师语录》卷十六。
② 张伯伟《全唐五代诗格校考》,页 138。
③ 同上书,页 139。
④ 同上书,页 141。
⑤ 同上书,页 206。
⑥ 同上书,页 418。
⑦ 此一作方干诗。
⑧ 此一作栖蟾诗。

的"点铁成金"说，也是来自禅家①。江西诗派的另一理论曰"夺胎换骨"，其名目恐亦出自禅宗。《景德传灯录》卷三《第二十九祖慧可大师》载："翌日觉头痛如刺。其师欲治之，空中有声曰：'此乃换骨，非常痛也。'"其后，有人将此二句相提并论，如葛立方《韵语阳秋》卷二云："诗家有换骨法，谓用古人意而点化之，使加工也。"陈善《扪虱新话》上编卷二云："古人自有夺胎换骨等法，所谓灵丹一粒，点铁成金也。"禅与诗，就其本质上而言，是不能相并比的。刘克庄《题何秀才诗禅方丈》云："诗家以少陵为祖，其说曰'语不惊人死不休'。禅家以达摩为祖，其说曰'不立文字'。诗之不可为禅，犹禅之不可为诗也。"(《后村先生大全集》卷九十九)但以禅入诗，主要是使诗中含蕴禅趣、禅味，从而显得空灵剔透、不脱不粘。所以，从这一角度出发，也就可以将诗与禅相提并论。刘迎《题吴彦高诗集后》云："诗到西江别是禅。"(《中州集》卷三)元好问《答俊书记学诗》云："诗为禅客添花锦，禅是诗家切玉刀。"(《遗山诗集》卷十四)则就双方可以互补而言。由此论之，宋代诗话经常以禅喻诗也就可以理解了。

宋代诗话中以禅喻诗者，较突出的有《石林诗话》《潜溪诗眼》《藏海诗话》及《沧浪诗话》等。由于禅语贵灵、贵活，而习禅又贵自得、贵妙悟，所以，读宋人诗话，遇到其以禅喻诗处，往往解人难索。对禅学理解不深，对诗学体悟不透，固然难得其谛；即使深谙禅学，熟精诗理，但彼此着眼点不同，也往往难以印证。试举二例以明之。

例一，严羽《沧浪诗话·诗辨》：

> 学汉、魏、晋与盛唐诗者，临济下也。学大历以还之诗者，曹

---

① 见《祖堂集》卷十三《招庆和尚章》、《景德传灯录》卷十八《杭州龙华寺灵照禅师》及《五灯会元》卷七《翠岩令参禅师》、卷十五《奉国清海禅师》、卷十七《黄龙慧南禅师》等。

洞下也。

从禅宗史上来看,临济宗出于南岳怀让,曹洞宗出于青原行思,各为五宗之一,并无高低之分。而汉魏、盛唐之诗与大历以下的诗,却明显有着妍蚩之别。后人遂往往以此为口实,纷纷诋毁严羽。李维桢《读苏侍御诗》云,严沧浪"论诗则是,论禅则非,临济、曹洞有何高下?"(《大泌山房集》卷一百二十九)陈继儒《偃曝谈馀》卷下云:"此老以禅论诗,瞠目霄外,不知临济、曹洞有何高下?"钱谦益《唐诗英华序》云:"严氏以禅喻诗,无知妄论。……谓学汉魏、盛唐为临济宗,大历以下为曹洞宗,不知临济、曹洞初无胜劣也。"(《有学集》卷十五)其实皆未明严氏本意。

严羽这段话含有两意:一是高低。严羽的禅学趣尚偏于以宗杲为代表的临济宗①,而宗杲与代表曹洞宗的正觉在当时正处于对立的位置。严羽既然偏向宗杲门风,则在他看来,宗杲的"公案禅"是正宗,正觉的"默照禅"是邪道,临济宗当然优于、高于曹洞宗。正如诗歌,汉魏、盛唐是"透彻之悟",大历以下是"一知半解之悟"。因此,尽管从禅宗史上看,临济、曹洞并无高低之分,但就当时而言,在严羽的心目中,这两者的位置显然是有上下之别的。二是差异。严羽强调对诗歌的熟参,然而具体的方法,则又要根据各时代、各诗人的创作特点有所不同。杜松柏《禅学与唐宋诗学》指出:"临济不主理入,不主行入,无证无修,当下荐取,沧浪以喻汉魏晋与盛唐诗之浑成无迹,仅能以临济当下荐取之直感法求之;而曹洞则立君臣正偏五位,偏于理入,以比论大历以后之诗,人巧发露,可由格律及章句等之诗法以求,能依理索解,二宗之成就相等,难分高下,其参禅之方法,则

---

① 详细考论参见张伯伟《禅与诗学》,页62—66。

各有别,取以比论,有何不可?"①需要进一步指出的是,宗风不同,其接引人的方式便有异;根据宗风的不同,以论从学途径之别,或者根据诗歌风格的差异,而以不同宗派比论之,这在宋人论诗中是颇为常见的,严羽也不过是承接此绪而已。蔡絛《百衲诗评》云:"黄太史诗,妙脱蹊径,言谋鬼神。唯胸中无一点尘,故能吐出世间语。所恨务高,一似参曹洞下禅,尚堕在玄妙窟里。"(《苕溪渔隐丛话》后集卷三十三引)吴坰《五总志》云:"(山谷)始受知于东坡先生,而名达夷夏,遂有苏、黄之称。……故后之学者因生分别,师坡者萃于浙右,师谷者萃于江右。以余观之,大是云门盛于吴,临济盛于楚。云门老婆心切,接人易与,人人自得,以为得法,而于众中求脚跟点地者,百无二三焉。临济棒喝分明,勘辩极峻,虽得法者少,往往崭然见头角。……噫!坡、谷之道一也,特立法与嗣法者不同耳。"②任渊《后山诗注目录序》云:"读后山诗,大似参曹洞禅,不犯正位,切忌死语。"无论其比喻是否确切,但这些现象至少可以说明一个问题,即宋人的以禅喻诗,经常是以宗风的不同来比喻诗风的差异,以立法方式的不同来比喻学诗途径的差异。严羽的《沧浪诗话》以临济、曹洞相比,与此也是一脉相承的。

例二,叶梦得《石林诗话》卷上:

禅宗论云门③有三种语:其一为随波逐浪句,谓随物应机,

---

① 杜松柏《禅学与唐宋诗学》,页425,台湾黎明文化事业公司,1976年10月版。
② 临济门庭颇峻,后人多有以拟黄庭坚者。周紫芝《见王提刑书》云:"具茨,太史黄公客也。具茨一日问作诗法度,向上一路如何。山谷曰:'如狮子吼,百兽吞声。'他日又问,则曰:'识取关捩。'具茨谓鲁直接近后进,门庭颇峻,当令参者自相领解。"可参。
③ 诸本"门"字均误作"间"。叶廷琯、叶德辉校补《石林诗话》,亦失校。学者不辨,辄有误引。

不主故常;其二为截断众流句,谓超出言外,非情识所到;其三为函盖乾坤句,谓泯然皆契,无间可伺。其深浅以是为序。余尝戏谓学子言,老杜诗亦有此三种语,但先后不同。以"波漂菰米沉云黑,露冷莲房坠粉红"为函盖乾坤句;以"落花游丝白日静,鸣鸠乳燕青春深"为随波逐浪句;以"百年地僻柴门迥,五月江深草阁寒"为截断众流句。若有解此,当与渠同参。

佛教义理,强调圆融无碍,其教语往往以三句蝉联。这一点在禅宗,非但不能例外,而且还很突出①。所谓"三句",实际上代表了学人参禅的三个阶段,故又称"三关",即初关、重关、牢关,或曰空关、有关、中关。雍正在《御选语录》的《御制总序》中对此有详细讲述:

> 如来正法眼藏,教外别传,实有透三关之理。是真语者,是实语者,不妄语者,不诳语者。有志于道之人,则须勤参力究,由一而三,步步皆有着落。……夫学人初登解脱之门,乍释业系之苦,觉山河大地,十方虚空,并皆消殒。不为从上古锥舌头之所瞒,识得现在七尺之躯,不过地水火风,自然彻底清静,不挂一丝,是则名为初步破参,前后断际者。破本参后,乃知山者山,河者河,大地者大地,十方虚空者十方虚空,地水火风者地水火风,乃至无明者无明,烦恼者烦恼,色声香味触法者色声香味触法,尽是本分,皆是菩提。无一物非我身,无一物是我己。境智融通,色空无碍,获大自在,常住不动,是则名为透重关,名为大死大活者。透重关后,家舍即在途中,途中不离家舍,明头也合,暗

---

① 巴壶天《禅宗三关与庄》指出:"禅宗自南岳青原二支,下分五家七派,各家宗旨,花样百出,且愈出愈奇。然其旨归,固仍不外乎三关也。"《艺海微澜》,页50,台湾广文书局,1971年10月版。

头也合,寂即是照,照即是寂,行斯住斯,体斯用斯,空斯有斯,古斯今斯。无生故长生,无灭故不灭,如斯惺惺行履,无明执著,自然消落,方能踏末后一关。①

而"云门三句"实际上也就是"云门三关"。《人天眼目》卷二"三句"云:"(云门偃)师示众云:'函盖乾坤,目机铢两,不涉万缘,作么生承当?'众无对。自代云:'一镞破三关。'后来德山圆明密禅师,遂离其语为三句:曰函盖乾坤句,截断众流句,随波逐浪句。"②不过,对"云门三句"的理解,当时的禅师并不一致,叶氏的理解与他们也多少有些出入。这或许是因为禅本来就是只能参、不能解的,真参实证,原就是得之于个人的。现将《人天眼目》及《五灯会元》所载诸禅师对此三句的解说去其重复,凡八家十说,列为下表,以便观览。

云门三句 解说 禅师	函盖乾坤	截断众流	随波逐浪	出处
归宗	日出东方夜落西	铁蛇横古路	船子下扬州	《人天眼目》卷二
三祖	海晏河清	水泄不通	波斯咤落水	同上
云居	合	窄	阔	同上
首山	大地黑漫漫 普天匝地 海底红尘起	不通凡圣 泊合放过 横身三界处	要道便道 有问有答 此去西天十 万八千	同上
天柱	只闻风击响, 知是几千竿	昨夜寒风起, 今朝括地霜	春煦阳和花 织地,满林 初啭野莺声	同上

---

① 《卐续藏经》第一百一十九册,页357。
② 《大藏经》第四十八册,页312。

云门三句 解说 禅师	函盖乾坤	截断众流	随波逐浪	出处
智才	合	好	随	《五灯会元》卷十二
西禅钦	天地有星皆拱北	大地坦然平	春生夏长	同上卷十五
元妙	匝地普天	佛祖开口无分	有时入荒草，有时上孤峰	同上卷十六

禅师开悟处不同,其所得亦有异,用以体现其所得者亦复各别。叶氏的说法似与天柱、智才、元妙诸禅师相近。

叶氏以"超出言外,非情识所到"解"截断众流",而以杜甫《严公仲夏枉驾草堂兼携酒馔得寒字》中"百年地僻柴门迥,五月江深草阁寒"一联拟之,以示脱落外缘,绝去攀援。就作诗而言,"仲夏得寒字,殊难押"(《杜诗详注》卷十一),故此联失粘。但就禅学眼光视之,仲夏言寒不言热,恰恰能状出"截断众流"之境。天柱禅师以"昨夜寒风起,今朝括地霜",元妙禅师以"佛祖开口无分"来说明"截断众流",亦寓有"超出言外,非情识所到"之意。"随波逐浪"本指不住凡境,亦不住圣境,去我执后复去法执之意,叶氏以为"随物应机,不主故常",甚是。元妙禅师以"有时入荒草,有时上孤峰"解之,亦为此意。梁简文帝萧纲《春日》诗中"落花随燕入,游丝带蝶惊"二句或为杜诗所本,此联以春天之物写春天之景,正得一"随"字。天柱禅师以"春煦阳和花织地,满林初啭野莺声"拟之,智才禅师以"随"字解之,西禅钦禅师以"春生夏长"说之,均可与叶氏之论相印证。至"函盖乾坤"之境,则无一物是我,而又无一物非我,叶氏谓"泯然皆契,无间可伺",智才禅师谓之"合",元妙禅师又以"匝地普天"状之,其意皆相近。叶氏举杜甫《秋兴八首》之七中"波漂菰米沉云黑,露冷莲房坠粉红"一联拟之,据宋人解释,上句乃"言菰之多,其望之长远,黯黯如云之黑也"。下句"谓莲实上花叶坠也","言莲花一朵而诸相,是花房中已自有一莲蓬"①。本来,水波、菰米、沉云是三种不同的事物,露珠、莲蓬、荷花也是三种不同的色彩,而在这联诗中,诗人均以"黑""红"二字统之,正合于"泯然皆契,无间可伺"之境。总之,用"云门三句"说杜诗,不仅有助于人们对诗歌产生新的联想,也有助于理解禅学。所以叶氏之说在当时颇有影响②。

不过,叶氏的说法也有不够确当周延之处③,其原因可能与诗话写作时轻松随意的态度有关。他或许只是摭拾了禅门的话头,以作为谈诗之助。但从反映宋人说诗好以禅喻之的现象来看,这段文字还是足以说明问题的。

三、明代之一:诗话与刻书业

经济的发展,往往有利于促进文化的发展。就刻书业而言,自北宋熙宁以后,擅刻之禁松弛,民间的坊刻、私刻便大大发展起来。尤其是福建一地,由于盛产竹木,引起造纸业的兴旺,同时也促进了刻书业的发达。祝穆曾说:"(建宁)麻沙、崇化两坊产书,号为图书之府。"又引朱熹《嘉禾县学藏书记》云:"建阳版本书籍行四方者,无远不至。"④叶梦得《石林燕语》卷八指出:"今天下印书,以杭州为上,蜀本次之,福建最下。……福建本几遍天下。"叶德辉也曾指出:"宋刻

---

① 详见叶嘉莹《杜甫〈秋兴八首〉集说》,页455—457,上海古籍出版社,1988年2月版。

② 叶氏以"云门三句"说诗,影响颇大。即以南宋而言,不仅《苕溪渔隐丛话》《诗人玉屑》等书予以引录,而且李壁注王安石诗《拟寒山拾得二十首》其七"跳出三句里",亦袭用叶氏语以释之(见《王荆文公诗注》卷四)。

③ 参见张伯伟《禅与诗学》,页59—61。

④ 《方舆胜览》卷十一,页127,上海古籍出版社影宋本,1991年12月版。

书之盛,首推闽中,而闽中尤以建安为最。"(《书林清话》卷二)而诗话与刻书业的关系,也可以追溯至宋代。如果我们将宋代诗话作者的地域作一统计的话,则会发现,其中以福建人居多,这与当地刻书业的发达是有关的①。兹将宋代可考的福建籍诗话作者列表如下②,便可一目了然。

姓名	籍贯	书　名
方深道	莆田	《集诸家老杜诗评》
黄　彻	莆田	《䂬溪诗话》
蔡梦弼	建安	《草堂诗话》
严羽	邵武	《沧浪诗话》
魏庆之	建安	《诗人玉屑》
刘克庄	莆田	《后村诗话》《江西诗派小序》
蔡传	莆田	《吟窗杂录》《历代吟谱》
陈晔	福州	《陈日华诗话》
敖陶孙	福州	《敖器之诗话》《臞翁诗评》
黄昇	闽	《玉林诗话》
严有翼	建安	《艺苑雌黄》③
郑撙	莆田	《熊掌诗话》
方煜	莆田	《方煜诗话》
方铨	莆田	《续老社诗评》
吴泾	莆田	《杜诗九发》

---

① 关于福建刻书业的情况,谢水顺、李珽《福建古代刻书》有详细描述,福建人民出版社,1997 年 6 月版。可参看。
② 关于诗话作者籍,此处参考郭绍虞《宋诗话考》的有关内容。
③ 原本已佚,今本为明人伪托。

姓名	籍贯	书　名
李方子	邵武	《公晦诗评》
赵彦慧	南安	《春台诗话》
黄钟	仙游	《锦机诗话》

叶德辉《书林清话》卷五"明人私刻坊刻书"条云:"自宋至明六百年间,建阳书林,擅天下之富。"建阳属福建建宁府,从宋代以来刻书业就极为发达。但是,明代刻书业与诗话的关系,却不是如宋代那样,由于刻书业的发达而导致诗话作者众多,而是由于与明人的刻书风气相联系,出现了一些颇为独特的现象。总括起来看,可归结为两方面:

其一,出现了众多的诗话总集。明代人喜爱刻书,而且几乎所有的书皆可私刻,刻工又极廉。再加上官僚们附庸风雅,"多以(书)馈送往来,动辄印至百部"(陆容《菽园杂记》卷十),所以,当时刻书风气颇盛。就明代的诗坛来看,诗社林立,此起彼伏①。文人结为吟社,便往往商兑丽泽。而诗话既可作为商榷议论的典要,其本身又是"以资闲谈"的资料。于是,明代人除了自己撰著诗话以外,还大量地汇辑诗话总集。社会上对此类书籍有大量的需要,书贾为了射利,也就大量予以刻印。明代的诗话总集可分两类:一类是将诸诗话较完整地收集在一起,清代何文焕辑《历代诗话》正是循此而来。其中有专收一代的诗话总集,如杨成玉《诗话》辑宋人诗话十种,周子文《艺薮谈宗》专辑明人诗论。也有不限于一代的,如稽留山樵编《古今诗话》,即汇编了唐宋元明的论诗之作数十种。另一类则是分门别类,

---

① 仅据郭绍虞《明代的文人集团》一文所考,明代诗社就有 136 个之多。见《照隅室古典文学论集》上编,上海古籍出版社,1983 年 9 月版。

而将各家诗话以类相从。这类总集，在宋代已有《诗话总龟》《苕溪渔隐丛话》及《诗人玉屑》等，但明代要更多一些。较著名的有单宇的《菊坡丛话》、朱宣墭的《诗心会珠》、王昌会的《诗话类编》、陈云式的《诗脍》及佚名的《艳雪斋诗评》等。

其二，出现了大量改头换面的诗话之作。《四库全书总目》卷一百九十五《诗话总龟》提要云："此本为明宗室月窗道人所刊，并改其名为阮一阅，尤为疏舛。……前有郴阳李易序，乃曰阮子旧集颇杂，月窗条而约之，汇次有义，棼结可寻。然则此书已经改窜，非其旧目矣。"《书林清话》卷七"明人不知刻书"条引上文而断之云："可知朱明一朝刻书，非仿宋刻本，往往羼杂己注，或窜乱原文。如月窗之类，触目皆是。"这指的是对原有诗话的改窜。另外有一突出现象，则是书贾自笔记杂说中辑出论诗部分，而诡题一诗话之名，藉以兜售牟利。即以现今流传的诗话而言，为明人凑合成编并诡题书名的就有不少。略举如下：

1. 释文莹《玉壶诗话》

《四库全书总目》卷一百九十七《玉壶诗话》提要：

> 此本为《学海类编》所载，仅寥寥数页。以《玉壶清话》校之，盖书贾摘录其有涉于诗者，裒为一卷，诡立此名，曹溶不及辨也。

案：《玉壶诗话》不见宋、元人征引，其纂辑成书当在明代。其谬不仅在诡题书名，而且其摘录工作也甚为粗疏。例如，"窦禹钧生五子"条摘自《玉壶清话》卷二，其"致仕于家，八十三终，谥仁惠公"十二字，是同卷"许仲宣"条的内容，而摘录者合抄为一，导致文理不通，即为其例。

2. 严有翼《艺苑雌黄》

《四库全书总目》卷一百九十七《艺苑雌黄》提要：

盖有翼原书已亡,好事者撷拾《渔隐丛话》所引以伪托旧本,
而不能取足卷数,则别攘《韵语阳秋》以附益之。

《宋诗话考》中卷《艺苑雌黄》:

> 考《万卷堂书目》杂文类有《艺苑雌黄》十卷,严有翼撰。则
> 知撷拾成书当在明代矣。

3. 朱熹《晦庵先生诗话》

《宋诗话考》中卷《清邃阁论诗》:

> 明沈熷纂集《晦庵先生诗话》一卷。……盖就文集中其他论
> 诗之作,均采录之,不限语录故也。……考文征明《甫田集》卷十
> 七有《晦庵诗话序》,称"练川沈文韬氏……取凡朱子平日论诗
> 之语,萃而成书,曰《晦庵诗话》",当即此书。

据郭氏所考,此书乃成于明代。

4. 张镃《诗学规范》

《宋诗话考》中卷《诗学规范》:

> 张氏所著只有《仕学规范》四十卷,而此书则系后人从《仕
> 学规范》中辑其论诗部分别出成书者。……是书之别出成书,当
> 在明代。《澹生堂书目》称《诗法统宗》中有《诗学规范》一卷,此
> 当为辑出别行之最早者。

案:《诗法统宗》为明人胡文焕所编诗话总集,《澹生堂书目》为明人
祁承爜所编。可知此诗话出于明人编纂。

5. 吴子良《吴氏诗话》

《四库全书总目》卷一百九十七《吴氏诗话》提要：

> 此书载曹溶《学海类编》中，题曰宋吴氏撰。……今核其文，即吴子良《林下偶谈》中摘其论诗之语，非别一书也。

刘声木《苌楚斋四笔》卷七：

> 窃意宋人诗话虽多，明人及国朝人业已搜刻于各种丛书中，有多至数本者。此编（案：指吴氏《荆溪林下偶谈》）品评诗文，尤不苟作。独惜仅有《宝颜堂秘笈》本，又不知何以有姓无名。卷末拙修居士郁嘉庆跋，谓昔分为捌卷，今作肆卷云云，是卷数复有改并。……不知于原本有无去取，以无他本可校。明人刻书，但凭一己之爱憎，随意去取，实为恶陋。

案：《荆溪林下偶谈》原本八卷，明人改作四卷，凡一百一十八条。《吴氏诗话》二卷，凡三十八条，乃从四卷本中辑出，则此书亦成于明代。

6. 陈秀民《东坡诗话录》

《四库全书总目》卷一百九十七《东坡诗话》提要：

> 秀民既元人，而书中乃引《西湖游览志》一条，是书为明田汝成作，秀民何自见之？曹溶《学海类编》喜造伪书，此类亦可疑者也。

案：检《东坡诗话录》引《西湖游览志馀》二条，又有标明"燕石斋补"者十馀条。据陶宗仪《南村辍耕录》卷二十三载，张士诚据有平江时，

"参军陈庶子、饶介之在张左右"。陈庶子即陈秀民。张氏据平江为元至正十六年(1356)事,去元亡仅十二年,可知陈秀民乃元末人,则燕石斋必为明人,书中所引《西湖游览志馀》亦当为其所补。曹溶为清初人,编有《学海类编》八十六卷,收书四百三十种。其选录取择虽严,然亦常有为书贾所蒙而不及辨者。他自己似不至于掇拾割裂原书而诡题一名①。《提要》所论,似可商榷。

7.何孟春《馀冬诗话》

《四库全书总目》卷一百九十七《馀冬诗话》提要:

> 是书载《学海类编》中,今检其文,实于孟春《馀冬序录》中摘其论诗者,诡题此名也。

案:何孟春乃明人,则摘录其论诗之语而成诗话者必在明代无疑。

同样的情况还有,如王世贞《全唐诗说》《诗评》之出于其《艺苑卮言》,胡震亨《唐诗谈丛》之出于其《唐音癸签》,均为其例。

8.李攀龙《诗文原始》

《四库全书总目》卷一百九十七《诗文原始》提要:

> 此书则自明以来,不闻为攀龙所作,其持论亦不类攀龙语。疑亦曹溶掇拾割裂之书,伪题攀龙名也。

案:此书当为明人伪托,而曹溶误收入《学海类编》之中。

---

① 谢国桢《丛书刊刻源流考》指出:"清初刻书,仍沿明季之习。至曹溶之编《学海类编》,乃稍改旧观。……首列选录之旨,取择甚严,力矫明季刻书之弊。"见《明清笔记谈丛》,页207,上海古籍出版社,1981年3月版。

9. 李日华《恬致堂诗话》

《四库全书总目》卷一百九十七《恬志堂诗话》提要：

> 此编载曹溶《学海类编》中，乃摘其诸杂著中论诗之语凑合成编。……直不通书贾所摘矣。至日华堂名“恬致”，其集即名《恬致堂集》，而改曰“恬志”，尤耳食之误也。

案：兹查《学海类编》，此诗话乃题作《恬致堂诗话》，非“恬志”。《提要》云云，不知其所据何本。

10. 陈继儒《佘山诗话》

《四库全书总目》卷一百九十七《佘山诗话》提要：

> 此书别无传本，惟《学海类编》载之。然其文皆摭拾继儒他说部而成，殆非其本书。

上文仅就流传至今的诗话举例说明，这类情况，实际上远不止此数。

由于诗话在古代文人的心目中所占的实际位置较低，而明人刻书又多喜妄立名目、改窜旧文，所以，对于以上的现象，人们也就多取否定的态度。这实在并不公允。无论当时书贾主观上是如何作想的，这些书在客观上还是有其可取之处。首先，诗话总集保存了大量的文献材料。现在流行的何文焕的《历代诗话》，是清代乾隆年间所编。此后，人们才又纷纷编辑了《历代诗话续编》（丁福保）、《清诗话》（丁福保）、《古今诗话丛编》（广文书局）、《古今诗话续编》（广文书局）、《清诗话续编》（郭绍虞）等大型诗话总集，成为今日从事古代文学批评研究者的重要参考文献。而开始有意识地从事此类总集的编纂工作的，正是明代人。其次，诗话的分类编纂，始于宋而盛于明。

这类书的好处一者是保存文献,二者是便于检索。虽然不能代替原典,但也能提供按图索骥的线索。今人还有从事此类工作者,如台静农编《百种诗话类编》、朱任生编《诗论分类纂要》等。第三,将同一作者散见于不同著作中的论诗之语加以汇辑编纂,在一定意义上是具有专题文献整理的性质,这项工作今后还将继续下去。总之,应该批评的不是这些工作本身,而是明人从事这些工作的态度和方法。比如,陈云式编《诗脔》八卷,将诸家诗话分类编纂,但却略其出处。这不能不影响到它的文献价值。明代书贾旨在牟利,往往难以顾及质量。所以顾炎武曾不无过分地慨叹说:"有明一代之人,其所著书,无非盗窃而已。"(《日知录》卷十八)这与当时的刻书风气是有着一定的连带关系的。

四、明代之二:诗话与淫靡之风

明代社会,尤其是嘉靖以后,朝野上下弥漫着荒佚淫靡之风。民俗之靡,士风之弊,在中国历史上,可叹为观止。皇帝贵臣,争好房中秘术①;无赖小人,相竞进药献方②。士子妇女,"所酷嗜惟饮馔衣饰,所谙解惟房闱淫酣"(《万历野获编》卷二十三"燕姬"条)。僧徒尼姑,道人术士,亦为此风所染,骗财又兼渔色。而且,从皇帝到囚犯,

---

① 《汉书·艺文志》方技略列有"房中"类书,据班固的解释:"房中者,情性之极,至道之际,是以圣王制外乐以禁内情,而为之节文。传曰:'先王之作乐,所以节百事也。'乐而有节,则和平寿考。及迷者弗顾,以生疾而殒性命。"可见,此类著作的主旨在于"节制"。至魏晋,此一词义尚无大改变。《抱朴子》内篇《释滞》云:"房中之法十馀家,或以补救伤损,或以攻治百病,或以采阴益阳,或以增年延寿,其大要在于还精补脑之一事耳。"其主旨仍在于健身。至宋元以后,已失去其原意。《南村辍耕录》卷十四"房中术"条云:"今人以邪僻不经之术,如运气、逆流、采战之类曰房中术。"
② 当时人以进药献方而获致官运亨通的事迹,沈德符《万历野获编》卷二十一"士人无赖""秘方见倖""进药"诸条记之颇详,可参看。

多有"钟情年少,狎丽竖若友昆"者,喜好男色之风"盛于江南而渐染于中原"(同上,卷二十四"男色之靡"条)。社会风气既是如此,文学艺术更多此类描写。小说中的《痴婆子传》《绣榻野史》,戏曲中的《修文记》《博笑记》即属此类。春画的流行,自皇宫至佛寺,莫不有之,而且往往刻印精美(如万历版的《风流绝畅图》即为彩色套印)。甚至酒杯、茗碗、玉石、象牙以及绣织、扇面上,也"俱绘男女私亵之状","几遍天下"(同上,卷二十六"瓷器""春画"条)。海外如日本的春画,也流行于当时的中国①。在这样的社会环境和氛围之中,诗话也受到其影响。《幽怪诗谭》是其中最为突出的一种。

《幽怪诗谭》六卷,碧山卧樵撰,栩庵居士评,明崇祯刻本。书前有崇祯乙巳听石居士小引,卷末有朱鼎煦跋,略云:"华亭莫是龙别号碧山樵,岂即其人耶?"又云:"栩庵不可考。"莫是龙为当时画坛一大家,兼工诗文,但未闻其有小说、诗话之作。此书凡六卷九十四则,其中涉及男欢女爱描写的有四十则,近乎一半。其中多记凡人与鬼怪相恋相爱的情事,每则均系之以诗。既有异性欢爱的描写,也有同性相恋的记录,正是明代社会淫靡之风的反映。

淫靡之风的兴盛,与传统的道德观念是有所冲突的,而作者却往往借书中人物之语加以辩解,这从一个侧面反映了当时人观念上的变化。如《幽怪诗谭》卷二"砧杵惑客"中有这样一段对话:

> (纪)纲听罢,悦女声色俱工,将欲犯之。女伴怒曰:"妾尚未字,矢守女贞。每于寒夜为他人作嫁衣裳,数尽残更,守自己本来清白。况聘则为妻,奔则为妾。妾虽陋质,岂不知待字可

---

① 《万历野获编》卷二十六"春画"条云:"倭画更精,又与唐(寅)、仇(英)不同,画扇尤佳。余曾得一箑,面上写两人野合,有奋白刃驰往,又一挽臂阻之者,情状如生。"

嘉,逾垣可耻。君何视妾之易,而轻犯如此耶?"纲曰:"六礼未
备,贞女不行,此虽古礼,至若御水题红,西厢待月,人皆侈为美
谈。矧今暮夜相投,即汝以节操自持,其谁信之?"女始翻然笑
曰:"妾非草木,宁独无情,第恐云雨情浓,不禁声迹败露。"……

这种观念,以及当时文学艺术中所表现出的类似描写,究竟应该如何
评价?非一言可尽。但不加分别的将这类描写与欧洲文艺复兴时期
的作品相提并论,以为具有反封建、反礼教的意义,则是不合实际的。
在中国传统文化中,实际上并不存在宗教性的禁欲主义。儒家重视
生命,视生命为人生一切价值的基础。因此,立足于人伦的基础之
上,也肯定人的正常欲望。宋代理学家好讲"天理""人欲","天理"
即包括人的种种正常欲望,"人欲"乃指超出正常欲望之上的扩张、泛
滥的欲望。《周易程氏传》卷四"归妹"《彖》辞注云:

> 夫阴阳之配合,男女之交媾,理之常也。然从欲而流放,不
> 由义理,则淫邪无所不至,伤身败德,岂人理哉?[1]

朱熹云:

> 人生都是天理,人欲却是后来没巴鼻生底。(《朱子语类》
> 卷十三)

因此,对于人的种种欲望,中国传统文化主张有所节制,而不是如西
方宗教的断绝。明代社会的淫靡之风,是由帝王官僚始作俑,影响到
民风和士风,这是"人欲"的泛滥,所以当时的帝王终日热衷于"御女

---

[1] 《二程集》,页979。

之术"。这种对于性技术的乞灵,正是将人作为精神性存在的部分完全堕落为物质性的存在。

这一类诗话在体裁上正可谓"体兼说部"①,比较接近于小说。如果我们同时关注明代小说,则可以发现其中多有消息相通之处。在宋元以来的小说中,本来就有一些是与诗话相表里的作品,如南宋《绿窗新话》中多引录《本事诗》《古今词话》《古今诗话》《诗话总龟》等诗话著作;有的学者将《春梦录》《丽情集》等称为"诗话体小说"②。明代这类小说更多,如孙楷第称《钟情丽集》《怀春雅集》等作品"皆演以文言,多羼入诗词。其甚者连篇累牍,触目皆是,几若以诗为骨干,而第以散文联络之者",并命名为"诗文小说"③。由于明代社会淫靡之风的影响,不仅诗话中出现了性关系的描写,而且在言情小说中,也往往附有诗话。如詹詹外史(冯梦龙)评辑的《情史》(全称《情史类略》)二十四卷,将自周迄明的历史阶段中形形色色的男女之情分类编排,最末一卷"情迹类"就是由"诗话""词话"及"杂事"三部分构成。章学诚《文史通义》内篇卷五《诗话》指出:"诗话说部之末流,纠纷而不可犁别。"这在明代的表现是尤为突出的。

五、清代之一:诗话与考据

诗话之涉及考证,始于宋代。许顗以此为诗话的定义之一,《彦周诗话》开宗明义,即有"正讹误"一条。在诗话体的初创阶段,其作者如欧阳修、司马光、刘攽等人,均为博洽多闻之士,书中涉及考证,不足为奇。但由于其时仅视诗话为"以资闲谈"的材料,所以,一方面

---

① 《四库全书总目》卷一百九十五"诗文评类"提要序,将"体兼说部"定为所有诗文评著作的"五例"之一。
② 程毅中《宋元小说研究》,页210,江苏古籍出版社,1999年9月版。
③ 《日本东京所见小说书目》,页126—127,人民文学出版社,1958年5月版。

其考据的功夫不会藉诗话来表现,另一方面,由于写作态度的轻松随便,书中偶涉考据,亦往往有误。而到了南宋,这一情况便有所改变。许颢的诗话似为此一转捩的关键,此后便出现了一些以考据见长的诗话,如吴曾《观林诗话》、周必大《二老堂诗话》等①。严羽论诗主"趣"尚"悟",但其《沧浪诗话》也专列"考证"一节。不过,考据成为诗话的时代特色之一,则是到了清代才出现。

清代的考据学风,自顾炎武创其首,乾、嘉诸老扬其波,遂笼罩了整个学术界,而诗话也受其影响。

清代诗话在内容上多涉考据之学。例如,年谱在传统的目录分类中,属史部谱牒类,赵翼本人也是一大史学家,但其《陆放翁年谱》却收在其《瓯北诗话》中。又缪焕章《云樵外史诗话》卷一专论查慎行诗,也是"取《行状》《墓志》《年谱》并择取他人论初白诗汇成一卷"。这是诗话与史学的沟通。又如,翁方纲《石洲诗话》卷七、卷八分别就元遗山《论诗三十首》及王士禛《戏仿元遗山论诗绝句三十五首》加以笺说,这又是诗话旁通于笺注之学。至于诗话中考证是非、辨别真伪,更是俯拾可得。这正是受到考据学风影响的结果。所以李之鼎在《通斋诗话叙》中指出:

> 考据之学,滥觞于国初诸老,盛于乾、嘉,遂成一代专门之学。降及道、咸,流风馀韵,犹有存者。江都蒋叔起先生,淹贯群籍,著作等身,每读其撰述,慨然向往其人。先生暮年所著……《通斋诗话》二卷……读之如杜诗无一字无来历。征引翔实,考证详明。

---

① 《四库全书总目》卷一百九十五《观林诗话》提要谓其书"足以资考证,在宋人诗话中,亦可谓之佳本矣"。又《二老堂诗话》提要云:"必大学问博洽,又熟于掌故,故所论多主于考证。"

即为明显的例子。另一方面，清代诗话所表述的理论主张，尽管有"神韵""格调""肌理""性灵"诸说之不同，但有一点却是共同的，即都强调一个"学"字，也就是说，他们都认识到创作的提高离不开学问的增长。以袁枚而论，他是清代诗坛上"性灵说"的倡导者，其《随园诗话》也是当时影响最大的诗话之一①。在《随园诗话》中，袁枚不止一次提出"学"的重要性。他说：

> 余每作咏古、咏物诗，必将此题之书籍，无所不搜。（卷一）

又说：

> 考据家不可与论诗。……然太不知考据者，亦不可与论诗。（卷十三）

可见，即使是主张诗写"性灵"的袁枚，他也主张以学问济性情。这一风气影响及于清代诗坛，便是"学人之诗"的形成，并一直沿续到近代的同光体诗人，至陈衍的《石遗室诗话》，也还是反复强调这一主张。

作为对考据学风的反拨，一些诗话的作者强调诗的"性灵""才情"，反对一味"考据""抄书"。这一方面是理论上的相争，另一方面，在一种理论的支配下，必然出现一种代表其理论的诗歌，所以，或许更为重要的，这也是创作实践上的较量。只是前者明显，后者隐晦而已。由考据之风而导致诗歌理论上对"学"的强调，由对"学"的强

---

① 袁枚《随园诗话补遗》卷三云："余刻《诗话》《尺牍》二种，被人翻版，以一时风行，卖者得价故也。"李树滋《石樵诗话》卷三也指出："近日诗话之盛行宇内，无如袁简斋《随园诗话》，几乎家有其书矣。"所以，章学诚批评诗话，也以袁枚为主要对象。

调而导致诗歌创作上"学人之诗"的出现,于是,作为一种回应,在理论上也就出现了对"学人之诗"的批评。刘声木《苌楚斋随笔》卷三指出:

> (翁方纲)诗实阴以国朝汉学家考证之文为法……每诗无不入以考证。虽一事一物,亦必穷源溯流,旁搜曲证,以多为贵,渺不知其命意所在。而爬罗梳剔,诘曲聱牙,似诗非诗,似文非文,似注疏非注疏,似类典非类典。袁简斋明府论诗,有"错把钞书当说(当为'作')诗"之语,论者谓其为学士而发,确为不谬。

艺术作品的魅力正在于以情感人,一味堆垛典故,则必然窒息艺术的生命。所以,诗歌创作中的"考据风",也就必然遭到反对。

实际上,这两方面的影响有时也会交叉、重叠出现于一个人的诗话中,最突出的例子便是袁枚。《随园诗话》卷五云:

> 人有满腔书卷,无处张皇,当为考据之学,自成一家。其次,则骈体文,尽可铺排,何必借诗为卖弄?自《三百篇》至今日,凡诗之传者,都是性灵,不关堆垛。唯李义山诗,稍多典故。然皆用才情驱使,不专砌填也。余续司空表圣《诗品》,第三首便曰"博习",言诗之必根于学,所谓不从糟粕,安得精英是也。近见作诗者,全仗糟粕,琐碎零星,如剃僧发,如拆袜线,句句加注,是将诗当考据作矣。虑吾说之害之也,故续元遗山《论诗》末一首云:"天涯有客号詅痴,误把钞书当作诗。抄到锺嵘《诗品》日,该他知道性灵时。"

这段文字体现了正反两方面的影响。由此可见,清代的考据学风与清诗话之关系是十分密切的。如果说一代有一代之学风,那么,仿而效之,也可以说一代有一代之诗话了。

六、清代之二:诗话与地域

清代文化的一大特点是它的地域性,清人的许多文化活动都往往与地域有关。反映在学术上,则有徽州学派、苏州学派与扬州学派;反映在散文上,则有桐城文派与阳湖文派;反映在词学上,则有浙西词派、阳羡词派与常州词派。而有清一代,以地域编纂的书籍之丰富,地方志之发达以及文人对乡土风物颂扬之热衷,都是极其突出的。受这种观念的支配与影响,清代诗话中也大量出现了以某一特定地区为论述对象的诗话,从而形成了地域性特征。兹先就清代地域性诗话制为一表①,列之如下:

作　者	书　名
裘君弘	《西江诗话》
杭世骏	《榕城诗话》
王士禛、郑方坤	《两蜀诗话》
郑方坤	《全闽诗话》
林正青	《榕海诗话》
曾燠	《西江诗话》
徐祚永	《闽游诗话》
戚学标	《三台诗话》
白石先生、云谷老人	《滇南草堂诗话》
张清标	《楚天樵语》
陈广文	《全浙诗话》
戴璐	《吴兴诗话》

---

① 此表以作者知见者为限,当有遗漏。略藉以管窥一斑。

作　者	书　名
陶元藻	《全浙诗话》
赵知希	《泾川诗话》
吴文晖、吴东发	《澉浦诗话》《续澉浦诗话》
阮元	《广陵诗事》
梁章钜	《南浦诗话》《雁荡诗话》《闽川闺秀诗话》《闽川诗话》《三管诗话》《长乐诗话》
单学傅	《海虞诗话》
顾鹈	《紫琅诗话》
秦兰征	《松江诗话》
丁芸	《历代闽川闺秀诗话》《闽川闺秀诗话续编》
徐传诗	《星湄诗话》
萨玉衡	《续全闽诗话》
童赓年	《台州诗话》
李家孚	《合肥诗话》
杨希闵	《乡诗摭谈》《乡诗摭谈续集》
顾仰基	《嚣隐诗话》
张道	《全浙诗话刊误》
王松	《台阳诗话》

　　作诗话而区分地域，并不始于清代。刊于万历三十年（1602）的明代郭子章《豫章诗话》六卷当为最早。但是，由于明代人的地域观念不如清人来得强烈，所以，一则此类诗话不多（我所见者仅此一种），二则即使就上种诗话而言，也不是很严格的地方文献，疏漏错谬，在在有之。《四库全书总目》卷一百九十七《豫章诗话》提要指出

的"卢仝、韩愈用'龙锺''躘踵'字之类,亦无与豫章",即为一例。

清代地域性诗话以裘君弘《西江诗话》为最早。此书刊于康熙四十二年(1703),共十二卷。据裘氏所撰《记〈西江诗话〉缘起》说,他本意是欲为《江西通志人物补》,而最先完成的是《敬恭录》,《西江诗话》则是其副产品。所以刘廷玑《西江诗话序》云:"名曰'诗话',微显阐幽之心也。系以'西江',恭敬桑梓之义也。"清人所撰写的地域性诗话,大多具有此一特点。他们往往借助诗话,来表现某一地区的人物山川之美,充分显示了文化的地域特征。以今日江苏省南通市一地为例,如顾鹍《紫琅诗话自序》谓其写作缘起:"抑亦眷恋桑梓而志庭训之肇起与髫龄之夙好云尔。"顾仰基《嚣隐诗话自序》亦云:"今特将同、光两朝文人之吟咏,暨道、咸遗而未刊者,旁搜试帖,穷搜而汇集之,例以生存者不录,使先哲之遗墨,不与草木同腐,以志不忘。"不难看出,由于地域观念的浓厚,即使仅在一乡一邑,也要出现数种诗话,以专门记录其乡先辈之作,可见此种观念之深入人心。而《西江诗话》正是开风气之先者。

《西江诗话》中所体现出的清代地域性诗话的另一个特征,是其征文考献的文献价值。裘氏《自序》云:"详爵里出处,考时代先后。名公巨制,连幅不述;人微事渺,只字必登。凡以征文献之阙遗,补志乘之渗漏,总祈无失乎'维桑与梓'之意而已矣。"这实际上是清代考据风气与地域观念的结合。在清代诗话中,此一现象亦颇为普遍。戴璐《吴兴诗话序》谓其书"征文考献,具有苦心,庶几前贤芳躅,不致湮没无传。而一邦文献,藉以留贻,或以补志乘旧闻之缺"。又赵绍祖《泾川诗话跋》云:"所纪皆旧闻轶事,以及诸前辈搜奇吊古之作,既足备一邑之典故,而往来赠答、奇篇警句,亦无不萃而集焉。"再如汪沆《榕城诗话序》称此诗话"援据繁博,足以补林谞、梁克家、陈鸣鹤诸志乘之未备"。阮元《广陵诗事自序》亦谓其书"大指以吾郡百馀年来名卿贤士、嘉言懿行综而著之,庶几文献可征,不致零落殆尽"。均为其例。总的说来,这类诗话理论性不够强,在诗学上几无贡献。它们或刊载全篇,或仅登警句,后人从事大型总集的编纂、校勘以及从事地方文献的整理、研究,这类诗话还是可资利用的。

从以上的分析中不难看出,由于诗话这种形式具有"体兼说部"(《四库全书总目》卷一百九十五"诗文评类"小序语)甚至"以代说部"(袁洁《蠡庄诗话·凡例》)的特点,因而决定了其内容上弹性较大、包容面较广。所以,某一时代的风气也就比较容易在诗话中反映出来。章学诚说诗话的作者"挟人尽可能之笔,著惟意所欲之言"(《文史通义》内篇卷五《诗话》),这也是由诗话这种体裁本身所决定的。它一方面为人们提供了便利的说诗方式,另一方面也导致了批评的泛滥,故前人每有"诗话作而诗亡"之叹①。今人从事古代文学批评的研究,过于看重诗话,从文学批评的历史来看,这一偏向或许是需要稍加修正的。

第四节　域外诗话总说

诗话体兴起以后,对周边国家和地区,尤其是汉文化圈中的文学批评也产生了极大的影响,出现了众多的诗话。本节拟对朝鲜半岛和日本诗话略作论说②。

---

① 略举二例如下:袁枚《随园诗话》卷八云:"西厓先生云:'诗话作而诗亡。'余尝不解其说。后读《渔隐丛话》,而叹宋人之诗可存,宋人之话可废也。"又汤成彦《洪稚存先生北江诗话序》云:"诗亡然后诗话作,诗话作而诗愈亡。非诗话之足以亡诗也,盖作诗话者大抵皆标榜声气,采撷浮华,妄事雌黄,谬加别白。"

② 越南的诗话我所见者仅白毫子(阮绵审)《仓山诗话》一种,另有《金华诗话记》,实为小说,见《传奇漫录》卷四。以文献不足,此处暂不涉及。

一、朝鲜半岛诗话

古代东国之人素好读书,所读又多为汉籍①,所以历史上汉诗学也颇为发达,用朝鲜时代洪万宗的话说:"我东以文献闻于中国,中国谓之小中华。盖由崔文昌致远唱之于前,朴参政寅亮和之于后。"②故知其"以文献闻于中国"的实际内容主要是诗学。洪氏又指出:"东方诗学,始于三国,盛于高丽,而极于我朝。……虽比之中华,未足多让。"③所以清代王士禛乃有"果然东国解声诗"④之褒奖,纪昀则有"吟诗最忆海东人"⑤之赞叹。兹据赵钟业《韩国诗话丛编》,列韩国诗话目次如下:

《破闲集》 李仁老

《白云小说》 李奎报

《补闲集》 崔滋

《栎翁稗说》 李齐贤

《青丘风雅》 金宗直

《东人诗话》 徐居正

---

① 朝鲜时代沈光世《海东乐府序》指出:"吾东虽曰好学,学者所习,惟在中国书籍。东国之书,漫不识其题目。"《休翁集》卷三,《韩国文集丛刊》第八十四册,页348。

② 《小华诗评》卷之上,《韩国诗话丛编》第三卷,页424。

③ 同上书,页493。关于韩国的诗学文献,参见张伯伟《韩国历代诗学文献综述》,《中国诗学研究》,页64—89。

④ 王士禛《戏仿元遗山论诗绝句三十二首》之二十九:"'淡云微雨小姑祠,菊秀兰衰八月时。'记得朝鲜使臣语,果然东国解声诗。"《渔洋精华录集注》卷二,页256。

⑤ 纪昀《怀朴齐家》之一:"偶然相见即相亲,别后匆匆又几春。倒屣常迎天下士,吟诗最忆海东人。"《纪晓岚文集》第一册卷十一,页530,河北教育出版社,1991年7月版。

《笔苑杂记》 徐居正

《慵斋丛话》 成俔

《师友名行录》 南孝温

《秋江冷话》 南孝温

《谀闻琐录》 曹伸

《龙泉谈寂记》 金安老

《思斋摭言》 金正国

《稗官杂记》 鱼叔权

《体意声三字注解》 尹春年

《清江诗话》 李济臣

《松溪漫录》 权应仁

《月汀漫笔》 尹根寿

《遣闲杂录》 沈守庆

《东溟诗说》 郑斗卿

《艮翁疣墨》 李墍

《松窝杂说》 李墍

《蛟山诗评》 许筠

《鹤山樵谈》 许筠

《惺叟诗话》 许筠

《五山说林》 车天辂

《闻韶漫录》 尹国馨

《涪溪记闻》 金时让

《芝峰类说》 李睟光

《睡隐诗话》 姜沆

《霁湖诗话》 梁庆遇

《於于野谈》 柳梦寅

《效颦杂记》 高尚颜

《山中独言》　申钦

《晴窗软谈》　申钦

《溪谷漫笔》　张维

《畸翁漫笔》　郑弘溟

《学诗准的》　李植

《玄州怀恩录》　尹新之

《潜谷笔谈》　金堉

《终南丛志》　金得臣

《菊堂排语》

《壶谷诗话·诗评》　南龙翼

《小华诗评》　洪万宗

《旬五志》　洪万宗

《诗评补遗》　洪万宗

《国朝诗删》　许筠

《诗话丛林》　洪万宗

《西浦漫笔》　金万重

《水村漫录》　任埅

《玄湖琐谈》　任璟

《农岩杂识》　金昌协

《闲居漫录》　郑载崙

《晦隐琐录》　南鹤鸣

《恕庵诗评》　申靖夏

《囚海录》　金春泽

《岩叟诗话》

《左海裒谈》

《南迁日录》　宋相琦

《昭代风谣附录诗话》　蔡彭胤

《旅庵诗则》 申景濬

《平仄韵互学·证正日本韵·东音解》

《屯庵诗话》 申昉

《陶谷杂著》 李宜显

《梅翁闲录》 朴亮汉

《东国诗话汇成》 洪重寅

《诗话汇成》

《二旬录》 具树勋

《星湖僿说》 李瀷

《龟磵诗话》 南羲采

《海东诗话》

《海东诗话》

《海东诗话》

《诗话类聚》

《樗湖随录》 赵德润

《诸家诗话随录》

《小华琼》

《海东诸家诗话》

《东国诗话》

《东国诗话》

《诗话抄成》 晚窝

《枫岩辑话》 柳光翼

《笔苑散语》 成涉

《清脾录》 李德懋

《东国名贤抄》

《秋斋诗话》 赵秀三

《杨梅诗话》 朴趾源

《百家诗话抄》 李珏

《蟾泉漫笔》 任廉

《旸葩谈苑》 任廉

《东人论诗绝句》 申纬

《声韵说》 李学逵

《兰室诗话》 成海应

《诗家点灯》 李圭景

《青邱诗话拾遗稿》 徐湄

《阮堂诗话》 金正喜

《绿帆诗话》 朴永辅

《芸窗诗话》 朴性阳

《林下笔记》 李裕元

《石林随笔》 朴汉永

《宁斋诗话》 李建昌

《壶山诗文评》 朴文镐

《舫山诗话》 尹廷琦

《东诗丛话》

《东诗丛话》

《西京诗话》 金渐

《训蒙诗话》 权鲁郁

《海东诗话》 金某氏

《文章杂评》 朴琴轩

《青邱诗评》

《日得录》 正祖宣皇帝

《天喜堂诗话》 申采浩

《读国朝诸家诗》 黄玹

《朝鲜古今诗话》 金瑗根

《东诗话》　河谦镇

《青邱韵钵》

《诗林丛话》

《彝叙诗话》

《古今诗话》

《东洋诗学源流》

《四家品序·品则抄·印品》　郑容洛

《玉溜山庄诗话》　李家源

以上所列,包括个别有目无书者,如许筠《蛟山诗评》、佚名《岩叟诗话》、金正喜《阮堂诗话》;包括几种选本,如金宗直《青丘风雅》、许筠《国朝诗删》;包括论诗诗,如申纬《东人论诗绝句》、黄玹《读国朝诸家诗》;最后一种属于当代人作品。但即使如此,我们还是可以得出这样的结论,朝鲜半岛诗话资料颇为丰富,乃不争之事实①。

朝鲜半岛最早的诗话出现于高丽朝,姜希孟《东人诗话序》称:

> 吾东方诗学大盛,作者往往自成一家,备全众体,而评者绝无闻焉。及益斋先生《栎翁稗说》、李大谏《破闲》等编作,而东方诗学精粹得有所考。②

崔淑精《东人诗话后序》云:

> 吾东方诗学,始于三国,盛于高丽,极于圣朝。其间斧藻裁

---

① 由于朝鲜半岛诗话资料丰富,《韩国诗话丛编》也难免有所遗漏,如日本静嘉堂文库所藏《大东稗林》中的《诗话汇编》、东京大学小仓文库所藏《海东诗话》、东洋文库所藏《见睍录》等专书皆未收录。又文集中的资料如南公辙《日得录》、李玄圭《诗话》、李燨《诗林琐言》、金泽荣《杂言》等,体制和内容亦属诗话。

② 《韩国诗话丛编》第一卷,页397—398。

品者,若郑中丞嗣文、李大谏眉叟、金文正台铉、崔平章树德、李
益斋仲思,皆有裒集之勤。①

但现在能够考知的高丽朝诗话仅有四种:李仁老《破闲集》、李奎报
《白云小说》、崔滋《补闲集》和李齐贤《栎翁稗说》。其中《白云小
说》非自撰,是后人从《东国李相国集》等书中辑出,不尽可信②。至
于金台铉的《文鉴》,则已经亡佚,郑嗣文的著作,连名目都难以考知。
　　欧阳修写作诗话,其目的是"以资闲谈",态度是轻松而随意的。
朝鲜半岛诗话从一开始就受其影响,从高丽时期诗话的书名上就可
以看到对这一传统的继承。崔滋《补闲集序》指出:

　　　　李学士仁老略集成编,命曰《破闲》。晋阳公以其书未广,命
　　予续补。强拾废忘之馀,得近体若干联,或至于浮屠儿女辈,有
　　一二事可以资于谈笑者,其诗虽不嘉,并录之。③

崔滋本人也自述其书"欲集琐言为遣闲耳"④。又如曹伟《笔苑杂记
序》指出:

　　　　东方自箕子受封以来,世称文献侔拟中华,而前朝五百年

①《韩国诗话丛编》第一卷,页536。
②《白云小说》最早见于洪万宗编《诗话丛林》,据其序文可知,洪氏编集《丛林》
　时已有此书。其文共三十一则,有六则不见于《东国李相国集》,第十一则和
　三十一则的部分内容也不见于文集,颇滋疑问。如第一则引《尧山堂外纪》,
　为明人蒋一葵所撰,时代不相及,柳在泳《白云小说研究》(圆光大学校出版
　局,1979年8月版)认为乃朝鲜时代人辑入。丁奎福《韩国古典文学的原典
　批评研究》(高丽大学校民族文化研究所出版部,1992年6月版)则推测为洪
　万宗编纂。
③《韩国诗话丛编》第一卷,页79。
④ 同上书,页80。

间,文学之士,彬彬辈出。……李学士《破闲集》、崔大尉《补闲集》,至今资诗人之谈论,为缙绅之所玩。①

彭召《笔苑杂记序》云:

> 《笔苑杂记》,吾仲父四佳先生所著也。……盖法欧阳文忠公《归田录》……欲记史官之所不录,朝野之闲谈,以备观览。②

这就奠定了东国诗话的基本写作态度,以见收于《韩国诗话丛编》的百馀种著作而言,书名中此类字眼屡见不鲜,如《谟闻琐录》《遣闲杂录》《晴窗软谈》《玄湖琐谈》《闲居漫录》等。反之,真正以诗话为名的著作仅四十种。同时,这也体现了高丽、朝鲜时代人对于诗话文体的认识。鱼叔权《稗官杂记》卷四指出:

> 东国少小说,唯高丽李大谏仁老《破闲集》、崔拙翁滋《补闲集》、李益斋齐贤《栎翁稗说》,本朝姜仁斋希颜《养花小录》、徐四佳居正《太平闲话》《笔苑杂记》《东人诗话》、姜晋山希孟《村谈解颐》、金东峰时习《金鳌新话》、李青坡《剧谈》、成虚白堂俔《慵斋丛话》、南秋江孝温《六臣传》《秋江冷语》、曹梅溪伟《梅溪丛话》、崔校理溥《漂海记》、郑海平眉寿《闲中启齿》、金冲庵净《济州风土记》、曹适庵伸《谟闻琐录》行于世。③

这种以小说概括此类文体的说法,和宋代一些目录学家的做法是一

---

① 《大东野乘》本,页280。朝鲜古书刊行会,明治四十三年(1910)十月版。
② 同上书,页277。
③ 同上书,页566—567。

致的。

　　宋、丽之间贸易频繁，其中有相当一部分就是图书贸易。除贸易以外，宋朝赏赐图书给高丽以及向高丽求亡佚之书，也见载于史册①。尽管这些记载中没有关于诗文评的著作，但不难推想而得。从高丽时人的文集中，我们可以知道流传于当时的中国诗文评著作并不少见。如林椿《次韵李相国知命见赠长句二首》其一云："语道格峭异众家，讥评不问痴锺嵘。"（《西河集》卷二）李仁老《破闲集》卷上提到惠弘（洪）《冷斋夜话》；卷下录其自作有"飞鸟岂补一字脱"句，典出《六一诗话》②；崔滋《补闲集》卷上提到《风骚格》，即齐己《风骚旨格》。可知高丽诗话正是在中国诗话的影响下产生的。

　　朝鲜时代徐居正的《东人诗话》二卷是朝鲜半岛历史上第一部以"诗话"命名的著作，上距《栎翁稗说》有一百四十多年。诗话而以"东人"名，不仅在于其所论多为东人之诗，论者为东国之人，更重要的是体现了作者对于东方诗学（文学）的自觉意识。《东人诗话》之外，徐居正又编了《东文选》一百三十卷，其《序》中表达了相同的意见：

　　　　……代各有文，而文各有体。读典谟，知唐虞之文；读训诰誓命，知三代之文。秦而汉，汉而魏晋，魏晋而隋唐，隋唐而宋元，论其世，考其文……而亦概论后世文运之上下者矣。近世论文者有曰：宋不唐，唐不汉，汉不春秋战国，战国不三代唐虞，此诚有见之论也。……是则我东方之文，非汉唐之文，亦非宋元之文，而乃我国之文也，宜与历代之文并行于天地间，胡可泯焉而

————————

① 参见《高丽史》卷十《宣宗纪》，《续资治通鉴长编》元祐元年、元祐六年。
② 欧阳修《六一诗话》载："陈公（从易）时偶得杜集旧本，文多脱误，至《送蔡都尉诗》云：'身轻一鸟'，其下脱一字。陈公因与数客各用一字补之。或云'疾'，或云'落'，或云'起'，或云'下'，莫能定。其后得一善本，乃是'身轻一鸟过'。陈公叹服，以为虽一字，诸君亦不能到也。"

无传也哉。①

所以，《东人诗话》乃得到"自有诗话以来，未有如此精切者"②之评。欲以东国之诗与中华之诗相媲美，也成为此后朝鲜诗话作者的写作动机之一。

崔淑精在《东人诗话后序》中曾提到宋人诗话"《总龟》《丛话》《玉屑》"，这是宋代的三大诗话总集，从《东人诗话》本身来看，其受到中国诗话的影响也是班班可考的。例如：

> 凡帝王文章，气象必有大异于人者。宋太祖微时，醉卧田间，觉日（当作"月"）出，有句云："未离海底千山暗，才到天中万国明。"我太祖潜邸诗："引手攀萝上碧峰，一庵高卧白云中。若将眼界为吾土，楚越江南岂不容。"其弘量大度，不可以言语形容。（卷上）

此本于陈师道《后山诗话》。又如：

> 唐时高丽使过海，有诗云："水鸟浮还没，山云断复连。"贾浪仙诈为梢人，联下句云："棹穿波底月，船压水中天。"丽使佳（嘉）叹。（卷上）

此本于《今是堂手录》，见《诗人玉屑》卷十五引。又如：

> 梅圣俞、苏子美齐名一时，二家诗格不同。苏之笔力豪俊，

---

① 《四佳集·文集》卷四《东文选序》，《韩国文集丛刊》第十一册，页248。
② 崔淑精《东人诗话后序》，《韩国诗话丛编》第一卷，页537。

以超迈横绝为奇；梅则研精覃思，以深远闲淡为高致。各臻所长，虽善论者，木易甲乙。然欧阳子隐然以梅为胜。李陶隐、郑三峰齐名一时，李清新高古而乏雄浑，郑豪逸奔放而少锻炼，互有上下。然牧老每当题评，先李而后郑。（卷上）

此本于欧阳修《六一诗话》。

  半山诗："一水护田将绿绕，两山排闼送青来。"前辈以谓"护田""排闼"出《汉书》，用事精切。牧隐诗："田园未得悠然逝，门巷何曾显者来。"阳村权先生曰："悠然逝""显者来"皆出轲书，用事不减半山。（卷上）

此本于叶梦得《石林诗话》。

  自古诗人好尚不同，宋治平中，沈括、吕惠卿、王存、李常同在馆下评诗。沈曰：退之之诗，乃押韵之文，格不近诗。吕曰：诗正当如是，我谓诗人以来，未有如退之者。王存是沈，李常是吕，四人相诘不决。居正尝在蛮坡，以黄文献公溍、胡祭酒俨二诗示金乖崖守温曰：孰优？金曰：胡优。……（卷下）

此本于魏泰《临汉隐居诗话》（亦见于《冷斋夜话》）。可见，作者往往借中国诗话为端绪，引出有关本国诗坛的问题，其与中国诗话的关系是颇为密切的。

  朝鲜朝是诗学极为发达的时期，据《韩国诗话丛编》收录的百馀种诗话看，除四种出自高丽时代，三种为中国资料，一种为当代人所作外，其馀都出于朝鲜时代。而洪万宗所编的《诗话丛林》四卷，可以说是最早的朝鲜半岛历代诗话选编。其《序》中称：

……吾东方诗道,自殷太师始,其后作者,代各有人,往往自成一家,而独评诗者甚罕,评而可观者亦无几。如丽朝《白云小说》《栎翁稗说》,我朝《芝峰类说》《於于野谈》等书,不过数十种而已。余闻无不求,得无不览。第于其间并载朝野事迹,间巷俚语,篇帙浩汗,难于记览。于是合诸家所著,而专取诗话,辑成一编,名之曰《诗话丛林》。……我东方诗学之盛,斯可见矣。①

此序写于崇祯玄默执徐,实为康熙五十一年壬辰(1712)。用明代纪年,反映了明末清初一批朝鲜士大夫的普遍心理②。此书的编纂宗旨略同于徐氏《东人诗话》,观其序言,语句多袭姜希孟《东人诗话序》,即可知彼此关系。其夸耀东方诗学之心,跃然纸上,故颇受时人赞扬。如任埅《题诗话丛林后》便将之与王世贞的《艺苑卮言》、胡应麟的《诗薮》相提并论,以为"继武并驾,亦足夸示中华"③。虽然如此,洪氏此书也实有可议处。主要在于其编录工作眼光过于偏狭,唯取其有关本国诗歌的评论部分。这样,大量有关中国诗人、作品的评论,有关中朝诗歌比较的评论都被刊落④。洪氏以后,类似的诗话选集还有任廉《旸葩谈苑》八卷,内容与《诗话丛林》一脉相承。只是在原书的基础上,增加了《左海裒谈》《枫岩辑话》《梅翁闻录》《二旬

① 《韩国诗话丛编》第五卷,页21。
② 据《尔雅·释天》:"(太岁)在壬曰玄默。""在辰曰执徐。"明亡后,"凡官文书外,虽下贱无书清国年号者。"(《肃宗实录》卷三)如朴趾源《热河日记·渡江录》曰:"皇明,中华也,吾初受命之上国也。……清人入主中国,而先王之制度变而为胡。环东土数千里画江而为国,独守先王之制度,是明明室犹存于鸭水之东也。虽力不足以攘除戎狄,肃清中原,以光复先王之旧,然皆能尊崇祯以存中国也。"即为一例。
③ 《水村集》卷九,《韩国文集丛刊》第一百四十九册,页195。
④ 例如,成伣《慵斋丛话》十卷,论述的诗学内容颇为丰富,而《诗话丛林》仅录三十二则,甚多遗漏。即便是论述其本国诗学的内容也是如此。

录》《小华诗评》《清脾录》及自撰的《蟾泉漫笔》,其编纂凡例也照录《诗话丛林》。

朝鲜半岛诗话的文体也具有相当的弹性,它可以是勒为专书者,如《破闲集》《补闲集》《东人诗话》《诗话丛林》等;可以附载于文集,如许筠《惺叟诗话》之于《惺所覆瓿稿》,姜沆《诗话》之于《睡隐集》,梁庆遇《霁湖诗话》之于《霁湖集》,申昉《诗话》之于《屯庵集》,成海应《兰室诗话》之于《研经斋全集》等;可以是笔记,如《松溪漫录》"本以诗话,参以纪事"①,《鹤山樵谈》"即诗话而兼野史者也"②;可以是行纪,如朴趾源《热河日记》中的《杨梅诗话》《避暑录》,又如朴长馣纂辑的《缟纻集》,其凡例称:"可以谓诗话,亦可以谓题襟。"③

朝鲜半岛诗话的内容,可分作理论批评和实际批评两类。从理论批评的角度看,无论是诗的基本观念,诗的体制和作法,诗的美学趣味,都可以视为中国传统诗学的延伸。如洪万宗《小华诗评》使用了凄惋、寒苦、纤巧、清广、老熟、典丽、古朴、高洁、奇逸、豳达、奇妙、锻炼、感慨、神妙、浏亮、富丽、凄切、奇壮等概念,以评论自新罗以来的历代诗人,不难发现其与中国诗学的承继关系。

二、日本诗话

日本诗话的数量不少,大正九年(1920)至十一年,日本文会堂书店曾出版过池田胤编辑的《日本诗话丛书》十卷,汇聚了日本诗话的基本资料。但此书一则未出全,又编次无序,而且将朝鲜的《东人诗

---

① 《题松溪漫录卷后》,《蔗庭遗稿》。转引自李钟殷、郑珉编《韩国历代诗话类编》附录《收录诗话序跋及关系资料》,页 670,亚细亚文化社,1988 年 12 月版。

② 《题鹤山樵谈卷后》,《韩国历代诗话类编》附录《收录诗话序跋及关系资料》,页 671。

③ 《楚亭全书》下,页 7,亚细亚文化社,1992 年 4 月版。

话》也收入其中①。所以虽然可以依据,但日本诗话的资料实不限于此书所收。兹将寓目的日本诗话列之如下,其中《日本诗话丛书》所未收者,则注于其后:

　　《文镜秘府论》六卷　　弘法大师释空海

　　《作文大体》　藤原宗尚(未收)

　　《江谈抄》　大江匡房(未收)

　　《济北诗话》一卷　　虎关释师炼

　　《文章达德纲领》六卷　　藤原惺窝(未收)

　　《北山纪闻》　日阳鸥波(未收)

　　《史馆茗话》一卷　　梅洞林恕

　　《诗法正义》一卷　　丈山石川凹

　　《诗律初学钞》一卷　　洞云梅室

　　《初学诗法》一卷　　益轩贝原笃信

　　《白石先生诗范》一卷　　白石新井君美

　　《老圃诗膎》一卷　　澹泊安积觉

　　《丹丘诗话》三卷　　丹丘芥焕

　　《斥非》一卷　　春台太宰纯

　　《诗论并附录》二卷　　春台太宰纯

　　《诗诀》一卷　　南海阮瑜

　　《诗学逢原》二卷　　南海阮瑜

---

① 据池田胤《日本诗话丛书引》,其书共有十二卷。又据其凡例,有据抄本收入的诗话四种,即古贺侗庵《非诗话》、津阪东阳《葛原诗话纠缪》、友野霞舟《锦天山房诗话》及乙骨耐轩《读瀛奎律髓刊误条记》。但现在出版的仅十卷,而且未包括《非诗话》和《读瀛奎律髓刊误条记》二种。有见于此,韩国赵钟业曾对此书加以重编,易名《日本诗话丛编》,删去《东人诗话》,并依时代先后次序,又补充了《近世诗人丛话》及《下谷小诗话》两种。太学社,1992 年 5 月版。

《明诗俚评》 南海阮瑜(未收)

《南郭先生灯下书》一卷 南郭服部元乔

《文渊·诗源》 荻生徂徕(未收)

《日本诗史》五卷 北海江村绶

《诗学还丹》二卷 春川源孝衡

《唐诗平侧考》三卷 松江卢玄淳

《诗语考》一卷 松江卢玄淳

《作诗志彀》一卷 北山山本信有

《孝经楼诗话》二卷 北山山本信有

《诗学新论》三卷 东岳原田

《诸体诗则》二卷 林义卿

《艺苑谱》一卷 儋叟清田绚

《艺苑谈》一卷 儋叟清田绚

《诗讼蒲鞭》一卷 牛山雨森宗真

《诗家法语》二卷 宽斋市川世宁(未收)

《诗烬》 宽斋市川世宁(未收)

《全唐诗逸》三卷 宽斋市川世宁

《谈唐诗选》一卷 宽斋市川世宁

《白云馆近体诗式》 熊坂邦子彦(未收)

《白云馆近体诗眼》 熊坂邦子彦(未收)

《律诗天眼》 熊坂邦子彦(未收)

《诗话殿语》 官田萃龙(未收)

《有馀乐堂诗法摘要》 石桥云来(未收)

《诗史矕》一卷 迷庵市野光彦

《诗辙》六卷 梅园三浦晋

《太冲诗规》一卷 荷泽滕太冲

《孜孜斋诗话》二卷 兰溪西岛长孙

《弊帚诗话附录》一卷　兰溪西岛长孙

《淇园诗话》一卷　淇园皆川愿

《侗庵非诗话》十卷　刘煜季晔(未收)

《诗律兆》十一卷　竹山中井积善

《葛原诗话》四卷　六如慈周

《葛原诗话后编》四卷　六如慈周

《诗语解》二卷　释大典(未收)

《诗家推敲》二卷　释大典(未收)

《葛原诗话标记》一卷　敬所猪饲彦博

《五山堂诗话》十卷　五山菊池桐孙

《词坛骨鲠》一卷　九山松村良猷

《艺苑鉏莠》二卷　九山松村良猷

《辨艺苑鉏莠》二卷　榕斋系井君凤

《木石园诗话》一卷　甫学久保善教

《在津纪事》二卷　赖春水(未收)

《都下名流品题辨》一卷　佚名(未收)

《作诗质的》一卷　大峰冢田虎

《沧溟近体声律考》一卷　南谷泷川

《诗律》一卷　一堂赤泽一

《松阴快谈》四卷　丰山长野确

《葛原诗话纠谬》二卷　东阳津阪孝绰

《夜航诗话》六卷　东阳津阪孝绰

《夜航馀话》二卷　东阳津阪孝绰

《竹田庄诗话》一卷　竹田田能村孝宪

《梧窗诗话》二卷　荪坡林瑜

《柳桥诗话》二卷　善庵加藤良白

《诗圣堂诗话》一卷　天民大洼行

《鉏雨亭随笔》三卷　梦亭东聚

《浪华诗话》　百济兼康(未收)

《诗格刊误》二卷　省斋日尾约

《诗山堂诗话》一卷　诗山小畑行简

《幼学诗话》一卷　琴台东条耕

《锦天山房诗话》二册　霞舟友野焕

《淡窗诗话》二卷　淡窗广濑建

《社友诗律论》一卷　泉藏小野达

《诗窗闲话》一卷　香亭中根淑

《诗格集成》一卷　樗园长山贯

《摄西六家诗评》一卷　广濑青村(未收)

《近世名家文评》一卷　川田甕江(未收)

《綵岩诗则》一卷　奥綵岩

《宁斋诗话》三卷　野口一太郎(未收)

《明治诗话》二卷　籾山逸季才(未收)

《近世诗人丛话》一卷　冈崎春石(未收)

《下谷小诗话》一卷　释清潭(未收)

《北越诗话》十卷　阪口慕(未收)

《淳轩诗话》　太田才次郎(未收)

《明治诗话》　木下周南(未收)

以上诗话凡九十一种。还有一些书虽然未题作诗话,但其内容实为诗话,如刘煜季晔的《刘子》三十卷,其卷二十七至三十专论诗文。又据日本《国书总目录》及《古典籍总合目录》,更有不少诗话在目录上有所著录,一时未能寻觅其原书者。总之,就域外诗话而言,日本诗话与朝鲜半岛诗话一样,其数量是相当丰富的。

如果说,朝鲜半岛诗话从一开始就受到欧阳修开创的诗话体的影响的话，那么，日本诗话则主要受唐人诗格的影响而逐步发展起来①。虽然《文心雕龙》和《诗品》早已传入日本(藤原佐世《日本国见在书目录》中已有著录)，但日本诗话之祖不能不推空海的《文镜秘府论》。市河宽斋《半江暇笔》云：

> 唐人诗论，久无专书。其数见于载籍者，亦仅仅如晨星。独我大同中，释空海游学于唐，获崔融《新唐诗格》、王昌龄《诗格》、元兢《髓脑》、皎然《诗议》等书而归，后著作《文镜秘府论》六卷，唐人卮言，尽在其中。②

虽然这部书以纂辑唐人资料为主，但对后世影响却很大，它奠定了此后日本诗话的一个写作基调。如果我们全面审视一下日本诗话，就可以发现这样两个突出的现象：一是诗格类的内容特别多③；二是为指导初学而作的特别多。这两者又是联系在一起的，唐人诗格，就其写作动机而言，不出两种：或以便科举，或以训初学。日本诗话既受诗格影响较大，则其内容偏重在论诗歌的格、法乃顺理成章。又日本

---

① 这是就大体而言，并不是说日本诗话绝对不受宋人诗话的影响。如兼康恺《浪华诗话序》称："此编题曰诗话，而颇及谐谑杂事，盖效宋人所著往往如斯。"即为一例。天保六年(1835)刊本。

② 转引自池田胤《日本诗话丛书》第七卷《文镜秘府论》解题，页215，文会堂书店，大正十年四月版。

③ 日本诗格如空海《文镜秘府论》、藤原宗尚《作文大体》、石川凹《诗法正义》、梅室洞云《诗律初学钞》、贝原笃信《初学诗法》、新井君美《白石先生诗范》、芥焕彦章《丹丘诗话》、源孝衡《诗学还丹》、卢玄淳《唐诗平侧考》、林义卿《诸体诗则》、熊坂邦子彦《白云馆近体诗式》、三浦晋《诗辙》、滕太冲《太冲诗规》、中井积善《诗律兆》、赤泽一《诗律》、日尾约《诗格刊误》、东条耕《幼学诗话》、小野达《社友诗律论》、长山贯《诗格集成》、奥缫岩《缫岩诗则》等。

历史上没有科举取士的制度①,所以其写作动机也就多在以训初学一端,使诗话"诗格化"。兹举例如下,贝原笃信《初学诗法序》云:

> 予固不知诗,且不揣僭妄,辑古来诗法之切要者,约为一书,庶觉俗间初学之习而不察者而已。②

龙公美《白石先生诗范序》云:

> 今也斯书虽区区小册子乎,教谕之重,万金弗啻,则学者宜奉戴而谨承也。③

芥焕彦章《丹丘诗话小引》云:

> 余结发业诗,从事有年,仰诵俯思,有得辄书,积书为卷,以资蒙士。虽不足取高前式,庶亦无差品骘云尔。④

---

① 江村绶写于明和壬辰(1772 年)的《诗学新论序》中指出:"我邦亦尝定试士法,而今已邈矣。"(《日本诗话丛书》第三卷,页 257)这里所说的当指平安时代。藤原明衡《本朝文粹》卷七《省试诗论》中有大江匡衡、纪齐名等人据唐人诗格讨论考量学生大江时栋所献诗的记录。但这些从严格意义上说,都不能算是真正的科举取士。依当时的制度,从庆云到承平年间(704—938),共选文章生(即进士)六十五人。文章生是从拟文章生(即秀才)中以试诗赋方式选拔,但他们都是通过大学或国学教育而获得考试资格,学生皆有身份限制。如大学专收诸王及五品官以上的子孙,国学则收郡司子弟。可见,其考试的范围是极为有限的,故不能与中国唐以来的科举制度相提并论。参见佐藤诚实著,仲新、酒井丰校订《日本教育史》卷上,页 49—60,平凡社,1973 年 4 月版。
② 《日本诗话丛书》第三卷,页 173,文会堂书店,大正十年五月版。
③ 《日本诗话丛书》第一卷,页 35,文会堂书店,大正九年一月版。
④ 《日本诗话丛书》第二卷,页 555,文会堂书店,大正九年四月版。

原尚贤《刻斥非序》云：

> 盖先生尝观世之学者所行，不忍见其非，因一二斥之，以示小子辈。①

筱应道《南海诗诀序》云：

> 大匠不为拙工改废绳墨，岂可以初学忽之哉。诗话、诗丛，诗家法故也，于我桑域绍之者，只《南海诗诀》有是哉。②

释敬雄《诗学逢原序》云：

> 乃展读之，则言近旨远，循循善诱，实诗家正法眼藏也。③

泷长恺弥八《南郭先生灯下书序》云：

> 此书之行也，后进之士赖焉。④

平信好师古《诗学还丹序》云：

> 顷日著《诗学》之一书，其为书也，述摹拟古人之诗，或以国歌为诗句，以和言为诗语等之事，将俾初心易入于学诗之境。⑤

---

① 《日本诗话丛书》第三卷，页133。
② 《日本诗话丛书》第一卷，页4。
③ 《日本诗话丛书》第二卷，页4。
④ 《日本诗话丛书》第一卷，页48。
⑤ 《日本诗话丛书》第二卷，页161。

山田正珍(宗俊)《作诗志彀序》云：

> 夫子著斯编，名以《志彀》，其意在使夫后学不失诗正鹄也。①

江村绶《诗学新论序》云：

> 有大夫之资，而无侯之藻鉴之明，劝学之训，安能到此。②

柚木太玄《艺苑谱序》云：

> 先生向者撰《艺苑谈》，概其大旨，为救时弊也，喻之于医方，《艺苑谈》泛论世之婴疾病者，而至其论治，是编有之。其所以教喻人最为深切也。③

平安岩垣明《跋淇园诗话》云：

> 此书先生特为后进示义方者也，学者由是思之，则庶几能骎骎开(元)、天(宝)佳境也。④

淡海竺常《葛原诗话序》云：

> 彼其比唐拟明，因仍相袭者，必以是为异端焉，然其有益于

---

① 《日本诗话丛书》第八卷，页3，文会堂书店，大正十年七月版。
② 《日本诗话丛书》第三卷，页259—260。
③ 《日本诗话丛书》第六卷，页3，文会堂书店，大正九年十一月版。
④ 《日本诗话丛书》第五卷，页227，文会堂书店，大正九年六月版。

后学,吾宁取此而不取彼也。①

松村良猷《艺园锄莠自叙》云:

> 余亦有诗文说话,欲以示子弟者若干条,以用舍未定,不成
> 之篇次……故欲先锄其害嘉谷者,以备树艺之一助。②

东饱赖惟柔《沧溟近体声律考序》云:

> 此间诗人能假济南舟筏,初涉平澜,后凌狂浪,离和境而到
> 汉岸,庶几不负南谷君津梁之慈矣。③

津阪孝绰《夜航馀话序》云:

> 诚詹詹琐言,不足以示大方之家,然于初学之徒,庶几正讹
> 救弊,进技所资。遂倩人缮写,以备童生之玩览。④

川田刚《淡窗诗话序》云:

> 盖先生一代宿儒,隐居不仕……托词风月,与古诗人心心相
> 印,有所自得,乃诱掖子弟,示以入学法门,令其渐渐进步,升堂
> 入室,其用意笃且至矣。⑤

---

① 《日本诗话丛书》第四卷,页3,文会堂书店,大正九年八月版。
② 《日本诗话丛书》第八卷,页158。
③ 《日本诗话丛书》第六卷,页234。
④ 《日本诗话丛书》第三卷,页3。原文为日语,兹译其大意。
⑤ 《日本诗话丛书》第四卷,页219。

还有一些诗话，从其名目上就可知为初学者而作，如《诗律初学钞》《幼学诗话》等。

第一个以"诗话"命名其著作的是五山诗僧虎关师炼，《济北集》卷十一即为《诗话》，收入《日本诗话丛书》时易名为《济北诗话》。其背景应该与大量宋人诗话传入日本，以及在禅林中激发起评诗、论诗之风有关①。在五山诗僧的文集中，我们往往能够看到这样的题目，如《丁巳重阳有文词伯招同门诸彦评诗命予定其题……》(景徐周麟《翰林葫芦集》卷四)、《留客论诗》(横川景三《小补集》)、《秋夕与客论诗》(希世灵彦《村庵稿》卷上)、《雪屋论诗》(兰坡景茝《雪樵独唱集》绝句之一)、《花院借榻论诗》(同上)、《梅窗论诗》(同上)、《春夜留客论诗》(天隐龙泽《默云稿》)。这些诗歌的标题显示，当时的论诗是一项群体性的活动。如横川景三《留客论诗》云：

> 东山古寺白云层，一夜论诗六七僧。②

又如其《雪夜与客论诗》，题下注云："希世来访，会者十人，联句五十韵，句罢评诗。"其诗云：

> 十雪③古闻今见之，扫门迎客倒伽梨。夜深月落品题定，中

---

① 参见芳贺幸四郎《中世禅林の学問および文学に関する研究》第二编第三节《詩話——新文学論の輸入》，日本学术振兴会，1956 年 3 月版。

② 《小补集》，玉村竹二《五山文学新集》第一卷，页 11，东京大学出版会，1967年 3 月版。

③ "十雪"之咏始于中国的元代，指的是"韩王堂雪、程门立雪、袁安洛雪、李愬淮雪、王猷溪雪、李及郊雪、苏武觝雪、郑綮驴雪、孙康书雪、欧阳诗雪"。日本五山诗僧多和之，如惟肖得岩《东海琼华集》、南江宗沅《渔庵小稿》中皆有其作，可参看。

有梅花寒似诗。①

希世灵彦也同时有作,其《雪夜与客论诗》云:

灞上吟驴久驻鞍,玉堂白战亦应难。论诗未了天犹雪,人与梅花一夜寒。②

又如其《次韵丛子岁暮留客论诗之作》云:

三百馀篇删定后,辉光古往与今来。诸家辈出传宗派,大雅沦胥堕劫灰。春浅池塘诗谢草,雪残篱落老逋梅。论诗此夕一樽酒,更约重游岁暮催。

非诗何得永今夕,细说唐并宋以来。林下僧风蔬笋气,桥边驴雪豆稭灰。老来谩与客名甫,穷后愈工人姓梅。数百年间无此作,黄鸡白日自相催。

冷淡平生是生活,论诗岁暮喜君来。推敲月下头如雪,竞病樽前心未灰。驴入剑门初细雨,人经庾岭半残梅。偶然一句在天外,应笑匆匆击钵催。③

从他们所运用的典故中,可以看出所受到的中国诗人和诗话影响的痕迹,如希世灵彦《秋夕与客论诗》云:"留客论诗同半床,清新俊逸细商量。"④上句似用范晞文《对床夜语》典,下句则用杜甫评李白"清

---

① 《补庵京华集》,《五山文学新集》第一卷,页 212。
② 《村庵稿》卷上,《五山文学新集》第二卷,页 290。
③ 《村庵稿》卷中,《五山文学新集》第二卷,页 347—348。
④ 《村庵稿》卷上,《五山文学新集》第二卷,页 234。

新庾开府,俊逸鲍参军"及"何时一樽酒,重与细论文"(《春日忆李白》)。瑞溪周凤《读梅圣俞诗》云:"白首固穷诗愈工,宛陵风物落吟中。荻芽洲畔杨花岸,说得河豚惊醉翁。"①显然本于《六一诗话》"梅圣俞尝于范希文席上赋《河豚鱼诗》"条。

五山时期僧林中流传的中国诗话不少,以万里集九的《梅花无尽藏》为例,其中直接、间接引用到的中国诗话计有《西清诗话》《后村诗话》《石林诗话》《洪驹父诗话》《诗林广记》《联珠诗格》《冷斋夜话》《苕溪渔隐丛话》《沧浪诗话》《诗人玉屑》《雪浪斋日记》《许彦周诗话》《吕氏童蒙诗训》《清林诗话》等②。《梅花无尽藏》卷四有《还春泽之书籍》云:

> 十七史全部四十五册,《史记》全五十六册,《渔隐》前集五十卷、后集四十卷(已上九十卷),《诗林广记》前集十卷、后集十卷(以上二十卷)还春泽。以《汉书》之前集、后集以上十九册还南丰之方丈。③

这段记载可以传达出中国诗话在五山诗僧之间交流的状况,论诗风气也就渐渐形成。尤其是在一些看似与论诗无关的作品中,也每每出现论诗的内容,这是论诗风气兴盛的标志。例如,横川景三《以清字颂并序》云:

> 永安惟宗外史,其徒曰俊,风姿可爱也。其游远寄小幅求

---

① 《卧云稿》,《五山文学新集》第五卷,页508。
② 此处诸诗话以在文集中出现的先后为序,不复以年代先后诠次,重复出现者略之。
③ 《五山文学新集》第六卷,页870。

字,字曰"以清"。老杜诗曰:"清新庾开府,俊逸鲍参军。"盖谓太白诗豪放飘逸,无敌于世也。孔子曰:"不学诗,无以言。"是止于周诗《国风》而已。无文师有谓曰:"少学夫诗,若七言四句得于七佛,五言得于棱严、圆觉,古风、长篇得于华严。"严沧浪又曰:论诗犹如论禅,汉魏晋与盛唐之诗,则第一义也。学之者临济下也。由是言之,吾徒之言诗也,与儒教相表里,以传不朽,实不诬焉。……公远承于济下,参诗参禅,有自来哉。苟克登翰墨之场,挟风雅之辆,清新以究其体,俊逸以尽其用焉,则异日必有僧太白起于丛社凋零之后,岂不盛乎!①

本来是一篇字说,但作者却引发为诗论。类似的写法,也见于《子建字说》(见《补庵京华续集》)一文中。又如兰坡景茞的《炉边话旧》诗云:

> 碧瓦吹霜寒更奇,炉边撚断数茎髭。官梅慎勿动诗兴,吟拨阴、何灰未知。②

这四句诗中用到的典故有卢延让,其《苦吟》诗曰:"吟安一个字,撚断数茎须。"(《唐诗纪事》卷六十五)有何逊、阴铿和杜甫,杜甫《和裴迪登蜀州东亭送客逢早梅相忆见寄》曰:"东阁官梅动诗兴,还如何逊在扬州。"又《解闷》云:"颇学阴、何苦用心。"兰坡诗的主旨也是强调"苦吟"。诗话体创造了一种近似于炉边谈话的亲切的说诗方式,这首《炉边话旧》所"话"的内容也正是诗。日本第一部以"诗话"命名的著作便是在这样的背景下产生。

从《济北诗话》中可以推知,作者接触到的中国诗话是不少的。

---

① 《补庵京华后集》,《五山文学新集》第一卷,页 317。
② 《雪樵独唱集》绝句之一,《五山文学新集》第五卷,页 33。

如云"赵宋人评诗,贵朴古平淡",当指宋人诗话;"或问:陶渊明为诗人之宗,实诸"条,"诗人"上或当有"隐逸"二字,则出于锺嵘《诗品》;"《玉屑集》:句豪畔理者"云云,出于《诗人玉屑》卷三"句豪而不畔于理";"夫诗人剽窃者常也,然有三窃",则出于皎然《诗式》的"诗有三偷";又引"杨诚斋曰"云云,出《诚斋集》①;又引《云卧记谈》《古今诗话》《邈斋闲览》等,可知其涉猎颇为广泛。

虽然《济北诗话》受中国诗话影响,但这并不意味虎关师炼对中国人的评论亦步亦趋。反之,他经常对中国诗话中的某些结论加以辨证,尽管其辨证未必正确。这恰恰形成了其诗话的一个特色,并且也是日本诗话的特色之一。而在朝鲜半岛诗话中,却往往奉中国诗论为圭臬。《济北诗话》云:

> 赵宋人评诗,贵朴古平淡,贱奇工豪丽者,为不尽耳。夫诗之为言也,不必古淡,不必奇工,适理而已。大率上世淳质,言近朴古。中世以降,情伪见焉。言近奇工,达人君子,随时讽谕,使复性情,岂朴淡奇工之所拘乎?唯理之适而已。古人朴而不达之者有矣,今人达而不朴之者有矣,何例而以朴工为升降哉?②

宋人贵朴古平淡的意见,在欧阳修评论梅尧臣、苏舜钦诗歌的话语里曾有所体现。平淡是宋诗的特色之一,作为开平淡之风的梅尧臣,他的诗受到宋人的赞扬也就毫不奇怪。虎关师炼的这一批评从文字表面上看,可谓堂皇妥帖,但实际上对宋人的意见却有所误会。作为一个批评术语,宋人所强调的平淡是从锻炼、组丽中而来。没有锻炼的

---

① 《济北诗话》引杨诚斋曰"大抵诗之作也,兴上也,赋次之。赓和不得已也"云云,出于其《答建康府大军库监门徐达书》,《诚斋集》卷六十七。
② 《日本诗话丛书》第六卷,页294。

平淡往往轻率平易，未经组丽的平淡往往枯槁杳冥。所以方回评论道："宋人当以梅圣俞为第一，平淡而丰腴。"（《瀛奎律髓》卷一）这一点，才可以说是宋人的通识。如葛立方《韵语阳秋》卷一指出：

> 大抵欲造平淡，当自组丽中来，落其华芬，然后可造平淡之境。……梅圣俞《和晏相诗》云："因令适性情，稍欲到平淡。苦词未圆熟，刺口剧菱芡。"言到平淡处甚难也。①

周紫芝《竹坡诗话》云：

> 作诗到平淡处，要似非力所能。东坡尝有书与其侄云："大凡为文，当使气象峥嵘，五色绚烂，渐老渐熟，乃造平淡。"余以不但为文，作诗者尤当取法于此。②

虽然如此，虎关师炼努力在诗话中表达自己的意见，不徒以中国诗论悬为金科玉律的做法，还是对后世产生了很大影响。

江户时代日本人对中国诗话的批评更多，如中井积善《诗律兆》卷十"馀考"，其中对引及的诗话有褒有贬，是其所是而非其所非。对诗话作全面批判的，应数刘煜季晔的《侗庵非诗话》。该书作成于文化十一年（1814），共十卷。一、二卷为总论，从第三卷至第十卷，历数诗话十五病：

> 一曰说诗失于太深；二曰矜该博以误解诗意；三曰论诗必指所本；四曰评诗优劣失当；五曰稍工诗则自负太甚；六曰好点窜

———————

① 何文焕《历代诗话》，页483。
② 同上书，页348。

古人诗;七曰以正理晦诗人之情;八曰妄驳诗句之瑕疵;九曰擅改诗中文字;十曰不能记诗出典;十一曰以僻见错解诗;十二曰以诗为贡谀之资;十三曰不识诗之正法门;十四曰解诗错引事实;十五曰好谈谶纬鬼怪女色。①

并一一举例以说明之。虽然不免于持论近苛(如"论诗必指所本"即不可一概否定),但多能言中诗话之弊。其卷一"总论"云:

> 诗话之为书,大抵一分辩证,二分自负,三分谐谑,四分讥评。

又云:

> 诗话之名昉于宋,而其所由来尚矣。滥觞于六朝,盛于唐,蔓于宋,芜于明,清无讥焉。其瞽说谬论,难一一缕指,而尚可举其梗概。诗话诗品为古,其病在好识别源流,分析宗派,使人爱憎多端,固滞难通;唐之诗话,如《本事诗》《云溪友议》等书,其病在数数录桑中、溱洧赠答之诗,以为美谈,使人心荡神惑,丧其所守;宋之诗话,如《苕溪》《彦周》《禁脔》《韵语》等书,其病在以怪僻穿凿之见,强解古人之诗,使人变其和平之心,为深险诡激之性;明之诗话,如《升庵》《四溟诗话》《艺苑卮言》,其病在扬扬自得,高视阔步,傲睨一世,毒骂古人,使人顿丧礼让之心,益长骄慢之习。四代之病,无世无之,予特就其重者而言耳。

中国诗话中固然也有对诗话的批评,如《侗庵非诗话》引及的胡应麟

---

① 中井积善《诗律兆》卷首目录,崇文院,昭和二年(1927)六月版。

批评宋代诗话语,即见于《诗薮》杂编卷五。又引及李东阳《怀麓堂诗话》、杨慎《升庵诗话》对诗话的批评,但他们自己也仍然写作诗话,所以被刘煕季晔评为"口非而躬犯,可谓言不顾行矣"。专就某家诗话而纠其谬者,有冯班《严氏纠谬》、赵执信《谈龙录》,但刘煕认为,"《沧浪纠谬》《谈龙录》为一人而作,私也;予《非诗话》为诗道而作,公也"(卷二)。即使章学诚《文史通义》专列《诗话》,实际上也只是针对袁枚《随园诗话》而发。所以,大规模地批评中国诗话,实当数《侗庵非诗话》为最。侗庵为了写作这部书,"将昌平书库及友人家所有诗话,从头翻阅,涉猎略遍,因得益照悉病根之所在,乃著《非诗话》如干卷"(卷二)。可见其态度之认真。侗庵之博闻强记,在当时即为人推崇,乃日本近世所罕见。又著《刘子》三十卷,博涉经义文学①。其为学尊从宋儒,有《四书问答》《崇程》等著。其诗学观亦与宋儒一脉相承,故认为"朱子之论诗,可谓尽矣,学者宜三复书绅"(卷一)。《非诗话》一书,亦"以忧道闵时为念",不止于批评诗话本身而已②。明治时期近藤原粹刊行《萤雪轩丛书》,专收中国诗话,其中亦颇有批评。但这些只是他读书时的批语,较为随意,可取者不多③。总之,从《济北诗话》到《萤雪轩丛书》,对于中国诗话的批评形

① 此书见收于关仪一郎《续日本儒林丛书》第三、第四册,东洋图书刊行会,昭和八年(1933)九月版。
② 《侗庵非诗话》卷一指出:"东汉而降,著书益易而益轻,以为求名之资者有之,以为钓利之具者有之,是以书日增多,而其为书也多损少益,徒使人听荧不知所适从,而诗话为甚。予故著《非诗话》十卷,以明诗话之害。盖特论其甚者,而未遑及他也。人果能以忧道闵时为念,则其书也虽多,不无一可取。乃区区以钓利求名为心,以语言文字之末为务,陋矣!呜呼,岂独著诗话者而已也哉?"
③ 《萤雪轩丛书·例言》云:"斯书总系余书库中所藏者,故余晨夕爱玩之,随读随批,或疏或密,或称扬,或骂詈,其例不一。盖以录我意之所思,本非有意于公世也。……斯书批评,本为余一家言,而又有或重复、或前后龃龉者,亦未可知也。是由于非一时所批评焉耳。"青木嵩山堂,明治二十八年(1895)十二月版。

成了日本诗话的一项特色。

由于日本诗话多为初学者而作,这就形成了内容上的一些特色,一是讲究诗律、诗法的诗话特别多,这就是上文已经指出的"诗格化"的特色。这一特色,也导致了日本诗论家对中国诗话的兴趣,往往偏于诗论、诗法的内容,而轻视"以资闲谈"类的诗话。如芥焕《丹丘诗话》卷下指出:

> 古今诗话,惟严仪卿《沧浪诗话》断千古公案,仪卿自称,诚不诬也。其他欧阳公《六一诗话》、司马温公《诗话》之类,率皆资一时谈柄耳,于诗学实没干涉。初学略之而可也。
>
> 《沧浪诗话》之外,略可取者陈师道《后山诗话》。虽其识非上乘,其论时入妙悟。故高廷礼《品汇》多收之,诗家最不可不读也。①

又如刘煜季晔《侗庵非诗话》贬斥了几乎所有的中国诗话,但仍然肯定了以下几种:

> 诗话中惟锺嵘《诗品》、严沧浪《诗话》、李西涯《怀麓堂诗话》、徐昌谷《谈艺录》可以供消闲之具。……自馀诗话则以覆酱瓿可也,以畀炎火可也。
>
> 恶而知其美者,君子之公心也。历代诗话,汗牛不啻,其铁中铮铮者,独《诗品》《沧浪》《怀麓堂》《谈艺录》而已。……欲观诗话,则惟此四家可也。(卷二)

---

① 《日本诗话丛书》第二卷,页606。

冢田虎《作诗质的》也指出：

> 论作诗体裁者，非亦不多也。然后则南宋严沧浪《诗话》、元陈绎曾《诗谱》、明王敬美《艺圃撷馀》，前则梁锺嵘《诗品》，是最其精密者也，作者不可以不览也。①

日本诗话大盛于江户时代。从日本汉诗的历史来看，王朝时期的作者以贵族为主，五山时期则以僧侣为主，而到了江户时期，其作者便突破了儒士的圈子，而有民间化、普遍化的趋势②。由于"学诗之人，逸在布衣"（借用《汉书·艺文志》语），就使得当时的诗话形成了另一点特色，即对于诗歌中词汇的训释和使用的讲究，这可以说是诗话的"小学化"。由于江户时期学习汉诗文写作的普遍性，当时出现了不少有关文字训释方面的书。除诗歌方面以外，如荻生徂徕《训译示蒙》、伊藤东涯《秉烛谭》《助字考证》、冈田龙洲《助辞译通》、释显常《文语解》、皆川愿《助字详解》等，可见一时风气。释显常《诗语解题引》云：

> 诗之与文，体裁自异，而其于语辞，亦不同其用。大抵诗之为言，含蓄而不的，错综而不直，而其所使之能如是者，正在语辞斡旋之间。诗文之所以别，唐宋之所以殊，率皆以此。语辞于诗，不亦要乎！然初学者多胡乱使用，填塞句间，不复能考明。故今一一举录，从头解之，以为诗家之筌蹄。③

---

① 《日本诗话丛书》第一卷，页 376。
② 参见张伯伟《日本古代诗学总说》，《中国诗学研究》，页 338—358。
③ 吉川幸次郎等编《汉语文典丛书》第一卷，页 171，汲古书院，1979 年 2 月版。

虚字的使用千变万化,故能传达出微妙的感情。所以,当时的著作也偏于对虚字和语辞的训释。如源孝衡《诗学还丹》卷下、卢玄淳《诗语考》、山本信有《孝经楼诗话》、津阪孝绰《夜航诗话》卷五、荪坡林瑜《梧窗诗话》等,而最典型者是六如慈周《葛原诗话》及津阪孝绰《纠缪》、猪饲彦博《标记》,以及释显常(大典)的《诗语解》《诗家推敲》等著。如卢玄淳《诗语考》云:

> 凡吾邦之人,常以和训而通用文字,故诗文之语误者不鲜。(原文为日语)①

淡海竺常《葛原诗话序》云:

> 夫考明字义,学之始也,况倭而学华者乎?②

释显常《诗语解题引》云:

> 字义既非训释所尽,而况倭读所能详明乎?大抵倭语译字,有能当有不当,且讹转差错者亦太多。今欲检其不当,咸易以能当,随当随差,莫能执捉也。字既如是,又况连字成句,脉络相综,华之与倭,语路自殊者乎?③

日本人自古以来学习汉语,有所谓"和习"的方法,虽然可以了解字义,但读音却是日语的。一旦写作诗歌,就往往出现"倭语译字,有能

---

① 《日本诗话丛书》第一卷,页125。
② 《日本诗话丛书》第四卷,页3。
③ 《汉语文典丛书》第一卷,页172。

当有不当"的情况。这就是导致日本诗话重视诗歌语辞训释,尤其是注重辨证相近字义在诗歌中不同使用习惯的原因。例如"看""见"二字,《诗语考》指出:"此方之人,'请看'作'请见','请听'作'请闻',皆是和训之弊也。"如杜甫诗中"请看石上藤萝月",明人诗中"请看行路兵戈满""请看落日潇湘色""请看如玉丛台女""请看襄子宫前水"等,"皆'请看'也,然此方之人,虽称当世诗学之盛也,此弊未除。近来诸家,误用者不少"(原文为日语)。并举《筑波山人集》《如来山人集》《草庐集》为例,如"请见落花浮涧水""请见人生荣与枯""请见当时宸幸地""请见庭梅已放香"等①。所以当时人指导后学作汉诗,便强调学习"华音"。中井积善《诗律兆》卷十一附录"论五"指出:

> 近时一二儒先言诗,以学华音为主。其意盖谓诗原乎讽咏,华音既通,则声律谐否,古人风调,求之讽咏,皆自然而得焉。苟不之知,所作皆是邦习,令华人见之,不免匿笑矣。②

又如木兰皋能作华音,荻生徂徕"尝谓木生诗不似我邦人之口气,能解音韵故也"(《先哲丛谈续编》卷七)。江户时期人学习汉语,每每强调以唐音"直读"。雨森芳洲《橘窗茶话》卷下云:

> 书莫善于直读,否则字义之精粗,词路之逆顺,何由乎得知?③

---

① 《诗语考》,《日本诗话丛书》第一卷,页126—128。
② 《日本诗话丛书》第十卷,页315。
③ 《日本随笔大成》第二期第七卷,页404。吉川弘文馆,1974年3月版。

"直读"的教材,当时人认为莫善于小说。但小说戏曲中有些俗语词汇,并不容易训解,上推自唐代以来的诗歌,其中也含有个少类似的语词。如果要从事诗文写作,了解这些语词的含义及用法是第一要事①。《葛原诗话》乃专就诗歌中的语词作解释,这些语词,有些是当时的俗语或禅语的词汇,它们往往不见于仓雅之书,释之不易。例如卷一"不分"条云:

> "不分"有诸说,杜诗仇注:不分,不能分辨也。邵注:分,别也,言不能辨别也。此二家同。顾注:不分即不忿也,正是忿意。蕉中师《诗语解》:不忿,言不胜忿也。此二说同。东厓《秉烛谈》:不分,谓不自知其分也。此别为一说。《法苑珠林》引《冤魂志》云:晋丹阳陶继之枉杀一妓,陶夜梦妓云:昔枉所杀,实所不分。此不分之词殆与不胜忿之义尤近。蕉中师曰:"不分",杜诗对"生憎",分明不胜忿之义,谓不能分辨之解,谬也。(原文为日语)②

对这些词汇加以归纳解释,在当时只是为作诗而用,但站在学术史的立场上看,对于这些语辞的考释,是很有价值和意义的。当然,在中国诗话中,从《六一诗话》开始,也有对语辞的考释,如"太瘦生""末厥",后来的《中山诗话》《韵语阳秋》《苕溪渔隐丛话》《诗人玉屑》等书,都有对语辞的解释。明代胡震亨的《唐音癸签》,卷十六至二十四"诂笺",全是解释唐诗语辞。但这一点,在中国诗话中所占比重不大,所以未能形成特色。由于这些语辞"性质泰半通俗,非雅诂旧义

---

① 参见石崎又造《近世日本に於ける支那俗語文学史》,弘文堂书房,1943 年 8 月版。
② 《日本诗话丛书》第四卷,页 20—21。

所能赅,亦非八家派古文所习见"(张相《诗词曲语辞汇释叙言》),即使在中国也常有难明其意者。正如释显常《诗语解题引》所说:"夫讹转差错,虽华言有之,因循成用,不能反本,直取时俗之易解耳。"①因此,日本江户以来的诗话对诗歌语辞的归纳、整理、考释,其成绩是值得重视的,直到现代研究者还往往乐于参考,即为一证②。当然,这些著作有时考索诗语的语源,亦难免有未能寻根究底者,以《葛原诗话》为例,津阪孝绰的《葛原诗话纠谬》已经指出若干问题③。兹再举二例,《葛原诗话后篇》卷四"眼似刀"条云:

> 李宜古诗:"能歌姹女颜如玉,解引萧郎眼似刀。"范成大诗:"惜无楚客歌成雪,空有萧郎眼似刀。"盖目成挑人之貌,李白诗所谓"卖眼掷春心"之类。退之诗:"艳姬蹋筵舞,清眸刺剑戟。"亦同意也。(原文为日语)④

若以现代学术为背景的话,则可以更作深究。如敦煌《云谣集杂曲子》有两首《内家娇》云:

> 嫩脸红唇,眼如刀割,口似朱丹。
> 两眼如刀,浑身似玉,风流第一佳人。⑤

---

① 《汉语文典丛书》第一卷,页172。
② 参见盐见邦彦《唐詩口語の研究》"等头""都卢""个中""何等""积渐""若为""探支""闻健""向道""一向"等条,中国书店,1995年1月版。
③ 例如,《葛原诗话》卷四"凭仗"条引范成大、高启诗为证,《纠谬》卷四引唐人卢仝、李贺、元稹、白居易、李群玉、李山甫、秦韬玉、郑谷、韩偓等人诗为例,并指出:"是唐诗常用语,引宋、明末矣。"
④ 《日本诗话丛书》第五卷,页114。
⑤ 张璋、黄畲编《全唐五代词》,页850—851,上海古籍出版社,1986年2月版。

可知其语源当溯至唐人。又如《后篇》卷三"雪中骑驴孟浩然"条,所举最早例证为苏轼诗,但晚唐唐彦谦《忆孟浩然》诗中已经写到,苏轼实本之①。词语考释对于日本初学汉诗者当然很有助益,但从诗学的立场上看,未免零碎细琐。因此,当时人对《葛原诗话》的评价往往不太高,如菊池桐孙《五山堂诗话》卷二评论云:"盖渠一生读诗,如阅灯市觅奇物,故其所著《诗话》,只算一部骨董簿,殊失诗话之体也。"②这段话,猪饲彦博《葛原诗话标记》"总评"条全文照录,引以为评。总之,重视词语考释与日本诗话多为初学者而作是有关的,这项内容在中国诗话中不能说没有,但毕竟不是重心所在。因此,这应该视为日本诗话的一项特色。

菊池桐孙的话其实还涉及到一个诗话观念的问题。从理论上讲,日本人认为的诗话正宗,似乎还是以欧阳修为代表。长山贯《诗格集成》云:

> 唐无诗话之名,始见于欧阳文集。盖司空曙("曙"当作"图")《诗品》、孟启《本事诗》、范摅《云溪友议》,是其所本也。自此历代诸家,相次有诗话。③

此以诗话起于欧阳修。葛休文《五山堂诗话序》云:

> 话桑麻者农夫乐事也,话利市者商贾乐事也,话诗赋者诗人乐事也。话也者,非论、非议、非辩、非弹也,平常说话也。有是

----

① 参见张伯伟《骑驴与骑牛——中韩诗人比较一例》,《中国诗学研究》,页382—404。
② 《日本诗话丛书》第九卷,页575。
③ 《日本诗话丛书》第三卷,页417。

话而人闻之,喜之、快之、笑之、记之、忘之,一任旁人所取,是话者之心也。有是话而人闻之,恶之、忌之、厌之、嗛之、咈之,只触旁人所怀,非话者之心也。农商之话皆此心也,况于温厚诗人之心乎?……诗人则识文字,故把口头之话化作笔端之话,把一场之话化作千万场之话,把对面数人化作不对面千万人,唯恐闻之、喜之、快之、笑之、记之、忘之者之不多,是诗人之心,而诗人之神通力也。诗人之心既如是,诗话之作岂苟且也?①

小畑行简《诗山堂诗话自序》云:

> 诗话者,诗中之清谈也。②

这都和欧阳修写《诗话》"以资闲谈"的著述宗旨相一致。所以,尽管春庄端隆《葛原诗话跋》说这部诗话也是"传于同社君子,以供一夕茶话云尔"③,但毕竟多涉考据、博物,仍难免"殊失诗话之体"之讥。当然,落实到具体的诗话写作以及诗话总集的编纂,就不会是如此纯粹。如上文所述,日本诗话具有"诗格化"和"小学化"的倾向,便不是"以资闲谈"一类。又如选集也被当作诗话,如市河宽斋的《全唐诗逸》,即被收入《日本诗话丛书》第六卷;诗人小传可作诗话,如友野焕《锦天山房诗话》,原为《熙朝诗荟》,其书"仿《明诗综》《湖海诗传》例,名氏之下,系以小传,附以诗话"④。《明诗综》和《湖海诗传》的小传部分裁出单行,即为《静志居诗话》和《蒲褐山房诗话》,此诗

---

① 《日本诗话丛书》第九卷,页 533—534。
② 《日本诗话丛书》第三卷,页 463。
③ 《日本诗话丛书》第四卷,页 205。
④ 友野焕《熙朝诗荟序》,《日本诗话丛书》第八卷,页 307。

话亦效之。也有从笔记中裁出者,如安积觉的《老圃诗膜》便是从其《湖亭涉笔》卷四中裁出。甚至类似野史、方志的也称作"诗话",如阪口恭《北越诗话》,取郑方坤《全闽诗话》例,自谓"体裁略拟全闽话","义兼野史与州志"①。

中国、朝鲜、日本诗话的交流也值得一提。中国诗话之传入两国并产生影响固不待论,日本诗话也有传入中国者,如《松阴快谈》有清人沈楙惪之跋:

> 日本僻处东瀛,百馀年来,文教颇盛。若物茂卿、服安斋、神鼎、太宰纯辈,皆能力学好古,表彰遗籍,诚彼所谓豪杰之士也。《快谈》四卷,系伊豫长野确著,其中评论古今及诗文书画之属,援引博洽,时具特识,以侔物、服诸君,雅称后劲。且彼邦文献,亦略见于此。因亟录之,以广其传。②

沈氏好作诗话跋,以见于《清诗话》者言之,经其题跋者便有《寒厅诗话》《蠖斋诗话》《莲坡诗话》《原诗》《一瓢诗话》《野鸿诗的》《贞一斋诗说》《消寒诗话》等。

朝鲜诗话之传入日本者,有徐居正《东人诗话》,此书于朝鲜孝宗六年(日本明历元年,1655)传入,贞享四年(1687)有日本刊本③。有崔滋《补闲集》,见引于三浦晋《诗辙》卷六。又有李德懋《清脾录》,此书乃得名于唐代贯休的《古意》诗:"乾坤有清气,散

① 《北越诗话例言》,录其自作五绝句以代序言,其一云:"话作诗亡我亦知,休言漫效宋人为。体裁略拟全闽话,捃摭新编北粤诗。"其二云:"荦荦之功推雪村,春秋六百溯渊源。义兼野史与州志,一例莫将诗话论。"页11,大正七年(1918)十一月版。
② 《日本诗话丛书》第四卷,页443。
③ 参见原抟九万《东人诗话跋》,《日本诗话丛书》第五卷,页558。

入诗人脾。……千人万人中，一人两人知。"作者有《青庄馆全书》，其中《蜻蛉国志》便是一部日本国史。由于这样的学术背景，他的《清脾录》除了论述中国和朝鲜诗人之外，也往往论述到日本诗人。西岛长孙的《弊帚诗话附录》多引用之。此书为其少作①，西岛（1780—1852）比李德懋（1741—1793）小近四十岁，可知《清脾录》成书不久便传入日本。但西岛的引用发挥，实有夸大之词。如引用《清脾录》后云：

> 观此二节，则韩人之神伏于本邦，可谓至矣。如高兰亭、葛子琴易易耳，若使一见当今诸英髦，又应叹息绝倒。②

但从《清脾录》的原文来看，其实并非如此。在这段文字的结尾，李德懋指出：

> 善乎元玄川之言曰："日本之人故多聪明英秀，倾倒心肝，炯照襟怀，诗文笔语皆可贵而不可弃也。我国之人，夷而忽之，每骤看而好訾毁。"余尝有感于斯言，而得异国之文字，未尝不拳拳爱之，不啻如朋友之会心者焉。③

这里引用到的元玄川语，意思也见于其《和国志》一书（写于1763年）。玄川名重举，字子才，号玄川、勿川、逊庵。《和国志》卷二"诗

---

① 《弊帚诗话附录》附语云："右附录十数则，是不係（疑为'佞'）少作，近日所漫著也。"又《弊帚诗话跋》云："裒辑作编，名曰《弊帚诗话》，实在廿岁左右也。"可知此书写于二十岁以前。
② 《日本诗话丛书》第四卷，页572。
③ 《清脾录》卷一，《青庄馆全书》中卷，页438，汉城大学校古典刊行会，1966年8月版。

文之人"条云：

> 诗文之行于国中，盖自王仁及智藏、弘法两僧而始，其后代
> 各有人。而其以文字为补治之具，则又自敛夫、罗山、顺庵辈而
> 盛，其后混窍日凿，而长碕之书遂通见。今家家读书，人人操笔，
> 差过十数年，则恐不可鄙夷而忽之也。书此以俟之。①

相对于当时朝鲜文坛的其他人来说，李德懋对日本汉诗的评论是较
为肯定的，但恐怕难说"神伏"。略早于李德懋的申维翰，曾在朝鲜肃
宗四十五年（日本享保四年，公元1719）作为书记官随通信使赴日
本，作《海槎东游录》，其中就有对日本汉诗的实地评论。录其两则
如下：

> 湛长老诗篇陆续，全无一句语可观。惟长牍叙佛理颇有知
> 识。与我酬问者甚多，其徒曰禅仪、周镜、周远者，亦频频送诗，
> 诗皆可笑。②
> 留赤关五日，所与诸文人酬唱者亦多，而无足道者。……有
> 姓名草场中章者……以所著诗文来质，自云曾学于南京人孟姓
> 者，得中华钜匠之体，而诡怪险僻，无一语可解，虽天地日月山川
> 草木寻常行语，必称奇字古字变幻异书，务令人不可读，真厕鬼

---

① 《和国志》，页326，亚细亚文化社，1990年9月版。案：此书与《清脾录》所论
  的日本汉文学，实属同一时代，如他们都提到了木孔恭的蒹葭堂，他们的观点
  应该可以互证。蒹葭堂在日本江户时期的对外文化交流方面有重要作用，参
  见中村真一郎《木村蒹葭堂のサロン》第一部第四章、第二部第三章，新潮
  社，2000年7月版。
② 《海槎东游录》第一，《青泉先生续集》卷三。《韩国文集丛刊》第二百册，页
  438，景仁文化社，1997年12月版。

迷人也。①
· · ·

虽然申氏的评论不无傲慢之处,但毕竟能够反映当时朝鲜人对于日本汉诗的态度。申氏又著有《海游闻见杂录》,其中专列"文学"门,对当时日本汉诗文的评价也比较低。所以,"神伏"云云,与当时实况相去过远②。西岛的评论,只能以少年意气风发语视之,似不能坐实理解。不过,西岛的引用评论,对于研究韩日间诗话的交流,却实在提供了一个绝好的例证。

---

① 《海槎东游录》第二,《青泉先生续集》卷四。《韩国文集丛刊》第二百册,页452。

② 江户时期的日本文人学士也自认为在汉文学方面差于朝鲜,如雨森芳洲《橘窗茶话》卷下云:"汉土人以无穷之词,吐无穷之情,谓之诗。我国人以有穷之词,欲吐无穷之情,何以能得?朝鲜人亦复如此。但彼去汉土不远,国音顺便,加以文学练习振古相寻,故有时或仿佛之诗。盖以我国人比朝鲜人,彼富而此乏,他壮而我弱也。"又陈人四明井潜《先哲丛谈序》云:"昔者华之盛,若我与韩通呼外邦,论外邦之学,必以我为最。近者以韩为最,我衰也可知矣。"

第六章　评点论

评点是中国文学批评的传统方式之一,南宋以后,诗文评点即趋兴盛,明清以来的小说和戏曲批评中亦数见不鲜。这种批评形式往往又和选本结合在一起,为读者点明精彩,示以文章规矩,但也因此而被通人讥訾。可是人们听惯了"载道""言志""美刺""褒贬"的"大判断",再来看这些纯粹以作品优劣为重心的"小结裹"①,也未尝没有亲切实在乃至耳目一新之感。

评点起于何时?学者持论不一。有说起于梁代,如章学诚《校雠通义·宗刘》云:

> 评点之书,其源亦始锺氏《诗品》、刘氏《文心》。然彼则有评无点,且自出心裁,发挥道妙。又且离诗与文而别自为书,信哉,其能成一家言矣!

曾国藩《经史百家简编序》亦云:

---

① 此语出自方回《瀛奎律髓》卷十姚合《游春》评语:"予谓诗家有大判断,有小结裹。"《瀛奎律髓汇评》,页340。后人往往将此说与评点结合起来,如黄宗羲《答张尔公论茅鹿门批评八家书》云:"其圈点句抹多不得要领。……至其批评谬处,姑举一二。……缘鹿门但学文章,于经史之功甚疏,故只小小结果,其批评又何足道乎?"(《南雷文定》初集卷三)

> 梁世刘勰、锺嵘之徒，品藻诗文，褒贬前哲，其后或以丹黄识别高下，丁是有评点之学。

有说起于唐代，如袁枚《小仓山房诗文集凡例》云：

> 古人文无圈点，方望溪先生以为有之，则筋节处易于省览。按唐人刘守愚《文冢铭》云有朱墨围者，疑即圈点之滥觞。姑从之。

有说起于南宋，如吴瑞草《瀛奎律髓重刻记言》云：

> 诗文之有圈点，始于南宋之季而盛于元。

《四库全书总目》卷三十七《苏评孟子》提要云：

> 宋人读书，于切要处率以笔抹，故《朱子语类》论读书法云，先以某色笔抹出，再以某色笔抹出。吕祖谦《古文关键》、楼昉《迂斋评注古文》亦皆用抹，其明例也。谢枋得《文章轨范》、方回《瀛奎律髓》、罗椅《放翁诗选》始稍稍具圈点，是盛于南宋末矣。

前人意见，大致如此①。考文学评点之成立，实始于南宋。但评点法

---

① 近人讨论文学评点者甚多，罗根泽《中国文学批评史》第三册第十一章第十节"诗文评点"最有代表性。此外，如龚鹏程《细部批评导论》（收入《文学批评的视野》，页 387—438，大安出版社，1990 年 1 月版）、吴承学《评点之兴》（载《文学评论》1995 年第 1 期）等文亦能踵事增华。

的形成，却当溯源至前代。评点之意，包括"评"和"点"两端，又与所评的文本联系在一起，宋人合而为一，遂成为一种文学批评的样式。自南宋以降，评点流行于世，甚至无书不施评点，更有其广泛的社会历史原因。因此，探讨评点的形成，也需要从各个方面去寻源究本。

第一节　章句与评点

"点"即标点。溯其原始，出自古人章句之学。将章句与评点联系起来，始于曾国藩。其《经史百家简编序》指出：

> 自六籍燔于秦火，汉世掇拾残遗，征诸儒能通其读者，支分节解，于是有章句之学。……科场有勾股点句之例，盖犹古者章句之遗意。……故章句者，古人治经之盛业也，而今专以施之时文圈点者，科场时文之陋习也。

但曾氏推崇章句而贬斥圈点，吕思勉《章句论》对此提出了批评：

> 圈点之用，所以抉出书中紧要之处，俾人一望而知，足补章句所不备，实亦可为章句之一种。徒以章句为古人所用而尊之，圈点起于近世而訾之，实未免蓬之心也。①

"标点"一词，或起于南宋。《宋史·儒林八·何基传》云："凡所读无不加标点，义显意明，有不待论说而自见者。"我甚至怀疑，"评点"一词的最初义也就是标点。如敦煌遗书 S2577《妙法莲花经卷第八》

---

① 吕思勉《文字学四种》，页 52，上海教育出版社，1985 年 6 月版。

下云：

> 余为初学读此经者，不识句レ文，故凭点之。

"レ"是倒字符，即谓"句文"应作"文句"，"凭点"当即"评点"，在这里的实际意思就是标点。但章句起源甚古，且流变颇多。兹略说如下。

《礼记·学记》云："比年入学，中年考校。一年，视离经辨志。"郑玄注："离经，断句绝也。"孔颖达疏："离经，谓离析经理，使章句断绝也。"可知，分章断句，以便理解段落大意，是先秦以来初学者的主要课程之一。旧说章句起于子夏，《后汉书·徐防传》载其上疏云："臣闻诗书礼乐，定自孔子；发明章句，始于子夏。"子夏名卜商，是孔门弟子中以"文学"著称者①。《史记·仲尼弟子列传》记载他在孔子身后，曾居河西教授，为魏文侯之师。司马贞《索隐》指出："子夏文学著于四科，序《诗》传《易》，又孔子以《春秋》属商，又传《礼》。"所以，他"发明章句"是极有可能的。

早期断句之符，势必较为简单，大致有钩（㇄）、有句（、）、有＝、有点（、）、有厶、有口。"㇄"表示钩勒，《流沙坠简》的《屯戍丛残》中一简出现此符三次，王国维说："隧长四人，前三人名下皆书㇄以乙之，如后世之施句读。盖以四人名相属，虑人误读故也。"杨树达认为此符即《说文》中的"㇄"，以示钩识②。句（、）用以表绝止，《说文解字》"、"部云："、，有所绝止，、而识之也。"句、读为叠韵字，其意相同③。"＝"为叠字符，赵翼云："凡重字下者可作二画，始于石鼓文，

---

① 《论语·先进》云："文学：子游、子夏。"
② 杨树达《古书句读释例》，页2，中华书局，1963年1月版。
③ 黄侃《文心雕龙札记》"章句第三十四"指出："或谓句读二者之分，凡语意已完为句，语意未完语气可停者为读，此说无征于古。"又云："句读二名，本无分别，称句称读，随意而施。"其说可参。

重字皆二画也。后人袭之,因作二点。今并有作一点者。"(《陔馀丛考》卷二十二"重字二点"条)点表示灭除,施于误书之字上。《尔雅·释器》云:"灭谓之点。"郭璞注:"以笔灭字为点。"刘知几《史通·点烦篇》云:"文有烦者,皆以笔点其上。凡字经点者,尽宜去之。""厶"为"私"的古字,据何琇《樵香小记》卷下"厶地"条云,实为三角圈(△),它和四角圈(□)一样,同为缺字符。

从汉代以来,章句之学有了新的发展,不止于分章断句,亦非符号之意所能该。但标点符号本身却仍有发展,在敦煌遗书中就保存了不少这样的符号。其使用较多者已达十七种,此外,还有表示字的读音的记号①。这些符号有些与后来的评点符号相同或相似。早期的文学评点,无论是《古文关键》《文章正宗》《文章轨范》,还是刘辰翁批点的诗集或说部,从"点"的角度来看,也只有简单的圈点而已②,与前代的标点符号关系密切。

评点中又有以不同色彩的笔点抹以表示不同意义者,其实也渊源有自。甲骨文中已有用朱、墨两种笔写字,继而再刻者。旧题孔安国《古文孝经孔氏传序》云:"朱以发经,墨以起传,庶后学者睹正谊之有在也。"三国时董遇"善《左氏传》,更为作朱墨别异"(《三国志·王肃传》裴注引《魏略》)。这是用于训解经籍。《颜氏家训·勉学》云:"观天下书未遍,不得妄下雌黄。"这是用于校改文字③。《史通·点烦篇》云:"昔陶隐居《本草》,药有冷热味者,朱墨点其名;阮孝绪《七录》,书有文德殿者,丹笔写其字。由是区分有别,品类可知。"这

---

① 参见李正宇《敦煌遗书中的标点符号》,载《文史知识》1988 年第 8 期。石塚晴通《敦煌の加点本》,池田温编《敦煌汉文文献》,页 229—261,大东出版社,1992 年 3 月版。

② 参见叶德辉《书林清话》卷二"刻书有圈点之始"条。

③ 宋祁《宋子京笔记》卷上云:"古人写书尽用黄纸,故谓之黄卷。颜之推曰:'读天下书未遍,不得妄下雌黄。'雌黄与纸色类,故用之以灭误。"

是为了区分品类。齐梁以来,这种情况已相当普遍,大多是为了醒目。道教文献中亦有此例,如陶弘景《真诰》卷十九"翼真检第一"云:"《真诰》中凡有紫书大字者,皆隐居别抄取三君手书。……有朱书细字者,悉隐居所注,以为志别。其墨书细字,犹是本文。"唐陆德明《经典释文叙录》"条例"云:"今以墨书经本,朱字辩注,用相分别,使较然可求。"宋人读书,多用朱、墨笔,便是继承了这种风气,如朱熹、黄榦、何基、王柏等。程端礼《读书分年日程》卷二引用《勉斋批点四书例》,其中点抹例云:

> 红中抹(一本作黄旁抹):
>> 纲、凡例。
> 红旁抹:
>> 警语、要语
> 红点:
>> 字义、字眼
> 黑抹:
>> 考订、制度
> 黑点:
>> 补不足

这里有点有抹,其实已经是一种评点了,因为它带有批评性和欣赏性。这种做法,也被王柏所继承。文学评点之用不同色笔表示,可能始于谢枋得。《读书分年日程》卷二《批点韩文凡例》自称是"广迭山法",其中提到的就有黑、红、黄、青四色笔,用以截、抹、圈、点。后世最著名的当然是归有光评《史记》,钱泰吉《曝书杂记》卷中云:

> 震川评点《史记》,自为例意。略云:硃圈点处,总是意句与

叙事好处。黄圈点处,总是气脉。硃圈点者人易晓,黄圈点者人
难晓。黑掷是背理处,青掷是不好要紧处,硃掷是好要紧处,黄
掷是一篇要紧处。

略作比较,就能够看到评点符号与章句符号一脉相承的关系。

　　章句之学到汉代演变为传注,这是由于经义难明,故于符号之
外,又须申之以言说。汉人讲经之法有三,即条例、章句、训诂。《后
汉书·郑兴传》载:

　　　　晚善《左氏传》……天凤中,将门人从刘歆讲正大义,歆美兴
　　　才,使撰条例、章句、传诂。

三者虽然都是用以讲解儒家经典,但方式不同,传诂以解释经中字义
为主,章句以解释经中文义为主,条例主要是归纳经文中的凡例,据
以理解经义①。这时的章句主要是博士对弟子的口说,以后写定。
既是口头解说,务求详密,于是愈衍愈繁。所谓"一经说至百馀万言"
(《汉书·儒林传赞》),"说五字之文,至二三万言"(《汉书·艺文
志》)。所以从西汉末年开始,就有了对这种学风的批判。到东汉末
年,学风开始转变为对博古通今、通理究明的追求。晋人一方面承汉
代章句之学的演变趋势,又受到佛经疏钞的影响,于是在儒家的经典
解释中也流行起义疏之学②。

---

① 黄侃《礼学略说》云:"郑君注《礼》,大抵先就经以求例,复据例以通经。故经
　文所无,往往据例以补之;经文之误,往往据例以正之。"《黄侃论学杂著》,页
　459,上海古籍出版社,1980 年 4 月版。
② 参见戴君仁《经疏的衍成》,载《梅园论学续集》,《戴静山先生全集》本,页 93—
　117。牟润孙《论儒释两家之讲经与义疏》,载《注史斋丛稿》,页 303—355。张
　恒寿《六朝儒经注疏中之佛学影响》,载《中国社会与思想文化》,页 389—410。

《四库全书总目》卷一百八十七《崇古文诀》提要云：“宋人多讲古文，而当时选本存于今者，不过二四家。”即吕祖谦《古文关键》、楼昉《崇古文诀》、真德秀《文章正宗》和谢枋得《文章轨范》。兹以此诸书为依据，从评点角度看汉晋以来经疏之学的影响，有以下几点值得注意：

首先是区分章段。如赵岐作《孟子章句》，卷首《孟子题辞》云：

> 于是乃述己所闻，证以经传，为之章句。具载本文，章别其旨，分为上下，凡十四卷。

所谓“章别其旨”，即一方面分章段，一方面作《章指》。钱大昕《十驾斋养新录》卷三“孟子章指”条云：

> 赵岐注《孟子》，每章之末，括其大旨，间作韵语，谓之《章指》。《文选注》所引赵岐《孟子章指》是也。

佛教义疏体尤其重视分段、重（即层次）。这在佛门可能有其自身的传统，然而中土佛经分章段，始于道安，却有可能受到儒家章句之学的影响①。但佛经义疏不仅分章，且进而分段，仍有其自身的特色，并反过来给儒家义疏以影响。皇侃《论语集解义疏》在《学而》篇目

---

① 吉藏《仁王般若经疏》卷上云：“然诸说佛经，本无章段，始自道安法师。”（《大藏经》第三十三册，页315）据《高僧传》卷五载，道安“理怀简衷，多所博涉，内外群书，略皆遍睹。阴阳算数，亦皆能通”，“外涉群书，善为文章”，符坚“敕学士，内外有疑，皆师于安”。既然内外该览，则他对儒家经典的章句之学必有涉猎，并有可能受其影响。戴君仁指出：“儒家的经疏，自有它本身的历史，由汉历晋，以至南北朝，逐渐衍变而成，不是单纯的由佛书产生出来的，可以说是二源的，也可以说是中印文化合产的。”（《经疏的衍成》）其说可参。

下疏云：

> 《论语》是此书总名，《学而》为第一篇别目。中间讲说，多
> 分为科段矣。

如"学而时习之"下疏云：

> 就此一章，分为三段：自此至"不亦悦乎"为第一……又从
> "有朋"至"不亦乐乎"为第二……又从"人不知"讫"不亦君子
> 乎"为第三。

又如其《礼记义疏》，将《礼运篇》分作四段，孔颖达《周易正义》疏乾
卦"文言"分作六节，其《尚书正义》疏《洪范》"二五事"分作三重，
《毛诗正义》疏《关雎序》"《关雎》，后妃之德也"分为十五节。可见，
区分章段乃义疏体之通则。

宋人评点诸书，亦好分段。如吕祖谦《古文关键》卷上评韩愈
《获麟解》"反覆作五段说"[1]，评《师说》"最是结得段段有力"，评柳
宗元《桐叶封弟辨》"一段好如一段"。谢枋得《文章轨范》卷二评柳
文此篇"七节转换，义理明莹"，其卷六也常以"此一段最高""此一段
义理最精""此一段尤切近人情"等语评韩愈《送浮屠文畅师序》。直
到金圣叹评《西厢记》，将其分作十六章，又将第一章"老夫人开春
院"分作十五节，一一评点。这种区分章段的评点方式，当来自于经
典义疏之学的影响。

评点有时往往在文章之末用数语括其主旨，如《文章正宗》卷一

---

① 宋王霆震《古文集成》卷六十五《获麟解》下引教斋批语："自首及末，立为五
段，抑扬开合，皆以'祥'字为主。"亦承吕祖谦说。

《周襄王不许晋文公请隧》文末批云：

> 愚按此篇要领在"班先王之大物以赏私德"一语。

又卷七贾山《至言》文末云：

> 按山此书专规帝与近臣射猎而已，何至借秦为谕？盖秦亡养老之义，亡辅弼之臣，亡进谏之士，故穷奢极欲，陷于危亡而不自知。文帝虽未至是，然不与近臣图议政事，而与之躭驰射猎，则佞幸进而侈欲滋，其蹈秦之失有不难者，此忠臣防微之论。

又如谢枋得《文章轨范》卷三苏轼《秦始皇扶苏论》文末云：

> 此论主意有两说：（李）斯、（赵）高矫诏立胡亥，杀扶苏、蒙恬、蒙毅，其祸不在于蒙毅之去左右，而在于始皇之用赵高。后世人主用宦官者当以为戒。一说李斯、赵高敢于矫诏杀扶苏、蒙恬，而不忧二人之复请者，其祸不在于斯、高之乱，而在于商鞅之变法，始皇之好杀，后世人主之果于杀者，当以为戒。前一段说始皇罪在用赵高，附入汉宣任恭显事，后一段说始皇之果于杀，其祸反及其子孙，附入汉武杀戾太子事，此文法尤妙。

这种在一篇之末总括大意的评点法，亦如赵岐之作《孟子章指》，于"每章之末，括其大旨"。

其次为开题（或曰发题）。释氏讲经多有开题，《高僧传》卷五《竺法汰传》载晋简文帝请汰讲《放光经》，开题大会，帝亲临幸。《广弘明集》卷十九有《发般若经题》一文。又《梁书·武帝纪》云："（中大通五年）二月癸未，行幸同泰寺，设四部大会。高祖升法座，发《金字摩诃波若经》题,讫于己丑。"受佛经义疏体的影响,此后儒家讲经也重视开题,如《陈书·儒林传》谓"简文在东宫,出士林馆,发《孝经》题";又云"周弘正在国学发《周易》题"。谈玄论道,亦重视发题。《陈书·马枢传》载梁邵陵王萧纶"自讲《大品经》,令枢讲《维摩》《老子》《周易》,同日发题"。《隋书·经籍志》录开题书有梁蕃《周易开题义》十卷、梁武帝《毛诗发题序义》一卷、梁简文帝《春秋发题》一卷。《旧唐书·经籍志》录有《周易发题义》一卷、梁武《周易开题论序》十卷、太史叔明《孝经发题》四卷等,可知重视开题乃晋宋以来经疏之通例①。据《广弘明集》卷十九载,中大通五年二月二十六日讲经,首先由都讲枳园寺法彪唱题,曰《摩诃般若波罗蜜经》,继由梁武帝发题云:

> ……名摩诃般若波罗蜜,此是天竺音,经是此土语。外国名为修多罗,此言法本。具含五义:一出生,二涌泉,三显示,四绳墨,五结鬘。训释经字亦有三义:一久,二通,三由久者名不变灭,是名为久。②

皇侃《论语集解义疏序》释"论语"二字,亦同乎发题格式:

> 凡通此"论"字,大判有三途:第一舍字制音,呼之为伦;一舍音依字,而号曰论;一云伦、论二称,义无异也。第一舍字从音为伦,说者乃众,的可见者,不出四家:一云伦者次也,言此书事义相生,首末相次也;二云伦者理也,言此书之中蕴含万理也;三云

---

① 参见牟润孙《论儒释两家之讲经与义疏》第六节至第八节,《注史斋丛稿》页260—279。
② 《大藏经》第五十二册,页239。

伦者纶也,言此书经纶今古也;四云伦者轮也,言此书义旨周备,
圆转无穷,如车之轮也。第二舍音依字为论者,言此书出自门
徒,必先详论,人人佥允,然后乃记,记必已论,故曰论也。第三
云伦、论无异者,盖是楚夏音殊,南北语异耳。……音字虽不同,
而义趣犹一也。

尽管在汉代以来儒家经说中也有类似的解题,如孔颖达《周易正义·
论易之三名》指出:"《易纬·乾凿度》云:'易一名而含三义,所谓易
也,变易也,不易也。'……郑玄依此义作《易赞》及《易论》云:'易一
名而含三义:易简,一也;变易,二也;不易,三也。'"但多较为简略,佛
家经疏的开题则联篇累牍,所以此后的儒家义疏亦往往如此。

后世评点,在文章题下也往往著数语,类似解题。如《古文关键》
卷下曾巩《唐论》题下云:

　　此篇大意,专说太宗精神处。

又如《崇古文诀》卷三贾谊《吊屈原赋》题下云:

　　谊谪长沙,不得意,投书吊屈原,而因以自谕,然讥议时人太
分明。其才甚高,其志甚大,而量亦狭矣。

又如《文章轨范》卷一"放胆文"下云:

　　凡学文,初要胆大,终要心小。由粗入细,由俗入雅,由繁入
简,由豪荡入纯粹。此集皆粗枝大叶之文,本于礼义,老于世事,
合于人情。初学熟之,开广其胸襟,发舒其志气,但见文之易,不
见文之难,必能放言高论,笔端不窘束矣。

方回《瀛奎律髓》将所选的唐、宋五七言律诗分作四十九类,每类之下,皆著数语,实为解题。如卷三"怀古类"下云:

> 怀古者,见古迹,思古人,其事无他,兴亡贤愚而已。可以为法而不之法,可以为戒而不之戒,则又以悲夫后之人也。齐彭、殇之修短,忘尧、桀之是非,则异端之说也。有仁心者必为世道计,故不能自默于斯焉。①

直至金圣叹之评《西厢记》,开笔所评即云:

> 《西厢》者何?书名也。书曷为乎名曰《西厢》也?书以纪事,有其事,故有其书也,无其事,必无其书也。今其书有事,事在西厢,故名之曰《西厢》也。(《贯华堂第六才子书西厢记》卷四)

仍然是开题格式。又需注意者,此以问答方式展开,恐怕也是有得于儒佛传疏之文的启示②。

----

① 《瀛奎律髓汇评》,页78。
② 金圣叹评点与经典义疏的关系,他自己也曾有所透露。如云:"如此一段文字,便与《左传》何异?……盖《左传》每用此法,我于《左传》中说,子弟皆谓理之当然,今试看传奇,亦必用此法。……甚矣!《左传》不可不细读也。我批《西厢》,以为读《左传》例也。"(《贯华堂第六才子书西厢记》卷四)他又评杜甫《江村》诗云:"问:江村如是,即令人如何去来?答:我有何人去来,自去自来,止有梁上之燕耳。问:若无去来,然则与何人亲近?答:我与何人亲近,相亲相近,独此水中之鸥耳。"(《唱经堂杜诗解》卷二)这种方式亦如《公羊传》纯以发问开篇,六朝义疏也采用问答。《隋书·经籍志》录梁有《春秋公羊传问答》五卷,苟爽问,魏安平太守徐钦答;《春秋公羊论》二卷,晋车骑将军庾翼问,王愆期答。儒家和佛教经讲皆有都讲一职,专事发问。汤用彤《汉魏两晋南北朝佛教史》指出:"按佛教传说,结集三藏时,本系一人发问,一人唱演佛语。如此往复,以至终了,集为一经。故佛经文体,亦多取斯式。"

总之，评点从符号到格式，多受章句之学影响。惟有追溯及此，方为探源究本之论。

第二节　论文与评点

论文之作始于曹丕的《典论·论文》。将论文之作与评点联系起来，始于章学诚的《文史通义》，其后曾国藩亦有类似意见（见前引）。评点既然是"评"和"点"的结合，当然需要追溯其"评"的渊源。

钱锺书《管锥编》评论陆云的《与兄平原书》云："什九论文事，著眼不大，著语无多，词气殊肖后世之评点或批改，所谓'作场或工房中批评'（workshop criticism）也。……苟将云书中所论者，过录于（陆）机文各篇之眉或尾，称赏处示以朱围子，删削处示以墨勒帛，则俨然诗文评点之最古者矣。"①其实，《左传》襄公二十九年记吴公子季札观周乐，从《周南》评论到《颂》，若一一移于《诗经》诸国风、雅、颂之首，即成评点。《论语》中记载的孔子对《诗》的评论，如"诗三百，一言以蔽之曰：思无邪"（《为政》），若移于卷首，即是总评《诗经》；将"郑声淫"（《卫灵公》）置于《郑风》之下，即是总评一国之风；将"《关雎》乐而不淫，哀而不伤"（《八佾》）移于《关雎》诗下，即是总评一诗。《毛诗》有大序、有小序，"序"的作用，本来是序引作者之意，它列于全书之首或一篇之首，是对一书或一诗"大旨"的说明。后世的评点，也往往含有这类意思②。王逸的《楚辞章句》，亦篇篇有序。当然，这些议论还未免有些大而化之。魏晋以下，有了专门的论文之

---

① 《管锥编》第四册，页1215。
② 如李卓吾《书绣像评点忠义水浒全书发凡》云："书尚评点，以能通作者之意，开览者之心也。"

作,时人不仅以专文发表对文学的意见,而且在书信、序跋和言谈中也往往涉及文学评论。其勒为专书者,当推《文心雕龙》和《诗品》。《诗品》一书又名《诗评》(见《隋书·经籍志》),同时湘东王萧绎也著有《诗评》①。品评诗人诗作,亦往往有就某人某篇而言之者。如《诗品》评班姬"《团扇》短章,词旨清捷,怨深文绮,得匹妇之致"(卷上);评阮籍"《咏怀》之作,可以陶性灵,发幽思。言在耳目之内,情寄八荒之表,洋洋乎会于风雅"(同上);评袁宏"《咏史》,虽文体未遒,而鲜明紧健,去凡俗远矣"(卷中)。也有就某一句诗而评之者,如评张翰、潘尼"季鹰'黄华'之唱,正叔'绿蘩'之章,虽不具美,而文采高丽,并得虬龙片甲,凤凰一毛"(卷中);评陶渊明"'欢颜酌春酒','日暮天无云',风华清靡,岂直为田家语耶"(同上)。唐代以来,诗格流行,作者也往往举出诗句以为格式。同时,唐人的选集也颇为发达,其中也时有评论。至宋代而诗话兴起,评论之作,联篇累牍。评点之"评"就是在这样的基础上发展起来的。

考察历代论文之作与评点的关系,除了文论本身的发展以外,唐代以来有这样一些文学批评现象尤其值得重视:

其一,诗格与评点。诗格是唐代以来极为流行的一种批评样式,从中唐开始,诗格中好论"势"。其中的许多"势"名,往往是四字一组的形象语,如"狮子返掷势""猛虎跳涧势""毒龙顾尾势"等等。诗格中所说的种种"势",落实到具体的文学批评上,指涉的实际上是诗歌中的句法问题②。到了宋代,"法"成为文学创作和批评中令人十分关注的热点。古典诗歌发展至晋、宋时代,开始重视"佳句""秀句",并且在批评上衍生出一种"摘句褒贬"的方法,这表明诗歌创作

---

① 此书早佚,史志亦无著录。《文镜秘府论》南卷《论文意》中曾引用之。
② 参见本书外篇第三章《诗格论》第三、四节。

和批评由《诗经》中的重视一章转变为五七言诗中的重视一联①。"句法"最早出现在杜诗中，其《赠高三十五书记》云："美名人不及，佳句法如何。"王安石对杜诗句法深有会心，《唐子西文录》指出："王荆公五言诗，得子美句法。"《苕溪渔隐丛话》前集卷三十六也指出："半山老人《题双庙诗》云：'北风吹树急，西日照窗凉。'……此深得老杜句法。"杜甫是宋代诗家的新典范之一，这一新典范的确立，与王安石、黄庭坚的关系最大。黄庭坚及其江西诗派瓣香杜甫，实以"句法"为中心。黄庭坚在其诗文中多次使用"句法"一词。如"句法俊逸清新，词源广大精神"（《再用前韵赠高子勉》）；"传得黄州新句法，老夫端欲把降幡"（《次韵文潜立春日三绝句》之二）；"其作诗渊源，得老杜句法"（《答王子飞书》）等等。从此以后，"句法"成为宋代诗学的中心观念之一。《彦周诗话》把"辨句法"作为诗话定义的首要内容，黄庭坚鼓吹的"点铁成金"，其核心也是"句法"。范温《诗眼》秉承其意云："句法以一字为工，自然颖异不凡，如灵丹一粒，点铁成金也。"②《诗人玉屑》卷三、四专列"句法""唐人句法""宋朝警句""风骚句法"等。从理论本身的发展看，"句法"是沿着唐五代诗格中所讨论的问题演变而来，所以，其格式也往往是四字一组的形象语。如《诗人玉屑》卷四的"风骚句法"，即有"万象入壶""重轮倒影""新月惊鳌""衣衮乘龙"等名目，其中有些与唐五代诗格中的"势"名极为类似，如"孤鸿出塞""龙吟虎啸""碧海求珠"等，可知其为一脉相承。诗歌强调"句法"，文章则强调"文法""章法"。如陈骙《文则》，强调的便是为文之法则，其中"己"部七条专论句法和章法。至宋代

① 参见本书外篇第二章《摘句论》第二节。
② 晁公武《郡斋读书志》卷十三《诗眼》下云："温，范祖禹之子，学诗于黄庭坚。"吕本中《紫微诗话》亦云："表叔范元实（温）既从山谷学诗，要字字有来处。"可见其诗学渊源。

评点诸书,在看似零散的评论中,实际上贯注着对"法"的追求和重视。如《古文关键》开篇"总论"部分,便列有"看文字法""看韩文法""看柳文法""看欧文法""看苏文法""看诸家文法""论作文法"等。《文章轨范》对诸家文章的评论,也特别重视"句法"和"章法"。如卷一评韩愈《上张仆射书》云:"连下五个'如此'字,句法长短错综凡四变,此章法也。""又连下三个'如此'字,长短错综,此章法也。""此三句无紧要,句法亦不苟且。"陈振孙《崇古文诀序》也以"昔人所以为文之法备矣"推许此书①。这种关心,从文学批评的角度看,显然是自唐五代诗格顺承而来的。元人程端礼《读书分年日程》卷二《批点韩文凡例》,注云"广迭山法",可知出于谢枋得(迭山)而又加以增广。其中有这样的说明:

  一、大段意尽。黑画截。于此玩篇法。
  一、大段内小段。红画截。于此玩章法。
  一、小段内细节目,及换易句法。黄半画截。于此玩句法。

不同的符号表示不同的意思,但重视的都是"法"。到明、清的小说评点,也还是注重"法"。如金圣叹评点《水浒》说:《水浒传》章有章法,句有句法,字有字法。……看得《水浒传》出时,他书便如破竹。"又说:"此本虽是点阅得粗略,子弟读了,便晓得许多文法。不惟晓得《水浒传》中有许多文法,他便将《国策》《史记》等书中间但有若干文法,也都看得出来。"(《第五才子书施耐庵水浒传》卷三《读第五才子书法》)章学诚《文史通义·古文十弊》指出:

  古人文成法立,未尝有定格也。传人适如其人,述事适如其

---

① 陈振孙《直斋书录解题》附录三,页711,上海古籍出版社,1987年12月版。

事,无定之中,有一定焉。……法度难以空言,则往往取譬以示蒙学,拟于房室,则有所谓间架结构;拟于身体,则有所谓眉目筋节;拟于绘画,则有所谓点睛添毫;拟于形家,则有所谓来龙结穴。随时取譬,然为初学示法,亦自不得不然。

所以,评点家讲"文法",也往往用形象语为之,一如唐五代诗格中的"势"名。如金圣叹《读第五才子书法》卷三说《水浒》中的"许多文法,非他书所曾有",举出所谓"草蛇灰线法""锦针泥刺法""背面傅粉法""横云断山法""鸾胶续弦法"等,这些名目,后来被毛宗岗评《三国演义》、脂砚斋评《红楼梦》所继承。如后者在第一回眉批中写道:

> 事则实事,然亦叙得有间架,有曲折,有顺有逆,有映带,有隐有见,有正有闰,以至草蛇灰线,空谷传声,一击两鸣,明修栈道,暗度陈仓,云龙雾雨,两山对峙,烘云托月,背面傅粉,千皴万染诸奇,书中之秘法亦复不少,予亦于逐回中搜剔刳剖,明白注释,以待高明,再批示谬误。①

综上所述,诗格给评点的影响,就在于对"句法""章法"和"文法"的关心,以及用四字一组的形象语对"句法"和"文法"加以形容。

其二,选集与评点。据《隋书·经籍志》的说法,选集始于挚虞:"苦览者之劳倦,于是采摘孔翠,芟剪繁芜,自诗赋下,各为条贯,合而编之,谓为《流别》。"从那时开始,选集就有区别优劣,也就是文学批评的作用。唐以前的选集,现存较完整者仅《文选》和《玉台新咏》,另外如挚虞的《文章流别集》和李充《翰林论》,仅存佚文数则。从这

---

① 俞平伯辑《脂砚斋红楼梦辑评》,页6,中华书局,1960年2月版。

些文献来看，早期选集表达文学批评的方式，主要通过序文以及选目的多寡或以何种作品入选来体现的。虽然《文章流别论》和《翰林论》中都有对作家和作品的评论，但从《隋书·经籍志》的著录来看，它们和选集本身是分开的①。章学诚和曾国藩都曾经指出，评点起于锺嵘《诗品》和刘勰《文心雕龙》。这个意见虽说不错，但两者并非直接的关系，所以我们仍须为之下一转语，齐梁的文论是经过了唐人选集、选注的转换，从而影响到评点形态的产生。

　　唐代的选集颇为发达，以诗歌选集而言，即多达一百三十七种②。如果把敦煌遗书中的写本材料考虑进去的话，为数当更多。从这些唐人选集中可知，他们利用这种形式进行文学批评时，在继承前人的基础上更有所新创。有些选集的批评观念仍然集中体现在序文中，如元结《箧中集序》、楼颖《国秀集序》等。但特别值得注意的，却是将评语和选诗结合在一起的形式，这一创体可能从殷璠开始，它较好地体现了选集的批评功能。殷璠曾编有三部选集，其中《荆扬挺秀集》已佚，《丹阳集》尚有遗文，完整流传下来的是《河岳英灵集》。

　　殷璠《河岳英灵集》二卷，有叙有论，每个诗人名下各系以评语。这种方法，显然是对于锺嵘《诗品》的继承。他在《叙》和《论》中指出"文有神来、气来、情来，有雅体、野体、鄙体、俗体"，同时标举自己所选的诗"既闲新声，复晓古体，文质半取，风骚两挟。言气骨则建安为传，论宫商则太康不逮"。这是他所理解的盛唐诗的特色，即风骨、兴象、声律皆备。殷璠又在所选诗人的名下各著评语，然后附以作品，这实际上代表了从论文到评点的过渡。评语中有总评，有评论全篇，尤多摘句批评。值得注意的是，其评语的格式及用词亦颇类似于《诗品》和《文心雕龙》。如《河岳英灵集》卷上评常建云：

① 参见本书外篇第一章《选本论》第一节第二小节。
② 参见陈尚君《唐人编选诗歌总集叙录》，文载《中国诗学》第二辑。

高才而无贵仕,诚哉是言。曩刘桢死于文学,左思终于记室,鲍昭卒于参军,今常建亦沦于一尉。悲夫!

建诗似初发通庄,却寻野径,百里之外,方归大道。所以其旨远,其兴僻,佳句辄来,唯论意表。

至如"松际露微月,清光犹为君",又"山光悦鸟性,潭影空人心",此例十数句,并可称警策。

然一篇尽善者,"战馀落日黄,军败鼓声死","今与山鬼邻,残兵哭辽水",属思既苦,词亦警绝。潘岳虽云能叙悲怨,未见如此章。①

我将这一段文字分为四节,第一节评其生平,亦如《诗品》之评古诗"人代冥灭,而清音独远。悲夫";评李陵"有殊才,生命不谐,声颓身丧"等。第二节总评其诗。第三节为摘句批评,亦如《诗品》举"五言之警策"。第四节评全篇,亦如《诗品》举古诗"客从远方来""橘柚垂华实"评曰:"亦为惊绝矣。"末句似出于《文心雕龙·诔碑》之评潘岳"巧于序悲"。殷璠《丹阳集》虽不完整,但从中仍然能够看到许多评语是从《诗品》而来。如评储光羲诗"务在直置",即如《诗品》评陆机诗"有伤直致之奇";评丁仙芝"迥出凡俗",即如《诗品》评袁宏"去凡俗远矣";评蔡希周"殊得风规",即如《诗品》评何晏"风规见矣";评张彦雄"不尚绮密",即如《诗品》评颜延之"体裁绮密";评张潮"颇多悲凉",即如《诗品》评曹操"甚有悲凉之句";评张晕"巧用文字,务在规矩",即如《诗品》评张华"巧用文字,务为妍冶"。所以,后人也有将殷璠与锺嵘相提并论者,如毛先舒《诗辩坻》卷三指出:"殷璠撰《河岳英灵集》,持论既美,亦工于命词。可以颉颃记室,续成《诗

---

① 傅璇琮编撰《唐人选唐诗新编》,页115。

品》。"①

　　高仲武的《中兴间气集》受到殷璠的影响,《四库全书总目》卷一百八十六即指出其"如《河岳英灵集》例"。如二书同为两卷,同以五言诗为主,同在人名之下系以评论等。而在选诗的时间起讫上,《中兴间气集》与《河岳英灵集》也正相衔接,显然含有续选之意。但高仲武特别推崇大历时期的诗人,则与殷璠有所不同。另外,他更为重视摘句的运用,列举的佳句较多。尤其需要指出的是,这部书多处袭用《诗品》语,从论文到评点,经过这样的转换,痕迹极为明显。兹列表如下,以作对比:

《诗品》	《中兴间气集》
评谢惠连:"恨其玉兰夙凋,故长辔未骋。"	评皇甫冉:"斯长辔未骋,芳兰早凋。悲夫!"
评鲍照:"骨节强于谢混,驱迈疾于颜延。"评江淹:"筋力于王微,成就于谢朓。"	评韩翃:"其比兴深于刘员外,筋节成于皇甫冉也。"
评谢朓:"善自发诗端。"	评郎士元:"古谓谢朓工于发端,比之于今,有惭沮矣。"
评陆机:"陆文如披沙简金,往往见宝。"	评崔峒:"斯亦披沙拣金,往往见宝。"
评谢朓:"善自发诗端,而末篇多踬,此意锐而才弱也。"	评刘长卿:"大抵十首以上,语意稍同,于落句尤甚,思锐才窄也。"
评张协为上品,张载为下品云:"孟阳诗,乃远惭厥弟。"	评皇甫曾:"昔孟阳之与景阳,诗德远惭厥弟,协居上品,载处下流。今侍御之与补阙,文辞亦尔。"

选集已经将选文与评论相结合,只是评论在作者名下,与评点之在作品或文句下略有差别,但也只是一步之遥,而注释的格式就与评点基本相同了。

---

① 郭绍虞《清诗话续编》,页46。

唐代的文学注释,最著名同时也最有影响的是《文选注》。注本的格式往往是以本文为大字,注文为小字。大小字的格式来自经学,在简牍时代,根据所书文本的用途及重要性的差异,其长度及文字的大小均有区别。如《六经》书于二尺四寸之简,《孝经》一尺二寸,《论语》八寸。《春秋》二尺四寸,《左传》只有八寸①。就是因为《孝经》《论语》为初学者所读,在当时未列入"经",而《左传》是"传"的缘故。王充《论衡·量知篇》说:"加笔墨之迹,乃成文字。大者为经,小者为传记。"我们看唐代的抄本,经传合一时,也是经文为大字,注文为小字的②。这种格式从经学开始,影响到其他典籍。文学亦然,无论是《文选》李善注还是五臣注,都是本文为大字,注文为小字。后来的评点格式也是循此发展而来的。

注释主要是对于文本的解释,但其中也往往含有评论的内容。特别值得注意的是,有些文字便是从前人的论文之作而来。李善注《文选》引用的典籍,遍及四部,多达一千九百四十六种③,其中也包括了诗文评著作,如曹丕《典论论文》、傅亮《文章志》、挚虞《文章志》《文章流别论》、佚名《文章录》、李充《翰林论》、江邃《文释》等。如卷十二木华《海赋》之末引《翰林论》云:

　　木氏《海赋》,壮则壮矣,然首尾负揭,状若文章,亦将由未成

① 参见钱存训《中国古代书史》,页95—99,香港中文大学出版,1975年3月版。
② 敦煌文献中所存的儒家典籍,有《周易》王弼注、《尚书》孔安国传、《诗》毛传郑笺、《春秋左传》杜预集解、《春秋穀梁传》范宁集解、《礼记》郑玄注、《尔雅》郭璞注、《论语》郑玄注皇侃疏、《孝经》郑玄注等,又现存唐抄本中如卜天寿抄《论语》郑注等,皆此类格式。
③ 此据小尾郊一、富永一登、衣川贤次《文选李善注引书考证》(上下)统计,研文出版,1990年2月、1992年2月版。

而然也。

又卷四十八扬雄《剧秦美新》题下引《翰林论》云：

> 扬子论秦之剧,称新之美,此乃计其胜负,比其优劣之义。

李善注还用到了锺嵘《诗品》,如卷二十五刘琨《答卢谌诗并书》的书末,李善这样写道：

> 久罹厄运,故述丧乱,多感恨之言也。

即出于《诗品》评刘琨语："琨既体良才,又罹厄运,故善叙丧乱,多感恨之词。"而李善注本身,有时也含有评论的成分①。在后世的评点书中,往往有将注释与评点相结合者,如金圣叹《唱经堂杜诗解》、仇兆鳌《杜诗详注》、杨伦《杜诗镜铨》等。从选集本身的发展来看,这种情况是不难理解的。注释的成分偏多,即为注本。评论的成分偏多,则为评本。但在著述形式上来说,二者没有多少区别。我们也许可以说,选集是具体而微的评点。从选集到评点,也是顺理成章的演变。

其三,诗社与评点。宋元以来,结社之风颇盛,据吴自牧《梦粱录》卷十九"社会"条记载：

> 文士有西湖诗社,此乃行都搢绅之士及四方流寓儒人,寄兴

---

① 如卷十六评江淹《恨赋》"孤臣危涕,孽子坠心"句云："心当云危,涕当云坠。江氏爱奇,故互文以见意。"又卷二十三评曹植《七哀》"明月照高楼,流光正徘徊"句云："夫皎月流辉,轮无辍照,以其馀光未没,似若徘徊。前觉以为文外傍情,斯言当矣。"

适情赋咏,脍炙人口,流传四方,非其他社集之比。武士有射弓踏弩社,皆能攀弓射弩,武艺精熟,射放娴习,方可入此社耳。更有蹴踘、打球、射水弩社。……诸寨建立圣殿者,俱有社会,则诸行亦有献供之社。……诸行市户,俱有社会,迎献不一。如府第内官以马为社,七宝行献七宝玩具为社。又有锦体社、台阁社、穷富赌钱社、遏云社、女童清音社、苏家巷傀儡社、青果行献时果社、东西马塍献异松怪桧奇花社。鱼儿活行以异样龟鱼呈献,豪富子弟绯绿清音社、十闲等社。

"社"起源于宗教活动,最早为祀土神之社,其后"社"的范围、性质转变并扩大,则有东晋以慧远为代表的莲社。由此而继续发展,至宋代则各事之结合,皆得以"社"名之①。但在各种"社"中,以诗社最为人所重视。文人雅集起源甚早,但诗社似起于中唐以后,如戴叔伦《卧病》诗有"沧州诗社散"(《全唐诗》卷二百七十三)之句,高骈有"吟社客归秦渡晚"(《寄鄠杜李遂良处士》《全唐诗》卷五百九十八)、"好与高阳结吟社"(《途次内黄马病寄僧舍呈诸友人》,同上)等句,即为明证。而民间诗社兴起于北宋末期。至宋元之际,诗社众多②,一方面与当时结社的风气有关,另一方面也是由这种"非其他社集之比"的观念决定的。

　　考察诗社与评点的关系,不能不注意到诗社的评诗活动。但宋元时代诗社活动的资料比较零散,略能见其梗概的是吴渭编《月泉吟

---

① 参见柳诒徵《述社》,《柳诒徵史学论文续集》,页 273—289,上海古籍出版社,1991 年 12 月版。

② 据欧阳光《宋元诗社研究丛稿》(广东高等教育出版社,1996 年 9 月版)下编《宋元诗社丛考》所列,当时的诗社可考者有近六十个之多。实际所有的诗社,当远不止此数。

社诗》一卷①。虽然它成书于元初,但反映的应该是宋代的风气②。从其步骤来看,先有稿约,包括交稿的时间、方式、地点、题目、题意、诗体,继而聘请评鉴者品评,举其优劣,列出名次,最后奉送奖品,并将诗集编印成册。这应该是宋代诗社活动的一般程序。月泉吟社聘请了方凤、谢翱、吴思齐三人为考官,观其品评方式,全同评点。如评第三名高宇云:

> 前联妙于纽合,后联引陶、范,不为事缚,句法更高。末借言杂兴,的是老手。

评第十四名喻似之云:

> 语健意深,虽首句叠字,微欠推敲,后联与末韵过人矣。

评第四十八名感兴吟云:

> 此诗无一字不佳,末语虽似过直,若使采诗观风,亦足以戒闻者。

---

① 《月泉吟社诗》共收卷二千七百三十五份,现在仅存前六十人及附录句图三十二联,已不完全。明人李东阳《麓堂诗话》云:"今世所传,惟浦江吴氏月泉吟社,谢翱为考官,《春日田园杂兴》为题,取罗公福为首。……闻此等集尚有存者,然未及见也。"可知在明代此类材料已较为少见。
② 吴渭举办"月泉吟社"是在"月泉旧社"的基础上重开,其稿约有"请诸处吟社用好纸楷书,以便誊副"语,如第一名罗公福来自"杭清吟社",其馀有"古杭白云社""孤山社""武林社""武林九友会"等,可知其具有较为广泛的社会基础。

评第五十七名柳州云：

> 二联见田园分明。第四句最好，"晒"字欠工。

其摘句图则依起句、联句、结句分别列之。诗社是一种文人集团，考文人集团之兴起，可追溯至汉代的藩王宾客。但较为典型的应该是建安时的文人集团，他们往往由集团首领命题作文，或同题共作，并且互相讨论，指点妍蚩。如曹植云："世人之著述，不能无病。仆常好人讥弹其文，有不善者，应时改定。"（《与杨德祖书》，《文选》卷四十二）曹丕《典论论文》《与吴质书》中也有对当时文人的评论。文人相聚，往往如此。《南史·颜延之传》记载，颜问鲍照自己与谢灵运优劣如何？鲍照云："谢五言如初发芙蓉，自然可爱；君诗若铺锦列绣，亦雕缋满眼。"钟嵘《诗品序》所谈到当时诗坛"随其嗜欲，商榷不同，淄渑并泛，朱紫相夺，喧议竞起，准的无依"的现象，也是和当时诗歌创作风气的兴盛联系在一起的。品评者必须是一时翘楚，且评语中肯，方能使人信服。《唐诗纪事》卷三记载上官昭容评沈佺期、宋之问诗云：

> 二诗工力悉敌，沈诗落句云："微臣雕朽质，羞睹豫章材。"盖词气已竭。宋诗云："不愁明月尽，自有夜珠来。"犹陟健举。

至于作诗之有赏赐，当起于应制。《新唐书·文艺传中·宋之问传》载：

> 武后游洛南龙门，诏从臣赋诗。左史东方虬诗先成，后赐锦袍。之问俄顷献，后览之嗟赏，更夺袍以赐。

诗社之有奖赏,当沿此而来。《月泉吟社诗》第一名罗公福在得到的"送诗赏小札"中,即用"诗成夺锦"之典。北宋诗社的成员多为官僚,有较高的文学修养,常常互相品评诗作。如欧阳修《圣俞会饮》诗中有"更吟君句胜啖炙,杏花妍媚春酤酤(原注:君诗有"春风酤酤杏正妍"之句)。吾交豪俊天下选,谁得众美如君兼。诗工镵刻露天骨,将论纵横轻至钤"(《居士集》卷一);《招许主客》诗有"仍约多为诗准备,共防梅老敌难当"(同上,卷十一)。汪藻幼年作"一春略无十日晴"诗,"此篇一出,便为诗社诸公所称"(张世南《游宦纪闻》卷三)。

自北宋末年开始,民间诗社发展起来,吴可《藏海诗话》记载:

> 幼年闻北方有诗社,一切人皆预焉。屠儿为《蜘蛛》诗,流传海内。
>
> 元祐间,荣天和先生客金陵,僦居清化市,为学馆。质库王四十郎、酒肆王念四郎、货角梳陈二叔皆在席下,馀人不复能记。诸公多为平仄之学,似乎北方诗社。……诸公篇章富有,皆曾编集。……今仅能记其一二,以遗宁川好事者。欲为诗社,可以效此,不亦善乎?

因为是民间诗社,成员多默默无闻,其诗学修养不深乃可以想见,所以常需由一二人主盟,予以品题①。这些诗集编集出版的时候,也常会将评语一并录入。可惜这类书多已亡佚,幸而《月泉吟社诗》尚有残卷流传至今,能略存当时旧式。诗社活动中每有评点伴随,其学诗之际,亦当注重评点。这是诗文评点成立的社会基础,也就是诗社给

---

① 全祖望《跋月泉吟社后》指出:"当时主盟如方、谢、吴三先生,至今学士皆能道其姓氏,而社中同榜之人,自仇近村(远)外,多已湮没不传。"(《鲒埼亭集外编》卷三十四)即为一例,其他类此者甚多。

予评点成立的影响。

评点是中国古代文学批评的方式之一,由于这种方式成立较晚,所以其受到以往文论之作的影响较多。本节为之一一分疏,乃为叙述之方便。就其实际状况而言,其作用往往是综合发生的。

第三节　科举与评点

科举制度形成后,对于文学产生了很大的影响。这在唐代已经表现得很突出①。不仅创作如此,对文学批评的影响也是显然的。最明显的就是诗格、文格和赋格类著作。唐人诗格的写作,或以便科举,或以训初学,而赋格的写作,几乎都与科举有关。《因话录》卷三云:"李相国程、王仆射起、白少傅居易兄弟、张舍人仲素,为场中词赋之最,言程式者,宗此五人。"《册府元龟》卷六百四十二载后唐长兴元年(930)学士院奏本,也提到"依《诗格》、《赋枢》考试进士"。据史志著录,上述五人中,除李程外,都有诗格类著作,如王起《大中新行诗格》、白居易《金针诗格》、白行简《赋要》、张仲素《赋枢》等。此类书风行一时,却多已亡佚②。现存的诗格均已收入《全唐五代诗格校考》一书,附录三所收唐人《赋谱》,也是与律赋写作有关的。严羽《沧浪诗话·诗评》在回答"唐诗何以胜我朝"的问题时说:"唐以诗取士,故多专门之学,我朝之诗所以不及也。"宋诗是否真的不及唐诗,此处不拟置论,但宋代科举考试科目的变更,的确给文学带来了

---

① 关于这一问题,先师程千帆先生《唐代进士行卷与文学》(上海古籍出版社,1980年8月版)、傅璇琮《唐代科举与文学》(陕西人民出版社,1986年10月版)二书有详细考论,可参看。

② 参见张伯伟《全唐五代诗格校考》附录四《全唐五代诗文赋格存目考》,页549—555。

与唐代不同的影响，评点的形成即为其中之一。

元人倪士毅《作义要诀自序》云：

> 按宋初因唐制，取士试诗赋。至神宗朝王安石为相，熙宁四年辛亥议更科举法，罢诗赋，以经义论策试士，各占治《诗》《书》《易》《周礼》《礼记》一经，此经义之始也。宋之盛时，如张公才叔《自靖义》①，正今日作经义者所当以为标准。至宋季则其篇甚长，有定格律。首有破题，破题之下有接题，有小讲，有缴结，以上谓之冒子。然后入官题，官题之下有原题，有大讲，有馀意，有原经，有结尾。篇篇按此次序，其文多拘于捉对，大抵冗长繁复可厌。

宋代的科举科目繁多，但为人重视者仍然是进士科②。进士科的考试，自王安石立经义而废诗赋，至元祐年间又有变化，终宋之世，兴废分合，几经反复③。但从总体上说，在进士科的考试中，诗赋的地位下降，经义、策论的地位上升是大趋势，严羽以"唐以诗取士"为由说明唐诗的成就，反映的就是这样一个实际状况。

王安石废明经科、止诗赋试，目的是要能够选拔出通经之士，不

---

① 此指张庭坚（才叔）《自靖人自献于先王义》，见收于吕祖谦《宋文鉴》卷一百十一"经义"。

② 《宋史·选举志》云："宋之科目，有进士，有诸科，有武举。常选之外，又有制科，有童子举，而进士得人为盛。"马端临《文献通考·选举考》五引吕祖谦云："唐初间，进士、明经都重，及至中叶以后，则进士重而明经轻。……到得本朝，待遇不同，进士之科往往皆为将相，皆极通显；至明经之科，不过为学究之类。"

③ 关于宋代的科举及其变迁，参见荒木敏一《宋代科举制度研究》，东洋史研究会，1969 年 3 月版；侯绍文《唐宋考试制度史》，台北商务印书馆，1973 年 7 月版；何忠礼《宋史选举志补正》，浙江古籍出版社，1992 年 3 月版。

能以雕虫小技或徒事记诵而登第。儒家经义自汉代以来，言人人殊，统治者每以己意附会经义，藉以控制士子的思想，王安石的《三经新义》就是如此。他将自己的"新义"作为考试的准则，颁于学官，俾举子研习。这就决定了试经义并不能自由发挥个人见解，只是对既定的经义如何阐发的问题①。经义通过文字而落实，故士子应试还得注意文章的作法。即使到了南宋废止《三经新义》，但考试方法既定，也是从为文的格式上去讲求。最早的评点书，不涉及诗而涉及文，又多讲究文法、格式，这是很重要的原因之一。

《文献通考》卷三十一《选举考四》说宋代科举是"变声律为议论，变墨义为大义"。与诗赋、记诵不同，"议论"和"大义"是与文章，也就是古文紧密结合在一起的。评点在宋代的出现，与科举考试科目转变的背景是分不开的。宋人魏天应编《论学绳尺》十卷，《四库全书总目》卷一百八十七《论学绳尺》提要云：

> 是编辑当时场屋应试之论，冠以《论诀》一卷。……考宋礼部贡举条式，元祐法以三场试士，第二场用论一首。绍兴九年定以四场试士，第三场用论一首，限五百字以上成，经义、诗赋二科并同。又载绍兴九年国子司业高闶札子，称太学旧法每旬有课，月一周之，每月有试，季一周之，皆以经义为主，而兼习论策云云，是当时每试必有一论，较诸他文，应用之处为多，故有专辑一编，以备揣摩之具者。天应此集，其偶传者也。

---

① 司马光《起请科场札子》批评道："王安石不当以一家私学，欲掩盖先儒，令天下学官讲解，及科场程式，同己者取，异己者黜。"（《传家集》卷五十四）苏轼《答张文潜书》曰："文字之衰，未有如今日者也。其源实出于王氏。王氏之文，未必不善也，而患在于好使人同己。……地之美者，同于生物，不同于所生；惟荒瘠斥卤之地，弥望皆黄茅白苇，此则王氏之同也。"（《经进东坡文集事略》卷四十五）

即指出此书与当时风气的关系。虽然此书编于南宋，但当时此类书必甚多，我们从这部"偶传"之作中可以推知当时的一般情形。宋代进士科省试场次多有变迁，大致从熙宁到绍圣元年七月之前，多为四场，此后则为三场①。无论其为三为四，最后都是试策论。《论学绳尺》所收皆为"论"体，原因似即在此。卷首《论诀》引吴琼语云：

> 省闱多在后两场取人。谚云：三平不如一冠。若三场皆平平，未必得。若论策中得一冠场，万无失一。……盖有第一场文字不相上下，则于此辨优劣也。

此书所录之文共分十卷，一百五十六首，每两首立为一格，共七十八格，如"立说贯题格""贯二为一格"等。每篇文章的题下先标出处，次为立说，这两部分类似解题；再次为批语，点明文章妙处。正文句下多有笺解，《四库提要》谓"略以典故分注本文之下"，此外还有批评。如卷一彭方迥《帝王要经大略》，正文与笺解以大小字区别：

> 论曰：圣人之自治有常道。常是经，谓帝王自治有经常之道。故所持者约而其用博焉。约是要，博是大，用是略。夫中国之所以异于外裔者。气象好。以经常不易之道存焉耳。此是要经。而圣人所以自治其中国者。应破题，"自治"字是主意。初岂以远人之变而易吾之常也哉。应常字，是经。如其舍我之常徇彼之变。反接上面常变二字。……

可见本文之下的文字含有批评的意味，涉及到文脉、字眼，以及稍感

① 此据何忠礼《宋史选举志补正》附录三《宋代进士科省试试艺内容变迁表》。《四库提要》谓"绍兴九年定以四场试士"，不知其所据为何。

玄虚的"气象"等。在全文之末,另著评语,往往是将同属一格的两篇文章或分属两格的前后文章作比较。这些评语,有助于举子掌握省闱作文之法。

在每篇文章之前皆列有批语,这些批语可分作三类:一是"批云",当为编者或笺解者所批;二是"某某批云",如"陈竹林批云""徐进斋批云""冯厚斋批云"等,共有十四处;特别值得注意的是第三类"考官批云",共有二十七处,其中有的还出现了考官的名字,如"考官欧阳起鸣批云""考官杨栋批"等。考官在举子的文章上有批语,由来已久。唐代试帖经、墨义,多为记诵之学,考官批语往往用"通"或"不"一字而已,宋代考试重视经义、策论,往往是五百字、七百字的文章,当时的科举制度也渐趋严密,考卷一般要经过三道程序,最后以定去取。为了考定高下,就需要对考卷仔细评论。《宋会要辑稿·选举六》贡举杂录举士十二宁宗嘉定十年正月九日臣僚言:

> 初考(官)以点检为名,盖点检程式,别白优劣,而上于覆考(官)。覆考(官)以参详为职,盖参订辞义,精详工拙,以上于知举。至于知举则取舍方定。

这虽然讲的是南宋情形,但与北宋熙宁以后的情形应大致相似。从《论学绳尺》中所列的考官批语来看,其中一则是"知举批",见卷九《圣人大明至公如何论》,语气比较决断:"意味深长,议论明莹,说得'大明至公'字,非苟作者。"以此推之,其馀各则"考官批云",当是覆考官的批语。从其语气来看,也多含荐举之意,如批彭方迥《帝王要经大略》云:"说有根据,造辞老苍,较之他作,气象大段不同。真可为省闱多士之冠。"(卷一)批缪烈《孝武号令文章如何》云:"议论正大,文势发越,可谓杰特之作。"(卷一)又批李发同题之作云:"立说尖新,造语警拔,真百鸟中之孤凤也。如缪烈论以表章六经为主意,固是正说，但立说稍同，不如此篇奇伟，甚刮人眼。"（卷二）批危科《文武之道同伏羲》云："意甚古，语甚新，下字亦甚异。此论中巨擘也。"（卷二）批叶大有《太宗英武仁恕如何》云："就本文立说，议论有据，文字明洁，真佳作也。"（卷四）批陈文龙《理本国华如何论》云："有学问，有识见，有议论，有文藻，反覆转折，不费斧凿，健笔也。'心之精神'四字，亦有本祖。"（卷九）这样的评语，真可谓"参订辞义，精详工拙"了。从考官的批语到评点的评语，其递转的痕迹在《论学绳尺》一书中，可谓赫然在目①。

《论学绳尺》卷首《论诀》"诸先辈论行文法"引戴溪语云："据古文为文法。"所以衡量经义、策论在行文方面的优劣，也以唐宋名家古文为标准。例如，徐霖《太宗治人之本》下"考官批云"：

> 文有古体，语有古意，当于古文求之，其源委得之柳子厚《封建论》。（卷一）

批吴君擢《唐虞三代纯懿如何》云：

> 文字出入东莱议论，法度严密，意味深长，说得圣人本心出，深得论体，可敬可服。（卷二）

批丘大发《三圣褒表功德》云：

> 立论高，行文熟，用事详赡，笔力过人。其学识得之《左氏》，

① 曾国藩《经史百家简编序》云："试官评定甲乙，用朱墨旌别其旁，名曰圈点。后人不察，辄仿其法，以涂抹古书，大圈密点，狼藉行间。"也指出了科举与评点的这一层关系。

其文法得之东莱《博议》。

批黄朴《经制述作如何》云：

> 文势圆转，意味深长，盖自吕东莱《七圣论》中来。（卷五）

批语中多次提到吕祖谦，吕氏有《左氏博议》，自称"为诸生课试之作也"（《左氏博议序》），书中"枝辞赘喻，则举子所以资课试者也"（同上）。其书流行一世，所以能为时人所取法。宋人选本朝文字示人以门径的书颇多，虽然流传至今者无几，但从《文献通考·选举考五》引用南宋绍兴年间太学博士王之望的话"举人程文，或纯用本朝人文集数百言，或歌颂及佛书全句，旧式皆不考，建炎初悉从删去，故犯者多"来看，这些样板文字已成为剽窃之资。而要真正写好经义、策论文字，还须上溯于古文文法。吕氏曾选韩、柳、欧、苏等人的古文六十馀篇，各标举其命意、布局之处，示学者以作文门径，题为《古文关键》。陈振孙《直斋书录解题》卷十五谓此书"标抹注释，以教初学"，可知此书原本有评有点。所谓"以教初学"，实际上还是为了科举作文。楼昉编《崇古文诀》（本名《迂斋古文标注》），"逐章逐句，原其意脉，发其秘藏"（刘克庄《迂斋标注古文序》，《后村大全集》卷九十六），也是应写好场屋之文的需要。刘克庄说他"以古文倡莆东，经指授成进士名者甚众"（同上），可见其书与科举的关系。而这方面的典型之作，应数谢枋得《文章轨范》。

王守仁《文章轨范序》指出："宋谢枋得氏取古文之有资于场屋者，自汉迄宋凡六十有九篇，标揭其篇章字句之法，名之曰《文章轨范》。盖古文之奥不止于是，是独为举业者设耳。"全书以"侯王将相有种乎"七字分标七卷，此语原出《史记·陈涉世家》，但只有到了宋代，真正打破了门阀的垄断，通过科举考试，穷阎白屋之士一跃而为侯王将相的希望才可能得到较为充分的实现。全书将文章分为"放胆文"和"小心文"两类，其每集之下的文字也能充分表明其书与科举的关系。如王字集下云：

> 辩难攻击之文，虽厉声色，虽露锋芒，然气力雄健，光焰长远，读之令人意强而神爽。初学熟此，必雄于文。千万人场屋中，有司亦当刮目。

将字集下云：

> 议论精明而断制，文势圆活而婉曲，有抑扬，有顿挫，有擒纵。场屋程文论，当用此样文法。

相字集下云：

> 此集文章占得道理强，以清明正大之心，发英华果锐之气，笔势无敌，光焰烛天。学者熟之，作经义、作策，必擅大名于天下。

有字集下云：

> 此集皆谨严简洁之文，场屋中日暮有限，巧迟者不如拙速。论、策结尾略用此法度，主司亦必以异人待之。

由此可知，当时的不少评点之作，实际上是为了科举而写的。现在流传下来的早期评点书，几乎无一不是如此。

宋代经义、策论文字，有一定的格式，特别是到了南宋，"讲求渐密,程式渐严,试官执定格以待人,人亦循其定格以求合,于是双关、三扇之说兴,而场屋之作遂别有轨度"(《四库全书总目》卷一百八十七《论学绳尺》提要语)。评点之作也多着眼于此,如《古文关键》首列"总论看文字法",就有"如何是起头换头佳处,如何是缴结有力处,如何是融化屈折、剪截有力,如何是实体贴题目处"之说,其评论古文,也往往在起承转合处为之点明。《文章轨范》卷三评苏轼《王者不治夷狄论》云:"此是东坡应制科程文六论中之一,有冒头,有原题,有讲题,有结尾。当熟读,当暗记,始知其巧。"后来的制举文(即八股文)就是由此演变而来。中国古代文学批评与人物品评的关系密切,由此而影响到评论家,常常以人体的各部分来比喻文学。但是在与科举有关的文学评论中,这种比喻又有其特别之处,就是常用头、项、腹(腰)、尾等,来表示文章或诗歌的结构①。唐代佚名《诗式》举"杂乱"病曰:

> 凡诗发首诚难,落句不易。或有制者,应作诗头,勒为诗尾;应可施后,翻使居前,故曰杂乱。②

已见这类比喻的端倪。又唐代佚名《赋谱》云:

> 凡赋体分段,各有所归。……至今新体,分为四段:初三、四对约三十字为头,次三对约四十字为项,次二百馀字为腹,最末约四十字为尾。就腹中更分为五:初约四十字为胸,次约四十字为上

---

① 更早的用例应该是沈约提出的"八病",其中"平头、蜂腰、鹤膝、上尾"也是用的这种方式。这虽然不能说与科举无关,但他用以形容声病,与后来的大多数用例不同。如《论学绳尺》卷首《论诀》中也有"蜂腰体""鹤膝体",但谈的是结构问题。
② 《全唐五代诗格校考》,页105。

腹,次约四十字为中腹,次约四十字为下腹,次约四十字为腰。①

魏庆之《诗人玉屑》卷十二引《金针诗格》云:

> 第一联谓之"破题",欲如狂风卷浪,势欲滔天;又如海鸥风急,鸾凤倾巢,浪拍禹门,蛟龙失穴。第二联谓之"颔联",欲似骊龙之珠,善抱而不脱也。亦谓之"撼联"者,言其雄赡遒劲,能捭阖天地,动摇星辰也。第三联谓之"警联",欲似疾雷破山,观者骇愕,搜索幽隐,哭泣鬼神。第四联谓之"落句",欲如高山放石,一去不回。

这段文字是否真出于白居易之手,当然很可怀疑。但唐代以《诗格》《赋枢》等为标准考试进士,而白居易又是为当时举子所"宗"的五人之一,因此这段文字还是与当时的科举有关。五代神或《诗格》,有"论破题""论颔联""论诗腹""论诗尾"等节目,反映的还是当时的风气。宋人评点诸书,凡与科举有关者,也多有此类论调。上引吕祖谦和谢枋得的说法即可作为例证。又如《论学绳尺》卷首《论诀》引冯椅"论一篇之体":

> 鼠头欲精而锐,豕项欲肥而缩,牛腹欲肥而大,蜂尾欲尖而峭。

又引欧阳起鸣"论头""论项""论心""论腹""论腰""论尾"。如"论头"云:

> 论头乃一篇纲领,破题又论头纲领。两三句间要括一篇意,

---

① 《全唐五代诗格校考》,页540。

承题要开阔,欲养下文,渐下莫说尽为佳。欲抑先扬,欲扬先抑,最嫌直致无委曲。讲题、举题只有详略两体,前面意说尽,则举题当略。前面说未尽,则举题当详。缴结收拾处要紧切,前后相照。

这里说到对题目的破、承、转、结,成为南宋以来的程文定式,明、清八股文有所谓破题、承题、起讲、大结等,便是由此演变而来①。元代以来,一般的文学理论中也多有此类论调,如旧题杨载的《诗法家数》,其中"律诗要法"节便讲起、承、转、合,分别就破题、额联、颈联、结句阐述之②。旧题傅与砺的《诗法正论》也有类似说法。明人王昌会《诗话类编》卷二"论起承转合"云:"以律诗论之,首句是起,二句是承,中二联则衬贴题目,如经义之大讲,七句则转,八句则合耳。"起承转合成为律诗的一般章法,也成为"三家村"塾师的启蒙语③。又王鹗提出"作文三体",有所谓"入作当如虎首,中如豕腹,终如虿尾"(王恽《玉堂嘉话》卷一引);乔吉提出的"作今乐府法",有所谓"凤头、猪肚、豹尾"(陶宗仪《南村辍耕录》卷八引),似乎也与上述说法有关。

　　上文提到,最早的评点书不涉及诗而多评文,实与科举有关。而宋末的刘辰翁全力作诗歌评点,似仍与科举有关。元初欧阳玄在《罗

① 《四库全书总目》卷一百八十七《论学绳尺》提要指出:"其破题、接题、小讲、大讲、入题、原题诸式,实后来八比之滥觞,亦足以见制举之文源流所自出焉。"
② 其说实本于《金针诗格》,而将"警联""落句"改为"颈联""结句"。
③ 叶燮《原诗》内篇上云:"律诗必首句如何起,三四如何承,五六如何接,末句如何结……此三家村词伯相传久矣。"《师友诗传续录》记王士禛回答"律诗论起承转合之法否"云:"勿论古文今文、古今体诗,皆离此四字不可。"又云:"起承转合,章法皆是如此,不必拘定第几联第几句也。"关于起承转合在诗学中的展开,蒋寅《起承转合:机械结构论的消长》一文的三、四两节有详论,可参看,文载《文学遗产》1998 年第 3 期。

舜美诗序》中指出：

> 宋末须溪刘会孟出于庐陵，适科目废，士子专意学诗，会孟
> 点校诸家甚精，而自作多奇崛，众翕然宗之，于是诗又一变矣。
> (《圭斋文集》卷八)

宋代科举有记载者到度宗十年(1274)为止，再过五年而南宋亡，直到
元代延祐年间才恢复科举。在这四十多年时间里，诗歌风气兴盛起
来。陆文圭《跋陈元复诗稿》指出："科场废三十年，程文阁不用，后
生秀才气无所发泄，溢而为诗。"(《墙东类稿》卷九)刘辰翁的评点，
主要目的是授人以诗学门径。其子刘将孙《刻长吉诗序》云：

> 先君子须溪先生于评诸家诗，最先长吉。盖乙亥避地山中，
> 无以纾思寄怀，始有意留眼目，开后来。自长吉而后及于诸
> 家……开示其微，使览者隅反神悟，不能细论也。……每见举长
> 吉诗教学者，谓其思深情浓……最可以发越动悟者在长吉诗。
> (《养吾斋集》卷九)

从当时的情形来看，这些学诗者中，多数可能是东南一地的诗社成
员。所以，其诗歌评点与科举实亦有间接关系。

在宋末元初的诗社中，有些也仿效科举法，评其优劣，列出名次。
合为一书，即成评点。如宋末元初月泉吟社，几乎完全效仿科举活
动。拟定题目，按期交卷，然后誊副糊名，由考官定以名次，定期揭
晓，发放赏品。如第一名罗公福，其真实姓名为连文凤，糊名法即仿
效科举①。评语云："众杰作中求其粹然无疵，极整齐而不窘边幅者，

---

① 《四库全书总目》卷一百八十七《月泉吟社》提要云："其人皆用寓名，而别注
本名于其下，如第一名连文凤改称罗公福之类，未详其意。岂(方)凤等校阅
之时，欲示公论，以此代糊名耶?"这样的推测是有道理的。

此为冠。"(《月泉吟社诗》)便类似考官评语。被评诸人,也往往以门生自居。如罗公福《回送诗赏札》云:"抚景兴思,慨唐科之不复;以诗为试,觊周雅之可追。窃知扶植之盛心,正欲主维乎公是。"第二名司马澄翁则云:"置诸榜眼,壮此诗脾。……录其善者,愿为吟社之门生;罗而致之,景仰骚坛之座主。"(同上)又如越中诗社,曾以《枕易》为题集卷三十馀份,所聘评点者即称"考官李侍郎"。黄庚《月屋漫稿》、张观光《屏岩小稿》同录《枕易》诗,为"越中诗社试题都魁",并附有批语①。到元、明之际,这种方式仍然流行。如李东阳《麓堂诗话》指出:

> 元季国初,东南人士重诗社,每一有力者为主,聘诗人为考官,隔岁封题于诸郡之能诗者,期以明春集卷。私试开榜次名,仍刻其优者,略如科举之法。

虽然这些仿效科举的行为主要是诗社活动,但伴随这一活动的评点,也是与科举密不可分的。

上文说到南宋已降经义、策论文字渐成定格,于是有起承转合之说,影响及诗学理论,成为一般的通说。后世评点,也往往有用其说者。如金圣叹、冯舒、徐增之批唐诗、批杜诗,皆用此法。金圣叹《唱经堂杜诗解》卷一《赠李白》题下批云:

> 唐人诗多以四句为一解,故虽律诗,亦必作二解。若长篇,

---

① 《四库全书总目》卷二百六十六《屏岩小稿》提要云:"越中诗社以《枕易》为题,李应祈次其甲乙,以观光为第一,其诗今见集中,并载应祈批。……(案:黄庚《月屋漫稿》亦称以《枕易》诗为李侍郎取第一。一试有两第一,必有一讹。然无可考证,谨附识于此。)"

则或至作数十解。夫人未有解数不识,而尚能为诗者。如此篇第一解,曲尽东都丑态;第二解,姑作解释;第三解,决劝其行。分作三解,文字便有起、有转、有承、有结。从此虽多至万言,无不如线贯华,一串固佳,逐朵又妙。自非然者,便更无处用其手法也。

如此以起承转合或分解的方式说诗,虽然有一定的道理,但实未免拘泥牵强。画地为牢,只能是作茧自缚。王夫之对这种说诗格式曾有严厉的批评:

> 起承转收,一法也。试取初盛唐律验之,谁必株守此法者?……且道"卢家少妇"一诗作何解?是何章法?又如"火树银花合"浑然一气,"亦知戍不返"曲折无端。……起不必起,收不必收,乃使生气灵通,成章而达。……杜(甫)更藏锋不露,抟合无垠,何起何收?何承何转?陋人之法,乌足展骐骥之足哉?(《姜斋诗话》卷下)

清代中叶以后,这种说诗的论调就渐渐消失了。但我们考察这种论调的形成,不能不追溯至与科举有关的诗文批评,在其演变过程中,科举文的程式对于一般诗文批评的术语、方式也发生了作用和影响。评点也未能例外。

第四节　评唱与评点

禅宗在唐代兴起以后,对文学艺术产生了深远的影响。即就文学批评而言,在思维方式、精神意态、名词术语以及著述形式等方面都有其痕迹。不过，批评形式不同，如诗话、诗格、论诗诗，其受禅宗影响的程度和方面也是各异的。从评点的角度看，评唱的启示似不容忽视。

评唱是禅宗特有的著述形式之一，这种形式的出现是与禅宗的宗旨联系在一起的。禅宗强调自证自悟，不落言筌，但为了接引学人，又不得不诉诸语言文字。便宜的方法，就是引用古代大宗师的言行，或是举出他们悟道得法的因缘，使学人参而悟之。这样的言行或因缘就被禅家称作"公案"。三教老人序《碧岩录》云：

> 尝谓祖教之书，谓之公案者，倡于唐而盛于宋，其来尚矣。二字乃世间法中吏牍语……具方册作案底，陈机境为格令，与世间所谓金科玉条、清明对越诸书，初何以异。祖师所以立为公案，留示丛林者，意或取此。①

从唐代开始，禅师上堂垂示，常举古人公案，至宋代则更为普遍。如《五灯会元》卷十二《丞熙应悦禅师》上堂云：

> 我宗无语句，徒劳寻露布。现成公案已多端，那堪更涉他门户。

但公案也未必人人能悟，所以禅家常有"公案未了"或"未了底公案"之说②。《五灯会元》卷十四《天宁禧誧禅师》云："丹霞有个公案，从来推倒扶起。今朝普示诸人，且道是个甚底?"其后环顾左右曰："会么?"众曰"不会"。同书卷二十《梁山师远禅师》上堂举杨岐三脚驴

---

① 《大藏经》第四十八册，页139。
② 参见《五灯会元》卷四《黄檗希运禅师》、卷十《清凉泰钦禅师》诸章。

子话云：

> 这公案直须还他透顶彻底汉，方能了得。此非止禅和子会
> 不得，而今天下丛林中，出世为人底，亦少有会得者。

又对于同一公案，诸学人参证商量的心得也未必一致，甚至有偏颇误
解。同书卷二十《焦山师体禅师》上堂举"临济四喝"公案云：

> 这个公案，天下老宿拈掇甚多，第恐皆未尽善。

由于这两点原因，禅家又有"颂古"和"代别"，对公案下转语、著见
地，以转拨心机、启发学人。而最初以此出名的就是汾阳善昭禅师。
《汾阳无德禅师语录》卷中专集"颂古代别"。颂古是以韵文的形式
对公案作旁敲侧击式的引发，代别则是以直说的形式对公案加以弥
缝修正。善昭禅师云："室中请益古人公案，未尽善者，请以代之；语
不格者，请以别之，故目之为'代别'。"[①]对于汾阳禅师的这种作风全
面秉承的，是雪窦重显禅师。《祖庭事苑》卷一至卷四提及雪窦的著
作有八种，其中就有《雪窦拈古》和《雪窦颂古》。圜悟克勤《碧岩录》
第一则评唱云："大凡颂古只是绕路说禅，拈古大纲据款结案而
已。"[②]因为颂古是用诗歌形式，意在言外，所以是"绕路说禅"。拈古
是以直说的方式剖判公案，如同根据法律条文判案。也正因为是"绕
路说禅"，学人往往仍然不易领会，于是有必要对之再作评说提唱，这
就是"评唱"的产生。

现存最早而且影响最大的评唱，是成书于北宋宣和七年（1125）

---

① 《汾阳无德禅师语录》卷中，《大藏经》第四十七册，页615。
② 《大藏经》第四十八册，页141。

的《碧岩录》(又名《碧岩集》)。《碧岩录》原先是北宋初期雪窦重显(980—1052)从《景德传灯录》《云门广录》及《赵州录》等书中选出的一百则公案,写成了一百则颂古,以阐扬公案的含义。至北宋后期,圜悟克勤(1063—1135)在其基础上再加垂示、著语和评唱,对一百则公案和颂古复加阐扬,乃成此书。由于雪窦很有诗才,所以其颂古在当时极为流行。圜悟《碧岩录》第四则评唱云:"雪窦颂一百则公案,一则则焚香拈出,所以大行于世。他更会文章,透得公案,盘礴得熟,方可下笔。"①圜悟禅师的悟性极高,辨才无碍,二十年间,多次为弟子剖析《雪窦颂古》,最后集结成书。关友无党的《后序》说:

> 《雪窦颂古》百则,丛林学道诠要也。其间取譬经论或儒家文史,以发明此事,非具眼宗匠时为后学击扬剖析,则无以知之。圜悟老师在成都时,予与诸人请益其说,师后住夹山道林,复为学徒扣之,凡三提宗纲。语虽不同,其旨一也。②

禅宗发展到北宋后期,各宗派之间既有对立,又有融合。大致看来,临济宗与曹洞宗的对立比较突出,而与云门宗则有融合的趋向③。雪窦属云门宗系统,从云门文偃、香林澄远、智门光祚一线传下;圜悟属临济宗杨岐派系统,其法系为杨岐方会、白云守端、五祖法演到圜悟克勤。圜悟在云门宗的典籍上加以评唱④,这一事实也表明了两

① 《大藏经》第四十八册,页144。
② 同上书,页224。
③ 参见张伯伟《对立与融合:宋代禅宗史上一个问题的研究》,载《1992年佛学研究论文集·中国历史上的佛教问题》,页179—204,台湾佛光文化事业公司,1998年4月版。
④ 雪窦所选公案,除《楞严经》二则、《维摩经》一则、《金刚经》一则外,其馀九十六则实以云门宗为中心,涉及文偃禅师的公案就达十五则之多。

宗合流的趋向。唐代咸通年间夹山善会禅师在回答"如何是夹山境"的问题时,用了"猿抱子归青嶂里,鸟衔花落碧岩前"两句诗(《景德传灯录》卷十五《夹山善会禅师》)。圜悟在住持夹山灵泉禅院时最后一次评唱此书,故将其命名为《碧岩录》。

《碧岩录》的结构颇为特殊,它由以下五部分构成:一垂示(一本作"示众"),是将本则公案的重点加以提示;二本则,就是雪窦选出的公案;三颂古,即雪窦用偈颂的形式阐扬公案;四著语,是圜悟在本则和颂古的字里行间所作的细微的短评;五评唱,分别附在本则和颂古的后面,是对本则或颂古的总评。广义的评唱,应该包括以上五部分在内。但垂示、本则、颂古、评唱(狭义)的次序如何("著语"散见于本则和颂古之中,非独立成篇),却因版本不同而有差异。《碧岩录》的版本,最流行的是元大德四年(1300)张炜(明远)的刊本(简称"张本"),已收入日本大正新修《大藏经》中。另外有成都刊本(简称"蜀本")和福州刊本(简称"福本"),均已亡佚,日本岐阳方秀的《碧岩录不二钞》和大智实统的《碧岩录种电钞》曾引录,并与张本作对校。日本还有道元禅师入宋时,以一夜功夫抄成的本子(简称"一夜本")。次序的不同,主要表现在张本和一夜本。前者以垂示、本则、本则评唱、颂古、颂古评唱为序,后者以示众、本则、颂古、本则评唱、颂古评唱为序。究竟哪一个次序能够反映其本来面目?学者有不同意见。如铃木大拙认为后者代表了古体,而伊藤猷典认为前者符合其原型,似乎更为合理①。其次序应该是:垂示,本则,本则评唱,颂古,颂古评唱。兹选录一则

---

① 伊藤猷典认为,从内容上看,本则评唱和本则著语的末句常有重复,显然是由于两部分靠近而相混,又本则评唱的最后常常有"所以颂出"的字样,后面也应该紧跟颂古的文字。从受学者来看,也以评唱分别紧靠本则和颂古更为便利。参见《碧岩集定本》卷首《碧岩集定本刊行の趣旨》,页32,理想社,1963年3月版。

如下：

　　垂示云：杀人刀，活人剑，乃上古之风规，亦今时之枢要。若论杀也，不伤一毫。若论活也，丧身失命。所以道，向上一路，千圣不传。学者劳形，如猿捉影。且道，既是不传，为什么却有许多葛藤公案？具眼者试说看。

　　【本则】举。僧问洞山："如何是佛？"铁蒺藜。天下衲僧跳不出。山云："麻三斤。"灼然破草鞋。指槐树，骂柳树。为秤锤。

　　【评唱】这个公案，多少人错会。直是难咬嚼，无尔下口处。何故？淡而无味。古人有多少答佛话，或云"殿里底"，或云"三十二相"，或云"杖林山下竹筋鞭"。及至洞山，却道"麻三斤"。不妨截断古人舌头。人多作话会道，洞山是时在库下秤麻，有僧问，所以如此答。有底道"洞山问东答西"，有底道"尔是佛，更去问佛，所以洞山绕路答之"，死汉更有一般道"只这麻三斤便是佛"。且得没交涉。尔若恁么去洞山句下寻讨，参到弥勒佛下生，也未梦见在。……

　　【颂】金乌急，左眼半斤，快鹞赶不及。火焰里横身。玉兔速，右眼八两，姮娥宫里作窠窟。善应何曾有轻触。如钟在扣，如谷受响。展事投机见洞山，错认定盘星，自是阇黎怎么见。跛鳖盲龟入空谷。自领出去，同坑无异土。阿谁打尔鹞子死。花簇簇，锦簇簇，两重公案，一状领过，依旧一般。南地竹兮北地木。三重、也有四重公案。头上安头。因思长庆、陆大夫，癞儿牵伴，山僧也怎么，雪窦也怎么。解道合笑不合哭。呵呵，苍天，夜半更添冤苦。咦。咄，是什么，便打。

　　【评唱】雪窦见得透，所以劈头便道"金乌急，玉兔速"，与洞山答"麻三斤"更无两般。日出月没，日日如是。人多情解，只管道金乌是左眼，玉兔是右眼。才问著，便瞠眼云"在这里"。有什么交涉？若恁么会，达磨一宗扫地而尽。所以道，垂钩四海，只钓狞龙。格外玄机，为寻知己。雪窦是出阴界底人，岂作这般见解？雪窦轻轻去敲关击节处，略露些子教尔见，便下个注脚道："善应何曾有轻触。"洞山不轻酬这僧，如钟在扣，如谷受响。大小随应，不敢轻触。雪窦一时突出心肝五脏，呈似尔诸人了也。雪窦有《静而善应颂》云："觌面相呈，不在多端。龙蛇易辨，衲子难瞒。金锤影动，宝剑光寒。直下来也，急著眼看。"……①

将其结构略作分析，垂示类似于解题；本则为古来公案，以散文为之；本则评唱，总评此公案；颂古为雪窦偈颂，以韵文为之；颂古评唱，总评此偈颂。而其中的著语则类似于夹评。刀剑为利器，禅宗常用来比喻截断一切知见会解、思虑分别之境。"杀人""活人"不过用来形容师家启悟学人时活杀自在的手段，实相反而又相成，无非指出向上一路。但学人若死于句下，则未免"如猿捉影"，劳而无功。这就是"垂示"所揭示的本则公案的大意所在。本则公案举僧问洞山"如何是佛"，圜悟禅师著语云："铁蒺藜。天下衲僧跳不出。"铁蒺藜原是布在地上防止敌军进攻的障碍物②，这里比喻考量僧人的问题。而洞山回答"麻三斤"，圜悟禅师著语云："灼然破草鞋。指槐树，骂柳树。为秤锤。"第一句话教人不必咬嚼此语，第二句说此语言在此而意在彼，第三句说此语是对学人的考量。本则评唱先举出四种误解，指出"若恁么去洞山句下寻讨，参到弥勒佛下生，也未梦见在"。其

---

① 《大藏经》第四十八册，页152—153。关于这一则公案及其颂古、评唱在内容上的阐说，入矢义高等译注《碧岩录》有简明扼要的解释，可参看。岩波书店，1992年6月版。

② 李时珍《本草纲目》卷十六云："蒺藜，弘景曰：多生道上及墙上，叶布地，子有刺，状如菱而小。长安最饶，人行多著木履。今军家乃铸铁作之，以布敌路，名铁蒺藜。"

实,制作一件袈裟的材料所需正是"麻三斤"①,僧衣即代表僧人自身,以此启示学人彻底去粘解缚、反求诸己。本则评唱大意在此。"金乌""玉兔"为日月之代称,"急""速"则形容洞山答话如电光石火,间不容发,而其善于应答,亦未曾落于言筌。但学人不悟,以用为体,欲从言句上见洞山境界,则恰如"跛鳖盲龟入空谷"。花团锦簇用以形容洞山答语所创造的世界,但泥于句下,则以为麻是孝服,竹为孝杖,花团锦簇为棺材上所画的花草。如果这样,便真是"合笑不合哭"了。颂古即是此意。而颂古评唱则进一步揭示此意。可见,评唱是要将本则和颂古的妙处随时揭示,又加以提举总评。从其格式来看,与后世的评点完全一致。上文曾分别就章句与评点、论文与评点、科举与评点加以论述,但从形式上看,评点最为完整的样板应该是评唱,垂示即如评点中的题下总论;著语即如文中的旁批、眉批;评唱(狭义的)即如文末的总评。除了缺少涂抹标点的符号,评唱(广义的)是较为典型的评点形式。从形式上看是如此,从精神意态上看更是如此。上文提到经典义疏和文学注释对评点的影响,但从对待文本的态度来说,义疏和注释是谦恭的,而评唱对于古来的公案或偈颂是平等的,甚至是优越的。在这一方面,评点的性格与评唱也是极为接近的。

禅宗对中国文学批评的影响是深远的,例如,禅宗的术语曾影响了晚唐五代的诗格,禅宗的语录体曾影响了诗话体的产生,禅宗的偈颂则影响了宋代的论诗诗,这些都有大量的实证材料可以证明。评

① 参见入矢义高《麻三斤》,载《自己と超越》,页 87—93,岩波书店,1986 年 9 月版。中译文(刘建译)载《俗语言研究》第二期,日本花园大学禅文化研究所,1995 年 6 月版。又芳泽胜弘有《"麻三斤"再考》,中译文(殷勤译)载《俗语言研究》第三期,1996 年 6 月版。均可参看。

唱影响及评点,也是极为正常的①。

《碧岩录》成书前就以抄录本形式流传于世近二十年②,成书后,更是风行一时。《禅林宝训》卷四引心闻贲禅师《与张子韶书》云:

> 天禧间,雪窦以辩博之才,美意变弄,求新琢巧。继汾阳为颂古,笼络当世学者,宗风由此一变矣。逮宣政间,圜悟又出己意,离之为《碧岩集》。彼时迈古淳全之士,如宁道者、死心、灵源、佛鉴诸老,皆莫能回其说。于是新进后生,珍重其语,朝诵暮习,谓之至学,莫有悟其非者。痛哉,学者之心术坏矣。③

希陵《碧岩集后序》指出:

> 圜悟禅师评唱雪窦和尚颂古一百则,剖决玄微,抉剔幽邃,显列祖之机用,开后学之心源。……后大慧禅师因学人入室,下语颇异,疑之,才勘而邪锋自挫,再鞠而纳款自降,曰:“我《碧岩集》中记来,实非有悟。”因虑其后不明根本,专尚语言,以图口捷,由是火之,以救斯弊也。④

元大德四年张炜重新刊行《碧岩集》,署作“宗门第一书”,似乎并非

---

① 入矢义高《公安から竟陵へ-袁小修を中心として-》(载日本《东方学报》第25册,1954年11月)对评唱与评点的关系曾略微提及,未作展开。此文承友人陈广宏教授提示,谨致谢忱。
② 关友无党《碧岩录后序》云:“门人掇而录之,既二十年矣,师未尝过而问焉。流传四方,或致踳驳。”
③ 《大藏经》第四十八册,页1036。
④ 同上书,页224。

其独自发明,而是此书自北宋末以来广泛流传的真实写照。佛教、禅宗对宋代普通文人的影响,表现得最为明显的是举子程文多用佛语,以至于北宋后期以来的奏议诏令中,三番五次禁用佛书释典①。而在南宋的科场中,士子多用的已是禅宗话头。《宋会要辑稿·选举四·举士十》载:

> (孝宗乾道)五年正月十一日,臣僚言:比年科场所取试文,遽不及前。论卑而气弱,浮虚稍稍复出,甚者强掇禅语,充入经义。……相习相同,泛滥莫之所届。此岂为士人罪哉?荐绅先生则使然。伏愿深诏辅弼,明敕有司,自今试士,必取实学切于世用者。苟涉浮虚,及妄作禅语,虽甚华靡,并行黜落。庶几学者洗涤其心,尽力斯文,以称陛下总核之政。从之。

又同书《选举五·贡举杂录》载:

> (庆元二年)三月十一日,吏部尚书叶翥等言:二十年来,士子狃于伪学,沮丧良心。……专习语录诡诞之说,以盖其空疏不学之陋,杂以禅语,遂可欺人。……盖由溺习之久,不自知其为非,欲望因今之弊,特诏有司,风谕士子,专以孔、孟为师,以六经子史为习,毋得复传语录,以滋其盗名欺世之伪。……从之。

从朝廷再三下令禁止的情形推测,当时此类现象必然是屡禁不止。雪窦、圜悟皆有出色的文学才能,与当时的文人交往多而且密,深受重视。其书又有"宗门第一书"的美誉,在禅宗语录风行一世的时代,

---

① 参见荒木敏一《宋代科举制度研究》第六章《北宋末南宋初期の科场と佛教》,页381—402。

其渗透力之深远,似不容低估。雪窦除颂古一百则外,尚有拈古一百则,圜悟也曾为之评点阐扬,题为《佛果击节录》二卷。从评唱本身来看,后世有《从容庵录》,为宋天童正觉禅师颂古,元万松行秀评唱;又有《空谷集》,为宋投子义青禅师颂古,元林泉从伦禅师评唱。后人也常将评唱与诗学相提并论。如方回大德四年序《碧岩录》云:

> 自《四十二章经》入中国,始知有佛;自达磨至六祖传衣,始有言句。曰"本来无一物"为南宗,曰"时时勤拂拭"为北宗,于是有禅宗颂古行世。其徒有翻案法,呵佛骂祖,无所不为。间有深得吾诗家活法者。①

万松行秀《评唱天童从容庵录寄湛然居士书》云:

> 吾宗有雪窦、天童,犹孔门之有游、夏。二师之颂古,犹诗坛之李、杜。世谓雪窦有翰林之才,盖采我华而不摭我实。又谓不行万里地,不读万卷书,毋阅工部诗。言其博赡也。拟诸天童老师颂古,片言只字,皆自佛祖渊源流出,学者罔测也。②

因此,评唱对于文学的影响尤其重大,决非无稽之谈。其写作格式及精神意态对于评点形成的先导作用,通过以上的分析,两者间的脉络实清晰可辨。

评唱的语言风格一如禅宗语录,但更为简捷泼辣,尤其是其著语部分,更是正语、反语、雅语、俗语、冷嘲语、热骂语、庄语、谐语、经典语、疯癫语杂陈并置,无所不用。评点书中的文中夹评,虽语言风格

---

① 《大藏经》第四十八册,页 139。
② 同上书,页 226—227。

有异，但同样简捷明快，一语中的。如《古文关键》常用"起得好""承得好""结有力"等语评点结构，又往往用"洒脱""警策""炼句"等语评点文字，这种时时处处的点评，恰似评唱中的著语，不断为读者或学人点醒眼目。值得注意的是，早期的评点书中也不时夹杂禅语。如《古文关键》卷上评韩愈《获麟解》"麟之所以为麟者"句云："百尺竿头进一步。"此即出于禅宗，《五灯会元》卷四《长沙景岑禅师》载其偈云："百尺竿头须进步。"卷六《茶陵郁山主》记白云守端禅师偈云："百尺竿头曾进步。"卷十七《黄龙祖心禅师》载其语云："百尺竿头，进取一步。"又评《师说》"圣人之所以为圣"句云："使《袁盎传》意，换骨法。"虽然江西诗派有"夺胎换骨"之说，但"换骨法"实与禅宗有关①。后世如金圣叹之评《水浒》，那种冷嘲热讽的笔调，更是有得于禅宗旨趣。其《读第五才子书法》直用禅宗语"咬人屎橛，不是好狗"；其《读第六才子书西厢记法》也每以赵州和尚之"无"说《西厢记》。所以讲到评点，也有人以禅喻之。如姚鼐《与陈硕士笺》指出："文家之事，大似禅悟，观人评论圈点，皆是借径。一旦豁然有得，呵佛骂祖，无不可者。"（《惜抱轩尺牍》卷五）又《答徐季雅》云："夫文章之事，有可言喻者，有不可言喻者。不可言喻者要必自可言喻者入之。……圈点启发人意，有愈于解说者矣。"（同上卷二）评点的这种文学津梁的作用，实亦类似于评唱之接引学人，一旦悟理，则可得鱼忘筌、抵岸舍筏。

中国古代文学批评的方式，就其最有民族特点、同时又使用得最为广泛而持久者言之，有选本、摘句、论诗诗、诗格、诗话和评点。其中评点方式的形成时间最晚，因此它所吸收的因素也最为复杂。上文从四个方面为之沿波讨源，如果要勉强作一概括性说明的话，也许

---

① 参见张伯伟《禅与诗学》，页 46—49。

可以这样说：章句提供了符号和格式的借鉴，前人论文的演变决定了评点的重心，科举激发了评点的产生，评唱树立了写作的样板。评点的批评注重细微的分析剖判，从局部着眼衡量，未免"识小"之讥。但放在整个中国文学批评的体系中看，评点所最为倾心的是文本本身的优劣，它努力挖掘的是文学的美究竟何在以及何以美，它注重对文本的结构、意象、遣词造句等属于文学形式方面的分析，同时也不废义理和内容的考察，尽管这在评点是次要的。中国文学批评在这一方面的贡献，是值得我们作进一步抉发的。

后　记

　　这是一部写了二十多年的书,其中的一些章节曾经是我大学的学年论文("推源溯流论")、毕业论文("意象批评论")、硕士论文("以意逆志论"),而最终成形于博士论文。在博士论文答辩十二年之后,此书终于修订完毕,交付出版。想在书后略缀数语,真有"回首堪惊"之感。

　　为了完成此书,我先后从事过的有文献研究,出版了《全唐五代诗格校考》;有专书研究,出版了《锺嵘诗品研究》;有专题研究,出版了《禅与诗学》;有诗史研究,出版了《诗词曲志》。这些工作都集中了一个愿望,就是试图通过不同方面的学术训练,使自己在揭示隐藏于事实背后的思想意义,梳理不同时代诸多现象之间的发展脉络,以及厘清貌似无关的领域之间的内在理路,一句话,就是在进行综合研究的时候,能够调动各种手段,验证或修正先前的各种假说,构筑一个有价值的解释体系。

　　此书的写作,伴随着我的学术成长,也伴随着我的人生历程。以二十多年时间去写作一部书,原本是学人的"寻常茶饭"。但二十多年所完成的仅是一个大学时代的构想,是否只是应了刘勰的这句话——"意翻空而易奇,言征实而难巧"?此时此刻,我想起了 T. S.艾略特的几句诗,似乎能够表达内心对学术和人生的感受:

　　　我们追求探索的尽头

总是要达到我们原始的开头

而对它有初度的了悟

二〇〇一年十二月二十九日张伯伟记于南京

附录一　中国古代文学研究的理论和方法问题

一、问题的提出

每一时代的学术都有其自身面对的问题,也因此而需要解决问题的理论和方法。唐代大德高僧义玄禅师曾说:"山僧说处,皆是一期药病相治,总无实法。"又说:"山僧无一法与人,只是治病解缚。"①所谓的"病",从学术史的立场上看,就是一个时代所面临的大问题。那么,今日中国学术所患之"病症"为何?"病理"安在? 就是需要我们认真加以检讨的。时代学术之"病"当然不会仅限于某一领域,甚至也不限于某个国家或地区,但作为一个古代文学研究者,我的反省和探索将以文学研究为主要对象,并旁涉中国传统的思想、宗教和历史研究。

坦率地说,中国现代人文学研究(不限于文学)之"病",症结就在缺乏独特的理论和方法,这是基于我对外部批评的观察和对自身的反观内省而得出的结论。以前者而言,不妨略举数例如下:

---

① 张伯伟释译《临济录·示众》,台湾佛光文化事业有限公司,1997 年版,页 71—72、118。

在史学研究上，保罗·柯文（Paul A. Cohen）《在中国发现历史》一书指出："中国史家，不论是马克思主义者或非马克思主义者，在重建他们自己过去的历史时，在很大程度上一直依靠从西方借用来的词汇、概念和分析框架，从而使西方史家无法在采用我们这些局外人的观点之外，另有可能采用局中人创造的有力观点。"①这是一种惋惜的态度。

而在文学研究上，宇文所安（Stephen Owen）曾对中国学人当面直陈"中国古代文学研究者欠缺理论意识"②，这是一种批评的态度。事实上，学术研究上理论意识和方法意识的欠缺，在欧美学者眼中，也可以说是东亚人文学者的通病。以宗教研究为例，福井文雅在做研究生的时代，就经常听到西洋学者类似的批评："日本汉学家虽然拥有广博的知识，但缺乏科学的整理而使之上升为学术研究的方法。""日本人写的论文是知识的罗列，这并非学术。"③这也使他感觉到，此番议论背后有着西洋学者"独特的自豪感"。法国汉学家的批评有时兼涉中日两国学者，比如说："中国人和日本人虽然有文献的知识，却不懂得处理、研究文献的方法。在方法上，我们比日本人优越。"④

还有一种态度是嘲讽，在思想史研究上，包弼德（Peter K. Bol）的言论颇有代表性，他说："难以讳言，即使有千百种不愿意，今日国际性与全球化的浪潮仍不断地由西向东移动。"这一移动的结果在他的预言中是这样的："除了欧美思想架构体系以及方法论在世上不同语言国家中的扩张外，思想史在国际转向上还能有其他作为吗？其

---

① 保罗·柯文《在中国发现历史》，林同奇译，页1，中华书局，1989年版。
② 卞东波《宋代诗话与诗学文献研究》后记，页440，中华书局，2013年版。
③ 福井文雅《汉字文化圈的思想与宗教》后记，徐水生、张谷译，页286，武汉大学出版社，2010年版。
④ 福井文雅《有关道教的诸问题》，见《汉字文化圈的思想与宗教》，页267。

他文化（例如南亚与东亚）能有所反馈吗？儒学学者能有所反馈吗？我觉得对此问题的答案很可能是'不能'。而这也是过去百年来中国知识分子深层焦虑的源由。"①出于对各种"新研究方法"的依恋乃至痴迷，包弼德还得出了这样的结论，即传统的汉学训练无非"会使你更为广博，使你能够独立地去研究更多的史料"，但对于一个西方汉学家来说，"它并不是必要的，它的必要性不见得超过研究中国必须学希腊语和拉丁语"。一方面看，他是在强调"不是某个国家的学术传统内的专家也能研究这个国家"，而实际想表达的意思是："大陆出版的最有价值的书是古籍整理，而不是研究著作。"②

以上列举的言论，其表述方式有着不同的态度，但无一例外地都蕴含着理论和方法上的"自豪"，如果不说是"傲慢"的话。我们无须对其中的嘲讽反唇相讥，重要的是应该虚心听取，反躬自省。若干年前，我曾在一篇文章中针对今日中国文学研究存在的两大问题，即文学本体的缺失和理论性的缺失，根据自己对中国文学和中国文学批评的理解，试图在一定程度上改善或改变这样的研究现状。所谓"理论性的缺失"，指的是两种情形："一是以文献学代替文学，将艺术作品当作历史化石，或者用'科学的'方法，比如统计、定量分析、图解等，追求文学研究的'实证性'和'技术化'；一是生硬地搬贩西方理论，生吞活剥地运用到中国文学研究之中，使得研究工作不免沦为概念游戏，同时也失去了西方理论自身的魅力。"③以上两者关系密切，要弥补研究工作中文学本体的缺失，需要细读文本，保持对作品的敏

---

① 包弼德《我们现在都是国际史家》，赖芸仪译，载思想史编委会编《思想史》第一辑，页246，台湾联经出版事业公司，2013年版。英文本见该书页253。

② 《21世纪的知识分子信念——包弼德访谈录》，载王希、卢汉超、姚平主编《开拓者：著名历史学家访谈录》，页242、254，北京大学出版社，2015年版。

③ 张伯伟《陶渊明的文学史地位新论》，载香港浸会大学《人文中国学报》第15期，页51，上海古籍出版社，2009年版。

感度,而理论的建设与实践,又要以文本的阅读为基础,以文本的研究为旨归。

这就引出了本文的话题:加强对理论和方法的建设与实践,应该成为学术研究的一个重心。阮元说:"学术盛衰,当于百年前后论升降焉。"①回顾百年来的中国学术,除去文献、人物和史实的考辨,其学术方法、理论框架以及提问方式,占据主流的都是"西方式"的或曰"外来的"。所以除去文献整理,欧美的东方研究者对中国的学术著作颇为轻视,同时也形成了自身的一种传统,用萨义德(Edward W. Said)《东方学》的概括:"那就是,西方文化内部所形成的对东方的学术权威。……它被人为构成,被辐射,被传播;它有工具性,有说服力;它有地位,它确立趣味和价值的标准。"②萨义德的某些论述虽不免以偏概全之弊,但上述概括为我所认同。站在学术史的立场上看,百年以来的中国文学研究,在涉及理论和方法的探索时,存在不少认识和实践上的误区,有必要首先加以检讨。

二、以往的认识和实践误区

随着"五四"新文化运动的兴起,北京大学国学门、清华学校国学研究院和中央研究院历史语言研究所的先后成立,使得中国学问的研究取得很大进步,形成了一时的新风气。用周法高的概括:"二十世纪以来对中国学问的研究,和清代的学术研究有着基本的不同,那

---

① 阮元《十驾斋养新录序》,陈文和编《嘉定钱大昕全集》第七册,页1,江苏古籍出版社,1997年版。
② 萨义德《东方学》,王宇根译,页26,生活·读书·新知三联书店,1999年版。

就是利用新材料、新方法、新观点来研究的结果。"①而所谓的"新方法""新观点",主要就是胡适等人提倡的西洋的科学的方法和理论,要用历史的眼光、系统的整理和比较的研究从事于"国学"或曰"国故"②。为什么要用西洋的方法,而不用自己的方法呢?那是因为在当时的许多学者看来,中国学术传统中缺乏研究的理论和方法。以文学研究而言,尽管有丰富的批评文献,但总体来说零碎散漫,不成系统,当然也就没有可供挖掘和继承的资源。除了向西方寻求"金针"之外,别无他途。这种根深蒂固的认识,其影响力一直延续到上世纪七八十年代甚至更晚。

我们不妨对这种观念略作梳理:

1924 年,杨鸿烈在其《中国诗学大纲》中指出:"中国千多年前就有诗学原理,不过成系统有价值的非常之少,只有一些很零碎散漫可供我们做诗学原理研究的材料。"所以他的这本著作,是"绝对的要把欧美诗学书里所有的一般'诗学原理'拿来做说明或整理我们中国所有丰富的论诗的材料的根据"③。杨氏受到胡适的很大影响,从学术理念来看,延展的就是胡适的思路。在这里,中国传统的文学批评文献所居的地位仅仅是"材料"而已。

1936 年,郭虚中将日本学者丸山学的《文学研究法》译为中文,赵景深在《序》中指出:"我国自五四运动以后,一切科学都有了新的估价与认识,作为一种科学的文学也不是例外。以前人们是从来不

---

① 周法高《地下资料与书本资料的参互研究》,原载《联合书院学报》第 8 期(1971 年),兹据吴福助编《国学方法论文集》上册,页 126,台湾文史哲出版社,1990 年再版。

② 参看《国立北京大学国学季刊·发刊宣言》,页 16,载第 1 卷第 1 号,1923 年1 月。

③ 杨鸿烈《中国诗学大纲》第一章"通论",页 7、28,台北商务印书馆"人人文库"本,1976 年二版。

知道系统地科学地研究文学的。即如古代名著如刘勰《文心雕龙》等,亦有杂乱破碎之感。"①那么丰富的传统文学批评文献,用"杂乱破碎"四字概括后,就成为一张醒目而又易于随手张贴的标签。

五六十年代出版的"文学概论"或"文学原理"一类的著作,基本框架来自于前苏联的季莫菲耶夫、毕达科夫等人的学说,尽管它来自于"社会主义阵营",信奉的是马克思主义学说,但落实到具体的学术实践,中国传统的批评文献同样只是作为可资印证的材料散见于各个部分。到七八十年代修订再版时,这个基本架构还是一仍其旧。

1976年,古添洪、陈慧桦在《比较文学的垦拓在台湾》一书的序中指出:"我国文学,丰富含蓄;但对于文学研究的方法,却缺乏系统性,缺乏既能深探本源又能平实可辨的理论;故晚近受西方文学训练的中国学者,回头研究中国古典或近代文学时,即援用西方的理论与方法,以开发中国文学的宝藏。……我们不妨大胆宣言说,这援用西方文学理论与方法并加以考验、调整以用之于中国文学的研究,是比较文学中的中国派。"②这番议论实在匪夷所思,所谓"学派",当然需要有自身独特的理论和方法,而不是仅有特定的研究对象或范围,用西洋理论和方法研究中国文学,在比较文学的领域中,如何能够形成一个与法国学派、美国学派鼎足而三的中国学派呢? 但在这番不着边际的议论背后,却有着言说者观念上的苦衷,即中国文学批评自身是缺乏理论和方法的。这张标签被随手张贴了数十年,已经成为学者知识库中的"常识"。

东亚其他国家和地区的情形也类似。比如在韩国,据林荧泽说,

① 丸山学《文学研究法》,郭虚中译,页1,台北商务印书馆"人人文库"本,1981年四版。
② 古添洪、陈慧桦编著《比较文学的垦拓在台湾》,页1—2,台湾东大图书公司,1976年版。

他在读大学的时候经常听到的一个观点是："我们国家虽然有文学作品,却没有评价它们的合适标准。所以借用国外的评价标准也是不错的。"①这里所谓的"国外",指的就是欧美。日本在 1975 年前后,为祝贺美国学者唐纳德·靳(Donald Keene)提出的《日本文学史》写作计划,日本笔会举行座谈会,"其中好几次出现了这样的颂词:只有美国学者才能写出真正的日本文学史"②。不仅承认自身缺乏理论和方法,也承认运用西洋理论来处理本国文学(无论是韩国还是日本)是理所当然的。

针对上述"标签",从上世纪七十年代末开始,我用了二十年的时间,写作了一部《中国古代文学批评方法研究》,想要回答的核心问题是:在接触西洋学术之前,传统的中国人是如何从事文学批评的? 有什么样的批评理论和方法? 是否自成体系? 其特色何在? 基本结论如下:

1. 大量中国文学批评实践中,有三种方法最能体现传统文学批评的精神,即受儒家思想影响的"以意逆志"法,受学术传统影响的"推源溯流"法,以及受庄禅思想影响的"意象批评"法。以这三种方法为支柱,形成了中国文学批评方法的自身结构。这三种方法,是从三个不同侧面对文学作品所作的各个层次的研究:"以意逆志"法偏重于将作品置于与作者及社会的关系中探讨;"推源溯流"法偏重于作品与作品之关系的探讨;而"意象批评"法则纯然就作品本身立论,以考察其独特的风格。"以意逆志"法偏重于文学的外部研究,后两种方法偏重于内部研究,其中"推源溯流"法着重于描写手段和表现

---

① 林荧泽《国文学:做什么,怎么做》,见《韩国学:理论与方法》,李学堂译,王君松校,页 322,山东大学出版社,2010 年版。

② 小西甚一《日本文学史》1993 年版《跋》,郑清茂译,页 249,台湾联经出版事业公司,2015 年版。

手段等细节上的分析,而"意象批评"法又着重于整体上的把握。这三种方法,从思想背景上考察,皆有其不同的学术或宗教来源,但在中国文学批评的整体结构中,却能够相成互补。即使在同一个批评家手中,也能够兼容并采,综合运用。

2.中国文学批评方法不仅有上述内在结构,同时又有独具特色的外在形式,即选本、摘句、诗格、论诗诗、诗话和评点。这六种形式,是西方文学批评中所鲜见或偶用,而在汉文学批评(包括朝鲜—韩国、日本、越南)中却普遍长久地为人使用的。六种形式之间的既彼此独立又互相渗透的现象,也显示了这些形式本身具有一定的有机性和整体性。三种独具精神的批评方法主要就是通过这六种形式表现出来。同时,这些方法的涉及面,不仅在空间上遍布汉文化圈,在时间上从古到今,而且在门类上也不限于文学,它们程度不一、关系深浅地体现在书法、绘画和音乐批评中。内外结合,有体有用,如此展现了中国文学批评方法的基本体系①。

此书出版至今已有十多年,我不知道它在多大程度上改变了学者们对中国文学批评的认识。坦率地说,并无多少信心②。但就我自身来说,在此之后思考并努力探索的问题是:

1.传统文学批评方法主要集中在三个方向:一是对作品的阐释,如何以及为何理解作者之"心";二是对文学源流的梳理,通过渊源

---

① 参见《中国古代文学批评方法研究·导言》,页8—9,中华书局,2002年版。

② 2015年7月3日,蒋寅教授在上海大学主办的"清代诗学文献整理与研究"国际学术研讨会上,以"在中国发现批评史"为题报告,条述二十世纪以来学术界对中国文学批评史的"三大偏见",即1.中国文学批评属于感悟式、印象式;2.没有成系统的理论著作;3.缺少真正科学意义上的理论范畴,没有严格的意义上的理论命题(此文已收入李德强编《清代诗学文献整理与研究》,上海大学出版社,2016年版)。如此看来,要改变以上的"偏见",对于中国学术界来说,还真是任重道远。

论、文本论和比较论，从"异中求同"和"同中求异"两种思路切入，确定一个作家在文学历史上的地位；三是对诗人风格的辨析，使用一个或数个"意象"传达出对诗人风格的整体把握。这三种方法在今天的文学批评实践中有无意义？有何不足？如何弥补？以及怎样与其他异质文化中的批评方法对话？

2. 在传统文学批评方法的视域之外，还有哪些方向值得关注？有哪些方法值得探索？如果说，上面一点属于"旧学新研"，那么，这一点就属"新域展拓"。在二十一世纪的今天，文学研究开辟出很多新的方向，新材料的发现也引导我们去正视和思考一些以往视域之外的问题，比如作者的身份和性别，文学典范的转移，传播工具的变迁，书籍的环流，笔谈与"文战"，等等，这样的课题应该运用什么样的方法，又能够提炼出什么样的理论，无一不有待我们的深入研讨。

与一味向西方乞灵相反，还有一种认识上的误区就是刻意与西方对抗。最为突出的，可以近十年来由周宁先生和顾明栋先生提出的"汉学主义"为代表。从学理脉络上看，"汉学主义"是由萨义德"东方主义"（或译作"东方学"）演绎而来。从提出的动机和目的看，周文呼吁"学界警惕学科无意识中的'汉学主义'与'学术殖民'的危险"①，顾文期待"走出汉学主义"的同时达到一种"处理中国材料真正科学而又客观的研究方法，产生对中国不带偏见的知识"②，都值得思考也令人同情。但由于这一提法与萨义德的关系密切，所以天

---

① 周宁《汉学或"汉学主义"》，载《厦门大学学报》2004 年第 1 期。
② 顾明栋《汉学主义：中国知识生产中的认识论意识形态》，载《文学评论》2010
　年第 4 期。

然地带有与西方的对抗性①，并且在有意无意间把西方的汉学研究本质化为"汉学主义"，是以"殖民"为核心的意识形态或文化霸权，这就不但是以偏概全，而且也无法达到其预期的学术上的目的。"汉学"一词，哪怕仅仅就 Sinology 意义上来使用，也是一个内涵丰富的名词。包括的地域从东方到西方，涉及的时域也有千年以上，它对应的是一个在时空中不断变迁的过程，很难用一个贯串所有的概念、名词或标签加以囊括，即便仅仅就欧美汉学而言也是如此。我对此曾经有过以下评论："任何一个学者皆有其意识形态，任何一项人文学研究也都或隐或显、或多或少地留有意识形态的痕迹。但是，这与从意识形态出发、为意识形态效命完全是两回事。假如从来的汉学研究就是'汉学主义'，假如'汉学主义'就是以'殖民'为核心的意识形态或文化霸权，那么我们今天的讨论，就完全可能变为一场阶级斗争、政治辩论或文明冲突。……如果从古到今的汉学，哪怕仅仅说西方汉学就是为意识形态服务的工具，就是居心叵测、不可告人的阴谋，就是对中国的历史与现实的精神暴政，我们完全应该报之以不屑一顾乃至嗤之以鼻。而事实恐非如此。"②所幸这种意见的市场不大，中国学术界也有不少讨论，在相当程度上对其误解做了澄清③。

但是回顾百年来的中国学术，其不仅存在认识上的盲点，在实践

---

① 萨义德《东方学》声称："将东方学视为欧洲和大西洋诸国在与东方的关系中所处强势地位的符号比将其视为关于东方的真实话语（这正是东方学学术研究所声称的）更有价值。"（页 8）"他与东方的遭遇首先是以一个欧洲人或美国人的身份进行的，然后才是具体的个人。在这种情况下，欧洲人或美国人的身份决不是可有可无的虚架子。"（页 15）"欧洲，还有美国，对东方的兴趣是政治性的。"（页 16）

② 张伯伟《从"西方美人"到"东门之女"》，载《跨文化对话》第 28 辑，页 221，生活·读书·新知三联书店，2011 年版。

③ 带有总结性的文章，可以参见张西平《关于"汉学主义"之辨》，载《上海师范大学学报》第 44 卷第 2 期，2015 年 3 月。

上的误区(尤其是最近三十年来)更值得检讨。就其主流而言是模仿西方,尽管有崇尚"不古不今之学"的陈寅恪,但其主张和实践犹如"旧酒味酸,而人莫肯酤"①,他也因此而发出"论学论治,迥异时流,而迫于事势,噤不得发"②的自叹。

　　模仿西方始于中国现代学术发轫之初,以两个最负盛名的研究单位——中央研究院历史语言研究所和清华国学院为例,傅斯年在1928年的《历史语言研究所工作之旨趣》中说:"西洋人作学问不是去读书,是动手动脚到处寻找新材料,随时扩大旧范围,所以这学问才有四方的发展,向上的增高。……我们很想借几个不陈的工具,处治些新获见的材料,所以才有这历史语言研究所之设置。"③其表现出来的旨趣有二:一是寻求新材料,二是借助新工具。前者是西洋人作学问的步骤,后者是西洋人治学问的方法。类似的一篇文献是1925年吴宓的《清华开办研究院之旨趣及经过》,他说:"研究之道,尤注重正确精密之方法(即时人所谓科学方法),并取材于欧美学者研究东方语言及中国文化之成绩,此又本校研究院之异于国内之研究国学者也。"④注重的也是方法和材料。若上推及1923年胡适起草的北京大学国学门《国学季刊》的"发刊词",其精神与取径也是完全一致的。清华国学院四大导师之一的王国维去世后,同为国学院导师的陈寅恪撰写《王静安先生遗书序》,举出其学术"足以转移一时之风气,而示来者以轨则"的"学术内容及治学方法",概括为三项

① 陈寅恪《冯友兰中国哲学史下册审查报告》,见《金明馆丛稿二编》,页252,上海古籍出版社,1980年版。
② 陈寅恪《读吴其昌撰梁启超传书后》,见《寒柳堂集》,页150,上海古籍出版社,1980年版。
③ 《傅斯年全集》第四册,页258,台湾联经出版事业公司,1980年版。
④ 原载《清华周刊》第24卷第2号,收入《清华大学史料选编》第1卷,页374,清华大学出版社,1991年版。

原则,前两项都属于材料方面(地上和地下,异族与汉族),列于第三的是"取外来之观念,与固有之材料互相参证"①。日本学者狩野直喜在1927写的《忆王静安君》中说:"善于汲取西洋研究法的科学精神,并将其成功地运用在研究中国的学问上了。我以为这正是王君作为学者的伟大和卓越之处。"②陈寅恪说的还是"参证",而在狩野的心目中,西洋的研究方法几乎具有决定性的作用。

显然,这样的观念和实践不只是存在于中国。以日本东洋史学家桑原隲藏为例,他在《中国学研究者之任务》中说:"我国(日本)之于中国学研究上,似尚未能十分利用科学的方法,甚有近于藐视科学的方法者,讵知所谓科学的方法,并不仅可应用于西洋学问,中国及日本之学问亦非藉此不可。……中国学之对象(Object)虽为中国,其书虽为中国人著书,然其研究方法终不可非科学的也。"不仅如此,整个东方学的研究莫不皆然:"印度学、阿拉伯学皆经欧洲学者着手研究,始得发达而广布于世界。印度、阿拉伯非无学者也,彼辈如解释印度文献及回教古典,自较欧洲学者高万倍,然终不能使其国之学问发达如今日者,岂有他哉,即研究方法之缺陷使然耳。"③胡适当年读到此文,乃高度赞美曰"其言极是"④。中国学者看待日本的汉学研究成果,也取同样眼光。傅斯年在1935年说:"二十年来,日本之东方学之进步,大体为师巴黎学派之故。"⑤效法西洋的"东方学"和

① 《金明馆丛稿二编》,页219。
② 狩野直喜《中国学文薮》,周先民译,页384—385,中华书局,2011年版。
③ J. H. C. 生译,原载《新青年》第3卷第3号,1917年5月,兹据李孝迁编校《近代中国域外汉学评论萃编》,页79—80,上海古籍出版社,2014年版。
④ 曹伯言整理《胡适日记全编》第2册1917年7月5日,页614,安徽教育出版社,2001年版。
⑤ 傅斯年《论伯希和教授》,原载《大公报》1935年2月19、21日,兹据《近代中国域外汉学评论萃编》,页307。

日本的"支那学",成为一时风气所在。著名大学里设置了相关课程,不少日本的汉学著作被译为中文,一些出版社直接影印欧美的汉学著作,欧美、日本还纷纷在中国建立汉学研究机构①。即便是一些国人自编的大学教材,基本上也是明暗不一地采用日本或西洋学者的理论方法及著述框架②。在外来的理论、观念和方法的启示下,中国学术得到了长足的进步。但身处今日回顾过去,我们也必须看到,在汗牛充栋的论著中,以外来的观念和方法作为学术研究的起点(提问方式)和终点(最后结论)的现象愈演愈烈,其势至今未能改变。

中国学术从上世纪初开始固然以追求西洋人做学问的方法为主流,八十年代以来,大量西方译著在中国学术界涌现,即便仅就其中的汉学部分而言,其数量也极为惊人。从现实层面考量,本来是作为"他山之石",却不知不觉演变为潜在的金科玉律,一如萨义德所说的"它确立趣味和价值的标准"。学人不是力求与之作深度的学术对话,而是一味地为西洋思考模式的传播不断提供在东亚的"演出平台"或"扬声器"。也难怪包弼德不无得意地讥讽,西洋的学术观念向东方传播,其唯一的结果只能是"欧美思想架构体系以及方法论在世上不同语言国家中的扩张"。这里不妨举两个学术论著中属于技术层面的现象:

1. 标题。如果观察一下汉语世界的学术出版物,近十年来论著的标题有一个较为普遍而显著的特征,即以四五字领起,加一冒号或破折号,再跟上或长或短的说明文字。而究其实,这不过是美国学术

① 参见李孝迁《域外汉学与中国现代史学》一书中的相关论述,上海古籍出版社,2014 年版。
② 以史学研究而言,德国伯伦汉之《史学方法论》、法国朗格诺瓦与瑟诺博司合著之《史学原论》、日本坪井九马三之《史学研究法》是上世纪四十年代以前国人类似著述的样板。参见李孝迁编校《史学研究法未刊讲义四种》,上海古籍出版社,2015 年版。

界七八十年代以来的一种流行风气。罗伯特·达恩顿（Robert Darnton）曾经根据他在普林斯顿大学出版部当编辑的经历，在1983年以挖苦调笑的口吻写了一篇《学术著作的出版窍门》，列出六个要点，最后是关于标题："这有两个原则要把握：一要听上去铿锵有力，二要用冒号。大标题要铿锵有力，简短，意味深长，又富有诗意，弄得读者搞不清你的书是写什么的。用个冒号，再用个副标题解释这本书是讲什么的。"作者在文章的结尾没忘记对读者来一番"庄语"："这些花招对学术著作的作者来说不一定百发百中。"①汉学家们受到这一风气的感染，其自身著述便往往仿之，进而又有东施效仿，遂失其故步，成为今日一道时髦的风景。

2. 注释。如今的学术期刊，从台湾到大陆，模仿欧美汉学家的注释方式，比比皆是，不胜其烦。一句简单熟悉的"春眠不觉晓"，要把哪一种孟浩然的诗集，包括注释者、整理者、出版地、出版者、出版时间、卷数、页码——罗列；有时还要将作者的名字附上汉语拼音；甚至要叠床架屋地使用"上海：上海人民出版社"或"北京：北京大学出版社"的表述方式。此外，二手资料的繁琐罗列，无论其学术价值的大小高低，还美其名曰"学术规范"或"与国际接轨"。学术研究当然有其规范，无非引证的文献准确无误，尊重既有的研究成果，但如何体现这两条原则，并非只有唯一的标准。即便就西方学术传统而言，注释也没有统一之"轨"可"接"，美国、英国、德国、法国、意大利的史学著作中，各有各的注释特色，甚至各有各的偏嗜爱好，并不因此而决

---

① 《拉莫莱特之吻：有关文化史的思考》第二部分第六章，萧知纬译，页81，华东师范大学出版社，2011年版。案：有趣的是，出版于1990年的此书，其标题也同样"未能免俗"。

定其学术品格之优劣①。安东尼·格拉夫敦（Anthony Grafton）在其《脚注趣史》一书中详细描述了西方学术传统中注释的形成及其方方面面，并且给人们以如下的忠告："多种多样的脚注出现在多种多样的历史著作中，提供了同样的教益。"同时又说："脚注自身什么都不能保证。诚实的历史学家用它来表明事实，真相的敌人（真相是有敌人的）也能够用脚注予以否认。观念的敌人（观念也是有敌人的）能够用脚注来堆积对任何读者都毫无用处的引用和征引，或是用它来攻击任何可能有新意的论题。"②从另一个方面看，中国自身的学术传统中也并非没有其注释规范，清人陈澧有一篇《引书法》，谈的就是这个问题。略引数则如下："引书有引书之法，得其法则文辞雅驯，不愧为读书人手笔，且将来学问成就著述之事亦基于此矣。""引书须识雅俗，须识时代先后。书之雅者当引，俗者不可引也；时代古者当先引，时代后者当后引，又或不必引也，在精不在多也。若引浅陋之书，则不足以登大雅之堂矣。""引书必见本书而引之，若未见本书而从他书转引则恐有错误，且贻诮于稗贩矣。或其书难得，不能不从他书转引，宜加自注云'未见此书，此从某书转引'，亦笃实之道也。"③上世

① 这里不妨举几个稍带极端的例子，在美国有"国宝级史学家"之称的雅克·巴尔赞（Jacques Barzun），其一生中最重要的著作，是30岁构思，85岁动笔，93岁出版的《从黎明到衰落》，这部超过800页的巨著，只有极为简略的注释。再如美国社会学家彼得·L.伯格（Peter L. Berger）的名著《与社会学同游：人文主义的视角》，其书名有不同译法，这里依据的是何道宽译本），在其"前言"中宣称："在本书写作过程中，我面对两种选择：或提供数以千计的注释，或根本不加注释。我的决定是不用注释。我觉得，赋予本书条顿人（Teutonic）那种滴水不漏的论文外貌几乎于事无补，并不会给它增色。"（页26，北京大学出版社，2014年版）这里的"条顿人"指的是德国兰克（Leopold von Ranke）史学的注释特征。

② 安东尼·格拉夫敦《脚注趣史》，张弢、王春华译，页313，北京大学出版社，2014年版。

③ 黄国声主编《陈澧集》第六册，页232—233，上海古籍出版社，2008年版。

纪六十年代，钱穆给正在美国读书的余英时写信说："鄙意凡无价值者不必多引，亦不必多辨。论文价值在正面，不在反面。……即附注亦然，断不以争多尚博为胜。"①这里所表现的，就是中国传统的"引书法"，我丝毫不认为它在学术规范方面有任何欠缺。

制题和注释，本无一定之规，但即便在这些技术性操作的层面上，今日学术论著也要自觉地"弃我从他"，就更不要说在研究的理念、方法上的亦步亦趋了。

三、理论和方法探索的基本原则

上世纪初以来的中国学人，为了在学术研究上迅速赶上世界的步伐，特别强调对于西学（欧美）和东学（日本）的学习，但在不少有识之士的心目中，这一切都是为了振兴中学（中国），并不甘心自足于当东西学的奴仆。因此，也积累了一些可供今人采撷的思想资源。概括起来，约有以下数端：

1. 汉学研究的中心。2012 年在台湾中研院举办"第四届国际汉学会议"，余英时有一个开幕致词，他引述了 1959 年胡适面对在台湾召开汉学会议的提议时，对于"汉学中心"的感慨："二十年前在北平和沈兼士、陈援庵两位谈起将来汉学中心的地方，究竟在中国的北平，还是在日本的京都，还是在法国的巴黎？现在法国的伯希和等老辈都去世了，而日本一班汉学家现在连唐、宋没有标点的文章，往往

---

① 钱穆《素书楼余沈》，《钱宾四先生全集》本，页 426—427，台湾联经出版事业公司，1998 年版。案：四十多年后，余英时在接受访谈时说："二手材料一大堆，有些根本就是没有什么价值的。真有贡献的不能遗漏。……这也是现代做学问应该注意的。这是方法论上的问题。"发挥的便是钱氏之说。见陈致《余英时访谈录》，页 57，中华书局，2012 年版。

句读也被他们读破了。所以希望汉学中心现在是在台湾,将来仍在大陆。"①这个观点主要是陈垣的,胡适当然也认同②。1931 年在几个日本年轻人面前,讲到汉学中心的问题,胡适曾明确表示是北京、京都和巴黎,这自然是一种门面语,他内心并不真的以为当时中国的人文研究已经堪与京都、巴黎鼎足而三。在当时的日本学者看来,就更是如此,因为中国学者使用的方法都来自于日本和西洋③。但胡适等人的愿望,与傅斯年建立历史语言研究所的雄心——"我们要科学的东方学之正统在中国"④一样,目的是为了振兴中国学术。余英时认为,今天的"汉学中心"既是"无所不在"又是"无所在",所以这个问题已经不需考虑。可是反观学术现实,中国学界的人文研究,无论是课题选择、理论假设、方法运用、主题提炼等,多取法乎欧美,连能否独立成派都是疑问,遑论"中心"所在? 又如何能放弃对"中心"的追求? 民国时期有识之士要把汉学中心夺回中国的愿望,在今天仍然是有其意义,也是值得为之努力的。

2. 与西学、东学角胜。晚清以来一批有理想、有志气的学人,他

① 《第四届国际汉学会议论文集》,彭小妍主编《跨文化实践:现代华文文学文化》,页 i,中研院,2013 年版。

② 胡适 1931 年 9 月 14 日记:"别说理科法科,即文科中的中国学,我们此时还落人后。陈援庵先生曾对我说:'汉学正统此时在西京呢? 还在巴黎?'我们相对叹气,盼望十年之后也许可以在北京了!"(《胡适日记全编》第 6 册,页 152)陈垣在二十年代初北大研究所国学门的一次集会上说:"现在中外学者谈汉学,不是说巴黎如何,就是说日本如何,没有提中国的,我们应当把汉学中心夺回中国,夺回北京。"(《郑天挺自传》,载冯尔康、郑克晟编《郑天挺学记》,页 378,生活・读书・新知三联书店,1991 年版)

③ 1939 年长濑诚在《日本之现代中国学界展望》中提到此事,并且评论道:"如果叫日本的学者来说,最近在中国的中国学,只是模写日本的和西洋的方法论而已,尤其是不能逃出日本所予影响的力圈以外。"原载《华文大阪每日》第 2 卷第 6—8 期,1939 年,兹据《近代中国域外汉学评论萃编》,页 150。

④ 《历史语言研究所工作之旨趣》,《傅斯年全集》第 4 册,页 266。

们关注西学、东学，一方面固然是要虚心学习，另一方面也要与之竞争角胜，绝不仅仅是东施效颦、亦步亦趋。为了与之对话进而竞争，首先就要关注其研究，也势必在课题选择等方面受其左右，这当然会给国人的学术研究造成影响，有时可能是负面的影响，但也是无可奈何之事，最终当摆脱其桎梏。试观当时的报刊杂志，多有介绍域外汉学之成就、历史和动态，以及分析其利弊得失，虽然以法国和日本为主，但眼光笼罩各国①。要把汉学中心夺回中国，唯一有效的方法，就是一方面吸收西学、东学之长，一方面做出具有中学特色的研究。对于西方汉学，傅斯年这样说："此日学术之进步，甚赖国际间之合作、影响与竞胜。各学皆然，汉学亦未能除外。国人如愿此后文史学之光大，固应存战胜外国人之心，而努力赴之，亦应借镜于西方汉学之特长，此非自贬，实自广也。"②对于日本汉学，陈寅恪如是云："拟将波斯人所著蒙古史料及西人译本陆续搜集，即日本人皆有之者，以备参考。……庶几日本人能见之书，我辈亦能见之，然后方可与之竞争。"③这番努力也的确结出了希望的果实。王静如这样评价陈寅恪及其同道的工作："陈先生国学精深，又博通东西各国语言及古代语文，工具既良，方法复新，见识自高。故每出一论，世界汉学界必交相称道。"④特别是陈寅恪，不止在具体研究上有许多创获，还在学术方

---

① 如梁绳祎《外国汉学研究概观》，就分别介绍了日本、意大利、荷兰、法、德、俄、英、美等八国汉学研究的缘起和现状，最后还提及比利时、瑞典、希腊、捷克斯拉夫等国汉学代表人物，此文收入《近代中国域外汉学评论萃编》，可参看。

② 傅斯年《论伯希和教授》，引自《近代中国域外汉学评论萃编》，页307。

③ 陈寅恪致傅斯年函，刘经富《陈寅恪未刊信札整理笺释》之十五，载《文史》2012年第2辑。

④ 王静如《二十世纪之法国汉学及其对于中国学术之影响》，原载《国立华北编译馆馆刊》第2卷第8期，1943年8月，引自《近代中国域外汉学评论萃编》，页184—185。

法上有所建树①。如果中国学术沿着这条道路继续发展,其对于国际学术界的贡献和影响,必然是另外一番面目。

3. 不以西学、东学为学术标准。这样的议论虽然不多,但很值得注意。比如傅斯年1934年撰文指出:"西洋人治中国史,最注意的是汉籍中的中外关系,经几部成经典的旅行记,其所发明者也多在这些'半汉'的事情上。……西洋人作中国考古学,犹之乎他们作中国史学之一般,总是多注重在外缘的关系,每忽略于内层的纲领,这也是环境与凭藉使然。"②与此同时,陈寅恪也对日本汉学家的中国史研究有所评论:"日本人常有小贡献,但不免累赘。东京帝大一派,西学略佳,中文太差;西京一派,看中国史料能力较佳。"③虽然这只是一些杰出个人发表的意见,无法代表一个时代的共识,但这是值得重视的另一种声音。

综上所述,我们要在学术研究的理论和方法上进行探索,应该吸取前人宝贵的思想资源,并且更加推向前去。余英时曾认真地说:"二十世纪以来,中国学人有关中国学术的著作,其最有价值的都是最少以西方观念作比附的。"④但这并不意味着说,我们可以对西方的观念不闻不问。所以,他在呼吁"中国人文研究摆脱西方中心取向、重新出发"的时候,一方面强调通过中国历史和文化传统的"种种内在线索,进行深入的研究",同时也强调,对于西方的理论与方法,

---

① 我在《现代学术史中的"教外别传"——陈寅恪"以文证史"法新探》(载《文学评论》2017年第3期)一文中,对陈寅恪如何融合中西学术以创造其学术方法有详论,此处从略。
② 《〈城子崖〉序》,《傅斯年全集》第3册,页206—207。
③ 杨联陞记《陈寅恪先生隋唐史第一讲笔记》,载《陈寅恪集·讲义及杂稿》,页487—488,生活·读书·新知三联书店,2002年版。
④ 余英时《怎样读中国书》,见《中国文化与现代变迁》,页266,三民书局,1992年版。

研究者"应该各就所需,多方吸收"①,就是吸取了百年以来中国人文研究的正反经验教训后,得出的中肯之论。而我们在进行自身的理论和方法的建设和探索时,其基本原则就应该是以文本阅读为基础,通过个案研究探索具体可行的方法,走出模仿或对抗的误区,在与西洋学术的对话中形成其理论。在今天的人文学研究中,套用西方理论固不可为,无视西方理论更不可为。我们的观念和方法应该自立于而不自外于、独立于而不孤立于西方的学术研究。

新理论和新方法的探索不是凭空而来,我们把文本阅读放到其基础的位置,就是表明方法应该透过文本本身的内在线索和理路而形成,理论也是奠基于行之有效的具体研究之上。如果把文本广义地理解为研究的材料,理论和方法就是设计的理念和图纸,在这一探索过程中,新材料显然占有优势。由新材料而带来的新问题,本身就往往是学术研究的新对象,是既有的理论和方法未曾面对、未曾处理因而往往也束手无策的课题。尽管研究者可以依据惯常的思路去面对、去处理,但其结果却难免遮蔽了新视野。因此,面对新材料,研究者更需要付之以探索新观念和新方法的努力。

这里,我们要重温陈寅恪在1930年讲过的一段话:"一时代之学术,必有其新材料与新问题。取用此材料,以研求问题,则为此时代学术之新潮流。治学之士,得预于此潮流者,谓之预流。其未得预者,谓之未入流。此古今学术史之通义,非彼闭门造车之徒,所能同喻者也。"②对于这段人们耳熟能详的话,学界的注意力往往集中在"新材料"而忽略了"新问题",但如果缺乏"新问题",即便有无穷的"新材料",也形成不了"时代学术之新潮流"。就好像法国十八世纪

---

① 余英时《试论中国人文研究的再出发》,见《知识人与中国文化的价值》,台湾时报文化出版有限公司,2007年版,页296—297。
② 《陈垣敦煌劫馀录序》,《金明馆丛稿二编》,页236。

的哲学家们，虽然"砸烂了圣·奥古斯丁的《天城》，只不过是要以更行时的材料来重建它罢了"①。易言之，即便使用了"更行时的材料"，但重建起来的依然是一座中世纪的旧城。在现代学术史上，用新材料建构旧房子的情况并不罕见，假如我们有幸遭遇新材料，却不幸建构成旧房子，其令人悲哀的程度甚至远过于无缘新材料。如果没有新问题，新材料照样会被浪费，至少也会因此而遮蔽了其应有的"新视野"，更不要说会导致其革命性的、典范转移之可能性的丧失。

近十多年来，大批新材料涌现在学术界面前，其中不仅有考古挖掘，也包括许多原先处于边缘的、不为人所注意的材料，域外汉籍便是其中之一②。历史上周边国家和地区的读书人，用汉字撰写了大量文献，其涉及范围几乎与"国学"相当，这些材料构成了长期存在于东亚世界的"知识共同体"或曰"文人共和国"，既向我们提出了许多新问题，也提供了在理论上和方法上继续探索的可能性③。

我总是在想，如果今天的传统题材研究和二十年前、五十年前的研究，在问题的提出、切入的方式、理论的关怀等方面没有多大改变的话，其在学术上的意义如何是不无疑问的。为了与国际学术作深度对话，我们当然应该尽其可能关心今日西方学术中的话题。因为西方汉学说到底，不是中国学术的分支，而是西洋学术的组成部分。如果不是因为在二十世纪六十年代的美国兴起女权主义运动，就不会有八十年代妇女史研究的蔚然成风，更不会有九十年代以来汉学

① 卡尔·贝克尔(Carl L. Becker)《18 世纪哲学家的天城》，何兆武译，页 25，北京大学出版社，2013 年版。
② 有关域外汉籍的基本定义、范围、研究历史、现状及意义等，参见张伯伟《域外汉籍研究入门》第一章"导言"，页 1—29，复旦大学出版社，2012 年版。
③ 关于域外汉籍与中国古代文学研究之间的关系，我曾写过《域外汉籍与中国文学研究》(载《文学遗产》2003 年第 3 期)和《域外汉籍与唐诗学研究》(载《学术月刊》2016 年第 10 期)，可参看。

界对中国以及东方女性文学的热衷。如果不是因为西方的非裔少数族群和女性主义者对于西方文学史上的典范（即欧洲男性白人）发出挑战甚至加以颠覆，有关文学经典的问题、文学史的书写与建构问题，就不会成为九十年代以来汉学的热点。如果不是因为欧美新文化史的影响，有关书籍史、抄本文化以及文学文化史就不会在西方汉学界吸引众多的关注和实践。因此，我们在涉及以上论题的时候，就不能也不该回避，而是要通过我们的研究，对于西方的理论和方法作出回应，包括采纳、修正、补充、批判，使得西方汉学家在运用这些理论和方法的时候，也可能从中国学者的论著中得到益处。

当然，以上所说的只是一个方面。立足于新材料自身，我们还可能提出各种新话题，展现学术研究的新魅力。2014 年的《深圳商报》曾经连载了钱穆在香港新亚书院的"《中国文学史》讲稿"，其中最刺激人心的一句话是："直至今日，我国还未有一册理想的《中国文学史》出现，一切尚待吾人之寻求与创造。"①为此，《深圳商报》记者访谈了十多位中外学者，就此问题作出回应。本人也在受访之列，其中对什么是钱穆理想的文学史，作了如下概括：1. 将文学史视如文化体系之一，在文化体系中求得民族文学之特性；2. 以古人的心情写活文学史，使得文学史有助于新文学的发展；3. 贯通文学与人生，从人生认识文学，以文学安慰人生，而极力反对用西方文学为标准来建构、衡量中国文学史。从中国文化史的整体出发，去认识中国文学的特征，就必然不会以西洋文学的发展和西洋人的治学观念来限制或套用到对中国文学史的理解和描述上，这是钱氏文学史理想引发出来的最重大的意义所在。只是在我看来，这个"文化"不仅是传统的"中国文化"，还应该是"汉文化"，也就是包括了历史上的朝鲜半岛、

---

① 《深圳商报》2014 年 7 月 24 日"文化广场"版，《钱穆〈中国文学史〉讲稿首次面世》。

日本、越南等地区在内的"汉文化圈"。研究汉文化圈中的文学历史，其中有书籍的"环流"（包括在流传过程中的增损、阅读中产生的误读以及造成的不同结果）、有文人的交往、有文化意象的形神之变（地域上包括中国、朝鲜半岛和日本，媒介上包括文学和图像）、有文学典范的转移和重铸、有各种文体的变异和再生等等。这些众多的新问题，不仅需要新的方法论原则，而且蕴含了许多具体的研究手段的创造潜力，为理论和方法的探索提供了无限的可能。

四、作为方法的汉文化圈

基于域外汉籍的新材料，多年来我对其研究方法也作了初步探索，提出了"作为方法的汉文化圈"，以期成为一个研究的基本原则①。

"汉文化圈"可以有不同的表述，比如"东亚世界""东亚文明""汉字文化圈"等等，作为该文化圈的基本载体是汉字。以汉字为基础，从汉代开始逐步形成的汉文化圈，直到十九世纪中叶，积累了大量的汉籍文献，表现出大致相似的精神内核，也从根柢上形成了持久的聚合力。在历史上，东亚各国虽然先后有了自己的文字，但或称"谚文"，或称"假名"（与"真文"相对）。"谚文"被朝鲜时代人称作"方言"，含有"乡野之文"的意思；用假名写成的和歌、物语，也被日本男性贵族轻视为"女文字"或"女流文学"。所以，在东亚的知识人中，就形成了以汉字为核心的书写共同体。以朝鲜半岛为例，谚文是

① 这里所说的内容，我在《作为方法的汉文化圈》（原载《中国文化》2009 年秋季号）、《再谈作为方法的汉文化圈》（载《文学遗产》2014 年第 2 期）有过阐释，可参看。

女性使用的文字,对于许多男性知识分子来说,他们或者根本就不学(至少是宣称不识)谚文。传说中理学家金长生昧于谚文,其子金集也说父亲"未习谚字"①。朴世采说自己"不识谚字"②,他也是一个理学家。朴趾源的汉文学造诣极高,他公然宣称:"吾之平生,不识一个谚字。"③少数知识女性学会了汉字,能够使用两种文字,但仍然分别高下。张氏在1668年给其子李徽逸(著名性理学家)信的末尾云:"谚书不见信,书此以送。"④意思是"用谚文写给你恐怕不会受到重视,所以用汉字写了这封信送你"。其玄孙李象靖在《跋》中说:"夫人以谚书不见信,故手书此以与之,其忧疾之虑、勉学之意,烂然于一纸。"⑤谈论严肃、重大的问题就使用汉字。这一通常现象在新西兰学者费希尔(S. R. Fischer)的观察中,就被描述为"汉语成了东亚的'拉丁语',对所有的文化产生了启迪,其程度远远超过了拉丁语在西方的影响"⑥。英国史学家彼得·伯克(Peter Burke)在《语言的文化史:近代早期欧洲的语言和共同体》一书中指出,古典时代以后的近代早期,欧洲广大地区的学者们"都使用拉丁语相互通信,这一事实让他们产生了一种归属感,认为自己属于一个被他们称作

---

① 宋浚吉《上慎独斋先生》,《同春堂集》别集卷四,《韩国文集丛刊》第107册,页361,景仁文化社,1993年版。
② 《答尹子仁》,《南溪集》外集,《韩国文集丛刊》第141册,页317,景仁文化社,1995年版。
③ 《答族孙弘寿书》,《燕岩集》卷三,《韩国文集丛刊》第252册,页78,景仁文化社,2000年版。
④ 《贞夫人安东张氏实记》,张伯伟主编《朝鲜时代女性诗文集全编》上册,页273,凤凰出版社,2011年版。
⑤ 同上注。
⑥ 史蒂文·罗杰·费希尔《阅读的历史》第三章"阅读的世界",李瑞林等译,页93,商务印书馆,2009年版。

'文人共和国'或'知识共和国'的国际共同体"①。而他们使用拉丁语来写作也有助于创立一个"文本共同体"(textual communities)②。将这两者作一比拟,以汉字为媒介和工具,在东亚长期存在着一个知识和文化的"文本共同体",或曰"文艺共和国"。尽管从表面构成来说,它们似乎是松散的,但实际上却有一条精神纽带将他们联系在一起。值得重视的是,这样一个共同体或共和国中的声音并不单一,它是"多声部的"甚至"众声喧哗的"③。如果说,研究方法是研究对象的"对应物",那么,"作为方法的汉文化圈"的提出,与其研究对象是契合无间的。

为什么要把汉文化圈当做方法而不是其他,比如范围、视角、研究对象? 西嶋定生理解的"东亚世界"主要由四方面构成,除汉字以外,还有儒教、律令制和佛教④。儒教属思想,律令制属制度,佛教属宗教,它们分属于不同领域,也涉及各类不同题材,无论从范围还是从研究对象来看,都显得极为宽泛乃至无所不包,在传统学术中,这些文献也可以归入各门不同学科。以汉文化圈为方法,强调的是研究对象与思维方式的契合。在汉文化圈的整体观照下,这些不同的领域和学科可以得到贯通和整合。说到底,把汉文化圈当作方法,是为了揭示一种研究路径,而不仅仅是一系列研究材料或论题。至于视角,从某种意义上说,它是方法的题中应有之义。

---

① 彼得·伯克《语言的文化史:近代早期欧洲的语言和共同体》,李霄翔、李鲁、杨豫译,页74,北京大学出版社,2007年版。
② 同上书,页76。
③ 日本学者高桥博巳撰有《东亚文艺共和国》(《東アジアの文芸共和国—通信使·北学派·蒹葭堂—》,新典社,2009年版)一书,在某种程度上揭示了上述意义。
④ 西嶋定生《东亚世界的形成》,载刘俊文主编《日本学者研究中国史论著选译》第2卷,页88—92,中华书局,1993年版。

但仅仅将汉文化圈当作视角,未免显得狭隘和单一,无法包容方法的多方面的意涵。

作为方法的汉文化圈,以我目前思考所及,大致包括以下要点:其一,把汉字文献当作一个整体。即便需要分出类别,也不以国家、民族、地域划分,而是以性质划分。比如汉传佛教文献,就包括了中国、朝鲜半岛、日本以及越南等地佛教文献的整体,而不是以中国佛教、朝鲜佛教、日本佛教、越南佛教为区分。在考察佛教文献的同时,也应注意到它与其他文献之间的关系。无论研究哪一类文献,都需要从整体上着眼。其二,在汉文化圈的内部,无论是文化转移,还是观念旅行,主要依赖"书籍环流"。人们是通过对于书籍的直接或间接的阅读甚至误读,促使东亚内部的文化形成了统一性中的多样性。其三,以人的内心体验和精神世界为探寻目标,打通中心与边缘,将汉籍文献放在同等的地位上,寻求其间的内在联系,强调不同地区人们的相互影响和相互建构。其四,注重文化意义的阐释,注重不同语境下相同文献的不同意义,注重不同地域、不同阶层、不同性别、不同时段上人们思想方式的统一性和多样性。诚然,一种方法或理论的提出,需要在实践中不断进行完善、补充和修正,因此,我期待更多的学者能够加入到探索的行列中来。

"作为方法的汉文化圈"既然是一个原则,那就不是具体的研究方法。事实上,在这样一条原则的指引下,每一个具体的个案研究都会有自身的问题所在,也就有相应的剖析手段。以我自己处理过的一些个案研究来说,有的将文学史和书籍史结合,有的将文学史和艺术史结合,有的偏重于一个时段中文学势力的消长,有的仅仅是就几首诗作文本分析,尽管其运用能力和实际效用不可一概而论,但在研究过程中并无固定的理论后援和分析框架,同时又从不同方面和不同层面指向"作为方法的汉文化圈"这一基本原则①。

（原载《文学遗产》2016 年第 3 期）

---

① 为了便于学者的讨论，我将较有代表性的论文列之于下，无论是正面的呼应或是反面的批判，都是我乐于听闻的：关于文学典籍的环流，有《书籍环流与东亚诗学——以〈清脾录〉为例》，载《中国社会科学》2014 年第 2 期；关于文人学士的交往，有《汉文学史上的 1764 年》，载《文学遗产》2008 年第 1 期；关于文化意象的形塑，有《东亚文化意象的形成与变迁——以文学与绘画中的骑驴与骑牛为例》，载《域外汉籍研究集刊》第 6 辑，中华书局，2010 年版；关于文学典范的转移，有《典范之形成：东亚文学中的杜诗》，载《中国社会科学》2012 年第 9 期；关于文体的变异，有《"文化圈"视野下的文体学研究——以"三五七言体"为例》，载《中国社会科学》2015 年第 7 期；关于东亚女性文学，有《文献与进路：朝鲜时代的女性诗文研究》，载台湾中正大学《中正汉学》2013 年第 1 期。

附录二 "去耕种自己的园地"

——关于回归文学本位和批评传统的思考

一、引言

　　2018 年,中国社会科学院文学研究所新编了一种出版物——《古代文学前沿与评论》。在第一辑的卷首,刊登了一组总题为《"十年前瞻"高峰论坛》①的笔谈,汇集了当今活跃在学术研究第一线的二十一位老中青学者的发言稿,在一定程度上,将其视作对当下古代文学反思的代表,也许是合适的。比如詹福瑞有一连串的发问:"现在我们面临着一个很大的问题:文学究竟怎么研究?""什么叫回归文学本体?""我们在对古代文学即所谓的文史哲都在其中的'泛文学'做研究时,还做不做文学性的研究? 文学性的研究还是不是我们古代文学研究中的核心问题?"葛晓音也直陈这样的现象:"学者们关注到了很多前人不太注意的材料、作家与文学外围的现象等……但是相对来说反而是主流文学现象的研究突破不大。"也就是说,在文学发展的内因外因两方面,"目前的倾向是,研究者更偏向于外因"。她

①《古代文学前沿与评论》第一辑,页 1—51,社会科学文献出版社,2018 年版。

同时还指出，造成这种现象的原因之一，"是与传统偏见有关，总觉得文学艺术性的研究很难做得深入，好像是软学问，不如文献的整理和考据'过硬'"。在她看来，"版本和考据工作最终仍是要为解决文学问题服务"，而"文学艺术性的研究需要以读懂文本为基础"。文本的阅读和理解原本是读中文系人的长项，但却如刘宁所说，"研究者有没有深度解读文本的能力"已然成为一个问题。更糟糕的还在于，"现在似乎很多人不太关心对文学文本的解读能力，认为有新视角就可以解决问题"。此外，王达敏、李玫等也痛陈"文学研究的空心化问题"，以及"选题中相对忽视文学本身的倾向"，与上述学者的看法也形成了呼应。在目前的古代文学研究中，以文献挤压批评，以考据取代分析，以文学外围的论述置换对作品的体悟解读，已是屡见不鲜的现象，究竟应该如何进行"文学"研究，竟成为横亘在古代文学研究者面前的一个难题。以上反思代表了古代文学学界对当下研究现状与存在问题的某种担忧，但较真起来讲，上述意见不应该是文学研究中的老生常谈吗？而当一个老生常谈变成了研究界普遍纠结的问题时，事情恐怕就不那么简单。我们当然可以借用章太炎的一番话为说辞："大愚不灵、无所愤悱者，睹眇论则以为恒言也。"①但实际上，面对某种普遍发生的现象，学者是无法以一种知识的傲慢夷然不屑的。有学者指出这种现象与某种"传统偏见"相关，但传统是多元的，有一种传统偏见，往往就会有另一种针对此偏见的传统。又如把文学的艺术性研究看成"软学问"固大谬不然，但这是否也暴露了长期以来文学研究中的某些弊端。由于缺乏对文学本体研究的理论思考和方法探究，"纯文本"研究往往流于印象式批评，即便是被人们视为典范的闻一多的《唐诗杂论》，在敏锐的感觉、精致的表述掩盖下的，

---

① 章太炎《文学总略》，程千帆《文论十笺》上辑，页31，黑龙江人民出版社，1983年版。

依然是"印象主义"的批评方法。而考据与辞章、文学与历史的关系如何，孰重孰轻、孰高孰低，其争论辩驳也由来已久。不仅中国文学如此，在西方文学批评史上，这些相互冲突的见解也不罕见。因此，对上述问题作出清理，以求在一新的起点上明确方向、抖擞精神、重新出发，不能说是没有必要的。

文学研究，首要的和重要的就是把文学当作文学，面对文学说属于文学的话，借用哈罗德·布鲁姆（Harold Bloom）的话来说："批评实践，按照其原义，就是对诗性思维进行诗性的思考。"①这样的一个出发点，在中国现代学术中有其传统，置于整个中国文学批评史中来看，甚至存在一个悠久的传统。那么，这一传统从何而来，在现代学术中有何种承当，其在今日的意义如何，又该怎样发展，便是本文讨论的主要问题。

文学是一个复杂体，当然也就有为了突出文学的某一侧面或层面的理论，这些理论丰富了人们对文学的多样性认识。所以，在研究方法或批评实践中，越来越多的人会趋向于"综合"。威尔弗瑞德·古尔林（Wilfred L. Guerin）等著的《文学批评方法手册》指出："读者在对一部文学作品作出慎重解释的任何一个时刻，他可能是从某个特定的角度作出反应的。……然而，理想的最终反应应该是各种方法的综合与折衷。"②又说："由于文学是人之为人的语言艺术的表达，并具有这一概念所蕴含的丰富、深刻及复杂，因此，文学批评必然是达到那种经验的许多途径的综合。……也因此我们需要很多种方

---

① 哈罗德·布鲁姆《影响的剖析：文学作为生活方式》，金雯译，页16，译林出版社，2016年版。

② Wilfred L. Guerin, Earle labor, Lee Morgan, Jeanne C. Reesman, John R. Willingham, *A Handbook of Critical Approaches to Literature*, 4th edition, Foreign Language Teaching and Research Press & Oxford University Press, 2004, p. 302.

法。"①从某种意义上看(作为一部多次修订并被译为多种语言的大学教材),这也许可以代表欧美批评界的共识。文学研究的核心是批评②,读者一方面"是从某个特定的角度"对作品产生最初的反应,另一方面,"理想的最终反应"又应该是"各种方法的综合与折衷"。我赞成运用综合的方法对文学进行各种不同方面和层面的批评,但只要是文学研究,首先就应该尊重文学的特性,做到对诗说话,说属于诗的话。有各种不同的文学理论的立场,也有各种不同的文学批评的出发点,但是以尊重文学特性为出发点应该是"第一义"的和最为根本的。这样的批评实践,不仅在我们现代学术进程中有其传统,而且在中国两千五百年的批评传统中,也同样不绝如缕。因此,本文撰述的宗旨,一方面是对当下古代文学研究的针砭,一方面是对现代学术中某种传统的接续,还有一个重要方面,就是对中国批评传统的再认识。

二、从一重公案说起:实证主义文学研究批判

1978 年,钱锺书赴意大利参加欧洲汉学家第 26 次大会,并应邀发表了《古典文学研究在现代中国》的演讲。他强调"马克思主义的运用"导致了最可注意的两点深刻的变革:"第一点是'对实证主义的造反'",改变了此前"文学研究和考据几乎成为同义名词"的状

---

① *A Handbook of Critical Approaches to Literature*, p. 304.
② 在注重概念辨析的欧美文学批评传统中,自上世纪六十年代以来"批评"一词已经扩展和囊括了全部的文学研究,还有人对此作了梳理。参见韦勒克(René Wellek)《文学批评:名词与概念》,收入其《批评的概念》,张今言译,页 19—33,中国美术学院出版社 1999 年版。

态;"第二点是:中国古典文学研究者认真研究理论","改变了解放前这种'可怜的、缺乏思想的'状态"。具体的理论命题,就是文学和社会发展的关系、典型论、反映论以及动机和效果、形式和内容的矛盾等等①。可见,钱氏所谓"现代中国"的时间范围是从 1949 年以后到他演讲的 1978 年之前。时过境迁,他所描述的两点"深刻变革"的现象,今天也许会换一种概括,就是人文学(不止是古代文学)研究中的"以论带(代)史"和理论上的顺应苏联,文中举出的理论命题不出季莫菲耶夫、毕达科夫"文学概论"的一套,在上世纪八十年代以后的学界反思中,这些理论和实践基本上被认为是机械唯物论和庸俗社会学在文学研究中的体现。但当涉及具体人物的具体研究的时候,钱锺书就没有什么忌讳了,他不客气地指出:

> 譬如解放前有位大学者在讨论白居易《长恨歌》时,花费博学和细心来解答"杨贵妃入宫时是否处女?"的问题——一个比"济慈喝什么稀饭?""普希金抽不抽烟?"等西方研究的话柄更无谓的问题。今天很难设想这一类问题的解答再会被认为是严肃的文学研究。②

这里所说的"大学者"的研究指的当然就是陈寅恪的《长恨歌笺证》。钱锺书对文学研究中的"实证主义"向来反感,以他的眼界、品味之高,绝不肯以"小人物"作为批评对象,故以陈寅恪为例。但若回到陈寅恪论著本身,我们不得不说,钱锺书的批评是失却准星的。《长恨歌》中说到的杨贵妃入宫事,自宋人笔记便加以讨论,至清代考证尤

---

① 钱锺书《古典文学研究在现代中国》,《钱锺书集·人生边上的边上》,页178—182,生活·读书·新知三联书店,2002 年版。
② 同上书,页 180。

多,陈寅恪已举出朱彝尊、杭世骏、章学诚等人的论著为代表,并以朱彝尊之考证"最有根据",他自己的文章"止就朱氏所论辨证其误,虽于白氏之文学无大关涉,然可借以了却此一重考据公案也"①。这就很明确地告诉大家,这则考据与"文学无大关涉",是史学问题。他通过杨玉环先嫁李隆基之子李瑁,再由玄宗施加手段霸占儿媳的事实梳理,推衍至李唐王室的文化,亦即朱熹所谓"唐源流出于夷狄,故闺门失礼之事,不以为异"这一重大判断②。虽然不是"严肃的文学研究",但无疑是"严肃的史学研究"。陈寅恪的文学修养是无可怀疑的,他开创的"以诗证史"或曰"以文证史",是试图用文学的材料解决史学的问题(其中也含有对文学研究的深刻启示)。由于使用的是"诗"的材料,并且尊重了"中国诗之特点",他在很多地方也做到了将对诗说话、说属于诗的话作为研究的出发点。但是,他冥心搜讨的新方法毕竟是史学研究法,曾明确地说"元白诗证史即是利用中国诗之特点来研究历史的方法"③。所以,将钱锺书与陈寅恪的上述分歧看成是两种不同的"诗学范式之争"④,这是无法让我同意的。因为说到底,他们一为史学研究,一为诗学研究,这样说并不否定史学研究和诗学研究的联系,两者之间即便在钱、陈自身的笔下也时有交叉,但这与并行的两种"诗学范式"毕竟不是一回事。更何况若

---

① 陈寅恪《元白诗笺证稿》,页 14,上海古籍出版社,1978 年版。

② 黎靖德编《朱子语类》卷一百三十六"历代三",页 3245,中华书局,1986 年版。参见牟润孙《陈寅恪与钱锺书——从杨太真入宫时是否处女说起》,收入其《海遗丛稿》(二编),页 163—165,中华书局,2009 年版。

③ 唐筼《元白诗证史第一讲听课笔记片段》,《陈寅恪集·讲义及杂稿》,页 484,生活·读书·新知三联书店,2002 年版。参见张伯伟《现代学术史中的"教外别传"——陈寅恪"以文证史"法新探》,载《文学评论》2017 年第 3 期。

④ 参见胡晓明《陈寅恪与钱锺书:一个隐含的诗学范式之争》,原载《华东师范大学学报》1998 年第 1 期,后收入其《诗与文化心灵》,页 245—256,中华书局,2006 年版。

是在托马斯·库恩（Thomas S. Kuhn）的意义上使用"范式"一语，我们不禁要问：在上述两位学者的生前或身后，又何尝形成过一个诗学研究的具有原创力、影响力、凝聚力以及示范性的"学术共同体"呢？

诚如钱锺书指出的，现代学术中文学研究的实证主义风气之形成原因，"在解放前的中国，清代'朴学'的尚未削减的权威，配合了新从欧美进口的这种实证主义的声势，本地传统和外来风气一见如故，相得益彰……使考据和'科学方法'几乎成为同义名词"①。而他所概述的"现代中国"，从学术研究上来看，实际上是对这一轨道的脱逸。上世纪八十年代以来，针对长期存在的僵化和空疏，学术界开始追求学术性和多元化。但到九十年代之后，中国的人文学界逐步形成了如李泽厚描绘的图景且愈演愈烈："九十年代大陆学术时尚之一是思想家淡出，学问家凸显，王国维、陈寅恪被抬上天，陈独秀、胡适、鲁迅则'退居二线'。"②与之密切相关的，就是文学研究中"实证主义"的死灰复燃，并大有燎原之势。近年国家社科重大项目的课题指南中，类似"某某文献集成与研究"的名目屡见不鲜，虽然名称上还带了"研究"的尾巴，但往往局限在文献的整理和考据，并且还多是一些陈旧的文献汇编影印。这多少反映出学术界的若干现实，也多少代表了学术上的某种导向③。钱锺书说："所谓'实证主义'就是繁琐无

① 《古典文学研究在现代中国》，《钱锺书集·人生边上的边上》，页179。
② 香港《二十一世纪》1994年6月号（总第23期）"三边互动"栏目。
③ 如果我们检阅一下近四十年来古代文学研究的成绩单，举出的最有代表性的成果基本上都属于文献整理，这类回顾性的文章很多，稍加浏览就不难得出以上印象。而从"外人"的眼光来看，比如包弼德（Peter K. Bol）认为："大陆出版的最有价值的书是古籍整理，而不是研究著作。"（王希等主编《开拓者：著名历史学家访谈录》，页254，北京大学出版社，2015年版）

谓的考据,盲目的材料崇拜。"①若是用柯林武德(R. G. Collingwood)的话来说,实证主义留给世人的学术遗产,"就是空前的掌握小型问题和空前的无力处理大型问题这二者的一种结合"②。文献考据本身有其价值,但以考据学眼光从事文学研究,或者将文学视同史学的附庸,文学研究的尊严也丧失殆尽。

徐公持在总结二十世纪最后二十年的中国古典文学研究时,举出当时老一代学者"再现学术雄风,其中钱锺书、程千帆堪为代表",并认为其著作在"本时期的学术精神,实质上与三四十年代遥相呼应"③。徐氏将钱、程并举是着眼于他们的学术成就和影响,而两者之间实有一共同点值得拈出,那就是对文学研究中考据至上的实证主义的批判。这里,我想引用一篇程千帆不太为人注意的早年文章《论今日大学中文系教学之蔽》,其中揭示的弊端之一,就是"持考据之方法以治词章"。至于其形成原因,则与钱锺书所指摘者若合符契:

> 满清学术,一由于明学之反动,二由于建夷之钳制,考据遂独擅胜场。……及西洋学术输入,新文化运动勃兴。……考据之学乃反得于所谓科学方法一名词下,延续其生命。

由此形成了如下研究与教学的趋势:

> 以考据之风特甚,教词章者,遂亦病论文术为空疏,疑习旧

① 《古典文学研究在现代中国》,《钱锺书集·人生边上的边上》,页179。
② 柯林武德《历史的观念》,何兆武、张文杰译,页195,商务印书馆,1997年版。
③ 徐公持《二十世纪中国古典文学研究近代化进程论略》,载《中国社会科学》1998年第2期。

体为落伍。师生授受，无非作者之生平，作品之真伪，字句之校笺，时代之背景诸点。涉猎今古，不能自休。不知考据重知，词章重能，其事各异。就词章而论，且能者必知，知者不必能。今但以不能之知而言词章，故于紧要处全无理会。虽大放厥词，亦复何益。昔人谓治词章，眼高手低，最为大病。若在今日，则并此低手亦无之矣。①

此文撰写于 1942 年，与钱锺书在 1978 年对考据之风的批评恰可遥相呼应。而到了今天，执教上庠的教授、博导虽比比皆是，超过历史上的任何时候，然其治词章之学，不仅多"不能"，甚且有"无知"，视程千帆当年所贬斥者犹且瞠乎其后。至于批评和考据的关系，两位学者的意见也是接近的。钱锺书说：

　　文学研究是一门严密的学问，在掌握资料时需要精细的考据，但是这种考据不是文学研究的最终目标，不能让它喧宾夺主、代替对作家和作品的阐明、分析和评价。②

而程千帆在早年提出并实践"将批评建立在考据基础上的方法"，到晚年将其研究方法上升为"两点论"——文艺学和文献学精密结合，它所指向的起点是作品，终点是作品，重点也还是作品。他说："文艺学与文献学两者有个结合点，那就是作品。"③他又说："我们无论用

---

① 程会昌《论今日大学中文系教学之蔽》，载《国文月刊》第十六期（1942 年）。案：此文未收入《程千帆全集》。
② 《古典文学研究在现代中国》，《钱锺书集·人生边上的边上》，页 179。
③ 徐有富《程千帆先生谈治学》，收入徐有富、徐昕《文献学研究》，页 1，江苏古籍出版社，2002 年版。

哪种方法从事研究,都必须归结到理解作品这一点上。"①尤其强调不能企图用一般历史文献学的方法,解决属于文学自身的问题②。钱锺书也这样自陈:"我的原始兴趣所在是文学作品。"③如果说,二十一世纪的古代文学研究仍然有对前人"照着讲""接着讲"甚至"对着讲"的必要,那么,我们最迫切、最需要接续的就是这样的学术传统,并且在理论和实践上向前推进。

三、从批评实践看文学、史学研究之别

在二十世纪中叶,陈寅恪探索和实践了"以诗证史"的研究方法,这一方法能够奏效的基础,首先在于中国诗的特点:

> 中国诗与外国诗不同之点——与历史之关系:中国诗虽短,却包括时间、人事、地理三点。……外国诗则不然,空洞不着人、地、时,为宗教或自然而作。中国诗既有此三特点,故与历史发生关系。④

能否如此笼统概括外国诗的特点,也许可以商讨,但中国诗与历史有千丝万缕的联系,历史研究与文学研究如葛藤交错,于是在理论上和实践上,如何区分历史研究与文学研究,也就成为困扰许多研究者的

---

① 《访程千帆先生》,原载《文学研究参考》1987年第1期,收入巩本栋编《程千帆沈祖棻学记》,页93,贵州人民出版社,1997年版。
② 参见张伯伟《"有所法而后能,有所变而后大"——程千帆先生诗学研究的学术史意义》,载《文学遗产》2018年第4期。
③ 钱锺书《作为美学家的自述》,《钱锺书集·人生边上的边上》,页204。
④ 唐筼《元白诗证史第一讲听课笔记片段》,《陈寅恪集·讲义及杂稿》,页483。

一个问题。

雷内·韦勒克(René Wellek)曾这样说:"文学研究不同于历史研究之处在于它不是研究历史文件而是研究有永久价值的作品。"①这是以研究对象作区别,貌似合理。但以二十世纪后期的文学观念衡量,一个文本究竟是文献还是作品,往往取决于读者用什么方式阅读。甚至在海登·怀特(Hayden White)看来,"历史的文学性和诗性要强于科学性和概念性",因此,历史就是"事实的虚构化和过去实在的虚构化"②,历史文本和历史阐释都与文学相类似③。这么一来,怎么还分得清历史文献或文学作品呢? 早年的钱锺书有这样的看法:"窃常以为文者非一整个事物(self-contained entity)也,乃事物之一方面(aspect)。同一书也,史家则考其述作之真赝,哲人则辨其议论之是非,谈艺者则定其文章之美恶。"重心是在"观点(perspective)之不同,非关事物之多歧"④。此处的"观点"意为"视角",所以同样的儒家经典,在章学诚眼里是"六经皆史"⑤,而在曾克耑眼里,就变成了"六经皆文"⑥。深究下去,都与特定的理论立场有关,与本文的关注重心不同。所以,与其纠缠于理论争辩,不如从批评实践中寻找其差异。

---

① 雷内·韦勒克《文学理论、文学批评和文学史》,收入其《批评的概念》,页13。
② 海登·怀特《元史学:十九世纪欧洲的历史想象》"中译本前言",陈新译,页7,译林出版社,2009年版。
③ 参见海登·怀特《历史中的阐释》《作为文学制品的历史文本》,收入其《话语的转义:文化批评文集》,董立河译,页55—107,大象出版社、北京出版社,2011年版。
④ 钱锺书《中国文学小史序论》,《钱锺书集·人生边上的边上》,页102。
⑤ 仓修良编注《文史通义新编新注》内篇一《易教上》,页1,商务印书馆,2017年版。
⑥ 吴闿生《诗义会通》卷首曾克耑《诗义会通序》,页1,中国书店,1995年版。

从文学理论的立场看文学和历史的关系，一种人们熟悉的看法就是认为文学是特定历史时期的反映，因此，理解作品就要置于其历史背景之中。但文学中展现的历史，与实际发生的历史并不一定吻合，为了研究历史而利用文学材料，就会对文学描写加以纠正，这便属于历史研究。而为了纠正文学描写，就需要对史实（包括时间、人事、地理）作考据，转而轻忽甚至放弃文学批评。即便无需纠正，但如果仅仅将作品看成文献记载，也谈不上是在进行文学研究。当陈寅恪用"以诗证史"的方法去研究历史的时候，他心目中的意义就在于"可以补充和纠正历史记载之不足，最重要是在于纠正"①，被他"纠正"的往往不是历史记载，而是作品描写。比如对白居易《长恨歌》中"七月七日长生殿，夜半无人私语时"等描写，陈寅恪经过严密的考证，认为既有时间问题，又有空间问题："揆之事理，岂不可笑？""据唐代可信之第一等资料，时间空间，皆不容明皇与贵妃有夏日同在骊山之事实。"②又如元稹之《连昌宫词》，陈寅恪讨论的先决问题是："此诗为作者经过行宫感时抚事之作，抑但为作者闭门伏案依题悬拟之作。"他批评洪迈意见"为读者普通印象"，非史家实证之论，遂依元稹一生可以作此诗之五个年月一一考据，得出结论云："《连昌宫词》非作者经过其地之作，而为依题悬拟之作，据此可以断定也。"③正因为是悬拟之作，所以诗中如"上皇正在望仙楼，太真同凭栏干立""寝殿相连端正楼，太真梳洗楼上头"等句，"皆傅会华清旧说，构成藻饰之词。才人故作狡狯之语，本不可与史家传信之文视同一例，恐读者或竟认为实有其事，特为之辨正如此"④。凡此皆属时间、人事、

① 唐筼《元白诗证史第一讲听课笔记片段》，《陈寅恪集·讲义及杂稿》，页484。
② 陈寅恪《元白诗笺证稿》第一章，页40—42。
③ 同上书第三章，页61—71。
④ 同上书第三章，页79。

地理问题,其所纠正者,亦皆属诗中之描写。偶有以文学纠正历史记载者,也是以文学为史料,比如以元稹《遣悲怀》诗中"今日俸钱过十万"之句,"拈出唐代地方官吏俸料钱之一公案"①。其纠正的目的,不是衡量文学描写之妍媸,而是还原历史面目之真相。他在课堂讲授时说:"这些人诗文中的讹误,有的是不知而误,也还有的是轻见轻闻而误。"②其为史学研究而非诗学研究,不待细辨即可知。但陈寅恪对文学极为精通,故其论著也时时发表对文学研究的卓见,深受学者重视。比如历代对白氏《长恨歌》的理解,在他看来:"所谓文人学士之伦,其诠释此诗形诸著述者,以寅恪之浅陋,尚未见有切当之作。"真有目空一切之概,他同时又指出向上一路:"鄙意以为欲了解此诗,第一,须知当时文体之关系。第二,须知当时文人之关系。"③可谓度人以金针。由此而视宋人魏泰、张戒之论,实皆"不晓文章之体,造语蠢拙"者流;即便沈德潜等清人评语,亦未免颠顸骄驳④。凡此皆可谓文学研究而非史学研究,故研究唐代文学者多采其说。纵有商榷讨论,也属文学研究内部之争,而非文学与史学之争。

在文学研究上,钱锺书对陈寅恪没有什么吸收,他们在对具体作品的分析上,意见也往往相左。由于差别较为明显,就缺乏辨析的必要。但程千帆深受陈寅恪的影响,他对陈氏学术方法、宗旨、趣味以及文字表达的理解,远胜一般。但程千帆的学习方式,不是形迹上的亦步亦趋,而是在把握其学术宗旨的前提下,根据自己的研究内容,

① 《元白诗中俸料钱问题》,《金明馆丛稿二编》,页 59—73,上海古籍出版社,1980 年版。
② 刘隆凯整理《陈寅恪"元白诗证史"讲席侧记》,页 91,湖北教育出版社,2005 年版。
③ 《元白诗笺证稿》第一章,页 1—2。
④ 同上书,页 4—11。

在学术实践中"有所法"又"有所变",将重心由"史"转移到"诗"。他们之间的区别,是一个很好的辨析史学研究和诗学研究之差异的个案。如上所说,中国古代诗歌往往包括时间、人事、地理,所谓"人事",不仅有时事,也有故事,所以在研究工作中就不可避免地需要对史实的考证。若是史学研究,就会判断相关的某一记载(无论是历史文献还是文学作品)是出于"假想"或"虚构",因而是"错误的"或"不实的"。但若是诗学研究,史实的考证就仅仅是提供理解诗意的背景,而非判断诗人是否实事求是的律条。正是在这里,我们看到了程千帆与陈寅恪的差异。比如在唐代的边塞诗中,往往存在地名的方位、距离与实际情况不相符合的问题。研究者面对这样的作品,不外乎两种意见:或通过文献考证指责作者的率意,或同样采用考证的手段证明作品无误。两种结论貌似对立,但思维方式却如出一辙,都是将考据学代替了文学批评。如果从作品出发,又回归到作品,就会尊重诗的特性,学习并坚持对诗说话,说属于诗的话。程千帆这样指出:"唐人边塞诗中之所以出现这种情况,乃是为了唤起人们对于历史的复杂的回忆,激发人们对于地理上的辽阔的想象,让读者更其深入地领略边塞将士的生活和他们的思想感情。……古代诗人们既然不一定要负担提供绘制历史地图资料的任务,因而当我们欣赏这些作品的时候,对于这些'错误',如果算它是一种'错误'的话,也就无妨加以忽略了。"①对于诗学研究者来说,既不必通过历史考证而对文学作品中的描写"率意地称之为'小疵'",也无需对某些"不实之词"为作者"进行学究式的辩护"②。文学批评不排斥甚至有时也需要考证,但考证的目的,不单是为了弄清所谓的"历史事实",而是通

---

① 《论唐人边塞诗中地名的方位、距离及其类似问题》,张伯伟编《程千帆诗论选集》,页 105—106,山西人民出版社,1990 年版。
② 同上书,页 108。

过考证,帮助读者将想象的翅膀张得更宽,对作品的感情世界体验得更深。把文学作品当作历史文献,在文学批评实践中过多重视"对客观事物的估量和研究",反而忽略"文学本身是一种情感作用"①,"企图用考证学或历史学的方法去解决属于文艺学的问题,所以议论虽多,不免牛头不对马嘴"②。即便作品中含有历史因素,考据的方法在一定程度和一定意义上对作品的理解也会有帮助,但仅仅以此为满足,并未能完成文学批评的任务。

我们试看这样一个例子:屈原《离骚》作为中国文学两大传统的源头之一,在文学史上享有崇高的位置。从汉代开始,就有为之作传注者,直到今天也还新注不断,在空间上更是远传域外,并被翻译成多种文字,供世界人民欣赏。但在阐释中存在的问题也是长期而明显的,《离骚》开篇即云:

> 帝高阳之苗裔兮,朕皇考曰伯庸。摄提贞于孟陬兮,惟庚寅吾以降。皇览揆余于初度兮,肇锡余以嘉名。名余曰正则兮,字余曰灵均。纷吾既有此内美兮,又重之以修能。扈江离与辟芷兮,纫秋兰以为佩。③

这一段文字,刘知几已经将它看成是自序传的发端:"其首章上陈氏族,下列祖考;先述厥生,次显名字。自叙发迹,实基于此。"④至清人

---

① 程千帆《两点论——古代文学研究方法漫谈》,原载《古典文学知识》1997年第 2 期,收入《程千帆沈祖棻学记》,页 81。
② 程千帆《相同题材与不相同的主题、形象、风格——四篇桃源诗的比较》,《程千帆诗论选集》,页 80。
③ 朱熹《楚辞集注》卷一,页 3,上海古籍出版社,1979 年版。
④ 浦起龙《史通通释》卷九"序传第三十二",页 238,上海古籍出版社,2009 年版。

贺宽干脆就说"此屈子自叙年谱"①;而自王逸开始,又以其中两句"摄提贞于孟陬兮,惟庚寅吾以降"作为考证屈原生年的依据,至游国恩更明白地说:"《离骚》此二句为考证屈原生年之唯一材料。"②从内容来看,这段文字的确陈述了自己的氏族和祖先,也交待了自己的出生年月日,并说明了自己的名和字,但屈原真的是在用分行的韵语撰写一份自传或履历吗?历代学者"花费博学和细心"据以考证屈原的生年,歧义纷出,仅以《离骚纂义》汇录近人的研究成果看,因推算方式的差异也仍有五种主要意见,除了"正月"无异议外,年份从公元前343年到前335年不等,日子更有初七、十四、二十一、二十二之不同,在看得见以及看不见的将来恐怕也难有一致之时,这种"考证"究竟该算学术上的"众里寻他千百度"③,还是人生中的"可怜无益费精神"④呢?在我看来,屈原在这里只是用辞赋体塑造了一个自我形象而已。这个"我"(无论其第一人称代词是"朕""吾"或"余")是颛顼帝的远孙,其光环和美德直到自己父亲的身上仍在闪耀。而"我"秉持着这一血统,又出生在寅年寅月寅日,更标志着与生俱来的不凡。"我"的父亲(一说"皇"通"媓",即母亲⑤)看到这一切,赐予了"我"很好的名字:"正则"如天一般公平,"灵均"如地一般养物。"我"有如此众多的得自于祖先和天地的内在美好,又有不断的自我砥砺而养成的用世才能,就好像一个天生丽质的美人,再佩戴上芬芳馥郁的香草。总之,《离骚》开篇塑造了一个高贵的形象,他代表了荣誉和尊

---

① 转引自游国恩主编《离骚纂义》,页8,中华书局,1980年版。

② 同上书,页18。

③ 借用辛弃疾《青玉案·元夕》句,邓广铭《稼轩词编年笺注》卷一,页19,上海古籍出版社,1993年版。

④ 借用韩愈《赠崔立之评事》句,钱仲联《韩昌黎诗系年集释》卷五,页569,上海古籍出版社,1984年版。

⑤ 此汤炳正等《楚辞今注》说,页3,上海古籍出版社,2012年版。

严,他追求着崇高和纯粹,他不仅有与生俱来的优越,而且也通过不断的磨练证明了自己是受之无愧的。所以,在屈原的叙说中,他把自己和家族历史之间的关系作了建设性的联结,就是为了突出这种卓越的理念。三个第一人称代词,除了"朕"偶一用之以外,在屈赋中用得最多的是"余"和"吾",其区别正如朱熹在《涉江》题下注云:"此篇多以余、吾并称,详其文意,余平而吾倨也。"①这在《离骚》中也同样适用。"惟庚寅吾以降""纷吾既有此内美兮"中的两个"吾",是充满了骄傲色彩的自致隆高,篇中其他的"吾",如"来吾导夫先路""吾将从彭咸之所居"以及连续以"吾令"领起的若干句子,在在流露出精神上的贵族气质。所以,就像"正则""灵均"的名字只是文学上的造作、是辞赋体使然一样②,其描述出生日期的寅年寅日,也不必视同填写履历时的自供,而更是为了衬托其不凡的生命。如果我们的文学批评,在这样伟大的杰作面前,只能纠缠于氏族、出生和名字的考据,也许可以显示自己某一方面的"博学",但不也正暴露了"固哉!高叟之为诗"③?

关于文学研究中的考据与词章,程千帆还说:"词章者,作家之心迹,读者要须不以文害辞,不以辞害志,以意逆志,是为得之。孟氏之言,实千古不易之论。……若仅御之以考据,岂不无所措手足乎!王逢原诗云:'满眼落花多少意,若何无个解春愁?'大可借咏于前文神

---

① 《楚辞集注》卷四,页81。
② 幸好有《史记·屈原列传》,我们知道屈原的名字,但还是有人把"正则""灵均"或看成屈原的"小字小名"(如马永卿),或以为"皆少时之名"(如陈第),惟王夫之指出这里名字的写法,"以属辞赋体然也"。游国恩继此更作按语云:"战国时若庄生之书造作名号,而阴寓其意者多矣。正则、灵均盖其类尔(后世赋家乌有、子虚之名,实昉于此)。"堪称卓见。(以上诸说均见《离骚纂义》,页21—23)
③ 《孟子·告子下》,朱熹《四书章句集注》,页340,中华书局,1983年版。

妙处毫无领悟之辈也。"①其所引孟子云云,见于《孟子·万章上》,以"千古不易之论"为评,似可表明,现代学者的文学批评,也有自觉接续中国古代文学批评之某一传统者在。由此重新思考我国两千五百年文学批评之发展,也可以获得一些新的理解和认识。

四、中国文学批评的另一传统

对中国文学批评作出整体描述,是现代学术形成后的产物。由于当时人多以十九世纪以来的欧美文学观念作为参照系,由此导致了一个被广泛接受的结论,即中国的批评传统以实用的、道德的、伦理的、政治的为主要特征,虽然也含有审美批评,但在整个批评体系中似乎仅仅偏于一隅。在我看来,这是对中国文学批评传统的简化和僵化,尤其是因为缺乏与西方批评传统的整体对应,因而遮蔽了中国文学批评的另一传统——审美批评(包括非常丰富的技术批评)的传统。尽管已有学者对此作出了呼吁和阐发,但仍有进一步呼吁和阐发的必要。面对今日文学研究的困境,如果我们要从中国批评传统中寻找资源,对于这一隐而未彰的传统,有必要予以揭示。

在春秋时代,诗乐未分,所以有"诵诗三百,弦诗三百,歌诗三百,舞诗三百"②之说,又有"古者教以诗乐,诵之歌之,弦之舞之"③的说法,所以,诗歌批评与音乐批评也往往是结合在一起的。《左传》襄公二十九年(公元前544年)记载的吴公子季札观周乐,就是一份较早

---

① 《论今日大学中文系教学之蔽》,载《国文月刊》第十六期(1942年)。
② 孙诒让《墨子间诂》卷十二《公孟》,页418,中华书局,1986年版。
③ 《诗经·郑风·子衿》毛传语,陈奂《诗毛氏传疏》卷七,页29,中国书店,1984年据漱芳斋1851年版影印。

的也是学者较为熟悉的实际批评的文献,他评《周南》《召南》曰:"美哉!始基之矣,犹未也,然勤而不怨矣。"杨伯峻说:"季札论诗论舞,既论其音乐,亦论其歌词与舞象。此'美哉',善其音乐也。'始基之'以下,则论其歌词。"①此说甚是。季札试图从歌诗中看到一定的政治、道德、社会风气,如果说这是其批评"终点"的话,那么其"起点"则是伴随着对音乐(包括歌词、舞蹈)审美元素的尊重,是透过审美批评进入到政治、道德批评的。他一口气使用了八个"美哉"、一个"广哉"、一个"至矣哉"来形容,完全是一种情见乎辞的赞叹。有时他还加上一些形容词,如"渊乎""泱泱乎""荡乎""沨沨乎""熙熙乎"等,对音乐旋律作进一步形容,然后再透过音乐旋律判断其中所体现的政治清浊、道德盛衰、社会治乱等问题。但批评者不仅没有用政治批评取代审美批评,甚至还尊重了审美批评的独立性。比如他对《郑风》的批评:"美哉!其细已甚,民弗堪也,是其先亡乎!"②政情的衰败,民众之难忍,已有亡国先兆,但却不排斥其在音乐上的"美"。

孔子对文学也十分重视,列为"四科"(德行、言语、政事、文学)之一。而在"四教"的排列上,又以"文、行、忠、信"③为序。讲到"四科"的关系,前人颇多误解。最早以先后论者是皇侃,他说:"文学指是博学古文,故比三事为泰,故最后也。"④"泰"表示属于不急之务,但还没有以高下论。至唐代韩愈则说:"德行科最高者……言语科次之者……政事科次之者……文学科为下者。"⑤这影响了后来的宋

① 杨伯峻《春秋左传注》第三册,页1161,中华书局,1981年版。
② 同上书,页1162。
③ 《论语·述而》,《四书章句集注》,页99。
④ 皇侃《论语义疏》卷六《先进》,页267—268,中华书局,2013年版。
⑤ 《论语笔解》卷下,文谠注、王侔补注《新刊经进详注昌黎先生文集》遗文卷三,《续修四库全书》影印北京图书馆藏宋刻本,第1310册,页228—229。

祁、欧阳修,《新唐书》即云:"夫子之门以文学为下科。"①对此,清人陈澧曾反复予以辨正:"以文学承三科之后,非下也。"又云:"《诗》教兼四科也。"②又云:"文学为四科之总会,非下也。宋子京不识也。"③孔子当时的"文学"一语,当然不同于后世的词章之学,更不同于二十世纪国人所说的"纯文学"。他在讲到"诗"的时候,虽然不是一个抽象的概念,而是"诗三百"这样的具体作品,但尤其是在"十五国风"的部分,已经体现出一些"诗"的共性,这就是音乐节奏的语言和内心意志的独白,是由生发于内的情感意志和表现于外的语言文字的高度融合。尽管在孔子的时代,他是以道德的、实用的眼光去看待文学和诗,但具体到实际批评,也仍然注意到其审美特征。比如,"子谓《韶》,尽美矣,又尽善也。谓《武》,尽美矣,未尽善也"。又云:"《关雎》乐而不淫,哀而不伤。"④这里的"美""乐""哀"都是审美批评,而"善""不淫""不伤"则是道德批评,展示出的审美理想应该是美善结合、平和中正。孔子还有一段具有概括性的话:"诗可以兴,可以观,可以群,可以怨。迩之事父,远之事君,多识于鸟兽草木之名。"后面的意思偏重在伦理、政治和知识积累方面,但其批评的"起点"却在"诗可以兴",也就是"感发志意"。朱熹说:"学诗之法,此章尽之。"⑤王夫之后来据以发挥为"作者用一致之思,读者各以其情而自得。……人情之游也无涯,而各以其情遇,斯所贵于有诗"⑥。读者"各以其情"读诗、说诗,就是对孔子文学批评出发点的恰当说明。

① 欧阳修、宋祁《新唐书·文艺传》第 18 册,页 5726,中华书局,1975 年版。
② 《东塾读书记》卷二,黄国声主编《陈澧集》第 2 册,页 25—26,上海古籍出版社,2008 年版。
③ 《东塾读书论学札记》,《陈澧集》第 2 册,页 392。
④ 俱见《论语·八佾》,《四书章句集注》,页 66、68。
⑤ 《论语·阳货》,《四书章句集注》,页 178。
⑥ 戴鸿森《姜斋诗话笺注》卷一《诗译》,页 4—5,人民文学出版社,1981 年版。

在中国文学批评史上，孟子的贡献可谓极大。"文学批评"是一个外来的名词，韦勒克曾经讨论过西方的"批评"概念如何取代了传统的"诗学"或"修辞学"①，但这里我更想引用布莱斯勒（Charles E. Bressler）的概括，取其表述上的更为简明醒豁："批评家一词源自两个希腊词：一个是 *Krino*，意思是'做判断'；另一个是 *krites*，意思是'法官或陪审团成员'。文学批评家，或 *kritikos*，因此也就是'文学的法官'。"②这在西方文学批评的传统中是一个常态，正如诺斯洛普·弗莱（Northrop Frye）所说："人们普遍接受的一个说法是，对于确定一首诗的价值，批评家是比诗的创造者更好的法官。"③而在中国文学批评传统中，相应的则是由孟子提出的"说诗"的概念，文学批评家也就是"说诗者"。这是一个与西方不同的概念，如果不说是较西方优越的概念。什么是"说"？我们不妨看看中国最古老而权威的解释——许慎的《说文解字》曰："说，说释也。"段玉裁为我们做了进一步的阐明："说释即悦怿，说悦、释怿皆古今字，许书无悦、怿二字也。说释者，开解之意，故为喜悦。"④因此，西方的"文学批评"形成一种理性判断的传统，而中国的"说诗"是一种由情感伴随的活动。

孟子在中国文学批评史上的贡献，简言之有二：一是提出了"以意逆志"的说诗方法；二是对"说诗"和"论史"作出了区分。这两者也是有联系的。尧、舜、汤、武是儒家推崇的历史上的圣人典范，法家却不以为然。《韩非子·忠孝》指出："贤尧、舜、汤、武而是烈士，天

① 参见雷内·韦勒克《文学批评：名词和概念》，收入其《批评的概念》，页19——33。
② 查尔斯·E·布莱斯勒《文学批评：理论与实践导论》第五版，赵勇、李莎、常培杰等译，页7，中国人民大学出版社，2015年版。
③ 诺斯洛普·弗莱《批评的剖析》，陈慧等译，页5，百花文艺出版社，1998年版。
④ 段玉裁《说文解字注》三篇上"言部"，页93，上海古籍出版社，1981年版。

下之乱术也。"并以《小雅·北山》中"普天之下,莫非王土;率土之滨,莫非王臣"为据云:"信若诗之言也,是舜出则臣其君,入则臣其父、妾其母、妻其主女也。"①这种说法在战国诸子纷争时代当较为普遍,故咸丘蒙举其说以问孟子,一方面涉及如何理解诗意,一方面也直接关系到如何理解历史上舜的形象②,是一个兼及"诗"和"史"的问题。针对学生的提问,孟子明白告知了他的说诗方法:

> 咸丘蒙曰:"舜之不臣尧,则吾既得闻命矣。《诗》云:'普天之下,莫非王土;率土之滨,莫非王臣。'而舜既为天子矣,敢问瞽瞍之非臣,如何?"曰:"是诗也,非是之谓也。劳于王事而不得养父母也。曰此莫非王事,我独贤劳也。故说诗者,不以文害辞,不以辞害志,以意逆志,是为得之。如以辞而已矣,《云汉》之诗曰:'周余黎民,靡有孑遗。'信斯言也,是周无遗民也。"③

如果拘泥于文字本身的理解,既然"莫非王土""莫非王臣",舜当然是"臣其君""臣其父",若说"瞽叟(舜之父)之非臣",自然会引起咸丘蒙的不解。同样,如果执着于文辞,"周余黎民,靡有孑遗"也就真成了无人存活。孟子说诗方法的要义在于:首先要尊重诗的表达法,为了发抒情志,语言上的夸张、修辞中的想象是必不可少的,这是文学的特性。王充批评"周余黎民,靡有孑遗"云:"夫旱甚,则有之矣;言无孑遗一人,增之也。"④真可谓"痴人面前说不得梦"。其次,诗歌在语言上往往夸张、变形,诗人之志与文字意义也非一一相应,正确

---

① 陈奇猷《韩非子集释》卷二十,页1108,上海人民出版社,1974年版。
② 参见朱东润《古诗说捃遗》的相关论述,收入其《诗三百篇探故》,页94—95,上海古籍出版社,1981年版。
③《孟子·万章上》,《四书章句集注》,页306。
④ 黄晖《论衡校释》卷八《艺增篇》,页386,中华书局,1990年版。

的读诗方法,就是"不以文害辞,不以辞害志",以读者的意去迎接诗人的志,即"以意逆志"。所以孟子之"说诗",是以认识诗语的特征为出发点,最终也回到诗歌本身。说诗如此,论史则不然。《孟子·尽心下》曰:"尽信《书》,则不如无《书》。吾于《武成》,取二三策而已矣。仁人无敌于天下,以至仁伐至不仁,而何其血之流杵也?"①他认为武王伐纣,是"以至仁伐至不仁",怎么可能杀人无数,以至于血流漂杵呢?从语言修辞的角度言之,"血流浮杵"只是一种夸张,以形容死者之多。但在孟子看来,作为记载历史的《尚书》,不能也不应有此种修辞。史书中的叙事想象在现代史学的理解中,不仅不必诟病,而且具有积极的意义,但孟子没有也无需此种概念。重要的是,他在实际批评中体现出的说诗和论史的区别,具有重要的意义。张载曾对此作了对比:"'不以文害辞,不以辞害意',此教人读《诗》法也。'吾于《武成》取二三策而已',此教人读《书》法也。"②一为诗,一为史,文字性格不同,所以读法也不同。"说诗"与"论史"不同,这是孟子的千古卓见③。

中国早期的审美批评至《文心雕龙》作一总结,这就是"缀文者情动而辞发,观文者披文以入情。……夫唯深识鉴奥,必欢然内怿"④。首先是一种感情活动,在获得真知灼见之后,内心也必然充满喜悦,甚得传统"说诗"之髓脑。而经锺嵘《诗品》揭橥的"诗之为

---

① 《四书章句集注》,页364—365。

② 蔡模《孟子集疏》卷十四引,台北商务印书馆《景印文渊阁四库全书》第200册,页542。

③ 除此以外,孟子的说诗是多方面的,这也开后世无数法门。陈澧指出:"其引《蒸民》之诗以证性善,性理之学也;引'雨我公田'以证周用助法,考据之学也。'《小弁》之怨,亲亲也。亲亲,仁也。'此由读经而推求性理,尤理学之圭臬也。"(《东塾读书记》卷三,《陈澧集》第2册,页54)其说可参。

④ 周勋初《文心雕龙解析·知音》,页780,凤凰出版社,2015年版。

技"①的观念,到了唐代,衍伸为一系列从诗歌技巧出发的诗学著作,涉及声律、对偶、句法、结构和语义,为分析诗歌的主题、情感等提供了大量的分析工具和评价依据②。但自宋代开始,这一情况发生了较大改变。

清人沈涛《匏庐诗话自序》云:"诗话之作,起于有宋,唐以前则曰'品'、曰'式'、曰'例'、曰'格'、曰'范'、曰'评',初不以'话'名也。"③欧阳修是诗话体的创立者,同时也奠定了诗话写作的基本态度是"以资闲谈"④。因为是"闲谈",所以态度是轻松的,文体是自由的,长短是不拘的,立论也往往是较为随意的。由于欧阳修在文坛上的崇高地位,他的这一"创体"很快得到普及,其著述观念也深入人心,在此观念指导下的历代诗话之作就形成了这样的基本通例。"闲谈"中出现了一些新话题,于是转移了文学批评的关注重心。例如:

> 诗人贪求好句,而理有不通,亦语病也。如"袖中谏草朝天去,头上宫花侍宴归",诚为佳句矣,但进谏必以章疏,无直用稿草之理。唐人有云:"姑苏台下寒山寺,夜半钟声到客船。"说者亦云,句则佳矣,其如三更不是打钟时。如贾岛《哭僧》云:"写留行道影,焚却坐禅身。"时谓烧杀活和尚,此尤可笑也。⑤

于是,当人们谈论诗歌的时候,忽略其艺术上的独创性,而注意其描写是否"合理",这个话题吸引了说诗者的注意,成为文学批评的一个

---

① 曹旭《诗品集注》,页 66,上海古籍出版社,1994 年版。

② 参见张伯伟《论唐代的规范诗学》,载《中国社会科学》2006 年第 4 期。

③ 张寅彭选辑《清诗话三编》第 7 册,页 4557,上海古籍出版社,2014 年版。

④ 欧阳修《六一诗话》第一则:"居士退居汝阴,而集以资闲谈也。"何文焕辑《历代诗话》,页 264,中华书局,1981 年版。

⑤ 《六一诗话》,《历代诗话》,页 269。

不同的出发点。以"半夜钟"为例,在《苕溪渔隐丛话》中就专门列为一则公案,辑录了《王直方诗话》《石林诗话》《诗眼》《学林新编》等诸家驳斥欧阳修的论述,力图证明张继描写的"半夜钟"确有其事,并无不合理处①。又杜甫《古柏行》有句云:"霜皮溜雨四十围,黛色参天二千尺。"②从范镇开始,就以成都武侯祠堂柏树的实际高度予以衡量,得出"其言盖过,今才十丈。古之诗人,好大其事,率如此也"③的结论,开始了宋代文坛上的又一重公案。沈括、王得臣、黄朝英等则以考证的方法计算树的直径和高度,算得上批评史上少有的以数学计算的实证方式论诗之例。关于这桩公案,《苕溪渔隐丛话》辑录了《王直方诗话》《遁斋闲览》《缃素杂记》《学林新编》和《诗眼》等五则材料,其中还是有人能从诗语出发否定沈括:"四十围二千尺者,亦姑言其高且大也,诗人之言当如此。而存中乃拘以尺寸校之,则过矣。"④范温还区分了诗人的"形似之意"和"激昂之语",后者"出于诗人之兴",这两句的描写正是"激昂之语,不如此,则不见柏之大也"⑤。明清时代对这一公案仍有议论,但已没有太多的新意。对这一类"煞风景"的批评,也许可以用一个具有法国情调的比喻来形容:"对诗意麻木不仁,这就好比一个收到情书的家伙不读情书却去挑剔其中的语言错误一样。"⑥审美上的不懂诗意正如生活中的不解风情,只能像个傻小子。

① 胡仔《苕溪渔隐丛话》前集卷二十三,页 155—156,中华书局香港分局,1976 年版。
② 仇兆鳌《杜诗详注》卷十五,页 1358,中华书局,1979 年版。
③ 范镇《东斋记事》卷四,页 32,中华书局,1980 年版。
④ 《学林新编》语,《苕溪渔隐丛话》前集卷八,页 53。
⑤ 《诗眼》语,《苕溪渔隐丛话》前集卷八,页 53—54。
⑥ 安托万·孔帕尼翁(Antoine Compagnon)《理论的幽灵:文学与常识》,吴泓缈、汪捷宇译,页 245,南京大学出版社,2017 年版。

以斤斤较量、算尽锱铢的"科学"方式说诗,在中国文学批评传统的市场不大,但不识诗语特征、拘泥于史实从而导致对诗歌的误判,在宋代以后却屡见不鲜。比如杜牧《赤壁》诗有"东风不与周郎便,铜雀春深锁二乔"之句,许顗《彦周诗话》讥刺道:"孙氏霸业,系此一战,社稷存亡,生灵涂炭都不问,只恐捉了二乔,可见措大不识好恶。"①胡仔也附和其说,认为"牧之于题咏,好异于人",乃至"好异而叛于理"②。他们都自以为熟谙史实、深识道理,便可以高屋建瓴、义正辞严地批评诗人,殊不知正如四库馆臣的反驳:"大乔,孙策妇;小乔,周瑜妇。二人入魏,即吴亡可知。此诗人不欲质言,变其词耳。"③"不识好恶"的"措大"正是批评家自己。更为典型的批评案例,就是宋代以下对杜诗的阐释。四库馆臣曾经对诸家注杜有一总评:

> 自宋人倡"诗史"之说,而笺杜诗者遂以刘昫、宋祁二书据为稿本,一字一句,务使与纪传相符。夫忠君爱国,君子之心;感事忧时,风人之旨。杜诗所以高于诸家者,固在于是,然集中根本不过数十首耳。咏月而以为比肃宗,咏萤而以为比李辅国,则诗家无景物矣;谓纨绔下服比小人,儒冠上服比君子,则诗家无字句矣。④

这里举到的具体例证,一出于夏竦,见引于魏泰《临汉隐居诗话》:"夏郑公竦评老杜《初月》诗'微升紫塞外,已隐暮云端',以为意主肃

---

① 何文焕辑《历代诗话》,页392。
② 《苕溪渔隐丛话》后集卷十五,页108。
③ 《四库全书总目》卷一百九十五,页1782,中华书局,1965年版。
④ 《四库全书总目》卷一百四十九《杜诗攟》提要,页1281—1282。

宗,此郑公善评诗也。"①二出于黄鹤《补千家集注杜工部诗史》,谓《萤火》诗"幸因腐草出,敢近太阳飞"句"盖指李辅国辈以宦者近君而挠政也"②。三出于《洪驹父诗话》的记载,乃就杜诗"纨袴不饿死,儒冠多误身"③而发,已遭洪氏讥笑为"虽不为无理,然穿凿可笑"④,皆为宋人之说。而苏轼评杜所谓"一饭未尝忘君"⑤,对后世的误导也极大,在某种意义上蒙蔽了杜诗的真面目,以此学杜也往往流为"杜壳子"⑥。以上诸说的共性就是不以文学的眼光看文学,面对着诗却说着非诗的话,尤其是这些议论有时还出于名人之口,这就在相当程度上改变了中国古代的说诗传统。从审美(如情感、技巧)出发对诗歌作批评的传统,也就被压抑成一股虽未中断但却易受忽略的潜流。

五、现代学术传统:理论意识与比较眼光

今日的古代文学研究应接续以钱锺书、程千帆为代表的学术传统,但这并非易事。不用说,就个人的学问、才能而言,像钱锺书这样不世出的天才,几乎无人可以企及。因此,我所说的"接续",乃就其学术宗旨、方向而言,如果后面一代的学人,能够秉持其宗旨并朝着

---

① 何文焕辑《历代诗话》,页 325。
② 转引自萧涤非主编《杜甫全集校注》第 3 册,页 1547,人民文学出版社,2014 年版。
③ 《奉赠韦左丞丈二十二韵》,《杜诗详注》卷一,页 74。
④ 《苕溪渔隐丛话》前集卷九,页 59。
⑤ 苏轼《王定国诗集叙》,《苏轼文集》卷十,页 318,中华书局,1986 年版。
⑥ 夏敬观《唐诗说·说杜甫》云:"明人所学杜壳子,皆坐此弊。"并认为苏轼此举"可谓开恶文之例"。页 48,台湾河洛图书出版社,1975 年版。

那个方向继续努力，完成从"照着讲"到"接着讲"的历史使命，中国古代文学的研究就可能有一个辉煌的未来。然而即便是"照着讲"，首先也需要有对其学术宗旨、方向的认识和理解，这又岂是一件容易的事？程千帆在晚年曾经将他理想的学术方法概括为"两点论"，在及门弟子和再传弟子间耳熟能详，要加以发扬光大似乎不难。但若缺乏进一步阐释，很可能渐渐流为一句"口头禅"，最后也可能失去其应有的意义①。至于钱锺书的学术，在他的晚年和去世的数年间也曾形成一阵研究热潮，有所谓"钱学"之称。多数是崇拜，也有少数的批评，而批评往往集中在"片段零碎""不成体系"方面。这里不妨以余英时的意见为代表，他评论钱锺书"注意小地方太过了，所以他不肯谈什么大问题"，甚至认为他有"考据癖"②。钱锺书在学问上有很强的好胜心，这种争胜就会体现在举出更早的出处或者更为广泛的例证，不免在表面上给人以"考据癖"的感性印象，但就其学术宗旨而言，他一生特别反对实证主义的"索隐"，也讥讽过他人学术上的"识小"。比如 1946 年写《围城序》时，他就嘲讽过"考据癖"；八十年代给女儿钱瑗写信说："世间一切好方法无不为人滥用，喧宾夺主，婢学夫人。……如考据本为文学研究之 means，而胡适派以考据代替文学研究。"③1978 年在意大利演讲时，他对陈寅恪"自我放任的无关宏旨的考据"④有微词；1979 年"在美国他又批评陈寅恪太'trivial'（琐

---

① 详见张伯伟《"有所法而后能，有所变而后大"——程千帆先生诗学研究的学术史意义》，载《文学遗产》2018 年第 4 期。
② 陈致《余英时访谈录》，页 38—39，中华书局，2012 年版。
③ 转引自吴学昭《听杨绛谈往事》，页 319，生活·读书·新知三联书店，2017 年版。
④ 钱锺书《古典文学研究在现代中国》，《钱锺书集·人生边上的边上》，页 179。

碎、见小）"①。无论这些批评讥讽是否合理、能否成立，但至少表明钱锺书本人对"无关宏旨的考据"和"琐碎"的学术见解是鄙夷的，若说他的学术之弊正在于此，对于钱氏而言，岂非冤哉枉也的大不幸？《世说新语·文学篇》曾记载阮裕的叹息："非但能言人不可得，正索解人亦不可得。"②若换做黑格尔的表述，那就是"只有精神才能认识精神"③。相距过远或但凭印象就只能作模糊影响之谈。

如果将钱锺书、程千帆的学术传统合观并视，我想举出两点对今日文学批评尤其是古代文学研究具有重要意义的学术遗产。

第一，从作品出发上升到文学理论，以自觉的理论意识去研究作品。钱锺书自述其"原始兴趣所在是文学作品；具体作品引起了一些问题，导使我去探讨文艺理论和文艺史"④。其《通感》解决的是这样一个问题："中国诗文有一种描写手法，古代批评家和修辞学家似乎都没有理解或认识。"⑤这个描写手法就是"通感"。程千帆则强调"两条腿走路"的原则："一是研究'古代的文学理论'，二是研究'古代文学的理论'。……后者则是古人所着重从事的，主要是研究作品，从作品中抽象出文学规律和艺术方法来。"虽然两种方法都是需要的，但后者在今天"似乎被忽略了"。为此他探讨了古典诗歌描写与结构中的"一与多"的问题，试图"在古人已有的理论之外从古代作品中有新的发现"⑥。在对具体作品的研究也就是文学批评中，中国学者往往不太在意理论问题。钱锺书指出：

---

① 余英时《我所认识的钱锺书先生》，收入其《情怀中国·余英时自选集》，页149，香港天地图书有限公司，2010 年版。
② 余嘉锡《世说新语笺疏》，页 216，中华书局，1983 年版。
③ 黑格尔《小逻辑》，贺麟译，页 66，商务印书馆，1980 年版。
④ 钱锺书《作为美学家的自述》，《钱锺书集·人生边上的边上》，页 204。
⑤ 钱锺书《通感》，收入其《七缀集》，页 54，上海古籍出版社，1985 年版。
⑥ 程千帆《古典诗歌描写与结构中的一与多》，《程千帆诗论选集》，页 44。

研究中国文学的人几乎是什么理论都不管的。他们或忙于寻章摘句的评点，或从事追究来历、典故的笺注，再不然就去搜罗轶事掌故，态度最"科学"的是埋头在上述的实证主义的考据里，他们不觉得有文艺理论的需要。……就是研究中国文学批评史的人，也无可讳言，偏重资料的搜讨，而把理论的分析和批判放在次要地位。①

"寻章摘句的评点"最典型的做法就是鉴赏型的喝彩或讥讽，寻求出处或轶事掌故则多半是为"考据"服务的。程千帆对这样的文学批评也有不满：

　　那就是，没有将考证和批评密切地结合起来。……这样，就不免使考据陷入烦琐，批评流为空洞。②

这样的状况，并不仅限于他们眼中的年代，美国的宇文所安（Stephen Owen）就在前几年还批评"中国古代文学研究者欠缺理论意识"③；这样的状况也不仅出现在中国，雷内·韦勒克曾这样概括二十世纪初英国的文学研究：

　　在英国，文学研究有两种传统：专门好古的学风由于有了W·W·葛莱格和多佛·威尔逊所从事的新"文献学的方法"（有关作品本文的和"高级的"批评，大部分是关于莎士比亚的）

---

① 钱锺书《古典文学研究在现代中国》，《钱锺书集·人生边上的边上》，页180。
② 程千帆、沈祖棻《古典诗歌论丛·后记》，页263—264，上海文艺联合出版社，1954年版。
③ 卞东波《宋代诗话与诗学文献研究·后记》，页440，中华书局，2013年版。

而在近几十年变得很有势力；而个人的批评文章又往往蜕化为表现完全不负责任的奇怪想法。……在任何比较困难和抽象的问题面前无所作为，无限怀疑用合乎理性的方法研究诗歌的可能性，从而完全不去思考方法论的基本问题似乎已经成为至少是老派学者的特点。①

前者是"文献考据"，后者是"印象主义"和"主观主义"。这与上文所提到的今日中国古代文学研究的"传统"（以现代学术的成型来计算，也有百年历史）是非常类似的。而造成这两种现象持久不衰的原因，就是对理论的敌视或轻视。

程千帆很重视文学理论。上世纪四十年代初，他在任教武汉大学和金陵大学的时候，讲授古代文论，就编为《文学发凡》二卷，具有以中国文论资料建立文学理论系统的雄心。钱锺书同样非常重视文学理论，不仅在他的著作中广泛征引西洋文学理论著作，而且还直接翻译过欧美古典和现代理论家的论著，较为容易统计到的就多达35家。他还针对中国古代文学批评写过一些专题论文，尽管数量有限。这里，我想对一种流行意见提出不同看法。学术界多有人认为，没有建立自己的理论体系，是钱锺书学术中的一大缺憾。余英时解释为"他不肯谈什么大问题"②，又说"他基本上就不是讲求系统性的人"③。我在读钱氏论著的时候，常常想到清代的纪昀，也几乎没有什么著作。他曾向一位嘉庆四年（1799）从朝鲜来中国的使臣徐滢修说过这样一番"私房话"："少年意气自豪，颇欲与古人争上下。后奉

---

① 雷内·韦勒克《近年来欧洲文学研究中对于实证主义的反抗》，《批评的概念》，页253。
② 陈致《余英时访谈录》，页39。
③ 傅杰《余英时谈钱锺书》，收入《情怀中国·余英时自选集》，页158。

命典校四库,阅古今文集数千家,然后知天地之不敢轻易言,文亦遂不敢轻言编刊。至于随笔杂著,姑借以纾意而已,盖不足言著作矣。"①钱锺书读书的范围更是大大超越了纪昀,所知愈多则愈"不敢轻易言",尤其是想做到"惟陈言之务去",更是"戛戛乎其难哉"②。其次,见惯了各种体系的从兴起、辉煌到崩坏,"眼看他起朱楼,眼看他宴宾客,眼看他楼塌了"③,钱锺书说:

> 不妨回顾一下思想史罢。许多严密周全的思想和哲学系统经不起时间的推排销蚀,在整体上都垮塌了,但是它们的一些个别见解还为后世所采取而未失去时效。……往往整个理论系统剩下来的有价值东西只是一些片段思想。脱离了系统而遗留的片段思想和萌发而未构成系统的片段思想,两者同样是零碎的。眼里只有长篇大论,瞧不起片言只语,甚至陶醉于数量,重视废话一吨,轻视微言一克,那是浅薄庸俗的看法——假使不是懒惰粗浮的借口。④

这完全是夫子自道。事实上,没有系统性的眼光,没有古今中外的通识,根本就不可能在无数具体问题(其中也含有不少大问题)上发表卓越的见解。理论的重要性不在乎体系,理论的表现形态也不限定于煌煌巨制,这在二十一世纪的今天,已经得到更多有识之士的认同。孔帕尼翁说:"理论不提供固定配方。……恰恰相反,其目的就

---

① 徐滢修《纪晓岚传》,《明皋全集》卷十四,《韩国文集丛刊》第 261 册,页 302,韩国景仁文化社,2001 年版。
② 借用韩愈《答李翊书》语,阎琦《韩昌黎文集注释》卷三,页 255,三秦出版社,2004 年版。
③ 借用孔尚任《桃花扇》句,页 267,人民文学出版社,1959 年版。
④ 《读〈拉奥孔〉》,《七缀集》,页 29—30。

是要质疑一切配方，通过反思弃如敝屣。……理论是嘲弄派。"①钱锺书太超越时代了，收获误解就是天才的宿命。

第二，在文学范围内从事中国古典文学的批评，使民族文学的特性通过比较而具备文学的共性。同时，揭示了共性也依然保持而不是泯灭了各自的特性。在这一方面，钱锺书表现得更为突出，而从异域文化眼光的观察中，也容易更敏锐地发现他的这一学术特征。德国学者莫芝宜佳（Monika Motsch）就指出："《管锥编》第一次把中国文学作为文学来考察。"②"把古老的文学传统重新发掘出来并在考察西方源流的基础上对其作出新的阐释，这是钱锺书的贡献。"③堪称卓见。这不只是一般比较文学中所说的"影响研究"或"平行研究"，而是要把中国文学放在"文学"的框架中来研究。众多的古代文学研究者，在面对西方文学和文学理论的时候，总是强调中国文学的特殊性和差异性。所以，一方面只能在古代文学甚至不能在中国文学的范围里讨论；另一方面，对于西方的文学理论采取排斥的态度，给出的理由无非诸如巴赫金或哈罗德·布鲁姆不懂中国文学，所以，无论是"对话主义"还是"影响的焦虑"，这些理论对研究中国古代文学的人似乎就毫无意义。反之，对于套用某些西方理论来研治中国古代文学的"汉学家"，他们又投之以过剩的热情且奉之为学术圭臬。用西方理论来硬套中国文学研究固然不适宜，但借口中国文学的特殊性而回避文学的一般共性，躲避甚至排斥与西方文学和理论的对话，充其量只能将"汉学家"的客厅当作学问的殿堂，就其本质而言，是学术上的怯懦立场和懒汉思维。

---

① 安托万·孔帕尼翁《理论的幽灵：文学与常识》，页17。
② 莫芝宜佳《〈管锥编〉与杜甫新解》，马树德译，页85，河北教育出版社，1997年版。
③ 同上书，页138。

1945 年钱锺书用英语作了一个题为《谈中国诗》的演讲,在结束部分说:"中国诗并没有特特别别'中国'的地方。中国诗只是诗,它该是诗,比它是'中国的'更重要。"①一般人谈中西文化,因为从外表上看差异大,于是就大谈其差异,钱锺书偏偏能看到其中的"同"。1942 年写的《谈艺录·序》中,他就概括为"东海西海,心理攸同;南学北学,道术未裂"②,皆为"自其同者视之"。直到四十年后的《管锥编》,开篇"论易之三名",便慨叹"黑格尔尝鄙薄吾国语文,以为不宜思辩;……遂使东西海之名理同者如南北海之马牛风,则不得不为承学之士惜之"③。然而另一方面,揭示其"同",恰恰是为了凸显其"异",而不是掩盖差别。莫芝宜佳将钱锺书的这一手法概括为"逐点接触法",包含了三个步骤,即拆解、关联和回顾④。其效果是:"单个例证的独特魅力因此没有丢失。"⑤"中国与西方母题相互间有了关联,但又保持着彼此间的差别。这样就避免了整体的等量齐观或整体的对照比较——把一个母题简单地归属为'典型的'中国文化或西方文化。"⑥而归根结底,"《管锥编》中把西方文学作为批评之镜,为的是使中国能从'镜'中看清自己"⑦。因此,不同民族、不同语言、不同文化的"诗"在文学的框架中发现了"同",又在各自的文学中保持了"异"。

作品层面以外,还有理论层面。1937 年钱锺书写了《中国固有的文学批评的一个特点》,里面就谈到,"中国所固有的东西,不必就

---

① 钱锺书《谈中国诗》,《钱锺书集·人生边上的边上》,页 167。
② 钱锺书《谈艺录》,页 1,中华书局,1984 年版。
③ 《钱锺书集·管锥编》(一),页 3—4,生活·读书·新知三联书店,2007 年版。
④ 莫芝宜佳《〈管锥编〉与杜甫新解》,页 25—30。
⑤ 同上书,页 115。
⑥ 同上书,页 120。
⑦ 同上书,页 30。

是中国所特有的或独有的东西";中西文学理论有差异,但"两种不同
的理论,可以根据着同一原则。……虽不相同,可以相当";最后归结
到"这个特点在现象上虽是中国特有,而在应用上能具普遍性和世界
性;我们的看法未始不可推广到西洋文艺"①。通过中西文学理论的
比较,拈出异同,彰显特色。这是从中国出发看西洋,又从西洋回首
望中国。二十多年后,钱锺书写了《通感》,这是把西洋文学批评的术
语移植到中国,用来概括一种未经人道的文艺现象,这个词后来也因
此被收入《汉语大词典》。这项成功的实践表明,中西之间在理论层
面上的沟通比较是可行的,刘若愚(James J. Liu)说:"文学理论的比
较研究可以引致对所有文学的更好理解。"②钱锺书的探索为我们建
立了一个成功的范例。我们追求成功的探索,但也要宽容探索中的
不尽完善。人们往往敏锐于钱锺书的尖刻,却不怎么在意他的宽厚。
比如他在谈到美国学者运用西方文学理论研究中国古典文学时说:
"这种努力不论成功或失败,都值得注意;它表示中国文学研究已不
复是闭关自守的'汉学',而是和美国对世界文学的普遍研究通了气,
发生了联系,中国文学作品也不仅是专家的研究对象,而逐渐可以和
荷马、但丁、莎士比亚、歌德、巴尔扎克、托尔斯泰等作品成为一般人
的文化修养了。"③此处大段文字与其说是在描绘现状,不如说是在
展望未来。他希望中国文学作品能够走向世界,成为人类的精神财
富和文化修养,抒发的是一个中国书生的梦想。我们需要走出的第
一步,就是改变中国古典文学研究的偏于一隅的状况,这也需要研究
者改变自我封闭的心态。

---

① 《钱锺书集·人生边上的边上》,页 117—119。
② James J. Liu, *Chinese Theories of Literature*, p. 2.
③ 钱锺书《美国学者对于中国文学的研究简况》,《钱锺书集·人生边上的边
   上》,页 184。

六、馀论

　　文学家当然有其社会、政治、宗教等各方面的诉求,但这一切都要通过文学诉求来实现。所以,文学批评也只能以对其文学诉求的回应为出发点,否则,既证不了史,也谈不了艺。谁能以"白发三千丈"和"飞流直下三千尺"的对比来证明李白的愁发比庐山的瀑布长十倍呢? 在今日古代文学研究再出发时,我们最应接续的是以钱锺书、程千帆为代表的学术传统,这不仅因为他们都针对实证主义和印象式批评予以纠偏,坚持面对文学说属于文学的话,而且他们的珍贵的学术遗产,也已经为我们在探索之路上的继续前行树立了典范。

　　"文学批评"是本文的一个关键词。约三十年前,我在南京见到第一次来中国开会的韩国学者车柱环,他对我说:"我认为中国文学批评是一门高次元的学问。"作为"高次元"学问,是必然应拥有并超越文献学的。钱锺书说:"批评史的研究,归根到底,还是为了批评。"①然而今天的中国文学批评史研究,大部分工作集中到了文献的收集、整理,从诗话、词话、文话、赋话的"全编"到攒集各种评点本的"汇评",不一而足。文学批评史的研究渐渐沦为文学批评文献的汇编,并且成为各种名义不一的"标志性"项目。而在今日古代文学的实际批评中,占较大比重的也还是文献的和历史的研究。究其原因,是文学批评在中国没有建立起自身的尊严和地位。

　　在西方,文学批评崇高地位的建立时间也不很长。1957年诺斯洛普·弗莱出版了《批评的剖析》一书,他把批评定义为"是整个与

---

① 钱锺书《中国诗与中国画》,《七缀集》,页1。

文学有关的学问和艺术趣味"①,首次严厉批驳了"把批评家视为(文学的)寄生虫或不成功的艺术家的观念",强调批评家应该"成为知识的开拓者和文化传统的铸造者",并且抨击了诗人身份的批评家:"诗人作为批评家所说的话并不是批评,而只是可供批评家审阅的文献。"②他试图建立起文学批评的系统,尽管他认为文学批评的原则只能从文学中归纳而来,"不能从神学、哲学、政治学、科学或任何这些学科的合成中现成地照搬过来"③,但是批评家若不关心批评理论,那就只能"在史实上求助于历史学家的概念框架,而在观点上求助于哲学家的概念框架";"由于缺乏成系统的批评而产生了一种动力真空,使所有相邻的学科都涌了出来"。弗莱提出的解决方案就是"批评家们各不相同的兴趣都可以同一个系统理解的中心的扩展模式相联系"④,把批评"设想成一种连贯的、系统的研究"⑤。从此以后,文学批评是一门知识体系的观念深入人心,它本身就可以作为一门学问而具备充分的存在价值。

而在中国,"文学批评史"总是处在一个尴尬的地位,在不同的大学里面,它或者附在古代文学或者附在文艺学专业,在国务院学位委员会公布的学科目录中,它一度甚至被取消。在这样的背景下,人们讲起文学批评,联想到的或是主观任意的文学鉴赏,往往流于"公说公有理婆说婆有理"的相对主义;或是夸多逞博的文献考证,难免成为"痴人面前说不得梦"的冬烘学究。说到底,还是传统学术中"汉学"与"宋学"、"学"与"思"之争在现代的变形延续。陈寅恪在上世

---

① 诺斯洛普·弗莱《批评的剖析》"论辩式的前言",页 1。
② 同上书"论辩式的前言",页 2—6。
③ 同上书"论辩式的前言",页 7。
④ 同上书"论辩式的前言",页 15。
⑤ 同上书"论辩式的前言",页 17—18。

纪三十年代批评当时的中国史学界："旧人有学无术,新人有术无学。"①钱锺书在八十年代的演讲中也借用"康德所说理性概念没有感觉是空虚的,而感觉经验没有理性概念是盲目的",评论当代的文学研究:"'掌握资料'的博学者,往往不熟悉马克思主义的方法;而'进行分析'的文艺理论家往往对资料不够熟悉。"②到了九十年代之后,"思想家淡出,学问家凸显",为了证明自己有"学问",古代文学研究者纷纷向历史靠拢,向文献靠拢,向考证靠拢。造成的后果之一,就是"治文学者十之八九不能品味原作"③,还以"软学问"反唇相讥。文学研究,无论是就理论批评还是实际批评,其难以自振也是情理中的事了。

　　然而文学批评的确是一门学问,是一门独特的知识体系。用韦勒克的话来说,文学批评的对象是作品,其精神状态是"凝神细察进行分析、做出解释,最后得出评价,所根据的标准是我们所能达到的最广博的知识,最仔细的观察,最敏锐的感受力,最公正的判断"④。其中当然少不了知识和学问,但他坚持文学研究的自主性,尤其强调文学理论、文学批评和文学史三者的互相包容与合作,明确指出:"主张文学史家不必懂文学批评和文学理论的论点,是完全错误的。"那些否认批评和理论重要性的学者,"他们本身却是不自觉的批评家,

---

① 卞僧慧《陈寅恪先生欧阳修课笔记初稿》,载刘东主编《中国学术》第 28 辑,页 2,商务印书馆,2011 年版。
② 钱锺书《粉碎"四人帮"以后中国的文学情况》,《钱锺书集·人生边上的边上》,页 194。
③ 钱锺书给钱瑗的信,转引自《听杨绛谈往事》,页 318。案:这封信虽然写在将近四十年之前,但从学术现状看,至今恐怕也没有什么改善。
④ 韦勒克《文学理论、文学批评和文学史》,《批评的概念》,页 15。

并且往往是引证式的批评家,只接受传统的标准和评价"①。抛弃了实证主义,超越了文献考证,文学批评有其自身的知识系统,也需要不断更新自身的知识储蓄。让我们再听听韦勒克的忠告吧:"我们并不是不再那样需要学问和知识,而是需要更多的学问、更明智的学问,这种学问集中研究作为一种艺术和作为我们文明的一种表现的文学的探讨中出现的主要问题。"②这让我想起了另外两位中外先哲的遗训,一位是中国的孟子,他说:"人病舍其田而芸人之田。"③放弃自家田地不种,偏偏去耕耘他人之田,在孟夫子看来已经成为某些人的"病"。另一位是法国的伏尔泰(Voltaire),他笔下的"老实人"在历经人间生死荣辱之后,终于在最后幡然醒悟道:"我们还不如去耕种自己的园地。"(Il faut cultiver notre jardin.)④

（原载《文艺研究》2020 年第 1 期）

---

① 韦勒克、沃伦(Austin Warren)《文学理论》,刘象愚等译,页 38—39,江苏教育出版社,2005 年版。
② 韦勒克《近年来欧洲文学研究中对于实证主义的反抗》,《批评的概念》,页 267。
③ 《孟子·尽心下》,《四书章句集注》,页 373。
④ 伏尔泰《老实人》的结尾句。傅雷译作"可是种咱们自己的园地要紧"。徐向英译作"那么让我们耕耘我们的园子吧"。但符合本文需要的最贴切的表述,出自周作人《自己的园地》中的译法,故据之。《周作人文选·散文》,页 160,群众出版社,1999 年版。

文献索引

一、中文文献

二、韩国文献

三、日本文献

四、越南文献

五、英文文献

人名索引

Burke,Peter(伯克)　674,675

C

蔡梦弼　489,510,534

蔡絛　280,296,487,490,516—
　518,529

蔡邕　60,179,261,262,288,405

蔡正孙　356,359,420,421,510,
　511

蔡伸　102

仓修良　689

曹操　221,614

曹虹　88,222

曹摅　221

曹丕　28,155,170,184,312,
　318,354,492,608,616,620

曹溶　536,538—540

曹仕邦　397

曹旭　702

曹宪　31,58,340

曹雪芹　101

曹植　60,157,158,169,171,175,
　179—183,185,187,221,254,
　267,285,288,289,363,430,
　492,617,620

常建　324,613,614

晁公武　386,393,404,503,513,

515,610

车柱环　176,714

陈鼓应　128,223,225

陈沆　97

陈奂　309,696

陈慧桦　201,210,656

陈继儒　528,540

陈騤　281,610

陈澧　665,698,701

陈琳　184,363

陈梦家　362

陈荣捷　223

陈尚君　320,613

陈师道　455,520,521,523,561,
　582

陈田　83

陈献章　82

陈岩肖　489,490,516,524

陈衍　83,90,363,423,429,546

陈寅恪　52,53,209,210,239,275,
　661,662,668—670,683—685,
　688,690—692,706,715,716

陈郁　80

陈与义　326,327,330,336

陈垣　667,670

陈芸　462,468

陈允吉　440

顾仰基　549,550

顾鹍　549,550

关仪一郎　581

管世铭　92,511

Guerin, Wilfred L.（古尔林）　681

归曾祁　83

郭茂倩　440

郭璞　56,124,141,151,156,188,599,616

郭庆藩　48

Grafton, Authony（格拉夫敦）　665

郭若虚　74

郭绍虞　75,91,173,217,324,373,375,387,417,428,429,432,433,451—453,457,462,468,486,500,505—507,509,514,518,520,534,535,540,615

郭虚中　655,656

郭象　48

郭知达　196

郭子章　549

H

海德格尔　107,108,114

韩翃　185,325,615

韩康伯　146,166,255

韩融　46,47

韩炎　171

韩愈　31,67,83,84,117,123,124,141,172,190,311,341,428,440,498,510,513,550,603,611,646,694,697,710

韩拙　71

杭世骏　548,684

何景明　219,343,427

何良俊　171

何孟春　539

何文焕　86,385,387,511,535,540,579,702,704,705

何汶　399,420,489,500,511

何逊　152,153,156,428,577

何晏　60,161,166,258,614

何忠礼　623,625

赫尔墨斯　109,110

贺拉斯　145,425

黑格尔　707,712

亨利·雷马克　202,205

横川景三　574,576

Hirsch, E. D.　100,106

洪大容　471

洪亮吉　285,466,467

弘忍　240,496

洪万宗　214,279,376,471,552,554,558,562,564